Unterwegs in die Welt von morgen

Utopische Geschichten
und Science-fiction-Romane

Verlag Das Beste
Stuttgart · Zürich · Wien

102

PRINTED IN GERMANY
ISBN 3 870702532

Reise zum Mittelpunkt der Erde

von
Jules Verne

Mit Illustrationen von
Edouard Riou

Erstes Kapitel

Am 22. Mai des Jahres 1864 – wie ich mich erinnere, war es ein Sonntag – kam mein Oheim, der Professor Lidenbrock, in großer Eile heim. Wir wohnten damals in einem kleinen Haus in der Königsstraße 19, einer der ältesten Straßen Hamburgs. Mit seinen langen Beinen nahm er gleich zwei Stufen auf einmal, stürmte durchs Speisezimmer und verschwand hastig in seinem Arbeitskabinett. Im Vorbeirennen warf er seinen Stock in eine Ecke, zielte mit seinem Hut nach der Garderobe und rief laut seinem Neffen zu: „Axel, komm sofort!"

Die gute Marta, unsere Haushälterin, glaubte fast, sich mit dem Mittagessen verspätet zu haben, denn es fing eben erst an, auf dem Herd zu kochen.

„Da ist ja schon Herr Lidenbrock!" rief die Gute bestürzt, als sie die Tür des Speisezimmers ein wenig öffnete. „Dabei hat eben erst die Uhr der Michaeliskirche halb zwei geschlagen."

„Er wird's uns vermutlich sagen, weshalb er schon heimgekommen ist", sagte ich.

„Ich flüchte mich lieber in meine Küche, Herr Axel, Sie werden ihn schon zur Einsicht bringen, falls er Hunger hat", versetzte die gute Marta und eilte zu ihren Töpfen.

Ich wollte gerade der Aufforderung meines Oheims nachkommen, als er schon ungeduldig rief: „Nun! Noch nicht hier?"

Ich eilte ins Zimmer meines zornigen Oheims. Otto Lidenbrock war kein unfreundlicher Mensch, ich geb's gerne zu, aber er war ein rechter Sonderling und würde sich wahrscheinlich auch nicht mehr ändern.

Er war Professor am Johanneum und hielt Vorträge über Mineralogie, wobei er regelmäßig ein- oder auch zweimal in Zorn geriet. Es kam ihm durchaus nicht darauf an, daß seine Schüler fleißig seine Vorlesungen besuchten, oder daß sie aufmerksam zuhörten oder Fortschritte machten: Diese Kleinigkeiten machten ihm wenig Sorge. Er hielt seine Vorträge nur für sich und nicht für andere. Er war ein eigenartiger Gelehrter, ein Wissensbrunnen, dessen Rolle knarrte, wenn man etwas herausziehen wollte. Mit einem Wort: Er war ein Geizhals.

Seine Zornanfälle während der Vorlesungen hingen mit einem Sprachfehler zusammen, der ihn bei öffentlichen Ansprachen plagte. Bei seinen Vorträgen im Johanneum blieb der Professor oft plötzlich stecken. Er rang mit einem störrischen Ausdruck, der nicht von seinen Lippen wollte, der sich sträubte und aufblähte, bis er endlich in Form eines Fluchs herauskam. Darüber erzürnte sich der Professor jedesmal aufs neue.

Nun gibt's aber auch in der Mineralogie besonders viele griechische und lateinische Fachausdrücke, die schon für eine geübte Zunge schwer auszusprechen sind. Fachausdrücke, vor denen die Zunge meines Oheims zuerst recht machtlos war.

In der Stadt kannte man diese verzeihliche Schwäche und machte sich über ihn lustig; seine Vorlesungen waren stets gut besucht, meist deshalb, weil sich das Publikum an den Zornausbrüchen des Professors ergötzen wollte.

Wie dem auch sei, mein Oheim war – das kann ich nicht genug betonen – ein echter Gelehrter aus reinstem Schrot und Korn. Mit seinem Hammer, seiner stählernen Spitzhacke, seinem Kompaß, seinem Lötrohr und seinem Fläschchen Salpetersäure war er der glücklichste Mann. Er konnte jedes beliebige Metall oder Gestein nach dem Aussehen, der Härte, Schmelzbarkeit, dem Geruch oder Geschmack ohne viel Bedenken klassifizieren. Und damals waren bereits über sechshundert Arten Gesteine bekannt.

Daher hatte auch der Name Lidenbrock in den Gymnasien und der Universität einen ehrenvollen Klang. Humphry Davy und von Humboldt, die Kapitäne Franklin und Sabine besuchten ihn, sobald ihre Wege sie nach Hamburg führten. Die Wissenschaft verdankte ihm einige wichtige Entdeckungen, und im Jahre 1853 war zu Leipzig von Otto Lidenbrock eine Abhandlung über „Transzendentale Kristallographie“ mit Bildtafeln erschienen.

Zudem war mein Oheim Kurator des mineralogischen Museums des russischen Gesandten Struwe, das europäischen Ruf hatte.

Dieser Mann rief mich also so ungeduldig. Er war von großer, hagerer Statur, mit eiserner Gesundheit und blondem Haar ausgestattet, das ihn zehn Jahre jünger machte. Seine großen Augen rollten unablässig hinter einer großen Brille. Seine lange dünne Nase glich einer Spitze. Böse Zungen behaupteten, sie sei mit einem Magnet bestrichen und ziehe Eisenstaub an. Pure Verleumdung. Sie zog nur den Tabak ein, und zwar, um der Wahrheit ihr Recht zu geben, in reichlichem Maße.

Wenn ich noch hinzufüge, daß mein Oheim mathematisch abgemessene Schritte von ein Meter Länge machte, und weiterhin bemerke, daß er beim Gehen die Hände zu Fäusten ballte, was ganz seinem Temperament entsprach, so wird man sich vorstellen können, daß niemand sehr auf seine Gesellschaft erpicht war.

Mein Oheim war für einen deutschen Professor reich zu nennen. Das Haus, halb aus Holz, halb aus Ziegelstein gebaut, war samt Inventar sein Eigentum. Zum Inventar gehörten sein Patenkind Gretchen, ein siebzehnjähriges Mädchen aus den Vierlanden, die gute Marta und ich. In meiner doppelten Eigenschaft als Neffe und Waise wurde ich zu einem unerläßlichen Helfer seiner Experimente.

Ich gestehe, daß ich selber Freude und Lust an den geologischen Wissenschaften fand: Es floß mineralogisches Blut in meinen Adern, und ich langweilte mich nie in Gesellschaft meiner kostbaren Steine.

Auch mein Oheim unterstützte diese Neigung. Alles in allem konnte man in diesem kleinen Haus in der Königsstraße glücklich leben, trotz des ungeduldigen Charakters seines Eigentümers. Denn obwohl er sich etwas ungewöhnlich benahm, liebte er mich doch. Aber er wurde böse, wenn man ihn unnötig warten ließ.

Bei einem solchen Oheim war nichts anderes möglich, als zu gehorchen. Ich stürzte also hastig in sein Arbeitszimmer.

Zweites Kapitel

Dieses Arbeitszimmer sah aus wie ein richtiges Museum. Alle Musterstücke aus dem Mineralreich standen, sorgfältig mit Etiketten versehen, in drei großen Abteilungen: den brennbaren, den metallischen und den steinartigen Mineralien.

Wie oft hatte ich, anstatt die Zeit mit meinen Kameraden zu verbringen, meine Freude daran, diese Sammlung abzustauben!

Aber als ich in das Arbeitszimmer trat, dachte ich nicht an diese Wunder; mein einziger Gedanke war mein Oheim. Er hatte sich in seinen großen, mit Utrechter Samt beschlagenen Lehnstuhl vergraben und hielt ein Buch in den Händen, das er mit tiefster Bewunderung anschaute.

„Welch ein Buch! Welch ein Buch!" rief er aus. Dieser Ausruf erinnerte mich, daß mein Oheim in früherer Zeit ein Büchernarr war: Eine alte Scharteke hatte in seinen Augen nur insofern Wert, als sie schwer aufzufinden oder wenigstens unleserlich war.

„Aber", sagte er, „siehst du denn nicht, was ich hier für ein unschätzbares Kleinod in den Händen halte? Ich habe es heute morgen in Hevelius' Laden gefunden."

„Prachtvoll!" erwiderte ich mit geheuchelter Begeisterung. Wahrhaftig, wozu so viel Lärm um einen alten Band in Leder, eine vergilbte Scharteke mit verblaßten Buchstaben.

Der Professor fuhr indessen in seiner Begeisterung fort.

„Siehst du nicht, wie hübsch es ist? Was für ein Einband! Man sieht dem Buch nicht an, daß es bereits einige hundert Jahre alt ist."

Ich konnte nichts Besseres tun, als nach dem Inhalt zu fragen, obwohl der mich wenig kümmerte.

„Und wie heißt dieses merkwürdige Buch?" fragte ich hastig.

„Dies Werk", erwiderte mein Oheim lebhaft, „ist die ‚Heimskringla' von Snorro Sturleson, dem berühmten isländischen Chronisten des zwölften Jahrhunderts. Es enthält die Geschichte der norwegischen Fürsten, die auf Island herrschten."

„Wirklich?" rief ich so überrascht wie möglich, „und es ist doch bestimmt eine deutsche Übersetzung?"

„Warum eine Übersetzung?" entgegnete der Professor lebhaft. „Wer würde sich um eine Übersetzung kümmern? Es ist das Originalwerk in isländischer Sprache, der prächtigen, reichen und zugleich einfachen isländischen Sprache."

„Wie das Deutsche", fügte ich schmeichelnd hinzu, „und wie schön die Schrift gesetzt ist", rief ich, meine Gleichgültigkeit verbergend.

„Schrift? Was meinst du mit Schrift gesetzt? Wie? Du meinst, das sei gedruckt? Nein, Dummer, es ist ein Manuskript, ein Runen-Manuskript!"

„Runen?"

„Ja! Kennst du keine Runen?"

„Natürlich", erwiderte ich beleidigt.

Aber mein Oheim begann schon, mich über Dinge zu belehren, die ich gar nicht wissen wollte.

„Die Runen", fuhr er fort, „sind vor uralten Zeiten auf Island in Gebrauch gewesen und von Odin, sagt man, selbst erfunden. Aber schau doch her, du mußt sie bewundern, die Zeichen, die ein Gott ausgedacht hat!"

Ein altes, schmutziges Pergament, das aus dem Buch herausfiel, unterbrach meinen Oheim und gab unserem Gespräch eine andere Wendung.

Mit begreiflicher Hast fiel mein Oheim über diesen Quark her. Ein altes Dokument, das vielleicht seit langer Zeit in einem alten Buch lag, mußte in seinen Augen kostbar sein.

„Was ist das?" rief er aus.

Und sofort breitete er sorgfältig das doppelt gefaltete Pergamentstück auf dem Tisch auseinander, auf dem ein unverständliches Gekritzel von Zeichen zu sehen war.

Ich gebe hier das genaue Faksimile. Es ist notwendig, diese seltsamen Zeichen abzudrucken, weil sie den Professor Lidenbrock nebst seinem Neffen zu der sonderbarsten Expedition des neunzehnten Jahrhunderts veranlaßten:

Der Professor betrachtete diese Zeichen eine Weile und sprach, indem er seine Brille höher rückte:

„Es sind Runen, die denen auf dem Manuskript Snorros völlig gleichen! Aber ... was mag das nur bedeuten?"

Da es mir schien, diese Runen seien eine Erfindung der Gelehrten, um die ungelehrten Leute zu hintergehen, war es mir nicht unlieb, daß mein Oheim nichts davon verstand. Das las ich wenigstens von seinem Gesicht ab.

„Es ist doch Altisländisch", brummte er in den Bart.

Und Professor Lidenbrock mußte es wissen, denn er galt als ein Sprachwunder. Wenn er auch nur etwa zehn Sprachen fließend beherrschte, so kannte er doch fast alle alten Sprachen.

In diesem Augenblick öffnete die gute Marta die Tür.

„Die Suppe ist aufgetragen."

„Zum Henker mit der Suppe", schrie mein Oheim, „zum Henker samt der Köchin!"

Marta floh sofort erschrocken, ich nutzte die Gelegenheit, eilte ihr nach und nahm meinen gewöhnlichen Platz im Speisezimmer ein.

Ich wartete eine Weile. Der Professor kam nicht. Zum erstenmal, seit ich mich erinnern kann, ließ er sich das Mittagessen entgehen, obwohl er sich heute morgen selber dieses fürstliche Mahl aus Petersiliensuppe, Eierkuchen, Schinken in Sauerampfersauce, Kalbsnierenbraten mit Pflaumenkompott und zum Dessert Meerkrebschen mit Zucker gewünscht hatte, wozu ein guter Moselwein nicht fehlen durfte.

Das alles vergaß und versäumte mein Oheim über dem alten Papier. Als artiger Neffe fühlte ich mich verpflichtet, für uns beide zu essen. Und ich tat es gewissenhaft.

„Das hab ich noch nie erlebt!“ sagte die gute Marta. „Herr Lidenbrock nicht bei Tische! Unglaublich.“

„Das bedeutet nichts Gutes!“ fuhr die Alte mit Kopfschütteln fort.

Meines Erachtens bedeutete es nichts anderes, als daß mein Oheim eine fürchterliche Szene machen würde, wenn er kein Essen mehr vorfand.

Ich war bei meinen letzten Krebschen, als eine lauthallende Stimme mich den Genüssen des Nachtisches entzog. Mit einem Sprung war ich im Zimmer meines Oheims.

DRITTES KAPITEL

„ES SIND offenbar Runen“, sagte der Professor und zog seine Stirn dabei in Falten. „Aber ich werde das Geheimnis, das dahintersteckt, entdecken, vielleicht ...“

Und als ob ihm die Lösung eingefallen wäre, machte er eine heftige Bewegung mit der Hand und sagte zu mir: „Setz dich hin und schreib“, und wies dabei auf den Tisch.

Ich war sofort bereit.

„Jetzt werde ich versuchen, dir für jede dieser Runen den entsprechenden Buchstaben unseres Alphabets zu diktieren. Wir wollen sehen, was dabei herauskommt. Aber gib gut Obacht, daß du nichts verwechselst!“

Er fing an zu diktieren, und ich gab mir alle Mühe. Nachdem ich die Buchstaben sorgfältig hintereinander aufgeschrieben hatte, ergaben sich folgende unverständliche Worte:

m.rulls	esreuel	seecJde
sgtssmf	unteief	niedrke
kt,samn	atrateS	Saodrrn
emtnael	nuaect	rrilSa
Atvaar	.nscrc	ieaabs
ccdrmi	eeutul	frantu
dt,iac	oseibo	KediiY

Mein Oheim nahm mir sofort hastig das Blatt aus der Hand.

„Was soll das bedeuten?“ fragte er mehr sich selbst.

„Das ist eine Geheimschrift“, murmelte er vor sich hin, „man müßte den Schlüssel finden, um den durcheinandergebrachten Buchstaben einen Sinn zu geben. Vielleicht versteckt sich eine große Entdeckung hinter ihnen.“

Ich für mein Teil dachte, es stecke bestimmt gar nichts dahinter, aber ich hütete mich wohl, meine Meinung auszusprechen.

Der Professor nahm darauf das Buch und das Pergament und verglich beides miteinander.

„Diese beiden Schriften sind nicht von derselben Hand geschrieben worden; das geheimnisvolle Schriftstück ist später in das Buch hineingelegt worden, wie man leicht und unwiderleglich beweisen kann. Denn der erste Buchstabe auf dem Pergament ist ein doppeltes M, das sich in Sturlesons Buch nicht findet; es taucht erst im vierzehnten Jahrhundert im isländischen Alphabet auf. Also liegen wenigstens zwei Jahrhunderte zwischen dem Buch und dem Pergament."

Das schien mir einleuchtend.

„Das bringt mich auf den Gedanken", fuhr mein Oheim fort, „diese geheimnisvolle Schrift könne von einem Besitzer des Buches verfaßt worden sein. Aber, wer zum Henker war dieser Besitzer? Vielleicht hat er seinen Namen irgendwo in das Buch geschrieben?"

Mein Oheim setzte seine Brille höher, nahm eine starke Lupe und musterte sorgfältig die ersten Seiten des Buches. Auf der zweiten Rückseite entdeckte er eine Art Fleck, der wie ein Tintenklecks aussah, aber genauer besehen, unterschied man einige halb verlöschte Schriftzüge. Mein Oheim, der seine Gedanken bestätigt sah, machte sich also aufs eifrigste darüber her und entzifferte endlich mit Hilfe seiner Lupe die folgenden Runen, die er ohne Schwierigkeiten lesen konnte:

„Arne Saknussemm!" rief er triumphierend aus, „aber das ist doch der Name eines isländischen Gelehrten des sechzehnten Jahrhunderts, eines berühmten Alchimisten."

Ich schaute meinen Oheim einigermaßen erstaunt an.

„Diese Alchimisten", fuhr er fort, „Avicenna, Bacon, Lullus, Paracelsus waren die einzigen, die echten Gelehrten ihrer Epoche. Sie haben Entdeckungen gemacht, über die wir erstaunt sein dürfen. Warum sollte nicht dieser Saknussemm in dieser Geheimschrift eine wichtige Entdekkung mitzuteilen haben? So muß es sein."

Bei dieser Hypothese erhitzte sich die Phantasie des Professors.

„Es könnte stimmen", erwiderte ich keck, „aber was könnte dieser Gelehrte für ein Interesse daran haben, eine wichtige Entdeckung geheimzuhalten?"

„Warum, warum? Ja, weiß ich's? Übrigens, wir werden schon sehen:

Ich werde das Geheimnis dieses Dokuments herausbekommen und weder essen noch schlafen, bis ich am Ziel bin."

Oh! dachte ich.

„Du ebenfalls nicht, Axel", fuhr er fort.

„Teufel, da ist es aber gut, daß ich doppelt gegessen habe", entfuhr es mir leise.

„Zuerst müssen wir herausfinden, in welcher Sprache diese Geheimschrift abgefaßt ist", sagte mein Oheim. „Das kann nicht schwer sein. Dieses Dokument enthält hundertzweiunddreißig Buchstaben, davon sind neunundsiebzig Konsonanten und dreiundfünfzig Vokale. Dieses Verhältnis finden wir ungefähr bei südlichen Sprachen, während die des Nordens reicher an Konsonanten sind. Es handelt sich also um eine Sprache des Südens."

Diese Folgerungen waren richtig.

„Aber was kann es für eine Sprache sein?"

„Dieser Saknussemm", fuhr er fort, „war ein gebildeter Mann; wenn er also nicht in seiner Muttersprache schrieb, mußte er der unter den Gelehrten des sechzehnten Jahrhunderts geläufigen Sprache den Vorzug geben, der lateinischen nämlich. Irre ich mich, so kann ich mit dem Spanischen, dem Französischen, Italienischen, Griechischen oder Hebräischen einen Versuch machen. Aber die Gelehrten des sechzehnten Jahrhunderts schrieben im allgemeinen lateinisch. Ich darf also als selbstverständlich annehmen, es sei Latein."

Hier konnte ich meinem Oheim nicht folgen. Meine Erinnerungen aus der Lateinschule sträubten sich gegen die Behauptung, diese Gruppe seltsamer Worte könne der sanften Sprache Vergils angehören.

„Ja, Latein", fuhr mein Oheim fort, „aber verworrenes Latein. Untersuchen wir es, und bringen wir Ordnung in die Buchstaben", sagte er und nahm das von mir beschriebene Blatt zur Hand. „Wir haben eine Gruppe von hundertzweiunddreißig Buchstaben, die, nacheinander gelesen, keinen Sinn ergeben. Da sind Worte, die nur aus Konsonanten bestehen, wie das erste: ‚rulls', bei anderen dagegen überwiegen die Vokale, zum Beispiel das fünfte: ‚unteief' oder das vorletzte: ‚oseibo'. Nun wird offenbar diese Gruppierung der Buchstaben durch einen mathematischen Schlüssel bestimmt. Wer ihn besitzt, würde das Geheimnis enträtseln. Aber was ist das für ein Schlüssel? Axel, hast du ihn?"

Auf diese Frage schreckte ich hoch, denn meine Gedanken waren ganz woanders. Ich hatte mich ganz in den Anblick des reizenden Porträts vertieft, das an der Wand hing und meines Oheims Mündel Gretchen darstellte. Sie war damals in Altona bei einer Verwandten, und ich war über ihre Abwesenheit sehr betrübt, denn, jetzt kann ich's gestehen, die hübsche Vierländerin und der Neffe des Professors liebten sich. Wir hatten uns ohne Wissen unseres Oheims verlobt, der zu sehr Geologe war, als daß er solche Gefühle verstanden hätte. Gretchen war eine reizende Blondine mit blauen Augen, von etwas gesetztem Charakter und ernstem Sinn; aber sie liebte mich darum nicht minder.

Fräulein Gretchen war in der Mineralogie sehr bewandert. Sie half mir oft bei meinen täglichen Arbeiten, und ich beneidete oft die Steine um das Glück, von ihren zarten Händen getragen zu werden.

Aus diesen Träumen riß mich mein Oheim durch einen kräftigen Faustschlag auf den Tisch gewaltsam in die Wirklichkeit zurück.

„Versuchen wir", sagte er, „die erste Möglichkeit, die sich anbietet, nämlich die Buchstaben anstatt horizontal vertikal zu schreiben. Wir müssen sehen, was dabei herauskommt. Axel, schreib irgendeinen Satz auf diesen Zettel, aber anstatt die Buchstaben nebeneinanderzustellen, setze sie in vertikalen Reihen untereinander, und zwar in Gruppen von fünf bis sechs."

Ich begriff, was er meinte, und schrieb folgendes wie befohlen:

I	e	r	m	t	t
ch	d	z	e	e	ch
l	i	l	i	s	e
i	ch	i	n	G	n
e	h	ch	g	r	!
b	e	,	u	e	

„Gut", sagte der Professor, ohne gelesen zu haben. „Jetzt schreib die Buchstaben jeder horizontalen Zeile nebeneinander."

Ich gehorchte und bekam folgende Worte:

Iermtt chdzeech lilise ichinGn ehchgr! be,ue

„Ganz recht", sagte mein Onkel und riß mir den Zettel aus der Hand, „das sieht schon fast so aus wie das alte Dokument: Die Vokale und Konsonanten stehen sinnlos nebeneinander. Da sind selbst Anfangsbuchstaben sowie Komma in der Mitte der Worte, ganz wie in dem Pergament des Saknussemm!"

„Nun", fuhr mein Oheim fort, „um den Sinn dieser Wörter zu erfahren, brauche ich nur die ersten Buchstaben jedes Wortes zusammenzureihen, dann alle zweiten, danach alle dritten usw."

Und mein Oheim las, zu meinem größten Entsetzen und seinem größten Erstaunen:

„Ich liebe dich herzlich, mein gutes Gretchen!"

Unversehens hatte ich verliebter Tölpel diese verräterische Zeile geschrieben.

„Oho!" sagte der Professor verwundert, „du liebst Gretchen?"

„Ja ..., nein ...", stotterte ich.

„Du liebst also Gretchen!" wiederholte er und war schon wieder ganz in Gedanken versunken; zu meinem Glück, muß ich sagen.

„Jetzt wollen wir dieses Verfahren auf das Pergament anwenden", dabei nahm er mit zitternden Fingern das alte Papier wieder zur Hand und diktierte mit würdigem Ton, indem er der Reihe nach zuerst den ersten Buchstaben, dann den zweiten jedes Wortes zusammennahm, die folgenden Gruppen:

„messunkaSenrA.icefdoK.segnittamurtn
ecertserrette,rotaivsadua,eduecsedsadne
lacartniiiluJsiratracSarbmutabiledmek
meretarcsilucoYsleffenSnI"

Als ich fertig geschrieben hatte, war ich, offen gestanden, enttäuscht, in diesen Buchstaben gar keinen Sinn zu erkennen: Ich war sehr gespannt, ob der Professor aus diesem Kauderwelsch prachtvolles Latein herauslesen könne.

Aber wer hätte das gedacht! Mit einem heftigen Faustschlag hieb der Professor auf den Tisch, daß die Tinte emporspritzte und die Feder meinen Händen entfiel. „Das ist's nicht", schrie mein Oheim, „das hat keinen Sinn!" Darauf stürzte er erzürnt durch das Arbeitszimmer, polterte die Treppe hinab und schlug die Haustür zu.

VIERTES KAPITEL

„ER IST fort!" rief Marta, die herbeigelaufen kam, als mein Oheim die Haustür so heftig zuschlug, daß das ganze Haus erschüttert wurde.

„Ja", erwiderte ich, „ganz und gar fort!"

„Nun, und sein Mittagessen?" fragte die Alte.

„Er wird nicht zu Mittag speisen!"

„Und sein Abendessen?"

„Er wird auch nicht zu Abend speisen."

„Wie?" fragte Marta und rang die Hände.

„Nein, gute Marta, er wird nicht mehr essen, und wir auch nicht. Mein Oheim läßt uns alle fasten, bis es ihm gelingt, ein altes Gekritzel zu entziffern!"

„Jesus! So bleibt uns also nichts, als Hungers zu sterben", sagte sie ängstlich und ging ernstlich beunruhigt und unter vielerlei Seufzern in ihre Küche zurück.

Als ich allein war, kam mir der Gedanke, zu Gretchen zu eilen und ihr alles zu erzählen. Aber wie konnte ich das Haus verlassen? Der Professor konnte jeden Augenblick heimkommen. Und wenn er nach mir rief? Was würde es geben, wenn ich auf sein Rufen nicht Antwort gäbe?

Das klügste war, zu bleiben und abzuwarten. Ein Mineraloge aus Besançon hatte uns kürzlich eine Sammlung Kiesel geschickt, die zu klassifizieren waren. Ich machte mich an die Arbeit. Ich sonderte aus, beschrieb Etikette und ordnete alles in einen Glaskasten.

Aber diese Tätigkeit fesselte mich nicht. Das alte Pergament beschäftigte meine Gedanken. Mein Kopf glühte, und eine unbestimmte Unruhe ergriff mich. Ich ahnte eine bevorstehende Katastrophe.

Nach fast einer Stunde waren alle Steine geordnet.

Ich setzte mich in den großen Lehnstuhl und zündete mir meine Pfeife an. Von Zeit zu Zeit lauschte ich, ob sich nicht Tritte auf der Treppe vernehmen ließen. Es war nichts zu hören. Wo mochte mein Oheim sein? Ich sah ihn in Gedanken die Königsstraße entlanglaufen und dabei laut vor sich hin murmeln.

Wird er triumphierend oder entmutigt heimkommen? Sollte er das Geheimnis gelöst haben? So fragte ich mich und nahm automatisch das Blatt Papier in die Hand, auf dem sich die unverständlichen Zeichen befanden.

„Was bedeutet dies?"

Ich versuchte die Buchstaben so zu gruppieren, daß sie Worte bildeten. Unmöglich. Man mochte zwei, drei, fünf oder sechs zusammenstellen, es kam durchaus nichts Verständliches heraus. Doch ließ sich aus dem vierzehnten, fünfzehnten und sechzehnten Buchstaben das englische Wort „ice" bilden, aus dem vier-, fünf- und sechsundachtzigsten das Wort „sir". Endlich erkannte ich mitten auf der dreißigsten Zeile die lateinischen Worte „rota", „mutabile", „ira", „nec", „atra".

Teufel, dachte ich, diese letzteren Worte würden meinem Oheim recht geben, daß die Lösung über die lateinische Sprache führt.

Und da sehe ich gar in der vierten Zeile noch das Wort „luco", das soviel wie „heiliger Hain" bedeutet. Allerdings ist wieder auf der dritten Zeile das Wort „tabiled" zu lesen, das ganz hebräisch aussieht, und auf der letzten die Wörter „mère", „arc", „mer", die rein französisch sind.

Darüber konnte man den Kopf verlieren: Wörter aus vier verschiedenen Sprachen, in einem sinnlosen Text. In welchem Zusammenhang konnten die Wörter „Eis", „Herr", „Zorn", „grausam", „heiliger Hain", „wechselnd", „Mutter", „Bogen", „Meer" stehen? Das letzte und erste Wort allein ließen sich leicht aneinanderreihen: Es wäre nicht verwunderlich, wenn in einem auf Island geschriebenen Papier von „Eismeer" die Rede wäre. Aber den übrigen Teil des geheimen Schriftstückes zu begreifen war doch eine weit schwierigere Aufgabe.

Ich rang mit einer unlösbaren Aufgabe. Die hundertzweiunddreißig Buchstaben schienen um mich herumzuhüpfen, so angestrengt überlegte ich.

Ich wurde blaß und warm dabei und brauchte plötzlich frische Luft. Unwillkürlich fächelte ich dabei mit dem Blatt Papier, so daß seine Vorder- und Rückseite abwechselnd vor meine Augen kamen. Wie war ich überrascht, als ich bei einem solchen raschen Umwenden völlig lesbare Wörter zu erkennen glaubte, lateinische Wörter, z. B. „craterem", „terrestre".

Plötzlich schien mir des Rätsels Lösung nahe. Ich hatte die Lösung des Codes gefunden. Um das alte Schriftstück zu verstehen, brauchte man nicht quer über die Seite zu lesen oder nach klug ausgetüftelten mathematischen Gleichungen zu suchen. Nein. Gerade so, wie es war, gerade so, wie es mir diktiert wurde, konnte es geläufig buchstabiert werden. Der Professor hatte recht hinsichtlich der Zusammenreihung der Buchstaben, und er hatte auch recht, was die Sprache betraf. Um diese lateinischen Buchstaben von Anfang bis zu Ende lesen zu können, bedurfte es nur noch einer Kleinigkeit, und diese Kleinigkeit entdeckte ich rein durch Zufall.

Endlich hatte ich mich so weit beruhigt, daß ich das Geheimnis lüften konnte.

Nachdem ich noch zwei-, dreimal aufgeregt durchs Zimmer gegangen war, setzte ich mich an den Tisch und verfolgte mit dem Finger der Reihe nach jeden Buchstaben. Ich las, ohne anzuhalten, ohne einen Augenblick zu stocken, mit lauter Stimme den ganzen Text, der aus einem Satz bestand.

Aber welche Bestürzung, welcher Schreck befiel mich! Ich stand anfangs wie vom Schlag gerührt. Wie, ein Mensch war so kühn, dahin zu dringen?

„Nein", rief ich aus, „nein! nein! Mein Oheim soll's nicht erfahren! Er würde bestimmt eine solche Reise unternehmen! Nichts würde ihn abhalten, und er würde mich mitnehmen. Niemals! Nie!"

Ich war in unbeschreiblicher Aufregung.

„Nein, nein! Das wird nicht geschehen", sagte ich mir immer wieder,

„und da es in meiner Macht steht zu verhindern, daß meinem Oheim eine solche Idee in den Sinn gerät, muß ich's verhindern. Wenn ihm auch der Zufall zu Hilfe kommt, könnte er vielleicht den Schlüssel entdecken! Ich muß es vernichten!"

Im Kamin war noch ein wenig Feuer. Ich ergriff nicht allein das Blatt Papier, sondern auch das Pergament des Saknussemm. Mit fieberhaft zitternder Hand war ich im Begriff, beides in den Kamin zu werfen und so das gefährliche Geheimnis zu vernichten, als sich die Tür öffnete und mein Oheim eintrat.

Fünftes Kapitel

Ich hatte nur noch Zeit, die beiden Papiere wieder auf den Tisch zu legen.

Professor Lidenbrock schien gänzlich erschöpft. Der ihn beherrschende Gedanke ließ ihn keinen Augenblick zur Ruhe kommen; er hatte während seines Spazierganges offenbar die Sache durchforscht, zergliedert, alle Hilfsquellen seines Geistes erschlossen und kam zurück, einen neuen Gedanken auszuprobieren.

In der Tat setzte er sich in seinen Lehnstuhl, ergriff die Feder und fing an, Formeln niederzuschreiben, die einem algebraischen Rechenexempel glichen.

Meine Blicke begleiteten aufmerksam sein Tun. Ich ließ mir nicht eine einzige seiner Bewegungen entgehen. Ich zitterte; sollte er unverhofft auf anderem Weg zur Lösung kommen? Doch es bestand kein Grund, denn die einzig richtige Lösung hatte ich gefunden.

Drei Stunden lang arbeitete mein Oheim, ohne zu reden, ohne den Kopf zu heben, radierte aus, schrieb weiter, radierte wieder, fing tausendmal von neuem an.

Inzwischen verfloß die Zeit; es wurde Nacht; der Lärm der Straße verstummte. Mein Oheim, tief über seine Arbeit gebeugt, sah nichts, selbst die gute Marta nicht, als sie die Tür etwas öffnete; er hörte nichts, als sie sagte:

„Wird der Herr zu Abend speisen?"

Auch Marta mußte sich ohne Antwort zurückziehen.

Ich für meinen Teil fiel in einen tiefen Schlaf, während mein Oheim Lidenbrock immerfort rechnete, wieder verwarf und von neuem begann.

Als ich am folgenden Morgen erwachte, war mein unermüdlicher Forscher immer noch bei der Arbeit. Seine roten Augen, seine bleiche

Gesichtsfarbe gaben hinlänglich Auskunft, in welcher körperlichen Verfassung er sich befand.

Mir tat er leid. Er war dermaßen von seiner Idee befallen, daß er jedes Gefühl für seine körperlichen Kräfte verloren hatte und bereits lange den Punkt überschritten hatte, da er sich noch konzentrieren und logisch denken konnte.

Mit einem einzigen Wort hätte ich ihn aus diesem Bann befreien können. Aber ich blieb stumm.

Nein, nein, sagte ich mir wiederholt, nein, ich werde nicht reden! Er würde sofort hinreisen wollen, ich kenne ihn; nichts würde ihn zurückhalten können. Ich will schweigen. Ich will das Geheimnis, das ich durch Zufall entdeckt habe, für mich behalten! Es ihm mitzuteilen wäre sein Tod. Wenn er es selber errät, gut. Aber ich will mir nicht einen einzigen Tag den Vorwurf machen, ihn in sein Verderben geführt zu haben!

Nachdem ich diesen Entschluß gefaßt hatte, wartete ich ab. Aber ich hatte die Rechnung ohne den Wirt gemacht.

Als die gute Marta am Morgen auf den Markt gehen wollte, fand sie die Tür verschlossen, und es war kein Schlüssel im Schloß. Wer hatte ihn weggenommen? Offenbar mein Oheim, als er am Abend von seinem Spaziergang heimgekehrt war.

Hatte er absichtlich oder aus Versehen den Schlüssel abgezogen? Wollte er uns mithungern lassen? Das wäre doch ein wenig zu stark. Wie! Marta und ich sollten unter seinem verbohrten Starrsinn leiden. Ganz gewiß, nur so war es zu verstehen, und ich erinnerte mich eines andern Falls, der mir jetzt noch Schrecken einjagte. Vor einigen Jahren, als mein Oheim an seiner großen mineralogischen Klassifikation arbeitete, nahm er einmal achtundvierzig Stunden kein Essen zu sich, und das ganze Haus mußte sich dieser wissenschaftlichen Diät fügen. Ich bekam damals Magenkrämpfe, die bei einem Jungen von etwas gefräßigem Charakter recht eindrucksvoll waren.

Nun glaubte ich jetzt, das Frühstück werde ebenso ausfallen wie tags zuvor das Abendessen. Doch entschloß ich mich, heroisch zu sein und den Forderungen des Magens nicht nachzugeben. Marta, die dies alles nicht recht verstand, aber ahnte, daß es mit des Professors Stimmung zusammenhing, war in diesem Haus an vieles gewöhnt und zog sich brummend in die Küche zurück, obwohl es hier für sie nichts vorzubereiten gab.

Mein Oheim arbeitete unterdessen verbissen fort. Seine Phantasie verlor sich in der unendlichen Welt der Kombinationen; er lebte fern von der Erde und wahrhaftig außerhalb irdischer Bedürfnisse.

Gegen Mittag plagte mich der Hunger ernstlich. Marta hatte in aller Unschuld tags zuvor alle Vorräte der Speisekammer verbraucht. Es war nichts mehr im Hause vorhanden. Doch hielt ich standhaft aus; es war für mich eine Art Ehrensache geworden.

Als es zwei Uhr schlug, wurde es mir langsam unerträglich und begann immer mehr an die Magenkrämpfe zu erinnern, die ich bereits vorhin erwähnt habe. Ich redete mir ein, daß ich die Wichtigkeit des Dokuments übertrieb, daß mein Oheim nicht unbedingt den Text für ernst nehmen müsse; daß im schlimmsten Fall, wenn er das Abenteuer versuchen wollte, man ihn gegen seinen Willen zurückhalten könne, daß er endlich doch selbst den Schlüssel zu dem Geheimnis fände, und dann hätte ich umsonst gefastet.

Diese Gründe, die ich am Tag zuvor mit Unwillen verworfen hätte, schienen mir jetzt vortrefflich, mich aus der Hungerkur zu befreien. Ich kam mir lächerlich vor, so lange gewartet zu haben, und entschloß mich, alles zu sagen.

Ich suchte daher, als der Professor aufstand und, um auszugehen, seinen Hut aufsetzte, eine günstige Gelegenheit, die Sache vorzutragen.

Wie! Das Haus verlassen und uns abermals einschließen! Niemals.

„Oheim!" sagte ich.

Er schien mich nicht zu hören.

„Oheim Lidenbrock!" rief ich nochmals laut.

„Was?" sagte er, erstaunt, daß noch jemand im Zimmer war.

„Nun! Dieser Schlüssel!"

„Welcher Schlüssel? Von der Haustür?"

„Nein", rief ich, „der Schlüssel für das alte Pergament!"

Der Professor sah mich über die Brille hinweg erstaunt an. Er bemerkte wohl den Ernst auf meinem Gesicht, denn er faßte mich lebhaft am Arm und sah mich, unfähig zu reden, fragend an.

Ich nickte bejahend mit dem Kopf.

Seine Augen glänzten lebhaft, seine Hand wurde drohend, anscheinend glaubte er, ich treibe einen bösen Spaß mit ihm.

Ich bejahte schnell noch einmal mit dem Kopf seinen fragenden Blick und wagte nicht, auch nur ein Wort zu sagen, aus Besorgnis, mein Oheim könnte mich in der ersten freudigen Umarmung ersticken. Aber ich mußte doch mit der Sprache raus.

„Ja, dieser Schlüssel ...! Zufällig!"

„Was sagst du?" rief er völlig erregt.

„Hier", sagte ich und hielt ihm das Blatt Papier hin, auf das ich gestern den Text geschrieben hatte.

„Aber was bedeutet das?“ fragte er unwirsch, indem er das Blatt hin und her drehte.

„Nichts, wenn man es normal liest, aber vom Ende ange ...“

Ich hatte meinen Satz noch nicht richtig ausgesprochen, als der Professor einen Schrei, mehr noch, ein wahres Gebrüll hören ließ! Seinem Geist war ein Licht aufgegangen.

Er war wie verwandelt.

Er fiel über das Papier her und las mit bewegter Stimme den ganzen geheimnisvollen Text vor, indem er beim letzten Buchstaben begann und beim ersten aufhörte:

> „In Sneffels Yoculis craterem kem delibat umbra Scartaris Julii intra calendas descende, audas viator, et terrestre centrum attinges. Kod feci.
>
> Arne Saknussemm“

Was in gut Deutsch übersetzt so lautet:

> Steig hinab in den Krater des Sneffels Yocul, welchen der Schatten des Skartaris vor dem ersten Juli liebkoset, kühner Wanderer, und Du wirst zum Mittelpunkt der Erde gelangen. Das hab ich vollbracht.
>
> Arne Saknussemm

Als mein Oheim dies gelesen, hüpfte er, als habe er unversehens eine Flasche Moselwein getrunken. Er ging hin und her, faßte seinen Kopf mit beiden Händen, noch ungläubig über das eben Gehörte, rückte die Stühle sinnlos hin und her, legte seine Bücher aufeinander, spielte – kaum glaublich – Ball mit einem seiner kostbaren Steine, schlug mit der Faust hierhin und dorthin. Endlich beruhigten sich seine Nerven langsam.

„Wieviel Uhr ist's?“ fragte er nach einer kleinen Weile.

„Drei Uhr“, erwiderte ich.

„Höre! Ich habe Hunger zum Umfallen. Zu Tische. Hernach wirst du meinen Koffer packen.“

„Gut!“ rief ich.

„Und den deinigen!“ erwiderte der unbarmherzige Professor, als er sich aus seinem Lehnstuhl erhob und ins Speisezimmer schritt.

Sechstes Kapitel

Bei diesen Worten lief mir ein Schauder über den ganzen Körper. Ich hatte es gewußt, der Professor zögerte keine Minute. Doch nahm ich mich zusammen. Wissenschaftliche Gründe allein konnten den Professor

Lidenbrock von dieser Reise abhalten, alles Gezeter wäre sinnlos. Zum Mittelpunkt der Erde zu reisen: welche Torheit! Ich sparte meine Einwände für einen günstigeren Moment auf und wollte mich ans Essen machen.

Wie fluchte mein Oheim, als er den Tisch nicht gedeckt sah. Alles klärte sich aber schnell auf, und die gute Marta bekam ihre Freiheit wieder, eilte auf den Markt, und nach einer Stunde war unser Hunger gestillt.

Während der Mahlzeit war mein Oheim fast lustig und machte Scherze, was ich sonst gar nicht von ihm gewöhnt war. Nach dem Dessert winkte er mir, ihm in sein Arbeitszimmer zu folgen.

„Axel“, sagte er mit ziemlich sanfter Stimme, „du bist ein sehr gescheiter Junge; du hast mir da einen wackeren Dienst geleistet, als ich in Gedanken schon aufgeben wollte. Ich werde es dir niemals vergessen, und du wirst von dem Ruhm, den wir erlangen werden, deinen Anteil bekommen.“

Nun, dachte ich, ist er guter Laune. Da ist die Zeit günstig, über die Art des Ruhms zu sprechen.

„Vor allem“, fuhr mein Oheim fort, „empfehle ich dir völliges Schweigen über unser Geheimnis, verstehst du mich? Es fehlt nicht an Neidern, und es würden viele die Reise unternehmen wollen, wenn sie nur von der Möglichkeit wüßten.“

„Meinen Sie“, sagte ich, „die Zahl solcher Verwegenen sei so groß?“

„Ganz gewiß! Wer würde zögern, solchen Ruhm zu ernten. Wäre dieses Schriftstück bekannt, so würde ein ganzes Heer von Geologen hineilen, Arne Saknussemms Spur zu verfolgen.“

„Davon bin ich aber gar nicht überzeugt, lieber Oheim, denn die Echtheit des Papiers ist durch nichts erwiesen.“

„Wie? Und das Buch, worin wir's gefunden haben?“

„Gut! Ich gebe zu, daß Saknussemm diese Zeilen geschrieben hat, aber folgt daraus, daß er wirklich diese Reise unternommen hat, kann nicht das alte Pergament ein übler Scherz sein?“

Es war mir fast leid, die letzten Worte so überzeugt und keck vorgetragen zu haben. Der Professor runzelte die Stirn, und ich fürchtete Schlimmes für unser weiteres Gespräch. Zum Glück hatte es aber nichts zu bedeuten.

Mein strenger Oheim erwiderte nur mit bösem Lächeln: „Das werden wir sehen.“

„Ah!“ sagte ich etwas verdutzt. „Aber es läßt sich viel gegen dieses Schriftstück sagen.“

„Rede, lieber Junge, geniere dich nicht. Ich möchte deine Einwände hören. Du sprichst nun nicht mehr als mein Neffe, sondern als mein Kollege. Also vorwärts."

„Nun, so will ich zuerst fragen, was sind diese Yoculs, Sneffels und Skartaris?"

„Das ist leicht zu klären. Ich habe just vor kurzem von meinem Freunde August Petermann in Gotha eine Karte von Island bekommen. Du findest sie bei den anderen Karten in der Mappe. Hol sie bitte."

Ich stand auf und fand auch rasch die gewünschte Karte obenauf. Mein Oheim schlug sie auf und sagte:

„Hier, das ist eine der besten Karten von Island, die Handersonsche; ich glaube, die wird alle Schwierigkeiten lösen."

Ich beugte mich interessiert über die Karte.

„Siehst du hier diese aus Vulkanen bestehende Insel", sagte der Professor, „und merkst du, daß sie alle mit dem Namen Yocul bezeichnet sind? Dies Wort bedeutet im Isländischen ‚Gletscher'."

„Gut", erwiderte ich, „aber was heißt dann Sneffels?" Ich hoffte, er würde diese Frage nicht beantworten können. Aber wie irrte ich mich! Mein Oheim fuhr fort:

„Siehst du hier die westliche Küste Islands und die Hauptstadt Reykjavik? Ja? Gut. Fahr mit deinem Finger über die unzähligen Fjorde dieser zerrissenen Seeküsten, und halte etwas unter dem fünfundsechzigsten Breitengrad an. Was siehst du da?"

„Eine Art Halbinsel, gleich einem abgenagten Knochen."

„Der Vergleich ist richtig, lieber Junge; aber siehst du sonst nichts auf dieser Halbinsel?"

„Ja, einen Berg, der aus dem Meer emporgewachsen scheint."

„Gut! Dieser Snäfields Yocul ist der Sneffels."

„Der Snäfields Yocul?" fragte ich ungläubig.

„Genau der, es ist ein fünftausend Fuß hoher Berg, einer der merkwürdigsten auf der Insel und gewiß der berühmteste der ganzen Welt, wenn sein Krater direkt zum Mittelpunkt der Erde führt."

„Aber das ist unmöglich!" rief ich mit Schulterzucken und wehrte mich gegen diese Annahme.

„Unmöglich?" erwiderte Professor Lidenbrock mit strengem Ton. „Und warum?"

„Weil dieser Krater offenbar mit Lava verstopft ist, die Felsen glühend, und dann ..."

„Und wenn's ein ausgebrannter Krater ist?"

„Ausgebrannt?"

„Ja. Die Zahl der noch tätigen Vulkane auf der Erdoberfläche beträgt gegenwärtig nur etwa dreihundert; aber es gibt eine noch weit größere Anzahl erloschener Vulkane. Zu den letzteren gehört der Snäfields, der nur einen Ausbruch gehabt hat, im Jahre 1219; seitdem ist er allmählich still geworden und gehört heute nicht mehr zu den tätigen Vulkanen."

Auf diese bestimmten Angaben konnte ich nichts erwidern. Ich zählte also die übrigen Schwierigkeiten auf, die der Text enthielt.

„Was bedeutet das Wort Skartaris", fragte ich, „und was hat der Monat Juli dabei zu schaffen?"

Mein Oheim besann sich kurz. Einen Augenblick hatte ich Hoffnung, aber auch nur einen Augenblick, denn bald erklärte er mir folgendes:

„Der Snäfields hat mehrere Krater, und es war daher erforderlich, denjenigen, der zum Mittelpunkt der Erde führt, anzugeben. Wie hat es nun der gelehrte Isländer gemacht? Er hat bemerkt, daß kurz vor dem ersten Juli eine der Bergspitzen, der Skartaris, seinen Schatten bis zu der Mündung des fraglichen Kraters wirft, und hat diese Tatsache ausgenutzt. Damit konnte er untrüglich späteren Gelehrten den richtigen Weg weisen."

Allerdings, mein Oheim wußte auf alles eine Antwort. Ich sah wohl, daß ihm mit dem Text nicht beizukommen war. Ich setzte ihm daher von dieser Seite aus nicht mehr zu. Für viel wichtiger hielt ich die wissenschaftlichen Einwände, die, wie ich hoffte, ihn auch eher zur Einsicht bringen würden.

„Nun", sagte ich, „der Text Saknussemms, ich muß es zugeben, ist klar und läßt keine Zweifel. Ich gebe sogar zu, daß das Papier den Anschein hat, völlig echt zu sein. Dieser Gelehrte ist in das Innere des Snäfields hinabgestiegen, hat gesehen, wie der Schatten des Skartaris den Rand eines Kraters vor dem ersten Juli bestrich; er hat sogar aus den sagenhaften Erzählungen seiner Zeit entnommen, daß dieser Krater zum Mittelpunkt der Erde führe; aber daß er selbst dahin vorgedrungen und von dieser Reise dahin wieder zurückgekehrt sei, glaub ich durchaus nicht."

„Und aus welchem Grund?" fragte mein Oheim in ausnehmend spöttischem Ton.

„Weil alle Theorien der Wissenschaft beweisen, daß ein solches Unternehmen unausführbar ist!"

„Alle Theorien sprechen das aus?" erwiderte der Professor mit gutmütiger Miene. „Ja, die schlechten Theorien! Die armseligen und nutzlosen! Wir werden uns für unseren Mut genieren müssen."

Ich sah, daß er sich über mich lustig machte, aber ich fuhr unbeirrt fort:

„Ja, es ist eine ausgemachte Sache, daß die Wärme unter der Erdoberfläche mit dreihundert Meter Tiefe um ein Grad zunimmt. Nehmen wir nun dies steigende Verhältnis als gleichbleibend an, so muß, da der Erdradius mehr als sechstausend Kilometer beträgt, im Mittelpunkt der Erde eine Temperatur von ungefähr zwanzigtausend Grad herrschen. Der Kern der Erde besteht daher aus glühendem Gas, denn die Metalle wie Gold, Platin, sogar die härtesten Steine widerstehen nicht dieser Hitze. Ich darf also fragen, ob es möglich ist, sich in solcher Hitze aufzuhalten!"

In den letzten Worten schwang unverhohlen Triumph mit. Denn alles war klar. Niemand konnte diese Hitze ertragen.

„Also, Axel, die Hitze macht dir Bedenken?"

„Allerdings. Kämen wir bis zu einer Tiefe von nur siebzig Kilometern, wären wir an der Grenze der Erdrinde, hier beträgt aber die Temperatur bereits über zweihundert Grad."

„Und du hast Angst zu zerschmelzen?"

„Diese Entscheidung überlasse ich der Wissenschaft", erwiderte ich mit Humor.

„So, nun will ich dir meine Meinung sagen", entgegnete Professor Lidenbrock. „Weder du noch irgendein Mensch weiß einigermaßen zuverlässig, was im Innern des Erdballs vorgeht, da man erst einen geringen Teil seines Radius kennt; daher ist diese Theorie unvollkommen und eigentlich nur eine Annahme, und jede Theorie wird von einer neuen umgestürzt. Wer sagt dir, daß die Temperatur von einer gewissen Tiefe an nicht gleichbleibt, anstatt so zu steigen, daß sie sogar Metalle schmilzt?"

Da mein Oheim diese Gedanken als Hypothese vortrug, war schlecht etwas darauf zu erwidern.

„Außerdem will ich dir nur sagen: Große Gelehrte, wie Poisson unter anderm, haben bewiesen, daß, wenn im Innern des Erdballs eine Hitze von zwanzigtausend Grad existierte, die dadurch erzeugte Kraft des Gases ausreichen würde, die Erdrinde zu sprengen wie die Wände eines Dampfkessels, der den Druck nicht halten kann."

„Das ist Poissons Ansicht, lieber Oheim, nichts weiter."

„Einverstanden, aber es ist auch die Ansicht anderer ausgezeichneter Geologen, daß das Innere des Erdballs weder aus Gas noch Wasser, noch schwereren Steinen besteht, als die wir kennen, denn in diesem Falle würde die Erde ein zweifach geringeres oder verdoppeltes Gewicht haben."

„Oh! Mit Ziffern beweist man alles, was man will!"

„Und ist's mit Tatsachen ebenso, lieber Junge? Ist es nicht eindeutig nachweisbar, daß die Zahl der Vulkane seit den ersten Tagen unserer Erde ständig abgenommen hat? Und wenn es einen warmen Kern gibt, kann man daraus nicht schließen, daß er sich ständig abkühlt?"

„Lieber Oheim, wenn Sie sich aufs Feld der Spekulationen begeben, hab ich nichts mehr zu sagen.“

„Und ich habe zu sagen, daß die Ansichten der berufensten Männer mit der meinen übereinstimmen. Erinnerst du dich, wie mir im Jahre 1825 der berühmte englische Chemiker Humphrey Davy einen Besuch machte?“

„Durchaus nicht, denn ich kam erst neunzehn Jahre später auf die Welt.“

„Nun, Humphrey Davy besuchte mich auf einer Durchreise. Wir sprachen lange miteinander, unter anderem über die Hypothese, daß der Kern im Innern der Erde flüssig sei. Wir stimmten darin überein, daß dies nicht möglich sei, vor allem aus einem Grund, auf den die Wissenschaft noch keine Antwort gefunden hat.“

„Und welcher ist das?“ fragte ich etwas betroffen.

„Weil diese flüssige Masse gleich dem Ozean der Anziehung des Mondes ausgesetzt wäre und folglich zweimal täglich im Innern Ebbe und Flut entstehen und die Erdoberfläche periodisch anheben würde.“

„Aber es ist doch unverkennbar, daß die Erdoberfläche der Hitze ausgesetzt gewesen ist, und man darf annehmen, daß die äußere Kruste sich erst abkühlte, während die Hitze sich ins Erdinnere zurückzog.“

„Irrtum“, erwiderte mein Oheim, „die Erde ist erst durch Verbrennung ihrer Oberfläche in Hitze geraten, nicht anders. Ihre Oberfläche bestand aus einer großen Quantität von Metallen, wie Potassium und Sodium, welche die Eigenschaft haben, bei der bloßen Berührung mit Luft und Wasser in Brand zu geraten. Diese Metalle gerieten in Brand, als die atmosphärischen Dünste als Regen auf die Erde herabkamen; und allmählich, als das Wasser in die Erde drang, entstanden hier wieder Explosionen und Ausbrüche. Daher die zahlreichen Vulkane in der Entstehungszeit der Erde.“

„Das ist eine einleuchtende Hypothese!“ rief ich etwas wider Willen.

„Und Humphrey Davy machte das durch ein sehr einfaches Experiment deutlich. Er fertigte eine metallene Kugel hauptsächlich aus den Metallen, von denen ich eben sprach, also ein vollständiges Ebenbild unseres Erdballs. Als er die Kugel mit Wasser in Berührung brachte, brach sie auf, oxydierte und bildete auf ihrer Oberfläche kleinere Gebirge, auf denen Krater ausbrachen, denen solche Hitze entströmte, daß man die Kugel nicht mehr in der Hand halten konnte.“

Wahrlich, die Beweisgründe des Professors fingen an, auf mich Eindruck zu machen, zumal er sie mit Leidenschaft vortrug.

„Du siehst, Axel“, fuhr er fort, „über den Zustand des Erdinneren sind sich die Geologen nicht einig. Nichts ist weniger bewiesen als die Tatsache, daß hier große Hitze herrscht. Meiner Ansicht nach ist sie nicht vorhanden, kann nicht vorhanden sein; doch, wir werden's sehen und werden, wie Arne Saknussemm, dann wissen, wer recht hat."

„Nun ja", erwiderte ich und ließ mich langsam vom Enthusiasmus meines Onkels anstecken, „wir werden's sehen, wenn man dort sehen kann."

„Und warum nicht?" erwiderte mein Oheim. „Aber nichts verraten, verstehst du? Kein Wort darüber, sonst könnte noch einer auf die Idee kommen, die Reise zum Mittelpunkt der Erde vor uns anzutreten!"

Siebentes Kapitel

Ich verließ ganz erregt das Arbeitszimmer meines Oheims. Ich brauchte dringend frische Luft und eilte zum Elbufer hinab.

War ich von dem, was ich eben gehört hatte, überzeugt? War ich nicht vielmehr der Leidenschaft und Überzeugungskraft meines Oheims erlegen? Sollte ich seinen Entschluß ernst nehmen, ins Erdinnere vorzudringen, oder hörte ich soeben die tollen Spekulationen eines Narren oder die wissenschaftliche Darlegung eines großen Genies? Bei allem, wo hörte die Wahrheit auf, wo begann der Irrtum?

Ich konnte diese Antwort nicht geben.

Aber trotzdem war ich eben bereit, unverzüglich abzureisen, ohne mir Zeit zum Überlegen zu lassen. Ja, es hätte mir nicht an Mut gefehlt, augenblicklich meinen Ranzen zu schnallen.

Doch muß ich gestehen, daß eine Stunde danach diese Bereitschaft schon um einiges gesunken war. Die Nervenanspannung ließ nach, und ich kam wieder aus den Abgründen der Erde zur Oberfläche empor.

Das ist ja lächerlich! sagte ich mir, lächerlich und wahnsinnig. Solch einen Vorschlag kann man einem vernünftigen Jungen nicht im Ernst machen. Das alles ist Phantasterei. Ich habe schlecht geschlafen, einen schlimmen Traum gehabt.

Inzwischen war ich längs der Elbe um die Stadt herumgekommen und befand mich nun auf der Straße nach Altona. Es hatte mich eine richtige Ahnung hierhergeführt, denn ich bemerkte bald mein liebes Gretchen, das raschen Schrittes tapfer nach Hamburg ging.

„Gretchen!" rief ich ihr von weitem zu.

Das Mädchen blieb stehen, etwas überrascht, auf offener Straße angerufen zu werden. Mit zehn Schritten war ich bei ihr.

„Axel!“ sagte sie überrascht. „Du bist mir entgegengegangen, das freut mich.“

Als mich Gretchen nun aber ansah, entging ihr mein unruhiges, verstörtes Aussehen nicht.

„Was ist dir?“ sagte sie und reichte mir die Hand.

„Was mir ist, Gretchen?“ rief ich.

Und in zwei Sekunden, in drei Sätzen hatte ich meine heimliche Verlobte über die Lage der Dinge in Kenntnis gesetzt. Einige Augenblicke schwieg sie. Ob ihr Herz klopfte wie meines, weiß ich nicht, aber ihre Hand in der meinen zitterte nicht. Hundert Schritte gingen wir stumm nebeneinanderher.

„Axel!“ sagte sie endlich.

„Liebes Gretchen!“

„Das wird eine schöne Reise werden.“

Ich sprang auf bei diesen Worten.

„Ja, Axel, eine Reise, des Neffen eines Gelehrten würdig. Ein Mann muß sich durch ein großes Unternehmen auszeichnen.“

„Wie? Gretchen, du rätst mir nicht von solch einem Unternehmen ab?“

„Nein, lieber Axel, ich würde euch gerne begleiten, wenn ein junges Mädchen nicht ein Hindernis für euch wäre.“

„Ist das wirklich dein Ernst?“

„Wirklich.“

Ach! Wie sind doch junge Mädchenherzen stets unbegreiflich! Seid ihr nicht die schüchternsten Wesen, so seid ihr die tapfersten! Vernunft hat bei euch keine Geltung. Wie? Dieses Kind ermuntert mich, die Reise mitzumachen! Sie hat keine Furcht vor einer abenteuerlichen Fahrt? Sie drängt mich dazu, mich, den sie doch liebte.

Ich war verlegen und, offen gesagt, beschämt.

„Gretchen“, fuhr ich fort, „wir wollen sehen, ob du morgen noch ebenso sprichst.“

„Morgen, lieber Axel, werd ich reden wie heute.“

Wir gingen Hand in Hand, aber in tiefem Schweigen unseres Weges weiter. Die Gemütsbewegungen des Tages hatten mich kleinlaut gemacht.

Immerhin, dachte ich, ist es bis zum ersten Juli noch weit, und bis dahin kann noch manches geschehen, was meinen Oheim von der Lust, eine Reise unter die Erde zu machen, heilen mag.

Es war schon Nacht geworden, als wir in der Königsstraße anlangten. Ich hatte vermutet, das Haus wäre bereits dunkel, mein Oheim, wie gewöhnlich, schon zu Bett und Marta auf ihrem Zimmer.

Aber ich hatte die Ungeduld des Professors nicht berücksichtigt. Ich fand ihn, laut schreiend und hin und her rennend, unter einer Truppe Lastträger, die allerlei Kisten in die Diele trugen; die alte Dienerin wußte nicht, wo ihr der Kopf stand.

„Aber, so komm doch, Axel; beeile dich!" rief mein Oheim schon von weitem, als er mich erblickte. „Dein Koffer ist noch nicht gepackt, meine Papiere sind noch nicht geordnet, der Schlüssel meines Reisesacks nicht zu finden, und auf meine bestellten Stiefel warte ich auch noch!"

Ich war wie vom Donner gerührt, die Stimme versagte mir. Kaum konnte ich ein Wort hervorbringen.

„Also reisen wir ab?"

„Ja, natürlich, und du gehst spazieren, anstatt bei der Hand zu sein!"

„Wir reisen ab?" fragte ich nochmals mit schwacher Stimme.

„Ja, übermorgen in aller Frühe."

Ich konnte nichts weiter hören und flüchtete in mein Zimmerchen.

Es bestand kein Zweifel, mein Oheim hatte den Nachmittag dazu verwendet, einen Teil der Ausrüstungsgegenstände für die Reise einzukaufen. Die Diele lag voll von Strickleitern, Fackeln, Reiseflaschen, eisernen Haken, Spitzhacken, beschlagenen Stöcken, Spaten und einer großen Anzahl noch ungeöffneter Kisten und Pakete.

Ich verbrachte eine entsetzliche Nacht. Am folgenden Morgen hörte ich meinen Onkel schon früh nach mir rufen. Ich war entschlossen, meine Tür nicht zu öffnen. Aber als die zärtliche Stimme Gretchens ertönte, waren alle guten Vorsätze dahin.

„Nun, mein lieber Axel", sagte sie zu mir, „ich sehe, dir geht es besser, und die Nacht hat dich beruhigt."

„Beruhigt?" rief ich.

„Axel", sagte Gretchen zu mir, „ich habe lange mit meinem Vormund gesprochen. Er ist ein kühner Gelehrter, ein mutiger Mann, und du wirst dich erinnern, daß sein Blut in deinen Adern fließt. Er hat mir von seinen Plänen erzählt, von seinen Hoffnungen, weshalb und wie er sein Ziel zu erreichen hofft. Ach, lieber Axel, wie schön ist's, sich so seiner Wissenschaft zu widmen. Großer Ruhm wird Herrn Lidenbrock zuteil werden und auch auf seinen Reisebegleiter fallen. Bei der Rückkehr wirst du ein berühmter Mann sein, und wir könnten dann endlich ..."

Errötend stockte das Mädchen. Ihre Worte machten mir aber wieder Mut. Dennoch wollte ich noch nicht an unsere Abreise glauben. Ich zog Gretchen in das Zimmer meines Oheims.

„Lieber Oheim", sagte ich, „es ist also ausgemacht, daß wir abreisen?"

„Wie? Du zweifelst daran?"

„Nein", sagte ich, um ihm nicht zu widersprechen. „Nur möcht ich Sie fragen, ob diese Eile notwendig ist."

„Jawohl, die Zeit drängt!"

„Wir haben doch erst den 26. Mai, und bis Ende Juni ..."

„Hm! Meinst du denn, daß man so leicht nach Island kommt? Wärst du gestern nicht so schnell aus dem Haus gelaufen, hätte ich dich mit auf das Kopenhagener Büro, zu Liffender & Cie., genommen, und dann wüßtest du jetzt, daß von Kopenhagen nach Reykjavik nur einmal monatlich, am 22., ein Boot abgeht."

„Nun, bis zum 22. Juni ist doch noch einige Zeit?"

„Dummkopf! Wenn wir bis zum 22. Juni warteten, würden wir zu spät kommen, um zu sehen, wie der Schatten des Skartaris den Krater des Sneffels liebkost. Wir müssen so schnell wie möglich nach Kopenhagen fahren und uns dort selbst nach einem Schiff umsehen. Geh und pack deinen Koffer."

Darauf war nichts zu erwidern, und ich ging in mein Zimmer hinauf, um das Wichtigste zu packen. Gretchen, die mir behilflich war, ermunterte mich und plauderte munter drauflos, als ob ich zu einem Ausflug nach Lübeck aufbrechen würde.

An diesem Tag kamen die bestellten physikalischen Instrumente, Waffen und elektrischen Apparate.

Die gute Marta verlor den Kopf. „Ist der Herr ein Narr geworden?" fragte sie mich.

Ich nickte.

„Und er nimmt Sie mit?"

„Ja."

„Wohin soll's gehen?" fragte sie.

Ich deutete mit dem Finger auf den Fußboden.

„In den Keller?" schrie die Alte.

„Nein", sagte ich, „noch tiefer hinab."

Der Abend kam. Ich wußte gar nicht mehr, wie schnell die Zeit verflossen war.

„Morgen früh", sagte mein Oheim, „Punkt sechs Uhr reisen wir ab."

Um zehn Uhr sank ich wie eine träge Masse auf mein Bett. Während der Nacht bekam ich wieder Angst. Ich träumte in einem fort von Abgründen! Ich verfiel dem Wahnsinn. Ich fühlte mich von des Professors starker Hand ergriffen, fortgezogen, in einen Schlund gestürzt. Ich fiel in unergründliche Schluchten hinab. Mein Leben war nur noch ein endloses Fallen.

Um fünf Uhr wachte ich auf, zerschlagen und erschöpft vor Aufregung.

Ich begab mich ins Speisezimmer hinab. Mein Oheim saß schon am Tisch und schlang sein Frühstück hinunter.

Auch Gretchen war zugegen. Ich sprach nicht, konnte nicht essen.

Um halb sechs Uhr hörte man das Rasseln eines Wagens, der vor unserem Haus hielt. Er sollte uns zur Altonaer Eisenbahn bringen. Er war bald mit dem Gepäck meines Oheims bepackt.

„Und dein Koffer?" sagte er zu mir.

„Er ist fertig", erwiderte ich, mir wurde eigenartig schwach in den Knien.

„So bring ihn rasch, oder du bist schuld, wenn wir den Zug verpassen."

Gegen mein Geschick anzukämpfen schien mir damals unmöglich. Ich begab mich wieder in meine Kammer, ließ meinen Koffer die Treppe hinabrutschen und folgte hinterdrein.

In diesem Augenblick gab mein Oheim die „Zügel" seines Hauses in Gretchens Hände. Meine Verlobte bewahrte ihre gewohnte Ruhe. Sie umarmte ihren Vormund und versprach, alles in Ordnung zu halten.

Als ich Gretchen in meine Arme schloß, versprachen wir uns beide, nach meiner Heimkehr unser Versteckspiel aufzugeben und den Oheim um sein Ja für die Hochzeit zu bitten.

„Geh, lieber Axel, geh", sagte sie zu mir, „du verläßt deine Braut, aber bei deiner Rückkehr findest du deine Frau."

Als ich mich in den Wagen setzte, rannten die Pferde auch schon los und bogen bald von der Königsstraße ab. Marta und Gretchen standen noch lange in der Haustür und winkten hinter uns her.

ACHTES KAPITEL

VON Altona aus fuhr eine Eisenbahn nach Kiel, wo wir ans Ufer der Ostsee gelangten. In zwanzig Minuten brachte uns die Kutsche zum Bahnhof.

Die zahlreichen Gepäckstücke meines Oheims wurden abgeladen, transportiert, gewogen, etikettiert, in den Gepäckwagen gebracht, und um sieben Uhr saßen wir endlich im Abteil einander gegenüber. Der erste Teil unserer Reise begann.

Die Gedanken des Professors eilten offenbar dem Zug voraus, der für seine Ungeduld zu langsam fuhr. Wir befanden uns allein in dem Abteil, sprachen aber kein Wort miteinander. Mein Oheim musterte seine Taschen und seinen Reisesack sorgfältig, um noch einmal alles zu überprüfen.

Unter anderem besaß er ein sorgfältig zusammengelegtes Blatt Papier mit dem Wappen der dänischen Kanzlei und der Unterschrift des dänischen Konsuls zu Hamburg, der ein Freund des Professors war. Mit dessen Hilfe hofften wir, in Kopenhagen Empfehlungen an den Gouverneur von Island zu bekommen. Auch das geheimnisvolle Pergament des Arne Saknussemm hatte mein Oheim im tiefsten Fach seiner Reisetasche aufbewahrt. Ich verfluchte es aus ganzem Herzen.

Die Reise verlief eintönig, da die Landschaft keine Abwechslung bot. Sie bestand aus einer Reihe ungeheurer Ebenen, die einförmig und ziemlich fruchtbar waren, eine Landschaft, die zur Anlage von Eisenbahnen sehr geeignet war. Aber bereits drei Stunden nach unserer Abfahrt hielt der Zug in Kiel, zwanzig Schritt vom Meer entfernt.

Da unser Gepäck nach Kopenhagen eingeschrieben war, hätten wir uns nicht darum zu kümmern brauchen; der Transport zum Dampfboot jedoch wurde vom Professor sorgfältig überwacht.

Mein Oheim hatte bei seiner übermäßigen Eile die Stunden des Anschlusses von Dampfboot und Eisenbahn so gut berechnet, daß wir einen vollen Tag übrig hatten. Das Dampfboot *Ellenora* ging nicht vor Abend ab. Den ganzen Tag über schimpfte der Professor auf die Fahrzeiten der Eisenbahn und der Boote und wünschte beide zum Teufel, samt den Regierungen, die dergleichen Mißbräuche gestatteten. Ich mußte ihn unterstützen, als er den Kapitän der *Ellenora* darüber zur Rede stellte. Er wollte ihn auffordern, unverzüglich heizen zu lassen. Der aber lehnte dieses Ansinnen lachend ab.

In Kiel muß wohl, wie anderswo, ein Tag herumzubringen sein. Wir spazierten am Wasser entlang, durchstreiften die Stadt, aßen in einer Gaststätte reichlich Mittag, und bei alldem Herumlaufen und Fluchen wurde es zehn Uhr abends.

Die Rauchwolken der *Ellenora* wirbelten durch die Lüfte; das Deck zitterte unter den Stößen der Maschine. Man hatte uns in der einzigen Kammer des Bootes zwei Hängematten angewiesen.

Abends um zehn Uhr fünfzehn Minuten wurden die Anker gelichtet, und der Dampfer nahm rasch Fahrt auf und fuhr aus der Bucht. Es wehte eine leichte Brise, aber der Seegang bereitete uns keine Schwierigkeiten. Einige Feuer an der Küste schimmerten durch die Finsternis; später, ich weiß nicht, wo, glänzte ein Leuchtturm hell über das Wasser.

Um sieben Uhr früh landeten wir in Korsör, einem Städtchen an der Westküste Seelands. Hier stiegen wir unverzüglich in einen wartenden Zug um und erreichten nach etwa drei Stunden die Hauptstadt Dänemarks.

Mein Oheim hatte die ganze Nacht kein Auge geschlossen, so ungeduldig war er, die einzelnen Etappen unserer Reise schnell hinter sich zu bringen.

Um zehn Uhr stiegen wir in Kopenhagen aus. Das Gepäck wurde auf einen Wagen geladen und mit uns zum Hotel Phönix in Bred-Gade gefahren. Das dauerte eine halbe Stunde, denn der Bahnhof liegt außerhalb der Stadt. Kurze Zeit später bat mich mein Oheim, nachdem er sich ein wenig erfrischt hatte, ihn zu begleiten. Obwohl ich lieber etwas geruht hätte, besuchten wir das Museum der Nordischen Altertümer.

In diesem merkwürdigen Haus sind eine Menge wunderbarer Dinge ausgestellt, die die Geschichte des Landes mit seinen alten Steinwaffen, seinen Humpen und Schmucksachen wieder lebendig werden lassen. Sein Direktor, Professor Thomson, war ein Freund des hamburgischen Konsuls.

Mein Oheim hatte einen Brief von ihm, der uns wärmstens empfahl. Der Empfang durch Professor Thomson war dementsprechend freundlich. Daß mein Oheim dem Direktor gegenüber sein Geheimnis bewahrte, brauch ich kaum zu sagen. Unsere Absicht war ganz einfach, als Liebhaber ohne besondere Absicht und Pläne Island zu besuchen.

Herr Thomson stellte sich uns ganz zur Verfügung und versuchte auch sofort, im Hafen ein passendes Schiff für uns zu finden.

Ich hoffte, er werde kein Glück haben, aber ich täuschte mich. Eine kleine dänische Korvette, die *Valkyrie,* sollte am 2. Juni nach Reykjavik unter Segel gehen. Der Kapitän, Herr Bjarne, befand sich an Bord. Sein neuester Passagier drückte ihm in seiner Freude tüchtig die Hände. Der wackere Mann war über diese Herzlichkeit etwas betroffen. Er fand es ganz natürlich, daß er nach Island fahre. Meinem Oheim kam das als etwas Erhabenes vor. Der würdige Kapitän benutzte diesen Enthusiasmus, um uns für die Überfahrt doppelt bezahlen zu lassen.

Herr Bjarne strich eine ansehnliche Summe Taler ein und sagte: „Erscheinen Sie Dienstag um sieben Uhr früh an Bord.“

Wir dankten Herrn Thomson für seine Bemühung und begaben uns ins Hotel Phönix zurück.

„Das geht ja alles nach Plan!“ sagte mein Oheim. „Welch glücklicher Zufall, daß dieses Schiff zum Abfahren bereit ist. Jetzt wollen wir aber frühstücken und dann die Stadt besichtigen.“

Wir begaben uns zum Kongens-Rye-Torw, einem unregelmäßigen Platz, wo neben zwei aufgeprotzten unschuldigen Kanonen, die keinem Menschen angst machten, ein Posten stand. Dicht daneben befand sich ein französisches Restaurant, das von einem Koch namens Vincent geführt wurde. Wir frühstückten hier hinlänglich für den mäßigen Preis von vier Mark pro Person.

Ich freute mich wie ein Kind, die Stadt zu sehen. Mein Oheim dagegen sah nichts, weder den herrlichen Königspalast noch die hübsche Brücke aus dem siebzehnten Jahrhundert, die vor dem Museum über den Kanal führt, noch das ungeheure Grabmal Thorwaldsens, das an den Wänden mit abscheulichen Gemälden geziert ist und die Werke dieses Bildhauers enthält, noch das allerliebste Schloß Rosenberg, noch den bewundernswerten Renaissancebau der Börse, noch deren Turm, der aus den verschlungenen Schwänzen von vier bronzenen Drachen gebildet ist, noch die großen Mühlen der Festungswerke, deren ungeheure Flügel gleich den Segeln eines Schiffes im Seewind schwellen.

Mein Oheim hatte kein Auge für diese herrliche Stadt; um so mehr aber gefiel ihm ein Glockenturm der Insel Amak, die den südwestlichen Teil Kopenhagens bildet.

Nach einer Dampferfahrt und längerem Spaziergang erreichten wir die Kirche, an der nur der hohe Turm auffiel.

„Steigen wir hinauf", sagte mein Oheim.

„Aber ich bin schwindlig", entgegnete ich erschrocken.

„Dann um so mehr, man muß sich daran gewöhnen."

„Aber ..."

„Kein Aber, wir haben keine Zeit zu verlieren."

Ich mußte mich fügen. Ein Aufseher, der gegenüber wohnte, schloß den Turm auf, und wir begannen hinaufzusteigen.

Mein Oheim ging mit schnellem Schritt voran. Ich folgte nicht ohne Angst und etwas zögernder, da mir leicht schwindlig wurde.

Solange wir noch die schmale Treppe erstiegen, ging alles gut, aber nach etwa hundertundfünfzig Stufen wehte mir frische Luft ins Gesicht. Wir waren bis zur Plattform gekommen, von wo aus die Treppe jetzt ungeschützt weiterführte, mit einem schwachen Geländer versehen und Stufen, die stets enger wurden und bis zum Unendlichen zu führen schienen.

„Das schaffe ich nicht! Niemals!" schrie ich.

„Du wirst doch nicht feige sein? Steig!" erwiderte unbarmherzig der Professor.

Ich mußte ihm folgen und klammerte mich verzweifelt an dem Geländer fest. In der freien Luft schwanden mir die Sinne. Ich fühlte bei den heftigen Windstößen den Turm schwanken, meine Beine versagten mir den Dienst, ich rutschte bald auf den Knien, bald mit dem Körper. Ich schloß die Augen, es wurde mir übel.

Endlich, indem mein Oheim mich am Kragen faßte, kamen wir auf der Spitze an.

„Mach die Augen auf", sagte er, „und schau nach unten. Du mußt lernen, in einen Abgrund zu blicken!"

Ich öffnete die Augen. Ich sah die Häuser platt und zusammengedrückt stehen wie kleines Spielzeug. In der Ferne sah man auf der einen Seite grüne Felder, auf der andern das im Sonnenschein schimmernde Meer. An der Spitze von Helsingör breitete sich der Sund aus, mit etlichen weißen Segeln bedeckt, und im Osten, halb vom Dunst verborgen, die schwedische Küste. Das alles zusammen wirbelte vor meinen Blicken.

Dennoch mußte ich aufstehen, mich geradehalten, schauen. Meine erste Schwindellektion dauerte eine Stunde. Als ich endlich wieder hinabgestiegen war und den festen Boden des Pflasters unter meinen Füßen fühlte, war ich an allen Gliedern steif.

„Morgen wiederholen wir die Lektion", sagte der Professor.

Die restlichen Tage setzten wir diese Schwindelübungen fort, und ich machte merkliche Fortschritte, worüber mein Oheim sehr erfreut war.

Neuntes Kapitel

Der Tag der Abreise kam heran. Tags zuvor überbrachte uns der gefällige Herr Thomson wohlwollende Empfehlungsbriefe an den Gouverneur Islands, Grafen Trampe, und den Bürgermeister von Reykjavik, Herrn Finsen. Mein Oheim dankte ihm mit wärmstem Händedruck.

Am 2., sechs Uhr früh, befand sich unser kostbares Gepäck an Bord der *Valkyrie*. Der Kapitän führte uns in ziemlich enge Kabinen.

„Haben wir günstigen Wind?" fragte mein Oheim.

„Vortrefflichen", erwiderte der Kapitän Bjarne, „Südost. Wir werden mit vollen Segeln aus dem Sund in die weite See stechen."

Nach kurzer Zeit stach die kleine Korvette in See und fuhr mit vollen Segeln durch die Meerenge.

Eine Stunde später schien die Hauptstadt Dänemarks am Horizont in den Fluten zu versinken, und die *Valkyrie* fuhr vor der Küste von Helsingör entlang.

Die *Valkyrie* segelte vorzüglich, aber auf ein Segelschiff kann man sich nie allzusehr verlassen. Es war für Reykjavik mit Kohlen, Haushaltungsgegenständen, Töpferwaren, wollenen Kleidungsstücken und einer Ladung Getreide beladen. Fünf Mann, alles Dänen, bildeten die ganze Besatzung.

„Wie lange wird die Überfahrt dauern?“ fragte mein Oheim den Kapitän.

„Zehn Tage etwa“, erwiderte dieser, „wenn wir nicht bei den Faröer-Inseln allzuviel widrigen Wind aus Nordwest gegen uns haben.“

„Wird das für uns viel Verspätung bedeuten?“

„Nein, Herr Lidenbrock; seien Sie unbesorgt, wir werden pünktlich Island erreichen.“

Gegen Abend umfuhr das Schiff Kap Skagen an der Nordspitze Dänemarks, während der Nacht passierte es den Skagerrak, ließ mit Kap Lindesnes die Südspitze Norwegens steuerbords hinter sich und stach in das Nordmeer.

Zwei Tage später bekamen wir die schottische Küste bei Peterhead in Sicht, und die *Valkyrie* fuhr zwischen den Orkney- und den Shetlandinseln auf die Faröer-Inseln zu.

Bald glitt unsere Korvette über die Wogen des Atlantischen Ozeans und mußte gegen den Nordwind kämpfen. Am 8. erkannte Kapitän Bjarne am Horizont die Südspitze Islands, und von nun an fuhren wir gerade auf Kap Portland an der Südküste Islands zu.

Es passierte nichts Außergewöhnliches auf der Fahrt, nur daß mein Oheim einige Schwierigkeiten mit dem Seegang hatte.

Am 11. bekamen wir Kap Portland voll in Sicht.

Die *Valkyrie* hielt sich in mäßiger Entfernung von der Küste. Bald hatten wir die Westmänner-Inseln vor uns, die wie hingesäte Felsen über den Meeresspiegel emporragten. Hier hielt die Korvette weiter vom Land ab, um das Kap Reykjanes, das die Westspitze von Island bildet, in sicherer Entfernung zu umsegeln.

Achtundvierzig Stunden darauf sichtete die Besatzung die Boje der Spitze Skagen, deren gefährlichste Felsen sich weithin unter dem Wasserspiegel entlangziehen. Ein isländischer Lotse kam an Bord, und nach drei Stunden ankerte die *Valkyrie* in der Bai vor Reykjavik.

Nun endlich verließ der Professor seine Kabine, etwas blaß und zerschlagen zwar, doch zufrieden und mit ungebrochenem Enthusiasmus.

Bevor wir aber von Bord gingen, zog er mich auf das Vorderteil des Schiffes und zeigte mit dem ausgestreckten Arm auf einen hohen Berg an der Nordseite der Bai, dessen zwei Spitzen mit ewigem Schnee bedeckt waren.

„Der Snäfields!“ rief er. „Der Snäfields!“

Sobald wir isländischen Boden betreten hatten, empfing uns ein stattlicher Mann in Generalsuniform. Es war der Gouverneur der Insel, Graf Trampe, in eigener Person.

Der Professor überreichte ihm seine Briefe aus Kopenhagen, und es entspann sich in dänischer Sprache eine kurze Unterhaltung. Das Resultat war, daß Graf Trampe sich Professor Lidenbrock völlig zur Verfügung stellte. Ein herzlicher Empfang wurde meinem Oheim auch von Bürgermeister Finsen zuteil, der gleich dem Gouverneur in militärischer Uniform erschien.

Er machte uns mit dem Professor der Naturwissenschaften an der Universität zu Reykjavik, Herrn Fridrickson, bekannt, einem sehr gelehrten Mann, der uns unschätzbaren Beistand leistete.

Von den drei Zimmern seiner Wohnung stellte uns der treffliche Mann zwei zur Verfügung, und wir richteten uns sehr schnell bei ihm ein. Über die Menge unseres Gepäcks war allerdings auch unser Gastgeber etwas erstaunt.

„Nun, Axel", sagte mein Oheim, „es geht gut vorwärts, die Hauptschwierigkeit ist schon beseitigt."

„Wie, die Hauptschwierigkeit?" rief ich aus.

„Allerdings, wir sind pünktlich hier und brauchen nur hinabzusteigen."

„Wenn Sie's so verstehen, haben Sie recht, aber am Ende, denk ich, müssen wir auch wieder heraufkommen."

„Darüber wollen wir uns jetzt keine Sorgen machen. Wohlan! Es ist keine Zeit zu verlieren. Ich gehe kurz in die Bibliothek, vielleicht findet sich da ein Manuskript von Saknussemm, das ich sehr gerne zu Rate ziehen würde."

„Dann besehe ich mir unterdessen die Stadt. Sie wollen sie doch auch kennenlernen?"

„Das interessiert mich sehr wenig. Die Merkwürdigkeiten dieses Landes liegen nicht über, sondern unter der Erde."

Ich ging also allein aus und streifte in der Stadt umher.

Die Stadt zieht sich auf ziemlich sumpfigem Boden zwischen zwei Anhöhen hin. Auf der einen Seite ist sie von einer ungeheuren Lavaschicht begrenzt, die allmählich und in Stufen nach dem Meer zu abfällt; auf der anderen erstreckt sich die ungeheure, nördlich von dem großen Gletscher des Snäfields begrenzte Bai Faxa. Gewöhnlich liegen hier mehrere englische und französische Fischerboote. Sie fischten aber damals gerade an der Nordküste Islands, so daß unsere *Valkyrie* das einzige vor Anker liegende Schiff war.

Die längere der beiden Straßen von Reykjavik läuft parallel zum Ufer. Hier wohnen die Kauf- und Geschäftsleute der Stadt in Holzhäusern, die jedoch eher Blockhütten als Häuser waren. Die andere Straße verläuft fast im rechten Winkel zu der ersten, und sie war ebenso düster wie trübsinnig. Ich hatte beide rasch durchschritten und fand am Ende der letzteren die Wohnung des Gouverneurs, die sich neben den übrigen Hütten wie ein Palast ausnahm.

Etwas außerhalb stand die Kirche der Stadt, die aus verkalktem, von den Vulkanen ausgeworfenem Gestein erbaut war, um den starken Westwinden standzuhalten.

In drei Stunden hatte ich nicht allein die Stadt, sondern auch ihre Umgebung durchstreift. Im allgemeinen ein höchst trauriger Anblick. Keine Bäume oder Sträucher, ja überhaupt keine Vegetation.

Während meines Spaziergangs begegneten mir wenig Leute. Auf dem Heimweg durch die Straße mit den Kaufleuten fand ich die meisten Einwohner damit beschäftigt, Kabeljau zu trocknen, zu salzen und einzulegen; denn dieser Fisch ist der Hauptausfuhrartikel des Landes. Die Menschen schienen kräftig, aber schwerfällig, ihre Tracht bestand in einer groben Jacke aus schwarzer Wolle, die in den skandinavischen Ländern unter dem Namen „Vadmel“ bekannt ist, einem breitrandigen Hut, Hosen mit roter Borte und einem Stück Leder, das zu einer Art Fußbekleidung zusammengelegt ist.

Die Frauen trugen meistens Bluse und Rock aus dunklem Vadmel; die Mädchen hatten ihr Haar in Zöpfen geflochten und versteckten es unter einem braunen gestrickten Häubchen; die Verheirateten trugen als Kopfbedeckung ein buntes Tuch.

Als ich nach diesem ausgedehnten Spaziergang in das Haus des Herrn Fridrickson zurückkam, fand ich meinen Oheim bereits in Gesellschaft unseres Hauswirts.

Zehntes Kapitel

Das Mittagessen war bereitet. Professor Lidenbrock verschlang es mit großem Appetit, denn sein Magen war während der Überfahrt fast nur ans Fasten gewöhnt.

Diese mehr dänische als isländische Mahlzeit entsprach ganz unserem Geschmack und bestand aus uns bekannten Speisen. Unser Wirt, der mehr Isländer als Däne war, erinnerte mich an die antike Gastfreundschaft, die dem Gast das Beste zukommen läßt.

In die Unterhaltung, die in der Landessprache geführt wurde, mischte mein Oheim deutsche und Herr Fridrickson lateinische Brocken, damit auch ich etwas davon verstand. Beide Gelehrten erörterten wissenschaftliche Fragen, aber Professor Lidenbrock hielt sich äußerst zurück, und seine Augen befahlen mir bei jedem Satz unbedingtes Schweigen über den Zweck unserer Reise.

Zuerst erkundigte sich Herr Fridrickson bei meinem Oheim über das Resultat seines Besuchs in der Bibliothek.

„Ihre Bibliothek“, bemerkte mein Oheim, „besteht aus verstümmelten Werken, aus fast leeren Fächern.“

„Wie?“ erwiderte Herr Fridrickson. „Wir besitzen achttausend Bände, darunter viele wertvolle und seltene Werke in altskandinavischer Sprache und alle neueren Erscheinungen, mit denen wir jährlich aus Kopenhagen versorgt werden.“

„Wo sind denn diese achttausend Bände? Meiner Schätzung nach ...“

„Ja, Herr Lidenbrock, sie sind alle im Umlauf, ausgeliehen. Man hat auf unserer alten Eisinsel Freude am Lesen. Es gibt keinen Bauern, keinen Fischer, der nicht lesen könnte und nicht liest. Wir meinen, Bücher seien bestimmt, gelesen zu werden, anstatt in Regalen zu verschimmeln. So sind denn auch diese Bände von Hand zu Hand in Umlauf, werden durchblättert, gelesen und weitergereicht; und manchmal sind sie ein oder zwei Jahre unterwegs, bis sie wieder in die Bibliothek zurückkommen.“

„Doch“, erwiderte mein Oheim etwas ärgerlich, „die Fremden ...“

„Was meinen Sie? Die Ausländer haben in ihrer Heimat Bibliotheken, und vor allem bedürfen unsere Landsleute der geistigen Nahrung. Ich wiederhole, Freude am Lernen liegt dem Isländer im Blut. Auch haben wir 1816 eine literarische Gesellschaft gegründet, die in hohem Ansehen steht; für ausländische Gelehrte ist es eine Auszeichnung, ihr anzugehören. Wenn Sie, Herr Lidenbrock, uns als korrespondierendes Mitglied beitreten wollen, machen Sie uns damit eine große Freude.“

Mein Oheim, der bereits mehreren wissenschaftlichen Gesellschaften angehörte, nahm zur Freude Herrn Fridricksons an.

„Jetzt“, fuhr dieser fort, „geben Sie mir die Bücher an, die Sie in unserer Bibliothek gesucht haben. Ich kann Ihnen vielleicht darüber Auskunft geben.“

Ich sah meinen Oheim an. Er zögerte mit der Antwort. Die Frage berührte direkt seine Pläne. Doch entschloß er sich, nachdem er einige Zeit überlegt hatte, zu reden.

„Herr Fridrickson“, sagte er, „ich möchte wissen, ob Sie unter Ihren alten Büchern auch die von Arne Saknussemm besitzen?“

„Arne Saknussemm!“ erwiderte der Professor aus Reykjavik. „Sie meinen den Gelehrten des sechzehnten Jahrhunderts, den großen Naturforscher, Alchimisten und Reisenden?“

„Den eben meine ich."

„Ein berühmter Mann, eine Zierde der Wissenschaft und Literatur Islands."

„Ich sehe, daß Sie ihn genau kennen", sagte mein Oheim, erfreut über soviel Lob seines heimlichen Helden. „Nun", fragte er, „und wo sind seine Werke?"

„Seine Werke haben wir nicht."

„Wie? Sie sind nicht auf Island?"

„Sie existieren weder auf Island noch anderswo."

„Und warum?"

„Weil Arne Saknussemm als Ketzer verfolgt und seine Werke im Jahre 1573 zu Kopenhagen durch Henkershand verbrannt wurden."

„Vortrefflich!" rief mein Oheim, zum Erstaunen und Ärger unseres Gastgebers.

„Wie?" fragte dieser.

„Ja! Alles erklärt sich, alles wird verständlich, und ich begreife, weshalb Saknussemm, nachdem seine Schriften verfolgt und er gezwungen war, seine Entdeckungen geheimzuhalten, sein Geheimnis in einer rätselvollen Schrift niederschrieb."

„Was für ein Geheimnis?" fragte lebhaft Herr Fridrickson.

„Ein Geheimnis ... das ...", erwiderte stotternd mein Oheim.

„Haben Sie vielleicht ein besonderes Dokument gefunden?"

„Nein ... Es war nur eine Vermutung."

„Gut", versetzte Herr Fridrickson, der so freundlich war, nicht weiter zu fragen, als er die Verlegenheit meines Oheims sah. „Sie werden unsere Insel nicht verlassen, ohne ihre mineralogischen Schätze gesehen zu haben?"

„Selbstverständlich nicht", erwiderte mein Oheim, „aber ich komme etwas spät, es sind schon andere Gelehrte hiergewesen."

„Ja, Herr Lidenbrock, die auf königlichen Befehl ausgeführten Arbeiten der Herren Olafsen und Povelsen, die Studien Troils, die wissenschaftliche Mission der Herren Gaimard und Robert an Bord der französischen Korvette *La Recherche* haben sehr viel zur Kenntnis Islands beigetragen. Aber, glauben Sie mir, es ist noch genug übriggeblieben, was eine Untersuchung lohnt."

„Sie meinen?" fragte mein Oheim mit gutmütiger Miene, dabei bemüht, seine Aufregung zu unterdrücken.

„Ja, was sind da für Berge, Gletscher, Vulkane, die noch wenig bekannt, kaum erforscht sind. Sehen Sie da, um nicht weiterzugehen, diesen Berg am Horizont emporragen. Das ist der Snäfields."

„So, der Snäfields!"

„Ja, einer der merkwürdigsten Vulkane, dessen Krater selten besucht wird."

„Ist er erloschen?"

„Ja, seit fünfhundert Jahren."

„Nun denn!" erwiderte mein Oheim, der, um nicht aufzuspringen, krampfhaft die Beine übereinanderschlug. „Ich habe Lust, meine geologischen Studien mit diesem Seffel... Feffel... – wie sagten Sie? – zu beginnen."

„Snäfields!" fuhr der treffliche Herr Fridrickson fort.

Dieser Teil der Unterhaltung wurde in lateinischer Sprache geführt. Ich konnte alles verstehen und kaum meine ernsthafte Miene bewahren, als mein Oheim seine Freude zu verbergen suchte, die aus ihm herausstrahlte.

„Ja", sagte er, „Ihre Worte sollen meine Studien bestimmen. Wir wollen den Snäfields besteigen, vielleicht auch seinen Krater untersuchen."

„Ich bedauere sehr", erwiderte Herr Fridrickson, „daß meine Geschäfte mir nicht gestatten, die Stadt zu verlassen. Ich würde Sie gern dahin begleiten."

„Nein, nein", antwortete lebhaft mein Oheim, „wir wollen Ihnen durchaus keine Schwierigkeiten bereiten, Herr Fridrickson, ich danke Ihnen herzlich. Die Beteiligung eines so gelehrten Mannes wie Sie wäre sehr nützlich, aber die Obliegenheiten Ihres Amtes ..."

Ich glaube gern, daß unser Gastgeber sich in der Unbefangenheit seiner isländischen Seele von der großen Schalkhaftigkeit meines Onkels keinen Begriff machen konnte.

„Ich billige sehr, Herr Lidenbrock", sagte er, „daß Sie mit diesem Vulkan anfangen. Sie werden da an Besonderheiten genug finden, um nicht enttäuscht zu sein. Aber sagen Sie mir, wie denken Sie auf die Halbinsel des Snäfields zu kommen?"

„Zur See, über die Bai. So geht's am schnellsten."

„Allerdings, aber das ist jetzt unmöglich."

„Weshalb?"

„Weil wir nicht ein einziges Boot in Reykjavik haben."

„Teufel!"

„Sie müssen längs der Küste zu Land reisen. Das ist zwar ein Umweg, aber er ist interessanter."

„Gut. Ich werde versuchen, einen Führer zu bekommen."

„Ich kann Ihnen gerade einen anbieten."

„Ist es ein zuverlässiger, verständiger Mann?"

„Ja, ein Bewohner der Halbinsel. Es ist ein sehr geschickter Eiderjäger, mit dem Sie zufrieden sein werden. Er spricht gut Dänisch."

„Und wann kann ich ihn sehen?"

„Morgen, wenn es Ihnen recht ist."

„Warum nicht heute?"

„Weil er erst morgen ankommt."

„Morgen also", erwiderte seufzend mein Oheim.

Kurz darauf endete diese interessante Unterhaltung, und wir dankten unserem Gastgeber auf das wärmste.

Mein Oheim hatte bei seinem isländischen Kollegen wichtige Dinge erfahren, unter anderem die Geschichte Saknussemms und den Grund seines geheimnisvollen Dokuments. Außerdem hatte Herr Fridrickson versprochen, ihm morgen einen Führer zur Verfügung zu stellen.

Elftes Kapitel

Als ich am nächsten Morgen aufwachte, hörte ich meinen Oheim im Nebenzimmer in lebhaftem Gespräch. Ich stand sogleich auf und eilte nach nebenan.

Er sprach dänisch mit einem Mann von hohem, kräftigem Wuchs. Der große Bursche schien ungemein stark zu sein. Seine blauen Augen blickten warm und freundlich. Lange rote Haare wallten über seine athletischen Schultern. Seine Person strömte eine Ruhe aus, die den Menschen auf dieser Insel hier eigen ist. Man fühlte, daß er von keinem Menschen etwas begehrte, daß er nach eigenem Ermessen handelte und daß nichts in der Welt ihn in seiner Gelassenheit stören könne.

Mit gekreuzten Armen nahm unser Führer, denn um den mußte es sich handeln, den Wortschwall des Professors auf und antwortete nur mit einem Kopfnicken. Beim Verneinen wandte er seinen Kopf von links nach rechts, zum Bejahen senkte er ihn, aber so wenig, daß seine langen Haare sich kaum bewegten. Die Sparsamkeit an Bewegungen trieb er bis zum Geiz.

Beim Anblick dieses Mannes hätte ich sicher nicht geahnt, daß er seines Zeichens Jäger sei. Dieser scheuchte gewiß sein Wild nicht auf, dachte ich, aber wie kommt er ihm überhaupt nahe? Das wurde mir verständlich, als ich von Herrn Fridrickson vernahm, dieser ruhige Mann sei nur ein Eiderjäger. Um das Gefieder der Eidergans, Eiderdaunen genannt, die einen bedeutenden Reichtum der Insel darstellten, zu sammeln, bedarf's in der Tat keines großen Aufwands an Bewegungen.

In den ersten Sommertagen baut das Weibchen sein Nest zwischen die Felsen des Fjords und füttert sodann dasselbe mit den zarten Flaumfedern seines Federkleides aus. Zu dieser Zeit kommt nun der Eiderjäger, nimmt das Nest weg, und das Weibchen beginnt seine Arbeit von neuem. Das dauert so lange, wie sein Gefieder ausreicht. Ist das Weibchen völlig nackt, kommt das Männchen an die Reihe. Da aber dessen rauhe und grobe Federn keinen Handelswert haben, nimmt nun der Jäger das Nest nicht mehr weg. Das Weibchen legt seine Eier und brütet sie aus. Im folgenden Jahr wird das Eiderdaunensammeln in gleicher Weise wiederholt.

Da die Eidergans ihr Nest nicht in den steilen Felsen baut, sondern an leicht zugänglichen Stellen, kann der Eiderjäger seine Beute ohne große körperliche Anstrengung erreichen. Er ist also ein Bauer, der weder zu säen noch die Ernte zu schneiden, sondern sie lediglich einzusammeln hat.

Dieser ernste, phlegmatische und schweigsame Mann hieß Hans Bjelke. Er kam auf Herrn Fridricksons Empfehlung und sollte unser Führer werden.

Trotz der Unterschiedlichkeit der Charaktere der beiden verständigte sich mein Oheim leicht mit ihm. Keiner feilschte um den Preis; der eine war bereit zu nehmen, was man ihm bot, der andere bereit zu geben, was verlangt wurde. Nie kam ein Handel leichter zustande.

Hans verpflichtete sich, uns bis zum Dorf Stapi zu führen, das an der Südküste der Halbinsel des Snäfields, dicht am Fuße des Vulkans liegt. Für diesen Marsch wurden besonders in Anbetracht des unwegsamen Geländes sieben bis acht Tage eingeplant.

Vier Pferde mußten besorgt werden, zwei zum Reiten für uns, die beiden anderen für das Gepäck. Hans wollte nach seiner Gewohnheit zu Fuß gehen. Er kannte diese Gegend genau und versprach, den kürzesten Weg einzuschlagen.

Hans war uns ein guter Führer, und meinem Oheim gelang es, ihn auch für seine weiteren wissenschaftlichen Unternehmungen zu gewinnen, für einen Lohn von drei Talern wöchentlich.

Die Abreise wurde auf den 16. Juni festgesetzt. Mein Oheim wollte ihm ein Draufgeld geben, aber er lehnte es mit einem Wort ab.

„Efter", sagte er.

„Nachher", übersetzte mir der Professor. „Ein famoser Mensch, aber er ahnt gar nicht, wohin unsere Reise geht."

„Er wird uns also begleiten bis ..."

„Ja, Axel, bis zum Mittelpunkt der Erde."

Achtundvierzig Stunden blieben uns noch bis zur Abreise; zu meinem großen Bedauern waren sie nur mit Vorbereitungen ausgefüllt. Wir mußten jeden Gegenstand richtig verpacken, alles ordnen, die Instrumente hierhin, die Waffen dorthin, die Werkzeuge in dies Paket, die Lebensmittel in jenes. Im ganzen waren es vier Pakete:

Die Instrumente bestanden aus:

1. Einem neu entwickelten Thermometer von Eigel, mit einer Skala von hundertfünfzig Grad, welche mir zu hoch oder zu niedrig vorkam. Zu hoch, wenn die Hitze unserer Umgebung diese Temperatur erreichte, denn dann würden wir gebraten. Zu niedrig, wenn sich's darum handelte, die Temperatur der Quellen oder eines geschmolzenen Metalls zu messen.
2. Einem Manometer für den Luftdruck, um zu messen, wie stark der Druck der Atmosphäre beim Hinabsteigen zunehmen würde.
3. Einem Chronometer vom jüngeren Boissonnas in Genf, das nach dem Meridian Hamburgs gerichtet war.
4. Zwei Kompassen zur Orientierung.
5. Einem Nachtfernrohr.
6. Zwei Ruhmkorffschen Apparaten, die uns Licht spenden sollten.

Als Waffen führten wir Karabiner von Purdley & Co. und zwei Revolver mit. Wofür denn Waffen? Wir hatten doch, denk ich, weder Wilde noch Tiere zu fürchten. Aber mein Oheim schien an ihnen zu hängen wie an seinen Instrumenten, besonders an einem gehörigen Vorrat von Schießbaumwolle, der die Feuchtigkeit nichts anhaben konnte und die auch weit stärker als das gewöhnliche Pulver ist.

An Werkzeugen nahmen wir zwei Spitzhacken, zwei Hacken, eine Strickleiter, drei mit Eisen beschlagene Stöcke, ein Beil, einen Hammer, ein Dutzend eiserne Keile und Ringschrauben sowie lange Stricke mit Knoten mit. Das ergab ein umfangreiches Paket, denn die Strickleiter war dreißig Meter lang.

Das Lebensmittelpaket war wesentlich kleiner und enthielt nur gepökeltes Fleisch und Zwieback für sechs Monate. An Flüssigkeiten nahmen wir Wacholderbranntwein und einige Kürbisflaschen Wasser mit. Mein Oheim rechnete unterwegs mit Quellen, um den Wasservorrat zu ergänzen. Die Einwände meinerseits, daß die meisten Quellen heißes Wasser führen, waren fruchtlos geblieben.

Um die Liste unserer Reiseartikel zu vervollständigen, nenne ich noch eine Reiseapotheke mit stumpfen Scheren, Schienen für einen Bruch, Binden und Watte, ein Aderlaßbecken und andere erschreckliche Dinge; ferner eine Anzahl Fläschchen mit Dextrin, Wundspiritus, Bleiessig,

Äther, Essig und Salmiak, lauter Arzneimittel, die wenig beruhigen konnten.

„So ausgestattet und versehen", sagte mein Oheim, „hat man keinen Grund, eine weite Reise zu scheuen."

Mit dem Ordnen und Verpacken der Gegenstände ging ein ganzer Tag drauf. Am folgenden Tag wurden die Vorbereitungen abgeschlossen. Unser Wirt machte dem Professor eine große Freude, indem er ihm eine Karte von Island schenkte, die seine eigene an Genauigkeit übertraf. Das war für einen Mineralogen ein kostbares Dokument.

Der letzte Abend wurde in vertraulichem Gespräch mit Herrn Fridrickson verbracht, für den ich lebhafte Zuneigung empfand.

Nach einer unruhigen Nacht weckte mich um fünf Uhr früh das Wiehern der vier Pferde, die unter meinem Fenster standen. Ich kleidete mich hastig an und verließ das Haus.

Hans war bereits damit beschäftigt, unser Gepäck aufzuladen. Er verfuhr dabei sehr geschickt und kümmerte sich wenig um die lauten, aber unnützen Anweisungen meines Oheims.

Um sechs Uhr waren wir bereit. Herr Fridrickson drückte uns die Hände. Professor Lidenbrock dankte ihm in isländischer Sprache recht herzlich für seine Gastfreundschaft; dann saßen wir auf, und unser Gastgeber rief uns zum Lebewohl den Vers Vergils nach:

„Fahren wir denn getrost, wohin Fortuna uns führet!"

Zwölftes Kapitel

Wir hatten bei der Abreise bedeckten Himmel, doch es regnete nicht, und auch die Wärme war zu ertragen.

Das Vergnügen, zu Pferd einen Ausflug durchs Land zu machen, ließ mich das Ziel unserer Reise fast vergessen, und ich fing an, der Sache die freundliche Seite abzugewinnen.

Was riskiere ich eigentlich, fragte ich mich, mitten in einem fremden, eigenartigen Lande zu reisen, einen berühmten Berg zu erklimmen, im schlimmsten Fall in dessen erloschenen Krater hinabzusteigen! Offenbar hat Saknussemm nichts anderes getan. Daß ein verborgener Gang von da ins Erdinnere führen sollte; pah, pure Einbildung, rein unmöglich! So nehmen wir denn das Gute der Reise hin, warum sich Sorgen machen?

Unter solchen Gedanken waren wir aus Reykjavik herausgekommen.

Hans ging voran, mit raschem, gleichmäßigem, ausdauerndem Schritt. Hinter ihm die zwei Pferde mit unserm Gepäck, ohne daß man sie zu treiben brauchte. Mein Oheim und ich bildeten den Schluß. Wir nahmen uns wirklich nicht übel aus auf unseren kleinen, aber kräftigen Tieren.

Island gehört zu den großen Inseln Europas. Bei einer Fläche von über hunderttausend Quadratkilometern zählt es nur sechzigtausend Bewohner. Die Geographen haben es in vier Viertel geteilt, und wir mußten quer durch den Teil wandern, der Südwest-Viertel, „Sudvestr Fjordungr", heißt.

Hans hatte gleich von Reykjavik aus die Richtung längs des Meeresufers eingeschlagen. Wir ritten über mageres Weideland, das mehr gelb als grün aussah. Die runzligen Gipfel der Gebirgsmassen verwischten sich am Horizont im Nebel; mitunter sah man Schneestriche, die das schwache Licht sammelten und als hellen Schein zurückwarfen. Einzelne kühn emporstrebende Spitzen durchbohrten das graue Gewölk und kamen am klaren Himmel wieder zum Vorschein.

Oft liefen diese dürren Felsenketten in einer Spitze dem Meere zu und schnitten in das Weideland ein; aber es blieb dann noch hinreichender Raum für den Weg. Unsere Pferde suchten sich übrigens selbst die geeignetsten Stellen, ohne dabei je langsamer vorwärts zu kommen. Mein Oheim wollte sein Reittier nicht durch Zuruf oder die Peitsche antreiben, obwohl er voller Ungeduld war. Aber in diesem unwegsamen Gelände war unser Tempo nicht zu erhöhen. Ich mußte heimlich lächeln, als ich ihn so groß auf so einem kleinen Pferde sah, daß seine langen Beine manchmal auf dem Boden schleiften und er wie ein sechsfüßiger Zentaur aussah.

„Braves Tier! Braves Tier!" sagte er. „Du wirst sehen, Axel, daß kein Tier das isländische Pferd an Verstand übertrifft. Schnee, Stürme, schlechte Wege, Felsen, Gletscher, nichts hält es auf; es ist wacker, behutsam, zuverlässig. Nie ein Fehltritt, nie ein Widerstreben. Ist ein Fluß, ein Fjord zu passieren, so stürzt es sich ohne Zaudern gleich einem Fisch ins Wasser. Aber man darf es nicht hart anfahren, muß es gewähren lassen, und man wird täglich fünf Meilen mit ihm zurücklegen."

„Wir", erwiderte ich, „aber der Führer?"

„Oh! Da mach ich mir keine Sorge. Diese Leute kommen voran, ohne es zu merken. Dieser da rührt sich so wenig, daß er gar nicht müde wird. Übrigens werd ich ihm nötigenfalls mein Tier abtreten. Ich werde bald Krämpfe bekommen, wenn ich nicht mehr Bewegung habe."

Inzwischen kamen wir tüchtig vorwärts. Das Land war bereits etwas öde. Hier und da ein vereinzelter Pachthof oder ein einzelnstehendes Bauernhaus aus Holz, Erde, Lavastücken, das sich gleich einem Bettler an einen Berghang duckte. Die verfallenen Hütten sahen aus, als sprächen sie die Barmherzigkeit der Vorübergehenden an, und man fühlte sich versucht, ihnen ein Almosen zu geben. Es fehlte in diesem Land gänzlich an Straßen, selbst an Fußpfaden, die Vegetation war öde, und keine Spur blieb von den Reisenden.

Und doch gehörte dieser in aller Nähe der Hauptstadt gelegene Teil der Reiseroute zu dem bewohnten und zugänglichsten Teil der Insel. Wie stand es erst mit den Gegenden, die noch verlassener waren als die, welche wir bisher sahen! Wir hatten schon eine halbe Meile zurückgelegt und waren weder auf einen Bauern noch auf einen Schäfer gestoßen. Nur einige sich selbst überlassene Kühe und Schafe kamen uns zu Gesicht.

Zwei Stunden nach unserer Abreise aus Reykjavik gelangten wir zu dem Flecken Gufunns, genannt „Aoalkirkja" oder Hauptkirche. Der Flekken verdankt seinen Namen einigen wenigen Häusern, die in Deutschland auf keiner Karte zu finden wären.

Hier machte Hans eine halbe Stunde Rast; er teilte unser reichliches Frühstück mit uns, antwortete auf die Fragen meines Oheims über die Beschaffenheit des Weges mit Ja und Nein, und als man ihn fragte, wo er zu übernachten gedenke, sagte er nur:

„Gardar."

Ich sah auf der Karte nach und fand am Ufer des Hvalfjords, vier Meilen von Reykjavik, einen kleinen Flecken dieses Namens. Als ich ihn meinem Oheim zeigte, sprach er:

„Vier Meilen nur! Vier Meilen von zweiundzwanzig! Das ist ein hübscher Spaziergang."

Er wollte Hans deswegen fragen, der gab ihm aber keine Antwort und machte sich an der Spitze seiner Pferde wieder auf den Weg.

Drei Stunden später, indem wir stets dem farblosen Rasen des Weidelandes folgten, mußten wir um den Kollafjord herumreiten, ein Umweg, der kürzer und leichter war als eine Fahrt über die Bucht. Darauf erreichten wir gegen Mittag ein „Pingstaör", eine Bezirksgerichtsstelle, die den Namen Ejulberg trug.

Hier wurden die Pferde gefüttert. Ohne uns lange aufzuhalten, ritten wir auf einem schmalen Uferweg zwischen einer Hügelreihe und dem Meer ununterbrochen weiter bis zu der „Aoalkirkja" Brantär und eine Meile weiter nach Saurböer, einer Filialkirche, „Annexia", am südlichen Ufer des Hvalfjords.

Es war vier Uhr nachmittags, und wir hatten vier Meilen zurückgelegt.

Der Fjord war an dieser Stelle mindestens eine halbe Meile breit; die Meereswellen schlugen tosend an die scharfgratigen Felsen; der Golf erweiterte sich zwischen Felswänden, die fast hundert Meter hoch senkrecht aufstiegen. So ruhig unsere Pferde auch sein mochten, ahnte ich dennoch nichts Gutes, wenn wir versuchen wollten, auf den Rücken der Vierfüßer über den Fjord zu setzen.

„Wenn Sie vernünftig sind", sagte ich zu meinem Oheim, „so werden Sie gar nicht erst versuchen, mit den Tieren überzusetzen."

Aber mein Oheim wollte nicht warten. Er galoppierte auf das Ufer zu. Sein Pferd witterte das Meer und hielt an.

Mein Oheim aber hatte seinen eigenen Willen und setzte ihm noch mehr zu. Das Pferd schüttelte den Kopf und weigerte sich abermals. Nun fluchte und peitschte er auf das Tier ein, aber dieses schlug hinten aus und machte Anstalten, seinen Reiter abzuwerfen. Schließlich beugte es seine Hinterbeine und schlüpfte unter den langen Beinen des Professors weg, so daß der aufrecht auf zwei Felsstücken stehenblieb wie der Koloß von Rhodos.

„Du verdammtes Tier!" rief der Reiter, als er sich plötzlich zu Fuß sah, und schämte sich wie ein Reiteroffizier, der zum Infanteristen gemacht wurde.

„Farja", sagte der Führer und klopfte ihm auf die Schulter.

„Wie, eine Fähre?" fragte der Professor noch etwas verärgert.

„Dort", erwiderte Hans und deutete auf ein Fahrzeug.

„Ja, dort", rief ich, „da ist eine Fähre."

„Das hätte man gleich sagen sollen! Nun, weiter!"

„Tidvatten", fuhr der Führer fort.

„Was sagt er?"

„Er meint die Ebbe", übersetzte mein Oheim das dänische Wort.

„Allerdings, wir müssen die Ebbe abwarten."

„Forbida?" fragte mein Oheim Hans.

„Ja."

Mein Oheim stampfte ungeduldig mit dem Fuß, während die Pferde auf die Fähre zugingen.

Es war mir sofort klar, daß man zum Übersetzen noch eine Weile warten mußte, um die Fähre nicht zu gefährden.

Dieser günstige Zeitpunkt trat erst um sechs Uhr abends ein; mein Oheim, ich, Hans, zwei Fährmänner und die vier Pferde hatten bereits in der etwas gebrechlichen flachen Barke Platz genommen. Da ich an die Dampffähren der Elbe gewöhnt war, kamen mir die Ruder der Schiffer sehr armselig vor.

Wir brauchten über eine Stunde, um über den Fjord zu setzen; aber endlich kamen wir doch glücklich hinüber.

Nach einer halben Stunde erreichten wir Gardar.

Dreizehntes Kapitel

Es hätte nun dunkel werden müssen, aber unter dem vierundsechzigsten Breitengrad geht die Sonne während des Juni und Juli nicht unter. Dennoch war die Temperatur niedrig. Ich fror und hatte Hunger. Da war mir das Bauernhaus willkommen, das uns gastlich aufnahm.

Die Gastlichkeit dieses Bauern wog die eines Königs auf. Als wir ankamen, reichte uns der Besitzer die Hand und bat uns ohne weiteres in sein Haus. Ein langer, schmaler, dunkler Gang führte in dieses aus notdürftig behauenen Balken errichtete Haus und bildete den Zugang zu den Zimmern. Es gab insgesamt vier, die Küche, die Weberwerkstatt, das Schlafzimmer der Familie und das Fremdenzimmer, das von allen das beste war. Da man beim Bauen des Hauses nicht an die Größe meines Oheims gedacht hatte, stieß er einigemal mit dem Kopf an die Balken der Decke.

Man führte uns in unser Zimmer, einen großen Raum, dessen Boden nur aus gestampfter Erde bestand. Das Fenster war mit dünnem Leder bespannt. Als Bettzeug diente dürres Stroh, das man in zwei hölzerne, rot angestrichene und mit isländischen Sprüchen verzierte Verschläge geworfen hatte. Solch einen Komfort hatte ich nicht erwartet. Unangenehm war der starke Geruch getrockneter Fische, gepökelten Fleisches und saurer Milch, der das Haus durchzog.

Nachdem wir unsere Reiseausrüstung abgelegt hatten, lud uns der Hauswirt ein, in die Küche zu treten, die einzige Stelle im Haus, die bei größter Kälte warm war.

Mein Oheim folgte sofort der freundlichen Einladung, und ich schloß mich an.

Der Kamin der Küche war nach uraltem Muster gebaut; in der Mitte des Raumes bildete ein einziger Stein die Feuerstätte; im Dach befand sich ein Loch als Rauchfang. Die Küche diente auch als Eßzimmer.

Bei unserem Eintritt grüßte uns der Hauswirt, als habe er uns noch nicht gesehen, mit den Worten „saellvertu", „seid glücklich", und küßte uns auf die Wange.

Nach ihm sprach seine Frau die gleichen Worte und wiederholte die Begrüßungszeremonie ihres Mannes; darauf legten sie die rechte Hand aufs Herz und machten eine tiefe Verbeugung.

Die Frau war Mutter von neunzehn Kindern, die alle, große wie kleine, mitten in dem Dunst des Herdes durcheinanderwimmelten. Jeden Augenblick sah ich einen anderen blonden Kopf aus diesem Nebel hervortauchen. Man hätte sie für eine Gruppe ungewaschener Engel halten können.

Bald hatten wir drei oder vier der Kinder auf unseren Schultern, ebenso viele auf dem Schoß, die übrigen zwischen den Beinen. Die sprechen konnten, ließen das „saellvertu" in allen erdenklichen Tonarten vernehmen. Die noch nicht sprechen konnten, schrien um so mehr.

Als die Mahlzeit beginnen sollte, trat der Eiderjäger ein, der inzwischen die Pferde abgezäumt und auf die Weide geführt hatte. Die armen Tiere mußten sich mit spärlichem Moos zwischen den Felsen und wenig nahrhaftem Seegras begnügen.

„Saellvertu!" rief Hans.

Darauf folgte wieder die Begrüßungszeremonie von seiten des Wirts, seiner Frau und der neunzehn Kinder.

Als die Zeremonie zu Ende war, setzte man sich zu Tische, vierundzwanzig an der Zahl, folglich einer auf den anderen, und das ist wörtlich zu nehmen. Wer nur zwei Kinder auf den Knien hatte, kam dabei gut weg.

Jedoch als die Suppe aufgetragen wurde, ward das Völkchen still. Unser Wirt reichte uns eine Moossuppe, die nicht übel schmeckte, dann eine stattliche Portion getrockneten Fisch, der in Butter schwamm; sie mußte einige Monate alt sein, denn sie war etwas scharf geworden und also nach isländischen Begriffen vorzüglicher als frische Butter. Dazu gab es „Skyr", eine Art geronnener Milch, mit Zwieback und einer Brühe aus Wacholderbeeren; endlich einen Trank, Molken mit Wasser gemischt, der „Blanda" genannt wird. Ob diese seltsame Nahrung gut war oder nicht, kann ich nicht beurteilen, ich hatte zu großen Hunger. Und zum Dessert verschlang ich einen dicken Heidekornbrei bis auf den letzten Krümel.

Nach beendigter Mahlzeit wärmten wir uns noch ein wenig am Feuer und begaben uns dann zu unseren Schlafstellen.

Am folgenden Morgen um fünf Uhr verabschiedeten wir uns von dem isländischen Bauern. Mit Mühe konnte mein Oheim ihn bewegen, eine angemessene Vergütung anzunehmen, und Hans gab das Zeichen zur Abreise.

In einer Entfernung von hundert Schritten bekam die Gegend ein anderes Aussehen; der Boden wurde sumpfig und für die Reise weniger geeignet.

Rechts zog sich die Gebirgsreihe unendlich hin wie ein System natürlicher Festungswerke. Oft stießen wir auf Bäche, die wir durchwaten mußten, ohne daß jedoch das Gepäck allzu naß wurde.

Nachdem wir einige an Austern und Hechten reiche Flüßchen passiert hatten, verbrachten wir die Nacht in einem verlassenen Gemäuer, das uns aber wenig vor der Kälte schützte.

Am folgenden Tag begegnete uns nichts Besonderes. Stets derselbe Sumpfboden, dieselbe Einförmigkeit, dieselbe traurige Landschaft. Am Abend hatten wir die Hälfte des Weges zurückgelegt und übernachteten in der Annexia Krösolbt.

Am 19. Juni hatten wir etwa eine Meile weit Lavagrund unter den Füßen, der in der Landessprache Hraun heißt. Die runzlige Lava sah an der Oberfläche Ankertauen ähnlich, die bald zusammengerollt, bald auseinandergezogen schienen. Ein ungeheurer Strom war die nahen Berge herabgeströmt und legte Zeugnis von früheren Vulkanausbrüchen ab.

Aber wir hatten keine Zeit, uns diese Wunder länger zu betrachten. Bald zeigte sich wieder sumpfiger Boden, der von kleinen Seen unterbrochen war.

Wir hatten in den letzten Tagen die große Bai Faxa umgangen, und der doppelte weiße Gipfel des Snäfields ragte in der Entfernung von knapp fünf Meilen empor.

Die Pferde gingen einen guten Schritt, ohne sich durch den sumpfigen Boden aufhalten zu lassen. Ich für mein Teil fing an, sehr müde zu werden, mein Oheim dagegen blieb so fest und gerade wie am ersten Tag. Ich konnte nicht umhin, ihn zu bewundern, genauso wie den Eiderjäger, der diese Reise wie einen Spaziergang durchstand.

Samstag, den 20. Juni, kamen wir abends um sechs Uhr nach Büdir, einem kleinen Flecken am Meeresufer, und Hans verlangte seinen versprochenen Lohn.

Mein Oheim rechnete mit ihm ab. Die Familie unseres Hans – ein Vetter wohnte hier – bot uns ihre Gastfreundschaft an; wir wurden wohl empfangen, und ich hätte mich gerne bei ihnen von den Reisebeschwerden erholt. Aber mein Oheim, der selbst keiner Erholung bedurfte, duldete keine Verzögerung, und am folgenden Morgen mußten wir von neuem aufsitzen.

Der Boden zeigte schon Spuren des nahen Berges, dessen granitene Wurzeln wie die einer alten Eiche aus der Erde zum Vorschein kamen. Wir umgingen den ungeheuren Fuß des Vulkans. Der Professor, der ihn nicht aus den Augen verlor, rief plötzlich aus: „Da ist der Riese, den ich bezwingen will!"

Endlich, nach vier Stunden, hielten die Pferde von selbst vor dem Tor des Pfarrhauses zu Stapi.

Vierzehntes Kapitel

Stapi ist ein kleiner Flecken von etwa dreißig Hütten, der auf Lavagrund steht. Der kleine Fjord, an dem es liegt, ist von einer auffallend geformten Basaltmauer eingefaßt.

Bekanntlich ist der Basalt ein braunes Gestein vulkanischen Ursprungs, das eigentümliche Gestalt annimmt. Die Natur verfährt hier geometrisch und scheint mit Winkelmaß, Zirkel und Lot zu arbeiten. Wo sie sonst eine Vielzahl überraschender und unregelmäßiger Formen hervorbringt, legt sie hier ein Muster an Regelmäßigkeit vor, das selbst die klassischen Bauwerke der Griechen noch zu übertreffen scheint.

Ich hatte wohl von dem Riesendamm in Island und der Fingalsgrotte auf einer der Hebriden gehört, aber der Anblick des Basaltgesteins war für mich neu.

In Stapi nun zeigte es sich in seiner vollen Schönheit. Die Uferwand des Fjords wie das ganze Ufer der Halbinsel besteht aus einer Reihe zehn Meter hoher senkrechter Säulen, an denen sich die Wellen des Meeres brechen. Basaltblöcke, von dem Wasser fortgerissen, lagen zerstreut auf dem Boden.

Wir hatten unser Ziel erreicht. Hans hatte uns sicher geführt, und ich beruhigte mich ein wenig bei dem Gedanken, daß er uns auch weiter begleiten sollte.

Als wir am Tor des Pfarrhauses ankamen, einer niedrigen Hütte, die weder schöner noch bequemer war als die anderen, sah ich einen Mann, der mit lederner Schürze und einem Hammer in der Hand beschäftigt war, ein Pferd zu beschlagen.

„Saellvertu", begrüßte ihn Hans.

„Guten Tag", erwiderte in gutem Dänisch der Hufschmied.

„Kyrkoherde", sagte Hans zu meinem Oheim.

„Der Pfarrer!" übersetzte dieser. „Es scheint, Axel, dieser Mann da ist der Pfarrer."

Unterdessen erklärte Hans dem Pfarrer kurz unsere Lage. Dieser unterbrach seine Arbeit und rief laut ins Haus, wie es unter Roßhändlern üblich sein mag, und sogleich kam seine Frau aus der Hütte heraus, eine große Gestalt, der nicht viel an zwei Metern fehlte.

Ich fürchtete, sie würde uns auf isländische Art begrüßen, aber meine Furcht war unbegründet. Der Mann zeigte sich wenig freundlich, als er uns ins Haus führte.

Das Fremdenzimmer schien mir das schlechteste von allen im Hause zu sein, eng, schmutzig und übelriechend. Der Pfarrer hielt nicht viel von Gastlichkeit. Bevor der Tag zu Ende ging, erkannte ich, daß wir es mit einem Grobschmied, einem Fischer, Jäger, Zimmermann und keineswegs mit einem geistlichen Herrn zu tun hatten. Allerdings war's ein Werktag; vielleicht stellte sich der Pfarrer am Sonntag ein.

Mein Oheim sah gleich, mit was für Leuten er zu tun hatte. Es war ein grober, plumper Bauer statt eines würdigen Gelehrten. Um so rascher beschloß er, sein großes Vorhaben in Angriff zu nehmen. Ohne Rücksicht auf unsere Reisebeschwerden entschloß er sich, einige Tage im Gebirge zuzubringen.

Es wurden daher gleich am folgenden Tag nach unserer Ankunft in Stapi die nötigen Vorbereitungen getroffen. Hans mietete drei Isländer, die an Stelle der Pferde das Gepäck tragen sollten. Aber es wurde ausgemacht, daß, sobald wir den Rand des Kraters erreicht hatten, sie wieder zurückkehren sollten.

Bei dieser Gelegenheit gab mein Oheim Hans zu erkennen, daß er die Erforschung des Vulkans bis zum Äußersten fortzusetzen beabsichtige. Hans nickte nur. Dahin oder sonstwohin, auf der Oberfläche oder ins Innere hinab, das war ihm gleichgültig. Ich für mein Teil hatte, durch die Reise abgelenkt, unser eigentliches Ziel fast vergessen. Jetzt aber erschreckte mich der Gedanke wieder. Widerstand war wohl am Fuße des Snäfields nicht mehr möglich, da er sich schon in Hamburg als wirkungslos erwiesen hatte.

Eine Idee quälte mich vor allem, eine schreckliche Idee, die auch unempfindliche Nerven erschüttern konnte.

Wir besteigen, sagte ich bei mir, den Snäfields. Gut. Wir wollen in seinen Krater hinab. Andere haben das auch getan und haben dabei ihr Leben nicht eingebüßt. Aber dabei soll's nicht bleiben. Zeigt sich ein Weg, um ins Innere der Erde zu dringen, hat der unglückselige Saknussemm die Wahrheit gesagt, so werden wir uns in den unterirdischen Gängen des Vulkans verlieren. Nun wissen wir aber nicht genau, ob der Snäfields erloschen ist. Vielleicht bricht er gerade aus, wenn wir in seinem Krater stecken?

Mit Entsetzen malte ich mir aus, wie wir als Schlackehäufchen wieder an die Erdoberfläche geworfen werden würden.

Ich entschloß mich, bei meinem Oheim die Sache vorsichtig zur Sprache zu bringen.

„Ich dachte schon selbst daran", erwiderte er nur.

Das war neu. Sollte er endlich Vernunft angenommen haben?

Nach einer kleinen Pause fuhr er fort: „Ich dachte daran. Seit unserer Ankunft in Stapi hab ich mich mit der Frage beschäftigt, denn unvorsichtig dürfen wir nicht werden.

Sechshundert Jahre sind's, seit der Snäfields stumm ist, die Sprache hat er dennoch nicht verloren. Den Ausbrüchen aber gehen immer gewisse Erscheinungen voraus, die genau bekannt sind. Ich habe den Pfarrer befragt, den Boden studiert und kann dir sagen, Axel, es steht kein Ausbruch bevor."

Über diese Behauptung war ich bestürzt, hatte nichts darauf zu antworten.

„Zweifelst du an meiner Behauptung?" fragte mein Oheim. „Komm mit, ich will dich überzeugen."

Ich folgte mechanisch. Wir verließen das Pfarrhaus, und der Professor führte mich zu den Basaltsäulen. Bald befanden wir uns auf einem großen Feld, das durch unzählige vulkanische Ausbrüche aufgerissen war.

Hier und da sah man weiße Rauchwirbel aus dem Boden aufsteigen, die von heißen Quellen herrührten und von vulkanischer Tätigkeit zeugten. Das schien meine Befürchtungen zu rechtfertigen. Wie war ich daher verblüfft, als mein Oheim sagte:

„Du siehst diese Rauchwirbel, Axel; sie beweisen, daß wir nichts von dem Vulkan zu befürchten haben."

„Wieso?" fragte ich erstaunt.

„Merke dir", fuhr der Professor fort, „wenn ein Ausbruch bevorsteht, werden diese Ausströmungen erst lebhafter, versiegen aber dann während der Dauer des Ausbruchs völlig. Wenn also diese weißen Rauchwirbel gleichmäßig aufsteigen, weder zu- noch abnehmen, kann man mit Bestimmtheit sagen, daß kein Ausbruch bevorsteht."

„Aber ..."

„Kein Aber, die Wissenschaft ist hier völlig zuverlässig."

Ich ließ die Ohren hängen, als wir ins Pfarrhaus zurückkehrten. Mein Oheim hatte mich zum Schweigen gebracht. Doch blieb mir noch eine Hoffnung, nämlich die, daß vom Grund des Kraters kein Gang ins Erdinnere führte, daß es also unmöglich sein würde, tiefer einzudringen, trotz aller Saknussemms.

Am folgenden Morgen, am 23. Juni, erwartete uns Hans mit seinen Kameraden, die die Lebensmittel, Werkzeuge und Instrumente trugen. Zwei beschlagene Stöcke, zwei Gewehre, zwei Patronentaschen waren für meinen Oheim und mich vorgesehen. Hans hatte außerdem noch einen vollen Schlauch Wasser bereitgelegt, der uns nebst unseren Flaschen für etwa acht Tage versorgen konnte.

Es war neun Uhr morgens. Der Pfarrer und seine Frau warteten vor dem Tor, ohne Zweifel, um uns ein letztes Lebewohl zu sagen. Aber dieses Lebewohl erschien unversehens in Form einer ausführlichen Rechnung, mit der sogar die verpestete Luft bezahlt wurde. Dies würdige Ehepaar brachte seine Gastfreundschaft hoch in Anschlag und nahm uns nach Strich und Faden aus.

Mein Oheim zahlte, ohne zu handeln. Auf der Reise zum Mittelpunkt der Erde waren einige Taler mehr nicht erwähnenswert.

Als alles beglichen war, gab Hans das Zeichen zum Aufbruch, und nach einigen Minuten hatten wir Stapi im Rücken.

Fünfzehntes Kapitel

Wir gingen einer hinter dem anderen, der Jäger voran; der Pfad war so eng, daß nicht einmal zwei Personen nebeneinandergehen konnten. Jede Unterhaltung war dadurch fast unmöglich.

Über der Basaltwand des Stapi-Fjords zeigte sich zuerst ein krautartiger faseriger Torfboden, der aus der uralten Vegetation der Moorgründe dieser Halbinsel herrührte. Diese ungeheuren Torflager würden ausreichen, die gesamte Insel über Jahre mit Brennmaterial zu versorgen. Sie erreichen stellenweise eine Höhe von fast zwanzig Metern und enthalten verschiedene Schichten erkalteter Lava und Bimssteine.

Als echter Neffe des Professors Lidenbrock und trotz meiner Befangenheit beobachtete ich mit Interesse die mineralogischen Merkwürdigkeiten, die in diesem natürlichen Museum zu sehen waren.

Diese merkwürdige Insel ist offenbar verhältnismäßig spät aus dem Meeresgrund emporgetaucht. Vielleicht verändert sie sich immer noch. Wenn dem so ist, kann man dies nur dem Wirken vulkanischer Ausbrüche und starker unterirdischer Hitze zuschreiben. In diesem Fall gingen die Theorie Humphrey Davys, das Dokument Saknussemms, die Behauptungen meines Oheims alle miteinander in Rauch auf. Diese Hypothese brachte mich darauf, die Beschaffenheit des Bodens genau zu untersuchen, und ich versuchte mich zu erinnern, welche Naturerscheinungen zu seiner Beschaffenheit führten.

Island besteht gänzlich aus vulkanischem Tuff. Bevor die Vulkane ausbrachen, bestand es aus Trappgestein, das durch starken inneren Druck aus den Fluten emporgehoben wurde.

Später entstand schräg von Südwest nach Nordost über die ganze Insel ein Spalt, durch den die trachytische Masse nach und nach aufstieg.

Dieser Ausbruch vollzog sich langsam, und die aus dem Inneren der Erde ausgeworfenen glühenden Massen breiteten sich über die ganze Insel aus. In dieser Epoche entstanden die Feldspate, Syenite und Porphyre.

Der Umfang der Insel nahm bedeutend zu. Man begreift, welche Masse flüssiger Gase nach dem Erkalten der trachytischen Kruste keinen Ausgang mehr fand. Es kam daher ein Zeitpunkt, wo die Gewalt dieser Gase so stark wurde, daß sie die erkaltete Kruste durchbrachen, um sich einen Ausgang zu suchen. So entstanden die vielen Vulkane, so bildeten sich plötzlich die Krateröffnungen auf den Bergspitzen.

Durch die neu gebildeten Öffnungen entlud sich zuerst basaltisches Gestein, von dem die Ebene, die wir soeben durchwanderten, uns die merkwürdigsten Proben zeigte. Wir kamen an wuchtigen dunkelgrauen Felsblöcken vorbei, die meist eine sechseckige Grundfläche hatten. In der Ferne sah man eine große Zahl abgeplatteter Kegel, die einstmals feuerspeiende Krater waren.

Nach den Basaltausbrüchen entluden die Vulkane Lavaströme nebst Asche und Schlackenmassen, die in langen Streifen an den Berghängen herabflossen und wie Haarsträhnen aussahen.

Diese Reihe von Naturereignissen, denen Island sein Entstehen verdankt, hatten ihre Ursache im Wirken eines inneren Feuers, und es war Torheit anzunehmen, daß dieser Zustand sich geändert haben sollte. Ja, es war Wahnsinn zu glauben, man könne zum Mittelpunkt der Erde gelangen!

Mit diesen Gedanken beruhigte ich mich hinsichtlich des weiteren Verlaufs unserer Expedition, während wir langsam den Snäfields bestiegen.

Der Weg wurde immer schwieriger und steiler; die Felsstücke lagen nicht alle fest, und man mußte sorgfältig aufpassen, um einen Sturz zu vermeiden.

Hans ging ruhig und sicher voran. Manchmal verschwand er hinter großen Blöcken, und wir verloren ihn aus den Augen; dann gab er mit einem Pfiff die Richtung an, der wir zu folgen hatten. Oft blieb er auch stehen, legte einige Felsstücke übereinander, um so den Rückweg für uns zu markieren. Die Ereignisse, die folgten, machten solche Vorsorge unnötig.

In drei ermüdenden Wegstunden waren wir nur bis zum Fuß des Berges gekommen. Hans gab ein Zeichen haltzumachen, und alle nahmen ein leichtes Frühstück ein. Mein Oheim aß doppelte Portionen, um gut bei Kräften zu sein, und drängte zum Weitermarschieren. Doch da diese

Pause auch zum Ausruhen bestimmt war, mußte er sich nach dem Führer richten, der erst nach einer Stunde das Zeichen zum Aufbruch gab. Die drei Isländer, die so schweigsam waren wie ihr Kamerad, ließen kein Wort vernehmen und aßen mäßig.

Wir fingen jetzt an, die Abhänge des Snäfields hinanzusteigen. Sein schneebedeckter Gipfel schien mir durch eine optische Täuschung, wie sie im Gebirge häufig vorkommt, sehr nahe, und doch, wie viele Stunden dauerte es noch, bis wir ihn erreichten! Und welche Beschwerden dazu! Die Steine, durch nichts festgehalten, lösten sich unter unseren Füßen und rollten wie eine Lawine den Hang hinab.

An manchen Stellen bildeten die Flanken des Berges mit dem Horizont einen Winkel von mindestens sechsunddreißig Grad; es war unmöglich hinaufzuklimmen, und man konnte auch nicht ohne Schwierigkeiten um die Steinblöcke herumkommen. Wir unterstützten uns dabei gegenseitig mit unseren Stöcken.

Mein Oheim hielt sich so nahe wie möglich bei mir. Er verlor mich nicht aus den Augen, und manchmal war mir sein Arm eine tüchtige Stütze.

Er seinerseits hatte wohl einen angeborenen Gleichgewichtssinn, denn er wankte und stolperte nicht. Die Isländer, obwohl mit Gepäck beladen, kletterten so gewandt wie Bergbewohner.

Sah ich die Höhe des Gipfels an, so schien es mir unmöglich, von dieser Seite her hinaufzukommen. Zum Glück gelangten wir nach einer Stunde voller Strapazen, mitten im Schnee auf der Höhe des Vulkans, unversehens zu einer Art Treppe, die unser Steigen sehr erleichterte. Diese Steine stammten von einem Vulkanausbruch, und wären sie nicht beim Herabstürzen von der Bergwand aufgehalten worden, so wären sie ins Meer hinabgerollt und hätten uns nicht diese großartige Hilfe leisten können.

Der Berg wurde zwar immer steiler, aber die Steine erleichterten uns das Hinaufsteigen, und es ging dabei so rasch, daß, als ich einen Augenblick verschnaufte, meine Kameraden mir weit voraus waren.

Um sieben Uhr abends hatten wir die zweitausend Treppenstufen erstiegen und befanden uns oben auf einer Art Plateau, das von dem eigentlichen Kegel des Kraters gekrönt wurde.

Das Meer lag hier mehrere hundert Meter unter uns. Wir hatten die Grenze des ewigen Schnees überschritten, die in Island nicht sehr hoch ist. Es war grimmig kalt, und es wehte ein starker Wind. Ich war erschöpft.

Der Professor sah wohl, daß meine Beine mir den Dienst versagten,

und entschloß sich, trotz seiner Ungeduld, eine Rast einzulegen. Er gab dem Jäger ein Zeichen; der schüttelte aber den Kopf und sagte: „Ofvanför."

„Es scheint", sagte mein Oheim, „wir müssen noch höher steigen."

Er fragte Hans nach dem Grund.

„Mistour", war die Antwort.

„Ja, mistour", wiederholte einer der Isländer mit etwas erschrockenem Ton.

„Was bedeutet das?" fragte ich unruhig.

„Sieh nur", sagte mein Oheim.

Ich richtete meine Blicke nach der Ebene. Eine ungeheure Säule aus pulvrigem Bimsstein, Sand und Staub erhob sich gleich einer Wetterhose; der Wind trieb sie auf die Seite des Snäfields, wo wir uns befanden. Dieser dunkle, vor die Sonne gezogene Vorhang verursachte einen tiefen Schatten, der das ganze Gebirge bedeckte. Wenn diese Staubsäule heraufkam, mußte sie uns in ihren Wirbel hineinziehen. Diese Naturerscheinung, die, wenn der Wind von den Gletschern her weht, ziemlich häufig ist, heißt im Isländischen „mistour".

„Hastigt, hastigt!" rief unser Führer.

Ohne Dänisch zu verstehen, war mir doch klar, daß wir Hans so schnell wie möglich folgen sollten. Dieser fing an, um den Kegel des Kraters herumzugehen, aber in schräger Richtung. Bald senkte sich die Staubsäule auf den Berg. Die vom Wirbelwind mit fortgerissenen Steine flogen, wie beim Ausbruch eines Vulkans, gleich Regen und Hagel durch die Luft.

Wir befanden uns glücklicherweise auf der entgegengesetzten Seite und waren dadurch gegen die Gefahr geschützt. Ohne die Vorsicht unseres Führers wäre die Reise für uns bestimmt schon zu Ende gewesen. Das hätte keiner überstanden.

Dennoch hielt es Hans nicht für geraten, die Nacht auf der Außenseite des Kegels zuzubringen. Wir setzten unsern Aufstieg im Zickzack fort; die restliche Strecke, die noch zu erklimmen war, nahm fast fünf Stunden in Anspruch, die Umwege und schrägen Wege mindestens eine Stunde. Ich konnte nicht weiter; die Kälte, der Hunger und besonders die dünne Luft machten mir zu schaffen.

Endlich, um elf Uhr abends, erreichten wir im Dunkeln den Gipfel des Snäfields. Bevor ich im Krater Schutz suchte, hatte ich noch Zeit, die „Mitternachtssonne" an der niedrigsten Stelle ihres Umlaufs zu sehen, wo sie ihre bleichen Strahlen auf die zu meinen Füßen liegende Insel warf.

Sechzehntes Kapitel

Das Abendessen wurde rasch verzehrt, und die kleine Truppe bettete sich so gut wie möglich. Das Lager war hart und ungemütlich. Trotzdem schlief ich während dieser Nacht besonders ruhig, so gut wie lange nicht. Ich träumte nicht einmal.

Am anderen Morgen wachten wir halb erfroren, aber bei strahlendstem Sonnenschein auf. Ich verließ mein hartes Lager, um das prachtvolle Schauspiel vor meinen Augen zu genießen.

Ich befand mich auf dem Gipfel der südlichen Spitze des Snäfields und konnte von meinem hohen Standpunkt aus den größten Teil der Insel überblicken. Ich sah zu meinen Füßen tiefe Täler, die in alle Richtungen die Insel durchkreuzten; Abgründe sahen aus wie Brunnen, Seen wie Wasserlachen, Flüsse wie Rinnsale. Zu meiner Rechten reihte sich Gletscher an Gletscher und Bergspitze an Bergspitze. Aus einigen stiegen leichte Rauchsäulen empor. Die wellenförmigen Erhebungen dieser zahllosen Berge, die mit ihrer Schneedecke wie schäumende Wellenkronen aussahen, erinnerten an die Oberfläche eines stürmisch bewegten Meeres. Blickte ich nach Westen, so breitete sich vor meinen Augen majestätisch der Ozean aus. Die Grenze zwischen Land und Meer war im nebligen Morgendunst nicht zu erkennen.

Ich gab mich ganz diesem Anblick hin, und diesmal ohne Schwindel, denn ich hatte mich bereits daran gewöhnt, aus großer Höhe in die Tiefe zu schauen. Berauscht von dieser Aussicht, dachte ich nicht an die Tiefen, in die mein Schicksal mich bald führen sollte. Aber die Ankunft von Hans und dem Professor, die auch den Gipfel erklommen, führte mich in die Wirklichkeit zurück.

Mein Oheim wies auf eine Nebelbank im Westen.

„In dieser Richtung liegt Grönland", sagte er.

„Grönland?" rief ich.

„Ja, wir sind keine zwei Schiffstagereisen mehr davon entfernt, und zur Zeit des Tauwetters kommen die Eisbären auf Eisblöcken, die aus dem Norden herantreiben, bis nach Island. Aber das will nicht viel heißen. Wir sind nun auf dem Gipfel des Snäfields und sehen hier zwei Spitzen, eine südliche und eine nördliche. Hans wird uns sagen, wie bei den Isländern die heißt, auf der wir stehen."

„Skartaris."

Mein Oheim sah mich triumphierend an. „Zum Krater!" befahl er.

Der Krater des Snäfields mochte einen Durchmesser von fünf Kilometern haben. Seine Tiefe schätzte ich auf etwa vierhundert Meter. Wie mochte es in einem solchen Riesenloch aussehen, wenn es sich unter Donner und Blitz füllte? Der Trichter hatte unten schwerlich mehr als fünfzig Meter Umfang, so daß man auf dem ziemlich sanften Abhang leicht hinuntergelangen konnte. Unwillkürlich verglich ich diesen Krater mit einer ungeheuren Donnerbüchse; mit einer Donnerbüchse, die vielleicht geladen ist und jeden Augenblick losgehen kann. Nur Narren konnten da hinabsteigen.

Aber für mich gab es kein Zurück mehr. Hans ging mit gleichgültiger Miene voran. Ich folgte schweigend nach.

Um das Hinabsteigen zu erleichtern, machte Hans Umwege, so daß wir fast im Zickzack gingen. Einige Steine, die sich unter unseren Füßen lösten, rollten polternd in die Tiefe. Laut hallendes Echo begleitete ihr Hinabstürzen.

An manchen Stellen des Kegels stießen wir noch auf Eisfelder. Dann schritt Hans nur mit großer Vorsicht voran, indem er mit seinem beschlagenen Stock das Eis untersuchte, ob sich nicht Spalten oder Risse versteckten. An manchen bedenklichen Stellen mußten wir uns mit einem langen Tau aneinanderbinden, damit der, dessen Fuß danebentrat, von seinen Gefährten gehalten werden konnte. Dies diente zwar der Vorsicht, sicherte aber nicht gegen jede Gefahr.

Trotz dieser Schwierigkeiten glückte das Hinabsteigen ohne Unfall, außer daß ein Packen Stricke den Händen eines Isländers entglitt und in die Tiefe hinabrollte.

Mittags zwölf Uhr kamen wir unten an. Ich blickte hoch zur Mündung des Kegels, die nur ein äußerst kleines Stück Himmel frei ließ. An einem Punkt nur hob sich die Spitze des Skartaris davon ab.

Auf dem Boden des Kraters befanden sich drei große Löcher, aus denen der Snäfields, solange er noch tätig war, seine Lava- und Feuermassen ausgeworfen hatte. Jedes dieser Löcher hatte ungefähr zehn Meter Durchmesser; sie klafften zu unseren Füßen. Ich hatte nicht den Mut hineinzublicken. Professor Lidenbrock hatte ihre Lage schnell untersucht. Er lief atemlos von einem zum andern, gestikulierte, ließ unverständliche Laute hören. Hans sah mit seinen Kameraden, auf einem Lavablock sitzend, ihm zu; sie hielten ihn offenbar für närrisch.

Plötzlich stieß mein Oheim einen Schrei aus. Ich meinte, sein Fuß sei abgerutscht und er sei im Begriff, in einen der drei Schlünde hinabzufallen. Doch nein. Ich sah, wie er mit ausgebreiteten Armen, gespreizten Beinen vor einem Granitfelsen stand, der auf der Mitte des Kraters lag.

Seine Haltung verriet eine gewisse Bestürzung, die aber bald einer unsinnigen Freude wich.

„Axel, Axel", rief er aus, „komm, komm!"

Ich eilte zu ihm. Hans und die Isländer rührten sich nicht.

„Sieh nur", sagte der Professor.

Und mit gleichem Staunen las ich auf der Westseite des Felsblocks in Runenschrift, die halb von der Zeit zerfressen war, den tausendfach verwünschten Namen:

„Arne Saknussemm!" rief mein Oheim. „Wirst du jetzt noch zweifeln?"

Ich hatte keine Antwort darauf und ging verstört zu meiner Lavabank zurück. Der Augenschein hatte mich niedergeschmettert.

Wie lange ich so in Gedanken versunken war, weiß ich nicht. Nur das weiß ich, daß ich, als ich den Kopf wieder aufrichtete, meinen Oheim und Hans allein vor mir sah. Die Isländer waren verabschiedet worden und stiegen bereits auf dem Heimweg nach Stapi den äußeren Abhang des Snäfields hinab.

Hans schlief ruhig am Fuß eines Felsblockes in einer Lavarinne, wo er sich eine Lagerstätte eingerichtet hatte; mein Oheim kehrte auf den Boden des Kraters zurück wie ein Stück Rotwild in der Fallgrube eines Jägers.

Ich hatte weder Lust noch Kraft aufzustehen, folgte Hans' Beispiel und sank in einen schmerzlichen Schlummer, denn es war mir, als hörte ich Getöse und fühlte ein Schauern im Schoß des Berges. So verging die erste Nacht im Innern des Kraters.

Am folgenden Morgen drückte der Himmel, grau umwölkt, schwer auf die Spitze des Kegels. Ich merkte es nicht so sehr an der Düsterheit des Schlundes als am Zorn meines Oheims.

Ich begriff die Ursache, und es kam wieder ein Rest von Hoffnung in mein Herz. Aus folgendem Grund:

Von den drei Wegen, die sich vor unseren Füßen öffneten, hatte Saknussemm nur einen eingeschlagen. Nach der Angabe des weisen Isländers mußte man ihn an dem in der Geheimschrift angeführten Kennzeichen herausfinden, daß der Schatten des Skartaris in den letzten Tagen des Juni seinen Rand küssen werde. Man konnte in der Tat diesen spitzen Gipfel wie den Zeiger einer ungeheuren Sonnenuhr ansehen, dessen Schatten an einem bestimmten angegebenen Tag den Weg zum Mittelpunkt der Erde zeigen werde.

Nun aber, wenn die Sonne nicht schien, gab's auch keinen Schatten; dann fehlte also das Zeichen. Es war der 25. Juni. Blieb der Himmel sechs Tage lang bedeckt, so mußte die Expedition auf ein anderes Jahr verschoben werden.

Ich verzichte, den ohnmächtigen Zorn Professor Lidenbrocks zu schildern. Der Tag verstrich, ohne daß ein Schatten auf den Grund des Kraters fiel. Hans rührte sich nicht vom Platz; doch mußte er sich fragen, worauf wir warteten, wenn er sich überhaupt eine Frage stellte. Nicht ein einziges Wort wechselte mein Oheim mit mir. Seine unverändert zum Himmel gerichteten Blicke verloren sich in der grauen und nebligen Farbe.

Am 26. immer noch nichts. Den ganzen Tag über fiel Regen, mit Schnee vermischt. Hans errichtete aus Lavabrocken eine Hütte. Ich ergötzte mich an der Betrachtung der tausend an den Seiten des Kegels improvisierten Kaskaden, die uns beim Abstieg behilflich waren.

Mein Oheim konnte sich nicht mehr ruhig halten. Auch ein geduldigerer Mensch müßte darüber aufgebracht sein; denn es war wirklich ein Scheitern im Hafen. Aber das Wetter erfüllte meine geheimsten Wünsche nicht, sondern bescherte Professor Lidenbrock einen Triumph.

Auch am folgenden Tag war der Himmel noch bedeckt; aber Sonntag, den 28. Juni, am vorletzten Tag dieses Monats, brachte der Mondwechsel auch einen Wechsel der Witterung. Die Sonne sandte ihre Strahlen in den Krater hinab. Jeder Felsen, jeder Stein und jede Erhöhung wurden bestrahlt und warfen ihre Schatten. Der des Skartaris zeichnete sich ab wie eine belebte Spitze und wanderte mit der Sonne weiter.

Mein Oheim drehte sich voller Spannung mit.

Um zwölf Uhr, als der Schatten am kürzesten war, streichelte er sanft den Rand des mittleren Loches.

„Hier ist's!" rief der Professor. „Hier geht's zum Mittelpunkt des Erdballs!" fügte er dänisch hinzu.

Ich blickte auf Hans.

„Forüt!" sagte ruhig der Führer.

„Vorwärts!" erwiderte ruhig mein Oheim.

Es war ein Uhr dreizehn Minuten nachmittags, als wir aufbrachen.

Siebzehntes Kapitel

Nun erst begann die Reise richtig. Bisher gingen die Beschwerden über die Schwierigkeiten; jetzt sollten diese im wahrsten Sinne des Wortes unter unseren Füßen aufwachsen.

Ich hatte noch nicht in den unergründlichen Schlund geblickt, in den ich mich hinabwagen sollte. Jetzt war für mich die letzte Chance gekommen, zum weiteren Vorhaben nein zu sagen.

Aber ich schämte mich, dem Mut des Jägers nachzustehen. Hans gab sich bei dem gewagten Unternehmen so ruhig, so unbekümmert um jede Gefahr, daß ich mich schämte, weniger tapfer zu sein als er.

Die mittlere Öffnung maß, wie gesagt, zehn Meter im Durchmesser. Ich beugte mich über einen Felsblock und blickte hinab. Die Haare sträubten sich mir, es wurde mir schwindlig; ich fühlte wie ein Trunkener, daß der Schwerpunkt in mir sich änderte. So ein Abgrund besitzt eine gefährliche Anziehungskraft; ich war im Begriff hinabzufallen. Da hielt mich Hans mit starker Hand. Sicherlich hätte ich in Kopenhagen noch mehr Schwindellektionen hinter mich bringen müssen.

Obwohl ich nur kurze Zeit in den Schlund hinabgeblickt, hatte ich doch gemerkt, wie er beschaffen war. An seinen fast senkrechten Wänden befanden sich zahlreiche Vorsprünge, die das Hinabsteigen erleichtern mußten. Aber war die Leiter vorhanden, so fehlte es an einem Geländer. Ein an der Öffnung des Loches befestigtes Seil war wohl eine Hilfe, aber wie sollte man es lösen, wenn man unten war?

Dafür gab's eine einfache Lösung, die mein Oheim anwendete. Er nahm ein zolldickes, hundert Meter langes Seil und ließ es zur Hälfte hinab, dann schlang er es um einen vorspringenden Lavablock und warf die andere Hälfte ebenfalls nach unten. Nun konnte jeder von uns, indem er die beiden Hälften des Seiles ergriff, sich beim Hinabsteigen daran festhalten. War man dann fünfzig Meter tiefer angelangt, so war es ganz leicht, das Seil hinabzuziehen, indem man das eine Ende einfach losließ. Dieses Verfahren konnte man so oft wiederholen, bis man wieder festen Boden unter den Füßen hatte.

Als diese Vorbereitungen fertig waren, sagte mein Oheim:

„Jetzt machen wir uns an das Gepäck; es wird in drei Pakete aufgeteilt, von denen jeder eins auf den Rücken nimmt; ich meine, nur die zerbrechlichen Gegenstände."

Offenbar zählte der kühne Professor uns nicht zu diesen.

„Hans", fuhr er fort, „wird die Werkzeuge mit einem Teil der Lebensmittel übernehmen; du, Axel, ein zweites Drittel des Proviants und die Waffen; ich den Rest und die empfindlicheren Instrumente."

„Aber", sagte ich, „die Kleider, die Taue und Leitern, wer soll die hinabschleppen?"

„Die kommen schon von selbst hinab."

„Wieso?" fragte ich.

„Du wirst's gleich sehen."

Und sogleich schritt er zur Tat. Hans machte aus allen nicht zerbrechlichen Gegenständen ein einziges Bündel, verschnürte es tüchtig, dann wurde es ohne weiteres in den Abgrund geworfen.

Ich vernahm ein lautes Getöse, als das Bündel hinabpolterte. Mein Oheim beugte sich über den Abgrund und begleitete das rollende Gepäck mit befriedigtem Blick, solange er es wahrnehmen konnte.

„Gut", sagte er. „Jetzt kommt die Reihe an uns."

Ich frage jeden aufrichtigen Menschen, ob man solche Worte ohne Schaudern anhören kann.

Der Professor nahm den Packen mit den Instrumenten auf seinen Rükken, Hans den mit den Werkzeugen, ich die Waffen. Beim Hinabsteigen ging Hans voran, dann kam mein Oheim, zuletzt ich. Es wurde kein Wort gesprochen, nur daß man zuweilen Felsstücke, die sich lösten, in den Abgrund rollen hörte.

Ich rutschte sozusagen hinab, indem ich mit der einen Hand krampfhaft das doppelte Tau umfaßte, mit der andern den Stock als Stütze benutzte. Da ich Angst hatte, das Tau sei zu schwach, um drei Personen zu tragen, belastete ich es sowenig wie möglich und versuchte auf Lavastücken, die mein Fuß suchte, Halt zu finden.

Als eine von diesen Stufen Hans unter den Füßen hinwegrutschte, sagte er ruhig: „Gif Akt!"

„Achtgeben!" wiederholte mein Oheim.

Nach einer halben Stunde waren wir auf einem Felsen angelangt, der weit genug aus der Wand herausragte, um uns Platz zu bieten.

Hans zog an einem Ende des Taues, während das andere in die Höhe glitt; nachdem es um den Felsen herumgezogen worden war, fiel es hinab, wobei es Steine und Lavastücke mit sich fortriß, die wie ein Regen oder besser wie ein gefährlicher Hagel auf uns herabprasselten.

Wir stellten uns ganz dicht an die Felswand, und der Steinregen polterte an unseren Augen vorbei in die Tiefe. Als ich mich über unseren schmalen Ruheplatz vorbeugte, konnte ich den Boden des Schachtes noch nicht sehen.

Wir befestigten das Tau von neuem in der Hälfte, und nach einer halben Stunde waren wir wieder um fünfzig Meter weitergekommen. Ich kümmerte mich wenig um die Beschaffenheit des Bodens, aber der Professor stellte Beobachtungen an und machte sich Notizen. In einer Ruhepause sagte er zu mir:

„Je weiter ich komme, desto zuversichtlicher bin ich. Die Beschaffenheit des vulkanischen Erdreichs rechtfertigt durchaus die Theorie Davys.

Der Boden, auf dem wir uns befinden, ist durch und durch ursprünglicher Boden. In ihm fanden die chemischen Vorgänge statt, die sich bei der Berührung der Metalle mit Luft und Wasser abspielten. Ich weise unbedingt die Hypothese einer zentralen Wärme zurück. Übrigens, wir werden's schon sehen."

Stets die gleichen Schlußfolgerungen. Man begreift, daß ich zum Diskutieren keine Lust hatte. Mein Schweigen wurde als Zustimmung gedeutet, und der Abstieg wurde fortgesetzt.

Auch nach weiteren drei Stunden konnte ich noch nicht den Boden des Schlundes erkennen.

Als ich aufwärts blickte, gewahrte ich, wie seine Mündung kleiner geworden war. Allmählich wurde es dunkler.

Inzwischen stiegen wir immer weiter hinab; es schien mir, als sei das Aufprallen der losgelösten Steine, die hinabrollten, schon matter.

Da ich mir merkte, wie oft wir das Tau schon umgesetzt hatten, konnte ich die Tiefe, die wir erreicht, genau bestimmen.

Wir hatten bereits vierzehnmal das Tau neu befestigt. Für jede Taulage brauchten wir eine halbe Stunde. Das machte im ganzen sieben Stunden. Da wir um ein Uhr nachmittags mit dem Abstieg begonnen hatten, müßte es jetzt acht Uhr abends sein. Wir waren siebenhundert Meter tief in den Krater eingedrungen.

In diesem Augenblick ließ Hans sich vernehmen:

„Halt!" rief er.

Ich hielt plötzlich an, als ich eben im Begriff war, meinem Oheim auf den Kopf zu treten.

„Wir sind am Ziel", sagte dieser.

„Wo?" fragte ich, indem ich zu ihm glitt.

„Auf dem Boden der senkrechten Schlucht."

„Ist ein Ausgang da?"

„Ja, hier rechts sehe ich einen Gang. Das werden wir morgen genauer erkunden. Jetzt wollen wir essen und dann schlafen."

Es war noch nicht völlig dunkel. Wir öffneten den Proviantsack und aßen, dann legte sich jeder, so gut er konnte, auf ein Lager von Steinen und Lavabrocken.

Und als ich, auf dem Rücken liegend, die Augen aufschlug, bemerkte ich am Ende des langen Schlundes einen glänzenden Punkt.

Es war ein Stern. Meiner Meinung nach mußte er vom Kleinen Bären sein.

Darauf fiel ich in tiefen Schlaf.

Achtzehntes Kapitel

Um acht Uhr morgens drang ein Strahl Tageslicht zu uns hinab und weckte uns. Die Lavawände fingen ihn auf und zerstreuten ihn gleich einem Funkenregen.

Der Schimmer reichte hin, um die Umgebung einigermaßen erkennen zu lassen.

„Nun, Axel, was sagst du dazu?" rief mein Oheim, indem er sich die Hände rieb. „Hast du je in unserm Hause in der Königsstraße eine so ruhige Nacht gehabt? Hier stört kein Wagengerassel, kein Geschrei der Kaufleute, kein Rufen der Bootsleute!"

„Ruhig ist es hier auf dem Boden des Schachts, aber es liegt doch etwas Erschreckendes darin."

„Was", rief mein Oheim, „erschrickst du jetzt schon, wie wird's da später gehen? Wir sind noch keinen Zoll weit ins Innere der Erde gedrungen."

„Und der Abstieg bis hierher?"

„Ich meine, wir sind erst bis auf den Boden der Insel gelangt. Dieser lange senkrechte Schlund, der in den Krater des Snäfields mündet, endet etwa in der Höhe des Meeresspiegels."

„Sind Sie sicher?"

„Sehr sicher. Du brauchst nur nach dem Barometer zu sehen."

Wirklich, das Quecksilber, das im gleichen Verhältnis, wie wir in die Tiefe vordrangen, allmählich stieg, war bei neunundzwanzig Grad stehengeblieben.

„Du siehst", fuhr der Professor fort, „wir haben erst den Druck von einer Atmosphäre, und ich hoffe, das Barometer bald durch ein Manometer zu ersetzen."

Das Barometer mußte in der Tat von dem Augenblick an unbrauchbar werden, wo das Gewicht der Luft den Druck übersteigt, der auf dem Meeresspiegel herrscht.

„Aber", sagte ich, „ist nicht zu befürchten, daß der steigende Druck uns unangenehm wird?"

„Nein. Wir kommen langsam abwärts, und unsere Lungen gewöhnen sich an die dichtere Atmosphäre. Den Luftschiffern mangelt's am Ende an Luft, wenn sie zu hoch hinaufsteigen, und wir bekommen vielleicht zuviel. Aber das ist besser. Verlieren wir nun keinen Augenblick Zeit. Wo ist das Bündel, das wir hinabgeworfen haben?"

Ich erinnerte mich, daß wir am Abend zuvor vergeblich danach gesucht hatten. Mein Oheim fragte Hans, dessen Auge schärfer war.

„Der Huppe?" fragte er. „Dort oben."

Wirklich, der Packen war an einem Felsenvorsprung, etwa zehn Meter über unseren Köpfen, hängengeblieben. Und der behende Isländer kletterte gleich einer Katze hinauf und holte ihn in einigen Minuten herunter.

„Jetzt", sagte mein Oheim, „wollen wir frühstücken, aber wie Leute, die eine weite Fahrt vor sich haben."

Zum Zwieback und getrockneten Fisch wurden einige Schluck Wasser mit Wacholderbranntwein genommen.

Als das Frühstück zu Ende war, zog mein Oheim sein Notizbüchlein aus der Tasche, betrachtete nacheinander die verschiedenen Instrumente und schrieb auf:

Montag, 29. Juni

Chronometer: 8 Uhr 17 M. Vorm.
Barometer: 29′ 7″
Thermometer: 6°
Richtung: OSO

Diese letztere Angabe des Kompasses bezog sich auf den dunklen Gang.

„Jetzt, Axel", rief der Professor begeistert aus, „jetzt werden wir endlich ins Innere des Erdballs dringen. Nun beginnt eigentlich erst unsere Reise."

Und unverzüglich faßte mein Oheim mit der einen Hand den an seinem Hals hängenden Ruhmkorffschen Apparat, brachte mit der anderen den elektrischen Strom in Verbindung mit der Serpentine der Laterne, und helles Licht erleuchtete den dunklen Gang.

Der zweite Apparat, den Hans trug, wurde ebenfalls eingeschaltet. Dadurch waren wir sicher, daß sich auch durch leicht entzündbare Gase keine Explosion ereignen konnte.

„Marsch!" sagte mein Oheim.

Jeder nahm wieder seinen Packen, Hans übernahm es, den mit Kleidern und Stricken vor sich herzustoßen, und wir traten alle drei in den hell erleuchteten Gang.

Zum letztenmal blickte ich empor und sah als winzigen hellen Fleck den Himmel Islands, den ich nicht wiedersehen sollte.

Die Lava hatte sich bei ihrem Ausbruch im Jahre 1219 einen Weg durch diesen Tunnel gebrochen. Sie überzog das Innere mit einer dichten glänzenden Schicht, die das elektrische Licht mit hundertfacher Stärke zurückwarf.

Die Schwierigkeit des Weges bestand hauptsächlich darin, daß man

auf dem in einem Winkel von fünfundvierzig Grad geneigten Boden leicht abgleiten konnte. Glücklicherweise waren manche Stellen wie Stufen gestaltet, und das Gepäck brauchten wir nur an einer langen Leine nachzuziehen. Aber was unter unseren Füßen wie Stufen war, das wurde an den Wänden zum Tropfstein. Die an manchen Stellen poröse Lava bildete kleine runde Blasen; Kristalle von dunklem Quarz, mit klaren Glastropfen verziert, hingen wie Lüster vom Gewölbe herab und funkelten im Schein unserer elektrischen Apparate. Man konnte meinen, die unterirdischen Geister illuminierten ihren Palast, um die Gäste von der Oberwelt zu empfangen.

„Wie prachtvoll ist das!" rief ich unwillkürlich aus. „Welch ein Anblick! Unmerklich spielt diese Lava vom Rotbraunen in glänzendes Gelb. Und diese Kristalle sehen aus wie leuchtende Kugeln!"

„Ach, jetzt kommst du darauf, Axel", erwiderte mein Oheim. „Du hältst das für prächtig, lieber Junge! Du wirst noch ganz andere Dinge zu sehen bekommen, hoff ich. Nur vorwärts, vorwärts!"

Der Kompaß, nach dem ich häufig sah, wies unverändert in Richtung Südost. Dieser Lavastrom wich nach keiner Seite hin von der geraden Linie ab.

Inzwischen nahm die Wärme kaum zu. Dies bestätigte Davys Theorie, und verwundert schaute ich immer wieder nach dem Thermometer. Zwei Stunden nach unserer Abreise zeigte es nur 10°, das bedeutete eine Steigerung von 4°. Andererseits konnte es auch bedeuten, daß wir uns mehr horizontal als vertikal bewegten. Wie tief wir hinabgekommen, war leicht zu bestimmen. Der Professor maß die Winkel der senkrechten und waagerechten Richtung des Weges, aber das Ergebnis seiner Beobachtungen behielt er für sich.

Abends um acht Uhr gab er das Zeichen zum Anhalten. Hans setzte sich sogleich nieder. Die Lampen wurden an einem Lavavorsprung befestigt. Wir befanden uns in einer Art Höhle, wo es an Luft nicht mangelte. Im Gegenteil, wir spürten einen Luftzug. Woher mochte der stammen? Diese Frage wollte ich aber nicht lösen, da Hunger und Müdigkeit stärker waren. Der Abstieg in den letzten Stunden hatte meine Kräfte erschöpft, und ich hörte mit Vergnügen den Ruf „Halt!". Hans breitete auf einem Lavablock einigen Proviant aus, und wir aßen mit Appetit. Doch beunruhigte mich ein Umstand: Unser Wasservorrat war zur Hälfte aufgebraucht. Mein Oheim hatte damit gerechnet, ihn aus unterirdischen Quellen zu ergänzen, aber bisher fehlten diese völlig. Ich konnte nicht umhin, ihn darauf hinzuweisen.

„Ist das nicht verwunderlich?" sagte er.

„Allerdings, und es beunruhigt mich sogar. Wir haben nur noch für fünf Tage Wasser."

„Sei ruhig, Axel, ich bin sicher, daß wir Wasser finden werden, und mehr als uns lieb sein wird."

„Wann?"

„Wenn wir aus diesen Lavaschichten heraus sind."

„Aber vielleicht zieht sich dieser Gang bis in große Tiefen hin. Es scheint mir, wir sind noch nicht allzu tief."

„Und warum nicht?"

„Weil die Temperatur noch kaum zugenommen hat."

„Was zeigt das Thermometer?" fragte mein Oheim.

„Kaum fünfzehn Grad, also nur neun Grad mehr seit unserer Abreise."

„Und was folgerst du daraus?"

„Nach den genauesten Beobachtungen beträgt die Steigerung der Temperatur im Innern der Erde ein Grad auf dreihundert Meter. Aber diese Zahl kann sich wohl unter gewissen örtlichen Bedingungen ändern. So hat man in Jakutsk in Sibirien festgestellt, daß die Steigerung um ein Grad schon bei sechsunddreißig Metern eintrat. Dieser Unterschied hängt offenbar von der Leitfähigkeit der Felsen ab. Ich füge weiter hinzu, daß in der Nähe eines erloschenen Vulkans die Steigerung der Temperatur bei fünfhundert Metern nur ein Grad betrug. Halten wir uns an diese letztere Annahme, und rechnen wir."

„Rechne nur, lieber Junge."

„Das ist nicht schwer", sagte ich und schrieb die Zahlen in mein Notizbuch. „Neunmal fünfhundert Meter machen viertausendfünfhundert Meter Tiefe."

„Sehr genau ausgerechnet."

„Nun?"

„Nun, nach meinen Beobachtungen befinden wir uns siebentausend Meter unter dem Meeresspiegel."

„Wie ist das möglich?"

„Ja, das ist möglich, oder die Zahlen stimmen nicht mehr."

Des Professors Berechnungen waren richtig. Wir waren bereits um dreitausend Meter tiefer gekommen, als es bisher je einem Menschen gelungen war, zum Beispiel in den Gruben von Kitzbühel in Tirol und Kuttenberg in Böhmen.

Die Temperatur, die an dieser Stelle einundachtzig Grad hätte betragen sollen, betrug kaum fünfzehn.

Das gab viel Stoff zum Nachdenken.

Neunzehntes Kapitel

Am folgenden Tag, Dienstag, dem 30. Juni, um sechs Uhr setzten wir die Reise fort.

Wir folgten weiter der Lavagalerie, die jetzt in mäßigem Winkel abwärts führte. So ging's bis gegen zwölf Uhr, als wir Hans, der stehengeblieben war, einholten.

„Ah!“ rief mein Oheim aus. „Da sind wir ja am Ende des Ganges!“

Ich sah mich um. Wir befanden uns mitten auf einer Kreuzung, von der zwei Wege abzweigten, beide düster und eng. Welchen sollten wir einschlagen?

Mein Oheim, der sich vor mir und Hans nicht den Anschein geben wollte, als schwanke er, zeigte auf den östlichen Tunnel. Jedes Überlegen wäre auch überflüssig gewesen, denn Arne Saknussemm hatte keinerlei Zeichen hinterlassen, welcher der beiden Gänge der richtige war. Wir mußten unser weiteres Geschick ganz dem Zufall überlassen.

Dieser neue Gang führte kaum merkbar in die Tiefe und änderte häufig seine Breite und Höhe. Mitunter hatten wir eine Reihe von Gewölbebogen vor uns, die dem Nebenschiff einer gotischen Kathedrale glichen. Die Baukünstler des Mittelalters hätten da alle Formen der Architektur studieren können. Eine Meile weiter hatten wir unter den gedrückten Bogen romanischen Stils den Kopf zu beugen, und mächtige Pfeiler in den Grundmauern stützten die Gewölbe. An manchen Stellen sah man wieder niedrige Unterbauten, die den Werken der Biber glichen, und wir mußten durch enge Gänge kriechen.

Die Wärme hielt sich stets in erträglichen Grenzen. Unwillkürlich verglich ich, wie unendlich hoch diese gewesen sein muß, als die vom Snäfields ausgeworfenen Lavaströme auf diesem jetzt so ruhigen Weg durchflossen. Ich dachte mir, wie an den Ecken des Ganges die Feuerströme sich brachen und in dieser Enge die heißen Dämpfe sich sammelten.

Wenn es nur, dachte ich, dem alten Vulkan nicht wieder einfällt auszubrechen.

Gegen meinen Oheim sprach ich diesen Gedanken nicht aus; er hätte ihn nicht begriffen. Sein einziger Gedanke war: vorwärts zu dringen. Er ging, rutschte, purzelte mit einer Überzeugung, die man bewundern mußte.

Um sechs Uhr abends waren wir, wenig ermüdet, drei Kilometer in südlicher Richtung vorwärts gekommen, aber in die Tiefe kaum einen halben. Mein Oheim gab das Zeichen zum Ausruhen. Wir aßen, ohne viel zu reden, und schliefen, ohne uns allzuviel Gedanken zu machen.

Unsere Vorbereitungen für die Nacht waren sehr einfach; unser ganzes Bett bestand aus einer Reisedecke, in die wir uns einwickelten. Wir hatten weder Kälte noch einen ungebetenen Gast zu befürchten. In den Wüsten Afrikas, in den Wäldern des Amazonas müssen die Reisenden während der Nacht einen Posten aufstellen. Hier dagegen herrscht vollständige Einsamkeit, völlige Sicherheit. Weder Wilde noch reißende Tiere waren zu fürchten.

Am nächsten Morgen setzten wir frisch und rüstig die Reise fort. Wir hatten denselben Lavagrund wie tags zuvor; die Beschaffenheit des Erdreichs, das darunterlag, war unmöglich zu erkennen. Der Tunnel aber führte kaum noch in die Tiefe, sondern zog sich allmählich in horizontaler Richtung hin, ja ich glaubte zu bemerken, er führe wieder aufwärts, der Erdoberfläche zu. Gegen zehn Uhr vormittags zeigte sich dies ganz offenbar. Das Gehen wurde schwieriger, und ich mußte schon meinen Schritt mäßigen.

„Nun, Axel?" sagte der Professor ungeduldig.

„Ich kann nicht rascher", erwiderte ich.

„Wie? Nach drei Stunden auf einem so leichten Weg?"

„Leicht, das will ich nicht in Abrede stellen, aber doch ermüdend."

„Wie? Wir gehen ja nur abwärts."

„Aufwärts, wenn Sie erlauben."

„Aufwärts?" fragte mein Oheim und zuckte die Schultern.

„Allerdings. Seit einer halben Stunde hat sich die Neigung des Weges geändert, und wenn's so fortgeht, kommen wir sicherlich wieder zur Oberfläche."

Der Professor schüttelte den Kopf, da er sich nicht überzeugen lassen wollte. Er gab mir keine Antwort, und ich sah, daß sein Schweigen von übler Laune herrührte.

Inzwischen hatte ich mein Bündel wieder auf den Rücken genommen und folgte eilig Hans, der vor meinem Oheim herging. Ich wollte nicht zurückbleiben, meine Hauptsorge war, meine Gefährten nicht aus den Augen zu verlieren. Ich schauderte bei dem Gedanken, daß ich mich in den Tiefen dieses Labyrinths verirren könnte.

Übrigens, wenn der nun aufwärts führende Weg ermüdender war, so tröstete ich mich mit dem Gedanken, daß er uns der Erdoberfläche wieder näher brachte. Das gab mir Mut, und es beflügelte meinen Schritt, da ich mich in Gedanken schon in den Armen meines lieben Gretchens sah.

Zur Mittagszeit boten die Wände des Ganges einen andern Anblick. Ich merkte es an der schwächeren Rückstrahlung des elektrischen Lichts. An die Stelle der Lavamasse trat jetzt sekundäres Gestein. In der Hauptsache bestand es aus vertikal geordneten Schichten. Wir befanden uns mitten in der silurischen Periode.

„Hier, seht doch", rief ich aus, „Schiefer, Kalk- und Sandstein, die in der zweiten Epoche der Erdbildung entstanden sind. Wir kehren jetzt dem Granitgestein und der Lava den Rücken! Wir machen's jetzt wie die Hamburger, die über Hannover nach Lübeck reisen wollen."

Ich hätte meine Beobachtungen für mich behalten sollen. Aber meine Anlage zum Geologen überwog meine Klugheit, und Onkel Lidenbrock hörte aufmerksam zu.

„Was hast du denn vor?" sprach er.

„Sehen Sie!" erwiderte ich und zeigte ihm die abwechselnden Reihen des Sand- und Kalksteins und die ersten Spuren des Schieferbodens.

„Nun?"

„Wir sind in die erdgeschichtliche Periode gekommen, in der die ersten Pflanzen und Tiere auftraten."

„So, meinst du?"

„Aber schauen Sie nur, untersuchen, beobachten Sie!"

Ich zwang den Professor, seine Lampe an die Wände des Ganges zu halten. Während ich meinem Oheim lebhaft die verschiedenen Schichten zeigte, sagte er kein Wort, sondern ging schweigend weiter.

Hatte er mich verstanden oder nicht? Wollte er nicht zugeben, daß er sich mit dem östlichen Tunnel geirrt hatte, oder hatte er sich vorgenommen, diesen Gang bis an sein Ende zu verfolgen? Es lag klar, daß wir aus dem Gang, den die Lava nahm, herausgekommen waren und daß dieser Weg unmöglich zum Herd des Snäfields führen konnte.

Doch fragte ich mich, ob ich nicht dieser Änderung des Bodens eine zu große Bedeutung gab. Hab ich mich nicht selbst geirrt? Wandern wir wirklich durch diese Schichten von Gestein, die über dem Granit und der Lava liegen?

Hab ich recht, dachte ich, so muß ich einige Reste von Urpflanzen finden, sie sind der beste Beweis.

Ich brauchte nicht lange zu suchen, denn bald entdeckte ich untrügliche Hinweise. In der silurischen Epoche gab es in den Meeren über fünfzehnhundert Arten von Pflanzen und Tieren. Meine Füße, die bisher harten Lavaboden gewöhnt waren, traten nun plötzlich auf weichen Sand, in dem leicht Pflanzenreste und Muscheln zu finden waren. An den Wänden sah man deutlich Abdrücke von Meergräsern und Bärlappgewächsen. Professor Lidenbrock konnte daraus nur eine Schlußfolgerung ziehen, aber er schloß die Augen, denk ich, und schritt stumm weiter. Über diesen Eigensinn erbost, hielt ich mich nicht länger zurück. Ich nahm eine völlig unversehrt erhaltene Muschel, in der ein Tier gewohnt hatte, das ungefähr einer heutigen Assel glich, ging damit zu meinem Oheim und sagte:

„Sehen Sie!"

„Nun", erwiderte er ruhig, „es ist die Muschel eines Tieres der jetzt ausgestorbenen Gattung der Trilobiten. Weiter nichts."

„Aber folgern Sie nichts daraus?"

„Ganz einfach, was du auch denkst. Wir sind aus der Schicht des Granits und der Lava herausgekommen. Möglich, daß ich mich in dem Gang geirrt habe, aber ich bin nicht eher von meinem Irrtum überzeugt, als bis wir an sein Ende gekommen sind."

„Sie verfahren mit Recht so, lieber Oheim, und ich würde Ihnen Beifall spenden, würde sich unsere Lage nicht täglich verschlimmern."

„Inwiefern?"

„Unser Wasservorrat geht zu Ende."

„Nun! Wir werden uns auf halbe Rationen setzen, Axel."

Zwanzigstes Kapitel

In der Tat wurde es dringend nötig, unsere tägliche Wasserration einzuschränken. Unser Vorrat reichte noch für etwa drei Tage. Und dazu hatten wir wenig Aussicht, in diesen Schichten auf eine sprudelnde Quelle zu stoßen.

Während des ganzen folgenden Tages war vor unsern Augen nichts weiter als die unübersehbaren Gewölbe. Wir sprachen kaum ein Wort mehr. Aufwärts führte der Weg nicht mehr, wenigstens merkten wir es nicht. Manchmal schien er sogar wieder abwärts zu führen.

Der Schiefer, der Kalkboden und der rote Sandstein der Wände schimmerten glänzend im elektrischen Licht. Man hätte denken können, man befinde sich in einer Grube von Devonshire, wo ähnliche Bodenschichten anzutreffen sind. Prachtvolle Musterstücke von Marmor deckten die Wände, hier von grauem Achat mit weißen Adern durchzogen, dort fleischfarben mit gelben und roten Flecken, oder dunkelfarbig, rot und braun gefleckt.

Überall waren Abdrücke von Tieren aus der Urzeit zu entdecken. Gegenüber dem vorigen Tag hatte die Schöpfung offenbar einen Fortschritt gemacht. An Stelle der Kerbtiere sah ich Reste einer höheren Stufe; unter anderen solche, in denen das Auge des Paläontologen die ersten Formen der Reptilien entdecken konnte. In dem Meer bei Devonshire lebten viele dieser Tiere, und ihre Abdrücke waren auch tausendfach in den Gruben zu finden.

Offenbar spiegelten die Abdrücke die Stufenleiter des Tierlebens wider.

Aber Professor Lidenbrock schien darauf nicht zu achten. Er wartete auf zwei Dinge: entweder, daß ein senkrechter Schacht sich vor seinen Füßen öffnete, oder, daß ein Hindernis ihm den weiteren Weg versperrte. Aber es wurde Abend, ohne daß sich diese Hoffnung erfüllte.

Freitags, nachdem ich schon eine Nacht hindurch vom Durst gequält worden war, setzten wir unsere Irrfahrt in den Gängen fort.

Nachdem wir zwei Stunden gegangen waren, bemerkte ich, daß der Widerschein unserer Lampen an den Wänden bedeutend schwächer wurde. An die Stelle des Marmors, Schiefers, Kalk- oder Sandsteins trat eine dunkle, glanzlose Wand. Als einmal der Tunnel sehr eng wurde, stützte ich mich an der Wand ab. Als ich die Hand zurückzog, war sie ganz schwarz. Ich sah mir die Wand näher an. Wir befanden uns mitten in einer Kohlengrube.

„Eine Kohlenmine!" rief ich aus.

„Eine Grube ohne Bergleute", erwiderte mein Oheim.

„Nun, wer weiß?"

„Ich bin fest überzeugt", versetzte der Professor kurz, „daß dieser durch die Kohlenschichten ziehende Gang nicht das Werk von Menschen ist. Aber, sei's ein Werk der Natur oder nicht, daran liegt mir wenig. Es ist Zeit zum Abendessen."

Hans traf die nötigen Vorbereitungen. Ich aß wenig und trank die abgezählten Tropfen meiner Ration. Nur die Flasche unseres Führers war noch halb voll, das war alles, um den Durst dreier Menschen zu stillen.

Nach der Mahlzeit streckten sich meine beiden Gefährten auf ihren Decken aus und fielen sofort in einen tiefen Schlaf. Ich aber konnte nicht schlafen und zählte die Stunden bis zum Morgen.

Am Samstag, um sechs Uhr früh, gingen wir weiter. Nach zwanzig Minuten erweiterte sich der Gang zu einer Halle. Wir erkannten sofort, daß sie nicht von Menschenhand gemacht sein konnte. Die Höhlengewölbe trugen durch ein Wunder an Gleichgewicht, wie das nur die Natur hervorzaubert, sich selbst. Sie waren durch keine Stützen abgesichert.

Diese Höhle war dreißig Meter breit und fünfundvierzig hoch. Das Erdreich war durch eine unterirdische Erschütterung gewaltsam weggerissen. Der feste Grundbau der Erde hatte sich, einem mächtigen Druck nachgebend, verschoben, so daß dieser hohle Raum, in den nun zum erstenmal Bewohner der Erde drangen, entstand.

Die ganze Geschichte der Kohlenperiode war auf diesen dunklen Wänden abzulesen, und ein Geologe konnte leicht die verschiedenen Entwicklungsstufen verfolgen. Die Kohlenlager waren durch feste Schichten Sandstein oder Ton getrennt und durch die oberen Lagen zerdrückt.

Bevor die Kohle entstand, war die Erde infolge tropischer Wärme und einer dauernden Feuchtigkeit mit einer üppigen Vegetation bedeckt. Die Atmosphäre war voller Dünste und entzog dem Erdball die Sonnenstrahlen.

Daher die Folgerung, daß die hohen Temperaturen nicht von der Sonne herrührten. Eine versengende Hitze breitete sich über die ganze Oberfläche der Erde aus, an den Polen ebenso wie am Äquator. Woher kam sie? Aus dem Inneren des Erdkörpers.

Entgegen den Theorien des Professors Lidenbrock glühte ein gewaltiges Feuer in den Tiefen der Erde, dessen Wirkung bis zu den äußersten Schichten der Erdrinde reichte. Die Pflanzen, die das Licht der Sonne brauchten, trieben weder Blüten noch dufteten sie, aber ihre Wurzeln holten aus dem heißen Boden genügend Nährstoffe.

Es gab wenig Bäume, nur niedere Pflanzen, unermeßlich viele Farnkräuter, Bärlappgewächse und andere seltene Arten, die in tausendfachen Formen auftraten.

Gerade dieser überreichen Vegetation verdankt die Kohle ihren Ursprung. Als die Pflanzen dann im Wasser versanken und von anderen Erdschichten bedeckt wurden, begann die Umwandlung zur Kohle. Zuerst entstand aus den pflanzlichen Stoffen Torf, der sich unter Luftabschluß und dem starken Druck der Erdschichten zu Mineralien umwandelte. Es entstanden die unermeßlichen Kohlenlager.

Diese Gedanken kamen mir in den Sinn, während ich die hier aufgehäuften Kohlenschätze betrachtete, die bestimmt nie abgebaut werden. Die Ausbeutung dieser entlegenen Minen würde zu kompliziert und auch nicht nötig sein, solange die Kohle nahe der Oberfläche der Erde in so vielen Gegenden zu finden ist.

Inzwischen gingen wir weiter, und ich vergaß bei meinen geologischen Überlegungen die Länge des Wegs. Die Temperatur blieb immer noch dieselbe, wie wir sie mitten durch die Lava- und Schieferschichten angetroffen hatten. Nur fiel mir ein sehr starker Geruch von kohlenstoffhaltigem Wasserstoffgas auf. Anscheinend war der Gang reichlich mit diesem gefährlichen Gas gefüllt, das schon viele Grubenkatastrophen ausgelöst hatte.

Zum Glück waren wir mit dem Ruhmkorffschen Apparat ausgerüstet. Hätten wir unvorsichtigerweise diese Wände mit Fackeln untersucht, so hätte eine fürchterliche Explosion der Reise ein vernichtendes Ende bereitet.

Bis zum Abend bewegten wir uns durch die Kohlenmine. Mein Oheim konnte seine Ungeduld über das schwache Gefälle des Ganges kaum zurückhalten. Die Dunkelheit hinderte uns, die Länge des Ganges zu schätzen, und ich fing schon an, sie für unendlich zu halten, als wir um sechs Uhr plötzlich vor einer Wand standen. Rechts und links, oben und unten kein Ausweg. Wir waren in eine Sackgasse geraten.

„Nun, um so besser!" rief mein Oheim. „Ich weiß dann wenigstens, woran ich mich zu halten habe. Wir sind nicht auf Saknussemms Weg, und es bleibt uns nichts weiter übrig, als umzukehren. Wir wollen eine Nacht ausruhen, und vor Ablauf von fünf Tagen werden wir wieder an der Stelle sein, wo die beiden Gänge zusammenstoßen."

„Ja", sagte ich, „wenn unsere Kräfte ausreichen."

„Und warum nicht?"

„Weil uns morgen das Wasser völlig ausgehen wird."

„Und der Mut auch?" sagte der Professor mit einem strengen Blick.

Ich getraute mich nicht zu antworten.

Einundzwanzigstes Kapitel

Am folgenden Tage brachen wir in aller Frühe auf. Eile war nötig. Wir waren fünf Tagereisen von dem Kreuzweg entfernt.

Über die Leiden unseres Rückwegs will ich nur kurz berichten. Mein Oheim ertrug sie mit dem Zorn eines Mannes, der sich einer höheren Gewalt beugen muß; Hans mit der Gelassenheit seiner friedlichen Natur, ich mit Klagen und in Verzweiflung. Gegen solches Mißgeschick konnte mein Mut nicht bestehen.

Wie bereits erwähnt, ging uns das Wasser bereits am Ende des ersten Tages gänzlich aus. Wir waren ganz auf den Wacholderbranntwein angewiesen, aber der brannte höllisch in der Kehle, und ich konnte ihn nicht einmal mehr ansehen. Die Temperatur war, obgleich nicht gestiegen, zum Ersticken, meine Kräfte waren am Ende, ich war mitunter nahe daran, einfach hinzufallen. Mein Oheim ließ halten, und beide Männer versuchten mich wieder zu stärken, so gut es ging. Auch der Professor kämpfte gegen Ermüdung und Durst. Hans war noch der Kräftigste von uns dreien.

Am Dienstag, dem 7. Juli, langten wir endlich, auf Knien und Händen uns fortschleppend, halbtot an der Kreuzung der beiden Gänge an. Willenlos blieb ich auf dem Lavaboden ausgestreckt liegen. Es war zehn Uhr vormittags.

Hans und mein Oheim versuchten, mir einige Brocken Zwieback in den Mund zu schieben. Mein ausgetrockneter Mund und die aufgeschwollenen Lippen verweigerten die Nahrung.

Nach einer Weile kam mein Oheim heran und nahm mich in seine Arme.

„Armer Junge!" murmelte er ergriffen.

Diese Worte rührten mich, da ich bei dem Professor Zärtlichkeiten nicht gewöhnt war. Ich ergriff seine zitternden Hände und drückte sie. Er ließ es geschehen und blickte mich fest an.

Darauf nahm er seine Flasche, die er an der Seite trug. Zu meinem Erstaunen hielt er sie an meine Lippen.

„Trink", sagte er.

Konnte ich meinen Ohren trauen? War mein Oheim nicht bei Sinnen? Ich sah ihn starr an. Ich konnte es nicht begreifen.

„Trink", wiederholte er.

Und er nahm seine Flasche und setzte sie an meinen Mund.

Oh, unendliche Erquickung. Ein Schluck Wasser benetzte meinen glühenden Mund, ein einziger, der aber genügte, mir wieder Lebensmut zu geben.

Ich dankte meinem Oheim mit gefalteten Händen.

„Ja", sagte er, „der letzte Tropfen, der letzte, verstehst du wohl? Der letzte! Ich hatte ihn sorgfältig in meiner Flasche aufbewahrt. Zwanzigmal, hundertmal mußte ich meinem Verlangen widerstehen!"

„Lieber Oheim!" stammelte ich, und Tränen quollen aus meinen Augen.

„Ja, armer Junge, ich dachte mir, du würdest ihn nötiger brauchen, und habe meinen letzten Tropfen aufgehoben, dir wieder Mut zu machen."

„Dank! Dank!" rief ich.

Sowenig auch mein Durst gestillt war, einige Kraft hatte ich doch wiedergefunden, um zu reden.

„Jetzt", sagte ich, „haben wir keine andere Wahl; wir haben kein Wasser, müssen also denselben Weg zurück."

Während ich sprach, mied mein Oheim meinen Blick; er senkte den Kopf, seine Augen wichen den meinen aus.

„Wir müssen zurück", rief ich, „und wieder den Weg nach dem

Snäfields einschlagen. Wenn uns Gott die Kraft verleiht, wieder bis zum Krater zu gelangen, sind wir gerettet!"

„Zurückkehren!" rief mein Oheim, als antworte er sich selbst und nicht mir.

„Ja, zurück, und ohne einen Augenblick zu verlieren."

Es entstand eine ziemlich lange Pause.

„Also, Axel", fuhr der Professor mit seltsamem Ton fort, „diese Tropfen Wasser haben dir Mut und Tatkraft nicht wiedergegeben?"

„Den Mut ja!"

„Ich seh dich so mutlos wie zuvor, und auch aus deinen Worten spricht Resignation."

War mein Oheim immer noch nicht geheilt? Schwirrten die Projekte immer noch in seinem Kopf herum?

„Wie? Sie wollen nicht umkehren?"

„Verzichten auf dieses Unternehmen, im Augenblick, wo alles darauf hindeutet, daß es gelingen kann? Niemals!"

„So müssen wir uns entschließen, unser Leben einzusetzen?"

„Nein, Axel, nein! Geh nur, deinen Tod will ich nicht verschulden. Hans mag dich begleiten. Laßt mich allein!"

„Sie verlassen?"

„Ja, ich habe die Reise unternommen und werde sie zu Ende führen, oder ich kehre nicht zurück. Geh nur, Axel, geh zurück."

Mein Oheim sprach mit größter Anstrengung. Seine vor kurzem noch tröstende Stimme klang wieder hart. Aber ich konnte doch meinen Oheim nicht allein in diese Tiefe gehen lassen, andererseits sträubte sich mein Selbsterhaltungstrieb dagegen.

Hans begriff, was zwischen uns vorging, aber er zeigte wenig Anteil an der Frage, obwohl es auch um ihn ging. Er war bereit, nach unserer Entscheidung weiterzugehen oder umzukehren. Wir beide hätten wohl den hartnäckigen Professor zur Einsicht bringen, zur Rückkehr nötigen können. Ich trat zu Hans, legte meine Hand in die seine; er rührte sich nicht. Ich zeigte ihm den Weg nach dem Krater; er rührte sich nicht. Ich versuchte, ihn mit meinen Leiden zu überzeugen. Der Isländer schüttelte sanft den Kopf und wies ruhig auf meinen Oheim und sagte: „Master!"

„Der Herr", rief ich. „Unsinnig! Nein, er ist nicht deines Lebens Herr! Wir müssen fliehen! Ihn mit fortreißen! Hörst du? Verstehst du?"

Ich faßte Hans am Arm und schüttelte ihn kräftig. Mein Oheim trat zwischen uns.

„Ruhig, Axel", sagte er. „Bei Hans wirst du nichts ausrichten. So höre, was ich dir vorzuschlagen habe:

Der Wassermangel ist das einzige Hindernis unserer Reise. In diesem östlichen Gang, der aus Lava, Schiefer, Kohle besteht, haben wir nicht einen Tropfen gefunden. Möglich aber ist, daß wir in dem westlichen Tunnel mehr Glück haben."

Ich schüttelte ungläubig den Kopf.

„Hör mich bis zu Ende an", fuhr der Professor mit erhobener Stimme fort. „Während du regungslos darniederlagst, hab ich diesen Gang untersucht. Er führt direkt in die Tiefe und in wenigen Stunden mitten in das Granitgestein. Da müssen wir reichlich Quellen finden. In diesem Felsen muß es Wasser geben, mein Instinkt stimmt hier mit der Wissenschaft überein. Dies also ist mein Vorschlag. Kolumbus hat von seiner Schiffsmannschaft drei Tage gefordert, um die Neue Welt zu entdecken. Ich fordere von dir nur noch einen Tag. Stoßen wir nicht innerhalb dieser Zeit auf Wasser, so schwöre ich dir, daß wir zum Krater zurückkehren."

Trotz meiner Erschöpfung rührten mich diese Worte.

„Nun denn!" sagte ich. „Ich füge mich dem Wunsch, und Gott möge Ihre übermenschliche Energie belohnen! Es sind nur wenige Stunden. Also vorwärts!"

Zweiundzwanzigstes Kapitel

Wir gingen also durch den neuen Gang wieder abwärts, Hans, wie gewöhnlich, voran. Wir waren noch keine hundert Schritte weit, als der Professor mit der Lampe die Wand untersuchte.

„Hier ist Urgestein! Wir sind auf dem rechten Weg! Vorwärts! Vorwärts!"

Als die Erde allmählich erkaltete, entstanden in ihrer Rinde Verschiebungen, Risse, Klüfte und Spalten. Unser Gang war ein solcher Spalt, durch den der Granit seinen Weg suchte. Je tiefer wir kamen, desto klarer waren die aufeinanderfolgenden Schichten zu erkennen, aus denen das Urgestein besteht. Die Geologie bestimmt es als die Unterlage der Erdrinde und hat erkannt, daß es aus drei verschiedenen Schichten besteht, dem Schiefer, Gneis und Glimmerschiefer, die auf dem unerschütterlich festen Granit lagern.

Nun befanden sich nie Mineralogen in einer so merkwürdig günstigen Lage, die Natur an Ort und Stelle studieren zu können. Was die Bohrungen und Bergwerksgruben über das innere Gefüge nicht zutage fördern können, waren wir im Begriff, mit eigenen Augen zu sehen, mit den Händen zu greifen.

Quer durch die Lage des Schiefergesteins zogen sich in schönen grünen Schattierungen Erz-, Kupfer-, Braunsteingänge und etliche Spuren von Platin und Gold. Ich freute mich, daß die Habgier der Menschen diese Schätze nicht erreichen konnte.

An den Schiefer reihte sich der Gneis, merkwürdig wie übereinanderliegende Blätter geschichtet, dann der Glimmerschiefer, der durch das Funkeln des weißen Glimmers in die Augen sprang.

Das Licht der Apparate, von den kleinen Facetten der Felsenmasse zurückgeworfen, bündelte sich, so daß man denken konnte, man reise durch einen hohlen Diamanten, worin tausendfach blendend die Strahlen sich brachen.

Gegen sechs Uhr begann dieser Glanz merklich schwächer zu werden, fast zu verschwinden; die Wände nahmen eine kristallartige, aber düstere Färbung an. Der Glimmer mischte sich stärker mit Feldspat und Quarz und bildete das allerhärteste Gestein, das, ohne zerdrückt zu werden, die Masse der Erdrinde trug.

Wir befanden uns mitten im Granit.

Es war abends acht Uhr. Wir hatten immer noch kein Wasser gefunden. Ich litt fürchterlich. Mein Oheim schritt immer voran, wollte nicht stehenbleiben. Er lauschte mit dem Ohr an den Wänden, um vielleicht das Plätschern von Wasser zu hören. Vergebens!

Inzwischen versagten mir meine Beine den Dienst. Ich widerstand den Qualen, um meinem Oheim nicht die letzte Chance zu nehmen. Es wäre für ihn ein fürchterlicher Schlag gewesen, denn der Tag ging zu Ende, der letzte, der ihm verblieb.

Aber mein Mut war vergeblich, denn letztlich gingen mir doch die Kräfte aus. Ich fiel mit einem Schrei nieder: „Hilfe! Ich sterbe!"

Mein Oheim kam augenblicklich herbei. Er sah mich an, dann murmelte er dumpf: „Es ist alles aus!"

Eine fürchterlich zornige Bewegung war das letzte, was ich sah, als ich die Augen schloß.

Als ich wieder aufwachte, sah ich meine Gefährten unbeweglich in ihre Decken gewickelt liegen. Schliefen sie? Ich für mein Teil konnte nicht mehr einen Augenblick die Augen schließen. Ich litt allzusehr, zumal bei dem Gedanken, daß ich nicht mehr helfen konnte. Die letzten Worte meines Oheims „Alles ist aus!" hallten in meinem Ohr wider, denn bei unserer Erschöpfung bestand keine Hoffnung, wieder auf die Erdoberfläche zu kommen.

Wir befanden uns fünfzehn Kilometer unter dieser.

Es war mir, als laste diese ganze Masse auf meinen Schultern. Ich fühlte mich wie zerschmettert und strengte mich vergebens an, mich auf meinem harten Lager umzudrehen.

So verflossen einige Stunden. Tiefe Stille herrschte um uns; Grabesstille. Kein Laut drang durch diese dicken Mauern.

Plötzlich glaubte ich mitten im Halbschlaf ein Geräusch zu hören. Es war dunkel im Tunnel. Als ich mich aufrichtete und in die Dunkelheit blickte, schien mir's, als sähe ich den Isländer mit der Lampe in der Hand verschwinden. Weshalb entfernt er sich? Will Hans uns verlassen? Mein Oheim schlief. Ich wollte schreien. Aber meine ausgetrockneten Lippen brachten keinen Laut hervor. Es war wieder völlig dunkel geworden und das letzte Geräusch verstummt.

„Hans verläßt uns!" schrie ich. „Hans, Hans!"

So rief ich jedoch nur in meiner Vorstellung. Inzwischen, nach dem ersten Schrecken, schämte ich mich wieder meines Verdachts gegen den braven Isländer. Unmöglich wollte er fliehen. Er ging den Gang abwärts, nicht nach oben, wo eine Flucht möglich gewesen wäre. Dabei beruhigte ich mich ein wenig und kam auf andere Gedanken. Hans, dieser zuverlässige Führer, mußte einen wichtigen Grund haben, der ihn hochtrieb. Ging er, um eine Quelle zu finden? Hatte er in der Stille der Nacht ein Murmeln gehört, das nicht bis zu meinem Ohr gedrungen war?

Dreiundzwanzigstes Kapitel

Eine Stunde lang überdachte ich alle Gründe, die den phlegmatischen Jäger zum Handeln treiben konnten. Die absurdesten Ideen entstanden in meinem Kopf. Ich glaubte, ich sei im Begriff, ein Narr zu werden!

Doch endlich vernahm ich Schritte aus der Tiefe des Ganges. Hans kam zurück. Das Licht, das zuerst nur als Widerschein an den Wänden flimmerte, wurde immer stärker. Hans erschien, trat an das Lager meines Oheims, legte ihm die Hand auf die Schulter und weckte ihn sanft. Dieser richtete sich mühsam auf und fragte:

„Was gibt's?"

„Vatten", erwiderte der Jäger.

Ich verstand nicht ein einziges Wörtchen Dänisch, und doch begriff ich, was Hans sagte.

„Wasser! Wasser!" rief ich, klatschte in die Hände, gebärdete mich wie wahnsinnig.

„Wasser!" wiederholte mein Oheim. „Hwar?" fragte er den Isländer.

„Nedat", antwortete Hans.

Wo? Unten? Ich verstand alles. Ich ergriff die Hand des Jägers und drückte sie; er sah mich ruhig an.

Ohne uns mit Vorbereitungen aufzuhalten, machten wir uns flugs auf den Weg.

Nach einer Stunde waren wir hundert Meter tiefer gekommen.

In diesem Augenblick vernahm ich deutlich einen ungewohnten Ton in der Granitwand, eine Art dumpfes Brausen. Während der ersten halben Stunde unseres Weges, da wir nicht auf die angekündigte Quelle stießen, überkam mich wieder die Angst, nun aber belehrte mich mein Oheim über den Ursprung des Geräusches, das wir vernahmen.

„Hans hat sich nicht geirrt", sagte er; „was du da hörst, ist das Rauschen eines Baches."

„Ein Bach?" rief ich.

„Ohne Zweifel. In unserer Nähe befindet sich ein unterirdischer Fluß!"

Wir beschleunigten unsere Schritte, von neuer Hoffnung angetrieben. Ich fühlte keine Müdigkeit mehr. Bereits das Rauschen des Wassers erquickte mich.

Bei jedem Schritt wurde das Brausen merklich stärker. Nachdem wir den Bach lange Zeit über unserm Kopf gehört hatten, floß er jetzt in der linken Seitenwand, brausend und sprudelnd. Ich hielt immer öfter meine Hand an die Wand, in der Hoffnung, Tropfen aufzufangen, aber vergebens.

Hans hatte bei seinem Suchen auch nicht die Quelle gefunden, sondern nur die Geräusche gehört. Wir wußten also nicht, wann wir unsern Durst stillen konnten.

Nach einer weiteren halben Stunde entfernte sich plötzlich das Rauschen des Wassers wieder.

Wir gingen wieder zurück. Hans blieb genau an der Stelle stehen, wo wir dem Bach am nächsten zu sein schienen.

Ich setzte mich neben der Wand nieder. Das Wasser strömte in einer Entfernung von vielleicht fünfzig Zentimetern an uns vorbei, aber die Granitwand trennte uns noch.

Ohne nachzudenken, ohne mich zu fragen, ob es nicht irgendein Mittel gebe, dieses Wasser zu erreichen, ließ ich mich verzweifelt niederfallen.

Hans sah mich an, und ich glaubte ein Lächeln auf seinen Lippen zu bemerken.

Er stand auf und nahm seine Lampe. Ich folgte ihm mit den Augen. Er ging zur Wand, hielt sein Ohr an den Stein und lauschte, wobei er die Wand abtastete. Ich begriff, daß er genau die Stelle suchte, wo man den

Bach am lautesten rauschen hörte. Die Stelle fand er in der linken Wand, einen halben Meter über dem Boden.

Wir waren sehr aufgeregt. Ich wagte nicht zu raten, was der Jäger tun würde, um an das Wasser heranzukommen. Aber ich konnte nicht umhin, ihn mit Freudenbezeigungen zu überschütten, als ich ihn zur Spitzhacke greifen sah, um sich an den Felsen zu machen.

„Retten Sie uns", rief ich schwach.

„Ja", wiederholte mein Oheim wie wahnsinnig. „Hans hat recht! Der wackere Jäger! Wir wären nicht darauf gekommen."

Ich glaub's wohl! So einfach die Rettung auch war, diese Lösung wäre uns nicht in den Sinn gekommen. War es nicht höchst gefährlich, mit der Hacke ein Loch in die Wand zu schlagen? Sie konnte einstürzen und uns unter sich begraben! Das Wasser konnte, nachdem es durchgebrochen war, zum Strom anschwellen und uns fortreißen. Diese Gefahren waren nicht übertrieben. Aber damals konnte die Angst vor Einsturz oder Überschwemmung uns nicht abhalten, denn unser Durst war stärker.

Hans machte sich an die Arbeit, die weder mein Oheim noch ich fertiggebracht hätten. Vor lauter Ungeduld hätten wir mit unserer letzten Kraft bestimmt wild gegen die Felsen geschlagen und sie zertrümmert. Hans dagegen arbeitete ruhig und bedächtig, haute den Felsen mit vielen schwächeren Schlägen auf und hackte so ein zehn Zentimeter breites Loch. Nach etwa einer Stunde war die Spitzhacke schon über zwanzig Zentimeter in die Granitwand eingedrungen. Ich zappelte vor Ungeduld, und auch mein Oheim hielt es kaum noch aus; ich konnte ihn schwer zurückhalten.

Er wollte gerade zur Spitzhacke greifen, als wir plötzlich ein Zischen vernahmen. Ein Wasserstrahl brach aus der Wand hervor und schoß bis zur gegenüberliegenden Seite.

Hans, den der Stoß fast umgeworfen hätte, konnte einen Schmerzensschrei nicht unterdrücken. Ich verstand ihn, als ich meine Hände in das Wasser tauchte, und schrie ebenfalls auf. Das Wasser war siedend heiß.

„Das Wasser hat fast hundert Grad!" rief ich.

„Nun, es wird schon kalt werden", erwiderte mein Oheim.

Der Gang füllte sich mit Dämpfen, und es entstand ein Bach, der sich in den abwärts führenden Krümmungen verlief. Wir konnten bald unseren Durst löschen.

Was war das für eine Erleichterung für uns! Aber woher kam das Wasser? Doch das interessierte uns im Augenblick weniger. Es war Wasser, das, wenn auch warm, unsere Lebensgeister wieder weckte. Als es endlich kalt genug war, trank ich, ohne vorher zu kosten.

Erst nachdem ich mich erquickt hatte, rief ich aus: „Das Wasser ist ja eisenhaltig!"

„Das ist gut für den Magen", versetzte mein Oheim, „und es hat einen hohen Mineralgehalt. Es könnte eine Reise nach Spa oder Teplitz ersetzen."

„Und wie gut es schmeckt!"

„Kein Wunder bei Wasser, das man so tief unter der Erde findet. Hans hat uns da eine famose Quelle erschlossen. Darum schlag ich auch vor, dem heilsamen Bach seinen Namen zu geben."

„Einverstanden!" rief ich aus.

Und der Name „Hansbach" wurde begeistert angenommen.

Hans wurde dadurch nicht stolzer. Nachdem er sich ein wenig gestärkt hatte, setzte er sich mit gewohnter Ruhe in einen Winkel.

„Wir sollten", sagte ich, „das Wasser nicht so unnütz ablaufen lassen."

„Warum?" erwiderte mein Oheim. „Ich vermute, die Quelle ist unerschöpflich."

„Gleichviel! Füllen wir unseren Schlauch und die Flaschen, und versuchen wir dann die Öffnung wieder zu schließen."

Hans folgte meinem Rat. Er versuchte mit Granitsplittern den Durchbruch zu stopfen. Das war nicht leicht, weil man sich die Hände an dem heißen Wasser verbrannte.

Aber es gelang uns nicht, der Druck war zu stark, und alle Versuche mißglückten.

„Offenbar liegt die Quelle dieses Stromes sehr hoch."

„Ohne Zweifel", versetzte mein Oheim. „Wenn dieser Wasserstrahl aus einer Höhe von mehreren Kilometern kommt, so hat er einen Druck von ungefähr tausend Atmosphären. Aber mir fällt etwas ein."

„Was?"

„Warum wollen wir unbedingt die Öffnung verstopfen?"

„Weil ..."

Ich war in Verlegenheit, einen Grund zu finden.

„Wenn unsere Flaschen leer sind, können wir sie wieder füllen."

„Nein. Das ist ungewiß."

„Nun, so lassen wir das Wasser fließen. Es wird seinen natürlichen Lauf abwärts nehmen, uns den Weg zeigen und zugleich erfrischen."

„Ein guter Gedanke!" rief ich. „Und mit diesem Begleiter haben wir um so mehr Grund, auf das Gelingen unseres Vorhabens zu hoffen."

„Ah! Jetzt kommst du drauf, lieber Junge", sagte der Professor.

„Noch besser, ich bin schon wieder bereit ..."

„Einen Augenblick! Ruhen wir erst einige Stunden aus."

Ich hatte wirklich vergessen, daß es Nacht war. Das Chronometer zeigte es uns deutlich an. Bald verfielen wir, hinlänglich gestärkt und erquickt, in tiefen Schlummer.

VIERUNDZWANZIGSTES KAPITEL

AM FOLGENDEN Morgen hatten wir die gerade erst überstandenen Qualen schon fast vergessen. Ich war erstaunt, daß ich keinen Durst mehr hatte, und fragte nach dem Grund. Die aus der Wand sprudelnde Quelle erinnerte mich sofort an den gestrigen Abend und stimmte mich froh.

Wir frühstückten und tranken das köstliche Quellwasser. Ich fühlte mich wieder ganz gekräftigt und entschlossen zur weiteren Reise. Warum sollte ein Mann von Überzeugung, wie mein Oheim, zusammen mit einem mutigen und beschlagenen Führer, wie Hans, und einem „entschlossenen" Neffen, wie ich, nicht zum Ziel gelangen?

Solche Gedanken schlichen nun durch meinen Kopf! Hätte man mir jetzt den Vorschlag gemacht, zum Snäfields zurückzukehren, ich hätte ihn mit Unwillen zurückgewiesen.

Wir brauchten jetzt nur hinabzusteigen, um ans Ziel zu kommen.

„Vorwärts!" rief ich laut in den dunklen Gang und hörte das Echo tausendfach in der Ferne verklingen.

Freitags, um acht Uhr früh, wurde die Reise fortgesetzt. Der Granitgang zog sich in krummen Umwegen mit unerwarteten Winkeln wie ein Labyrinth dahin, seine Grundrichtung jedoch blieb Südosten. Mein Oheim blickte immer wieder auf den Kompaß, um den zurückgelegten Weg in seiner Richtung zu bestimmen.

Der Gang verlief fast horizontal mit höchstens fünf Zentimeter Neigung pro Meter. Der Bach floß gemächlich zu unseren Füßen. Mein Oheim verwünschte die geringe Neigung des Weges, er führte ihn nicht schnell genug zum Mittelpunkt der Erde. Der Weg zog sich unendlich in die Länge, und wir hatten den Eindruck, einige Meilen unter der Oberfläche um die Erde zu laufen. Aber wir hatten keine andere Wahl, und solange wir noch abwärts kamen, wenn auch langsam, durften wir uns nicht beklagen. Manchmal nahm das Rauschen des Baches zu, und wir kamen mit ihm schneller in die Tiefe. Im ganzen aber lief an diesem und am folgenden Tag der Weg meistenteils horizontal oder nur mit geringer Neigung.

Am 10. Juli, Freitag abends, mußten wir uns unserer Schätzung nach dreihundert Kilometer südöstlich von Reykjavik und in einer Tiefe von fünfundzwanzig Kilometern befinden.

An diesem Freitag öffnete sich vor unseren Füßen ein tiefer, dunkler Schacht. Mein Oheim konnte sich nicht verkneifen, in die Hände zu klatschen, als er die im schwarzen Nichts sich verlierenden Wände sah.

„Dieser Schacht wird uns unserem Ziel näher bringen“, rief er aus, „und ohne große Anstrengungen, denn die Felsvorsprünge bilden eine vortreffliche Leiter.“ Die Stricke wurden von Hans so befestigt, daß jeder Unfall so gut wie unmöglich war. Wir begannen hinabzusteigen. Ich will es nicht unbedingt gefährlich nennen, denn ich war mit dergleichen Übungen bereits vertraut.

Dieser Schacht war eine enge, ins Erdinnere führende Spalte. Offenbar war sie durch Zusammenziehen der Erdkruste entstanden, als diese sich abzukühlen begann. Wenn einst die von dem Snäfields ausgeworfenen Lava- und Gesteinsmassen durch diesen Schacht ihren Weg fanden, so war mir unerklärlich, warum keine Spur von ihnen mehr zu entdecken war. Wir stiegen eine Art Wendeltreppe hinab, die man für ein Werk menschlicher Hände hätte halten können.

Alle Viertelstunde mußten wir anhalten, um auszuruhen. Vor allem unsere Kniegelenke hatten diese Pausen nötig. Wir setzten uns dann auf einen Vorsprung und ließen die Beine in die Tiefe hängen. An uns vorbei schoß der Hansbach in die Tiefe, der, versteht sich, zum Wasserfall geworden war.

Die nächsten drei Tage folgten wir den Windungen dieses Ganges und drangen dabei weitere zwanzig Kilometer in das Erdinnere vor. Aber am 14., gegen Mittag, änderte sich das Bild. Der senkrecht abfallende Schacht machte einen Knick und führte nur noch mit einem Winkel von etwa 45° weiter, immer in südöstlicher Richtung.

Der Weg wurde bequem, und wir konnten auf die Seile verzichten. Die Wände waren eintönig; es hätte auch nicht anders sein können, denn es war keine Landschaft da, die Abwechslung gebracht hätte.

Endlich, am Mittwoch, dem 15., befanden wir uns siebzig Kilometer unter der Erdoberfläche und etwa fünfhundert Kilometer vom Snäfields entfernt. Obwohl wir etwas ermüdet waren, erfreuten wir uns bester Gesundheit, und die Reiseapotheke war noch unberührt.

Mein Oheim schrieb weiterhin fleißig jede Stunde die Angaben des Kompasses, des Chronometers, Manometers und Thermometers auf, die später in seinem wissenschaftlichen Bericht von der Reise auch veröffentlicht wurden. Er konnte daher genau unsere Lage bestimmen. Als er mir mitteilte, wir befänden uns horizontal fünfhundert Kilometer vom Snäfields entfernt, konnte ich mein Staunen nicht zurückhalten.

„Was hast du vor?“ fragte er.

„Nichts, ich stelle nur eine Berechnung an."

„Welche, mein Lieber?"

„Sind Ihre Berechnungen richtig, so befinden wir uns nicht mehr unter Island."

„Meinst du?"

„Wir können uns leicht davon überzeugen."

Ich maß mit dem Zirkel auf der Karte.

„Ich irre nicht", sagte ich. „Wir sind über Kap Portland hinaus, und bei fünfhundert Kilometern in südöstlicher Richtung sind wir mitten unterm Meer."

„Unterm Meer", versetzte mein Oheim und rieb sich die Hände.

„Also", rief ich aus, „haben wir den Ozean über unseren Köpfen!"

„Bah, Axel! Ganz natürlich! Ziehen sich nicht auch die Newcastler Kohlengruben weit unter dem Meer entlang?"

Der Professor fand wohl unsere Lage nicht absonderlich, aber der Gedanke, daß ich unter dem riesigen Ozean wandelte, machte mir doch etwas Sorgen. Jedoch, ob die Ebenen und Gebirge Islands über unserem Kopf waren oder die Wogen des Atlantischen Ozeans, machte im ganzen kaum einen Unterschied aus, wenn nur die Granitschichten über uns fest genug waren.

Übrigens gewöhnte ich mich bald an diesen Gedanken; denn der Gang, welcher bald geradeaus, bald in Krümmungen launenhaft sich hinzog, führte immer südöstlich und stets weiter in die Tiefe hinab.

Vier Tage darauf, am Sonntag, dem 19. Juli, kamen wir abends in einer Art geräumiger Grotte an; mein Oheim zahlte Hans seine wöchentlichen drei Reichstaler aus, und es wurde beschlossen, morgen einen Rasttag einzulegen.

Fünfundzwanzigstes Kapitel

Ich wachte am Montag morgen mit dem gewohnten Gedanken auf, sofort weiterzumarschieren. Wie freute ich mich, als mir Sekunden später unsere gestrige Abmachung einfiel. Übrigens waren wir bereits richtige Höhlenbewohner geworden, und ich dachte gar nicht mehr an Sonnen- und Mondschein und Sternenlicht, an Bäume, Häuser, Städte und alle diese Überflüssigkeiten des oberirdischen Lebens. In unserer Eigenschaft als Fossilien spotteten wir über diese unnützen Wunderdinge.

Die Grotte bildete einen geräumigen Saal. Auf seinem Granitboden floß gemütlich der Hansbach dahin.

So weit von seiner Quelle entfernt, war das Wasser nicht mehr siedendheiß, sondern hatte sich der Temperatur seiner Umgebung angepaßt, so daß man es trinken konnte.

Nach dem Frühstück verwendete der Professor einige Stunden darauf, seine täglichen Notizen in Ordnung zu bringen.

„Fürs erste", sagte er, „will ich Berechnungen anstellen, um unsere Lage genau zu bestimmen: Ich möchte nach unserer Rückkehr eine Karte von dieser Reise entwerfen, eine Art von senkrechtem Erddurchschnitt, die das Profil der Expedition geben wird."

„Das wird sehr merkwürdig aussehen, lieber Oheim; aber werden Ihre Aufzeichnungen dafür auch exakt genug sein und ausreichen?"

„Ja, ich habe die Neigungen und Winkel sorgfältig gemessen, und ich kann mich darauf verlassen, daß ich nicht irre. Sehen wir nun, wo wir uns befinden. Welche Richtung zeigt der Kompaß an?"

Ich sah nach dem Kompaß und antwortete: „Ostsüdost!"

„Gut", sagte der Professor, indem er aufzeichnete, was ich ihm gesagt hatte, und einige flüchtige Berechnungen anstellte. Ich entnahm dem, daß wir fast achthundert Kilometer seit unserer Abreise zurückgelegt hatten.

„Also bewegen wir uns weiter unterm Atlantischen Ozean!"

„Ganz richtig."

„Und in diesem Augenblick bricht vielleicht ein Sturm los, und Schiffe werden über unserem Kopf von Sturm und Wogen geschüttelt?"

„Wohl möglich."

„Und die Wale werden mit ihrem Schwanz gegen die Wände unseres Gefängnisses schlagen."

„Es wird ihnen aber nicht gelingen, es zu erschüttern. Doch kehren wir zu unseren Berechnungen zurück. Wir befinden uns im Südosten, sechshundert Kilometer vom Snäfields, und meinen Notizen nach in einer Tiefe von hundertundsechzig Kilometern."

„Hundertundsechzig Kilometer?" rief ich aus.

„Allerdings."

„Aber das ist ja die äußerste Grenze, welche die Wissenschaft für die Dicke der Erdrinde angenommen hat."

„Ich bezweifle das nicht."

„Und es sollte hier nach der Theorie von der steigenden Temperatur eine Wärme von fünfhundert Grad herrschen."

„Es sollte, lieber Junge."

„Und all dieser Granit würde nicht so fest stehen, sondern wäre schon geschmolzen."

„Du siehst, daß nichts davon wahr ist und daß, wie gewöhnlich, die Theorien durch die Tatsachen Lügen gestraft werden."

„Ich muß es zugeben, aber es setzt mich doch in Erstaunen."

„Was zeigt das Thermometer an?"

„Siebenundzwanzig Grad und sechs Zehntel."

„Es fehlen also noch über vierhundert Grad an dem, was die Gelehrten behaupten. Folglich beruht die Theorie über das verhältnismäßige Steigen der Temperatur zum Erdmittelpunkt hin auf einem Irrtum. Folglich irrte Humphrey Davy nicht. Folglich darf ich ihm glauben. Was hast du darauf zu antworten?"

„Nichts."

Zwar hätte ich viel darauf zu sagen gehabt. Ich ließ die Theorie Davys immer noch nicht gelten. Sie schien mir auch jetzt noch zu widersinnig, und ich hielt weiter an der Zentralwärme fest, obwohl ich ihre Wirkungen nicht spürte. Eher glaubte ich, daß wir durch die dicken Lava- und Granitwände vor dieser inneren Hitze geschützt seien.

Aber anstatt nach neuen Beweisen zu suchen, beschränkte ich mich darauf, die Lage der Dinge zu nehmen, wie sie war.

„Lieber Oheim", fuhr ich fort, „ich halte alle Ihre Berechnungen für genau, aber gestatten Sie mir, eine Folgerung daraus zu ziehen?"

„Tu's, wenn du magst."

„Wie wir wissen, beträgt der Erdradius ungefähr sechstausend Kilometer?"

„Sechstausend."

„Von diesen haben wir hundertsechzig zurückgelegt."

„So ist's."

„Und zwar um den Preis von achthundert Kilometern, die wir bisher insgesamt zurückgelegt haben."

„Richtig."

„Binnen zwanzig Tagen etwa?"

„Ja."

„Nun machen hundertsechzig Kilometer den vierzigsten Teil des Erdreichs aus. Geht es so weiter, brauchen wir noch achthundert Tage oder über zwei Jahre, um unser Ziel zu erreichen."

Der Professor hatte nichts darauf zu erwidern.

„Um eine Tiefe von hundertsechzig Kilometern zu erreichen, müssen wir sechshundert horizontal zurücklegen. Das heißt, wir müssen Tausende Kilometer in südöstlicher Richtung marschieren, mit anderen Worten: Wir werden also fast die ganze Erdkugel durchwandern und uns zu guter Letzt unter Afrika befinden."

„Zum Teufel mit deinen Berechnungen!“ entgegnete mein Oheim zornig. „Worauf beruhen sie denn? Wer sagt dir denn, daß dieser Gang uns nicht direkt bis zum Ziel führt? Zudem habe ich zu meinen Gunsten einen Vorgänger. Was ich unternehme, hat schon ein anderer ausgeführt, und was ihm glückte, wird auch mir glücken.“

„Ich hoffe es; aber schließlich darf ich doch ...“

„Du darfst schweigen, Axel, wenn du in dieser Weise fortfahren willst.“

Ich sah wohl, daß der fürchterliche Professor unter der Haut des Oheims wieder zum Vorschein zu kommen drohte, und behielt meine weiteren Befürchtungen für mich.

„Jetzt“, fuhr er fort, „sieh nach dem Manometer. Was zeigt es an?“

„Einen ziemlich hohen Druck.“

„Gut. Du siehst, daß, wenn man allmählich in die Tiefe dringt, man sich nach und nach an die dichtere Atmosphäre gewöhnt, so daß man nicht darunter zu leiden hat.“

„Gar nicht, ausgenommen die Ohrenschmerzen.“

„Das will nichts heißen, und du wirst das Übel beseitigen, indem du rascher atmest.“

„Ganz recht“, versetzte ich, entschlossen, meinem Oheim nicht mehr zu widersprechen. „Es ist sogar ein rechtes Vergnügen, in diese dichtere Atmosphäre zu tauchen. Haben Sie bemerkt, mit welcher Stärke sich das Echo fortpflanzt?“

„Gewiß! Ein Tauber würde hier wieder hören lernen.“

„Aber dieser Druck wird ohne Zweifel zunehmen?“

„Ja, nach einem noch wenig bekannten Gesetz. Es steht fest, daß die Schwerkraft mit zunehmender Tiefe geringer wird. Du weißt, daß sie auf der Erdoberfläche am wirksamsten ist und daß im Zentrum der Erde die Gegenstände kein Gewicht mehr haben.“

„Ich weiß es, aber sagen Sie mir, wird die Luft nicht endlich an Dichte dem Wasser gleichkommen?“

„Allerdings, bei einem Druck von siebenhundertundzehn Atmosphären.“

„Und unterhalb dieser Grenze?“

„Wird die Dichtigkeit stets zunehmen.“

„Wie können wir aber dann abwärts kommen?“

„Nun, dann stecken wir uns Steine in die Taschen.“

„Wahrhaftig, Oheim, Sie haben auf alles eine Antwort.“

Ich wagte nicht, meine Hypothesen weiterzuspinnen, ich wäre vielleicht noch auf Rätsel gestoßen, bei denen der Professor außer sich geraten wäre.

Es war jedoch klar, daß die Luft unter einem Druck, der auf Tausende von Atmosphären steigen konnte, am Ende in einen festen Zustand übergehen würde, und dann mußte man, vorausgesetzt, daß unsere Körper diesen Widerstand ertrugen, haltmachen, ungeachtet aller Dispute und Theorien.

Aber ich erwähnte diese Gedanken erst gar nicht. Mein Oheim hätte mir abermals seinen Saknussemm vorgehalten. Dieses Beispiel ist aber ohne Gewicht. Glaubt man auch an die Reise des gelehrten Isländers, so gab es doch einen sehr einfachen und überzeugenden Einwand.

Im sechzehnten Jahrhundert waren Barometer und Manometer noch nicht bekannt, wie konnte dann Saknussemm sein Reiseziel als Mittelpunkt der Erde bestimmen?

Aber ich behielt dieses Argument für mich und wartete die Ereignisse ab.

Der übrige Teil des Tages verfloß mit Berechnungen und Unterhaltungen. Ich war stets mit Professor Lidenbrock gleicher Ansicht und beneidete Hans um seine vollkommene Leidenschaftslosigkeit. Ohne viel nach Ursache und Wirkung zu fragen, tat er, was von ihm verlangt wurde.

Sechsundzwanzigstes Kapitel

Offen gesagt, die Dinge standen bisher gut, und ich durfte mich nicht beklagen. Wenn die Schwierigkeiten nicht wesentlich zunahmen, war es durchaus möglich, daß wir unser Ziel erreichten. Und welcher Ruhm wartete dann auf uns! Ich war so weit gekommen, daß ich à la Lidenbrock urteilte. Ernsthaft. Gehörte das mit zu der seltsamen Umgebung, in der ich lebte? Vielleicht!

Mehrere Tage führte uns ein stark abschüssiger Weg, der mitunter fast senkrecht verlief, tief ins Innere der Erde. An manchen Tagen kamen wir zehn, manchmal sogar fünfzehn Kilometer dem Erdmittelpunkt näher. Das Hinabsteigen war gefährlich, aber die Geschicklichkeit unseres Hans und seine erstaunliche Kaltblütigkeit kamen uns dabei sehr zustatten. Dieser Isländer war von unverwüstlichem Gleichmut, und manche gefährliche Situation überstanden wir nur dank seiner Geschicklichkeit. Wer weiß, wie es uns allein ergangen wäre.

Während der beiden Wochen nach unserer letzten Unterhaltung ereignete sich nichts Besonderes. Nur ein einziges Erlebnis ist mir unvergeßlich, und aus gutem Grund. Ich werde nicht so schnell auch nur den kleinsten Umstand vergessen können.

Am 7. August waren wir allmählich bis zu einer Tiefe von dreihundert Kilometern gelangt, das heißt, dreihundert Kilometer über unseren Köpfen lagen Felsen, Ozean, Festland und Städte. Wir mußten damals fast tausend Kilometer von Island entfernt sein. An diesem Tag hatte der Tunnel nur ein sehr geringes Gefälle.

Ich ging voran. Mein Oheim trug einen der beiden Ruhmkorffschen Apparate, ich den anderen. Ich betrachtete die Granitschichten.

Auf einmal, als ich mich umsah, fand ich mich allein.

Gut, dachte ich, ich bin zu rasch gegangen, oder Hans und mein Oheim sind stehengeblieben. Also muß ich zurückgehen. Zum Glück führte der Weg nicht merklich aufwärts.

Ich ging den Weg zurück, eine Viertelstunde lang. Ich sah mich um. Kein Mensch.

Ich rief. Keine Antwort. Meine Stimme verhallte in dem vieltönenden Echo.

Jetzt wurde ich unruhig; am ganzen Körper überlief mich ein Schauder.

„Nur ruhig", sagte ich laut. „Sicherlich werde ich meine Gefährten wiederfinden. Es gibt ja nur einen Weg! Da ich anscheinend weit voraus war, muß ich wieder zurück."

Eine halbe Stunde lang ging ich in dieser Richtung. Ich lauschte öfters, ob man mich nicht riefe, denn in dieser dichten Atmosphäre konnte man Stimmen schon von weitem hören. Todesstille herrschte in dem unermeßlichen Gang.

Ich blieb stehen. Ich konnte nicht glauben, daß ich mich ganz allein in diesem Gang befand. Ich habe mich nur verirrt, machte ich mir Mut. Verirrt ist nicht verloren.

Ich sagte mir wiederholt: „Da es nur einen Weg gibt und da sie diesen benutzen, so müssen wir wieder zueinanderstoßen. Ich brauche nur weiterzugehen, es sei denn, daß sie, als sie mich nicht sahen und nicht daran dachten, daß ich vorauseilte, auf den Gedanken kamen, ebenfalls zurückzugehen. Nun, selbst in diesem Fall, wenn ich eilte, würde ich sie finden. Das ist klar."

Ich wiederholte mir diese letzten Worte immer wieder wie ein Mensch, der von seinen eigenen Worten nicht überzeugt ist.

Nun kam mir ein Zweifel. War ich wirklich der erste gewesen? Gewiß, Hans folgte mir, dann mein Oheim. Er war sogar einige Augenblicke stehengeblieben, um sein Gepäck wieder zurechtzurücken. An alles dies erinnerte ich mich. Ich hätte in diesem Augenblick weitergehen müssen.

Übrigens, dachte ich, hab ich ja ein sicheres Mittel, mich nicht zu verirren, meinen treuen Bach, der mich in dem Labyrinth leitet. Ich brauche mich aufwärts nur an ihn zu halten, und ich werde ganz von selbst meinen Gefährten auf die Spur kommen.

Diese Gedanken gaben mir wieder Mut, und ich beschloß, mich ohne einen Augenblick Zeitverlust auf den Weg zu machen.

Wie pries ich da meines Oheims Vorsicht, als er vorschlug, die Quelle in der Wand nicht zu verstopfen. Also sollte die heilsame Quelle, nachdem sie uns unterwegs erquickt, mich durch die Irrgärten der Erdrinde zu meinen Kameraden führen.

Kaum daß dieser Gedanke zu Ende gedacht war, blickte ich entsetzt auf den Boden des Tunnels. Dort, wo meiner Meinung nach noch eben das Wasser plätscherte, griff ich jetzt auf rauhen Granit. Der Bach floß nicht mehr zu meinen Füßen!

Siebenundzwanzigstes Kapitel

Meine Verzweiflung war unbeschreiblich. Kein Wort wäre passend gewesen, meine Gefühle auszudrücken. Ich war lebendig begraben, ich würde verhungern oder verdursten.

Unwillkürlich berührte ich mit meinen zitternden Händen den Boden. Der Fels war völlig trocken.

Aber wie hatte ich den Lauf des Baches verfehlt? Nun begriff ich den Grund der auffallenden Stille, als ich zum letztenmal horchte, ob nicht ein Ruf meiner Gefährten zu hören sei. Also hatte ich, als ich den ersten unvorsichtigen Schritt auf diesem Wege ging, die Abwesenheit des Baches nicht bemerkt. Offenbar hatte sich der Weg vor mir gegabelt, und ich schlug die eine Richtung ein, während der Hansbach meine Freunde in andere Tiefen begleitete.

Wie konnte ich zurückkehren? Spuren gab's keine. Auf diesem Granit zeichnete sich keine Fußspur ab. Ich zerbrach mir den Kopf, die Lösung des unlösbaren Problems zu finden. Meine Lage war mit einem einzigen Wort zu beschreiben: verloren!

Ja! Verloren in einer Tiefe, in der keine Hilfe zu erwarten war!

Diese dreihundert Kilometer dicke Erdrinde lastete mit fürchterlichem Gewicht auf meinen Schultern. Ich fühlte mich zermalmt.

Ich versuchte meine Gedanken auf irdische Dinge zu richten. Hamburg, das Haus in der Königsstraße, mein armes Gretchen; diese ganze Welt über mir zog rasch vor meinem Gedächtnis vorüber. Ich erinnerte mich noch einmal lebhaft dieser Reise, der Überfahrt, Islands, Herrn Fridricksons, des Snäfields! Ich sagte mir, wenn ich in meiner Lage noch einen Schimmer von Hoffnung bewahrte, war es ein Zeichen von Wahnsinn, und da war die Verzweiflung noch besser!

In der Tat, welche Macht konnte mich auf die Oberfläche der Erde zurückbringen, diese enorme Erdrinde zerspalten, die sich über meinem Kopf wölbte?

„Oh, mein Oheim!" rief ich völlig mutlos.

Dieses Wort war der einzige Vorwurf, der über meine Lippen kam, denn ich begriff, was der unglückliche Mann leiden mußte, denn bestimmt suchte er auch mich.

Als ich mich so von aller menschlichen Hilfe verlassen sah, unfähig, etwas für meine Rettung zu unternehmen, dachte ich an den Beistand des Himmels. Diese Erinnerungen aus meiner Kinderzeit, an meine Mutter, die ich nur in frühesten Jahren gekannt hatte, lebten wieder auf. Ich wollte niederknien und beten. Vielleicht wurde mein Flehen erhört? Ich wurde danach etwas ruhiger und konnte mich besser auf meine gegenwärtige Lage konzentrieren.

Ich hatte Lebensmittel für drei Tage und eine gefüllte Flasche. Diese Frist war mir gesetzt, um meinen Oheim und Hans wiederzufinden. Aber mußte ich auf- oder abwärts?

Aufwärts ohne Zweifel; immer aufwärts!

So würde ich an die Stelle gelangen, wo ich von der Quelle abgewichen war. Hatte ich erst einmal den Bach wiedergefunden, dann konnte ich immer weiter nach oben, bis ich schließlich im Krater des Snäfields war.

Warum hab ich nicht früher daran gedacht? Hier lag doch offenbar die Möglichkeit meiner Rettung. Zuerst mußte also der Hansbach wiedergefunden werden.

Ich richtete mich auf und ging, auf meinen Stock gestützt, den Gang hinauf. Der Abhang war ziemlich steil. Ich schritt voller Hoffnung und ohne zögern, wie ein Mensch, der keine andere Wahl hat.

Eine halbe Stunde lang stieß ich auf kein Hindernis. Ich versuchte, meinen Weg an der Form des Tunnels, an dem Vorsprung gewisser Felsen, an den Eigentümlichkeiten der Krümmungen wiederzuerkennen. Aber es fiel mir durchaus kein besonderes Zeichen auf, und ich erkannte bald, daß mich dieser Gang nicht zu jener Kreuzung führen konnte. Er war ohne Ausgang. Hinter einer Wegbiegung stand ich plötzlich vor einer undurchdringlichen Wand. Ich fiel erschöpft auf den Felsboden.

Welche fürchterlichen Schrecken, welche Verzweiflung mich da ergriff, kann ich nicht ausdrücken. Ich gab mich auf. Meine letzten Hoffnungen zerschellten an dieser Granitwand.

Verloren in diesem Labyrinth, dessen Irrgänge sich in alle Richtungen kreuzen. Ein Entrinnen war unmöglich. Ich mußte einen jämmerlichen Tod sterben.

Seltsamerweise kam mir der Gedanke, daß eine bedeutende wissenschaftliche Diskussion darüber entstehen würde, wenn man meinen schon fossil gewordenen Körper einmal fände, wie dieser dreihundert Kilometer tief in die Erde gekommen sei. Gab es unterirdisches Leben? Aber der Gedanke erheiterte mich nicht, sondern jagte mir nur noch größere Schrecken ein.

Ich wollte laut reden, aber von meinen trockenen Lippen kamen nur rauhe, undeutliche Töne.

Mitten in dieser Angst befiel mich ein neuer Schrecken. Meine Lampe hatte beim Fallen Schaden genommen, und ich war nicht imstande, sie zu reparieren. Ihr Licht wurde schwächer und würde bald ganz verlöschen.

Ich sah, wie der Lichtstrom in der Serpentine des Apparates geringer wurde. Auf den dunklen Wänden spiegelte sich eine Prozession beweglicher Schatten. Ich wagte nicht mehr, meine Augen zu schließen, ich fürchtete, den kleinsten Lichtstrahl der verglimmenden Helle zu versäumen.

Jeden Augenblick kam mir's vor, als würde er verlöschen, und dunkle Nacht würde mich dann umfangen.

Endlich zuckte nur noch ein letzter Schimmer in der Lampe. Ich verfolgte ihn mit meinen Blicken, sammelte alle Kraft meiner Augen, als könnte ich das schwache Licht dadurch retten. Sekunden später umgab mich undurchdringliche Finsternis. Ein fürchterlicher Schrei hallte durch die Dunkelheit.

Oben auf der Erde, inmitten der tiefsten und dunkelsten Nacht ist es nie restlos dunkel. Hier jedoch, nichts! Diese absolute Dunkelheit machte aus mir im vollen Sinn des Wortes einen Blinden.

Nun verlor ich den Kopf. Ich stand auf und streckte die Hände aus, versuchte die Wände zu ertasten. Ich fing an zu rennen, stürzte in dem wirren Labyrinth aufs Geratewohl immer abwärts, wie ein unterirdischer Höhlenbewohner, rief, schrie, heulte, stieß mich an den Felsvorsprüngen, fiel und stand blutend wieder auf, stets gewärtig, auf eine Wand zu stoßen und mir den Kopf einzurennen.

Ich lief wie wahnsinnig, ohne zu wissen, wohin. Nach einigen Stunden waren meine Kräfte erschöpft, und ich fiel wie eine träge Masse bewußtlos neben der Wand nieder.

Achtundzwanzigstes Kapitel

Als ich wieder zu Bewußtsein kam, war mein Gesicht naß, von Tränen benetzt. Wie lange ich gelegen hatte, kann ich nicht sagen. Ich hatte keine Möglichkeit, die Tageszeit, geschweige die Stunde zu bestimmen. Keine Einsamkeit war mit der meinen zu vergleichen, nie war ein Mensch so vollständig verlassen.

Nach meinem Sturz hatte ich viel Blut verloren. Ach! Ich jammerte, daß ich nicht gestorben war, daß ich noch sterben müßte. Ich wollte nicht mehr denken, wies jeden Gedanken von mir, überwältigt von Jammer, wälzte ich mich auf dem Boden.

Ich fühlte mich bereits wieder einer Ohnmacht nahe, als ein starkes Getöse an mein Ohr drang. Es glich einem anhaltenden Donnern, ich vernahm, wie der Schall sich allmählich in ferne Tiefen verlor.

Woher kam dieses Getöse? Es stammte ohne Zweifel von einer Naturerscheinung im Erdinnern, von einer Gasexplosion oder dem Sturz einer gewaltigen Steinschicht.

Ich lauschte, um festzustellen, ob sich das Getöse wiederholte. So verlief eine Viertelstunde in völliger Stille. Ich hörte nicht einmal mehr mein Herzklopfen.

Plötzlich glaubte ich, als mein Ohr zufällig in die Nähe der Wand geriet, unbestimmte, undeutliche Worte in weiter Ferne zu hören. Ich zitterte.

Eine Sinnestäuschung, dachte ich.

Doch nein. Als ich aufmerksamer lauschte, hörte ich tatsächlich Stimmengemurmel. Bei meiner Schwäche konnte ich nichts verstehen. Aber es wurde gesprochen, es waren Worte, das war gewiß.

Eine Weile fürchtete ich, es seien meine eigenen Worte, die mir das Echo zurückwarf. Hatte ich ohne mein Wissen geschrien? Ich preßte meine Lippen fest zusammen und hielt mein Ohr abermals an die Wand.

Ja, sicher, jemand sprach da!

Als ich einige Schritte weiterging, hörte ich die Stimmen deutlicher. Es gelang mir, unbestimmte, seltsame Worte zu vernehmen. Sie drangen zu mir, als seien sie leise gesprochen, sozusagen gemurmelt. Öfter wurde mit schmerzlicher Betonung das Wort „förlorad" wiederholt.

Wer sprach da? Offensichtlich Hans oder mein Oheim. Aber wenn ich sie hörte, konnten auch sie mich hören.

„Hilfe! Zu Hilfe!" schrie ich aus Leibeskräften.

Ich horchte, lauschte auf eine Antwort, einen Schrei, einen Seufzer. Einige Minuten lang ließ sich kein Laut vernehmen. Eine Welt von Hoffnungen stürzte in mir zusammen. Ich dachte, meine Stimme sei zu schwach, um bis zu meinen Gefährten zu dringen.

Denn sie sind's, wiederholte ich. Wer sonst wäre dreihundert Kilometer unter der Erde?

Ich horchte abermals. Als ich mit meinem Ohr an der Wand entlangglitt, fand ich den Punkt, wo die Stimmen am lautesten zu hören waren. Abermals verstand ich deutlich das Wort „förlorad", dann wieder so ein Donnerrollen, das mich aus meiner Erstarrung geweckt hatte.

Nein, sagte ich mir, nein. Quer durch die Steinmassen kann man diese Stimmen nicht hören. Die Granitwand würde den stärksten Ton nicht hindurchlassen! Die Töne kommen aus dem Gang selbst. Es muß dabei ein ganz besonderes Gesetz der Akustik im Spiel sein!

Ich horchte abermals, und diesmal hörte ich deutlich, wie mein Name laut gerufen wurde.

Mein Oheim rief! Er sprach mit Hans, von dem das dänische „förlorad" herrührte.

Jetzt begriff ich alles. Um mich verständlich zu machen, mußte ich mit dem Kopf ganz dicht an die Wand gedrückt sprechen, die meine Stimme, wie ein elektrischer Draht, weiterleitete.

Aber ich hatte keine Zeit zu verlieren. Entfernten sich meine Gefährten noch eine kurze Strecke, so war diese Verständigung auch nicht mehr möglich. Ich trat also nahe an die Wand heran und sprach so deutlich wie möglich die Worte: „Oheim Lidenbrock!"

Ich wartete in höchster Spannung. Der Ton läuft hier unten nicht schnell, denn die dichtere Luft erhöht nicht seine Schnelligkeit, sondern nur seine Stärke. Einige Sekunden verflossen, bis endlich diese Worte an mein Ohr drangen:

„Axel, Axel! Bist du's?"

„Ja! Ja!" erwiderte ich.

„Mein Junge, wo bist du?"

„Verloren, im tiefsten Dunkel!"

„Aber deine Lampe?"

„Verloschen!"

„Und der Bach?"

„Verschwunden."

„Axel, du mußt Mut fassen!"

„Warten Sie ein wenig, ich bin zu erschöpft! Habe nicht mehr die Kraft zu antworten. Aber sprechen Sie zu mir!"

„Kopf hoch, mein Junge", fuhr mein Oheim fort. „Rede nicht, aber hör mir zu. Wir haben dich auf- und abwärts in den Gängen gesucht; konnten dich nicht finden. Endlich, in der Annahme, du seist noch neben dem Hansbach, sind wir wieder abwärts gegangen und haben unsere Flinten abgefeuert! Jetzt können wir uns zwar akustisch verständigen, aber das ist vorläufig auch alles. Doch verzweifle nicht, Axel. Daß wir uns hören, das ist schon etwas!"

Währenddessen hatte ich überlegt. Eine gewisse, noch unbestimmte Hoffnung ergriff mich wieder. Vor allem war mir eines wichtig. Ich hielt meine Lippen an die Wand und sagte:

„Oheim?"

„Junge?" hörte ich nach einigen Sekunden.

„Wie weit sind wir voneinander entfernt?"

„Das kann man leicht erfahren."

„Haben Sie Ihren Chronometer?"

„Ja."

„Nun, nehmen Sie ihn zur Hand. Sprechen Sie meinen Namen, und halten Sie genau die Sekunde fest. Ich will ihn wiederholen, sobald ich ihn höre. Wenn der Schall wieder bei Ihnen ist, wissen wir, wieviel Sekunden das gedauert hat."

„Gut, und die Hälfte der Zeit zwischen meinem Ruf und deiner Antwort wird uns sagen, wie lange meine Stimme braucht, um bis zu dir zu gelangen."

„Richtig, Oheim."

„Bist du bereit?"

„Ja."

„Nun gib acht, ich spreche deinen Namen."

Ich hielt mein Ohr an die Wand, und sobald das Wort „Axel" bei mir anlangte, wiederholte ich es unverzüglich und wartete dann.

„Vierzig Sekunden", sagte darauf mein Oheim. „Vierzig Sekunden sind verflossen; der Ton braucht also zwanzig Sekunden, um zu mir zu gelangen. Das sind fünfzehn Kilometer."

„Fünfzehn Kilometer!" murmelte ich.

„Nun, das schaffen wir schon, Axel!"

„Aber muß ich auf- oder abwärts?"

„Abwärts, und zwar deshalb: Wir sind an einen weiten Raum gelangt, in dem eine Vielzahl Gänge münden. Ohne Zweifel wird der, den du eingeschlagen hast, dich zu uns führen, denn es scheint, daß alle diese Spalten, diese Risse im Erdkörper einen Strahlenkranz bilden, der von dieser großen Höhle ausgeht. Mache dich auf, und setze deinen Weg fort.

Geh, schleppe dich fort, wenn's not tut, rutsche über steile Abhänge, und du wirst bestimmt in unsere Arme fallen, die dich am Ende des Weges aufnehmen. Auf, mein Junge, mach dich auf den Weg!"

Diese Worte belebten mich wieder.

„Adieu, Oheim", rief ich, „ich gehe. Sobald ich diese Stelle verlassen habe, können wir uns nicht mehr durch Worte verständigen, adieu also!"

„Auf Wiedersehen, Axel! Auf Wiedersehen!"

DIES waren die letzten Worte, die ich hörte. Die merkwürdige Unterredung, die mitten durch Felswände im Erdinnern in einer Entfernung von fünfzehn Kilometern geführt wurde, schloß mit diesen Worten, die mich auf meinem Weg begleiteten und hoffnungsfroh stimmten. Ich dankte Gott, denn er hatte mich in dem unermeßlichen Dunkel an den Punkt geleitet, der vielleicht der einzige war, an dem mich die Stimmen meiner Gefährten erreichten.

Diese sehr erstaunliche Wirkung der Akustik ist durch die Gesetze der Physik leicht zu erklären; sie rührte von der Form des Ganges und der Leitungsfähigkeit des Gesteins her. Es gibt manche Beispiele solcher Übertragung von Lauten, die in dem Raum dazwischen nicht vernehmbar sind.

Ich erinnere mich, daß diese Naturerscheinung an manchen Stellen beobachtet worden ist, unter anderem in der inneren Galerie der Paulskirche zu London, und besonders mitten in den merkwürdigen Höhlen Siziliens, den Latomien bei Syrakus, von welchen die merkwürdigste unter dem Namen „Ohr des Dionysius" bekannt ist.

Diese Erinnerungen kamen mir in den Kopf, und es war mir klar, daß, weil meines Oheims Stimme bis zu mir drang, kein Hindernis zwischen uns lag. Indem ich den Weg des Lautes verfolgte, mußte ich, genauso wie er, ankommen, wenn mich die Kräfte vorher nicht verließen.

Ich richtete mich also auf und schleppte mich fort. Nach einiger Zeit führte der Gang immer steiler hinab, ich ließ mich hinuntergleiten.

Bald nahm die Schnelligkeit, mit der ich hinabrutschte, in erschreckendem Maße zu und ähnelte schon drohend einem Absturz. Es fehlte mir die Kraft, mich festzuhalten.

Plötzlich schwand mir der Boden unter den Füßen. Ich fühlte, daß ich über die Unebenheiten eines senkrechten Ganges rutschend hinabrollte. Mein Kopf schlug des öfteren an spitze Felsen, und dann verlor ich das Bewußtsein.

Neunundzwanzigstes Kapitel

Als ich wieder zu mir kam, befand ich mich in einem halbdunklen Raum; ich lag auf dicken Decken. Mein Oheim wachte und forschte in meinem Gesicht nach einem Lebenszeichen. Bei meinem ersten Stöhnen ergriff er meine Hand, bei meinem ersten Blick stieß er einen Freudenschrei aus.

„Er lebt! Er lebt!" rief er.

„Ja", versetzte ich mit schwacher Stimme.

„Mein Junge", sagte mein Oheim und drückte mich an seine Brust, „du bist also gerettet!"

Der Ton, mit dem er diese Worte sprach, rührte mich und mehr noch die Sorge, die aus ihm klang. Aber es bedurfte auch solcher Prüfungen, um bei dem Professor Gefühle hervorzurufen.

In diesem Augenblick kam Hans herbei. Er sah mich in den Armen meines Onkels, und ich darf versichern, daß seine Augen eine lebhafte Befriedigung ausdrückten.

„God dag", sprach er.

„Guten Tag, Hans, guten Tag", murmelte ich. „Und jetzt, lieber Oheim, laßt mich wissen, wo wir uns befinden."

„Morgen, Axel, morgen, heute bist du noch zu schwach; ich habe deinen Kopf weich gebettet, damit du dich erholst. Schlaf nur, lieber Junge, morgen sollst du alles hören."

„Aber sagt wenigstens", fuhr ich fort, „wieviel Uhr, welcher Tag ist's?"

„Elf Uhr abends, und heute ist Sonntag, der 9. August. Jetzt erlaube ich dir nicht, vor dem 10. mich weiter zu fragen."

Ich war wirklich sehr schwach, und meine Augenlider wurden schon wieder schwer.

Ich mußte mich eine Nacht ausruhen; vor allem beruhigte mich der Gedanke, daß unsere Trennung nur vier Tage gedauert hatte.

Am folgenden Morgen erwachte ich und blickte mich um: Mein Lager, aus allen Reisedecken bereitet, befand sich in einer prächtigen Grotte, die mit buntschillernden Tropfsteinen verziert war, den Boden bildete feiner Sand. Es herrschte Halbdunkel. Keine Lampe oder Fackel brannte, und doch kam eine unerklärliche Helligkeit von außen, die durch eine enge Öffnung in der Grotte eindrang. Ich hörte auch ein unbestimmtes Murmeln, das sich wie Wellenschlag an einem Ufer anhörte, und mitunter auch Windessausen.

Ich fragte mich, ob ich völlig wach sei, ob ich noch träume, ob nicht etwa mein Gehirn von dem Fall Schaden gelitten, so daß dies nur Einbildungen seien. Jedoch weder meine Augen noch meine Ohren konnten sich in der Hinsicht täuschen.

Es ist ein Strahl von Tageslicht, dachte ich, der durch diese Felsspalte hinabdringt. Aber der Wellenschlag und das Wehen des Windes! Irre ich mich, oder sind wir wieder an die Oberfläche gekommen? Hat mein Oheim sein Vorhaben aufgegeben, ist es damit glücklich zu Ende?

Ich stellte mir diese unlösbare Frage, als der Professor kam.

„Guten Morgen, Axel!" sagte er freudig. „Ich wollte wetten, daß dir's gutgeht!"

„O ja", sagte ich und richtete mich auf.

„Das war zu erwarten, denn du hast ruhig geschlafen. Wir, Hans und ich, haben abwechselnd gewacht und gesehen, daß deine Genesung merklich fortschritt."

„Ich fühle mich wirklich wieder kräftig, und zum Beweis will ich dem Frühstück tüchtig zusprechen."

„Du sollst zu essen haben, lieber Junge! Du bist frei von Fieber. Hans hat deine Wunden mit einer Salbe, die von den Isländern geheimgehalten wird, eingerieben, und sie sind auffallend rasch geheilt. Er ist doch ein wackerer Freund, unser Jäger."

Während er sprach, bereitete mir mein Oheim das Frühstück, das ich trotz seiner Mahnungen gierig verschlang. Inzwischen überhäufte ich ihn mit Fragen, die er mit Eifer zu beantworten versuchte.

Nun hörte ich, wie sich meine Rettung zugetragen hatte. Inmitten einer Steinlawine kam ich den Schlund eines senkrechten Ganges hinab. Der kleinste dieser Steine war groß genug, mich zu zerquetschen. Auf diese erschreckliche Art gelangte ich bis in die Arme meines Oheims, als er mich auffing, bewußtlos und mit Blut bedeckt.

„Wahrhaftig", sagte er, „es ist erstaunlich, daß du nicht hundertmal ums Leben gekommen bist. Jetzt wollen wir uns aber nicht mehr aus den Augen verlieren, denn ob wir noch einmal solches Glück haben, ist ungewiß, und dann würden wir uns nie wiedersehen."

Wir wollten uns nie wieder trennen! Also war die Reise noch nicht zu Ende! Ich machte große Augen vor Staunen. Mein Oheim fragte sofort:

„Was hast du, Axel?"

„Eine Frage. Sie sagen, ich sei gesund und wohlauf?"

„Ohne Zweifel."

„Nichts gebrochen?"

„Ganz gewiß nicht."

„Und mein Kopf?"

„Dein Kopf steht, von einigen Schrammen abgesehen, fest auf deinen Schultern."

„Ich fürchte, mein Gehirn hat gelitten."

„Gelitten?"

„Ja. Sind wir nicht wieder auf der Erdoberfläche?"

„Nein, gewiß nicht."

„Dann muß ich ein Narr sein, denn ich sehe Tageslicht, ich höre Wind und Wellenschlag."

„Ah! Nichts weiter?"

„Können Sie mir das erklären?"

„Ich erkläre dir nichts, was nicht zu erklären ist, aber du wirst sehen, daß die Geologie noch nicht ihr letztes Wort gesprochen hat."

„So will ich das Geheimnis aufklären", rief ich und richtete mich auf.

„Nein, Axel, nein! Die freie Luft würde dir schaden."

„Die freie Luft?"

„Ja, der Wind ist ziemlich stark. Du darfst dich ihm nicht so aussetzen."

„Aber ich versichere, daß ich mich zum Staunen wohl fühle."

„Ein wenig Geduld, lieber Junge. Ein Rückfall würde uns hemmen, und es ist keine Zeit zu verlieren, denn die Überfahrt kann lange dauern."

„Die Überfahrt?"

„Ja, ruhe dich heute noch aus, dann können wir morgen das Schiff besteigen."

„Das Schiff?"

Dies Wort verwirrte mich vollends.

Wie? Auf ein Schiff gehen! Hatten wir denn einen Fluß, einen See oder ein Meer zur Verfügung?

Meine Neugierde war im höchsten Grad erregt. Vergeblich suchte mein Oheim mich zurückzuhalten. Als er sah, daß meine Ungeduld mir mehr schaden würde als die Befriedigung meiner Neugier, gab er nach.

Ich kleidete mich rasch an. Zur Vorsicht hüllte ich mich in eine der Decken und ging aus der Grotte hinaus, dem Licht entgegen.

Dreissigstes Kapitel

Anfangs konnte ich nichts sehen. Meine nicht an das Licht gewöhnten Augen wurden geblendet. Als sie sich allmählich der Helligkeit angepaßt hatten und ich sie öffnen konnte, war ich mehr bestürzt als erstaunt.

„Das Meer!" rief ich aus.

„Ja", erwiderte mein Oheim, „das ‚Meer Lidenbrock', und ich glaube gern, kein Seefahrer wird mir die Ehre der Entdeckung streitig machen und das Recht, ihm meinen Namen zu geben."

Eine große Wasserfläche, ein See oder ein Meer, breitete sich vor unsern Blicken bis zum Horizont. Das buchtenreiche Ufer, an dem kleine Wellen langsam ausrollten, bestand aus feinem Sand, wie wir ihn bei uns an der Nordsee haben. Der Sand war voller kleiner Muscheln, die den primitivsten Seetieren als Behausung gedient hatten. Ein leichter Wind trieb Schaumkronen auf die Wellen, und einige Spritzer benetzten mein Gesicht. An diesem flachen Ufer, zwanzig Meter von den Wellen entfernt, verliefen sich die Züge enormer Felsen, die sich zu einer gewaltigen Höhe erhoben. Einige zerrissen mit scharfer Kante das Ufer und bildeten Vorgebirge, an denen die Wellen sich brachen. Bis in weite Ferne konnte das Auge ihre klar gezeichnete Masse am nebligen Hintergrund des Horizonts verfolgen.

Es war ein Meer, das mit seinem Ufer ganz unseren Vorstellungen entsprach, aber es war öde und wild.

Ich konnte es weit überblicken, da es von einem eigenartigen Licht taghell erleuchtet war. Das Licht stammte weder von der Sonne noch vom Mond. Die Leuchtkraft dieses Lichtes, seine zitternden Strahlen, das klare und kalte Weiß seiner Farbe, die geringe Temperatur, der eigenartige Glanz, der den des Mondlichtes noch übertraf – dies alles ließ auf eine elektrische Quelle schließen. Es war gleichsam ein Nordlicht, ein dauerndes kosmisches Phänomen, das diese Höhle erfüllte, die einen Ozean beherbergte.

Das Gewölbe über meinem Kopf, der Himmel, wenn man will, schien aus großen Wolkenbänken zu bestehen; es sah so aus, als würde es bald zu regnen beginnen. Ich hatte geglaubt, unter einem so starken Druck der Atmosphäre könne das Wasser nicht verdunsten, und doch war der Himmel aus einem mir noch unbekannten physikalischen Grund reichlich mit Wolken bedeckt. Damals aber war schönes Wetter. Die elektrischen Lichtstrahlen erzeugten auf den sehr hohen Wolken staunenswerte Lichtspiele. Lebhafte Schatten fielen auf ihre unteren Schichten, und oft drang zwischen zwei Wolken ein Strahl mit merkwürdiger Stärke bis zu uns. Aber es war doch eben kein Sonnenlicht, denn es fehlte ihm die Wärme. Das seltsame Licht machte mich melancholisch, wenn nicht traurig. Anstatt eines Firmaments mit seinem Sternenglanz wußte ich über diesen Wolken ein granitenes Gewölbe, das mit seiner ganzen Wucht auf mir lastete, und so unermeßlich der Raum auch war, hätte er doch nicht für den bescheidensten Himmelskörper Platz genug geboten.

Wir waren in einer enormen Höhle, in Wirklichkeit jedoch in einem Gefängnis. Ihre Ausdehnung konnten wir nicht beurteilen, das Ufer zog sich unabsehbar weit dahin, und der Horizont war durch eine unbestimmte Linie begrenzt. Ihre Höhe mußte mehr als einige Kilometer betragen. Wo sich das Gewölbe auf seine granitenen Wände stützte, war nicht zu sehen. Aber es hingen einige Wolken in der Atmosphäre, deren Höhe auf zweitausend Meter zu schätzen war, was ohne Zweifel der beträchtlichen Dichtigkeit der Luft zuzuschreiben ist. Denn auf der Erde sind die Wolken meist weit weniger hoch.

Der Ausdruck „Höhle" trifft offenbar nicht zu, um diesen unermeßlichen Raum zu bezeichnen. Aber wer sich in die Abgründe des Erdballs hinabwagt, für den reichen die Worte der menschlichen Sprache nicht mehr aus!

Ich wußte übrigens nicht, durch welche geologische Erscheinung ich das Vorhandensein einer solchen Höhle erklären sollte. War es möglich, daß sie entstanden war, als die Erde erkaltete? Ich kannte wohl aus Reiseberichten einige berühmte Grotten, aber keine von solcher Ausdehnung.

Alexander von Humboldt hat die Grotte zu Guachara in Kolumbien untersucht und eine Strecke von mehreren Kilometern erkundet. Die Mammut-Grotte in Kentucky ist ebenfalls riesengroß, denn ihre Wölbung dehnt sich hundertfünfzig Meter über einen unergründlichen See, und es sind Reisende darin über hundert Kilometer weit gedrungen, ohne ein Ende zu finden. Aber was wollten diese Höhlen neben derjenigen, die ich jetzt bewunderte. Für diesen unermeßlichen Umfang reichte meine Phantasie nicht aus.

Alle diese Wunder betrachtete ich im stillen. Es fehlte mir der Ausdruck für meine Empfindungen, denn wie sollte ich diese Wunder bezeichnen? Ich betrachtete, dachte nach, bewunderte mit einer Bestürzung, zu der sich auch Schrecken gesellte.

Das Unerwartete dieses Anblicks rief die Farbe in mein Gesicht zurück, und ich war im Begriff, mich durch Erstaunen zu kurieren und meine Genesung durch diese neue therapeutische Methode zu vollenden; zudem belebte mich die Kraft der sehr dichten Luft, die meinen Lungen mehr Sauerstoff zuführte, als sie sonst gewohnt waren.

Es ist leicht begreiflich, daß nach einer dreiundvierzigtägigen Einkerkerung in einem engen Gang ein unendlicher Genuß darin lag, diesen salzhaltigen Seewind einzuatmen.

Ich bereute es nicht, daß ich aus meiner dunklen Grotte herausgekommen war. Mein Oheim, schon an dieses Wunder gewöhnt, geriet nicht mehr in Erstaunen.

„Fühlst du dich stark genug zu einem kleinen Spaziergang?"

„Ja, gewiß", erwiderte ich, „gehen wir."

„Dann nimm meinen Arm, Axel, wir wollen ein Stück am Strand entlanggehen."

Das Gehen fiel mir noch ein wenig schwer. Links bildeten steile, übereinandergetürmte Felsen eine riesenhafte Gruppe von wunderlicher Wirkung, an ihren Seiten strömten zahllose Kaskaden mit klarem, rauschendem Wasser herab. Einige leichte Dünste, die aus den Felsen hervordrangen, deuteten auf warme Quellen, Bäche suchten sich ihren Weg zum Meer.

Unter diesen Bächen war auch unser treuer Reisegefährte, der Hansbach, der sich gemächlich in das Meer ergoß, als hätte er es immer so gemacht.

„Er wird uns von nun an fehlen", sagte ich seufzend.

„Bah! Ob dieser oder ein anderer, was tut das schon!"

Die Antwort schien mir etwas undankbar.

Aber in diesem Augenblick erregte ein unerwarteter Anblick meine Aufmerksamkeit. In einer Entfernung von hundert Schritten, an der Kante eines hohen Vorgebirges, lag vor unseren Augen ein hoher, dichter Wald. Dieser bestand aus Bäumen mittlerer Höhe, die im Wuchs etwa unserem Sonnenschirm ähnlich waren. Aber kein Zweig, kein Blatt bewegte sich, obwohl ein leichter Wind wehte.

Ich beeilte mich hinzukommen, ich wußte nicht, wie diese sonderbaren Pflanzen hießen. Als wir heran waren, kannte meine Überraschung keine Grenzen.

In der Tat hatten wir irdische Pflanzen vor uns, aber von welchem Ausmaß! Mein Oheim erkannte sie sogleich.

„Ein Wald von Champignons", sagte er.

Er täuschte sich nicht. Hier wuchsen weiße Champignons, drei bis vier Meter hoch, mit einer Kappe von entsprechendem Durchmesser. Sie standen da zu Tausenden. Kein Lichtstrahl drang durch ihre Hüte, unter denen völlige Dunkelheit herrschte, wie die runden Dächer eines afrikanischen Dorfes waren sie nebeneinandergereiht.

Ich wollte noch weiter. Todeskälte drang aus diesen fleischigen Wölbungen herab. Eine halbe Stunde lang schweiften wir in diesem feuchten Dunkel umher, bis wir endlich den Strand wieder erreichten und uns gleich wohler fühlten.

Die Vegetation dieser unterirdischen Landschaft beschränkte sich jedoch nicht auf diese Champignons. Weiter hinaus sahen wir andere Bäume mit farblosem Laub. Sie waren leicht zu erkennen, es waren nie-

dere Gesträuche der Erdoberfläche in außerordentlichen Dimensionen, zehn Meter hohe Bärlappgewächse, riesenhafte Siegelbäume, Farnkräuter so hoch wie breitästige Tannenbäume, Schuppenbäume mit runden, gabelförmigen Stämmen, die in lange Blätter endeten und mit rauhen Haaren besetzt waren.

„Prachtvoll!" rief mein Oheim. „Das ist ja die ganze Flora der zweiten erdgeschichtlichen Epoche. Da sehen wir unsere niedrigen Gartengewächse in den ersten Jahrhunderten als Bäume! Schau doch, Axel, eine Fundgrube für einen Botaniker!"

„Sie haben recht, lieber Oheim. In diesem ungeheuren Gewächshaus scheinen die ältesten Pflanzen aufbewahrt zu sein, die bekannt sind."

„Du sagst ganz richtig, es sei ein Gewächshaus, besser noch würdest du's vielleicht eine Menagerie nennen."

„Eine Menagerie?"

„Ja, ohne Zweifel. Sieh nur diesen Staub unter unseren Füßen, die auf dem Boden verstreuten Knochenreste."

„Knochen!" rief ich aus. „Gebeine vorsintflutlicher Tiere!"

Ich stürzte über diese jahrhundertealten Knochentrümmer her, die wie ausgetrocknete Baumstämme aussahen.

„Hier, das ist der Unterkiefer eines Mastodons", sagte ich; „dort die Backenzähne des Dinotheriums; dieser Hüftknochen kann nur dem allergrößten dieser Gattung, dem Megatherium, gehört haben. Ja, es ist eine richtige Menagerie, denn diese Gebeine sind gewiß nicht durch eine Überschwemmung hierhergelangt. Die Tiere, von denen sie stammen, haben an den Ufern dieses unterirdischen Meeres, unter dem Schatten dieser Riesenpflanzen gelebt. Sieh, da sind ja ganze Skelette. Und dennoch."

„Dennoch?" sagte mein Oheim.

„Ich begreife nicht, weshalb solche Vierfüßer in dieser Höhle lebten."

„Warum nicht?"

„Weil das tierische Leben auf der Erde stets erst in den sekundären Perioden existiert hat, als sich durch Anschwemmungen aus dem Niederschlag das Erdreich gebildet und an die Stelle der Felsen der Urperiode getreten war."

„Auf deinen Einwand gibt's eine sehr einfache Antwort, nämlich, daß dieses Terrain durch Niederschlag entstanden ist."

„Wie? In einer solchen Tiefe unter der Erdoberfläche!"

„Jawohl, und diese Tatsache läßt sich geologisch erklären. Zu einer gewissen Zeit bestand die Erde nur aus einer elastischen Rinde, die dem Gesetz der Anziehung unterworfen war und abwechselnde Bewegungen nach oben und unten vollführte. Es ist wahrscheinlich, daß der Boden an einigen Stellen nachgab und dabei ein Teil des sedimentären Terrains auf den Grund eines plötzlich geöffneten Abgrundes hinabgezogen wurde."

„Das muß wohl der Fall sein. Aber wenn vorsintflutliche Tiere in diesen unterirdischen Regionen gelebt haben, wer sagt uns, daß nicht eines von diesen Ungeheuern noch jetzt in diesem dunklen Wald oder hinter diesen steilen Felsen umherstreift?"

Bei diesem Gedanken beobachtete ich, nicht ohne Schrecken, den Horizont in verschiedenen Richtungen; aber es zeigte sich kein lebendes Wesen an diesem öden Strand.

Ich war ein wenig müde und setzte mich am Ende eines Vorgebirges nieder, an dessen Fuß sich die Wellen brachen. Von da aus erfaßte mein Blick die ganze, durch eine Krümmung der Küste gebildete Bai. Im Hintergrund fand sich ein kleiner Hafen zwischen den Felsen. Eine Brigg und zwei bis drei Schoner hätten dort bequem ankern können. Ich war darauf gefaßt, ein Fahrzeug mit vollen Segeln herauskommen zu sehen, um unterm Südwind das Weite zu suchen.

Aber diese Täuschung verlor sich rasch. Wir waren wohl die einzigen lebenden Geschöpfe dieser unterirdischen Welt. Wenn es mitunter windstill war, lastete ein Schweigen auf der Oberfläche des Meeres, ähnlich dem in der Wüste nach einem Sandsturm. Ich suchte den Nebel der Ferne zu durchdringen, diesen vor den geheimnisvollen Hintergrund des Horizonts gezogenen Vorhang zu zerreißen. Fragen drängten sich mir auf: Wo endete das Meer? Wohin führte es? Würden wir je sein anderes Ufer betreten?

Mein Oheim zweifelte seinerseits nicht daran. Ich wünschte und fürchtete es zugleich.

Nachdem wir eine Stunde diese merkwürdige Landschaft betrachtet hatten, gingen wir zur Grotte zurück. Hier verzehrten wir unser Abendbrot und schliefen schließlich ein.

Einunddreissigstes Kapitel

Am folgenden Tag wachte ich völlig genesen auf. Ich dachte, ein Bad würde mir sehr gut tun, und tauchte einige Minuten lang in die Fluten dieses Meeres.

Als ich zurückkam, aß ich mit trefflichem Appetit. Hans verstand sich darauf, ein Frühstück zu bereiten; er war mit Wasser und Feuer versehen, so daß er ein wenig Abwechslung in unser Frühstück bringen konnte. Zum Dessert lieferte er uns einige Tassen Kaffee, und nie hat mir dieses köstliche Gebräu angenehmer geschmeckt.

„Jetzt", sagte mein Oheim, „ist die Zeit der Flut, und wir dürfen die Gelegenheit, diese Erscheinung zu studieren, nicht vorübergehen lassen."

„Wie? Flut? So tief unter der Erde?"

„Warum nicht? Auch hier gelten die Naturgesetze."

Als wir das sandige Ufer betraten, sahen wir die Wellen immer weiter auf das Land vordringen.

„Sie haben gut reden, lieber Oheim, alles das kommt mir so außerordentlich vor, daß ich kaum meinen Augen zu trauen wage. Wer hätte jemals daran gedacht, hier tief unten in der Erde ein Meer mit Ebbe und Flut, Seewind und Stürmen zu finden!"

„Warum nicht? Die Gesetze der Physik sprechen nicht dagegen. Und warum, zum Beispiel, sollte dieses Gewässer nicht einige Fische von einer unbekannten Gattung enthalten?"

„Jedenfalls haben wir bis jetzt noch nicht einen einzigen gesehen."

„Nun, wir könnten eine Angel machen und sehen, ob wir etwas fangen."

„Aber wo befinden wir uns denn, lieber Oheim? Was sagen Ihre Instrumente?"

„Horizontal dreitausendfünfhundert Kilometer von Island entfernt!"

„So weit?"

„Ich bin überzeugt, daß ich nicht um fünfzig Kilometer irre."

„Und unsere Richtung ist immer noch Südost?"

„Ja. Aber was die Tiefe betrifft, habe ich etwas Merkwürdiges festgestellt, was ich sorgfältig beobachtet habe."

„Und was ist das?"

„Die Nadel, anstatt sich wie sonst auf der nördlichen Hemisphäre auf den Pol zu richten, stellt sich dagegen."

„Also muß man daraus schließen, daß der magnetische Pol sich zwischen der Erdoberfläche und dem Punkt, wo wir jetzt sind, befindet."

„Ganz richtig, und es ist zu vermuten, daß, wenn wir in die Polargegenden kämen, wo James Roß den magnetischen Pol entdeckt hat, die Nadel senkrecht stehen würde. Folglich liegt dieses geheimnisvolle Zentrum der Anziehung nicht sehr tief."

„Wirklich, und das ist eine von der Wissenschaft noch nicht berücksichtigte Tatsache."

„Die Wissenschaft ist voller Irrtümer, die man aber nicht zu scheuen braucht, weil sie uns trotzdem der Wahrheit näher bringen."

„Und wie tief sind wir jetzt schon vorgedrungen?"

„Vierhundertundfünfzig Kilometer."

„Also", sagte ich mit einem Blick auf die Karte, „befindet sich das schottische Hochland über unseren Köpfen, mit seinen schneebedeckten Gipfeln der Grampiangebirge."

„Ja", erwiderte der Professor lachend. „Eine etwas schwere Bürde, aber das Gewölbe ist solid; der große Baumeister des Weltalls hat es aus guten Materialien errichtet, und niemals hätte der Mensch ihm eine gleiche Tragfähigkeit zu geben vermocht. Was wollen die Brückenbogen und die Gewölbe der Kathedralen gegen diese Halle mit einem Durchmesser von ich weiß nicht wie vielen Kilometern, unter der ein Meer liegt, das von Stürmen aufgewühlt werden kann."

„Oh, ich habe keine Angst, daß mir der Himmel auf den Kopf fallen wird. – Und wie soll es nun weitergehen? Denken Sie nicht daran, zur Erdoberfläche zurückzukehren?"

„Zurückzukehren? So kurz vor dem Ziel? Im Gegenteil, ich werde die Reise fortsetzen, weil alles bis hierher so gutgegangen ist."

„Und wie wollen wir dieses Meer überwinden?"

„Oh, ich denke nicht, mich kopfüber hineinzustürzen."

„Kein Zweifel."

„Am andern Ufer bin ich sicher, einen Ausgang zu finden", sagte der Professor.

„Wie groß, glauben Sie, ist dieser Ozean?"

„Dreihundert bis vierhundert Kilometer."

„Ah!" sagte ich und meinte, diese Schätzung würde vielleicht nicht ganz genau sein.

„Also, wir haben keine Zeit zu verlieren; gleich morgen wollen wir in See stechen."

Unwillkürlich sah ich mich nach dem Fahrzeug um, das uns hinüberschaffen sollte.

„Nun", sagte ich, „einschiffen werden wir uns. Gut, und wo ist das Boot dazu?"

„Dazu brauchen wir kein Boot, lieber Junge, ein gutes und solides Floß wird genügen."

„Ein Floß!" rief ich aus. „Ein Floß ist ebenso schwer zu bauen, und ich sehe nicht..."

„Du siehst nicht, Axel, aber wenn du deine Ohren anstrengst, könntest du hören!"

„Hören?"

„Ja, die Hammerschläge kommen von Hans, er ist schon an der Arbeit."

„Er baut ein Floß für uns? Hat er denn Bäume gefällt?"

„Die Bäume waren gefällt! Komm, und du wirst ihm bei der Arbeit zuschauen können."

Nachdem wir eine Viertelstunde weit gegangen waren, bemerkte ich jenseits des Vorgebirges, das den kleinen Hafen bildete, Hans bei der Arbeit. Nur noch einige Schritte, und ich war bei ihm. Zu meiner großen Überraschung lag ein halbfertiges Floß auf dem Sand; es war aus Balken einer ganz besonderen Holzart gefertigt, und eine Anzahl Bohlen, Kniestücke, Spanten aller Art lagen noch verstreut auf dem Boden umher. Man konnte daraus schon eine Flotte bauen.

„Oheim", rief ich aus, „was ist das für ein Holz?"

„Fichten, Tannen, Birken, allerlei zapfentragende Bäume des Nordens, die durch das Seewasser mineralisiert worden sind."

„Kaum vorstellbar."

„Man nennt dieses fossile Holz ‚surtarbrandur'."

„Aber dann muß es hart sein wie Stein und im Wasser untergehen?"

„Das ist zuweilen der Fall; manches Holz ist völlig zu Anthrazit geworden; anderes aber, wie dieses, steht noch am Anfang der Umbildung. Schau nur!" fuhr mein Oheim fort und warf eins dieser kostbaren Stücke ins Meer.

Das Stück kam, nachdem es gesunken war, wieder an die Oberfläche und schaukelte auf den Wellen.

„Hast du dich überzeugt?" fragte mein Oheim.

„Um so mehr, als es unglaublich ist!"

Am folgenden Abend war, dank der Geschicklichkeit unseres Hans, das Floß fertig; es war vier Meter lang und zwei breit. Die mit starken Stricken zusammengeschnürten Balken bildeten eine solide Fläche, und als dieses improvisierte Fahrzeug ins Wasser gelassen war, schwamm es ruhig auf den Wogen des Lidenbrockschen Meeres.

Zweiunddreissigstes Kapitel

Am 13. August standen wir frühzeitig auf. An diesem Tage wollten wir unser neues Transportmittel einweihen.

Ein aus einem dicken Stamm angefertigter Mast, ein etwas dünnerer und kürzerer als Rah angeschlagen, ein aus unseren Decken gefertigtes

Segel – dies war das Takelwerk des Floßes. An Stricken fehlte es nicht. Alles war solid gebaut und würde auch einem Sturm trotzen.

Um sechs Uhr gab der Professor das Zeichen zum Einschiffen. Proviant, Bagage, Instrumente, die Waffen und ein ansehnlicher Vorrat an Trinkwasser, der in den Felsen gesammelt worden war, befanden sich bald auf unserem schwimmenden Gefährt. Hans hatte ein Ruder angebaut, mit dem er seinen schwimmenden Apparat lenken konnte. Er stellte sich an die Querstange des Ruders. Ich löste das Ankertau, das uns noch am Ufer festhielt. Das Segel wurde gerichtet, und wir stießen rasch vom Ufer ab.

Im Augenblick, als wir den Hafen verließen, wollte mein Oheim ihm einen Namen geben. Er schlug den meinen vor.

„Wahrhaftig", sagte ich, „ich habe Ihnen einen anderen vorzuschlagen."

„Welchen?"

„Den Namen Gretchens. ‚Hafen Gretchen' wird sich gut auf der Karte ausnehmen."

„Richtig: Hafen Gretchen, angenommen und schon notiert."

So hat sich das Andenken an meine liebe Verlobte mit unserer abenteuerlichen Fahrt verknüpft.

Der Wind wehte aus Nordost. Er trieb uns äußerst schnell vor sich her. Die Treibkraft der dichten Atmosphäre war erstaunlich und wirkte auf das Segel wie ein starker Blasebalg.

Nach Verlauf einer Stunde konnte mein Oheim unsere Schnelligkeit ziemlich genau schätzen.

„Wenn es so weitergeht", sagte er, „machen wir in vierundzwanzig Stunden mindestens dreihundert Kilometer und werden bald das andere Ufer erreichen."

Ich erwiderte nichts und nahm meinen Platz vorn auf dem Floß ein. Unsere Grotte und der Champignonwald waren bereits nur noch undeutlich zu erkennen und verschmolzen bald ganz mit dem Horizont. Vor meinen Augen erstreckte sich ein unermeßliches Meer. Große Wolken breiteten ihre grauen Schatten über seine Oberfläche. Die silbernen Strahlen des elektrischen Lichtes, hier und da von einigen Tröpfchen reflektiert, ließen in den Wirbeln, die unser Floß verursachte, leuchtende Punkte erglänzen. Bald war alles Land aus unserem Blickfeld verschwunden, und wäre nicht das schäumende Fahrwasser des Floßes gewesen, so hätte ich meinen können, es stehe unbeweglich auf der Stelle.

Gegen Mittag sahen wir ungeheure Seegrasmassen auf der Oberfläche der Wellen treiben. Ich kannte die vegetative Kraft dieser Pflanzen, die in einer Tiefe von mehr als zwölftausend Metern auf dem Meeresgrund kriechen, sich unter dem Druck von vierhundert Atmosphären fortpflanzen und oft sehr ansehnliche Bänke bilden, die den Lauf der Schiffe hemmen können. Aber niemals, glaub ich, gab's riesenhafteres Seegras als im Meer Lidenbrock.

Unser Floß fuhr an drei- bis viertausend Meter langen Meeresalgen vorüber, ungeheure Schlangengewinde, die sich von Horizont zu Horizont hinzogen; es machte mir Vergnügen, ihre unendlichen Schlangen mit dem Blick zu verfolgen, ohne ihr Ende zu erreichen.

Was war das für eine Naturkraft, die solche Pflanzen hervorbrachte, und wie muß die Erde in den ersten Jahrhunderten ihrer Entstehung ausgesehen haben, als sich das Pflanzenreich in der feuchten Wärme dieser Zeit entwickelte?

Der Abend kam, und wie ich tags zuvor bemerkt hatte, hielt die Helligkeit unvermindert an. Tag und Nacht schien es hier nicht zu geben.

Nach dem Abendessen legte ich mich am Fuß des Masts nieder, und der Schlaf brachte mich unverzüglich ins Reich sorgloser Träume.

Hans, unbeweglich am Ruder stehend, ließ dem Floß seinen Lauf, das übrigens, vom Winde getrieben, gar keiner Führung bedurfte.

Seit unserer Abfahrt aus Hafen Gretchen hatte mich Professor Lidenbrock beauftragt, das Tagebuch der Fahrt zu führen, jede Wahrnehmung darin aufzuzeichnen, die interessantesten Erscheinungen einzutragen, die Richtung des Windes, die Schnelligkeit des Floßes, den zurückgelegten Weg, kurz, alle Ereignisse dieser merkwürdigen Fahrt.

Ich beschränke mich nun darauf, nur diese täglichen Eintragungen hier wiederzugeben, um dadurch den Bericht von unserer Überfahrt besonders genau zu gestalten.

Freitag, 14. August – Gleichmäßig. Wind NO. Das Floß fährt rasch geradeaus. Die Küste bleibt 300 Kilometer unter dem Wind. Nichts am Horizont. Die Stärke des Lichts unverändert. Schönes Wetter, d.h. die Wolken sehr hoch, wenig dicht und in einer Atmosphäre, die weiß ist wie geschmolzenes Silber. Thermometer: + 32°

Um Mittag wirft Hans eine Angel aus, mit einem Brocken Fleisch als Köder. Die nächsten zwei Stunden fängt er nichts. Also sind diese Gewässer ohne Bewohner? Nein. Wir sehen plötzlich, wie sich die Schnur strafft. Hans zieht die Schnur heraus und hebt einen Fisch aus dem Wasser, der gewaltig zappelt.

„Ein Fisch!“ ruft mein Oheim.

„Es ist ein Stör!“ rufe ich. „Ein kleiner Stör!“

Der Professor betrachtet das Tier aufmerksam und ist nicht meiner Ansicht. Dieser Fisch hat einen platten, abgerundeten Kopf, und der vordere Teil des Körpers ist mit knochenartigen Plättchen besetzt; sein Maul ist ohne Zähne, am schwanzlosen Körper befinden sich ziemlich entwikkelte Brustflossen.

Dieses Tier gehört wohl zu einer Klasse, in welche die Naturforscher den Stör eingereiht haben, aber es unterscheidet sich auch in wesentlichen Merkmalen von diesem.

Mein Oheim irrt sich nicht und äußert nach kurzer Untersuchung:

„Dieser Fisch gehört zu einer seit Jahrhunderten ausgestorbenen Familie, von der man nur fossile Reste im Terrain der Übergangsepoche findet."

„Wie?" sage ich. „Wir hätten einen solchen Bewohner der Meere der Urzeit gefangen?"

„Ja", erwidert der Professor, indem er weiter beobachtet, „und du siehst, daß diese fossilen Fische keineswegs mit den gegenwärtigen Gattungen übereinstimmen. Ein lebendes Wesen dieser auf der Erde ausgestorbenen Art zu studieren ist für einen Naturforscher ein wahres Glück."

„Aber zu welcher Familie gehört er?"

„Zur Ordnung der Ganoiden, eine Familie der Cephalaspiden, Gattung . . ."

„Nun?"

„Gattung Pterychtis, wollt ich beschwören! Aber dieser hier zeigt eine Eigentümlichkeit, die, wie man sagt, nur bei den Fischen zu finden ist, die in unterirdischen Gewässern leben."

„Welche?"

„Er ist blind!"

„Blind!"

„Nicht allein blind, sondern das Sehorgan fehlt gänzlich."

Jetzt sehe ich es auch. Aber das kann wohl ein besonderer Fall sein.

Wir werfen die Angel von neuem aus. Das Meer ist, wie sich herausstellt, sehr fischreich, denn binnen zwei Stunden fangen wir eine Menge Pterychtis sowie mehrere Exemplare einer gleichfalls ausgestorbenen Familie, deren Gattung jedoch mein Oheim nicht erkennen kann. Alle sind ohne Sehorgane. Dieser unverhoffte Fischsegen ergänzt vortrefflich unseren Lebensmittelvorrat.

Eines scheint sicher, dieses Meer enthält nur fossile Arten.

Vielleicht stoßen wir auch auf einige von den Sauriern, welche die Wissenschaft mit Hilfe einiger Knochenreste versucht hat, getreulich zusammenzusetzen.

Ich ergreife das Fernrohr und untersuche das Meer. Es ist öde. Ohne Zweifel sind wir noch zu nahe an der Küste.

Aber vielleicht ist am Himmel Leben zu entdecken, ich blicke hoch. Warum sollten nicht auch einige vorzeitliche Vögel zu finden sein? An den Fischen fänden sie reichlich Nahrung. Aber die Lüfte sind ebensowenig belebt wie die Gestade.

Inzwischen führt mich meine Phantasie in die wundervollen Hypothesen der Paläontologie hinein. Ich träume mit offenen Augen. Es dünkt mich, ich sehe auf der Oberfläche der Gewässer jene enormen vorsintflutlichen Schildkröten, die schwimmenden Inselchen gleichen. Am düsteren Strand kriechen die großen Säugetiere der Urzeit herum, das Leptotherium, das man in den Höhlen Brasiliens fand, das Mericotherium aus den Eisgegenden Sibiriens. Dann der dickhäutige Lophiodon; dieser Riesentapir versteckt sich hinter den Felsen, bereit, dem Anoplotherium seine Beute streitig zu machen: Dieses seltsame Tier hat etwas mit dem Rhinozeros, dem Pferd, dem Flußpferd und dem Kamel gemein, als hätte der Schöpfer eilfertig mehrere Tiergattungen in einer vereinigt. Das riesige Mastodon windet seinen Rüssel und zerbröckelt mit seinen Hauern die Felsen, während das Megatherium mit seinen enormen Tatzen die Erde aufwühlt und mit seinem Gebrüll das hallende Echo an den Granitfelsen wachruft. Oben erklettert das Urbild des Affen, der Protopitheke, die steilen Gipfel. Darüber gleitet der Pterodaktylus mit seiner geflügelten Hand wie eine große Fledermaus über der dichten Luft. Endlich, in den höchsten Schichten, entfalten ungeheure Vögel, stärker als der Kasuar, größer als der Strauß, ihre weitgebreiteten Flügel, um mit dem Kopf gegen das Granitgewölbe zu stoßen.

Diese ganze fossile Welt gewinnt in meiner Phantasie wieder Leben. Die Säugetiere, dann die Vögel, danach die Reptilien der zweiten Epoche, endlich die Fische, Schaltiere, Mollusken. Die Zoophyten der Übergangsepoche kehren wieder in ihr Nichts zurück. Es gibt keine Jahreszeiten, kein Klima; die dem Erdkörper innewohnende Wärme wächst unaufhörlich und wiegt die der Sonne auf. Die Vegetation überbietet sich. Ich wandle wie ein Schatten unter baumartigen Farnkräutern, betrete mit schwankendem Schritt die bunten Mergel- und Sandsteine; ich lehne mich an einen Stamm ungeheurer Zapfenbäume und schlafe unterm Schatten hundert Fuß hoher Lykopodialen.

Die Jahrhunderte verfließen wie Jahre! Ich steige die Erdgeschichte aufwärts. Die Pflanzen verschwinden; die Granitfelsen verlieren ihre Härte; der feste Zustand geht unter Einwirkung starker Hitze in den flüssigen über; die Gewässer fließen auf der Oberfläche des Erdballs; sie sieden, verflüchtigen sich; Dünste umhüllen die Erde, die allmählich eine gasartige Masse bildet, so groß und glänzend wie die Sonne.

Im Zentrum dieses Nebelgestirns, das einst die Erde bilden wird, fühle ich mich in die Planetenräume fortgezogen!

Was für ein Traum! Wohin führt er mich? Meine fieberhafte Hand bringt diese seltsamen Details zu Papier! Ich habe alles vergessen, den Professor, den Führer und das Floß.

„Was ist dir denn?" sagt mein Oheim.

Meine offenen Augen starren ihn an, ohne ihn zu sehen.

„Gib acht, Axel, du wirst ins Wasser fallen!"

Zugleich faßt mich Hans mit kräftiger Hand, sonst wäre ich in meinem Traum in die Wellen hinabgestürzt.

„Bist du ein Narr geworden?" schreit der Professor.

„Was gibt's denn?" sage ich endlich, als ich wieder zu mir komme.

„Bist du krank?"

„Nein, ich war einen Augenblick im Traum versunken, jetzt ist's vorüber. Sonst geht alles gut?"

„Ja! Guter Wind und ruhiges Meer. Wir kommen rasch voran, und irre ich nicht, so müssen wir bald landen."

Bei diesen Worten stehe ich auf, forsche am Horizont; aber von Land ist nichts zu entdecken, nur Wasser ringsherum.

Dreiunddreissigstes Kapitel

Samstag, 15. August. – Das Meer ist weiterhin einförmig. Kein Land in Sicht. Der Horizont scheint immer wieder zurückzuweichen.

Der Kopf ist mir noch schwer von meinem Traum.

Mein Oheim hat nicht geträumt, aber er ist übler Laune. Er blickt mit seinem Fernrohr in alle Richtungen und kreuzt anschließend die Arme mit verdrießlicher Miene.

Ich bemerke, daß Professor Lidenbrock dazu neigt, wieder der ungeduldige Mann zu werden, den ich aus Hamburg kenne, und zeichne diese Beobachtung auf. Nur die Gefahren und Leiden, die ich durchstehen mußte, hatten vermocht, ihm einige Funken Menschlichkeit zu entlocken; aber seit meiner Genesung ist er wieder der alte.

„Sie scheinen unruhig, lieber Oheim?" sage ich, da ich ihn oft das Fernrohr vor die Augen halten sehe.

„Unruhig? Nein."

„Also ungeduldig!"

„Man könnte es wenigstens sein."

„Aber wir fahren doch so schnell..."

„Gleichviel. Das Meer ist zu groß!"

Nun erinnerte ich mich, daß der Professor vor unserer Abfahrt die Länge dieses unterirdischen Meeres auf dreihundert Kilometer geschätzt hatte. Aber wir hatten bereits einen dreimal so langen Weg zurückgelegt, und die südlichen Ufer waren noch nicht zu sehen.

„Wir kommen so nicht abwärts!" fährt der Professor fort. „Das ist nur verlorene Zeit, und, kurz, ich bin nicht so weit hergekommen, um eine Vergnügungsfahrt auf einem Teich zu machen!"

Er nennt also diese Überfahrt eine Vergnügungspartie und dieses Meer einen Teich.

„Aber", sage ich, „da wir den von Saknussemm angegebenen Weg eingeschlagen haben..."

„Das ist die Frage. Sind wir auf diesem Weg geblieben? Hat Saknussemm diesen Teich wirklich überquert? Hat uns nicht der Bach, dem wir blind gefolgt sind, völlig irregeführt?"

„Jedenfalls brauchen wir nicht zu bedauern, daß wir so weit gekommen sind. Das ist ein prachtvolles Schauspiel, und..."

„Um das Schauen handelt sich's nicht. Ich habe mir ein Ziel gesteckt, und ich will es erreichen! Also sprich mir nicht vom Bewundern!"

Ich ließ mir's gesagt sein und kümmerte mich nicht darum, daß der Professor sich vor Ungeduld die Lippen zerbiß. Um sechs Uhr abends forderte Hans seinen Lohn, die drei Reichstaler wurden ihm ausgezahlt.

Sonntag, 16. August. – Nichts Neues. Gleiches Wetter. Der Wind wird etwas frischer. Beim Erwachen gilt meine erste Sorge der Stärke des Lichtes. Ich habe stets Angst, das elektrische Licht könne dunkler werden und ganz verlöschen. Kein Grund dazu. Der Schatten des Floßes begleitet uns auf der Wasserfläche.

Wahrhaftig, dieses Meer ist unendlich groß! Es muß so breit sein wie das Mittelmeer oder gar der Atlantische Ozean. Warum nicht?

Mein Oheim prüft öfter die Tiefe. Er befestigt eine der schwersten Spitzhacken am Ende eines Stricks und läßt sie zweihundert Meter tief hinab. Kein Grund. Es kostet viel Mühe, das Ding wieder heraufzubekommen. Als wir sie wieder auf dem Floß haben, bemerken wir stark eingedrückte Stellen und zeigen sie Hans.

Man konnte meinen, das Stück Eisen sei zwischen zwei harten Körpern eingeklemmt gewesen.

Ich sehe den Jäger an.

„Tänder!" sprach er.

Ich verstehe ihn nicht, blicke meinen Oheim fragend an, der ganz in Betrachtungen versunken ist. Ich möchte ihn nicht stören und versuche Hans klarzumachen, daß ich nicht verstehe. Dieser macht mir durch wiederholtes Öffnen und Schließen seines Mundes begreiflich, was er meint.

„Zähne!" sage ich bestürzt, als ich das Stück Eisen aufmerksamer betrachte.

Jawohl! Im Metall sind die Spuren von Zähnen eingedrückt! Die Kinnbacken, die dieses Werk vollbringen, müssen ausnehmend stark sein! Tief unten treibt sich wohl ein Ungeheuer einer ausgestorbenen Gattung herum, gefräßiger als der Haifisch, größer als der Wal. Ich kann meinen Blick von dem halb zerfressenen Stück Eisen nicht losreißen. Soll mein Traum der letzten Nacht Wirklichkeit werden?

Diese Gedanken peinigten mich den ganzen Tag, und meine Phantasie läßt sich auch nicht in einem mehrstündigen Schlaf beruhigen.

Montag, 17. August. – Ich versuche, mir die eigentümlichen Instinkte dieser vorsintflutlichen Tiere wieder ins Bewußtsein zu rufen, die nach den Weichtieren, Schaltieren und Fischen folgen, den Säugetieren vorausgingen. Die Welt gehörte damals den Reptilien. Diese Ungeheuer beherrschten die Meere dieser Epoche. Die Natur hatte sie mit robusten Körpern ausgestattet. Welch riesenhafter Bau! Welche unheimliche Kraft! Die größten und furchtbarsten der gegenwärtig auf der Erde lebenden Alligatoren oder Krokodile sind doch nur schwache Nachbilder ihrer Ahnen aus der Urzeit!

Ich schaudere bei dem Gedanken, daß ich diese Ungeheuer heraufbeschwöre. Kein menschliches Auge hat sie je lebend gesehen. Sie existierten tausend Jahrhunderte vor dem Menschen auf der Erde; aber es ist möglich gewesen, sie aus ihren fossilen Knochen, die man im tonigen Kalkstein fand, anatomisch zu rekonstruieren und ihren riesenhaften Bau kennenzulernen.

Ich habe im Museum zu Hamburg das Skelett eines dieser Saurier gesehen, das zehn Meter lang war. Trifft etwa mich das Los, einen der Repräsentanten dieser vorsintflutlichen Familie mit eigenen Augen zu sehen? Nein, unmöglich! Doch die starken Zähne sind in das Eisen eingegraben, und an ihrem Abdruck erkenne ich, daß sie konisch sind, gleich denen des Krokodils.

Mit Schrecken sind meine Augen auf das Meer gerichtet. Ich habe Angst, plötzlich einen solchen Bewohner der unterseeischen Regionen vor mir auftauchen zu sehen.

Ich vermute, daß Professor Lidenbrock meine Gedanken, wenn auch nicht meine Besorgnisse teilt, denn nachdem er die Spitzhacke untersucht hat, schweift sein Blick über den Ozean.

Verflucht, sage ich zu mir selbst, daß er den Gedanken hatte, die Tiefe zu loten. Er hat das eine oder andere Tier in seiner Ruhe aufgestört, und wenn wir nicht während der Fahrt angegriffen werden . . .

Mit einem Blick auf die Waffen versichere ich mich, daß sie in gutem Zustand sind. Mein Oheim bemerkt diese Prüfung und gibt seine Billigung zu erkennen.

Einige Strudel und Wellen auf der Wasseroberfläche zeigen bereits, daß in größeren Tiefen Bewegung herrscht. Die Gefahr ist nahe. Es gilt, wachsam zu sein.

Dienstag, 18. August. – Der Abend naht oder vielmehr die Zeit, wo der Schlaf auf unsere Augenlider drückt, denn auf diesem Ozean gibt es keine Nacht, und das unversöhnliche Licht ermüdet unablässig unsere Augen, als wenn wir unter der Sonne des Nördlichen Eismeeres führen. Hans steht am Ruder, und während er wacht, schlafe ich.

Zwei Stunden später weckt mich eine fürchterliche Erschütterung. Das Floß wird mit unbeschreiblicher Gewalt emporgehoben und zwanzig Meter weit weggeschleudert.

„Was gibt's?“ ruft mein Oheim. „Sind wir aufgefahren?“

Hans weist mit dem Finger auf eine zweihundert Meter entfernte schwärzliche Masse, die abwechselnd auf- und niedertaucht. Ich blicke hin und schreie auf:

„Es ist ein riesenhaftes Meerschwein . . .“

„Ja“, versetzte mein Oheim, „und dort eine Meereidechse von seltener Größe.“

„Und weiter hinaus ein ungeheures Krokodil! Sehen Sie seine große Kinnlade und die Zahnreihen, mit denen es bewaffnet ist! Ah! Es verschwindet!“

„Ein Wal, ein Wal!“ ruft darauf der Professor.

„Ich sehe seine ungeheuren Flossen und den Strahl von Wasser und Luft, den er ausstößt!“

Wirklich, man sieht zwei Strahlen zu beträchtlicher Höhe emporschießen. Staunen, Bestürzung, Entsetzen ergreift uns beim Anblick dieser Herde Seeungeheuer. Sie sind von übernatürlicher Größe, und das kleinste von ihnen würde mit einem Biß das ganze Floß zertrümmern.

Hans will das Segel richten, um schleunigst aus der gefährlichen Gegend zu fliehen, aber er sieht auf der anderen Seite nicht minder furchtbare Feinde: eine riesige Schildkröte und eine zehn Meter lange Schlange, die den Kopf aus den Wogen emporstreckt.

Flucht ist unmöglich. Die Ungetüme kommen näher, kreisen um das Floß mit einer Schnelligkeit, die kein Eilzug erreicht. Ich ergreife meinen Karabiner. Aber was könnte eine Kugel bei diesen dicken Schuppen ausrichten, mit denen die Körper bedeckt sind.

Wir sind stumm vor Schrecken. Da kommen sie schon heran! Auf der einen Seite das Krokodil, auf der anderen die Schlange. Die übrigen sind verschwunden. Ich will Feuer geben. Hans hält mich durch ein Zeichen zurück. Die beiden Ungeheuer schießen fünfzig Meter vom Floß entfernt vorüber, stürzen sich aufeinander, so daß sie uns in der Wut ihres Kampfes nicht bemerken.

Hundert Meter vom Floß entfernt entspinnt sich der Kampf. Wir sehen deutlich die beiden Ungeheuer miteinander ringen.

Aber mir kommt's vor, als kämen jetzt die anderen Tiere herbei, um in den Kampf einzugreifen, das Meerschwein, der Wal, die Eidechse, die Schildkröte. Ich sehe sie kämpfen, zeige sie Hans. Der aber schüttelt verneinend den Kopf.

„Tva", sprach er.

„Was! Zwei? Er behauptet, nur zwei . . ."

„Er hat recht", ruft mein Oheim, der das Fernrohr stets vor den Augen hat.

„Und was gehört zu wem?"

„Ja! Das erste dieser beiden Ungeheuer hat die Schnauze eines Meerschweins, den Kopf einer Eidechse, die Zähne eines Krokodils, das hat uns getäuscht. Es ist das fürchterlichste der vorsintflutlichen Reptilien, der Ichthyosaurus!"

„Und das andere?"

„Das andere ist eine Schlange unter der schützenden Schale einer Schildkröte, der Plesiosaurus, der furchtbarste Feind des anderen."

Hans hat recht. Nur zwei Ungeheuer sind's, welche die Oberfläche des Meeres aufwühlen. Zwei Ungeheuer der Urzeit. Ich sehe das blutige Auge des Ichthyosaurus, so groß wie ein Menschenkopf, das von der Natur mit einer äußerst starken Pupille versehen ist, so daß es dem Druck der Wasserschichten in der Tiefe widerstehen kann. Man hat dieses Tier mit Recht den Wal der Saurier genannt, denn es ist ebenso rasch und groß. Es mißt nicht weniger als dreißig Meter, und ich kann auf seine Größe schließen, wenn es seine Schwanzflossen vertikal über die Wellen herausstreckt. Seine enorme Kinnlade zählt nicht weniger als hundertzweiundachtzig Zähne.

Der Plesiosaurus, eine Schlange mit zylinderförmigem Leib und kurzem Schwanz, hat Tatzen, die wie Ruder geformt sind. Sein Leib wird von

einer Schildkrötenschale geschützt, und seinen biegsamen Schwanenhals kann er zehn Meter aus dem Wasser herausstrecken.

Diese beiden Tiere bekämpfen einander mit unbeschreiblicher Wut. Das Wasser spritzt berghoch und bedroht unser Floß, das fast umschlägt. Wir hören ein eigenartig starkes Zischen. Die beiden Tiere verwickeln sich ineinander, so daß man sie nicht unterscheiden kann. Vor der Wut des Siegers fürchten wir uns.

Eine, zwei Stunden verlaufen, und der Kampf dauert mit gleicher Hitze an. Die Kämpfenden kommen dem Floß bald näher, bald entfernen sie sich. Wir rühren uns kaum und sind zum Feuern bereit.

Plötzlich verschwinden sie beide in den Wellen. Wird der Kampf in der Tiefe weitergeführt?

Auf einmal schießt ein ungeheurer Kopf aus dem Wasser empor, der Kopf des Plesiosaurus. Das Ungeheuer ist tödlich verwundet. Seine riesige Schildhülle sehe ich nicht mehr, nur sein langer Hals ragt empor, duckt sich, richtet sich wieder auf, krümmt sich, streicht die Wogen wie eine riesige Peitsche und windet sich wie ein zerschnittener Wurm. Das Wasser spritzt hoch hinauf, nimmt uns die Aussicht. Aber bald geht der Todeskampf des Reptils zu Ende, seine Bewegungen werden schwächer, seine krampfhaften Verdrehungen hören auf, und der lange Körper der verstümmelten Schlange liegt wie eine träge Masse auf dem ruhigen Wasser.

Hat sich der Ichthyosaurus wieder in die Tiefe zurückgezogen, oder kommt er an die Oberfläche zurück?

Vierunddreissigstes Kapitel

Mittwoch, 19. August. – Zum Glück hat der kräftig wehende Wind uns gestattet, den Kampfplatz rasch zu verlassen. Hans steht ununterbrochen am Ruder. Mein Oheim, den der schauerliche Kampf kurz aus seinen Grübeleien gerissen hat, setzt wieder seine verdrießliche Miene auf.

Die Reise verläuft wieder monoton und einförmig, trotzdem ist mir das lieber als die Gefahr von gestern.

Donnerstag, 20. August. – Wind NNO, ziemlich ungleich. Temperatur warm. Wir fahren mit einer Geschwindigkeit von fünfunddreißig Kilometern in der Stunde.

Gegen Mittag vernehmen wir aus weiter Entfernung ein Getöse. Ich zeichne hier nur die Tatsache auf, ohne sie erklären zu können. Es ist ein anhaltendes Rauschen.

„Es muß in der Ferne ein Felsen oder Inselchen sein, wo sich das Meer bricht", sagt der Professor.

Hans klettert auf den Mast, kann aber keine Klippe ausmachen. Der Ozean ist bis zum Horizont glatt.

Drei Stunden vergehen. Das Rauschen scheint von einem fernen Wasserfall herzurühren.

Ich erkläre das meinem Oheim, der schüttelt aber den Kopf. Doch ich bin überzeugt, daß ich mich nicht irre. Fahren wir auf einen Wasserfall zu, der uns in den Abgrund ziehen wird? Mag diese Art, abwärts zu kommen, dem Professor zusagen, weil sie uns dem Erdmittelpunkt näher bringt. Möglich, aber ich . . .

Jedenfalls muß einige Kilometer entfernt in der Richtung, aus der der Wind bläst, sich ein Naturereignis abspielen, das das Getöse verursacht, denn jetzt wird das Rauschen noch heftiger. Kommt es vom Himmel oder vom Ozean?

Ich blicke aufmerksam zu dem Dunst über dem Wasser. Der Himmel ist ruhig. Die Wolken, die sich ganz oben ans Gewölbe gezogen haben, scheinen unbeweglich und verlieren sich in der starken Lichtstrahlung. Die Ursache der Erscheinung ist also woanders zu suchen.

Wenn das Getöse von einem Wasserfall herrührt, wenn dieses ganze Meer in ein tieferes Becken hinabstürzt, muß der Strom lebhafter werden, und seine zunehmende Schnelligkeit kann Aufschluß über die Gefahr geben, von der wir bedroht sind. Ich untersuche das Wasser. Es ist keine Strömung vorhanden.

Gegen vier Uhr klettert Hans wieder auf den Mast, überblickt von oben den ganzen Ozean. Er scheint etwas zu bemerken, aber sein Gesicht zeigt keine Überraschung. Dennoch bleibt sein Auge fest auf einen Punkt gerichtet.

„Er hat etwas gesehen", sagt mein Oheim.

„Ich glaube auch."

Hans steigt wieder herab, zeigt mit seinem Arm in südliche Richtung und sagt:

„Der nere!"

„Dort unten!" wiederholt mein Oheim.

Er richtet sein Fernrohr in die angegebene Richtung und blickt einige Minuten, die mir sehr lang vorkommen, auf einen bestimmten Punkt.

„Ja, ja!" ruft er aus.

„Was sehen Sie?"

„Einen ungeheuren Wasserstrahl, der aus dem Wasser aufsteigt."

„Noch ein Seeungeheuer?"

„Vielleicht.“

„Versuchen wir lieber, nach Westen auszuweichen, denn wir wissen, wie gefährlich es ist, diesen Ungeheuern der Urzeit zu begegnen.“

„Nicht so voreilig“, erwidert mein Oheim.

Ich begebe mich wieder zu Hans, der mit unbeugsamer Kraft das Ruder handhabt.

Wenn man aus so großer Entfernung den emporgeworfenen Wasserstrahl wahrnehmen kann, dann muß es ein Tier von übernatürlicher Größe sein. Flucht wäre der einzige Ausweg. Aber wir sind nicht gekommen, um vorsichtig zu sein.

Also fahren wir weiter. Je näher wir kommen, desto größer wird der Strahl. Was für ein Ungeheuer muß das sein, das eine solche Menge Wasser in sich aufnehmen und unaufhörlich wieder ausstoßen kann!

Um acht Uhr sind wir nur noch fünf Kilometer von ihm entfernt. Sein schwärzlicher, enormer, bergähnlicher Körper streckt sich gleich einem Inselchen ins Meer. Ist's Täuschung, ist's Schrecken? Es scheint über einen Kilometer lang zu sein! Was für eine Gattung von Wal ist das wohl? Unbeweglich, wie schlafend liegt er da: Das Meer scheint ihn nicht emporheben zu können, und die Wogen umspielen seine Seiten. Die hundert Meter hohe Wassersäule fällt mit betäubendem Getöse als Regen nieder. Unsinnig, auf eine solche Masse loszufahren.

Der Schrecken befällt mich. Ich will nicht weiter! Ich werde nötigenfalls das Segeltau zerhauen! Ich empöre mich gegen den Professor, der mir keine Antwort gibt.

Plötzlich steht Hans auf, zeigt mit dem Finger auf den drohenden Punkt und spricht: „Holme.“

„Eine Insel!“ ruft mein Oheim.

„Eine Insel“, sage auch ich und zucke die Schultern.

„Offenbar“, versetzt der Professor und lacht laut auf.

„Aber diese Wassersäule?“

„Geiser“, sagt Hans.

„Jawohl, ein Geiser“, erwidert mein Oheim, „ein Geiser gleich denen, wie sie auf Island vorkommen.“

Anfangs will ich nicht wahrhaben, mich so sehr getäuscht zu haben. Ein Inselchen für ein Seeungeheuer zu halten! Aber der Augenschein straft mich Lügen, und ich muß endlich meinen Irrtum eingestehen. Es ist nur ein Naturwunder.

Je näher wir kommen, desto großartiger wird der Wasserstrahl. Das Inselchen sieht wirklich einem Wal täuschend ähnlich, einem riesenhaften Tier, dessen Kopf weit aus dem Meer ragt. Der Geiser erhebt sich majestätisch an dem einen Ende. Von Zeit zu Zeit hört man dumpfes Getöse, und der enorme Wasserstrahl schießt seine Dunstschwaden hoch in den Himmel empor. Es ist nur ein Geiser; keine Rauchsäulen, keine heißen Quellen schießen in seiner Nähe aus dem Felsen, die gesamte vulkanische Kraft konzentriert sich in ihm. Die Strahlen des elektrischen Lichtes lassen die Wassertropfen in allen Farben des Prismas leuchten.

„Landen wir", sagt der Professor.

Aber man muß dieser Wassersäule sorgfältig ausweichen, die in einer Sekunde das Floß versenken würde. Hans bringt uns durch geschickte Manöver an das äußerste Ende der Insel.

Ich springe auf den Felsen. Mein Oheim folgt mir flink, während der Jäger auf seinem Posten bleibt. Er versteht unser Erstaunen nicht, denn in seiner Heimat gibt es Tausende dieser heißen Wasserquellen.

Wir schreiten über einen mit Kieseltuff vermischten Granit; der Boden unter unseren Füßen ist heiß. Wir gelangen zu einer kleinen Vertiefung, aus der der Geiser hervorschießt. Ich halte ein Thermometer in das siedende Wasser, es zeigt eine Hitze von hundertdreiundsechzig Grad.

Also muß das Wasser aus einem heißen Herd kommen. Dies widerspricht auffallend den Theorien Professor Lidenbrocks. Ich kann nicht umhin, ihm das vorzuhalten.

„Wie nun", entgegnet er, „was beweist das?"

„Nichts", sage ich trocken, denn ich sehe, daß ich wieder auf unüberwindbare Hartnäckigkeit stoße.

Dennoch muß ich gestehen, daß wir bis jetzt viel Glück gehabt haben und daß, aus einem mir unbekannten Grunde, diese Reise besonderen Bedingungen unterliegt; aber es scheint mir gewiß, daß wir früher oder später in solche Regionen kommen werden, wo die Hitze so groß sein wird, daß ein weiteres Vordringen unmöglich ist.

„Nun, wir werden sehen", sagt der Professor. Er benennt das vulkanische Inselchen nach seinem Neffen, dann gibt er das Zeichen zum Einschiffen.

Einige Minuten noch betrachte ich den Geiser. Ich bemerke, daß sein Strahl unregelmäßig ist, daß er manchmal an Stärke abnimmt, dann mit erneuter Kraft hervorzischt, was ich der wechselnden Stärke des Drucks zuschreibe.

Endlich fahren wir ab, um die sehr steilen Felsen des südlichen Teils herum. Hans hatte während unseres Aufenthaltes das Floß überprüft; es war noch gut instand.

Aber ehe wir abstoßen, mache ich einige Messungen, um die durchlaufene Entfernung zu berechnen, und verzeichne sie in meinem Tagebuch.

Wir haben seit unserer Abfahrt aus Hafen Gretchen zur See zweitausendsiebenhundert Kilometer zurückgelegt und befinden uns sechstausendzweihundert Kilometer von Island entfernt.

FÜNFUNDDREISSIGSTES KAPITEL

FREITAG, 21. August. – Am folgenden Tag verschwindet der prachtvolle Geiser aus unserem Blickfeld. Der frische Wind treibt uns rasch vom „Inselchen Axel" weg. Das Brausen wird nach und nach leiser.

Das Wetter, wenn man sich so ausdrücken darf, wird sich bald ändern. Es wird diesig, es scheint so, als wolle ein Gewitter heraufziehen. Die Wolken senken sich, sie sehen olivgrün aus. Bald muß der Sturm losbrechen.

Die im Süden aufsteigenden Wolken sind unheimlich anzusehen. Die Luft ist schwül, das Meer ruhig, wie lange noch?

In der Ferne ballen sich die Wolken, immer mehr schwellen sie an. Der Wind frischt auf, jagt sie durcheinander. Sie bilden eine geschlossene Decke von drohendem Aussehen.

Die Atmosphäre ist mit Elektrizität gesättigt; meine Haare auf dem Kopf sträuben sich, wie wenn man mit Eisenspänen einem Magneten zu nahe kommt. Es dünkt mich, wenn meine Gefährten mich in diesem Augenblick anrührten, würden sie einen elektrischen Schlag bekommen.

Um zehn Uhr sind die Anzeichen des Sturmes noch deutlicher. Ich will zwar noch nicht an die Drohungen des Himmels glauben, doch kann ich nicht umhin, es zu sagen:

„Ein Unwetter bereitet sich vor."

Der Professor bleibt die Antwort schuldig. Er ist übel gelaunt, da der Ozean kein Ende zu nehmen scheint. Er zuckt nur die Schultern.

„Wir werden ein Gewitter bekommen", sage ich und zeige nach den Wolken. „Sie senken sich aufs Meer, als wollten sie's erdrücken!"

Allgemeine Stille. Auch der Wind ist weg. Die Natur sieht wie erstorben aus, kein Lüftchen weht. Das Segel hängt schlaff am Mast. Das Floß liegt unbeweglich, auf dem Meer kein Wellenschlag. Aber, wenn wir nicht mehr vorwärts kommen, wozu dann dieses Segel, das uns beim ersten Stoß des Sturms Verderben bringen kann?

„Nehmen wir's herab", sage ich. „Und legen wir auch den Mast um. Das wäre vorsichtiger!"

„Nein, zum Teufel!" schreit mein Oheim. „Hundertmal nein! Mag der Wind uns fassen, der Sturm uns fortreißen, aber ich muß endlich die

Felsen eines Ufers sehen, wenn auch unser Floß in tausend Splitter zerschellen sollte."

Unverzüglich bekommt der Horizont im Süden ein anderes Aussehen. Der Dunst löst sich in Wasser auf, Windstöße fegen über uns hinweg. Der Sturm kommt aus den entferntesten Enden der Höhle. Es wird dunkler; kaum kann ich noch einige Notizen machen.

Das Floß wird in die Höhe gehoben, hüpft auf den Wellen. Mein Oheim stürzt um. Ich schleppe mich zu ihm. Er hat sich an ein Stück Tau geklammert und scheint dem Schauspiel der entfesselten Elemente mit Vergnügen zuzusehen.

Hans rührt sich nicht, seine vom Sturm erfaßten langen Haare umwehen sein unbewegliches Gesicht, und das gibt ihm ein seltsames Aussehen, denn alle Haarspitzen sind mit kleinen leuchtenden Strahlenbüscheln geziert. Er sieht aus wie ein verkleideter Mensch der Urzeit.

Der Mast jedoch hält stand. Das Segel ist gespannt wie eine zum Bersten gefüllte Blase. Das Floß treibt mit einer Schnelligkeit dahin, die ich nicht schätzen kann.

„Das Segel! Das Segel!" rufe ich und will es mit einem Ruck abnehmen.

„Nein!" erwidert mein Oheim.

„Nej!" sagt Hans und schüttelt sanft den Kopf.

Der Regen bildet inzwischen einen brausenden Katarakt vor dem Horizont, auf den wir unsinnig schnell zu fahren. Aber ehe er noch bis zu uns gelangt, zerreißt das Gewölk, und die angesammelte Elektrizität entlädt sich. Unzählige Blitze durchzucken den Himmel, und der Donner folgt Schlag auf Schlag; die ganze Dunstmasse glüht; helleuchtender Hagel schlägt auf unser Floß, und die aufgeregten Wogen scheinen Feuer zu sprühen.

Meine Augen sind geblendet, meine Ohren betäubt. Ich muß mich am Mast festhalten, der sich wie ein Halm im Wind biegt.

(HIER werden meine Reisenotizen unvollständig. Ich habe nur einige flüchtige Bemerkungen wiedergefunden, die in ihrer Kürze, selbst in ihrer Unklarheit ein Bild meiner Gemütsverfassung und besser als meine Erinnerung einen Begriff von der Lage geben.)

Sonntag, 23. August. – Wo sind wir? Wohin hat uns die unberechenbare Fahrt verschlagen?

Es war eine fürchterliche Nacht. Der Sturm will sich nicht legen. Inmitten des Tobens und Brausens unablässiges Donnerrollen. Unsere Ohren sind taub. Es ist unmöglich, ein Wort miteinander zu reden.

Blitz folgt auf Blitz. Ich sehe Zickzackstrahlen, die, von oben gekommen, wieder zurück an das Granitgewölbe schlagen. Wenn es zusammenbräche! Andere Blitze spalten sich oder nehmen die Gestalt von Feuerkugeln an, die wie Bomben zerplatzen.

Das allgemeine Getöse kann nicht mehr zunehmen; es hat die Grenze dessen erreicht, was das menschliche Ohr noch fassen kann. Unzählige Wassersäulen türmen sich in der Atmosphäre und sinken schäumend wieder zurück.

Wohin treiben wir? Mein Oheim liegt der Länge nach am Ende des Floßes.

Die Wärme nimmt zu. Ich sehe auf das Thermometer; es zeigt... (die Zahl ist ausgelöscht).

Montag, 24. August. – Das nimmt kein Ende! Warum sollte der Zustand dieser dichten Atmosphäre, wenn er sich einmal ändert, nicht dauernd so bleiben?

Wir sind von den Strapazen erschöpft. Nein, Hans steht seinen Mann. Das Floß läuft unverändert südöstlich. Wir haben vom Inselchen Axel aus über zweitausend Kilometer zurückgelegt.

Zu Mittag verdoppelt sich die Gewalt des Sturmes. Jeder von uns muß sich festbinden. Die Wellen gehen über unseren Kopf.

Seit drei Tagen ist es nicht möglich, ein Wort miteinander zu reden. Wir öffnen den Mund, bewegen die Lippen, ein verständlicher Ton kommt nicht heraus. Selbst wenn man sich ins Ohr schreit, kann man nichts verstehen.

Mein Oheim wankt zu mir, artikuliert einige Worte. Ich glaube, er sagt: „Wir sind verloren."

Ich schreibe ihm die Worte auf: „Weg mit unserm Segel!"

Er gibt durch ein Zeichen seine Zustimmung.

Auf einmal fällt eine feurige Kugel auf das Floß. Mast und Segel sind augenblicklich fortgerissen und flattern hoch in den Lüften wie ein urzeitlicher Vogel.

Wir sind starr vor Schrecken. Die Kugel, halb weiß, halb azurblau, von der Größe einer sechszölligen Bombe, rollt langsam hier- und dorthin, springt auf den Lebensmittelsack, gleitet langsam wieder herunter, hüpft, streift die Pulverkiste! Grauenhaft! Wir werden alle in die Luft fliegen! Nein. Die schreckliche Kugel entfernt sich, nähert sich Hans, der sie fest anstarrt; meinem Oheim, der, um auszuweichen, auf die Knie fällt, mir, der totenblaß zurückschaudert vor dem Glanz und der Hitze; sie kreiselt neben meinem Fuß, den ich zurückziehen will, was aber nicht möglich ist.

Ein Geruch von Salpeter erfüllt die Luft, dringt in die Kehle, die Lungen – zum Ersticken.

Weshalb kann ich meinen Fuß nicht zurückziehen! Die elektrische Kugel hat alles Eisen an Bord magnetisiert; die Instrumente, Geräte, Waffen geraten in Bewegung und stoßen mit hellem Klang aneinander; die Nägel an meinen Schuhen hängen fest an einer Eisenplatte, die im Holz eingelassen ist. Deshalb kann ich meinen Fuß nicht wegziehen! Endlich gelingt mir's mit höchster Anstrengung, als ihn die Kugel in ihrer Kreisbewegung erreichen will...

Da zerspringt sie mit hellem Lichtglanz; wir sind mit Flammenströmen übergossen! Dann erlischt alles. Ich habe eben noch Zeit, meinen Oheim auf dem Floß hingestreckt zu sehen und Hans, getreulich am Ruder, „Feuer speiend", da er von Elektrizität durchdrungen ist!

Wohin fahren wir? Wohin?

DIENSTAG, 25. August. – Ich erwache aus langer Ohnmacht. Das Gewitter dauert fort; die Blitze zischen wie eine Brut Schlangen.

Sind wir noch immer auf dem Meer? Ja, fortgerissen mit unberechenbarer Schnelligkeit. Wir sind unter England entlanggefahren, dem Kanal, Frankreich, vielleicht ganz Europa!

Abermals wird ein Getöse vernehmbar! Offenbar bricht sich das Meer an den Felsen! Aber dann...

SECHSUNDDREISSIGSTES KAPITEL

HIER endet mein Tagebuch, wie ich's oben nannte, das ich glücklich aus dem Schiffbruch gerettet habe. Ich fahre in meiner Erzählung fort.

Was beim Scheitern des Floßes an den Felsen der Küste vorging, kann ich nicht sagen. Ich fühlte, wie ich in die Wogen stürzte, aber dem Tod entrann; daß mein Körper nicht an den spitzen Felsen zerrissen wurde, verdanke ich den starken Armen unseres Hans.

Der mutige Isländer trug mich aus dem Bereich der Wellen auf den glühenden Sand, wo ich mich an der Seite meines Oheims fand.

Darauf begab er sich wieder in die tobenden Wellen, um etwas von unserer Habe aus dem Meer zu retten. Ich vermochte nicht zu reden; ich war wie zerbrochen und brauchte eine volle Stunde, um mich zu erholen.

Inzwischen regnete es fortwährend, wie bei der Sintflut. Einige überhängende Felsen boten uns Schutz gegen diese Ströme. Hans bereitete ein Mahl, das ich nicht anrühren konnte, dann verfielen wir alle, erschöpft vom Wachen der letzten drei Nächte, in tiefen Schlaf.

Am folgenden Tag war prachtvolles Wetter. Himmel und Meer hatten sich beruhigt. Jede Spur von Gewitter war verschwunden. Der Professor begrüßte mich, als ich erwachte. Er war erstaunlich munter.

„Nun, lieber Junge, hast du gut geschlafen?"

Hätte man da nicht denken können, wir befänden uns in dem Haus in der Königsstraße, ich käme ruhig zum Frühstück herunter, und meine Hochzeit mit Gretchen solle heute gefeiert werden?

Ach, wäre das Floß vom Sturm nach Osten verschlagen worden, so wären wir unter Deutschland hinweggefahren, unter meiner Vaterstadt Hamburg, unter der Straße, wo mein Liebstes auf der Welt weilt.

Alle diese schmerzlichen Gedanken überfielen mich, bevor ich auf meines Oheims Fragen antworten konnte.

„Nun", wiederholte er, „du hast wohl nicht Lust zu antworten, ob du gut geschlafen hast?"

„Sehr gut", erwiderte ich, „ich bin noch ganz zerschlagen; aber das tut nichts."

„Gar nichts, ein wenig übermüdet, das ist alles."

„Aber Sie scheinen recht wohlauf, lieber Oheim."

„Voll Freude bin ich, mein Junge! Wir sind nämlich angelangt."

„Am Ziel unserer Reise?"

„Nein, aber am Ende dieses Meeres, das kein Ende nehmen wollte. Jetzt werden wir wieder den Landweg einschlagen, jetzt werden wir wirklich ins Innere der Erde dringen."

„Lieber Oheim, erlauben Sie mir eine Frage?"

„Das Fragen ist dir vergönnt, Axel."

„Und die Rückreise?"

„Denkst du an Rückkehr, ehe wir angekommen sind?"

„Nein, ich will nur fragen, wie sie angestellt werden soll."

„Auf die einfachste Weise, die es gibt. Sind wir einmal im Zentrum unseres Erdballs angekommen, so finden wir entweder einen neuen Weg, auf seine Oberfläche zurückzukehren, oder wir gehen ganz ruhig den Weg, den wir gekommen sind, wieder zurück. Ich glaube nicht, daß man hinter uns die Pforten schließt."

„Dann muß man das Floß wieder zurechtzimmern."

„Das wird nötig sein, ja."

„Aber werden die Lebensmittel reichen?"

„Ja, gewiß. Hans ist ein tüchtiger Bursche, er hat bestimmt den größten Teil der Ladung gerettet. Wir brauchen ja nur nachzusehen."

Wir verließen unseren schützenden Unterstand und gingen zum Strand. Ich hatte eine kleine Hoffnung, die zugleich auch Besorgnis erweckte; es schien mir unmöglich, daß bei dem fürchterlichen Anprall des Floßes nicht die ganze Ladung zugrunde ging. Ich irrte mich. Als ich am Strand stand, bemerkte ich Hans mitten in einem Haufen von Gegenständen, die er sorgfältig geordnet hatte. Mein Oheim drückte ihm voller Freude die Hand. Hans hatte, während wir schliefen, gearbeitet und unter Lebensgefahr die wertvollsten Gegenstände gerettet, obwohl er die gleichen Strapazen wie wir durchlitten hatte.

Wir hatten zwar erhebliche Verluste zu tragen, zum Beispiel unsere Waffen; aber schließlich konnte man sie entbehren. Der Pulvervorrat war unversehrt geblieben, nachdem wir während des Gewitters beinahe in die Luft gesprengt worden wären.

„Nun", rief der Professor, „da die Gewehre fehlen, brauchen wir auch nicht mehr zu jagen."

„Gut; aber die Instrumente?"

„Hier ist das Manometer, das wichtigste, für das ich die anderen alle geopfert hätte. Mit seiner Hilfe kann ich die Tiefe berechnen und weiß, wann wir unser Ziel erreicht haben. Ohne diese Hilfe könnte es uns passieren, daß wir übers Ziel hinausschießen und auf der anderen Seite der Erdkugel wieder herauskommen."

Diese Heiterkeit war arg.

„Aber der Kompaß?" fragte ich.

„Da liegt er, auf diesem Felsen, und in bestem Zustand, genauso wie Chronometer und Thermometer. Ja, ohne Hans stünde es schlimm um uns, wir verdanken ihm viel."

Das mußte man wohl anerkennen; von den Instrumenten fehlte nichts. Auch die Werkzeuge und Geräte schienen vollzählig.

„Und der Proviant?" sagte ich.

„Sehen wir nach", erwiderte mein Oheim.

Die Kisten mit den Lebensmitteln befanden sich am Ufer in wohlerhaltenem Zustand; das Meer hatte sie zum größten Teil verschont, und im ganzen konnten wir noch gut vier Monate davon leben.

„Vier Monate!" rief der Professor. „Wir haben damit Zeit genug, hin- und wieder zurückzukommen, und mit dem Rest will ich allen meinen Kollegen am Johanneum ein großes Diner geben!"

Ich war seit langer Zeit an das Temperament meines Oheims gewöhnt, und dennoch setzte mich dieser Mann erneut in Erstaunen.

„Jetzt", sagte er, „wollen wir unseren Wasservorrat ergänzen, dann brauchen wir keine Angst vor Durst zu haben. Das Floß mag Hans wieder herrichten, so gut es geht, obgleich wir es, denk ich, nicht mehr gebrauchen werden."

„Wieso?" rief ich aus.

„Es ist so eine Idee. Ich meine, wir werden nicht denselben Weg zurückkehren, den wir gekommen sind."

Ich betrachtete den Professor mit einigem Mißtrauen. Ich fragte mich, ob er nicht närrisch geworden sei.

„Jetzt wollen wir frühstücken", fuhr er fort.

Nachdem er dem Jäger seine Anweisungen gegeben hatte, machten wir uns an eine Mahlzeit, die aus getrocknetem Fleisch, Zwieback und Tee bestand, und ich muß gestehen, sie war die beste, die ich je in meinem Leben genossen hatte. Der Hunger, die frische Luft, die Ruhe nach der Sturmfahrt, alles trug dazu bei, mir Appetit zu machen.

Während des Frühstücks richtete ich an meinen Oheim die Frage, wo wir uns jetzt befänden.

„Es scheint mir", sagte ich, „nicht leicht, das zu berechnen."

„Genau zu berechnen, ja", erwiderte er, „das ist wohl nicht möglich, weil ich während der drei Gewittertage nicht imstande war, die Schnelligkeit und die Richtung unseres Fahrzeugs zu notieren; doch wir können es immerhin schätzen."

In der Tat war die letzte Beobachtung am Inselchen Axel gemacht worden.

„Gehen wir von der Insel Axel aus, lieber Junge. Lehne die Ehre nicht ab, der ersten im Innern der Erde entdeckten Insel deinen Namen zu geben."

„Meinetwegen! Beim Eiland Axel hatten wir ungefähr zweitausendsiebenhundert Kilometer zur See hinter uns gebracht und befanden uns über sechstausend Kilometer von Island entfernt."

„Gut! Von diesem Punkt wollen wir ausgehen. In vier Tagen Sturm haben wir etwa achtzig Kilometer pro Tag zurückgelegt."

„Ich denke, das gäbe also dreihundertzwanzig Kilometer mehr."

„Ja, und das Meer Lidenbrock würde also über dreitausend Kilometer von einem Ufer zum andern messen! Verstehst du wohl, Axel, daß es sich an Größe mit dem Mittelmeer messen kann?"

„Und ist es nicht merkwürdig", fügte ich hinzu, „vorausgesetzt, unsere Berechnungen sind genau, daß wir jetzt dieses Mittelmeer über unserm Kopf haben?"

„Wirklich?"

„Wirklich, denn wir sind über sechstausend Kilometer von Reykjavik entfernt."

„Das ist ein hübsches Stück Wegs, lieber Junge; doch ob wir nun unterm Mittelmeer sind oder unter der Türkei oder dem Atlantischen Ozean, darüber läßt sich nur dann mit Sicherheit sprechen, wenn wir von unserer Richtung nicht abgekommen sind."

„Nein, der Wind schien immer aus der gleichen Richtung zu kommen; ich denke also, dieses Ufer müßte südöstlich vom Hafen Gretchen liegen."

„Gut, es ist leicht, sich durch den Kompaß davon zu überzeugen. Wollen wir sehen, was er anzeigt."

Der Professor ging zu den Felsen, auf die Hans die Instrumente gelegt hatte. Er war heiter, lustig, rieb sich die Hände! Ich folgte ihm, ich war begierig zu erfahren, ob ich mich in meiner Schätzung irrte oder nicht.

Als wir an dem Felsen ankamen, nahm mein Oheim den Kompaß, legte ihn horizontal und beobachtete die Nadel, die nach einigem Schwanken unter magnetischem Einfluß in fester Stellung blieb.

Mein Oheim schaute, dann rieb er sich die Augen und schaute von neuem. Endlich drehte er sich erstaunt zu mir um.

„Was ist?" fragte ich.

Er gab mir das Instrument. Ich war gleichfalls überrascht, denn die Nadel zeigte Norden da, wo wir Süden vermuteten! Sie drehte sich dem Ufer zu, anstatt aufs Meer hinauszuweisen!

Ich schüttelte den Kompaß, untersuchte ihn; er war völlig in Ordnung. In welche Lage man den Kompaß auch bringen mochte, die Nadel zeigte hartnäckig in dieselbe Richtung.

Also war kein Zweifel mehr möglich – während des Sturms war der Wind von uns unbemerkt umgeschlagen und hatte das Floß zu dem Ufer zurückgeführt, das mein Oheim hinter sich zu lassen geglaubt hatte.

Siebenunddreissigstes Kapitel

Die wechselnden Gefühle, die Professor Lidenbrock quälten, Bestürzung, Unglauben und endlich Zorn, kann ich unmöglich schildern. Nie hab ich einen Menschen so unbeherrscht und so gereizt gesehen. Die Beschwerden der Überfahrt, die Gefahren, die wir bestanden hatten, alles war umsonst. Wir waren rückwärts gefahren anstatt vorangekommen.

Aber mein Oheim gewann rasch wieder die Oberhand.

„Ah! Was für einen Streich hat mir das Schicksal gespielt! Alles verschwört sich gegen mich! Luft, Feuer und Wasser vereinigen sich, meine Fahrt zu hindern! Nun gut! Ich werde zeigen, was ich vermag. Ich werde nicht nachgeben, nicht einen Meter werde ich weichen, und wir werden sehen, wer die Oberhand behält, der Mensch oder die Natur!"

Otto Lidenbrock stand auf dem Felsen wie Ajax, er schien alle Götter herauszufordern.

Aber ich hielt es für angemessen, mich ins Mittel zu legen, um den unsinnigen Jähzorn zu zügeln.

„Hören Sie mich an", sagte ich zu ihm. „Jeder Ehrgeiz hat hier unten seine Grenzen; gegen das Unmögliche soll man nicht ankämpfen; für eine zweite Seereise sind wir zu schlecht ausgerüstet; solche Fahrten macht man nicht auf einem schlechten Stapel Balken, mit einer Bettdecke als Segel, einer Stange anstatt des Masts und den entfesselten Winden als Feind. Wir können das Fahrzeug kaum lenken, sind ein Spielball der Stürme: Es wäre Narrheit, diese unmögliche Überfahrt zum zweitenmal zu versuchen!"

Zehn Minuten lang führte ich Grund um Grund der Reihe nach auf, ohne unterbrochen zu werden. Ich wurde aber nicht unterbrochen, weil mein Oheim sich überreden ließ, sondern nur, weil er unaufmerksam war, weil er kein Wort vernahm.

„Zum Floß!" rief er.

Das war seine ganze Antwort. Ich mochte tun, was ich wollte, bitten, zornig werden, ich stieß auf einen Willen, der härter war als Granit.

Hans war eben mit der Ausbesserung des Floßes fertig geworden. Man hätte meinen können, der seltsame Mensch habe eine Ahnung von den Plänen meines Oheims. Er hatte das Fahrzeug bereits wieder flottgemacht. Ein Segel war schon wieder aufgesteckt, und der Wind blies hinein.

Der Professor sagte einige Worte zu Hans, und sofort brachte dieser das Gepäck an Bord und machte alles zur Abfahrt bereit. Der Himmel war klar, und der Wind wehte beständig aus Nordwest.

Was sollte ich tun? Mich gegen diese beiden Männer auflehnen? Unmöglich. Wäre nur Hans auf meiner Seite gewesen. Aber nein. Es schien, als habe der Isländer allen persönlichen Willen aufgegeben. Von einem Diener, der seinem Herrn so ergeben war, konnte ich nichts hoffen. Ich mußte mit.

Ich war also im Begriff, meinen gewohnten Platz auf dem Floß einzunehmen, als mich mein Oheim zurückhielt.

„Wir fahren erst morgen", sagte er.

Ich machte eine resignierende Bewegung, wie einer, der sich in alles fügt.

„Ich darf nichts versäumen", fuhr er fort, „und weil das Verhängnis mich auf diese Seite der Küste zurückgetrieben hat, will ich sie erst untersuchen, ehe ich sie verlasse."

Diese Bemerkung wird man verstehen, wenn man weiß, daß wir zwar an die Nordküste zurückgekommen sind, aber nicht an die gleiche Stelle, wo wir abgefahren waren. Hafen Gretchen mußte westlicher liegen. Also war nichts natürlicher, als die neue Umgebung sorgfältig zu untersuchen.

„Dann wollen wir also auf Entdeckungen ausgehen!" sagte ich.

Wir ließen Hans bei seiner Arbeit und unternahmen einen Streifzug. Der Raum zwischen unserem Rastplatz am Meer und dem Fuß der Vorgebirge war sehr weit; man konnte eine halbe Stunde gehen, ehe man die Felsenwand erreichte. Wir zertraten unzählige Muscheln aller Formen und Größen, in denen die Tiere der ersten Epoche gelebt hatten. Ich bemerkte auch enorme Schildkrötenpanzer, deren Durchmesser oft über drei Meter betrugen. Sie gehörten den riesenhaften Glyptodonten der Urzeit an. Außerdem war der Boden mit einer großen Menge von Steintrümmern bedeckt, eine Art Steinkiesel, die von den Wellen abgerundet und ans Ufer gespült waren. Das Meer mußte früher auch diesen Uferstreifen bedeckt haben. Auf den zerstreut liegenden Felsen, die jetzt nicht mehr vom Meer berührt wurden, hatten die Fluten deutliche Spuren hinterlassen.

Das konnte bis auf einen gewissen Punkt das Dasein dieses Meeres tief unter der Erdoberfläche erklären. Aber meiner Ansicht nach mußte diese Wassermasse sich allmählich im Innern der Erde verlieren. Sie kam offenbar aus den Gewässern des Ozeans und drang durch eine Spalte ein. Doch mußte man annehmen, daß diese Spalte gegenwärtig verstopft war, denn sonst würde diese Höhle, oder besser dieser ungeheure Behälter, in ziemlich kurzer Zeit voll Wasser sein. Vielleicht ist dieses Wasser auch, indem es gegen unterirdische Feuer zu kämpfen hatte, zum Teil verdunstet. Daher die über unserem Kopf schwebenden Wolken und die Entwicklung der Elektrizität, welche im Innern des Erdkerns Gewitter erzeugt.

Diese Theorie über die Erscheinungen, die wir erlebten, schien mir befriedigend; denn so groß auch die Wunder der Natur sein mögen, sie sind immer durch physikalische Gesetze erklärbar.

Wir gingen also auf einer Art von Niederschlagboden, der – wie alle Erdarten dieser Periode, die so reichlich auf der Oberfläche des Erdballs verbreitet sind – durch Wasser gebildet wurde. Der Professor untersuchte genau jede Ritze im Felsen. Fand sich eine Öffnung, so war sie ihm wichtig genug, ihre Tiefe zu erforschen.

Wir waren eine Meile weit am Ufer des Meeres Lidenbrock entlanggegangen, als der Boden plötzlich ein anderes Aussehen annahm. Er schien durch einen gewaltsamen Vorgang umgestürzt und durcheinandergeworfen. An manchen Stellen deuteten Senken oder Erhebungen auf eine starke Bewegung der Erdschichten.

Wir kamen mit Mühe über diese Granitbrocken hinaus, als ein Feld oder vielmehr eine Ebene, voll mit Knochen bedeckt, vor unseren Augen lag. Man konnte es eine ungeheure Totenstätte nennen, auf der Generation auf Generation zu Staub geworden war. In der Ferne lagen hohe Trümmerhaufen aufgeschichtet, die bis an die Grenzen des Horizonts reichten und sich dann im Nebel verloren. Hier, auf einer Fläche von etwa drei Quadratmeilen, lag die ganze Geschichte des Tierlebens aufeinandergehäuft.

Eine unwiderstehliche Neugier riß uns fort. Unsere Füße zertraten geräuschvoll die Reste dieser vorsintflutlichen Tiere und Fossilien, um die sich alle Museen der Welt gerissen hätten.

Ich war bestürzt. Mein Oheim hob die Augen, sein Mund war weit geöffnet, seine Augen leuchteten, seine ganze Haltung drückte grenzenloses Erstaunen aus. Er sah vor seinen Augen eine vollständige Sammlung von Leptotherien, Mericotherien, Mastodonten, Megatherien – und wie die urweltlichen Ungeheuer alle heißen mochten – aufgehäuft wie zu seinem persönlichen Vergnügen.

Aber sein Erstaunen war noch weit größer, als er im Moder versteckt Reste eines nackten Hirnschädels fand! Mit zitternden Händen rief er:

„Axel, Axel, ein Menschenkopf!"

„Ein Menschenkopf, Oheim", erwiderte ich ebensosehr erstaunt.

Achtunddreissigstes Kapitel

Es war ein noch gut erkennbarer Menschenkörper. Was mochte die Ursache dafür sein, daß er so gut erhalten war? Ich konnte es nicht sagen. Aber dieser Leichnam, die pergamentartige Haut, die dem Anschein nach noch markigen Glieder, die noch erhaltenen Zähne, das Haar, die erschreckend langen Nägel an Händen und Zehen, das alles zeigte sich so deutlich unseren Augen, daß man sich diesen Menschen ganz genau vorstellen konnte.

Ich stand stumm vor diesem Zeugen einer längst vergangenen Zeit. Mein Oheim, der sonst so geschwätzig ist, schwieg ebenfalls. Wir hoben den Körper auf und betasteten ihn. Nach einer kleinen Pause machte sich der Professor in dem Oheim geltend. Er vergaß die Umstände, in denen

wir uns befanden, glaubte ohne Zweifel vor seinen Zuhörern am Johanneum zu stehen. Denn er sprach im Ton des Dozenten, wie vor einem Auditorium:

„Meine Herren, ich habe die Ehre, Ihnen einen Menschen aus der quaternären Epoche vorzustellen. Große Gelehrte haben seine Existenz in Abrede gestellt; nun kann auch der Ungläubigste sich überzeugen. Natürlich muß die Wissenschaft bei Entdeckungen dieser Art vorsichtig sein! Ich weiß sehr wohl, was Barnum und andere Scharlatane mit fossilen Menschen für ein Unwesen getrieben haben. Ich kenne alle Geschichten dieser Art, weiß auch, daß manche Gelehrte solche Gebeine für bloße Mammutknochen erklärt haben. Aber hier ist kein Zweifel möglich. Der Kadaver ist da! Sie können ihn sehen, berühren; es ist ein unversehrter Körper, kein Skelett. Sie sehen, er ist nicht ganz zwei Meter groß; gehört unstreitig der kaukasischen Rasse an. Ja, es ist ein fossiler Mensch, ein Zeitgenosse des Mastodons. Aber auf welchem Wege er hierhergekommen ist in diese enorme Höhle, das wage ich nicht zu sagen. Doch das weiß ich, der Mensch ist da, umgeben von Werken seiner Hand, und sein Ursprung aus der Urzeit ist unbezweifelbar."

Als der Professor geendet hatte, klatschte ich Beifall. Übrigens hätten viel gelehrtere Leute, als sein Neffe einer ist, Mühe gehabt, mit ihm zu streiten. Hinzu kommt weiter, daß der fossile Körper nicht der einzige auf dem großen Gebeinfeld war. Bei jedem Schritt stießen wir auf andere, so daß mein Oheim die Wahl hatte, für die Überzeugung der Ungläubigen ein Musterstück auszusuchen.

Eine wichtige Frage drängte sich dabei auf, die wir nicht zu entscheiden wagten. Sind diese Geschöpfe zu einer Zeit, als sie schon vermodert waren, durch eine gewaltsame Erschütterung des Bodens ans Ufer des Meeres Lidenbrock hinabgerutscht, oder haben sie in dieser unterirdischen Welt, unter diesem künstlichen Himmel gelebt, wurden hier geboren und starben hier gleich unseren Erdbewohnern? Bis jetzt hatten wir nur Seeungeheuer und Fische lebend angetroffen. Ob auch ein Mensch an diesem öden Gestade der Unterwelt noch lebte?

Neununddreissigstes Kapitel

Eine halbe Stunde lang durchwanderten wir dieses Feld von Gebeinen. Glühende Neugier trieb uns weiter. Was für andere Wunder, welche Schätze für die Wissenschaft barg diese Höhle noch? Ich war auf jede Überraschung gefaßt.

Den Strand hatten wir längst hinter uns gelassen. Den unvorsichtigen Professor kümmerte es wenig, ob wir uns verirrten, und ich ließ mich von ihm fortziehen. Wir gingen schweigend weiter. Das elektrische Licht beleuchtete gleichmäßig die Gegenstände, ohne daß eine bestimmte Lichtquelle existierte, die einen Schatten hervorrufen konnte. Aller Dunst war verschwunden. Die Felsen, die fernen Gebirge, einige undeutliche Gruppen von Waldungen hatten durch das leuchtende Fluidum ein seltsames Aussehen.

Nachdem wir eine Meile weit gegangen waren, kamen wir an den Rand eines ungeheuren Waldes. Es waren aber nicht Champignons wie beim Hafen Gretchen; hier zeigte sich die tertiäre Vegetation in voller Pracht. Große Palmbäume, Fichten, Eiben, Zypressen, Thujen waren mit Lianen durchflochten. Ein Teppich von Moos und Leberkraut bekleidete üppig den Boden. Einige Bäche rieselten unter dem schattenlosen Gebüsch. An ihrem Uferrand wuchsen baumhohe Farnkräuter gleich denen in unseren Gewächshäusern. Nur waren alle diese Bäume, Gebüsche, Pflanzen farblos, da die belebende Sonnenwärme fehlte. Alles wurde von einer einförmig blassen Farbe beherrscht. Die Blätter ohne Grün und selbst die Blumen, die in dieser tertiären Epoche zahlreich waren, farb- und geruchlos, sie sahen aus wie Papierblumen, die durch die Einwirkung der Luft ihre Farbe verloren haben.

Mein Oheim Lidenbrock wagte sich in dieses riesige Gehölz hinein. Ich folgte ihm nicht ohne Angst. Da die Natur hier die Vegetation so sehr begünstigte, warum sollten dann nicht auch gefährliche und riesenhafte Säugetiere hier leben? Ich bemerkte an den lichten Stellen Leguminosen und die unzähligen Sträucher, welche die Wiederkäuer aller Perioden gern fressen. Danach zeigten sich die Bäume verschiedener Klimaregionen der Erde bunt durcheinandergemischt: die Eiche neben der Palme, der australische Eukalyptus an der Seite der norwegischen Tanne, die Birke des Nordens mit der neuseeländischen Kaurifichte.

Plötzlich stand ich still, hielt meine Hand an das Ohr.

Das zerstreute Licht gestattete, in der Tiefe des Waldes die geringsten Gegenstände zu sehen. Ich glaubte zu sehen ... Nein, wirklich, mit eigenen Augen sah ich ungeheure Gestalten unter den Bäumen sich bewegen! Wirklich, es waren Riesentiere, eine Herde Mastodonten, nicht fossil, nein, leibhaftig, gleich denen, deren Reste 1801 in den Sümpfen des Ohio aufgefunden wurden!

Ich bemerkte diese großen Elefanten, deren Rüssel unter den Bäumen nach Nahrung wühlten. Ich hörte, wie sie mit ihren Rüsseln die Stämme und Zweige abbrachen. Es knackte wie auf einem Schießplatz, und das massenweis herabgerissene Laub verschwand in den weiten Rachen dieser Ungeheuer.

Diesen wilden Tieren waren wir also, gefangen mitten im Schoße der Erde, preisgegeben!

Mein Oheim studierte aufmerksam die Tiere.

„Auf!" sagte er auf einmal und faßte mich beim Arm, „vorwärts, vorwärts!"

„Nein", rief ich, „nein! Wir sind waffenlos! Was sollen wir mitten in der Herde dieser Riesentiere anfangen? Kommen Sie, Oheim, kommen Sie! Kein menschliches Geschöpf kann ungestraft den Zorn dieser Ungeheuer herausfordern."

„Kein menschliches Geschöpf!" erwiderte mein Oheim mit leiser Stimme. „Du irrst, Axel. Schau, schau nur, dort unten! Es dünkt mich, da seh ich ein anderes lebendes Wesen! Einen Mann!"

Ich blickte hin, zuckte die Schultern, entschlossen, die Ungläubigkeit bis zum Äußersten zu treiben. Doch ich mußte mich durch den Augenschein überzeugen lassen.

Wirklich, nicht eine Viertelmeile weit, an den Stamm einer enormen Kauris gelehnt, stand ein menschliches Wesen, ein Proteus jener unterirdischen Gegenden, ein neuer Sohn des Neptun, der diese zahllose Herde von Mastodonten hütete!

Es war kein Fossil wie jener Kadaver im Gebeinfeld, sondern ein Riese, der diese Ungeheuer hütete. Seine Größe betrug über zwei Meter. Sein Kopf, so groß wie der eines Büffels, verschwand in einem wilden Haarschopf. Er schwang einen ungeheuren Knüttel, einen würdigen Hirtenstab für einen Schäfer der Urzeit.

Wir waren bestürzt stehengeblieben. Wie, wenn er uns bemerkt hatte? Wir mußten schnell fliehen.

„Kommen Sie, kommen Sie!" rief ich und zog meinen Oheim mit mir, der zum erstenmal nachgab!

Nach einer Viertelstunde waren wir der Gefahr entronnen.

Und jetzt, da ich ruhig daran denke, da Monate seit dieser seltsamen Begegnung verflossen sind, was soll ich denken, glauben? Nein! Unmöglich! Es war Sinnestäuschung, was unsere Augen sahen, ist nicht wirklich so gewesen! In dieser unterirdischen Welt existiert kein menschliches Geschöpf! Eine Generation von Menschen, die diese Höhlen im Schoße der Erde, ohne Verbindung mit der Oberwelt, bewohnt, ist völliger Unsinn!

Eher ließe ich die Existenz eines Tieres gelten, dessen Bau dem menschlichen ähnlich ist, eines Affen der Urzeit, eines Protopitheken.

Aber dieser übertraf an Wuchs alle bekannten Maße! Gleichviel! Ein Affe, so unwahrscheinlich auch, ein Affe mag's sein; aber ein lebendiger Mensch nie!

Inzwischen hatten wir den Wald verlassen, stumm vor Erstaunen, gedrückt von Bestürzung, und liefen wieder auf das Meer Lidenbrock zu. Ein Gedanke brachte mich auf praktischere Beobachtungen.

Obwohl ich gewiß war, daß wir uns auf völlig unbetretenem Boden befanden, so bemerkte ich mitunter Felsengruppen, deren Formen an die vom Hafen Gretchen erinnerten. Die Angaben des Kompasses und unsere unwillkürliche Rückkehr auf die Nordseite des Meeres schienen das ja nur zu bestätigen. Bäche und Wasserfälle stürzten aus den Felsvorsprüngen. Ich glaubte das alte Lager, unseren treuen Hansbach und die Grotte, in der ich wieder zur Besinnung kam, zu erkennen. Dann wurde ich durch die Gestalt der Berge, durch einen Bach und die überraschende Form eines Felsens wieder in den Zweifel zurückgeworfen.

Ich teilte meinem Oheim mein Schwanken mit. Er war ebenfalls unsicher.

„Offenbar", sagte ich, „sind wir nicht an unserm Abfahrtspunkt gelandet, sondern der Sturm hat uns weiter östlich abgetrieben, und wenn wir am Ufer entlangmarschieren, werden wir ihn erreichen."

„In diesem Falle", erwiderte mein Oheim, „ist's unnütz, diese Untersuchung fortzusetzen, und das beste wäre, zu unserm Floß zurückzukehren. Aber, Axel, irrst du dich nicht?"

„Es ist schwer, Genaues zu sagen, lieber Oheim, denn alle diese Felsen gleichen sich. Ich glaube jedoch das Vorgebirge wiederzuerkennen, an dessen Fuß Hans das Fahrzeug gebaut hat. Wir müssen nahe bei dem kleinen Hafen sein, wenn wir nicht schon dort sind."

„Nein, Axel, wir würden zumindest unsere eigenen Spuren finden, und ich sehe nichts ..."

„Aber ich sehe etwas", rief ich und stürzte auf einen Gegenstand zu, der im Sande glänzte.

„Was ist's denn?"

„Ein Messer", erwiderte ich.

Und ich zeigte meinem Oheim einen verrosteten Dolch, den ich aufgehoben hatte.

„Ah!" sagte er. „Du hattest also doch diese Waffe mitgenommen?"

„Ich? Keineswegs! Aber Sie ..."

„Nein", versetzte der Professor. „Ich habe dieses Messer noch nie gesehen, geschweige denn besessen."

„Das ist aber eigenartig!"

„Nein, es ist sehr einfach, Axel. Die Isländer haben oft Waffen dieser Art, und Hans, dem diese sicherlich gehört, wird sie verloren haben . . ."

Ich schüttelte den Kopf. Hans hatte diesen Dolch nie in Besitz.

„Ist's vielleicht die Waffe eines urweltlichen Kriegers", rief ich aus, „eines lebenden Menschen, Zeitgenossen des riesigen Schäfers? Aber nein! Es ist nicht ein Werkzeug aus dem Steinzeitalter, nicht einmal aus der Bronzezeit. Diese Klinge ist von Stahl . . ."

Mein Oheim unterbrach mich bei diesem Gedanken und fügte mit kaltem Tone bei: „Beruhige dich, Axel, und komm zur Vernunft. Dieser Dolch ist eine Waffe aus dem sechzehnten Jahrhundert, ein Dolch, wie die Edelleute ihn am Gürtel trugen. Er ist spanischen Ursprungs. Er gehört weder dir noch mir, noch dem Jäger, noch den menschlichen Wesen, die vielleicht im Schoße des Erdballs leben!"

„Wem dann . . .?"

„Sieh, seine Klinge ist mit einer Rostschicht bedeckt, die älter ist als ein Tag, ein Jahr, ein Jahrhundert!"

Der Professor ereiferte sich wie gewöhnlich und ließ sich durch seine Phantasie fortreißen. „Axel", sagte er, „wir sind einer großen Entdeckung auf der Spur! Diese Klinge liegt hier auf dem Sand seit hundert, zweihundert, dreihundert Jahren und ist an den Felsen dieses unterirdischen Meeres schartig geworden!"

„Aber sie ist nicht allein hierhergekommen", rief ich; „es ist jemand vor uns hiergewesen!"

„Ja! Ein Mann."

„Und dieser Mann?"

„Dieser Mann hat mit diesem Dolch seinen Namen eingegraben! Dieser Mann hat uns noch einmal den Weg zum Mittelpunkt der Erde zeigen wollen! Suchen wir nur!"

Voller Eifer gingen wir an der Felswand entlang und forschten nach den geringsten Spalten, die sich zu Gängen erweitern konnten.

So gelangten wir zu einer Stelle, an der der Strand schmaler wurde. Das Meer drang fast bis an den Fuß der Berge und ließ nur ein oder zwei Klafter frei. Zwischen zwei Felsvorsprüngen bemerkten wir den Eingang zu einem dunklen Tunnel. Hier standen auf einer Granitfläche zwei geheimnisvolle, halb verwitterte Buchstaben, die beiden Anfangsbuchstaben des kühnen und abenteuerlichen Reisenden:

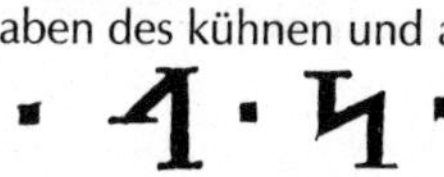

„A.S.!" rief mein Oheim. „Arne Saknussemm! Wir haben den Weg Saknussemms wiedergefunden!"

VIERZIGSTES KAPITEL

SEIT Anfang der Reise habe ich viel Erstaunliches erlebt, und ich durfte nun glauben, vor Überraschungen sicher und gegen Verwunderungen abgestumpft zu sein. Doch beim Anblick dieser beiden seit dreihundert Jahren hier eingegrabenen Buchstaben konnten wir uns vor Verwunderung und Freude nicht halten. Nicht nur die Handschrift des gelehrten Alchimisten stand auf dem Felsen, sondern auch das Stilett, womit er sie eingegraben hatte, war in unseren Händen. Der Glaube meines Oheims hatte gesiegt. Ich konnte die Wirklichkeit seiner Reise nicht mehr bezweifeln.

Während mir diese Gedanken durch den Kopf schwirrten, feierte Professor Lidenbrock begeistert Arne Saknussemm, indem er das Vorgebirge „Kap Saknussemm" taufte.

Die Begeisterung entfachte in mir das gleiche Feuer. Ich vergaß alle Gefahren der Reise und der Rückkehr; was andere vollbracht hatten, wollte auch ich fertigbringen, und nichts schien mir unmöglich, da es bereits ein anderer geschafft hatte.

„Vorwärts, vorwärts!" rief ich.

Ich stürzte schon auf den dunklen Gang zu, als der Professor mich zurückhielt.

„Erst wollen wir zu Hans zurück und das Floß herbeiholen."

Ich folgte der Weisung nicht ohne Mißbehagen und schlüpfte zwischen den Felsen des Ufers dahin.

„Wissen Sie, Oheim", sagte ich, „daß wir bisher viel Glück gehabt haben?"

„So, meinst du, Axel?"

„Allerdings, und sogar der Sturm hat uns glücklich auf den rechten Weg geführt; gutes Wetter hätte uns davon entfernt. Dann wären wir nicht auf Saknussemms Namen gestoßen, und wir wären jetzt verlassen und wüßten keinen Ausweg."

„Ja, Axel, es ist eine Art göttlicher Fügung, daß wir, obwohl wir nach Süden gefahren sind, nach Norden verschlagen wurden zum Kap Saknussemm. Diese Tatsache enthält wirklich etwas Unerklärliches."

„Nun, es gilt hier nicht die Tatsachen zu erklären, sondern auszunutzen."

„Allerdings, lieber Junge, aber . . ."

„Aber wir wollen uns jetzt wieder nach Norden wenden, unsern Weg unter Schweden, Rußland, Sibirien und was es sonst für Länder im Norden Europas gibt, einschlagen, anstatt unter den Wüsten Afrikas oder den Fluten des Ozeans."

„Ja, Axel, du hast recht, und das ist alles ganz gut, weil wir jetzt das Meer verlassen, das uns nicht in die Tiefe geführt hat. Wir werden jetzt wieder abwärts dringen, immer abwärts! Weißt du, daß wir bis zum Zentrum nur noch etwas mehr als fünftausend Kilometer zurückzulegen haben?"

„Bah!" rief ich aus. „Das ist wahrhaftig nicht der Rede wert. Also vorwärts! Machen wir uns auf den Weg!"

Solche unsinnigen Reden führten wir, bis wir zu Hans kamen. Alles war zur sofortigen Abfahrt gerüstet, wir bestiegen das Floß, das Segel wurde aufgespannt, und Hans fuhr uns nach Kap Saknussemm.

Der Wind war für ein solches Fahrzeug nicht günstig. Wir mußten daher an manchen Stellen unsere Stöcke zu Hilfe nehmen, um vorwärts zu kommen. Oft waren wir durch Felsen, die bis an die Oberfläche des Wassers reichten, gezwungen, einen weiten Umweg zu nehmen. Endlich, nach drei Stunden, gegen sechs Uhr abends, erreichten wir einen günstigen Landeplatz.

Ich sprang ans Land, hinter mir mein Oheim und der Isländer. Diese Überfahrt hatte mich nicht ruhiger gemacht. Ich schlug sogar vor, „unser Schiff" zu verbrennen, um uns die Rückkehr abzuschneiden. Aber mein Oheim war dagegen; ich fand ihn äußerst lau.

„Wenigstens", sagte ich, „wollen wir uns unverzüglich auf den Weg machen."

„Ja, lieber Junge; aber zuvor müssen wir diesen neuen Schacht untersuchen, um zu wissen, ob wir unsere Leitern dazu brauchen."

Mein Oheim setzte seinen Ruhmkorffschen Apparat in Tätigkeit; das Floß wurde am Ufer angebunden; übrigens war die Mündung des Schachtes kaum zwanzig Schritt von diesem entfernt, und wir begaben uns, ich voran, unverzüglich dorthin.

Die runde Öffnung hatte etwa zwei Meter Durchmesser; der dunkle Tunnel war wahrscheinlich durch ausgeworfene Gegenstände entstanden und hatte glatte Wände. Er war breit genug, so daß man ohne Schwierigkeiten hineinkonnte.

Wir kamen erst kaum in die Tiefe, da der Tunnel fast horizontal verlief. Nach etwa sechzig Schritten wurde der Weg plötzlich durch einen ungeheuren Felsblock versperrt.

„Verdammter Block!" rief ich zornig, als ich plötzlich durch ein unüberwindliches Hindernis unseren Weg verstellt sah.

Wir mochten suchen, wie wir wollten, rechts und links, oben und unten, es fand sich kein Durchkommen, nicht mal ein Spalt. Ich fühlte meine Stimmung sinken und wollte die Unüberwindbarkeit des Hindernisses nicht gelten lassen.

Ich bückte mich nieder, schaute oben über den Felsblock. Kein Zwischenraum, überall dieselbe Sperre aus Granit. Hans beleuchtete die Wand mit der Lampe, aber sie zeigte nirgends eine Lücke. Wir mußten darauf verzichten, hier weiterzukommen.

Ich hatte mich auf den Boden gesetzt; mein Oheim ging mit großen Schritten auf und ab.

„Aber wie hat es denn Saknussemm gemacht?" rief ich.

„Ja", sagte mein Oheim, „ist auch er durch diesen Felsen aufgehalten worden?"

„Nein, nein", fuhr ich lebhaft fort. „Dieses Felsstück hat, sei's infolge eines Erdbebens oder einer magnetischen Einwirkung, den Gang plötzlich versperrt. Offenbar ist in diesem Schacht früher Lava durchgebrochen. Sehen Sie, es sind frische Ritzen an der Granitdecke; diese sind durch ungeheure Steine, die sich durchzwängten, entstanden, als wenn Riesen daran gearbeitet hätten. Eines Tages hat ein stärkerer Druck diesen Block hineingedrängt und mit ihm wie mit einem Korken den ganzen Weg versperrt. Dieses Hindernis ist nach Saknussemms Reise entstanden und konnte ihn noch nicht aufhalten. Wir müssen es beseitigen, sonst bleibt das Ziel unserer Reise für uns unerreichbar."

Jetzt hatte mich des Professors Hartnäckigkeit befallen. Der Entdekkungstrieb beseelte mich; ich vergaß darüber die Vergangenheit, verachtete die Zukunft. Es existierte für mich nichts mehr auf der Erdoberfläche; Städte und Land, Hamburg und die Königsstraße zogen mich nicht mehr an, und mein armes Gretchen mußte glauben, ich sei im Schoße der Erde für immer vergraben!

„Nun", fuhr mein Oheim fort, „wir wollen uns mit den Spitzhacken einen Weg bahnen!"

„Er ist zu hart und zu dick!"

„Aber..."

„Wir haben ja Pulver! Hacken wir ein Loch und zersprengen den Block!"

„Ja, mit Pulver!"

„Es handelt sich nur darum, ein Loch in den Fels zu hauen!"

„Hans, ans Werk!" rief mein Oheim. Der Isländer holte alsbald von dem Floß eine Spitzhacke, womit er das Loch für die Mine aushauen konnte. Es war keine leichte Arbeit. Das Loch mußte fünfzig Pfund

Schießbaumwolle fassen, deren Treibkraft viermal so stark ist wie die des Kanonenschußpulvers.

Ich war sehr aufgeregt. Während Hans die Arbeit verrichtete, war ich meinem Oheim behilflich, eine lange Lunte zu fertigen.

„Wir werden durchdringen!" sagte ich.

„Ja, wir kommen durch!" wiederholte mein Oheim.

Um Mitternacht war unsere Minenarbeit fertig, die Ladung mit Baumwolle in die Höhlung gebettet und die durch den Gang laufende Lunte gelegt.

Ein Funke war imstande, die fürchterliche Ladung zur Explosion zu bringen.

„Auf morgen", sagte der Professor.

Ich mußte mich wohl fügen und noch fünf lange Stunden warten!

EINUNDVIERZIGSTES KAPITEL

DER folgende Tag, der 27. August, war für diese unterirdische Reise von größter Bedeutung. Ich kann nicht an ihn zurückdenken, ohne daß mir vor Entsetzen das Herz bebt. Von diesem Moment an hatten unsere Vernunft, unser Urteil, unser Erfindungstalent nichts mehr bei der Sache mitzusprechen, wir sollten ein Spielball der in der Erde wirkenden Naturkräfte werden.

Um sechs Uhr waren wir bereit. Der Moment war gekommen, da die Pulverladung uns einen Weg durch die Granitwand schlagen sollte.

Ich bat mir die Ehre aus, die Lunte anzuzünden. Darauf sollte ich zu meinen Gefährten auf das bereitstehende und beladene Floß eilen, um das Weite zu suchen. So hofften wir den Gefahren der Explosion auszuweichen, deren Wirkungen wir nicht abschätzen konnten.

Die Lunte mußte unserer Berechnung nach zehn Minuten lang brennen, bevor das Feuer die Pulverladung erreichte. Ich hatte also Zeit genug, das Weite zu suchen. Ich rüstete mich nicht ohne Herzklopfen, meine Aufgabe auszuführen.

Nachdem wir rasch eine Mahlzeit eingenommen hatten, begaben sich mein Oheim und Hans auf das Floß, während ich am Ufer zurückblieb. Ich war mit einer brennenden Laterne versehen.

„Geh, Axel", sagte mein Oheim, „und versuche schnell unser Floß zu erreichen, wenn die Lunte Feuer gefangen hat."

„Seien Sie unbesorgt, Oheim", versetzte ich, „ich werde mich unterwegs nicht aufhalten."

Alsbald ging ich zur Mündung des Tunnels, öffnete die Laterne und faßte das Ende der Lunte.

Der Professor hielt sein Chronometer in der Hand.

„Fertig?" rief er mir zu.

„Fertig!" war die Antwort.

„Nun denn! Feuer, mein Junge!"

Rasch zündete ich die Lunte an und eilte in vollem Lauf zum Ufer.

„Einsteigen", rief mein Oheim, „und abfahren!"

Hans stieß uns mit kräftigen Stößen vom Ufer ab; das Floß hielt in einer Entfernung von zweihundert Metern.

Es war ein ängstlicher Augenblick. Der Professor begleitete mit den Augen den Zeiger des Chronometers.

„Noch fünf Minuten!" sprach er. „Noch vier! drei!"

Mein Puls schlug die halben Sekunden.

„Noch zwei! eine . . .! Stürze zusammen, Granitbau!"

Was spielte sich danach ab? Das Donnergetöse vernahm ich gar nicht. Aber die Form der Felsen änderte sich plötzlich vor meinen Augen; sie gingen wie ein Vorhang auseinander. Ich gewahrte eine unergründliche Schlucht, die plötzlich am Ufer klaffte. Das Meer, im Wirbel gedreht, türmte sich auf zu einer ungeheuren Woge, auf deren Rücken das Floß sich senkrecht hob.

Wir wurden alle drei niedergeworfen. Das Licht wich tiefster Dunkelheit. Ich fühlte, daß der Grund unter unserem Floß hinweggerissen wurde. Ich meinte, es versinke. Doch es kam nicht dazu. Ich hätte gern mit meinem Oheim gesprochen, aber das Tosen des Wassers verschluckte jeden Laut.

Trotz der Dunkelheit, des Getöses, der Überraschung, des Schreckens begriff ich, was vorgegangen war.

Hinter dem Felsen, der eben zersprengt worden war, befand sich ein Abgrund. Die Explosion hatte in diesem zerklüfteten Boden eine Art von Erdbeben verursacht, der Schlund hatte sich geöffnet, und das in einen reißenden Strom umgewandelte Meer riß uns mit hinein.

Ich hielt mich für verloren.

Eine, zwei Stunden – ich weiß nicht – verflossen so. Wir reichten uns die Hände, um nicht von dem Floß geworfen zu werden. Es gab die heftigsten Stöße, wenn es an die Wand prallte. Doch passierte das selten, woraus ich schloß, daß der Tunnel beträchtlich breiter war als alle bisherigen. Es war ohne Zweifel Saknussemms Weg; aber anstatt allein hinabzusteigen, wurden wir aus Unvorsichtigkeit von einem ganzen Meer begleitet.

Es fiel mir schwer, während dieser schwindelnden Fahrt, die einem Sturz glich, meine Gedanken zu sammeln. Nach dem Luftstrom, der mir ins Gesicht blies, zu urteilen, bewegten wir uns schneller als ein Eilzug. Eine Fackel anzuzünden war unter diesen Umständen nicht möglich, und unser letzter elektrischer Apparat war bei der Explosion zerbrochen.

Ich war überrascht, als ich in meiner Nähe plötzlich ein Licht aufleuchten sah. Es beleuchtete das ruhige Antlitz unseres Hans. Dem geschickten Jäger war es gelungen, die Laterne anzuzünden, und obwohl die Flamme flackerte, warf sie doch einige Strahlen in dieses fürchterliche Dunkel. Der Schacht war breit. Ich hatte richtig geschätzt. Das schwache Licht ließ nicht die beiden Wände auf einmal erkennen. Der Fall des Wassers, der uns in schwindelnder Fahrt mittrug, übertraf den der reißendsten Ströme Amerikas. Das Floß, manchmal von Wirbeln ergriffen, drehte sich dann wie ein Kreisel. Wenn wir einer Wand nahe kamen, hielt ich die Laterne hoch, und ich konnte die Schnelligkeit, mit der wir fuhren, daran ablesen, daß die Vorsprünge wie fortlaufende Linien aussahen. Ich schätzte sie auf dreihundert Kilometer in der Stunde.

Mein Oheim und ich kauerten mit verstörtem Blick neben dem Stumpf des Mastes, der bei der Katastrophe abgebrochen war, und kehrten dem Fahrtwind den Rücken zu, um überhaupt atmen zu können. Inzwischen verflossen Stunden. Die Lage war unverändert, aber ein Umstand machte sie mißlicher. Ein großer Teil unseres Gepäcks war bei dem Unglück abhanden gekommen. Mit der Laterne in der Hand untersuchte ich unsere Vorräte. Von den Instrumenten waren nur noch der Kompaß und das Chronometer da; vom Takelwerk nur ein Stück Tau, das um den Maststumpf gewunden war; kein Werkzeug mehr, und Lebensmittel nur noch für einen Tag, ein Stück getrocknetes Fleisch und ein paar Zwiebäcke!

Ich starrte diese wenigen Reste an, wollte es nicht begreifen! Aber selbst wenn wir noch Lebensmittel auf Monate gehabt hätten, wie sollten wir aus diesen Abgründen, in die uns das reißende Wasser trug, herauskommen?

Ich vergaß die unmittelbare Gefahr vor den Schrecken der Zukunft. Wie konnten wir ihnen entrinnen?

Ich getraute mich nicht, mit meinem Oheim darüber zu sprechen, um seine Kaltblütigkeit nicht zu erschüttern.

Nun wurde das Licht in der Laterne allmählich schwächer und verlosch endlich, da der Docht völlig abgebrannt war. Es wurde wieder stockfinster, und es war nicht daran zu denken, das undurchdringliche Dunkel zu verscheuchen. Zwar hatten wir noch eine Fackel, aber man hätte sie nicht in der Hand halten können. Da machte ich es wie ein Kind und schloß die Augen, um die Finsternis nicht zu sehen.

Nach geraumer Zeit verdoppelte sich die Schnelligkeit unserer Fahrt, wie ich aus der Stärke des Luftzugs, der in mein Gesicht schlug, schloß. Ich glaube wirklich, wir glitten nicht mehr, sondern stürzten hinab. Es war mir, als stürzten wir fast senkrecht. Wir hielten uns alle drei gegenseitig fest.

Plötzlich spürte ich einen Ruck; das Floß war nicht gegen eine harte Wand gestoßen, sondern hielt in seinem Sturz auf einmal inne, und ein Wasserwirbel, eine ungeheure Säule ergoß sich über uns. Ich konnte nicht mehr atmen . . .

Zum Glück dauerte das nicht lange. Nach einigen Sekunden fühlte ich mich wieder in freier Luft. Wir waren alle drei noch beieinander.

Zweiundvierzigstes Kapitel

Es mochte damals zehn Uhr abends sein. Das erste, was mir nach diesem letzten Stoß auffiel, war die Stille in dem Schacht. Nach dem Tosen und Brausen, das seit Stunden mein Ohr erfüllt hatte, eine unheimliche Stille. Endlich drangen wie ein Gemurmel einige Worte meines Oheims an mein Ohr:

„Nun geht's aufwärts!"

„Was meinen Sie?" rief ich.

„Ja, aufwärts! Wir fahren wieder hoch!"

Ich streckte den Arm aus, um die Wand zu betasten; ich riß mir die Hand blutig. Wir fuhren äußerst rasch bergan.

„Die Fackel! Die Fackel!" rief der Professor.

Nicht ohne Schwierigkeiten gelang es Hans, sie anzuzünden, und die Flamme, die trotz der aufsteigenden Bewegung aufrecht flackerte, reichte hin, die Szene zu beleuchten.

„Das dachte ich mir wohl", sagte mein Oheim. „Wir befinden uns in einem engen Schacht von kaum vierzehn Meter Durchmesser. Wenn das Wasser auf dem Grund ankommt, füllt es ihn und hebt uns mit sich empor."

„Wohin?"

„Ich weiß nicht, aber man muß sich auf alles gefaßt machen. Die Geschwindigkeit, mit der wir uns aufwärts bewegen, beträgt sicher dreißig Kilometer in der Stunde oder mehr. Auf diese Weise kommt man vorwärts."

„Ja, wenn uns nichts den Weg versperrt, wenn dieser Schacht offen ist! Aber wenn er geschlossen ist, wenn die Luft unter dem Druck der Wassersäule sich allmählich verdichtet, wenn wir dann zerdrückt werden!"

„Axel", erwiderte der Professor mit großer Ruhe, „die Lage ist allerdings fast zum Verzweifeln, aber es ist doch einige Aussicht auf Rettung, und an die wollen wir uns halten. Können wir jeden Augenblick zugrunde gehen, so können wir auch jeden Augenblick gerettet werden. Halten wir uns also bereit, die geringste Chance wahrzunehmen."

„Aber was fangen wir jetzt an?"

„Stärken wir uns durch eine Mahlzeit."

Bei diesen Worten sah ich meinen Oheim mit starren Augen an. Was ich nicht gestehen wollte, mußte nun herauskommen.

„Essen?" fragte ich.

„Ja, unverzüglich."

Der Professor sprach einige Worte dänisch. Hans schüttelte den Kopf.

„Wie", schrie mein Oheim, „unsere Lebensmittel verloren?"

„Ja, hier ist der ganze Rest! Ein Stück Dörrfleisch für uns drei!"

Mein Oheim sah mich an, ohne begreifen zu wollen.

„Nun", sagte ich, „glauben Sie noch, daß wir davonkommen können?"

Er gab keine Antwort auf meine Frage.

Eine Stunde verlief, ich begann hungrig zu werden. Meine Gefährten ebenfalls, aber keiner wagte den armseligen Rest anzutasten.

Inzwischen schossen wir mit äußerster Schnelligkeit aufwärts. Manchmal versagte uns der Atem. Seltsamerweise nahm auch die Wärme in beunruhigender Weise zu, sie hatte gewiß schon fast vierzig Grad erreicht.

Was hatte diese Änderung zu bedeuten? Bisher hatten die Tatsachen die Theorien Davys und Lidenbrocks bestätigt; bisher hatten die besonderen Bedingungen von feuerbeständigem Gestein, Elektrizität und Magnetismus die allgemeinen Naturgesetze modifiziert und uns eine gemäßigte Temperatur verschafft, denn in meinen Augen war die Theorie einer inneren Hitze doch die einzig richtige, die allein erklärbare. Sollten wir nun dem Erdmittelpunkt so nahe gekommen sein, daß die Felsen schmolzen, nur noch alles aus Gasen bestand? Ich fürchtete es und sagte zum Professor:

„Sind wir nicht ertrunken oder zerquetscht, sterben wir nicht Hungers, so bleibt uns immer noch die Aussicht, lebendig verbrannt zu werden."

Er zuckte nur die Schultern und sank in seine Betrachtungen zurück.

Eine weitere Stunde verstrich, und, ausgenommen eine geringe Steigerung der Temperatur, veränderte kein Zwischenfall unsere Lage. Endlich brach mein Oheim das Schweigen. „Nun", sagte er, „wir müssen einen Entschluß fassen."

„Einen Entschluß fassen?" entgegnete ich.

„Ja. Wir müssen unsere Kräfte schonen. Wenn wir versuchen, sie besser einzuteilen, können wir unser Dasein um einige Stunden verlängern."

„Ja, verlängern bis zum Ende, das nicht auf sich warten lassen wird."

„Wenn sich nun eine Gelegenheit der Rettung ergibt, wenn wir plötzlich handeln müssen, woher nehmen wir die Kraft dazu, wenn wir uns nicht mit den Resten unseres Proviants gestärkt haben?"

„Aber, Oheim, was bleibt uns dann, wenn dieser Rest aufgezehrt ist?"

„Nichts, Axel, nichts. Aber wird es dich mehr nähren, wenn du es mit den Augen verzehrst? Du urteilst wie ein Mensch ohne Willenskraft, ein Geschöpf ohne Energie!"

„Verlieren Sie denn nicht die Hoffnung?" rief ich gereizt.

„Nein!" entgegnete der Professor fest.

„Wie? Sie glauben noch an eine Rettung?"

„Ja! Gewiß, und ich lasse nicht gelten, daß ein mit Willen begabtes Geschöpf, solange sein Herz schlägt, solange seine Glieder sich bewegen, sich selbst aufgibt!"

Welche Worte! Der Mann, der sie unter solchen Umständen aussprach, hatte sicherlich einen ungewöhnlich festen Charakter.

„Was denken Sie zu tun?" sagte ich.

„Diesen Rest von Proviant bis zum letzten Krümchen aufzehren und damit unsere Kräfte auffrischen. Wird dieses Mahl unser letztes sein, gut! Aber zumindest werden wir dann, anstatt entkräftet, wieder Menschen geworden sein."

„Nun denn! Verschlingen wir's!" rief ich.

Mein Oheim nahm das Stück Fleisch und den wenigen Zwieback, der aus dem Schiffbruch gerettet worden war, machte daraus drei gleiche Portionen und teilte sie aus. Sie betrug pro Mann etwa ein Pfund. Der Professor verzehrte sie gierig, mit fieberhaftem Ungestüm; ich ohne Behagen, trotz meines Hungers fast mit Widerwillen; Hans ruhig, langsam und genoß sie mit der Ruhe eines Menschen, den die Sorgen um die Zukunft nicht quälten. Er hatte noch eine halbe Flasche Wacholderbranntwein gefunden und bot ihn uns an. Dieser wohltuende Trunk vermochte mich wieder ein wenig zu beleben.

„Förtrafflig!" sagte Hans, indem er trank.

„Vortrefflich!" stimmte mein Oheim zu.

Ich hatte wieder einige Hoffnung gefaßt. Aber unser letztes Mahl war nun zu Ende. Es war fünf Uhr früh.

Nach dieser Mahlzeit gab sich jeder seinen Gedanken hin. Die meinen bestanden nur aus Erinnerungen, und sie führten mich auf die Oberfläche der Erde, die ich nie hätte verlassen sollen. Das Haus in der Königsstraße, mein armes Gretchen, die gute Marta schwebten mir wie Phantome vor den Augen. Mein Oheim, der stets, was er tat, mit ganzer Seele betrieb, untersuchte mit der Fackel aufmerksam die Natur der Gesteinsarten an den Tunnelwänden. Ich hörte ihn geologische Worte murmeln; ich verstand sie und interessierte mich wider Willen dafür.

„Ausgeworfener Granit", sagte er. „Wir befinden uns noch in der Urzeit; aber es geht aufwärts! Wer weiß?"

Wer weiß? Er war nie ohne Hoffnung. Er betastete die Wände, und nach einigen Augenblicken fuhr er fort:

„Hier ist Gneis! Hier Glimmerschiefer! Gut! Bald wird das Erdreich aus der Übergangsepoche kommen, und dann . . ."

Was wollte der Professor damit sagen? Konnte er die Dicke der Erdrinde über unserem Kopf messen? Besaß er irgendein Mittel, diese Berechnung vorzunehmen? Nein. Es fehlte das Manometer, und keine Schätzung konnte es ersetzen.

Indessen nahm die Wärme in steigendem Maße zu, und die glühende Luft trieb uns den Schweiß aus allen Poren. Hans, mein Oheim und ich, wir hatten allmählich unsere Westen und Hemden ablegen müssen; auch die leichteste Kleidung verursachte Unbehagen.

„Fahren wir denn auf einen weißglühenden Herd zu?" rief ich, als die Hitze immer noch zunahm.

„Nein", erwiderte mein Oheim, „das ist unmöglich! Unmöglich!"

„Jedoch", sagte ich, die Wand betastend, „diese Wand ist brennend heiß!"

In diesem Augenblick geriet meine Hand ins Wasser, und ich mußte sie rasch herausziehen.

„Das Wasser ist siedend heiß!" rief ich.

Diesmal antwortete der Professor mit einer zornigen Bewegung.

Jetzt wurde der Schrecken riesengroß, er wich nicht von mir. Die Katastrophe mußte jeden Augenblick über uns hereinbrechen, eine Katastrophe, wie sie sich die kühnste Phantasie nicht hätte ausmalen können. Eine Idee, erst unbestimmt, unsicher, wurde langsam in mir zur Gewißheit. Ich wies sie zurück, aber sie drängte sich hartnäckig wieder auf. Ich wagte nicht, zu Ende zu denken. Doch einige unwillkürliche Beobachtungen festigten meine Überzeugung. Beim unsteten Fackelschein bemerkte ich in den Granitschichten außerordentliche Bewegungen; eine Naturerscheinung, bei der die Elektrizität eine Rolle spielte, war offenbar im Begriff, sich zu vollziehen; dann diese Hitze, dieses siedende Wasser...! Ich wollte den Kompaß befragen.

Er kreiselte wie verrückt.

Dreiundvierzigstes Kapitel

Die Kompaßnadel sprang von einem Pol zum andern, durchlief die ganze Windrose vor- und rückwärts, als sei sie von Schwindel befallen.

Ich wußte wohl, daß, nach den verbreitetsten Theorien, die Erdrinde nie im Zustand völliger Ruhe ist. Diese Erscheinung hätte mich deshalb nicht weiter erschreckt oder hätte wenigstens nicht diese schreckliche Idee aufkommen lassen.

Aber andere Tatsachen, gewisse Details eigentümlicher Art konnten mich nicht länger täuschen. Mit erschreckender Heftigkeit wiederholte sich häufiges Getöse. Ich konnte es nur mit dem Lärm vergleichen, den eine große Anzahl Karren verursacht, die rasend schnell übers Pflaster holpern. Es war ein ununterbrochenes Donnergrollen.

Die durch elektrische Erscheinungen aus der Ruhe gebrachte Magnetnadel bestätigte meine Vermutung; die Erdrinde drohte zu bersten, der granitene Grundbau zusammenzustürzen, die Spalten sich fest zu schließen, die leeren Räume sich auszufüllen, und wir drei würden dann jämmerlich zerdrückt werden.

„Oheim, wir sind verloren!" rief ich.

„Was ist denn?" erwiderte er ruhig. „Was hast du denn?"

„Sehen Sie doch, wie diese Wände wanken, wie der Grundbau aus den Fugen geht, diese glühende Hitze, dieses siedende Wasser, diese sich verdichtenden Dünste, die irre Magnetnadel, lauter Anzeichen eines Erdbebens!"

Mein Oheim schüttelte sanft den Kopf.

„Ein Erdbeben?" sagte er. „Lieber Junge, ich glaube, du irrst!"

„Wie? Erkennen Sie diese Anzeichen nicht?"

„Eines Erdbebens? Nein! Ich bin auf Besseres gefaßt!"

„Was meinen Sie damit?"

„Einen Ausbruch, Axel."

„Einen Ausbruch?" sagte ich. „Wir befinden uns im Schlund eines tätigen Vulkans?"

„Ich denke, ja", sagte der Professor lächelnd, „und das ist das Beste, was uns treffen konnte!"

Das Beste! War mein Oheim ein Narr geworden? Was sollte das bedeuten? Und dabei die Gemütsruhe und das Lächeln?

„Wie!" rief ich. „Wir sind mitten im Schlund eines tätigen Vulkans! Das Verhängnis hat uns zur glühenden Lava verschlagen, zu schmelzenden Felsen, siedendem Wasser. Wir werden hinausgestoßen, weggeworfen, ausgespien, in die Lüfte geschleudert mit den Felsblöcken, dem Aschenregen, der Schlacke, in einem Flammenstrudel, und das ist das Beste, was uns begegnen kann!"

„Ja", versetzte der Professor, „denn das ist die einzige Aussicht, wieder an die Oberfläche der Erde zu kommen!"

Tausend Ideen kreuzten sich in meinem Gehirn. Mein Oheim hatte recht, unbedingt recht, und nie ist er mir kühner, nie überzeugender vorgekommen als in dem Moment, wo er, auf einen Ausbruch gefaßt, die Aussichten dabei mit Seelenruhe erwog.

Inzwischen gelangten wir stets weiter aufwärts; das Getöse umher verdoppelte sich; ich war am Ersticken, ich glaubte, meine letzte Stunde sei gekommen, und doch, die Phantasie ist so wunderlich, daß ich mich einer wahrhaft kindischen Untersuchung hingab. Ich war nicht Herr meiner Gedanken, sondern wurde von ihnen fortgerissen.

Offenbar wurden wir von der Gewalt des Ausbruchs zum Krater emporgehoben; das Wasser unter dem Floß war siedend heiß und unter diesem Wasser die Lava aus glühenden Gesteinsmassen, die von dem Kratergipfel in alle Richtungen geworfen werden sollten. Wir befanden uns also in dem Schlund eines Vulkans; daran war nicht zu zweifeln.

Aber diesmal handelte es sich, anstatt des erloschenen Snäfields, um einen in voller Tätigkeit. Ich stellte mir also die Frage, was das für ein Berg sein könnte und an welcher Stelle der Welt wir ausgeworfen werden sollten.

Im Norden, daran war nicht zu zweifeln. Vom Kap Saknussemm an waren wir einige hundert Meilen weit in nördlicher Richtung fortgerissen worden. Befanden wir uns unter Island? Sollten wir durch den Krater der Hekla oder einen der andern sieben feuerspeienden Berge der Insel ausgeworfen werden? In einem Umkreis von fünfhundert Meilen kannte ich westwärts unter diesem Breitengrad nur die wenig bekannten Vulkane der Nordwestküste von Amerika. Ostwärts gab's nur einen unterm achtzigsten Breitengrad, den Esk auf der Insel Jan Mayen unweit Spitzbergen! Allerdings, an Kratern fehlte es nicht, die geräumig genug waren, eine ganze Armee auszuspeien! Aber aus welchem wir herauskommen würden, konnte ich nicht genau sagen.

Gegen Morgen beschleunigte sich der Aufstieg. Nahm die Hitze zu, anstatt bei Annäherung an die Erdoberfläche abzunehmen, so war die Ursache dem Einfluß des Vulkans zuzuschreiben. Über die Art unserer Fortbewegung hatte ich nicht den geringsten Zweifel mehr. Eine ungeheure Gewalt, die Kraft von mehreren hundert Atmosphären, die im Schoße der Erde angesammelte Gase erzeugt hatten, trieb uns unwiderstehlich hoch. Aber welchen unzähligen Gefahren setzte sie uns aus!

Bald drangen gelbe Dünste in den Tunnel, der nun weiter wurde; ich bemerkte rechts und links tiefe Gänge gleich ungeheuren Schlünden, aus denen dichte Dünste entwichen; Flammenzungen leckten an den Wänden.

„Sehen Sie! Sehen Sie, lieber Oheim!" rief ich.

„Nun, das sind Schwefelflammen. Das ist bei einem Ausbruch ganz natürlich."

„Aber wenn sie uns ersticken?"

„Sie werden uns nicht ersticken. Der Krater wird weiter, und nötigenfalls verlassen wir das Floß und flüchten uns in eine Spalte."

„Und das Wasser, das steigende Wasser?"

„Es ist kein Wasser mehr da, Axel, sondern eine Art Lavateig, der uns bis zur Mündung des Kraters emporschiebt."

An die Stelle der Wassersäule waren in der Tat jetzt ziemlich dichte, obwohl siedende Auswurfstoffe getreten. Die Temperatur wurde unerträglich, der Schweiß rann mir aus allen Poren. Nur die rasche Aufwärtsbewegung bewahrte uns vor dem Ersticken. Der Professor führte den Vorschlag, das Floß zu verlassen, nicht aus und tat wohl daran. So schlecht diese Balken zusammengefügt waren, boten sie doch einen festen Stand, einen Stützpunkt, der uns sonst überall gefehlt hätte.

Gegen acht Uhr morgens ereignete sich zum erstenmal ein neuer Zwischenfall. Die aufsteigende Bewegung hörte plötzlich auf. Das Floß stand still.

„Was ist das?" fragte ich, durch das plötzliche Anhalten überrascht.

„Wir bleiben stehen", erwiderte mein Oheim.

„Kommt es nicht zum Ausbruch?"

„Ich hoffe doch."

Ich stand auf, versuchte umherzugehen. Vielleicht leistete das Floß, indem es durch einen Felsvorsprung aufgehalten wurde, der Lavamasse Widerstand. In diesem Falle mußten wir uns beeilen, es so schnell wie möglich wieder frei zu bekommen.

Dies war nicht der Fall. Die Masse aus Asche, Schlacke und Steingeröll hatte selbst zu steigen aufgehört.

„Warum geht es nicht mehr weiter?" rief ich.

„Ah!" sagte mein Oheim. „Du hast davor Angst, lieber Junge, aber beruhige dich, diese Pause kann nicht lange dauern; fünf Minuten sind bereits vorüber, und bald werden wir unsere Fahrt zur Mündung des Kraters fortsetzen."

Der Professor beobachtete, während er sprach, unablässig sein Chronometer, und er sollte nochmals in seinen Vermutungen recht haben. Bald wurde das Floß wieder von einer raschen Bewegung ergriffen, die etwa zwei Minuten dauerte.

„Gut", sagte mein Oheim und sah dabei auf die Uhr, „in zehn Minuten wird es sich wieder in Bewegung setzen."

„Zehn Minuten?"

„Ja. Wir haben's mit einem Vulkan zu tun, dessen Ausbrüche mit Unterbrechungen vor sich gehen. Er läßt uns ausruhen."

Das war völlig richtig. Auf die berechnete Minute wurden wir von neuem mit äußerster Schnelligkeit fortgestoßen. Wir mußten uns an die Balken festklammern, um nicht von dem Floß weggeschleudert zu werden. Dann gab es wieder eine Pause.

Seitdem habe ich über diese auffallende Erscheinung nachgedacht, ohne eine befriedigende Erklärung zu finden. Doch scheint es mir klar, daß wir uns nicht in dem Hauptschlund des Vulkans befanden, sondern in einem Nebengang, wo in der Tat des öfteren ein Gegenschlag spürbar war.

Wie oft sich dieser Ruck wiederholte, kann ich nicht sagen. Nur das weiß ich noch, daß jeder neue Ruck uns mit stärkerer Gewalt emporriß. Während der Pausen war's zum Ersticken; während der Aufwärtsfahrt machte mir die glühende Luft das Atmen unmöglich. Allmählich, durch die wiederholten Erschütterungen erschöpft, verlor ich die Besinnung. Ohne die starken Arme unseres Hans hätte ich mir mehr als einmal den Schädel an der Granitwand zerschmettert.

Ich habe deshalb keine genaue Erinnerung an das, was in den folgenden Stunden vorging, behalten. Ich habe das unklare Bewußtsein von unaufhörlichem donnerartigem Getöse, von der Erschütterung der Felswände, von einer kreiselartigen Bewegung, die das Floß ergriff. Es schaukelte über Lavawogen inmitten eines Aschenregens, umgeben von züngelnden Flammen. Ein Orkan, als stammte er von einem ungeheuren Blasebalg, fachte die unterirdischen Feuer an. Zum letzten Male sah ich Hans' Antlitz im Widerschein einer Feuersbrunst, und ich hatte kein anderes Gefühl als die entsetzliche Gewißheit, vor die Mündung einer Kanone gebunden zu sein, die im nächsten Moment losgehen wird.

Vierundvierzigstes Kapitel

Als ich die Augen aufschlug, fühlte ich mich von der kräftigen Hand des Isländers am Gürtel gefaßt. Mit der andern stützte er meinen Oheim. Ich war nicht schwer verletzt, sondern mehr am ganzen Körper zerschlagen und wie gelähmt. Ich lag auf dem Abhang eines Berges, zwei Schritte von einem Schlund, in den ich bei der geringsten Bewegung hinabgestürzt wäre. Hans hatte mich vom Tode gerettet, während ich über die Seitenwand des Kraters rollte.

„Wo sind wir?" fragte mein Oheim, der mir böse schien, daß er wieder auf die Erde zurückgekommen war.

Hans zuckte die Schultern.

„In Island", sagte ich.

„Nej", erwiderte Hans.

„Wie? Nein?" rief der Professor.

„Hans irrt", sagte ich und stand auf.

Nach den unzähligen Überraschungen dieser Reise stand uns noch eine erstaunliche bevor. Ich war darauf gefaßt, einen mit ewigem Schnee bedeckten Kegel zu sehen, mitten in den dürren Wüsteneien der nördlichen Landschaften. Wir lagen jedoch am Abhang eines Berges, der von den glühenden Strahlen der sengenden Sonne ausgetrocknet war.

Ich wollte meinen Augen nicht trauen; aber der Sonnenbrand, der meiner Haut zu schaffen machte, nahm uns alle Zweifel. Wir waren halb nackt aus dem Krater herausgekommen, und die strahlende Sonne, die wir seit zwei Monaten nicht gesehen hatten, zeigte sich uns gegenüber mit Licht und Wärme sehr freigebig.

Als sich meine Augen an diese Helligkeit wieder gewöhnt hatten, wollte ich sofort meinen Irrtum berichtigen.

Der Professor nahm zuerst das Wort und sprach: „Wirklich, das sieht nicht aus wie Island."

„Aber doch wie die Insel Jan Mayen?" erwiderte ich.

„Auch das nicht, lieber Junge; es gibt keinen Vulkan im Norden, der nicht eine Schneekuppe hat!"

„Aber . . ."

„Sieh! Axel, sieh nur!"

Höchstens hundertundfünfzig Meter über unserem Kopf öffnete sich der Krater eines Vulkans, aus dem alle Viertelstunden mit starkem Donnergetöse eine hohe Flammensäule, vermischt mit Bimsstein, Asche und

Lava, herausschoß. Nach unten, über einen ziemlich steilen Abhang, ergossen sich breite Lavastreifen sieben- bis achthundert Meter hinab. Der Fuß des Vulkans verlor sich in einem Garten grüner Bäume, unter denen ich Ölbäume, Feigen und mit roten Trauben reich beladene Reben unterschied.

Nordische Länder sehen nicht so aus, das mußte ich zugeben. Wenn der Blick über diese grüne Umgebung hinausschweifte, verlor er sich gleich in den Gewässern eines wunderlichen Meeres oder Sees, der dieses Zauberland zu einer großen Insel von kaum einigen Meilen machte. Im Osten sah ich hinter einigen Häusern einen kleinen Hafen, in dem eigentümlich geformte Schiffe auf azurblauen Wogen schaukelten. Weiter hinaus ragten Inselgruppen aus der Wasserfläche hervor, so zahlreich, daß sie wie ein Ameisenhaufen aussahen.

Im Westen begrenzte in der Ferne eine gebirgige Küste den Horizont, überragt von einem hohen Bergkegel, aus dessen Spitze eine Rauchsäule aufstieg. Im Norden schimmerte in den Sonnenstrahlen eine unendlich weite Wasserfläche, auf der hier und dort ein Mast oder ein schwellendes Segel glänzte.

Das Überraschende dieses Anblicks erhöhte noch seine Schönheit.

„Wo sind wir? Wo sind wir?“ wiederholte ich leise. Hans schloß gleichgültig die Augen, und mein Oheim schaute auf das zauberhafte Bild, ohne es zu begreifen.

„Wie auch dieser Berg heißen mag“, sagte er endlich, „es ist hier ein wenig heiß; der Ausbruch dauert an, und es lohnt wahrhaftig nicht der Mühe, diesem Ausbruch glücklich entronnen zu sein, um einen Felsblock auf den Kopf zu bekommen. Wir wollen hinabsteigen, dann werden wir erfahren, woran wir sind. Übrigens hab ich gewaltigen Hunger und Durst.“

Gewiß, der Professor war kein schwärmerischer Kopf. Ich meinerseits hätte Bedürfnis und Strapazen vergessen und wäre noch stundenlang an dieser Stelle geblieben, aber ich mußte mich meinen Gefährten anschließen.

Der Abhang des Vulkans war sehr steil; wir mußten ständig Lavaströmen ausweichen, die gleich feurigen Schlangen hinabflossen. Beim Hinabsteigen plauderte ich geschwätzig, denn meine Phantasie übermannte mich.

„Wir sind in Asien“, rief ich, „in Indien, auf den malaiischen Inseln, in Ozeanien! Wir sind mitten durch den Erdball gefahren und kommen jetzt bei den Antipoden Europas wieder zutage!“

„Aber die Magnetnadel?“ erwiderte mein Oheim.

„Ja, die Magnetnadel!" sagte ich verlegen. „Sollten wir ihr glauben, sind wir stets nach Norden gefahren."

„Also hat sie gelogen?"

Inzwischen näherten wir uns der grünen Ebene, die einen so freundlichen und einladenden Anblick bot. Hunger und Durst quälten mich. Zum Glück fanden wir, nachdem wir zwei Stunden gegangen waren, ein kleines Feldstück, das voller Oliven-, Granatbäume und Weinstöcke stand, die aussahen, als seien sie jedermanns Eigentum. Übrigens nahmen wir's in unserem zerrissenen Zustand damit nicht so genau. Wir erfrischten uns an den saftigen Früchten und den roten Trauben, wir stopften uns richtig voll damit. Nicht weit entfernt entdeckte ich im Gras eine kalte sprudelnde Quelle, in der wir uns Gesicht und Hände erfrischten.

Während wir uns nach dieser Stärkung erholten, zeigte sich ein Junge zwischen dem Olivengebüsch.

„Ah!" rief ich. „Ein Bewohner dieser herrlichen Landschaft!" Es war ein armer, elend gekleideter Junge, den offenbar unser Anblick in Schrecken setzte; und wirklich, halb bekleidet, mit wilden Bärten, sahen wir wohl ein wenig zum Fürchten aus, und war diese Insel nicht eine Räuberinsel, so waren wir geeignet, ihren Bewohnern Schrecken einzujagen.

Der Junge wollte wegrennen, aber Hans lief ihm nach und brachte ihn trotz allen Schreiens und Sträubens zurück. Mein Oheim redete ihn zuerst auf gut deutsch an: „Wie heißt dieser Berg, mein Junge?"

Keine Antwort.

„Gut", sagte mein Oheim, „in Deutschland sind wir nicht."

Jetzt versuchte er es auf englisch.

Der Knabe antwortete auch darauf nicht. Ich war sehr verlegen.

„Ist er denn stumm?" rief der Professor, und da er sich auf seine Sprachkenntnis etwas einbildete, stellte er ihm dieselbe Frage auf französisch.

Wieder keine Antwort.

„Dann versuchen wir es mit Italienisch", fuhr mein Oheim fort und fragte in dieser Sprache: „Wo sind wir?"

Gleiches Schweigen. Nun aber wurde mein Oheim zornig, er zog den Jungen an den Ohren und rief: „Ei was! Wirst du reden? Wie heißt diese Insel?"

„Stromboli", erwiderte der Hirtenjunge, machte sich von Hans los und lief querfeldein davon.

Wir dachten nicht mehr an ihn. Stromboli! Wie regte dieses unerwartete Wort meine Phantasie an! Wir befanden uns mitten im Mittelmeer, auf der Insel, wo einst Äolus die Winde und Stürme gefesselt hielt. Und diese blauen Berge im Osten waren die Berge Kalabriens und dieser am südlichen Horizont aufragende Vulkan der Ätna.

„Stromboli! Stromboli!" rief ich wiederholt und stimmte ein Loblied an, wobei mein Oheim mich begleitete.

O wundervolle Reise! Hinabgefahren durch einen Vulkan in den Schoß der Erde, kamen wir durch einen anderen wieder heraus. Die Abenteuer dieser Fahrt haben uns in die schönsten Gegenden des Erdballs geführt. Wir vertauschten die Region des ewigen Schnees gegen die des ewigen Grüns und den grauen Nebel der Eiszonen gegen den azurblauen Himmel Siziliens! Nach einem köstlichen Mahl aus Früchten und frischem Wasser machten wir uns wieder auf den Weg, um den Hafen von Stromboli zu erreichen. Es schien uns nicht klug, den Leuten offen zu sagen, wie wir auf die Insel gekommen waren; der abergläubische Sinn der Italiener würde uns für Teufel, welche die Hölle ausgespien, angesehen haben; es schien uns deshalb besser, daß wir uns für Schiffbrüchige ausgaben.

Unterwegs hörte ich meinen Oheim murmeln:

„Aber die Magnetnadel! Die Magnetnadel, die nach Norden zeigte! Wie ist das zu erklären?"

„Wahrhaftig!" sagte ich mit vornehmer Verachtung. „Man braucht es gar nicht zu erklären, das ist einfacher!"

„Das wäre! Ein Professor am Johanneum sollte den Grund einer kosmischen Naturerscheinung nicht anzugeben wissen! Das wäre eine Schande!"

Bei diesen Worten wurde mein Oheim, halb bekleidet, den Ledergürtel um die Hüften und die Brille über der Nase, wieder der fürchterliche Professor der Mineralogie.

Eine Stunde nachdem wir das Olivenwäldchen verlassen hatten, kamen wir im Hafen von San Vicenzo an, wo Hans den Lohn für seine dreizehnte Woche forderte, der ihm auch sofort ausgezahlt wurde.

Fünfundvierzigstes Kapitel

Nun komme ich zum Schluß meines Berichtes, dem manche, sosehr sie auch gewöhnt sind, sich über nichts mehr zu wundern, den Glauben versagen werden. Aber ich bin im voraus gegen den Unglauben der Menschen gerüstet.

Die Fischer von Stromboli nahmen uns mit aller Freundlichkeit auf, die man Schiffbrüchigen entgegenbringt. Sie beschenkten uns mit Kleidung und Lebensmitteln. Nachdem wir achtundvierzig Stunden gewartet hatten, brachte uns eine kleine Barke nach Messina, wo wir uns in einigen Tagen völlig erholten.

Freitag, den 4. September, gingen wir auf einem Postschiff der kaiserlichen Messagerien unter Segel und landeten nach drei Tagen in Marseille – ohne weitere Sorge als die über die verdammte Magnetnadel, denn diese unerklärliche Tatsache quälte mich sehr. Am 9. September abends langten wir in Hamburg an. Unbeschreiblich war das Erstaunen Martas, der Jubel Gretchens.

„Nun, da du ein Held bist", sagte meine liebe Braut, „brauchst du mich nicht mehr zu verlassen, Axel!"

Ich sah ihr ins Auge.

Sie weinte und lächelte dabei.

Daß die Rückkehr Professor Lidenbrocks in Hamburg Aufsehen erregte, versteht sich von selbst. Durch Martas Redseligkeit war die Nachricht von seiner Abreise zum Mittelpunkt der Erde überall verbreitet worden. Man glaubte nicht daran, und als man ihn wiedersah, glaubte man's noch weniger.

Jedoch durch die Anwesenheit unseres Hans und einige Nachrichten, die man aus Island erhielt, änderte sich allmählich die öffentliche Meinung.

Nun wurde mein Oheim ein berühmter Mann und ich der Neffe eines berühmten Mannes, und das ist schon etwas. Hamburg gab uns zu Ehren ein Fest. Im Johanneum fand eine öffentliche Sitzung statt, auf der der Professor einen Bericht über seine Reise vortrug. Am selben Tag schenkte er Saknussemms Dokument dem Archiv der Stadt und erklärte sein lebhaftes Bedauern, daß ihm die Umstände nicht erlaubt hätten, die Spuren des isländischen Reisenden bis zum Mittelpunkt der Erde weiterzuverfolgen.

So viel Ehre mußte ihm Neider erwecken. Es fehlte nicht daran, und da seine Theorien, auf zuverlässige Tatsachen gestützt, dem wissenschaftlichen System über die Frage der inneren Hitze widersprachen, so hatte er mit den Gelehrten aller Länder merkwürdige Streitigkeiten zu bestehen.

Ich für meinen Teil kann seine Theorie des Erkaltens nicht gelten lassen; trotz dessen, was ich gesehen habe, glaube ich an die Zentralwärme und werde stets daran glauben; doch gebe ich zu, daß gewisse, noch nicht hinlänglich bestimmte Umstände dieses Gesetz unter Einwirkung von Naturerscheinungen beeinflussen können.

Zur Zeit, als diese Fragen lebhaft diskutiert wurden, bereitete Hans uns einen großen Kummer. Er, den das Heimweh nicht mehr verließ, nahm trotz unserer Bitten Abschied von Hamburg. Der Mann, dem wir alles verdankten, lehnte den Tribut unserer Dankbarkeit ab.

„Farval", sagte er eines Tages, und nach diesem einfachen Abschied reiste er nach Reykjavik, wo er glücklich ankam.

Wir vergaßen unseren wackeren Jäger nicht und hielten ihm die Treue. Wir werden seiner stets in Liebe gedenken, und ich werde ihn gewiß vor meinem Tod noch einmal besuchen.

Zum Schluß darf ich hinzufügen, daß diese Reise zum Mittelpunkt der Erde ungeheures Aufsehen in der ganzen Welt erregte. Unser Bericht wurde gedruckt und in viele Sprachen übersetzt; die bedeutendsten Zeitschriften brachten Fortsetzungsserien, und die wurden dann erläutert, erörtert, angegriffen, verteidigt. Mit gleicher Überzeugung im Lager der Gläubigen und Ungläubigen. Es wurde meinem Oheim die seltene Gunst des Schicksals zuteil, daß er noch bei Lebzeiten seinen vollen Ruhm genoß.

Aber mitten in diesem Ruhm beschlich ihn ein Unbehagen, quälte ihn eine Pein: die unerklärliche Tatsache der Magnetnadel. Für einen Gelehrten wird eine solche unerklärte Tatsache zu einer Qual des Lebens. Nun, der Himmel erbarmte sich meines Oheims, und sein Glück wurde vollständig.

Eines Tages, als ich eine Sammlung Mineralien in seinem Kabinett ordnete, kam mir dieser merkwürdige Kompaß unter die Augen, und ich beobachtete ihn.

Seit sechs Monaten befand er sich in seinem Winkel, ohne zu ahnen, welche Unruhe er verursachte.

Auf einmal, welch Erstaunen! Ich schrie laut auf. Der Professor kam eilig herbei.

„Was gibt's?" fragte er.

„Dieser Kompaß . . .!"

„Nun?"

„Seine Nadel weist nach Süden und nicht nach Norden!"

„Was sagst du?"

„Sehen Sie! Die Pole sind verkehrt."

„Verkehrt!"

Mein Oheim schaute, verglich und sprang auf, daß das Haus erzitterte. Welches Licht drang auf einmal in seinen und meinen Geist!

„Also", rief er aus, sobald er wieder sprechen konnte, „seit unserer Ankunft am Kap Saknussemm zeigte die verdammte Nadel nach Süden anstatt nach Norden?"

„Offenbar."

„Dadurch erklärt sich unsere Irrfahrt. Aber welches Ereignis hat die Pole umgekehrt?"

„Ein sehr einfaches."

„Nun sag schon, lieber Junge."

„Während der Sturmfahrt auf dem Meer Lidenbrock hat die Kugel, die das Eisen des Floßes magnetisierte, unsere Nadel ganz einfach irregemacht."

„So!" rief der Professor mit hellem Lachen. „Da hat uns also die Elektrizität einen Streich gespielt."

Von diesem Tage an war mein Oheim der glücklichste Gelehrte und ich sein glücklicher Neffe, denn meine hübsche Vierländerin, die mündig geworden war, nahm in dem Haus in der Königsstraße die doppelte Stellung als Nichte und Ehefrau ein. Dazu kam sodann, daß ihr Oheim der berühmte Professor Otto Lidenbrock war, korrespondierendes Mitglied aller wissenschaftlichen geographischen und mineralogischen Gesellschaften der ganzen Welt.

Jules Verne

Der französische Schriftsteller Jules Verne gilt unbestritten als Vater der Science-fiction – ein Klassiker, dessen technisches Wissen und fesselnde Erzählkunst heute wie damals begeistern. Vernes Gabe, die Abenteuerlust seiner Leser zu wecken, um ihnen dann das Tor zu einer neuen Welt zu öffnen, sie in die Tiefen des Meeres oder die Weiten des Weltalls zu führen, haben ihm unsterblichen Ruhm eingebracht. Mit 98 Romanen und Übersetzungen in 126 Sprachen rangiert der phantasievolle Franzose unter den meistgelesenen Autoren aller Zeiten – unmittelbar nach der Bibel und noch vor Shakespeare.

Dabei fand der 1828 in Nantes geborene Schriftsteller erst auf dem Umweg über ein Jurastudium zu seiner eigentlichen Berufung. Nach Abbruch des Studiums verdiente sich Verne erste literarische Sporen, indem er Stücke für das Theater und die komische Oper schrieb. Später heiratete er eine wohlhabende Frau, war damit aller finanziellen Sorgen enthoben und konnte so das ehrgeizige Vorhaben eines Freundes unterstützen, der eine weite Ballonreise plante. Zwar erwies sich das Projekt als dramatischer Fehlschlag – der Ballon stürzte ab –, doch inspirierte es Jules Verne zu seinem ersten Roman „Fünf Wochen im Ballon". Das Manuskript trug Verne einen fast unglaublichen Vertrag ein: Sein Verleger garantierte dem unbekannten Autor ein Honorar von 20000 Goldfranc für zwei Romane „eines neuen Typs" pro Jahr. Und beide haben den Vertrag eingehalten.

Vernes nächster Roman, die 1864 erschienene „Reise zum Mittelpunkt der Erde", stellte den Erfolg seines Erstlings noch in den Schatten. Ein Jahr später folgte „Von der Erde zum Mond", ein Werk, das ebenfalls als klassisches Beispiel der Science-fiction gilt. Der Roman und sein Folgeband nahmen den bemannten Mondflug von *Apollo 11* mit erstaunlicher Genauigkeit vorweg. Beispielsweise siedelte Verne die Abschußrampe in Florida an und ließ das zurückgekehrte Raumschiff aus dem Pazifik bergen. Auch in anderen Bereichen hat der Autor Wissenschaftler zu Pioniertaten angeregt. Der Erfinder der Tauchkugel, William Beebe, bekannte, ihm sei erst durch Vernes Buch „Zwanzigtausend Meilen unter Meer" diese Idee gekommen. Und der U-Boot-Erbauer Simon Lake sagte von seiner Schöpfung, sie sei Stück für Stück die *Nautilus* aus Vernes Roman.

So hinterläßt uns der 1905 gestorbene Franzose in seinem umfassenden Werk ein eindrucksvolles Zeugnis der technischen Aufbruchsstimmung seiner Zeit und führt uns zugleich einen uralten Traum der Menschheit vor Augen: vorzustoßen in unerforschte Welten, deren Lockungen und Gefahren eine stets neue Herausforderung bedeuten.

H. G. Wells

Der Krieg der Welten

Der Krieg der Welten

von H. G. Wells

Aus dem Englischen von
G. A. Crüwell und
Claudia Schmölders

Titelillustration von
Peter Atanasow

ERSTES BUCH

Die Ankunft der Marsmenschen

1. Am Vorabend des Krieges

NIEMAND hätte in den letzten Jahren des neunzehnten Jahrhunderts geglaubt, daß unser menschliches Tun und Lassen beobachtet werden könnte; daß andere Intelligenzen, größer als die menschlichen und doch ebenso sterblich, uns bei unserem Tagwerk fast ebenso eindringlich belauschen und erforschen könnten, wie ein Mann mit seinem Mikroskop jene vergänglichen Lebewesen erforscht, die in einem Wassertropfen ihr Wesen treiben und sich darin vermehren. Mit unendlichem Behagen schlenderte die Menschheit mit ihren kleinen Sorgen kreuz und quer auf dem Erdball umher, in gelassenem Vertrauen auf ihre Herrschaft über die Materie. Es ist möglich, daß die Infusorien unter der Lupe dasselbe tun. Niemand dachte daran, daß älteren Weltkörpern Gefahren für die Menschheit entspringen könnten. Jede Vorstellung, daß sie bewohnt sein könnten, wurde als unwahrscheinlich oder unmöglich aufgegeben. Es ist seltsam, sich heute der geistigen Verfassung jener vergangenen Tage zu entsinnen. Es kam höchstens vor, daß Erdenbewohner sich einbildeten, es könnten Wesen auf dem Mars leben, minderwertige vielleicht, jedenfalls aber solche, die eine irdische Forschungsreise freudig begrüßen würden. Aber jenseits des gähnenden Weltenraums blickten Geister, uns überlegen wie wir den Tieren, ungeheure, kalte und unheimliche Geister, mit neidischen Augen auf unsere Erde. Bedächtig und sicher schmiedeten sie ihre Pläne gegen uns. Und am Beginn des zwanzigsten Jahrhunderts kam die große Ernüchterung.

Der Planet Mars, ich brauche den Leser kaum daran zu erinnern, dreht sich in einer mittleren Entfernung von 140000000 Meilen* um die Sonne. Und er empfängt von ihr kaum halb soviel Licht und Wärme wie wir. Wenn die Nebularhypothese nur im geringsten richtig ist, muß er

* eine englische Meile = 1,61 km

älter sein als unsere Erde, und lange ehe unser Planet zu schmelzen aufgehört hatte, muß das Leben auf seiner Oberfläche bereits begonnen haben. Weil er kaum den siebten Teil des Volumens unserer Erde erreicht, muß seine Abkühlung bis zu der Temperatur, bei der Leben beginnen konnte, sich beschleunigt haben. Er besitzt Luft und Wasser und alles Nötige zur Erhaltung von Lebewesen.

Doch so eitel ist der Mensch und so verblendet durch seine Eitelkeit, daß bis zum Schluß des neunzehnten Jahrhunderts nicht ein einziger Schriftsteller jemals dem Gedanken nähertrat, daß dort geistiges Leben überhaupt oder sogar weit über das irdische Maß hinaus entstehen könnte. Auch wurde aus den Tatsachen, daß der Mars älter ist als unsere Erde, daß er nur den vierten Teil ihrer Oberfläche besitzt und daß er weiter von der Sonne entfernt ist, nie der zwingende Schluß gezogen, daß er nicht nur von den Anfängen des Lebens entfernter, sondern auch dessen Ende näher ist.

Die allmähliche Abkühlung, die auch unserem Planeten bevorsteht, hat bei unserem Nachbarstern schon große Fortschritte gemacht. Seine physische Beschaffenheit ist im ganzen noch ein Geheimnis. Doch wissen wir jetzt, daß selbst in seinen äquatorialen Regionen die Mittagstemperatur kaum jene unseres kältesten Winters erreicht. Seine Luft ist viel dünner als die unsere, seine Meere sind so weit zurückgetreten, daß sie kaum mehr ein Drittel seiner Oberfläche bedecken, und während des langsamen Wechsels seiner Jahreszeiten bilden sich ungeheure Schneekoppen, die an jedem Pole schmelzen und seine gemäßigten Zonen periodisch überfluten. Jenes letzte Stadium der Erschöpfung, für uns noch so unglaublich entfernt, ist für die Marsbewohner eine Tagesfrage geworden. Der unmittelbare Druck der Not hat ihren Verstand geschärft, ihre Kräfte erhöht, ihre Herzen verhärtet. Und indem sie den Weltraum überblickten, sahen sie, ausgerüstet mit Werkzeugen und Geistesgaben, die wir uns kaum träumen lassen, in nächster Entfernung, nur 35 000 000 Meilen sonnenwärts, einen Morgenstern der Hoffnung: unseren eigenen, wärmeren Planeten, grün vor Vegetation, grau vor Wasser, mit einer wolkigen Atmosphäre, die Fruchtbarkeit andeutet und bei klarer Sicht den Blick auf breite Streifen bevölkerten Landes und schmale, dicht befahrene Seen freigibt.

Und wir Menschen, die diesen Stern bewohnen, müssen den anderen mindestens so fremdartig und niedrig erscheinen wie die Affen und Lemuren uns. Der intellektuelle Teil der Menschheit gibt bereits zu, daß das Leben ein unaufhörlicher Kampf ums Dasein ist; und es scheint, daß dieser Glaube auch von den Marsbewohnern geteilt wird. Auf ihrem Stern ist die Abkühlung schon weit vorgeschritten. Diese Welt ist noch voller Leben, aber in ihren Augen ist es nur minderwertiges, tierisches. Den Krieg sonnenwärts zu tragen ist wirklich ihre einzige Rettung vor der Vernichtung, die von Geschlecht zu Geschlecht immer näher an sie heranschleicht.

Und bevor wir sie zu hart beurteilen, müssen wir uns erinnern, mit welcher schonungslosen und grausamen Vernichtung unsere eigene Gattung nicht nur gegen Tiere wie den verschwundenen Bison und den Dodo, sondern gegen unsere eigenen inferioren Rassen gewütet hat. Die Tasmanier wurden trotz ihrer Menschenähnlichkeit in einem von europäischen Einwanderern geführten Vernichtungskrieg binnen fünfzig Jahren völlig ausgerottet. Sind wir solche Apostel der Gnade, daß wir uns beklagen dürfen, wenn die Marsleute uns in demselben Geist bekriegen?

Die Marsleute scheinen ihren Angriff mit erstaunlicher Genauigkeit berechnet zu haben – ihre mathematischen Kenntnisse sind den unsrigen offenbar weit überlegen –, und ihre Vorbereitungen trafen sie mit fast vollkommener Einmütigkeit. Hätten unsere Instrumente es erlaubt, so hätten wir die drohende Gefahr schon früh im neunzehnten Jahrhundert sehen können. Männer wie Schiaparelli beobachteten den roten Planeten – beiläufig bemerkt, ist es nicht seltsam, daß seit ungezählten Jahrhunderten Mars der Stern des Krieges gewesen ist? –, aber sie waren außerstande, die schwankenden Erscheinungen zu erklären, die sie auf ihren Karten so genau verzeichneten. Während dieser ganzen Zeit müssen die Marsleute sich gerüstet haben.

Im Verlauf der Opposition von 1894 wurde auf dem erhellten Teil der Scheibe ein großes Licht wahrgenommen, zuerst im Lick-Observatorium, dann von Perrotin in Nizza, später auch von anderen Beobachtern. Englische Leser hörten zuerst davon in einer Nummer der *Nature* vom 2. August. Ich bin der Ansicht, daß die Erscheinung der Reflex des in einer ungeheuren Vertiefung ihres Planeten angebrachten Geschützes war, aus dem ihre Geschosse auf uns gefeuert wurden. Sonderbare, noch unaufgeklärte Zeichen wurden in der Nähe jenes Ausbruchs während der nächsten zwei Oppositionen beobachtet.

Der Sturm brach vor sechs Jahren über uns los. Als der Mars sich der Opposition näherte, gab Lavelle in Java über die Drähte der astronomischen Mitteilungsstation die verblüffende Nachricht von einem ungeheuren Ausbruch weißglühenden Gases auf dem Planeten bekannt. Das hatte am 12. gegen Mitternacht stattgefunden. Das Spektroskop, zu dem er sich sofort begab, zeigte eine Masse flammenden Gases an, hauptsächlich Wasserstoff, das sich mit enormer Schnelligkeit auf die Erde zu bewegte.

Dieser Feuerstrahl war ungefähr ein Viertel nach zwölf unsichtbar geworden. Er verglich ihn mit einem ungeheuren flammenden Gebläse, das plötzlich und gewaltsam aus dem Planeten hervorschoß „wie flammendes Gas aus einer Kanone".

Das erwies sich als ein selten zutreffender Ausdruck. Doch am nächsten Tag las man kein Wort davon in den Zeitungen, nur eine kleine Notiz im ‚Daily Telegraph'. Die Welt verharrte in Ungewißheit über eine der größten Gefahren, die jemals das menschliche Geschlecht bedroht hat. Ich hätte von der Eruption überhaupt nichts gehört, wäre mir nicht der bekannte Astronom Ogilvy in Ottershaw begegnet. Ihn hatte die Nachricht ungemein erregt, und im Übermaß seiner Gefühle lud er mich ein, in jener Nacht mit ihm zusammen eine Prüfung des roten Planeten vorzunehmen.

Trotz allem, was ich seither erlebt habe, erinnere ich mich noch sehr genau jener Nachtwache: das schwarze, stille Observatorium, die beschattete Laterne, die einen schwachen Schimmer auf den Boden in der Ecke warf, das unausgesetzte Ticken des Uhrwerks am Teleskop, den länglichen Spalt im Dach, der den Blick auf das Sternenmeer freigab. Ogilvy schritt auf und nieder, nicht sichtbar, aber hörbar. Blickte man durch das Teleskop, dann gewahrte man einen tiefblauen Kreis und darin schwimmend den kleinen runden Planeten.

Dicht neben ihm im Gesichtsfeld, erinnere ich mich, waren drei kleine Lichtpunkte, drei teleskopische Sterne, unendlich fern, und um sie herum brütete die unergründliche Finsternis des leeren Weltraums. Man weiß, wie diese Finsternis in einer frostigen, sternhellen Nacht aussieht. Durch das Teleskop betrachtet scheint sie noch weit tiefer. Und unsichtbar für mich, weil es so fern und klein war, legte jenes Etwas eine unglaubliche Strecke zurück; schnell und stetig flog es auf mich zu, jede Minute um so viele Tausende von Meilen näher heran – jenes Etwas, das sie uns schickten und das so viel Kampf und Unheil und Tod über unsere Erde bringen sollte. Als ich so spähte, träumte ich nicht einmal davon; kein Mensch auf Erden träumte damals von jenem unfehlbaren Geschoß.

In dieser Nacht aber erfolgte ein zweiter Ausbruch von Gas auf dem fernen Planeten. Ich sah ihn. Ein rötlicher Blitz an der Kante, die Umrisse nur sehr schwach kenntlich, gerade als das Chronometer Mitternacht schlug. Ich meldete es Ogilvy, und er nahm meinen Platz ein. Die Nacht war wärmer geworden und ich durstig. Mit ungeschickt ausgestreckten Beinen ertastete ich mir in der Dunkelheit den Weg zu dem kleinen Tisch, auf dem die Siphonflasche stand. Ogilvy geriet unterdessen über die Gasflammen, die auf uns zukamen, in laute Erregung.

In dieser Nacht nahm ein zweites unsichtbares Geschoß seinen Weg vom Mars zur Erde, bis auf ein oder zwei Sekunden genau vierundzwanzig Stunden nach dem ersten. Ich erinnere mich, wie ich dort an dem Tisch saß; grüne und rote Kreise flimmerten vor meinen Augen. Ich ärgerte mich, daß ich keine Streichhölzer hatte, um rauchen zu können, und dachte wenig über die Bedeutung des winzigen Lichtes nach, das ich gesehen hatte, und darüber, was es mir so bald bringen sollte. Ogilvy blieb bis ein Uhr auf der Warte, dann gab er es auf. Wir zündeten die Laterne an und gingen zu seinem Haus hinüber. Unten in der Dunkelheit lagen Ottershaw und Chertsey mit ihren vielen hundert friedlich schlummernden Menschen.

Ogilvy war in jener Nacht erfüllt von Mutmaßungen über die Beschaffenheit des Mars, und er machte sich über die landläufige Ansicht lustig, er könne Bewohner haben, die uns Zeichen geben. Er glaubte, daß ein heftiger Meteoritenschauer über dem Planeten niedergehe oder daß ein ungeheurer vulkanischer Ausbruch im Gange sei. Er machte mich auch darauf aufmerksam, wie unwahrscheinlich es sei, daß auf zwei benachbarten Planeten die organische Entwicklung denselben Verlauf genommen habe.

„Die Chancen gegen irgend etwas Menschenähnliches auf dem Mars sind eine Million zu eins", sagte er.

Hunderte von Beobachtern sahen die Flamme in jener Nacht und in der Nacht darauf, um Mitternacht, und wieder in der Nacht darauf, und so fort zehn Nächte, jede Nacht eine Flamme. Warum die Schüsse nach der zehnten Nacht aufhörten, hat niemand auf Erden zu erklären versucht. Vielleicht wurden die Gase, die sich beim Abfeuern bildeten, den Marsleuten unangenehm. Dichte Wolken von Rauch oder Dunst, durch ein mächtiges Teleskop für die Erde als kleine graue, fluktuierende Flecken sichtbar, breiteten sich in der klaren Atmosphäre des Planeten aus und verdunkelten seine bekannteren Linien.

Selbst die Tageszeitungen nahmen schließlich von diesen Störungen Notiz. Populäre Aufsätze über die Vulkane des Mars tauchten auf; erst hier und da, dann überall. Ich erinnere mich, wie die satirische Zeitschrift *Punch* in einer politischen Zeichnung glücklichen Gebrauch von ihnen machte. Aber unmerklich zogen die Geschosse, welche die Marsleute auf uns abgefeuert hatten, erdwärts und sausten jetzt mit einer Schnelligkeit von vielen Meilen durch den leeren Weltraum, Stunde um Stunde und Tag für Tag, näher und näher.

Es scheint mir heute fast unglaublich seltsam, daß wir von dieser rasenden Gefahr bedroht unseren winzigen Geschäften nachgehen konnten, wie wir es damals taten. Ich entsinne mich noch, wie Markham jubelte, als er sich für die Illustrierte, die er in jenen Tagen herausgab, eine neue Photographie des Planeten gesichert hatte. Menschen von heutzutage können sich kaum die Unternehmungslust vorstellen, die im Zeitungswesen des neunzehnten Jahrhunderts herrschte. Was mich betraf, so war ich damals sehr damit beschäftigt, Radfahren zu lernen; überdies war ich für eine Anzahl von Zeitschriften tätig, in denen ich Untersuchungen über die wahrscheinliche Entwicklung moralischer Ideen bei fortschreitender Zivilisation veröffentlichte.

Eines Nachts (das erste Geschoß kann damals kaum 10000000 Meilen entfernt gewesen sein) machte ich mit meiner Frau einen Spaziergang. Es war sternenhell, und ich erklärte ihr die Zeichen des Tierkreises; ich zeigte ihr den Mars, einen kleinen Lichtpunkt, der sich zenitwärts bewegte und auf den so viele Teleskope gerichtet waren.

Es war eine warme Nacht. Auf unserem Heimweg zog eine Gesellschaft Ausflügler aus Chertsey oder Isleworth singend und musizierend an uns vorüber. Die Fenster in den oberen Stockwerken der Häuser wurden hell, als die Leute zu Bett gingen. Vom Bahnhof in der Ferne hörte man Züge rangieren, ein Klirren und Poltern, von der Entfernung fast zur Melodie gesänftigt. Meine Frau machte mich auf den Glanz der roten, grünen und gelben Signallichter aufmerksam, die wie in einem Netzwerk gegen den Horizont hingen. So sicher schien alles, so ruhig.

2. Die Sternschnuppe

DANN kam die Nacht des ersten fallenden Sterns. Er war früh am Morgen gesehen worden, wie er über Winchester hin ostwärts schoß, eine Flammenlinie hoch in der Atmosphäre. Hunderte müssen ihn gesehen und für eine gewöhnliche Sternschnuppe gehalten haben. Albin machte auf einen grünlichen Strich hinter sich aufmerksam, der einige Sekunden lang geglüht habe. Denning, unsere größte Autorität für Meteoriten, stellte fest, daß die Höhe seiner ersten Erscheinung ungefähr 90 oder 100 Meilen betrug. Er glaubte, daß er ungefähr 100 Meilen östlich von ihm zur Erde gefallen sei.

Ich befand mich damals gerade zu Hause und schrieb in meinem Studierzimmer. Und obwohl meine Flügelfenster gegen Ottershaw blickten und die Vorhänge aufgezogen waren (in jenen Tagen liebte ich es, den nächtlichen Himmel zu betrachten), sah ich doch nichts davon. Und doch muß dieses seltsamste aller Dinge, das je aus fremden Sphären auf die Erde fiel, gerade niedergegangen sein, während ich dort saß. Und hätte ich nur aufgeblickt, ich hätte es vorbeifliegen sehen können. Manche, die es sahen, behaupten, daß sein Flug von einem zischenden Geräusch begleitet war. Ich selbst vernahm nichts. Viele Leute in Berkshire, Surrey und Middlesex müssen es fallen gesehen haben, und sie werden es bestenfalls für einen Meteoriten gehalten haben. Niemand scheint sich in jener Nacht die Mühe genommen zu haben, nach der gefallenen Masse zu suchen.

Aber sehr früh am Morgen des nächsten Tages erhob sich der arme Ogilvy, der die Sternschnuppe gesehen hatte. Er war überzeugt, daß irgendwo auf der Gemeindeweide zwischen Horsell, Ottershaw und Woking ein Meteorit liegen mußte, und ging fort in der Absicht, ihn zu suchen. Wirklich fand er ihn bald nach der Dämmerung nicht weit von den Sandgruben. Durch den Einschlag des Projektils war ein ungeheures Loch entstanden. Sand und Kiesel waren mit großer Wucht in allen Richtungen über die Heide geschleudert und hatten Haufen gebildet, die anderthalb Meilen weit sichtbar waren. Östlich stand das Heidekraut in Feuer, und ein dünner blauer Rauch stieg in der Dämmerung auf.

Das Ding selbst lag fast ganz in Sand begraben zwischen den verstreuten Splittern einer Tanne, die es im Niedersausen zerschmettert hatte. Der freiliegende Teil sah wie ein riesiger Zylinder aus, der vollständig von einer dicken, schuppigen, dunkelbraunen Kruste bedeckt war, die seine Konturen verwischte. Er hatte einen Durchmesser von ungefähr dreißig Yards*. Ogilvy trat an die Masse heran, überrascht von ihrer Größe und mehr noch von ihrer Gestalt, da die meisten Meteoriten mehr oder weniger abgerundet sind. Von seinem Fluge durch die Luft war der Körper aber noch so heiß, daß es unmöglich war, näher heranzukommen. Ein surrendes Geräusch im Inneren des Zylinders schrieb er der ungleichmäßigen Abkühlung der Oberfläche zu; denn er kam noch nicht auf die Idee, daß der Zylinder hohl sein könne.

Er blieb am Rand des Kraters stehen, den der Körper sich gegraben hatte, und starrte die seltsame Erscheinung an, verblüfft vor allem über die ungewöhnliche Form und Farbe. Der Gedanke, daß diese Erscheinung vielleicht kein Zufall sei, kam schon jetzt leise in ihm auf. Der frühe Morgen war wunderbar still, und die Sonne, die gerade auf die Fichten vor Weybridge schien, war schon warm. Er erinnerte sich nicht, an jenem Morgen Vögel gehört zu haben, kein Lüftchen regte sich. Der einzige Laut

---

* engl. Yard = 91 Zentimeter

kam von den schwachen Bewegungen aus dem Inneren des glimmenden Zylinders. Er war ganz allein auf der Heide.

Da plötzlich bemerkte er, unwillkürlich zurückschreckend, wie ein Stück der grauen, aschenartigen Kruste, die den Meteoriten bedeckte, sich von der kreisrunden Kante des Endes loslöste. Sie fiel in Flocken ab und rieselte auf den Sand. Plötzlich sprang ein großes Stück ab und fiel mit einem so scharfen Klang zur Erde, daß ihm fast das Herz stockte.

Eine Minute lang konnte er kaum begreifen, was das zu bedeuten hatte. Und obwohl die Hitze übermäßig groß war, kletterte er in den Krater hinab dicht an den Klumpen heran, um ihn näher zu betrachten. Selbst dann noch glaubte er, daß auch dies sich mit der Abkühlung des Körpers erklären lasse. Aber mit dieser Annahme war nicht vereinbar, daß die Asche nur von dem Ende des Zylinders abfiel.

Und da bemerkte er, daß der kreisförmige Schlußteil des Zylinders sich sehr langsam um seine Achse drehte. Es war eine so allmähliche Bewegung, daß er sie nur deshalb erkannte, weil ein schwarzer Strich, der noch vor fünf Minuten in seiner Nähe sichtbar war, jetzt auf der anderen Seite der Scheibe stand. Selbst jetzt verstand er kaum, was das zu bedeuten hatte, als er einen gedämpften, kratzenden Laut hörte und zugleich sah, wie der schwarze Strich sich um etwa einen Zoll vorwärts bewegte. Da überkam es ihn wie ein Blitz. Der Zylinder war künstlich – hohl – mit einem Ende, das sich abschraubte! Etwas im Inneren des Zylinders schraubte den Schlußteil ab!

„Großer Gott!" rief Ogilvy, „da innen ist ein Mensch – da innen sind Menschen! Halb zu Tode geröstet! Die zu entrinnen suchen!"

Und auf einmal, mit einem raschen Gedankensprung, verband er die Erscheinung mit dem Lichtblitz auf dem Mars.

Der Gedanke an das eingeschlossene Geschöpf war ihm so furchtbar, daß er die Hitze vergaß und an den Zylinder heranstürzte, um die Drehung zu beschleunigen. Zum Glück aber hielt ihn die langsame Ausstrahlung davon ab, sich an dem noch glühenden Metall die Hände zu verbrennen.

Einen Augenblick stand er unschlüssig da, dann wandte er sich um, kletterte aus dem Krater heraus und lief Hals über Kopf nach Woking. Es mochte damals etwa sechs Uhr gewesen sein. Er begegnete einem Fuhrmann und versuchte, ihm sein Erlebnis begreiflich zu machen. Aber was er berichtete, dazu sein Aufzug, das war alles so wüst – seinen Hut hatte er im Krater verloren –, daß der Mann einfach weiterfuhr.

Ganz denselben Mißerfolg hatte er bei einem Wirt in der Nähe der Horsell Bridge, der eben die Tür seiner Schenke aufschloß. Der Mann hielt ihn für einen entsprungenen Irrsinnigen und machte einen erfolglosen Versuch, ihn in der Schankstube einzuschließen. Das ernüchterte ihn ein wenig, und als er Henderson, den Londoner Journalisten, in seinem Garten sah, rief er ihn an den Gartenzaun heran und versuchte nun, sich verständlich zu machen.

„Henderson", rief er, „Sie haben wohl die Sternschnuppe vorige Nacht gesehen?"

„Nun?" sagte Henderson.

„Sie liegt jetzt draußen auf der Horsell-Weide."

„Donnerwetter!" rief Henderson. „Ein gefallener Meteorstein! Nicht übel!"

„Aber es ist etwas mehr als ein Meteorstein. Es ist ein Zylinder – ein künstlicher Zylinder, Mann! Und es ist etwas innen im Zylinder."

Henderson, den Spaten in der Hand, neigte sich etwas vor.

„Was sagen Sie da?" fragte er. Er war auf einem Ohr taub.

Ogilvy erzählte ihm nun alles, was er gesehen hatte. Henderson bedurfte etwa einer Minute, um es zu erfassen. Dann ließ er seinen Spaten fallen, griff nach seinem Rock und kam auf die Straße hinaus. Beide eilten nun sofort auf die Weide zurück und fanden den Zylinder noch in derselben Lage.

Das Geräusch in seinem Innern aber hatte aufgehört, und ein schmaler Reif glänzenden Metalls zeigte sich zwischen dem Schlußteil und dem Körper des Zylinders. An dieser Stelle drang die Luft mit einem schwachen, zischenden Laut entweder hinein oder heraus.

Die Männer lauschten, dann schlugen sie mit dem Stock auf die Kruste. Da keine Antwort kam, schlossen sie beide, daß der Mensch oder die Leute im Innern bewußtlos oder tot seien.

Beide waren natürlich außerstande, etwas zu tun. Sie schrien den Eingeschlossenen einige Trostworte und Versprechungen zu und kehrten in die Stadt zurück, um Hilfe zu holen. Es läßt sich denken, wie sie aussahen, bedeckt mit Staub, verstört und unordentlich, wie sie im hellen Sonnenlicht die kleine Straße entlangeilten, gerade als die Ladenbesitzer ihre Türen aufschlossen und die Leute ihre Schlafzimmerfenster öffneten. Henderson eilte sofort ins Stationsgebäude, um die Nachricht nach London zu telegraphieren. Die Zeitungsartikel hatten die Leute schon vorbereitet und sie für diese Nachricht empfänglich gemacht.

Um acht Uhr war schon eine Anzahl Knaben und unbeschäftigter Leute nach der Weide aufgebrochen, um „die toten Männer vom Mars" zu besichtigen. Das war die Form, in der die Nachricht sich verbreitete. Ich hörte zuerst davon durch meinen Zeitungsjungen, als ich ausging, um mir meinen *Daily Chronicle* zu holen. Ich war natürlich aufs äußerste überrascht und verlor keinen Augenblick, um mich über die Brücke von Ottershaw zu dem Sandhügel zu begeben.

3. Auf der Horsell-Weide

ICH fand eine kleine Ansammlung von etwa zwanzig Personen, die sich um den Krater scharten, in dem der Zylinder lag. Die Gestalt des ungeheuren im Boden vergrabenen Körpers habe ich bereits beschrieben. Die Erde und die Sandmassen um ihn herum waren verkohlt wie durch eine plötzliche Explosion. Ohne Zweifel hatte das Einschlagen des Körpers eine Stichflamme verursacht. Henderson und Ogilvy waren nicht dort. Ich vermute, sie wußten, daß sich im Augenblick nichts tun ließ, und waren zu Henderson gegangen, um zu frühstücken.

Vier oder fünf Knaben hatten sich an den Rand des Kraters gesetzt, schlenkerten mit den Beinen und unterhielten sich damit, den riesigen Bau mit Steinen zu bewerfen, bis ich ihnen das Handwerk legte. Nachdem ich mit ihnen darüber gesprochen hatte, begannen sie um die Gruppe der Umstehenden herum ein Fangspiel.

Unter den Leuten bemerkte ich zwei Radfahrer, einen Gartenarbeiter, den ich zuweilen beschäftigte, den Fleischer Gregg und seinen kleinen Sohn, ein Mädchen, das ein Kind trug, und zwei oder drei Müßiggänger und Eckensteher, die gewöhnlich in der Nähe des Bahnhofs herumlungerten. Es wurde sehr wenig gesprochen. In den niederen Ständen Englands hatten nur wenige Menschen in jenen Tagen mehr als sehr schwache astronomische Vorstellungen. Die meisten starrten nur schweigend das große, tischartige Ende des Zylinders an, das noch genauso war, wie es Henderson und Ogilvy verlassen hatten. Ich glaube, daß die allgemeine Erwartung der Leute, einen Haufen verkohlter Leichen zu finden, beim Anblick dieser unbelebten Masse enttäuscht wurde. Einige Personen gingen fort, während ich dort war, andere kamen. Ich kletterte in die Grube, und es war mir, als hörte ich unter meinen Füßen eine schwache Bewegung. Der Verschluß hatte jedenfalls aufgehört sich zu drehen.

Erst als ich so nahe an den Körper herangetreten war, sprang mir die Fremdartigkeit seiner Erscheinung in die Augen. Auf den ersten Blick hatte er wirklich nichts Auffallenderes an sich als ein umgeworfener Wagen oder ein gefällter Baum, der den Weg versperrt. Allerdings nicht ganz so. Mehr als irgend etwas anderem glich er einem rostigen, halbvergrabenen Gasrohr. Es bedurfte schon einer gewissen wissenschaftlichen Bildung, um zu bemerken, daß die graue Kruste auf dem Körper kein gewöhnliches Oxid war, daß das gelblichweiße Metall, das auf der Spalte zwischen dem Deckel und dem Zylinder glänzte, einen fremdartigen Farbton besaß. Der Begriff ‚außerirdisch' hatte für die meisten Zuschauer keine Bedeutung.

Damals war ich schon fest davon überzeugt, daß der Gegenstand vom Planeten Mars gekommen war. Aber ich hielt es für unwahrscheinlich, daß er lebende Wesen enthielt. Ich hielt die Schraubenbewegung für automatisch. Trotz Ogilvys Ansicht glaubte ich aber immer noch, daß es Lebewesen auf dem Mars gebe. Schon spielte ich mit dem Gedanken, daß der Körper Handschriften enthalten könne; ich malte mir die Schwierigkeiten aus, die sich bei ihrer Übersetzung ergeben würden, ich hoffte auf Münzen und Modelle und so fort. Aber das Ding war doch ein wenig zu groß, um mir die Richtigkeit meiner Vorstellungen zu verbürgen. Ich empfand eine lebhafte Ungeduld, es geöffnet zu sehen. Um elf Uhr etwa, als sich nichts weiter ereignete, kehrte ich, voll von solchen Gedanken, zu meinem Haus in Maybury zurück. Aber es fiel mir schwer, mit meinen abstrakten Untersuchungen weiterzukommen.

Am Nachmittag hatte sich das Aussehen der Weide sehr verändert. Die frühen Ausgaben der Abendblätter hatten mit riesigen Schlagzeilen wie

‚Eine Botschaft vom Mars'

‚Merkwürdiger Bericht aus Woking'

und so weiter ganz London aufgeschreckt. Dazu noch Ogilvys Telegramme an die astronomische Mitteilungsstation, die alle Sternwarten in den drei Königreichen in Aufregung versetzt hatten.

Ein halbes Dutzend oder mehr Flys* vom Wokinger Bahnhof standen auf der Straße bei den Sandhügeln, dazu ein Korbwagen von Chobham und eine ziemlich vornehm aussehende Privatkutsche. Außerdem sah man eine Unzahl von Fahrrädern. Eine große Menschenmenge mußte überdies trotz der Hitze jenes Tages von Woking und Chertsey zu Fuß hergewandert sein. Alles in allem eine beträchtliche Ansammlung – darunter auch einige hellgekleidete Damen.

Es war glühend heiß, nicht ein Wölkchen am Himmel, kein Lüftchen wehte, einige Fichten spendeten den einzigen Schatten. Das brennende Heidekraut war gelöscht worden, aber die Ebene bis Ottershaw war geschwärzt, soweit das Auge reichte, und senkrechte Rauchsäulen stiegen immer noch auf. Ein unternehmender Obsthändler in der Chobham

* Kleine einspännige Miet-Eilwagen

Road hatte seinen Sohn mit einer Wagenladung grüner Äpfel und Ingwerbier heraufgeschickt.

Als ich zum Rand der Grube kam, fand ich sie von einer Gruppe von Männern, etwa einem halben Dutzend, besetzt – Henderson, Ogilvy und einem großen blondhaarigen Mann (wie ich später hörte, war es Mr. Stent von der Königlichen Astronomischen Gesellschaft) mit einigen Arbeitern, die Spaten und Beile schwangen. Stent gab seine Befehle in einer klaren, hohen Stimme. Er stand auf dem Zylinder, der jetzt offenbar viel kühler war. Sein Gesicht war dunkelrot, und der Schweiß floß ihm in Strömen herab. Es schien ihn etwas irritiert zu haben.

Ein großer Teil des Zylinders war nun bloßgelegt, obwohl das untere Ende noch eingebettet lag. Sobald Ogilvy mich unter dem gaffenden Haufen am Rand der Grube bemerkte, rief er mir zu hinabzukommen und fragte mich, ob ich zum Gutsherrn Lord Hilton hinübergehen wolle.

Die wachsende Menschenmenge, sagte er, sei ein ernstliches Hindernis, das sich ihren Ausgrabungen entgegenstelle, besonders die Knaben. Es müsse ein leichtes Geländer aufgestellt werden, um die Leute zurückzudrängen. Er erzählte mir, daß im Innern des Körpers gelegentlich noch eine leise Bewegung zu hören sei, daß es aber den Arbeitern nicht gelungen wäre, den Schlußteil abzuschrauben, da kein Griff vorhanden sei. Der Körper schien ungeheuer dicke Wände zu haben, und es war möglich, daß die schwachen Laute, die wir vernahmen, von einem lärmenden Tumult im Innern herrührten.

Ich war mit Freuden bereit, seinen Wunsch zu erfüllen und dadurch einer der bevorzugten Zuschauer innerhalb der geplanten Umzäunung zu werden. Leider traf ich Lord Hilton nicht zu Hause an, man teilte mir aber mit, daß er mit dem Sechsuhrzug aus London erwartet werde. Da es erst ungefähr Viertel nach fünf war, ging ich noch nach Hause, trank Tee und ging dann zum Bahnhof, um ihn unterwegs aufzuhalten.

4. Der Zylinder öffnet sich

Als ich auf die Weide zurückkehrte, ging die Sonne gerade unter. Zerstreute Gruppen Neugieriger eilten aus der Richtung von Woking heran, und einige Leute kehrten zurück. Die Menge um die Grube war angewachsen und hob sich schwarz von dem Zitronengelb des Himmels ab. Es mochten etwa zweihundert Personen sein. Einige laute Stimmen waren vernehmbar, und eine Art Kampf schien sich bei der Grube entsponnen zu haben. Die seltsamsten Vorstellungen kreuzten sich in meinem Kopf. Als ich näher kam, hörte ich Stents Stimme.

„Zurück! Zurück!"

Ein Knabe kam auf mich zugelaufen.

„Es bewegt sich!" rief er mir im Vorübereilen zu, „es dreht sich und dreht sich auf. Das gefällt mir nicht. Da gehe ich lieber nach Hause."

Ich kam näher zur Menge heran. Es mochten in Wirklichkeit zwei- bis dreihundert Leute sein, die sich gegenseitig pufften und stießen. Jeder suchte sich vorzuschieben und die anderen zurückzudrängen. Die wenigen Damen, die zugegen waren, blieben dabei nicht am wenigsten zurück.

„Er ist in die Grube gefallen!" rief einer.

„Zurück!" schrien andere.

Der Haufe schwankte ein wenig, und ich arbeitete mich mit den Ellbogen durch. Alle schienen in höchster Aufregung zu sein. Aus der Grube heraus scholl ein eigentümliches, summendes Geräusch.

„Ich bitte Sie!" rief Ogilvy, „helfen Sie mir, diese Narren zurückzudrängen. Wir wissen ja noch nicht, was in diesem verwünschten Ding steckt!"

Ich sah einen jungen Mann (ich glaube, es war ein Kommis aus Woking) auf dem Zylinder stehen und sich bemühen, wieder aus dem Krater herauszukriechen. Die Menge hatte ihn hineingestoßen.

Der Schlußteil des Zylinders wurde von innen heraus aufgeschraubt. Schon waren nahezu zwei Fuß der glänzenden Schraube sichtbar. Jemand stieß mich unversehens von rückwärts, und ich entging nur mit knapper Not der Gefahr, auf das Schraubenende zu stürzen. Ich wandte mich um, und in diesem Augenblick muß die Schraube herausgekommen sein. Der Deckel des Zylinders schlug dröhnend auf den Kieselboden auf. Ich stieß meine Ellbogen gegen jemand hinter mir und wandte mich wieder dem Koloß zu. Einen Augenblick lang schien die kreisrunde Öffnung völlig schwarz. Der Glanz der sinkenden Sonne blendete meine Augen.

Ich glaube, jedermann erwartete, einen Menschen auftauchen zu sehen – wahrscheinlich ein wenig von uns irdischen Menschen unterschieden, aber im wesentlichen doch einen Menschen. Ich wenigstens erwartete es. Aber als ich genauer hinsah, bemerkte ich plötzlich, wie sich im Schatten etwas rührte, grau, in wellenförmigen Bewegungen, eines über dem andern. Und dann gewahrte ich zwei glühende Scheiben wie Augen. Dann löste sich etwas, das einer kleinen grauen Schlange glich, etwa in der Stärke eines Spazierstockes, aus der sich windenden Masse los und schlängelte sich in der Luft gegen mich – und dann ein zweites.

Mich durchfröstelte es plötzlich. Hinter mir hörte ich eine Frau laut kreischen. Ich drehte mich halb um, meine Blicke unverwandt auf den Zylinder geheftet, aus dem immer neue Fühler sich herauswanden. Dann begann ich, mir einen Weg vom Rand der Grube zurückzubahnen. Ich sah, wie sich das Erstaunen in den Gesichtern der Leute in Entsetzen verwandelte. Von allen Seiten hörte ich wilde Schreie und Ausrufe. Ein allgemeines Zurückdrängen begann. Ich sah, wie der Kommis sich noch immer abmühte, aus der Grube herauszukommen. Dann sah ich mich allein und bemerkte, wie die Leute auf der anderen Seite der Grube flüchteten, unter ihnen Mr. Stent. Ich wandte mich wieder dem Zylinder zu, und ein unbändiger Schrecken ergriff mich. Wie versteinert stand ich da und starrte.

Ein großer, graubrauner, gedrungener Körper, ungefähr von der Größe eines Bären, erhob sich langsam und schwerfällig aus dem Zylinder. Als er sich aufrichtete und vom Licht beschienen wurde, glitzerte er wie nasses Leder. Mit seinen zwei großen, dunkelgefärbten Augen blickte das Geschöpf mich unverwandt an. Es hatte unter den Augen einen Mund, dessen Rand unausgesetzt zitterte und von Speichel troff. Der Rumpf hob und senkte sich unter heftigem Keuchen. Ein schlankes fühlerartiges Anhängsel hielt den Rand des Zylinders umklammert, ein anderes schlängelte sich in der Luft.

Wer nie einen lebenden Marsbewohner gesehen hat, wird sich die grauenvolle Häßlichkeit seiner Erscheinung kaum vorstellen können. Der seltsame V-förmige Mund mit seiner zugespitzten Oberlippe, die fehlenden Augenbrauen, das fehlende Kinn unter der keilförmigen Unterlippe, das unaufhörliche Zittern des Mundes, die gorgonenartige Gruppe der Fühler, das geräuschvolle Atmen der Lungen in dieser fremden Atmosphäre, die augenfällige Schwerfälligkeit und Mühseligkeit der Bewegungen (ohne Zweifel eine Folge der größeren Anziehungskraft der Erde), vor allem aber die außergewöhnliche Intensität ihrer ungeheuren Augen – das alles zusammen verursachte eine Übelkeit, als ob man seekrank würde. Es war etwas Schwammiges in ihrer öligen dunklen Haut, und in der plumpen Bedächtigkeit ihrer schwerfälligen Bewegungen lag etwas unbeschreiblich Erschreckendes. Schon bei dieser ersten Begegnung, bei diesem ersten Anblick wurde ich von Abscheu und Grauen überwältigt.

Plötzlich verschwand das Ungetüm. Es war über den Rand des Zylinders getaumelt und in die Grube gefallen, wo es aufschlug, als fiele eine große Menge Leders zur Erde. Ich hörte es einen seltsamen, dumpfen Schrei ausstoßen, und in demselben Augenblick erschien ein zweites dieser Geschöpfe in dem tiefen Schatten der Öffnung.

Bei diesem Anblick verließ mich die Erstarrung, die der erste Schreck hervorgerufen hatte. Ich kehrte mich um und rannte wie besessen bis zur nächsten Baumgruppe, die etwa hundert Yards entfernt war.

Aber ich lief kreuz und quer und stolperte alle Augenblicke, denn ich brachte es nicht über mich, meine Augen von jenen Vorgängen abzuwenden.

Zwischen einigen jungen Fichten und Ginsterbüschen machte ich keuchend halt, um die weitere Entwicklung der Dinge abzuwarten. Die Weide rings um die Sandhügel war mit Leuten besät, die wie ich trotz des Grauens fasziniert dastanden und auf jene Geschöpfe oder vielmehr auf die Steinhaufen am Kraterrand starrten. Dann sah ich mit erneutem Entsetzen einen runden schwarzen Gegenstand, der an diesem Rand bald auftauchte, bald verschwand. Es war der Kopf jenes Kommis', der in die Grube gefallen war; er hob sich wie ein kleiner schwarzer Gegenstand vom glühenden Abendhimmel ab. Jetzt brachte er Schultern und Knie herauf, und wieder schien er zurückzugleiten, bis nur noch sein Kopf sichtbar war. Plötzlich verschwand auch dieser, und mir war, als hätte ein schwacher Schrei mich erreicht. Ich hatte einen Augenblick den Impuls, zurückzugehen und ihm zu helfen. Aber meine Furcht behielt die Oberhand.

Jetzt war nichts mehr zu sehen, da alles von der tiefen Grube und den Sandhaufen, die der Zylinder beim Aufprall gebildet hatte, verdeckt war. Wer jetzt die Straße entlang von Chobham oder Woking gekommen wäre, den hätte das Schauspiel, das sich ihm bot, in Erstaunen gesetzt; eine verstreute Menge von etwa hundert oder mehr Leuten, in einem großen unregelmäßigen Kreis in Mulden, hinter Büschen, hinter Zäunen und Hecken stehend, kaum zueinander redend, und dann nur in kurzen erregten Rufen, und unablässig auf einige Sandhaufen starrend. Der Karren mit dem Ingwerbier, ein seltsames Überbleibsel, stach schwarz von dem glühenden Abendhimmel ab. Bei den Sandgruben stand eine Reihe verlassener Fuhrwerke, deren Pferde aus Hafersäcken fraßen oder ungeduldig den Boden aufscharrten.

5. Der Hitzestrahl

NACH dem Blick auf die Marsleute, wie sie aus dem Zylinder, in dem sie von ihrem Planeten auf die Erde gekommen waren, hervorkrochen, war ich wie von einem Zauber gelähmt. Ich verharrte knietief im Heidekraut und starrte auf die Sandhügel, die sie verbargen. In mir tobte ein Kampf zwischen Angst und Neugierde.

Ich wagte nicht, zur Grube zurückzugehen; aber ich wünschte leidenschaftlich, einen Blick hineinzuwerfen. Ich begann daher in einem weiten Bogen herumzugehen, um einen geeigneten Aussichtspunkt zu finden, dabei aber behielt ich fortwährend die Sandhaufen im Auge, die jene merkwürdigen Ankömmlinge auf unserer Erde meinen Blicken entzogen. Auf einmal zuckte ein Gewirr dünner schwarzer Peitschen, wie Arme eines Polypen, vor dem Sonnenaufgang auf, um sofort wieder zu verschwinden. Dann kam schubweise ein dünner Stab hoch, an seiner Spitze eine kreisrunde Scheibe, die sich in schwerfälliger Bewegung drehte. Was konnte dort vorgehen?

Die meisten Zuschauer hatten sich in zwei Gruppen gesammelt – ein kleiner Menschenhaufen stand gegen Woking zu und ein Knäuel von Leuten in der Richtung nach Chobham. Offenbar waren die Leute in demselben seelischen Zwiespalt wie ich. Nur wenige waren ganz in meiner Nähe. In einem Mann erkannte ich einen meiner Nachbarn, dessen Namen ich allerdings nicht wußte. Ich trat auf ihn zu und redete ihn an. Es war aber kaum ein günstiger Augenblick für eine vernünftige Unterhaltung.

„Was für scheußliche Tiere!" sagte er. „Herrgott! Was für scheußliche Tiere!" Er wiederholte das immer wieder.

„Haben Sie einen Menschen in der Grube gesehen?" fragte ich ihn; aber er gab mir keine Antwort. Wir schwiegen und standen eine Zeitlang beobachtend nebeneinander und empfingen, glaube ich, einen gewissen Trost aus unserer Gesellschaft. Dann verlegte ich meinen Aussichtspunkt auf einen kleinen, etwas höheren Erdhügel. Als ich mich nach meinem Nachbarn umwandte, sah ich ihn schon nach Woking zurückkehren.

Der Sonnenuntergang verblich allmählich zum Zwielicht, und noch ereignete sich nichts. Die Menge in der Ferne links gegen Woking schien zu wachsen, und ich vernahm ein schwaches Gemurmel. Der kleine Menschenknäuel vor Chobham zerstreute sich. Bei der Grube war kaum ein Anzeichen einer Bewegung wahrzunehmen.

Mehr als alles andere gab das den Leuten ihren Mut zurück. Und ich denke, daß auch die Neuankömmlinge aus Woking dazu beitrugen, wieder eine zuversichtlichere Stimmung zu wecken. Jedenfalls machte sich, als die Dunkelheit hereinbrach, eine langsame, bisweilen unterbrochene Bewegung auf den Sandhaufen zu bemerkbar, die um so mehr an Kraft zu gewinnen schien, als die Stille des Abends rings um den Zylinder ungebrochen blieb. Aufrechte schwarze Gestalten in Zweier- und Dreiergruppen wagten sich vor, machten halt, spähten vorsichtig aus und schoben sich wieder vor. In einem sehr gelichteten, unregelmäßigen Halbkreis suchten die Leute den Krater zu umzingeln. Auch ich begann langsam darauf zuzugehen.

Dann sah ich, wie einige Fuhrleute und andere sich keck in die Sandgruben vorwagten. Ich hörte das Klappern der Hufe und das Knirschen der Räder. Ich sah, wie ein junger Bursche den Karren mit Äpfeln fortzog. Und dann bemerkte ich etwa dreißig Yards von der Grube, aus der Richtung von Horsell kommend, eine kleine schwarze Gruppe von Männern, deren vorderster eine weiße Fahne schwang.

Das war die Deputation. Es hatte eine hastige Beratung stattgefunden; und da die Marsleute trotz ihrer abstoßenden Gestalt intelligente Geschöpfe zu sein schienen, war beschlossen worden, durch Zeichen, mit denen man sich ihnen näherte, ihnen zu zeigen, daß auch wir intelligent seien.

Ich sah die Fahne hin und her flattern, erst nach rechts, dann nach links. Ich stand zu weit entfernt, um jemand zu erkennen. Doch später erfuhr ich, daß Ogilvy, Stent und Henderson unter anderen diesen Verständigungsversuch unternehmen wollten. Diese kleine Gruppe hatte den nun fast vollständigen Kreis von Leuten in eine sozusagen schleifenartige Linie verwandelt. Eine Anzahl dünner schwarzer Gestalten folgte ihr in angemessener Entfernung.

Plötzlich flammte ein Lichtstrahl auf, und eine Menge leuchtenden, grünlichen Rauches schoß in drei deutlich sichtbaren Stößen aus der Grube; eine Rauchsäule nach der anderen fuhr kerzengerade in die windstille Luft empor.

Dieser Rauch – Flamme wäre vielleicht die zutreffendere Bezeichnung– war so strahlend hell, daß der tiefblaue Himmel und die undeutlichen Strecken braunen Heidelandes vor Chertsey, die mit schwarzen Fichten bepflanzt waren, sich plötzlich zu verdüstern schienen, als die Stöße sich erhoben und nur noch düsterer wurden, als sich der Rauch verzogen hatte. Gleichzeitig hörte man einen schwachen zischenden Laut.

Jenseits der Grube stand der kleine Menschenhaufen mit der weißen Fahne an der Spitze bei diesem Anblick still – ein kleiner Knäuel aufrechter, schwarzer Gestalten auf dem schwarzen Boden. Als der grüne Rauch aufstieg, flammten ihre Gesichter in einem fahlen Grün, das verblaßte, sobald jener verschwand.

Da ging das Zischen allmählich in ein Summen über, in ein langes, lautes, surrendes Geräusch. Langsam erhob sich eine unförmige Gestalt aus der Grube, und ein winziger Lichtstrahl schien aus ihr hervorzuflakkern.

Plötzlich fuhren wirkliche Flammen aus der zersprengten Menschengruppe hervor. In glänzenden Schwaden sprang es von einem zum andern. Es war, wie wenn ein unsichtbarer Feuerstrahl in sie gefahren sei und nun in einer weißen Flamme ausbräche. Es war, als ob jeder einzelne plötzlich in Feuer verwandelt worden wäre.

Dann sah ich beim Lichte ihrer eigenen Vernichtung, wie sie taumelten und fielen und wie die, welche sie stützten, sich zur Flucht wandten.

Ich stand da und starrte und faßte es noch nicht, daß das der Tod war, der in jener fernen kleinen Menschenmenge von Mann zu Mann raste. Daß dort etwas Seltsames vorging, war alles, was ich empfand. Ein fast lautloser und blendender Blitz – und ein Mann stürzte der Länge nach hin und blieb regungslos liegen. Wie das unsichtbare Hitzegeschoß über sie fuhr, gingen die Fichten in Flammen auf, und jeder dürre Ginsterbusch verwandelte sich knisternd in einen Feuerherd. In weiter Ferne gegen Knaphill zu sah ich Bäume und Hecken in Flammen und bemerkte, wie die Holzbauten plötzlich lichterloh brannten.

Er fuhr pfeilschnell und stetig ringsherum, dieser flammende Tod, dieses unsichtbare und unerbittliche Feuerschwert. An den glühenden Büschen sah ich ihn auch an mich herankommen; aber ich war zu verwirrt und zu betäubt, um mich von der Stelle zu rühren. Ich hörte das Knistern des Feuers in den Sandgruben und den plötzlichen Schrei eines Pferdes, der aber ebenso plötzlich verstummte. Dann war es mir, als ob ein unsichtbarer, aber glühendheißer Finger auf der Heide zwischen mir und den Marsleuten eine Linie zöge; überall in gekrümmter Linie um die Sandgruben herum rauchte und knisterte der tiefschwarze Boden. In weiter Ferne, wo die Straße von der Station Woking links ins Heideland führte, stürzte etwas mit lautem Krach zusammen. Sofort verstummte das Zischen und Summen, und der schwarze, kesselförmige Gegenstand sank, den Blicken entschwindend, langsam in die Grube.

Alles das war mit einer solchen Schnelligkeit vor sich gegangen, daß ich regungslos stehenblieb, erstarrt und geblendet von den Flammenblitzen. Hätte der Tod in vollem Umkreis die Runde gemacht, ich wäre rettungslos mitten in meiner Betäubung getötet worden. Aber er ging vorüber und schonte mich und ließ mich plötzlich in der dunklen und unheimlichen Nacht zurück.

Es war auf einmal völlig menschenleer. Mir zu Häupten tauchten nach und nach die Sterne auf, und am westlichen Himmel stand noch ein blasser, schimmernder, fast grünlichblauer Streifen. Die Wipfel der Fichten und die Dächer von Horsell kamen scharf und schwarz im westlichen Widerschein heraus. Die Marsleute und ihre Gerätschaften waren vollkommen unsichtbar. Nur die dünne Stange, an deren Spitze die rastlose Spiegelscheibe sich drehte, blieb stehen. Ein paar Büsche und einzelnstehende Bäume glühten und rauchten noch immer. Und von den Häusern vor Woking stiegen noch Feuersäulen in die Stille der Abendluft auf.

Sonst hatte sich nichts geändert. Nur diese furchtbare Erschütterung! Die kleine Gruppe schwarzer Punkte mit der weißen Flagge war wie vom Erdboden weggefegt, und die Stille des Abends, so schien es mir, war kaum gebrochen worden.

Da überkam es mich, daß ich auf dieser düsteren Heide hilflos, unbeschützt und allein dastand. Und plötzlich, wie ein Wesen, das mich von außen überfiel, kam – die Angst.

Mühsam drehte ich mich um und begann stolpernd durch das Heidekraut zu laufen.

Die Angst, die mich beschlich, war keine vernünftige Angst, sondern panischer Schrecken, nicht nur vor den Marsleuten, sondern vor dem Dunkel und der Stille rings um mich. Sie nahmen mir den Mut so sehr, daß ich leise weinend wie ein Kind dahinlief. Und jetzt, nachdem ich mich umgekehrt hatte, wagte ich nicht mehr zurückzublicken.

Ich erinnere mich, daß ich fest davon überzeugt war, daß man mit mir spiele, daß jeden Augenblick, schon als ich fast in Sicherheit war, dieser geheimnisvolle Tod – schnell wie das Licht – aus dem Krater heraus mir nachrasen und mich niederschlagen werde.

6. *Der Hitzestrahl in der Chobham Road*

Es ist noch immer ein ungelöstes Rätsel, wie die Marsleute imstande sind, Menschen so rasch und lautlos zu töten. Viele meinen, daß sie fähig sind, eine ungeheure Hitze in einem Behälter zu erzeugen, der absolut nicht leitet. Diese ungeheure Hitze übertragen sie in parallelen Strahlen auf jedes beliebige Objekt vermittels eines geschliffenen parabolischen Spiegels von unbekannter Zusammensetzung – ähnlich dem Lichtstrahl, den der parabolische Spiegel eines Leuchtturms versendet. Aber noch niemand vermochte diese Einzelheiten zu beweisen. Wie immer es sich verhalten mag, gewiß ist, daß ein starker Wärmestrahl das Wesentliche ist. Hitze und unsichtbares statt sichtbaren Lichtes. Alles irgendwie Brennbare geht bei der Berührung dieses Strahles in Flammen auf; Blei zerfließt wie Wasser; er erweicht Eisen, bricht und schmilzt Glas; wenn er auf Wasser fällt, wird es unverzüglich zu Dampf.

In jener Nacht lagen wohl vierzig Menschen unter dem Sternenlicht um den Krater herum, verkohlt und bis zur Unkenntlichkeit entstellt. Die ganze Nacht blieb das Weideland von Horsell bis Maybury verödet. Nur allmählich brannten die Feuer nieder.

Die Nachricht von dem Gemetzel erreichte Chobham, Woking und Ottershaw wahrscheinlich zur selben Zeit. In Woking waren die Läden schon geschlossen, als das Unglück sich ereignete, und viele Menschen, Geschäftsleute und andere, gingen, erregt von den Geschichten, die sie gehört hatten, über die Horsell Bridge die Straße entlang zwischen den Hecken, die zur Weide führten.

Man kann sich vorstellen, wie das junge Volk nach der Arbeit des Tages zusammenströmte und jene Nachricht, so wie jede andere, zum Vorwand für gemeinsame Spaziergänge und landläufiges Liebesgeplänkel benützte. Und man kann sich vorstellen, von wieviel Stimmen die abendliche Straße erfüllt war...

Bis jetzt wußten es freilich nur wenige Leute in Woking, daß der Zylinder bereits geöffnet war, obwohl der arme Henderson einen Boten auf dem Fahrrad zum Postamt geschickt hatte, um einen besonderen Bericht an ein Abendblatt zu senden.

Als jene Leute in Gruppen zu zweien und dreien aufs offene Feld kamen, fanden sie kleine Menschenansammlungen in erregter Unterhaltung. Alles blickte auf den wirbelnden Spiegel über den Sandgruben. Und bald hatte sich der Neuangekommenen dieselbe Erregung bemächtigt.

Um halb neun Uhr, als die Deputation vernichtet wurde, mag sich etwa eine Menge von dreihundert Leuten an jener Stelle befunden haben, außer jenen, welche die Straße verlassen hatten, um sich näher an die Marsleute heranzuschleichen. Auch drei Schutzleute, darunter ein Berittener, waren zugegen, die, Mr. Stents Weisungen folgend, ihr möglichstes taten, die Leute zurückzudrängen und sie abzuhalten, sich dem Zylinder zu nähern. Pfiffe und Hohngelächter wurden gehört. Sie kamen von jenen Gedankenlosen und Aufgeregten, denen jedes Gedränge Anlaß zu Lärm und rohen Scherzen bietet.

Stent und Ogilvy, welche die Möglichkeit eines Zusammenstoßes ahnten, hatten von Horsell nach der Kaserne telegraphiert, als die Marsleute auftauchten. Sie hatten um die Unterstützung einer Kompanie Soldaten gebeten, welche jene fremdartigen Geschöpfe vor Gewalttätigkeiten schützen sollten. Dann waren sie sofort wieder zurückgekehrt, um jenen unglückseligen Vorstoß zu leiten. Die Beschreibung ihrer Ermordung, wie sie von der Menge beobachtet wurde, deckte sich genau mit meinen eigenen Eindrücken: die drei Stöße grünen Rauches, das tiefe summende Geräusch und die aufflammenden Blitze.

Aber die Gefahr, in der jene Volksmenge schwebte, war noch größer als die meine. Nur der Umstand, daß ein Sandhügel den unteren Teil des Hitzestrahls aufhielt, rettete sie. Wäre die Stange mit dem parabolischen Spiegel nur einige Yards höher gewesen, es wäre niemand übriggeblieben, um den Vorgang zu berichten. Sie sahen die Blitze, beobachteten, wie die Männer hinstürzten, wie gleichsam eine unsichtbare Hand das Gebüsch in Brand steckte, wie die Flamme im Zwielicht auf sie zu raste. Dann sauste mit einem pfeifenden Laut, der das Surren in der Grube übertönte, der Strahl dicht über ihre Köpfe hinweg, entzündete die Wipfel der Buchen, welche die Straße säumten, zersplitterte die Ziegel, zerschmetterte die Fenster, verbrannte die Fensterrahmen und zertrümmerte einen Teil des Giebels eines Eckhauses.

Bei diesem plötzlichen Aufschlag, dem Zischen und dem blendenden Lichtschein der brennenden Bäume schien die Menge einige Augenblicke zögernd hin und her zu schwanken.

Funken und brennende Zweige und einzelne Blätter fielen wie flammende Geschosse auf die Straße. Hüte und Kleider fingen Feuer. Von der Weide hörte man erschreckte Rufe.

Kreischende Schreie gellten von allen Seiten. Plötzlich kam ein berittener Schutzmann gegen die Menge herangesprengt. Er schlug die Hände über dem Kopf zusammen und schrie aus Leibeskräften.

„Sie kommen!“ kreischte ein Weib, und sofort kehrten sich alle um und drängten die Rückwärtsstehenden, den Weg nach Woking frei zu machen. Wie eine Herde erschreckter Schafe stob die Menge blindlings auseinander. Zwischen den hohen Böschungen, wo die Straße eng und dunkel wurde, staute sich die Masse, und ein verzweifelter Kampf begann. Nicht alle konnten sich retten; drei Personen, zwei Frauen und ein kleiner Knabe, wurden erdrückt und niedergetreten. Man ließ sie liegen und in dem Schrecken der Finsternis sterben.

7. Wie ich nach Hause kam

WAS mich betrifft, so entsinne ich mich keiner Einzelheiten meiner Flucht, außer daß ich an Baumstämme stieß und im Heidekraut strauchelte. Alles um mich herum unterlag der unsichtbaren Gewalt der Marsleute; jenes erbarmungslose Feuerschwert schien auf und nieder zu sausen, funkelnd mir zu Häupten, bevor es niederfuhr, mir das Leben zu nehmen. Ich erreichte die Straße zwischen Horsell und den Kreuzwegen und lief darauf bis zu den Kreuzwegen.

Endlich konnte ich nicht weiter; ich war von der Heftigkeit meiner Erregung und meiner Flucht erschöpft. Ich taumelte und stürzte nieder. Das war nahe der Brücke, welche bei den Gaswerken den Kanal kreuzt. Ich fiel und blieb still liegen.

Ich muß eine ganze Weile dort gelegen haben.

Merkwürdig verwirrt richtete ich mich endlich auf. Einen Augenblick vielleicht war mir nicht klar, wie ich hierhergekommen war. Wie ein Kleidungsstück war mein Schrecken von mir gefallen. Mein Hut war verschwunden, und mein Kragen war vom Hemdknopf gerissen. Einige Minuten vorher standen nur drei Dinge greifbar vor mir – die Unermeßlichkeit der Nacht, des Raumes und der Natur, meine eigene Schwäche und Angst und das Nahen des Todes. Nun aber war es mir, als hätte sich alles gewendet, und sofort verschob sich mein Gesichtspunkt. Ich konnte keinen merklichen Übergang von einem Gemütszustand in den andern wahrnehmen. Ganz unvermittelt war ich wieder mein eigenes alltägliches Selbst, ein gewöhnlicher, ehrbarer Bürger. Die schweigende Heide, meine gehetzte Flucht, die aufschießenden Flammen, alles erschien mir jetzt wie ein Traum. Ich fragte mich, ob sich alle diese Dinge wirklich zugetragen hätten. Ich konnte es nicht glauben.

Ich erhob mich und stieg unsicher die steile Brücke hoch. In mir war nichts als eine große Verblüffung. Muskeln und Nerven schienen alle Kraft verloren zu haben. Ich kann wohl sagen, daß ich wie ein Betrunkener taumelte. Über dem Brückenbogen tauchte ein Kopf auf, und die Gestalt eines Arbeiters, der einen Korb trug, erschien. Ein kleiner Knabe lief neben ihm her. Er ging an mir vorüber und wünschte mir gute Nacht. Ich wollte mit ihm sprechen, konnte es aber nicht. Ich erwiderte seinen Gruß mit einem bedeutungslosen Gemurmel und ging weiter über die Brücke.

Über den Maybury-Viadukt brauste südwärts ein Zug, ein wogendes Wallen weißen, feurigen Rauches, eine lange Raupe erleuchteter Fenster: ein Poltern und Rasseln und Klirren, und fort war er. Eine spärliche Gruppe von Leuten stand plaudernd im Flur eines hübschen Giebelhauses. Das alles war so wirklich und vertraut. Und alles, was hinter mir lag, wie unsinnig und phantastisch! Solche Dinge, sagte ich mir, konnte es ja gar nicht geben.

Ich bin vielleicht ein Mann von ganz besonderen Stimmungen. Ich weiß nicht, wieweit meine Erfahrungen allgemeiner Natur sind. Ich habe Zeiten, in denen ich von den seltsamsten Empfindungen heimgesucht werde, als sei ich von mir selbst und meiner Umgebung losgelöst. Mir ist, als beobachtete ich alles von außen her, aus einer unfaßlich großen Entfernung, außerhalb der Zeit, außerhalb des Raumes, jenseits von allem, was bedrückt und traurig macht. Diese Empfindung war in jener Nacht sehr stark. Das war ein anderer Teil meines Traumes.

Aber was mich verwirrte, war der schreiende Widerspruch zwischen der Heiterkeit, die meine Augen sahen, und dem pfeilschnellen Tod, der dort drüben, nicht zwei Meilen entfernt, umherraste. Von den Gaswerken her scholl geschäftiger Lärm, und die elektrischen Lampen strahlten hell. Als ich zu der plaudernden Menschengruppe kam, machte ich halt.

„Was gibt's Neues auf der Weide?" fragte ich.

Zwei Männer und eine Frau standen beim Tor.

„Was?" rief einer der Männer, sich mir zuwendend.

„Was es Neues auf der Weide gibt?" wiederholte ich.

„Ja, sind Sie denn nicht gerade dort gewesen?" fragten die Männer.

„Die Leute scheinen ja ganz verrückt zu sein wegen der Weide", ließ sich jetzt die Frau vom Flur her vernehmen. „Was ist denn eigentlich los?"

„Haben Sie denn nichts von den Marsleuten gehört?" fragte ich. „Von den Geschöpfen vom Mars?"

„Mehr als genug", sagte die Frau. „Danke", und alle drei lachten.

Ich fühlte mich beschämt und verärgert. Ich versuchte, ihnen mitzuteilen, was ich gesehen hatte, und konnte es nicht. Sie lachten immer nur über meine gebrochenen Sätze.

„Ihr werdet noch mehr davon hören", sagte ich und ging fort zu meinem Haus.

Schon im Hausflur erschreckte ich meine Frau durch meine eingefallenen Züge. Ich ging in das Speisezimmer, setzte mich, trank etwas Wein, und sowie ich mich etwas gesammelt hatte, erzählte ich ihr, was ich gesehen hatte. Das Essen, das aus kalten Gerichten bestand, war schon aufgetragen, blieb aber unberührt auf dem Tisch, während ich alles erzählte.

„In einem kann ich dich beruhigen", sagte ich, um die Furcht, die ich in ihr geweckt hatte, wieder abzuschwächen. „Es sind die plumpsten Geschöpfe, die ich je kriechen sah. Sie mögen die Grube besetzt halten und alle Leute, die ihnen nahe kommen, umbringen; aber sie können nicht aus ihr heraus... Aber scheußlich sind sie!"

„Bitte, nicht!" sagte meine Frau. Sie zog ihre Brauen zusammen und legte ihre Hand auf die meine.

„Der arme Ogilvy!" sagte ich. „Zu denken, daß er da draußen tot liegt!"

Meine Frau wenigstens fand meine Erlebnisse nicht unglaubwürdig. Als ich sah, wie die Totenblässe ihr Gesicht bedeckte, brach ich plötzlich ab.

„Sie könnten hierherkommen", sagte sie immer wieder.

Ich bat sie, Wein zu trinken, und bemühte mich, sie zu beruhigen.

„Sie können sich ja kaum bewegen", sagte ich.

Ich begann nun sie und mich selbst dadurch zu trösten, daß ich alles wiederholte, was Ogilvy mir über die Unmöglichkeit eines dauernden Aufenthaltes der Marsbewohner auf der Erde gesagt hatte. Besonderes Gewicht legte ich auf die Schwierigkeiten der Gravitation. Auf der Oberfläche der Erde ist die Schwerkraft dreimal so groß wie auf der des Mars. Ein Marsbewohner würde daher hier dreimal soviel wiegen, seine Muskelkraft aber würde gleich bleiben. Sein eigener Körper würde ihn daher drücken wie ein Bleigewicht. Wirklich war das die allgemeine Ansicht. Sowohl die *Times* wie der *Daily Telegraph* unter anderen Blättern wiesen am nächsten Morgen nachdrücklich darauf hin. Beide aber übersahen, genauso wie ich, zwei diese Tatsachen offenbar umstoßende Erscheinungen.

Wie wir jetzt wissen, enthält die Atmosphäre der Erde weit mehr Sauerstoff oder, anders ausgedrückt, weit weniger Argon als die des Mars. Der kräftigende Einfluß von so viel Sauerstoff auf die Marsleute trug unstreitig viel dazu bei, der erhöhten Schwere ihrer Körper das Gleichgewicht zu halten. Und zweitens übersahen wir die Tatsache, daß die technische Intelligenz der Marsleute sie vollkommen befähigen würde, sich im Notfall ohne jeden Muskelaufwand zu behelfen.

Zu jener Zeit aber erwog ich diese Punkte nicht und übersah so die gefährlichen Möglichkeiten jener Eindringlinge. Durch Wein und Speise und die Notwendigkeit, meine Frau zu beruhigen, wurde ich selbst nach und nach beherzter und sorgloser.

„Sie haben eine große Dummheit begangen", sagte ich, mein Weinglas ergreifend, „sie sind gefährlich, weil sie zweifelsohne selbst aus Furcht ganz toll geworden sind. Vielleicht erwarteten sie nicht, hier lebende Wesen zu finden, gewiß aber nicht intelligente Lebewesen. Im schlimmsten Fall wirft man eine Bombe in die Grube. Die wird sie alle töten."

Die ungeheure Aufregung über die letzten Ereignisse hatte meine Auffassungskraft ohne Zweifel in einen Zustand großer Reizbarkeit versetzt. Ich erinnere mich jener Mahlzeit noch jetzt mit großer Deutlichkeit. Das liebliche Gesicht meiner Frau unter dem rosafarbenen Lampenschirm, wie sie mich ängstlich ansah, das weiße Tischtuch mit den silbernen und gläsernen Gerätschaften – denn in jenen Tagen erlaubten sich selbst philosophische Schriftsteller manchen kleinen Luxus –, der purpurrote Wein in meinem Glas, das alles sehe ich fotografisch genau vor mir. Am Ende des Tisches saß ich selbst, spielte mit meiner Zigarette, beklagte Ogilvys Übereifer und verwünschte die kurzsichtige Furchtsamkeit der Marsleute. Ich wußte nicht, daß dies die letzte normale Mahlzeit vor vielen merkwürdigen und schrecklichen Tagen sein sollte.

8. Freitag nacht

VON allen sonderbaren und erstaunlichen Dingen, die sich an jenem Freitag zutrugen, war für mich am merkwürdigsten das Verhältnis der Alltagsgewohnheiten unserer gesellschaftlichen Ordnung zu den ersten Anzeichen jener Ereignisse, welche diese gesellschaftliche Ordnung über den Haufen werfen sollten. Hätte man am Freitag nacht mit einem Zirkel einen Kreis von fünf Meilen im Halbmesser rund um die Wokinger Sandgruben gezogen, so hätte man – davon bin ich überzeugt – außer etwa den Angehörigen Mr. Stents oder den paar Radfahrern aus London, die tot auf der Weide lagen, kein menschliches Wesen außerhalb dieses Kreises gefunden, dessen Empfindungen oder Gewohnheiten nur im geringsten von den Neuankömmlingen berührt wurden. Viele Leute hatten natürlich von dem Zylinder gehört; wenn sie Zeit hatten, sprachen sie wohl auch davon; sicherlich aber machte die Geschichte längst nicht die Sensation, die etwa ein Ultimatum an Deutschland gemacht haben würde.

In London wurde in jener Nacht das Telegramm des armen Henderson, das die allmähliche Aufschraubung des Geschosses beschrieb, allgemein für eine Ente gehalten, und sein Abendblatt telegrafierte an ihn um eine aufklärende Bestätigung; da aber keine Antwort von ihm eintraf – der Mann war ja tot –, beschloß man, keine Sonderausgabe zu veranstalten.

Selbst innerhalb des Fünfmeilenkreises blieb die große Mehrheit der Leute gleichmütig. Das Betragen der Männer und der Frauen, mit denen ich sprach, habe ich schon beschrieben. Im ganzen Umkreis setzten sich die Leute mittags und abends zu Tisch; Arbeiter besorgten nach dem Tagewerk ihren Garten, Kinder wurden zu Bett gebracht; junge Leute und Liebespaare lustwandelten in den Heckenwegen; Gelehrte saßen über ihren Büchern.

Mag sein, daß in den Dorfstraßen Gerüchte umgingen und in den Schenken ein neuer Gesprächsstoff auftauchte, daß ab und zu ein Bote oder sogar ein Augenzeuge der jüngsten Ereignisse einen Sturm von

Aufregung, wildes Geschrei und erschreckte Zusammenläufe verursachte. Aber im großen und ganzen ging das alltägliche Treiben, Arbeiten, Essen, Trinken, Schlafen weiter wie seit ungezählten Jahren – als ob es keinen Planeten Mars am Himmel gäbe. Selbst auf der Station Woking, in Horsell und in Chobham war das der Fall.

Am Knotenpunkt von Woking sah man noch in später Stunde Züge halten und abfahren, andere wurden verschoben, Reisende stiegen aus und warteten, und alles ging in der gewohnten Weise vor sich. Ein Zeitungsjunge von der Stadt verkaufte, unbekümmert um Mr. Smiths Monopol, die Blätter mit den Neuigkeiten des Nachmittags. Das Klirren und Stoßen der Wagen und die gellenden Pfiffe der Lokomotiven vermischten sich mit seinem Geschrei: „Männer vom Mars!" Um neun Uhr kamen einige erregte Leute mit unglaubwürdigen Berichten auf den Bahnhof, riefen aber keine größere Verwirrung hervor als etwa Betrunkene. Leute, die in der Richtung nach London fuhren und durch die Wagenfenster in die Dunkelheit hinausblickten, sahen nur einen seltsam flackernden, immer wieder erlöschenden und immer wieder auftauchenden Lichtschein vor Horsell schimmern, sahen eine rote Glut und einen dünnen Rauchschleier zum Himmel treiben; und sie hielten es höchstens für ein Heidefeuer. Nur am letzten Stück des Weidelandes konnte man einige Aufregung bemerken. An der Gemeindegrenze von Woking brannten etwa sechs Landhäuser. In allen Häusern der drei Dörfer auf der Weideseite brannte Licht, und die Leute wachten bis Tagesanbruch.

Neugierige Menschenhaufen hielten sich hartnäckig auf den Brücken in Chobham und in Horsell; Leute kamen und gingen, aber die Menge blieb. Einige waghalsige Gesellen schlichen sich, wie man später hörte, in die Dunkelheit hinaus und krochen ganz nahe an die Marsleute heran; aber sie kehrten nie wieder zurück; denn von Zeit zu Zeit strich ein Lichtstrahl wie der Scheinwerfer eines Kriegsschiffes über die Weide, und der Hitzestrahl folgte unmittelbar darauf. Von diesen Unterbrechungen abgesehen, schien jene große Fläche schweigend und verlassen; und die verkohlten Leichen lagen hier die ganze Nacht unter den Sternen und blieben dort den ganzen nächsten Tag. Ein hämmerndes Geräusch aus dem Krater wurde von vielen Leuten gehört.

Das war der Stand der Dinge Freitag nachts. Im Mittelpunkt der Zylinder, der in der Rinde unseres alten Planeten wie ein vergifteter Wurfspeer steckte. Doch das Gift war noch kaum wirksam. In der übrigen Welt floß der Strom des Lebens wie schon seit undenklichen Jahren. Das Fieber des Krieges, das in kurzem das Blut in den Adern gerinnen lassen, Nerven ertöten und das Gehirn zerstören sollte, mußte erst aufkommen.

Eine ganze, schlaflose Nacht hindurch hämmerten die Marsleute offenbar unermüdlich an Maschinen, die sie instand setzten. Immer wieder fuhr eine Masse grünlichweißen Rauches zum sternenhellen Himmel auf.

Ungefähr um elf Uhr kam ein Zug Soldaten durch Horsell und verteilte sich am Rand der Weide, um einen Kordon zu bilden. Später marschierte ein zweiter Zug durch Chobham, um sich auf der Nordseite zu verteilen. Einige Offiziere von der Inkerman-Kaserne waren schon am frühen Morgen bei der Weide angekommen, und einer, Major Eden, wurde als vermißt gemeldet. Der Oberst des Regiments kam um Mitternacht zur Brücke von Chobham und fragte die Menge eifrig aus. Die militärischen Behörden waren sich des Ernstes der Dinge ohne Zweifel völlig bewußt. Am nächsten Morgen konnten die Zeitungen mitteilen, daß um elf Uhr eine Schwadron Husaren, zwei Maximgeschütze und etwa vierhundert Mann des Cardigan-Regiments von Aldershot aufbrachen.

Einige Sekunden nach Mitternacht sah die Menge in der Chertsey Road in Woking einen Stern in nordwestlicher Richtung in das Fichtengehölz einfallen. Er fiel unter grünlichen Lichterscheinungen und blendete wie ein sommerlicher Blitz. Das war der zweite Zylinder.

9. Der Kampf beginnt

DER Samstag lebt in meiner Erinnerung als ein Tag Gnadenfrist. Er war auch ein Tag der Abspannung, heiß und schwül; wie man mir mitteilte, wechselte das Barometer unaufhörlich. Meiner Frau war es gelungen, bald einzuschlafen; ich hatte nur wenig Schlaf gefunden und stand früh auf. Vor dem Frühstück ging ich in den Garten und blieb dort lauschend stehen. Aber in der Richtung gegen die Weide regte sich nichts als eine Lerche.

Der Milchmann kam wie gewöhnlich. Ich hörte das Rasseln seines Karrens und ging ums Haus herum zum Seitenpförtchen, um von ihm die letzten Neuigkeiten zu erfahren. Er erzählte mir, daß im Laufe der Nacht die Marsleute von den Truppen umzingelt wurden und daß man die Geschütze erwarte. Ich hörte (ein vertrautes, beruhigendes Geräusch!) einen Zug nach Woking fahren.

„Man will sie nicht töten“, sagte der Milchmann, „wenn es nur irgendwie vermieden werden kann.“

Ich sah einen Nachbarn in seinem Garten arbeiten, plauderte eine

Weile mit ihm und schlenderte gemächlich ins Haus zurück, um zu frühstücken. Es war ein ganz gewöhnlicher Morgen. Mein Nachbar war der Ansicht, daß es den Truppen gelingen würde, die Marsleute während des Tages entweder gefangenzunehmen oder zu vernichten.

„Es ist wirklich schade, daß sie sich so unzugänglich machen", sagte er. „Es wäre doch interessant zu hören, wie man auf einem anderen Planeten lebt; und wir könnten das eine oder andere von ihnen erfahren."

Er kam an den Zaun heran und hielt mir eine Handvoll Erdbeeren hin; denn er gärtnerte ebenso freigebig wie leidenschaftlich. Zugleich teilte er mir mit, daß das Fichtengehölz bei den Byfleet Golf Links in Flammen stehe.

„Man sagt", erzählte er, „daß dort noch so ein verdammtes Ding eingefallen sei – Nummer zwei. Aber eins ist wirklich genug. Diese Bescherung wird den Versicherungsleuten ein schönes Stück Geld kosten, bis alles wieder in Ordnung ist." Er lachte mit der Miene eines überaus gutgelaunten Mannes, als er das sagte. Das Gehölz, fuhr er fort, brenne noch immer, und er zeigte mir eine dunstige Rauchwolke. „Sie werden es noch tagelang heiß unter den Füßen spüren wegen dem Torf und der dichten Schicht glühender Fichtennadeln", sagte er. Dann wurde er ernst und sprach von dem armen Ogilvy.

Nach dem Frühstück entschloß ich mich, statt zu arbeiten, einen Gang zur Weide zu machen. Unter der Eisenbahnbrücke traf ich eine Gruppe von Soldaten – Pioniere, wie ich glaubte, Leute mit kleinen runden Mützen, schmutzigen offenen roten Jacken, die ihre blauen Hemden sehen ließen, in dunklen Hosen und Stiefeln, die bis zur Wade reichten. Sie sagten mir, daß niemand über den Kanal dürfe; und als ich meine Blicke die Straße entlang auf die Brücke richtete, sah ich dort einen Mann des Cardigan-Regiments Wache stehen. Mit diesen Soldaten sprach ich eine Zeitlang; ich erzählte ihnen von meiner Begegnung mit den Marsleuten am vorigen Abend. Keiner von ihnen hatte die Marsleute gesehen, und sie machten sich nur ganz unklare Vorstellungen von ihnen. So kam es, daß sie mich mit Fragen bestürmten. Sie erzählten mir, daß sie nicht wußten, wer das Eingreifen der Truppen veranlaßt hätte; sie vermuteten, daß bei der berittenen Garde eine Auseinandersetzung stattgefunden habe. Der gewöhnliche Pionier ist bei weitem gebildeter als der gemeine Soldat, und sie besprachen die sonderbaren Bedingungen des voraussichtlichen Kampfes mit ziemlich viel Scharfsinn. Ich schilderte ihnen den Hitzestrahl, und sie fingen an, sich darüber zu streiten.

„Sich unter Bedeckung heranbriechen und dann erst auf sie losstürzen, sage ich", meinte einer.

„Hör auf!" sagte ein anderer, „wozu denn eine Bedeckung bei dieser Hitze? Höchstens, um dich besser zu braten. Nein, wir müssen so nahe heranrücken, wie das Terrain es erlaubt, und dann einen Graben ziehen."

„Zum Kuckuck mit deinen Gräben! Du brauchst immer Gräben. Du hättest als Kaninchen zur Welt kommen sollen, Snippy."

„Haben sie also wirklich keinen Nacken?" fragte mich plötzlich ein dritter, ein kleiner, dunkler, nachdenklicher Mann, der eine Pfeife rauchte.

Ich wiederholte meine Beschreibung.

„Oktopoden", sagte er, „sind das für mich. Da spricht man von Menschenfischern – diesmal heißt es Fische bekämpfen!"

„Es ist kein Mord, solche Bestien umzubringen", sagte der erste Sprecher.

„Warum diese verfluchten Dinger nicht zusammenschießen und ein Ende mit ihnen machen?" meinte der kleine Dunkelhaarige. „Ihr könnt nicht wissen, was sie noch anstellen."

„Wo sind denn deine Bomben?" höhnte der erste. „Dazu ist nicht mehr Zeit. Macht einen Überfall, das ist mein Plan, und macht ihn sofort."

In dieser Weise besprachen sie den Fall. Nach einer Weile verließ ich sie und ging zum Bahnhof, um mir soviel Morgenblätter als möglich zu verschaffen.

Doch will ich den Leser mit einer Beschreibung des langen Morgens und des noch längeren Nachmittags nicht ermüden. Es gelang mir nicht, auch nur einen Blick auf die Weide zu werfen, denn selbst die Kirchtürme von Horsell und Chobham waren in den Händen der militärischen Behörden. Die Soldaten, an die ich mich wendete, wußten nicht das geringste. Die Offiziere waren ebenso geheimnisvoll wie geschäftig. Die Leute in der Stadt fühlten sich, wie ich sah, vollkommen sicher bei der Anwesenheit des Militärs. Damals erst hörte ich von Marshall, dem Tabakskrämer, daß sein Sohn sich unter den Toten auf der Weide befand. Die Soldaten hatten die Bewohner am Rand von Horsell genötigt, ihre Häuser zu schließen und zu verlassen.

Sehr ermüdet kehrte ich etwa um zwei Uhr zum Mittagessen nach Hause zurück, denn wie schon erwähnt, war der Tag drückend heiß; um mich etwas zu erfrischen, nahm ich nachmittags ein kaltes Bad. Um halb fünf ungefähr ging ich zum Bahnhof, um mir ein Abendblatt zu kaufen, denn die Morgenblätter hatten nur sehr unzulängliche Berichte von der Ermordung Stents, Hendersons, Ogilvys und der anderen enthalten. Auch sonst stand wenig darin, das ich nicht schon wußte. Die Marsleute ließen nicht einen Zoll von sich sehen. Sie schienen in ihrer Grube sehr geschäftig zu sein; man vernahm ein unausgesetztes Hämmern und sah fast ununterbrochen Rauchsäulen aufsteigen. Sie waren augenscheinlich beschäftigt, sich für einen Kampf in Bereitschaft zu setzen. „Erneute Versuche wurden gemacht, eine Verständigung zu erzielen, doch ohne Erfolg", das war eine stereotype Wendung der Blätter. Ein Pionier erzählte mir, der Annäherungsversuch habe darin bestanden, daß ein Mann in einer Grube an einer langen Stange eine Fahne schwenkte. Die Marsleute schenkten solchen Maßregeln ebenso große Beachtung wie wir etwa dem Brüllen einer Kuh.

Ich muß gestehen, daß mich der Anblick aller dieser Ausrüstungen und Vorbereitungen aufs äußerste erregte. Meine Einbildungskraft wurde kriegerisch und besiegte die Eindringlinge auf dutzenderlei hervorragende Weise. Ein Rest meiner Schulknabenträume von Schlacht und Heldentum wachte wieder in mir auf. Diesmal aber schien es mir kein ehrlicher Kampf zu sein. So hilflos erschienen mir jene in ihrer Grube.

Um drei Uhr etwa hörte man von Chertsey oder Addlestone her in abgemessenen Zwischenräumen die ersten Kanonenschüsse. Ich erfuhr, daß man das glimmende Fichtengehölz, in das der zweite Zylinder gefallen war, beschoß; man hoffte, das Rohr zu zerstören, bevor es sich öffnete. Indessen dauerte es bis ungefähr fünf Uhr, ehe ein Feldgeschütz Chobham erreichte, um gegen die erste Abteilung der Marsleute gerichtet zu werden.

Um sechs Uhr abends, als ich mit meiner Frau im Gartenhaus beim Tee saß und eifrig den Kampf besprach, der uns bevorstand, hörte ich gedämpften Donner von der Weide her dröhnen und unmittelbar darauf ein überaus heftiges Geschützfeuer. In blitzartiger Folge hörte ich ein furchtbares prasselndes Krachen, das den Boden erschütterte. Auf den Rasenplatz hinausstürzend, sah ich, wie die Wipfel der Bäume beim Oriental College in rauchenden roten Flammen standen und der Turm der kleinen Kirche daneben einstürzte. Die Kuppel der Moschee war verschwunden, und der Dachstuhl der Schule sah aus, als hätte ihn ein Hundertpfünder beschossen. Einer unserer Schornsteine zerbarst wie von einer Bombe getroffen; seine Hauptmasse kam über die Dachziegel herabgepoltert und bildete einen Haufen roter Trümmer auf dem Blumenbeet vor dem Fenster meines Studierzimmers.

Meine Frau und ich blieben wie betäubt stehen. Dann wurde mir klar, daß der Kamm des Maybury Hill im Bereich des Hitzestrahls der Marsleute sein müsse, jetzt, da das Schulgebäude aus dem Weg geräumt war.

Da faßte ich meine Frau am Arm, und ohne weitere Überlegung stürzte ich mich auf die Straße hinaus. Dann holte ich das Dienstmädchen und versprach ihr, den Koffer, nach dem sie jammerte, selbst herabzubringen.

„Wir können unmöglich hierbleiben", sagte ich; und während ich sprach, hörte man einen Augenblick wieder Geschützfeuer auf der Weide.

„Aber wohin sollen wir gehen?" fragte meine Frau entsetzt.

Verwirrt überlegte ich. Dann erinnerte ich mich ihrer Verwandten in Leatherhead.

„Leatherhead!" schrie ich, den plötzlichen Lärm übertönend.

Sie blickte den Hügel hinunter. Die Leute stürzten erschreckt aus ihren Häusern.

„Wie sollen wir nach Leatherhead kommen?" fragte sie.

Am Fuße des Hügels sah ich einen Trupp Husaren unter der Eisenbahnbrücke hinreiten; sie sprengten durch die offenen Tore des Oriental College. Zwei stiegen vom Pferd und begannen von Haus zu Haus zu laufen.

Die Sonne leuchtete durch den Rauch, der von den Wipfeln der Bäume aufstieg. Sie schien blutrot und warf auf alles einen ungewohnt düsteren Schein.

„Bleib hier stehen", sagte ich, „hier bist du sicher"; dann eilte ich sofort zu dem ‚Gefleckten Hund', denn ich wußte, daß der Wirt ein Pferd und einen Dogcart besaß. Ich rannte, denn ich sah voraus, daß in kürzester Zeit jeder diese Seite des Hügels verlassen würde.

Ich fand den Wirt in seinem Schlafzimmer, völlig unwissend über alles, was hinter seinem Haus vorging. Ein Mann, der mir den Rücken zuwandte, sprach mit ihm.

„Ich will ein Pfund", sagte der Wirt, „und außerdem habe ich keinen Kutscher."

„Ich gebe Ihnen zwei Pfund", sagte ich über die Schulter des Fremden hinweg.

„Wofür?"

„Und ich bringe Ihnen den Wagen um Mitternacht zurück", sagte ich.

„Herrgott!" rief der Wirt, „wozu denn die Eile? Da bleibt einem ja der Verstand stehen. Zwei Pfund, und Sie wollen ihn zurückbringen? Was ist denn los?"

Ich setzte ihm hastig auseinander, daß ich mein Haus verlassen müsse, und so sicherte ich mir das Gefährt. Es erschien mir damals längst nicht so dringend, daß auch der Wirt sein Haus verlassen müsse. Ich trug Sorge, den Wagen auf der Stelle zu bekommen, fuhr mit ihm die Straße hinunter und ließ ihn unter der Obhut meiner Frau und meines Dienstmädchens. Dann stürzte ich ins Haus zurück und raffte einige Dinge von Wert zusammen. Die Buchen unterhalb des Hauses brannten lichterloh, und das Gitter zur Straße hin glühte. Während ich noch meine Sachen packte, kam einer der Husaren heraufgelaufen. Er eilte von Haus zu Haus, um die Leute zur Flucht zu mahnen. Er lief schon wieder fort, als ich aus der Haustür trat, meine Schätze, die ich in ein Tischtuch gebunden hatte, mit mir schleppend. Ich schrie ihm nach: „Was gibt's Neues?"

Er wandte sich um, starrte mich an und brüllte etwas von „rauskriechen in einem Ding, das wie ein Schüsseldeckel aussieht". Damit lief er weiter zu dem Tor des Hauses auf der Spitze des Kammes. Ein jäher Wirbel schwarzen Rauches, der die Straße entlangzog, verbarg ihn einen Augenblick.

Ich lief zur Tür meines Nachbars, klopfte an und überzeugte mich von dem, was ich bereits wußte: Er war mit seiner Frau nach London gefahren und hatte sein Haus verschlossen. Ich eilte meinem Versprechen getreu ins Haus zurück, holte den Koffer meines Dienstmädchens, schleifte ihn heraus und befestigte ihn neben ihr auf dem Rücksitz des Wagens. Dann ergriff ich die Zügel und schwang mich auf den Kutschbock neben meine Frau. Im nächsten Augenblick waren wir Rauch und Lärm entkommen und jagten den Abhang gegenüber dem Maybury Hill hinab nach Old Woking.

Vor uns lag eine stille, sonnige Landschaft, Weizenfelder, die von jeder Seite der Straße aufstiegen, und das Wirtshaus von Maybury mit seinem hin und her schwankenden Schild. Vorne sah ich das Gefährt des Doktors. Am Fuß des Hügels wandte ich mich um, um die Hügelseite, die wir jetzt verließen, noch einmal zu sehen. Dichte Säulen schwarzen Rauches, durchzuckt von roten Feuerzungen, ragten in die stille Luft hinauf und warfen dunkle Schatten auf die grünen Baumwipfel im Osten. Der Rauch breitete sich schon weit aus, gegen das Fichtengehölz von Byfleet im Osten und gegen Woking im Westen. Die Straße war voll mit Leuten, die uns entgegenliefen. Und jetzt hörte man sehr leise, aber sehr deutlich durch die heiße, stille Luft das Knattern eines Maschinengeschützes, das aber rasch wieder verstummte, zwischendurch das Krachen von Gewehren. Die Marsleute steckten offenbar alles in der Reichweite ihres Hitzestrahls in Brand.

Ich bin kein erfahrener Kutscher und mußte sofort meine Aufmerksamkeit auf das Pferd lenken. Als ich mich wieder umblickte, hatte der zweite Hügel den schwarzen Rauch verborgen. Ich hieb mit der Peitsche auf das Pferd ein und hielt die Zügel lose, bis Woking und Send zwischen uns und jenem rasenden Tumult lagen. Den Doktor überholte ich zwischen Woking und Send.

10. Im Sturm

LEATHERHEAD ist etwa zwölf Meilen von Maybury Hill entfernt. Ein Duft von frischem Heu war in der Luft, als wir zu den üppigen Wiesen jenseits von Pyrford kamen, und die Hecken beidseits des Weges standen im fröhlichen Schmuck wilder Rosen. Das heftige Schießen, das begann, als wir den Maybury Hill hinabfuhren, hörte ebenso unvermutet auf, wie es eingesetzt hatte. Der Abend war wieder friedlich und still. Wir kamen ohne jeden Unfall um neun Uhr ungefähr nach Leatherhead. Das Pferd rastete eine Stunde, während ich mit meinen Verwandten das Abendbrot einnahm und meine Frau ihrer Obhut empfahl.

Meine Frau war während der Fahrt auffallend schweigsam gewesen und schien auch jetzt durch böse Vorahnungen bedrückt zu sein. Ich versuchte sie in jeder Weise aufzuheitern, bewies ihr, daß die Marsleute durch ihr Schwergewicht an die Grube gebunden seien und daß sie höchstens ein wenig aus ihr herauskriechen könnten. Aber sie gab mir nur einsilbige Antworten. Hätte sie nicht das Versprechen, das ich dem Wirt gegeben hatte, abgehalten, so wäre sie wohl in mich gedrungen, jene Nacht in Leatherhead zu bleiben. Wollte Gott, daß ich es getan hätte! Ich erinnere mich noch, wie weiß ihr Gesicht war, als wir Abschied nahmen.

Ich selbst war den ganzen Tag fieberhaft erregt gewesen. Etwas von dem Kriegsfieber, das gelegentlich jede zivilisierte Gemeinschaft erfaßt, war in mein Blut gefahren. Und in meinem Herzen war ich nicht sehr bekümmert, daß ich in dieser Nacht noch nach Maybury zurückmußte. Ich fürchtete sogar, daß jenes letzte Gewehrfeuer, das ich gehört hatte, die Vertilgung unserer Eindringlinge vom Mars bedeutet hatte. Genaugenommen wollte ich bei ihrem Tod dabeisein.

Es war fast elf Uhr, als ich mich zur Rückfahrt anschickte. Die Nacht war unerwartet finster. Als ich aus dem erleuchteten Hausflur trat, schien sie mir geradezu schwarz; und es war heiß und schwül wie am Tag. Zu unsern Häupten jagten die Wolken, obwohl kein Lufthauch das Buschwerk um uns bewegte. Der Diener zündete beide Wagenlampen an. Zum Glück kannte ich die Straße ganz genau. Meine Frau stand im Licht der Einfahrt und sah mir zu, bis ich mich auf den Wagen schwang. Dann wandte sie sich plötzlich um und ging hinein. Sie überließ es unsern Verwandten, mir eine glückliche Fahrt zu wünschen.

Anfangs war ich ein wenig gedrückter Stimmung, weil die ängstliche Stimmung meiner Frau mich angesteckt hatte. Sehr bald aber kehrten meine Gedanken zu den Marsleuten zurück. Ich war damals noch völlig im dunkeln, wie der Kampf am Abend verlaufen war. Ich kannte nicht einmal die Umstände, die den Zusammenstoß beschleunigt hatten. Als ich durch Ockham kam (denn zurück fuhr ich nicht wieder über Send und Old Woking), sah ich am westlichen Himmel einen blutroten Schein, der, als ich näher kam, langsam am Himmel hochstieg. Die treibenden Wolken eines drohenden Gewitters vermengten sich mit Schwaden schwarzen und roten Rauches.

Die Ripley Street war verlassen, und außer einigen beleuchteten Fenstern gab es im Dorf kein Lebenszeichen. Aber ich entging nur mit knapper Not einem Unfall an der Ecke der Straße, die nach Pyrford führt. Dort stand eine Gruppe von Leuten, die mir alle den Rücken kehrten. Sie riefen mir nichts zu, als ich an ihnen vorüberfuhr.

Ich weiß nicht, wieviel sie von den Vorgängen jenseits des Hügels wußten. Ich weiß auch nicht, ob die schweigenden Häuser, an denen mein Weg vorbeiführte, in sorglosen Schlaf versunken oder verlassen und öde waren, oder verwüstet und der Schrecken harrend, die die Nacht noch bringen sollte.

Von Ripley bis Pyrford fuhr ich im Tale des Wey, und der rote Feuerschein blieb unsichtbar, bis ich den kleinen Hügel jenseits der Kirche von Pyrford hinauffuhr. Die Bäume um mich herum bebten unter den ersten Anzeichen des Sturmes, der sich über mir zusammenzog. Dann hörte ich von der Pyrforder Kirche hinter mir Mitternacht schlagen, und dann kam die Silhouette des Maybury Hill heraus, mit seinen Baumwipfeln und seinen Dächern, die sich schwarz und scharf von der Röte abhoben. In diesem Moment erhellte ein fahler grüner Schein die Straße vor mir und beleuchtete den fernen Wald vor Addlestone. Ich spürte einen Ruck an den Zügeln. Ich sah, wie die jagenden Wolken wie von einer grünen Feuerlanze durchstochen wurden, die ihre wilden Formen erhellte und auf das Feld zu meiner Linken einschlug. Es war die dritte ‚Sternschnuppe'!

Unmittelbar nach ihrem Erscheinen zuckte, durch den Gegensatz blendend violett, der erste Blitz, und ein Donnerschlag folgte wie der Knall einer Rakete. Das Pferd verbiß sich in die Trense und ging durch.

Zum Fuße des Maybury Hill führte ein sanft ansteigender Weg, und hier rasten wir entlang. Jetzt, da das Gewitter losgebrochen war, schossen die Blitze von allen Seiten, wie ich es kaum je gesehen hatte. Die Donnerschläge, die mit seltsam krachenden Nebengeräuschen dicht aufeinander folgten, glichen eher den Explosionen einer riesigen elektrischen Maschine als den gewöhnlichen widerhallenden Detonationen. Das flakkernde Licht wirkte blendend und verwirrend, und ein dünner Hagel peitschte mein Gesicht, als ich den Abhang hinunterjagte.

Anfangs achtete ich nur auf die Straße vor mir; plötzlich aber wurde meine Aufmerksamkeit durch etwas erregt, das sich mit rasender Schnelligkeit auf dem gegenüberliegenden Abhang des Maybury Hill abwärts bewegte. Zuerst hielt ich es für das nasse Dach eines Hauses; aber ein Blitz, der einem anderen unmittelbar folgte, zeigte es mir in rascher, rollender Bewegung. Es war eine flüchtige Erscheinung – ein Augenblick verwirrender Dunkelheit, gefolgt von einem taghellen Blitz, dann traten die roten Mauern des Waisenhauses nahe dem Hügelkamm, die grünen Wipfel der Fichtenbäume und dieser zweifelhafte Gegenstand deutlich und scharf und glänzend heraus.

Und ich sah ihn wirklich! Wie soll ich ihn beschreiben? Ein ungeheurer Dreifuß, höher als viele Häuser, fuhr über die jungen Fichten und schmetterte sie in seinem Lauf zur Seite; eine wandelnde Maschine aus glitzerndem Metall, die jetzt über die Heide fuhr; gegliederte Stricke aus Stahl hingen von ihr herab, und der rasselnde Lärm ihrer Fahrt vermischte sich mit dem Getöse des Donners. Ein Blitz, und sie kam deutlich zum Vorschein, wie sie mit zwei Füßen in der Luft über einen Weg setzte, um zu verschwinden und, wie es schien, beim nächsten Blitz etwa hundert Yards näher wieder zu erscheinen. Man mag sich etwa einen schräggestellten, heftig den Boden entlanggeschleuderten Melkschemel vorstellen. Das war der Eindruck, den jene kurzen Blitze zu gewinnen erlaubten. Aber statt eines Melkschemels denke man sich den gewaltigen Körper einer Maschine auf einem dreifüßigen Gestell.

Da teilten sich plötzlich die Bäume des Fichtengehölzes auf der Anhöhe vor mir, so wie sich brüchige Schilfrohre teilen, wenn ein Mann sie durchbricht. Sie brachen kurzweg ab, fielen der Länge nach hin, und ein zweiter ungeheurer Dreifuß tauchte auf, der, wie es schien, geradenwegs auf mich zuraste. Und ich fuhr ihm eilends entgegen! Aber beim Anblick des zweiten Ungetüms wurde ich kopflos. Ohne lange zu überlegen, riß ich das Pferd herum, und im nächsten Augenblick stand der Wagen über dem gestürzten Tier; die Deichsel zerbrach mit Getöse, ich wurde zur Seite geschleudert und fiel mit aller Wucht in eine seichte Wasserpfütze.

Ich kroch auf der Stelle hinaus und duckte mich, meine Füße noch im Wasser, hinter einem Ginsterbusch. Das Pferd lag regungslos da (dem armen Tier war das Genick gebrochen), und bei den flammenden Blitzen sah ich die schwarze Masse des umgestürzten Wagens und die Umrisse des Rades, das sich noch langsam drehte. Im nächsten Augenblick kam die riesige Maschine an mir vorbei und wandte sich hügelaufwärts gegen Pyrford.

Von nahem sah der Gegenstand unglaublich seltsam aus, denn es war nicht eine bloße, sinnlose Maschine. Eine Maschine war es wohl, mit metallisch klingendem Schritt und langen, biegsamen, glitzernden Fühlern (von denen einer eine junge Fichte erfaßte), die schwingend und rasselnd von dem seltsamen Körper herabhingen. Das Ding bahnte sich mit langen Schritten seinen Weg, und das eherne, kappenartige Gehäuse obenauf bewegte sich hin und her und erweckte den zwingenden Eindruck, als sei es ein Kopf, der umhersah. Hinter dem Hauptteil der Maschine befand sich ein ungeheurer Gegenstand aus weißem Metall, wie ein riesiger Fischkorb. Massen grünen Rauches entwichen stoßweise aus den Gelenken seiner Glieder, als das Ungetüm an mir vorbeisauste. Und im Nu war es wieder fort.

Soviel sah ich damals, wenn auch undeutlich beim Flackern des Blitzes.

Als es an mir vorbeikam, erscholl aus ihm ein frohlockendes und betäubendes Heulen, das den Donner übertönte: „Alu-u, Alu-u!" In der nächsten Minute war es mit seinem Gefährten vereinigt und bückte sich, eine halbe Meile entfernt, über einen Gegenstand, der auf dem Feld lag. Ich hege nicht den leisesten Zweifel, daß dieser Gegenstand der dritte jener zehn Zylinder war, die man vom Mars auf uns gefeuert hatte.

Einige Minuten lag ich da und spähte trotz Regen und Dunkelheit beim Schein gelegentlicher Blitze nach jenen riesenhaften, metallenen Wesen, die sich in der Ferne auf und nieder bewegten. Ein dünner Hagel fiel herab, und wie die Blitze kamen und gingen, wurden die Gestalten eher nebelhaft oder strahlten in hellem Schein wieder auf. Hier und da trat eine längere Pause ein, und dann verschlang die Nacht alles.

Ich war oben vom Hagel und unten vom Pfützenwasser völlig durchnäßt. Es dauerte einige Zeit, ehe meine lähmende Verblüffung es mir erlaubte, mich in eine trockene Lage durchzukämpfen und überhaupt über die Gefahr, die mich bedrohte, nachzudenken.

Nicht weit von mir entfernt stand die kleine Holzhütte eines Waldbauern, die aus einem Zimmer bestand und von einem kleinen Kartoffelgarten umsäumt war. Ich brachte mich endlich wieder auf die Füße, und mich duckend und jede Gelegenheit eines Verstecks benützend, lief ich auf die Hütte zu. Ich hämmerte an die Türe, fand aber bei den Leuten kein Gehör (wenn Leute da waren). Nach einiger Zeit gab ich es auf und gelangte, weite Strecken durch einen feuchten Graben kriechend und von jenen riesigen Maschinen unbemerkt, in das Fichtengehölz von Maybury.

Unter dem Schutz der Bäume tastete ich mich, naß und durchfröstelt, bis zu meinem Hause durch. Ich versuchte, im Wald den Fußweg zu finden. Es war völlig dunkel im Gehölz; die Blitze wurden seltener, und der Hagel fiel in Säulen durch die Lücken der dichten Zweige.

Hätte ich die Bedeutung aller Erscheinungen, die ich gesehen hatte, klar erfaßt, dann hätte ich wohl unverzüglich den Weg über Byfleet nach Street Cobham eingeschlagen und wäre auf diese Weise zurückgekehrt, um mich mit meiner Frau in Leatherhead wieder zu treffen. Aber in jener Nacht hinderten mich die seltsamen Erlebnisse und mein elendes körperliches Befinden daran; denn ich war zerschunden, ermattet, bis auf die Haut durchnäßt und vom Sturm betäubt und geblendet.

Ich hatte nur ganz unbestimmt den Plan, zu meinem Haus zu gelangen, und das war der einzige Gedanke, der mich erfüllte. Ich stolperte über die Baumstrünke, fiel in eine Pfütze, verletzte meine Knie an einer Planke und watete endlich auf dem Weg, der vom Gasthaus ‚Zum College-Wappen' hinunterführt. Ich sage watete, denn das stürmische Wasser schwemmte den Sand in schmutzigen Wildbächen den Hügel hinab. In dieser Dunkelheit taumelte plötzlich ein Mann gegen mich und stieß mich fast zu Boden.

Er stieß einen Schreckensschrei aus, sprang zur Seite und rannte wie besessen davon, bevor ich meine Gedanken so weit sammeln konnte, um mit ihm zu sprechen. Aber die Wut des Sturmes war gerade an dieser Stelle so heftig, daß ich nur mit dem Aufgebot meiner ganzen Kräfte den Weg hügelaufwärts gewinnen konnte. Ich ging dicht an dem Geländer zu meiner Linken entlang und tastete mich an den Planken weiter.

Nahe der Spitze des Hügels stolperte ich über etwas Weiches, und beim Zucken eines Blitzes sah ich zu meinen Füßen eine Masse schwarzen Tuches und ein Paar Stiefel. Bevor ich deutlich sehen konnte, in welchem Zustand der Mann dalag, war das Flackern des Lichtes wieder verschwunden. Ich blieb über ihn gebeugt stehen und wartete auf den nächsten Blitz. Als er kam, sah ich, daß es ein kräftiger Mann war, einfach, aber nicht schäbig gekleidet; sein Kopf war unter seinem Körper verborgen, und er lag zusammengekrümmt hart am Geländer, als wäre er heftig gegen den Zaun geschleudert worden.

Den Widerwillen überwindend, der bei einem Menschen, welcher noch nie zuvor einen toten Körper berührt hat, natürlich ist, bückte ich mich nieder und kehrte ihn um, nach seinem Herzen fühlend. Er war tot. Offenbar war sein Genick gebrochen. Ein dritter Blitz zuckte, und das Gesicht des Mannes leuchtete auf. Ich sprang auf meine Füße. Es war der Wirt des ‚Gefleckten Hundes', dessen Wagen ich gemietet hatte.

Ich stieg behutsam über ihn und eilte den Hügel weiter hinauf. Ich nahm meinen Weg an der Polizei-Wachstube und dem ‚College-Wappen' vorbei zu meinem Haus. Nichts brannte auf der Hügelseite, aber auf der Weide sah man einen roten Schein, und ein wilder Qualm rotgelben Rauches kämpfte mit dem niederströmenden Hagel. Soweit ich es beim Licht der Blitze unterscheiden konnte, waren die Häuser in meiner Umgebung meist unversehrt. Vor dem Gasthaus lag eine dunkle Masse auf der Straße.

Von der Straße, abwärts gegen die Maybury Bridge zu, hörte ich Stimmen und das Geräusch von Füßen. Aber ich hatte nicht den Mut zu rufen oder hinzugehen.

Ich öffnete die Tür mit meinem Hausschlüssel, trat ein, verschloß und verriegelte das Tor, stolperte bis zum Fuß der Treppe und setzte mich nieder. Meine Einbildungskraft war erfüllt von jenen sausenden metallischen Ungetümen und von dem toten Körper, der gegen das Geländer geschleudert war.

Ich verkroch mich am Fuß der Treppe, den Rücken an der Wand, und zitterte heftig.

11. Am Fenster

Ich habe bereits erwähnt, daß meine Erregungszustände sich irgendwie von selbst erschöpfen. Nach einiger Zeit entdeckte ich, daß ich kalt und naß war, und ich bemerkte einige kleine Wasserpfützen, die sich auf dem Treppenläufer gebildet hatten. Ich stand fast mechanisch auf, ging ins Speisezimmer und trank etwas Whisky. Dann trieb mich etwas, meine Kleider zu wechseln.

Nachdem ich es getan hatte, ging ich die Treppe hinauf in mein Studierzimmer; warum, weiß ich nicht. Das Fenster meines Studierzimmers blickte über die Bäume und die Eisenbahn hinweg auf die Horsell-Weide.

In der Hast unserer Abreise war dieses Fenster offengeblieben. Der Weg war dunkel, und im Gegensatz zu dem Bild, das der Fensterrahmen einschloß, schien diese Seite des Zimmers undurchdringlich finster zu sein. Ich blieb auf der Türschwelle stehen.

Das Gewitter war vorüber. Die Türme des Oriental College und die Fichtenbäume, die sie umgeben hatten, waren verschwunden. In weiter Ferne war, von einem lebhaften roten Schein erhellt, die Weide um die Sandgruben herum sichtbar. Jenseits des Lichtes bewegten sich riesengroße, schwarze Gestalten, grotesk und seltsam, und liefen geschäftig hin und her.

Es schien in der Tat so, als stünde das ganze Land in Flammen. Eine breite Hügelseite war besät mit winzigen Feuerzungen, die in den Windstößen des sterbenden Sturmes sich wanden und drehten und einen roten Widerschein auf die Wolkenzüge über ihnen warfen. Von Zeit zu Zeit trieb ein Rauchschleier, der von einer näheren Feuersbrunst kam, am Fenster vorbei und verhüllte die Gestalten der Marsleute. Ich konnte nicht sehen, was sie taten, noch vermochte ich deutlich ihre Formen auszumachen; am allerwenigsten war ich imstande, die schwarzen Gegenstände zu erkennen, mit denen sie sich so geschäftig befaßten. Auch konnte ich das nähere Feuer nicht entdecken, obwohl sein Widerschein an den Wänden meines Studierzimmers tanzte. Ein scharfer, harziger Geruch von Feuer war in der Luft.

Geräuschlos schloß ich die Tür und schlich auf das Fenster zu. Je näher ich kam, desto mehr weitete sich mein Ausblick, bis er auf der einen Seite die Häuser beim Wokinger Bahnhof, auf der anderen das verkohlte und geschwärzte Fichtengehölz von Byflett erreichte. Unten am Fuß des Hügels, bei der Eisenbahn, nahe dem Viadukt, war ein Licht zu bemerken, und mehrere Häuser an der Straße nach Maybury und in den Gassen beim Bahnhof waren nichts als glimmende Trümmer. Das Licht auf der Bahnstrecke machte mich zuerst stutzig; ich sah eine schwarze Masse und einen lebhaften Schein und rechts davon eine Reihe gelber Rechtecke. Da erkannte ich, daß es ein zerstörter Zug war, die vorderen Teile zerschmettert und in Flammen, die hinteren Wagen noch auf den Schienen.

Zwischen diese drei Hauptfeuerherde, die Häuser, den Zug und das brennende Land bei Chobham, schoben sich unregelmäßige Strecken dunklen Bodens, hie und da durchbrochen von Streifen schwach glimmenden und rauchenden Erdreichs. Es war ein überaus seltsames Schauspiel, diese weithin ausgedehnte, mit feurigen Punkten übersäte Fläche. Leute konnte ich zuerst nicht entdecken, obwohl ich eifrig nach ihnen ausblickte. Später sah ich in der Richtung des Lichtes auf dem Wokinger Bahnhof eine Anzahl schwarzer Gestalten, die eine nach der anderen über die Lichtlinie eilten.

Und das war die kleine Welt, in der ich jahrelang so sorglos gelebt hatte, dieses feurige Chaos! Was eigentlich in den letzten sieben Stunden geschehen war, wußte ich noch immer nicht. Noch erkannte ich nicht, obwohl ich es allmählich zu erraten begann, den Zusammenhang zwischen jenen mechanischen Ungeheuern und den schwerfälligen Klumpen, die der Zylinder ausgespien hatte. In einem eigentümlichen Gefühl unpersönlichen Interesses schob ich meinen Schreibtischstuhl ans Fenster, setzte mich nieder und starrte hinaus in die geschwärzte Landschaft und besonders auf jene drei riesigen schwarzen Unholde, die dort im Lichtschein bei den Sandgruben auf und nieder eilten.

Sie schienen erstaunlich geschäftig. Ich begann mich zu fragen, was sie wohl sein könnten. Waren sie vernunftbegabte Mechanismen? Doch ich fühlte, so etwas sei unmöglich. Oder saß in jedem ein Marsmann, der es beherrschte, bewegte und leitete, so wie das Gehirn des Menschen in seinem Körper sitzt und herrscht? Ich fing an, diese Dinge mit menschlichen Maschinen zu vergleichen, mich zum erstenmal in meinem Leben zu fragen, was wohl ein vernünftiges, aber tiefer stehendes Wesen von einem Panzerschiff, einer Dampfmaschine denken möge.

Der Sturm hatte den Himmel geklärt, und über dem Rauch des brennenden Landes versank der kleine verblassende Stecknadelkopf des Mars im Westen, als ein Soldat in meinen Garten kam. Beim Gartenzaun hörte ich ein leises Scharren. Ich raffte mich aus meiner Erstarrung auf und sah deutlich, wie er über die Planken kletterte. Beim Anblick eines andern menschlichen Wesens verließ mich meine Betäubung, und ich lehnte mich eifrig aus dem Fenster.

„Pst!“ rief ich leise.

Er blieb, wie im Zweifel, auf dem Geländer rittlings sitzen. Dann stieg er herüber und kam über den Rasen zur Ecke des Hauses. Er ging vorgebeugt und trat nur leise auf.

„Wer ist da?“ rief er im gleichen Flüsterton. Er stand unter dem Fenster und spähte herauf.

„Wohin gehen Sie?“ fragte ich.

„Gott weiß es.“

„Wollen Sie sich verstecken?“

„Jawohl.“

„Kommen Sie ins Haus“, sagte ich.

Ich ging hinab, öffnete die Tür und ließ ihn herein. Dann schloß ich die Tür wieder ab. Sein Gesicht konnte ich nicht sehen. Er war ohne Hut, und sein Rock war offen.

„Mein Gott!“ sagte er, als ich ihn hereinzog.

„Was ist denn geschehen?“ fragte ich.

„Was ist nicht geschehen?“ Selbst in der Dunkelheit konnte ich sehen, wie er eine Gebärde der Verzweiflung machte. „Sie haben uns weggewischt – einfach weggewischt“, wiederholte er immer wieder.

Er folgte mir fast mechanisch ins Speisezimmer.

„Nehmen Sie etwas Whisky", sagte ich und schenkte ihm ein tüchtiges Glas voll ein.

Er trank es aus. Dann setzte er sich plötzlich an den Tisch, legte seinen Kopf auf seine Arme und begann zu weinen und zu schluchzen wie ein kleines Kind, in einer geradezu leidenschaftlichen Erregung. Ich stand in einer merkwürdigen Vergeßlichkeit für meine eigene, eben empfundene Verzweiflung neben ihm und staunte.

Es dauerte eine Weile, ehe er seiner Nerven so weit Herr wurde, um meine Fragen zu beantworten, und dann konnte er nur verworren und gebrochen sprechen. Er war Kutscher in der Artillerie und war erst um sieben Uhr ins Gefecht gekommen. Zu jener Zeit war das Geschützfeuer auf der Weide schon in vollem Gange. Man sagte, daß die erste Abteilung der Marsleute langsam zum zweiten Zylinder hinkroch, unter dem Schutz eines Metallschildes.

Später erhob sich dieser Schild auf ein dreifüßiges Gestell und wurde die erste jener Kriegsmaschinen, die ich gesehen hatte. Das Geschütz, das er lenkte, war bei Horsell abgeprotzt worden, mit dem Befehl, die Sandgruben zu bestreichen, und seine Ankunft hatte den Kampf beschleunigt.

Als die Protzwagenkanoniere sich zur Nachhut begaben, trat sein Pferd in ein Kaninchenloch, kam zu Fall und schleuderte ihn in eine eingesunkene Erdstelle. Im selben Augenblick explodierte die Kanone hinter ihm, die Munition flog in die Luft, alles um ihn herum stand in Flammen, und er fand sich unter einem Haufen verkohlter Leichen und toter Pferde liegen.

„Ich lag ganz still", erzählte er, „besinnungslos vor Schrecken, das Vorderteil eines Pferdes auf mir. Wir waren weggewischt worden. Und der Geruch – guter Gott! Wie verbranntes Fleisch! Mein ganzer Rücken war wund durch den Sturz des Pferdes, und ich mußte dort liegenbleiben, bis ich mich besser fühlte. Eine Minute vorher war es noch wie bei einer Parade gewesen – dann ein Stolpern, ein Krachen, ein Zischen!

Weggewischt!" sagte er.

Lange Zeit lag er unter dem toten Pferd verborgen; nur verstohlen spähte er auf die Weide hinaus. Die Cardigan-Leute hatten einen Sturm versucht, in Plänkelordnung, auf die Grube los, um einfach aus dem Leben hinausgefegt zu werden. Dann hatte sich das Ungetüm auf seine Füße erhoben und wanderte gemächlich zwischen den wenigen Flüchtigen die Weide entlang auf und ab. Dabei drehte sich seine kopfartige Bedachung nach allen Seiten genauso wie der Kopf eines mit einer Kapuze bekleideten Menschen. Eine Art Arm trug einen komplizierten metallischen Behälter, aus dem grüne Blitze sprühten, und aus einem daran befestigten Trichter fuhr der Hitzestrahl.

Soweit der Soldat sehen konnte, war auf der Weide nach wenigen Minuten kein lebendes Wesen mehr übriggeblieben, und jeder Busch, jeder Baum, der nicht schon ein geschwärztes Gerippe war, stand in Flammen. Jenseits der Bodenerhebung hatten die Husaren auf der Straße gestanden, aber er sah keine Spur von ihnen. Er hörte noch einige Zeit die Maximgeschütze rasseln, aber dann wurde alles still. Das Ungeheuer schonte den Wokinger Bahnhof und die Häusergruppe um ihn bis zuletzt; dann aber wurde plötzlich der Hitzestrahl hingelenkt, und die Stadt wurde ein Haufen brennender Trümmer. Darauf schloß die Maschine den Hitzestrahl und begann, indem sie dem Artilleristen den Rücken wandte, gegen das glühende Fichtengehölz zu watscheln, das den zweiten Zylinder barg. Im selben Augenblick erhob sich ein zweiter glitzernder Titan aus der Grube.

Das zweite Ungetüm folgte dem ersten, und dann erst begann der Artillerist sehr behutsam über die heiße Heidenasche hin nach Horsell zu kriechen. Es glückte ihm, lebend in einen feuchten Straßengraben zu gelangen, und so entkam er nach Woking. Von da an bestand sein Bericht nur aus wirren Ausrufen. Durch den Ort zu kommen war unmöglich. Nur wenige Leute schienen noch am Leben zu sein, die meisten waren wahnsinnig, viele mit Brandwunden oder halbverbrüht. Er ging um das Feuer herum und verbarg sich unter einigen, fast versengend heißen Trümmern zerborstenen Mauerwerks. Da kehrte eines der Marsungeheuer zurück. Er sah, wie es einen Mann verfolgte, ihn mit einem seiner stählernen Fühler ergriff und seinen Kopf gegen den Stamm einer Fichte schmetterte. Endlich, nach Einbruch der Nacht, lief der Artillerist in eiliger Hast zum Bahndamm und gelangte glücklich hinüber.

Seitdem hatte er sich weiter nach Maybury zu fortgeschlichen, in der Hoffnung, weiteren Gefahren zu entrinnen, wenn er die Richtung nach London einschlug. Die Leute hielten sich in Gräben und Kellern verborgen, und viele der Überlebenden hatten sich nach Woking Village und Send aufgemacht. Der Mann war fast verschmachtet vor Durst, bis er endlich in der Nähe des Brückenbogens der Eisenbahn ein geborstenes Wasserrohr entdeckte, aus dem das Wasser sich wie aus einer Quelle auf die Straße ergoß.

Das war der Bericht, den ich Stück für Stück aus ihm herausbekam. Während des Erzählens wurde er ruhiger und versuchte, mir die Dinge so anschaulich zu machen, wie er sie gesehen hatte. Seit Mittag, sagte er mir gleich anfangs, hatte er keinen Bissen zu sich genommen. Ich fand etwas

Hammelfleisch und Brot in der Speisekammer und brachte es ins Zimmer. Wir zündeten keine Lampen an, aus Furcht, die Aufmerksamkeit der Marsleute auf uns zu lenken. Und immer wieder stießen unsere Hände zusammen, wenn wir nach Brot oder Fleisch langten. Während er sprach, traten die Gegenstände um uns etwas aus der Dunkelheit heraus, und die niedergetretenen Büsche und Rosensträucher draußen wurden sichtbar. Es sah aus, als hätte eine Schar Menschen oder Tiere den Rasen zerstampft. Allmählich nahm ich auch das Gesicht meines Gastes wahr; es war geschwärzt und eingefallen wie ohne Zweifel auch das meine.

Nachdem wir unsere Mahlzeit beendigt hatten, tappten wir leise in mein Studierzimmer hinauf, und ich blickte wieder durch das offene Fenster. In einer einzigen Nacht war aus dem Tal eine Aschenstätte geworden. Die Feuer waren jetzt heruntergebrannt. Wo Flammen gewesen waren, sah man jetzt nur Rauchsäulen. Aber die zahllosen Trümmer eingestürzter und verwüsteter Häuser, die geborstenen und geschwärzten Bäume, welche die Nacht verhüllt hatte, erhoben sich nun unheimlich und furchtbar in dem unbarmherzigen Schein der Morgendämmerung. Hie und da aber war ein Gegenstand glücklich dem Verderben entronnen – hier ein weißes Eisenbahnsignal, dort das Ende eines Glashauses, weiß und heil inmitten der Verheerung. Nie vorher in der Geschichte der Kriegführung war eine Zerstörung so wahllos und allgemein vor sich gegangen. Und beleuchtet von dem aufsteigenden Licht im Osten, standen drei jener metallischen Riesen bei der Grube. Ihre Dachkappen drehten sich im Kreise herum, als überblickten sie die Verwüstung, die sie angerichtet hatten.

Mir schien, als hätte der Krater sich erweitert. Und immer wieder fuhren Stöße lebhaft grünen Dampfes gegen den heller werdenden Himmel auf – fuhren auf, drehten sich wirbelnd, verteilten sich und verschwanden.

Jenseits erblickte man die Feuersäulen von Chobham. Sie wurden Säulen blutigroten Rauches beim ersten Strahl des Tages.

12. Was ich von der Zerstörung von Weybridge und Shepperton gesehen habe

Als es heller wurde, zogen wir uns vom Fenster zurück und gingen leise die Stiege hinab.

Der Artillerist stimmte mit mir überein, daß das Haus nicht der Ort sei, um dort zu verweilen. Wie er mir sagte, wollte er die Richtung nach London einschlagen, um dort mit seiner Batterie – Nr. 12 von der reitenden Artillerie – zusammenzutreffen. Meine Absicht war es, sofort nach Leatherhead zurückzukehren; und so sehr hatte mich die Kraft der Marsleute beeindruckt, daß ich fest entschlossen war, meine Frau nach Newhaven zu bringen, um von dort mit ihr unverzüglich das Land zu verlassen. Denn ich hatte klar begriffen, daß die Gegend um London unvermeidlich der Schauplatz verhängnisvoller Kämpfe werden müsse, ehe Geschöpfe wie diese vernichtet werden konnten.

Aber zwischen uns und Leatherhead lag der dritte Zylinder bei den wachsamen Riesen. Wäre ich allein gewesen, so hätte ich wahrscheinlich alles in die Schanze geschlagen und wäre querfeldein gegangen. Aber der Artillerist riet mir davon ab: „Einer rechten Frau", sagte er, „erweist man keinen Gefallen, wenn man sie zur Witwe macht." Und schließlich ließ ich mich überreden, im Schutz der Wälder mit ihm nördlich bis Street Cobham zu gehen. Dort wollten wir uns trennen. Dann wollte ich einen großen Umweg über Epsom machen, um Leatherhead zu erreichen.

Ich wäre auf der Stelle aufgebrochen, aber mein Gefährte hatte im aktiven Dienst gestanden und verstand es besser. Er veranlaßte mich, das ganze Haus nach einer Feldflasche zu durchstöbern, die er mit Whisky füllte; und jede mögliche Tasche stopften wir mit Zwieback und Fleischschnitten voll. Dann schlichen wir uns aus dem Hause und liefen, so schnell wir konnten, die schlechte Straße hinab, auf der ich die Nacht vorher gekommen war.

Die Häuser schienen verlassen. Auf der Straße lagen dicht nebeneinander drei vom Hitzestrahl getroffene Leichen; und hie und da sah man Gegenstände, welche die Leute auf ihrer Flucht verloren hatten – eine Uhr, einen Pantoffel, einen Silberlöffel und ähnliche armselige Kostbarkeiten. An der Ecke vor dem Postamt stand ein kleiner Karren, mit Koffern und Hausgerät bepackt, ohne Pferd, halb umgestürzt, mit einem gebrochenen Rad. Eine Geldschatulle war hastig aufgebrochen und in den Wirrwarr zurückgeschleudert worden.

Außer dem Pförtnerhäuschen beim Waisenhaus, das noch immer brannte, hatte keines der Häuser hier sehr gelitten. Der Hitzestrahl hatte die Schornsteine abgeschlagen und war weitergefahren. Dennoch schien es außer uns keine lebende Seele am Maybury Hill zu geben. Die Mehrheit der Bewohner hatte auf der Straße nach Old Woking – derselben, auf der ich nach Leatherhead gefahren war – ihr Heil in der Flucht gesucht, oder sie hielt sich verborgen.

Wir gingen den kleinen Feldweg hinab, vorbei an der Leiche des Mannes in Schwarz, die jetzt vom nächtlichen Hagelschlag ganz durchnäßt war, und schlugen uns am Fuß des Hügels in das Gehölz. Wir arbeiteten uns bis zur Eisenbahn durch, ohne einer lebenden Seele zu begegnen. Der Wald jenseits des Eisenbahndammes war nur noch die geborstene und verkohlte Ruine eines Waldes; zum größten Teil waren die Bäume umgestürzt, aber eine geringe Anzahl stand noch da, trostlose graue Stämme mit dunkelbraunen statt grünen Nadeln.

Auf unserer Seite hatte das Feuer nur einige näher stehende Bäume versengt; doch nicht genügend, um einen Brand zu entfachen. An einer Stelle hatten die Holzfäller noch am Samstag gearbeitet; gefällte und frisch geschnittene Baumstämme lagen mit ganzen Hügeln von Sägespänen neben der Sägemaschine und ihrem Motor in einer Lichtung. Dicht daneben sah man eine nur für vorübergehenden Gebrauch gezimmerte Hütte, die verlassen dalag. Nicht ein Lüftchen regte sich an diesem Morgen, und alles war seltsam still. Selbst die Vögel waren verstummt, und als wir so entlangeilten, sprachen der Artillerist und ich nur im Flüsterton, und von Zeit zu Zeit blickten wir über die Schulter zurück. Ein- oder zweimal hielten wir an, um zu lauschen.

Nach einiger Zeit näherten wir uns der Straße, und als wir ihr ganz nahe kamen, hörten wir das Klappern von Hufen und sahen durch die Baumstämme drei Kavalleristen, die langsam auf Woking zuritten. Wir riefen sie an, und sie machten halt, während wir auf sie zueilten. Es waren ein Leutnant und zwei Mann von den 8. Husaren. Sie trugen ein Gestell, das wie ein Theodolit aussah, das aber der Artillerist mir als Heliographen erklärte.

„Sie sind die ersten Menschen, die ich auf dieser Straße heute morgen gesehen habe", sagte der Leutnant, „was ist denn eigentlich los?"

Seine Stimme und sein Gesicht waren erfüllt von Wißbegierde. Auch die Soldaten hinter ihm starrten uns neugierig an. Der Artillerist sprang über den Graben auf die Straße hinab und salutierte.

„Kanonen zerstört vorige Nacht, Herr Leutnant. Habe mich versteckt. Versuche zur Batterie zurückzukommen, Herr Leutnant. Sie werden, wenn Sie noch eine halbe Meile auf dieser Straße reiten, die Marsleute zu Gesicht bekommen, glaube ich."

„Wie zum Kuckuck sehen die denn aus?" fragte der Leutnant.

„Riesen in Rüstung, Herr Leutnant. Hundert Fuß hoch. Drei Beine und ein Rumpf wie Aluminium, mit einem ungeheuren Kopf in einer Kappe, Herr Leutnant."

„Hören Sie doch auf!" rief der Leutnant. „Was für ein verfluchter Unsinn!"

„Sie werden schon sehen, Herr Leutnant. Sie führen eine Art Kasten mit sich, der Feuer ausspeit und Sie totschlägt."

„Was meinen Sie eigentlich – ein Geschütz?"

„Nein, Herr Leutnant", und der Artillerist gab nun eine lebhafte Beschreibung des Hitzestrahls. Mitten in seiner Schilderung unterbrach ihn der Leutnant und blickte nach mir. Ich stand noch immer auf dem Damm neben der Straße.

„Haben Sie es gesehen?" fragte der Leutnant.

„Es ist vollkommen wahr", erwiderte ich.

„So", sagte der Leutnant, „dann glaube ich, ist es wohl auch meine Pflicht, es anzusehen. Passen Sie auf" – er wandte sich an den Artilleristen –, „wir sind hier verteilt, um die Leute aus ihren Häusern zu schaffen. Sie tun am besten, wenn Sie sich beim Brigade-General Marvin melden und ihm alles berichten, was Sie wissen. Er ist in Weybridge. Weg bekannt?"

„Ich kenne ihn", sagte ich. Er wandte sein Pferd wieder südwärts.

„Eine halbe Meile, sagen Sie?" fragte er.

„Höchstens", entgegnete ich und wies über die Baumwipfel nach Süden. Er dankte mir und ritt weiter. Wir haben sie nie wieder gesehen.

Etwas weiter stießen wir auf eine Gruppe von drei Frauen und zwei Kindern. Sie waren eifrig damit beschäftigt, die Hütte eines Tagelöhners auszuräumen. Sie hatten sich einen kleinen Handwagen verschafft und beluden ihn mit unsauber aussehenden Bündeln und schäbigem Hausgerät. Sie waren viel zu eifrig am Werk, um uns anzusprechen, als wir vorübergingen.

Beim Bahnhof von Byfleet kamen wir aus den Fichtenbäumen heraus und fanden im Licht der Morgensonne das Land ruhig und friedlich. Wir befanden uns jetzt weit außerhalb des Bereiches des Hitzestrahls; wären nicht die große Stille und Verlassenheit in manchen Häusern gewesen und das geschäftige Treiben und Packen in andern, hätten wir nicht die kleine Gruppe von Soldaten gesehen, die bei der Eisenbahnbrücke stand und fortwährend nach Woking hinüberstarrte – es wäre ein Tag sehr ähnlich jedem anderen Sonntag gewesen.

Einige Bauernwagen und Karren bewegten sich ächzend auf der Straße, die nach Oddlestone führt. Plötzlich bemerkten wir durch das Gatter eines Feldes, jenseits eines Streifens ebenen Wiesengrundes, sechs Zwölfpfünder, in gleichmäßigen Abständen aufgestellt und gegen Woking gerichtet. Die Kanoniere standen bei den Geschützen in Bereitschaft, und die Munitionswagen befanden sich in gefechtsmäßiger Entfernung. Die Leute standen da, als warteten sie auf augenblicklichen Befehl.

„Sehr gut!" sagte ich. „Einen Schuß werden sie auf alle Fälle abbekommen."

Der Artillerist zögerte am Gatter.

„Ich gehe weiter!" sagte er.

Weiter gegen Weybridge zu, gerade bei der Brücke, stand eine Anzahl Soldaten in weißen Arbeitskitteln und warf eine lange Schanze auf. Dahinter wieder einige Geschütze.

„Einerlei, das nenne ich Pfeil und Bogen gegen Blitze", sagte der Artillerist. „Die haben den Feuerstrahl noch nicht gesehen."

Die Offiziere, die nicht beschäftigt waren, standen da und blickten unverwandt über die Baumwipfel südwestwärts. Und die Mannschaft hielt alle Augenblicke mit dem Graben inne, um in dieselbe Richtung zu starren.

Byfleet war in wilder Bewegung. Die Leute packten ein, und ein Trupp Husaren, einige zu Fuß, andere beritten, jagte sie durcheinander. Drei oder vier schwarze, stattliche Wagen mit dem Kreuz in weißem Feld und ein alter Stellwagen wurden nebst andern Gefährten in der Dorfstraße beladen. Es waren Scharen von Leuten in den Straßen, die meisten von ihnen sonntäglich genug gestimmt, um mit ihren besten Gewändern bekleidet zu sein.

Die Soldaten hatten die größte Mühe, ihnen den Ernst ihrer Lage begreiflich zu machen. Wir sahen einen runzligen alten Gesellen mit einer riesigen Kiste und etwa zwanzig oder mehr Blumentöpfen mit Orchideen, wie er wütend einen Korporal anfuhr, der die Blumen zurücklassen wollte. Ich blieb stehen und faßte ihn beim Arm.

„Wissen Sie, was dort drüben ist?" fragte ich ihn und wies auf die Fichtenwipfel, welche die Marsleute verbargen.

„Was?" sagte er und wandte sich um, „ich habe eben erklärt, wie kostbar diese Blumen sind."

„Der Tod!" schrie ich. „Der Tod kommt! Der Tod!" Und indem ich es ihm überließ, das hinunterzuwürgen, so gut er konnte, eilte ich dem Artilleristen nach. An der Ecke blickte ich zurück. Der Soldat hatte ihn stehengelassen; aber er stand noch bei seiner Kiste und den Orchideentöpfen und starrte verständnislos über die Bäume hinweg.

Kein Mensch in Weybridge konnte uns sagen, wo das Hauptquartier aufgeschlagen war. Der ganze Ort befand sich in einem Zustande geräuschvoller Verwirrung, den ich in noch keiner Stadt vorher gesehen hatte. Überall Karren und Wagen, die erstaunlichsten Zusammensetzungen von Fahrgelegenheiten und Pferdematerial. Die angesehenen Einwohner des Ortes, Männer in Golf- und Ruderkostümen, hübsch gekleidete Frauen, alle packten ein, von den Flußbummlern kräftig unterstützt. Die Kinder aufgeregt und zum größten Teil höchlichst entzückt über diese erstaunliche Änderung ihrer Sonntagserfahrungen. Und inmitten dieses Wirrwarrs stand der würdige Prediger, der mit anerkennenswertem Mut einen Frühgottesdienst abhielt. Seine Glocke schrillte in die Aufregung hinein.

Der Artillerist und ich saßen auf der Sockelstufe des Trinkbrunnens und hielten mit den mitgenommenen Eßvorräten eine ganz leidliche Mahlzeit. Soldaten-Patrouillen, hier nicht Husaren, sondern weiße Grenadiere, ermahnten die Leute, nicht länger zu zögern, sondern zu fliehen oder in den Kellern ihre Zuflucht zu nehmen, sobald das Schießen beginnen werde. Als wir die Eisenbahnbrücke überschritten, sahen wir, daß ein stetig anwachsender Menschenhaufen sich in und vor dem Bahnhof angesammelt hatte und daß der Bahnsteig mit Koffern und Paketen überhäuft war.

Wir hielten uns einige Zeit in Weybridge auf. Um die Mittagsstunde befanden wir uns an der Stelle neben der Sheppertonschleuse, an der Wey und Themse sich vereinigen. Der Wey hat eine dreiteilige Mündung, und an dieser Stelle kann man Boote mieten, oder man benutzt die Fähre, die über den Fluß führt. Auf der Seite von Shepperton war ein Gasthaus mit einem Rasenplatz, und dahinter erhob sich der Turm der Sheppertoner Kirche über den Bäumen.

Hier fanden wir einen erregten und lärmenden Haufen Flüchtiger versammelt. Bisher war die Flucht noch nicht zu einer Panik angewachsen; doch waren schon jetzt viel mehr Leute da, als die Boote, die hin- und herfuhren, aufnehmen konnten. Immer mehr Menschen kamen, die unter ihren schweren Lasten keuchten. Ein Ehepaar schleppte sogar eine kleine Haustüre heran, auf die es seine Gerätschaften getürmt hatte. Ein Mann meinte, er würde versuchen, vom Sheppertoner Bahnhof abzufahren.

Es wurde viel hin und her geschrien, und jemand machte sogar Witze. Die Leute schienen sich vorzustellen, daß die Marsleute einfach furchtbare menschliche Wesen seien, die wohl eine Stadt angreifen und plündern könnten, aber die man schließlich doch ganz gewiß vernichten werde. Jeden Augenblick spähten die Leute über den Weg hinweg nach den Wiesen vor Chertsey. Dort aber war alles ruhig.

Jenseits der Themse, außer gerade dort, wo die Boote landeten, war alles still, in grellem Gegensatz zur Surreyseite. Die Leute, welche dort landeten, trabten alle den Feldweg hinab. Das große Fährboot hatte eben eine Fahrt zurückgelegt. Drei oder vier Soldaten standen auf dem Rasenplatz des Gasthauses, gafften und machten sich über die Flüchtlinge lustig, ohne Miene zu machen, ihnen zu helfen. Das Gasthaus war vorschriftsmäßig geschlossen.

»Was ist das?« rief ein Bootsmann, und „Kusch dich, du Narr!" herrschte ein Mann neben mir seinen kläffenden Hund an. Da war der Ton wieder, dieses Mal aus der Gegend von Chertsey, ein dumpfer Schlag – das Feuern eines Geschützes.

Die Schlacht begann. Fast unmittelbar fielen unsichtbare Batterien – unsichtbar wegen der Bäume – jenseits des Flusses zu unserer Rechten in den Chor ein, heftig feuernd – eine nach der andern. Eine Frau kreischte. Jedermann stand bei dem plötzlichen Beginn der Schlacht wie gebannt da; sie tobte neben uns und uns doch unsichtbar. Nichts war zu sehen als ebene Wiesen und unbekümmert weitergrasende Kühe und beschnittene Silberweiden, die regungslos im warmen Sonnenlicht standen.

»Die Soldaten werden sie schon aufhalten«, meinte eine Frau neben mir etwas unsicher. Ein feiner Rauch erhob sich über den Baumkronen.

Plötzlich sahen wir eine Rauchwolke weit oben am Fluß, ein Rauchstoß, der in die Luft schoß und dort hängenblieb. Im selben Augenblick hob sich der Boden unter unsern Füßen, und ein heftiger Zündschlag erschütterte die Luft; einige Fenster in den näher gelegenen Häusern zerschellten. Wir blieben betäubt stehen.

„Da sind sie!" schrie ein Mann in blauem Jersey. „Da drüben! Seht ihr's nicht? Da drüben!"

Blitzschnell, einer nach dem andern, tauchten ein, zwei, drei, vier gepanzerte Marsleute in weiter Ferne bei den kleinen Bäumen jenseits der ebenen Wiesen auf, die sich nach Chertsey hinziehen. Sie näherten sich eilends dem Fluß. Kleine kapuzinerartige Gestalten schienen sie zuerst, die sich rollend fortbewegten, schnell wie fliegende Vögel.

Dann kam ein fünfter in schräger Richtung auf uns zu. Ihre gepanzerten Leiber glitzerten in der Sonne, als sie auf die Geschütze zurasten, und im Näherkommen wuchsen sie mit reißender Schnelligkeit. Der, der am weitesten entfernt, ganz links war, schwang einen ungeheuren Behälter in der Luft, und der geisterhafte, furchtbare Hitzestrahl, den ich schon Freitag nachts gesehen hatte, fuhr gegen Chertsey und traf die Stadt.

Beim Anblick dieser seltsamen, schnellen, schrecklichen Geschöpfe schien die Menge am Ufer vor Schrecken erstarrt zu sein. Man hörte weder Schreien noch Jammern. Alles blieb still. Dann ein heiseres Gemurmel, eine Bewegung von Füßen – ein Aufspritzen von Wasser. Ein Mann, der zu erschreckt war, um seine Reisetasche von der Schulter fallen zu lassen, warf sich herum und stieß mich mit seiner Bürde fast zu

Boden. Eine Frau stieß mit ihrer Hand nach mir und stürzte an mir vorüber. Zugleich mit der Menge wandte ich mich um; aber mein Entsetzen war nicht stark genug, um mich am Denken zu hindern. Der furchtbare Hitzestrahl beschäftigte meine Gedanken. Unter das Wasser flüchten! Das war das Richtige!

„Unters Wasser!“ schrie ich, ohne gehört zu werden.

Ich wandte mich wieder um und rannte dem herankommenden Marsmann entgegen – rannte spornstreichs die kiesige Böschung hinab und stürzte mich kopfüber ins Wasser. Andere folgten mir. Ein Boot kam zurück, und die Leute sprangen heraus, als ich an ihnen vorbeistürmte. Die Steine unter meinen Füßen waren lehmig und schlüpfrig, und der Fluß war so seicht, daß ich vielleicht zwanzig Fuß weit lief und das Wasser mir nur bis zur Hüfte reichte. Dann, als der Marsmann kaum zweihundert Yards entfernt zu meinen Häupten auftauchte, warf ich mich nieder und tauchte unter. Sooft die Leute aus den Booten in den Fluß sprangen, scholl es wie Donnerschläge in meinen Ohren. Auf beiden Seiten des Flusses stiegen Leute ans Land.

Aber die Marsmaschine beachtete diese hin und her laufende Menschenmenge nicht mehr, als etwa ein Mensch, der mit dem Fuß einen Ameisenhaufen zerstört hat, dessen Verwirrung beachtet. Als ich, halb erstickt, meinen Kopf über das Wasser erhob, war die Dachhaube des Marsmannes gegen die Batterien gerichtet, die noch immer über den Fluß schossen; und als er herankam, schwang er frei in der Luft jenes Ding, das der Generator des Hitzestrahls sein mußte.

Im nächsten Augenblick war die Maschine am Ufer, und weit ausschreitend watete sie halb durch. Die Knie der Vorderbeine waren schon auf dem andern Ufer, und gleich darauf erhob es sich schon zu seiner vollen Höhe, ganz in der Nähe von Shepperton. Sofort begannen die sechs Geschütze, welche jedermann unsichtbar am rechten Ufer hinter den Ausläufern des Dorfes verborgen waren, gleichzeitig zu feuern. Die unerwartete Nähe der Erschütterung, die Schnelligkeit, mit der der letzte Schuß dem ersten folgte, ließen meine Pulse fliegen. Das Ungeheuer erhob schon den Hitzestrahlgenerator, als die erste Bombe sechs Yards über der Dachhaube platzte.

Ich stieß einen Schrei des Erstaunens aus. Ich sah und hörte nichts von den vier andern Marsungetümen, meine Aufmerksamkeit galt einzig und allein dem naheliegendsten Ereignis. Gleichzeitig barsten zwei weitere Bomben in der Luft dicht neben dem Körper des Riesen; er drehte die Dachhaube gerade zur rechten Zeit, um die vierte Bombe zu erhalten, aber nicht rasch genug, um ihr auszuweichen.

Die Bombe fuhr mitten in das Gesicht des Marsmannes. Die Haube blähte sich, blitzte auf und zersprang in ein Dutzend zerschellter Stücke roten Fleisches und glitzernden Metalles.

„Getroffen!" schrie ich; meine Stimme klang halb kreischend, halb jubelnd.

Ich hörte die antwortenden Schreie von den Leuten, die um mich herum im Wasser standen. In der augenblicklichen freudigen Stimmung hätte ich aus dem Wasser springen können.

Der enthauptete Koloß wankte wie ein betrunkener Riese. Aber er stürzte nicht. Wie durch ein Wunder gewann er sein Gleichgewicht wieder. Nichts war mehr da, das seinen Lauf zügelte, und der Generator, der den Hitzestrahl abfeuerte, blieb hocherhoben. So raste er polternd auf Shepperton los. Die lebende Intelligenz, der Marsmann in der Dachhaube, war erschlagen, und seine Reste waren in alle Winde zerstoben; das Ding war jetzt bloß noch ein wildes Gewirr von Metall, das seiner Vernichtung entgegeneilte. Ledig jeder Leitung, fuhr es in gerader Richtung weiter. Es traf den Turm der Sheppertoner Kirche, zerschmetterte ihn, so wie ein Rammbock ihn zerschmettert hätte, bog seitwärts ab, polterte weiter, stürzte endlich unter ungeheurem Getöse in den Fluß und entschwand meinen Blicken.

Ein heftiger Zündschlag erschütterte die Luft. Ein Strahl von Wasser, Dampf, Schmutz und zersplittertem Metall schoß hoch auf. Als der Generator mit dem Hitzestrahl das Wasser berührte, verwandelte sich dieses unmittelbar in Dampf. Im nächsten Augenblick wälzte sich eine ungeheure Woge wie eine schlammige Springflutwelle, aber fast kochend heiß, den gekrümmten oberen Teil des Flusses entlang. Ich sah, wie Leute dem Ufer zustrebten, und hörte ihre jammernden Schreie nur undeutlich neben dem Zischen und Brüllen, das den Zusammenbruch des Marsungeheuers begleitete.

Für den Augenblick beachtete ich die Hitze nicht und vergaß das dringende Gebot der Selbsterhaltung. Ich watete durch das tosende Wasser, stieß einen schwarzgekleideten Mann zur Seite, um vorwärts zu kommen, bis ich endlich um die Biegung des Flusses sehen konnte. Ein halbes Dutzend verlassener Boote trieb ziellos auf dem Wellengewirr umher. Weiter unten sah ich das gestürzte Marsungetüm quer über dem Flusse liegen; der größte Teil war unter Wasser.

Dichte Wolken von Dampf strömten aus dem Wrack, und durch die wie toll wirbelnden Wellen konnte ich die riesenhaften Glieder sehen, wie sie das Wasser bewegten und einen Schauer von Schlamm und Schaum aufpeitschten. Die Fühler griffen und schlugen um sich wie lebende Arme, und abgesehen von der hilflosen Zwecklosigkeit dieser Bewegungen, sah das Ganze aus, als führe ein verwundetes Geschöpf mit den Wellen einen verzweifelten Kampf um sein Leben. Ungeheure Mengen einer rötlich-braunen Flüssigkeit quollen zischend aus der Maschine.

Meine Aufmerksamkeit wurde von diesem Anblick durch ein wütendes Heulen abgelenkt, wie man es in unseren Fabrikstädten von Sirenen hört. Ein Mann, der knietief im Wasser neben dem Leinpfad stand, rief mich laut flüsternd an und machte mir ein Zeichen. Zurückblickend sah ich die andern Marsleute mit Riesenschritten das Flußufer aus der Richtung von Chertsey herabeilen. Diesmal sprachen die Geschütze von Shepperton vergeblich.

Ich tauchte sofort unter, hielt den Atem an, bis jede Bewegung in mir erstarrte, und trieb mich von Schmerz gequält unter dem Wasser weiter, solange es mir möglich war. Das Wasser um mich war in wildem Aufruhr und wurde unaufhörlich heißer. Als ich einen Augenblick meinen Kopf aus dem Wasser steckte, um Atem zu schöpfen und Haare und Wasser aus den Augen zu wischen, stieg der Dampf wie ein wirbelnder weißer Nebel auf, der die Marsleute zuerst meinen Blicken entzog.

Der Lärm war betäubend. Dann aber sah ich sie, riesige graue Gestalten, durch den Nebel noch vergrößert. Sie waren an mir vorübergeschritten, und zwei von ihnen beugten sich gerade über die schäumenden und tobenden Trümmer ihres Kameraden.

Der dritte und der vierte standen neben ihnen im Wasser, einer vielleicht 200 Yards von mir entfernt, der andere nach Laleham blickend. Sie hielten die Hitzestrahlgeneratoren hoch in die Luft, und die zischenden Strahlen fuhren nach allen Richtungen.

Die Luft war von Lärm erfüllt, von einem betäubenden und verwirrenden Gemisch von Geräuschen, von dem klirrenden Getöse der Marsmaschinen, dem Krachen einstürzender Häuser, dem dumpfen Aufschlagen der Bäume, Gitter und flammenumzüngelten Scheunen und dem Knattern und Prasseln des Feuers. Dichter schwarzer Rauch fuhr auf und vermischte sich mit dem Dampf des Flusses; und wo der Hitzestrahl über Weybridge hinfuhr, loderte weißglühendes Licht auf, das sich sofort in einen rauchigen Tanz gelblicher Flammen verwandelte. Die näher liegenden Häuser waren noch unversehrt; beschattet, durch den Qualm undeutlich und düster, erwarteten sie ihr Schicksal, während das Feuer hinter ihnen auf und nieder raste.

Nur einen Augenblick stand ich in dem brusthohen, fast kochenden Wasser, betäubt von meiner Lage, ohne Hoffnung zu entrinnen. Durch den Qualm hindurch konnte ich die Leute sehen, die mit mir im Fluß gewesen waren; wie kleine Frösche, die durchs Gras fliehen, wenn ein Mensch sie aufschreckt, arbeiteten sie sich durch das Schilf aus dem Wasser oder rannten in wildem Entsetzen am Leinpfad auf und ab.

Plötzlich kamen die weißen Blitze des Hitzestrahls auf mich zugeschossen. Die Häuser sanken bei ihrer Berührung zusammen und spien Flammen aus; die Bäume verwandelten sich mit Getöse in Feuersäulen. Die Blitze flackerten auf dem Leinpfad auf und ab und verzehrten die Leute, die dort planlos auf und nieder liefen. Dann näherten sie sich dem Rande des Wassers, nicht fünfzig Yards von der Stelle entfernt, auf der ich stand. Nun fuhr der Strahl über den Fluß hinüber nach Shepperton, und wo er das Wasser berührte, da schwoll es in einer kochenden, dampferfüllten Blase auf. Ich wandte mich dem Ufer zu.

Im nächsten Augenblick hatte sich die riesige, dem Siedepunkt nahe Welle über mich gestürzt. Ich schrie laut auf, und halb verbrüht, halb geblendet, taumelte ich, rasend vor Schmerz, durch das aufschießende, zischende Wasser dem Ufer zu. Wäre mein Fuß ausgeglitten, es wäre das Ende gewesen. Hilfos fiel ich vor den Augen der Marsleute auf die breite, nackte, kiesige Sandbank, die sich dort beim Zusammenfluß von Wey und Themse hinzieht. Ich erwartete nichts als den Tod.

Ich erinnere mich dunkel, wie ein Marsmann den Fuß seiner Maschine etwa zwanzig Yards von meinem Kopf entfernt niederstellte, wie dieser tief in den lockeren Kiessand einsank, wie der Kies hierhin und dorthin stob, wie jener Fuß wieder erhoben wurde. Ich erinnere mich der Augenblicke banger Erwartung, und dann, wie die vier die Überbleibsel ihres Kameraden forttrugen, erst ganz deutlich sichtbar, gleich darauf verschwommen in einem Rauchschleier, endlich, wie es mir schien, auf einer unermeßlichen Fläche von Fluß und Wiese in unendlicher Entfernung gänzlich verschwindend. Und nun kam es mir ganz allmählich zum Bewußtsein, daß ich wie durch ein Wunder entkommen war.

13. Wie ich mit dem Kuraten zusammentraf

NACH diesem plötzlichen Unterricht über die Fähigkeiten auch der irdischen Waffen zogen sich die Marsleute wieder in ihr ursprüngliches Hauptquartier auf der Horsell-Weide zurück. In ihrer Hast und überdies mit den Resten ihres zerschmetterten Gefährten beladen, übersahen sie ohne Zweifel viele solche verstreut liegende und unnötige Opfer, wie ich es war. Hätten sie ihren Kameraden im Stich gelassen und sich sofort aufgemacht, so hätte es zu jener Zeit zwischen ihnen und London nichts gegeben als Batterien zwölfpfündiger Geschütze; und ohne Zweifel hätten sie die Hauptstadt schneller erreicht als die Kunde ihres Herannahens. Ihre Ankunft wäre ebenso plötzlich, erschreckend und vernichtend gewesen wie das Erdbeben, das ein Jahrhundert vorher Lissabon zerstört hatte.

Doch sie hatten keine Eile. Ein Zylinder folgte dem andern auf seiner Bahn von Planet zu Planet; alle vierundzwanzig Stunden erhielten sie Verstärkungen. Unterdessen gingen die Militär- und Marinebehörden, die sich jetzt der ungeheuren Gewalt ihrer Gegner völlig bewußt waren, mit fieberhaftem Eifer ans Werk. Jede Minute wurde ein neues Geschütz aufgepflanzt; bevor noch die Dämmerung hereinbrach, barg jedes Gehölz, jede Reihe vorstädtischer Landhäuser an dem hügeligen Abhang um Kingston und Richmond eine kampflustige schwarze Mündung. Durch die verkohlte und verödete Fläche – in einem Ausmaß von etwa zwanzig Quadratmeilen –, die das Feldlager der Marsleute auf der Horsell-Weide umschloß, durch die ausgebrannten und in Trümmern liegenden Dörfer mit ihren grünen Bäumen, durch die schwarzen und rauchenden Säulengänge, die noch einen Tag vorher Fichtenanpflanzungen gewesen waren, krochen die treuen Kundschafter mit den Heliographen, welche den Kanonieren das Herannahen der Marsleute anzeigen sollten. Die Marsleute aber waren jetzt von der Bedeutung unserer Artillerie unterrichtet, sie kannten die Gefahren menschlicher Nähe, und nicht einer von ihnen wagte sich außerhalb des Bereiches einer Meile von jedem Zylinder, außer um den Preis seines Lebens.

Es schien, als verbrachten diese Riesen den frühen Nachmittag damit, hin und her zu wandern und den gesamten Inhalt des zweiten und des dritten Zylinders – jener lag bei den Addlestone Golf Links, dieser bei Pyrford – in ihre ursprüngliche Grube auf der Horsell-Weide zu schaffen. Weiter drüben, bei dem geschwärzten Heidekraut und den zertrümmerten Gebäuden, die sich weit und breit erstreckten, stand einer als Wache, während die übrigen ihre riesigen Kriegsmaschinen verließen und in die Grube hinabstiegen. Sie arbeiteten bis spät in die Nacht hinein mit vollen Kräften, und die hochgetürmte Säule dichten grünen Rauches, die sich aus der Grube erhob, konnte von den Hügeln bei Merrow gesehen werden und soll selbst von Banstead und Epsom Downes aus bemerkt worden sein.

Während so die Marsleute hinter mir sich für ihren nächsten Ausfall rüsteten, während vor mir die Menschheit sich zum Kampf vorbereitete, bahnte ich mir unter unsäglichen Schmerzen und Mühen meinen Weg durch Feuer und Rauch des brennenden Weybridge nach London.

Ich sah ein sehr kleines, verlassenes Boot in ziemlicher Entfernung flußabwärts treiben. Und nachdem ich den größten Teil meiner durchnäßten Kleidungsstücke abgeworfen hatte, eilte ich ihm nach, erreichte es und entkam so der Verwüstung. Es waren keine Ruder im Boot, aber ich paddelte, soweit es meine verbrühten Hände erlaubten. So gelangte ich nur sehr mühsam weitertreibend den Fluß hinab nach Halliford und Walton; dabei blickte ich mich unaufhörlich um, wie man wohl begreifen wird. Ich folgte dem Fluß, indem ich mir sagte, daß das Wasser mir die beste Gelegenheit zum Entkommen bieten werde, wenn jene Riesen wiederkehrten.

Das dampfende Wasser, das sich bei dem Sturz der Marsmaschine gebildet hatte, floß mit mir stromabwärts, und so konnte ich fast während einer Meile nur wenig von beiden Ufern erblicken. Einmal jedoch gewahrte ich eine Reihe schwarzer Gestalten, die aus der Richtung von Weybridge über die Wiesen eilten. Halliford schien gänzlich verödet zu sein, und einige Häuser am Fluß standen in Flammen. Es berührte mich seltsam, den Ort so friedlich daliegen zu sehen, so verlassen unter dem heißen blauen Himmel, während der Rauch und kleine Feuerfäden kerzengerade in die schwüle Luft des Nachmittags aufstiegen. Ich hatte noch nie vorher Häuser ohne den Zulauf einer störenden Menschenmenge brennen sehen. Ein wenig weiter rauchte und glühte das ausgedorrte Schilf am Ufer, und eine Feuerlinie, die landeinwärts führte, kroch gierig über ein verspätetes Heufeld.

Lange Zeit trieb ich so hin; ich war von Schmerzen gepeinigt und erschöpft nach all dem Schrecklichen, das ich erlebt; und die Hitze auf dem Wasser war fast unerträglich. Dann überfiel mich wieder die Furcht, und ich paddelte weiter. Die Sonne brannte auf meinen nackten Rücken. Endlich, als nach der Krümmung die Brücke von Walton mir entgegenkam, besiegten Fieber und Schwäche meine Furcht; ich landete am Middlesex-Ufer und legte mich, fast zu Tode erschöpft, im hohen Gras nieder. Es war, wie ich vermute, etwa vier oder fünf Uhr. Ich erhob mich bald wieder, ging eine halbe Meile weiter, ohne einer lebenden Seele zu begegnen, und legte mich dann wieder in den Schatten einer Hecke. Ich erinnere mich dunkel, während dieses letzten anstrengenden Marsches mit mir selbst gesprochen zu haben. Ich war auch sehr durstig und bereute es bitter, nicht mehr Wasser getrunken zu haben. Es ist auch eigentümlich, daß ich etwas wie Ärger über meine Frau empfand; ich kann es mir nicht erklären; aber mein ohnmächtiges Verlangen, Leatherhead zu erreichen, brachte mich über die Maßen auf.

Ich entsinne mich nicht mehr deutlich der Ankunft des Kuraten. Ich schlummerte also wahrscheinlich. Erst allmählich nahm ich ihn wahr, wie er mit rußbedeckten Hemdsärmeln dasaß und mit seinem aufwärts gerichteten, glattrasierten Gesicht auf ein schwach flackerndes Licht starrte, das am Himmel tanzte. Es war ein Himmel, den man bei uns einen ‚Makrelen-Himmel' nennt, über und über besät mit feinen, daunenfedergleichen Wölkchen, die von der sinkenden Hochsommersonne rosig angehaucht waren.

Ich setzte mich auf, und beim Geräusch meiner Bewegung blickte er rasch nach mir.

Er schüttelte den Kopf.

„Haben Sie etwas Wasser?" fragte ich ohne Begrüßung.

„Sie haben schon seit einer ganzen Stunde um Wasser gebeten", sagte er.

Einen Augenblick lang schwiegen wir und maßen uns gegenseitig mit den Blicken. Ich muß gestehen, daß er eine recht wunderliche Gestalt in mir fand, nackt bis auf meine durchnäßten Hosen und Socken, halbverbrüht, und Gesicht und Schultern von Rauch geschwärzt.

Sein Gesicht war das eines blonden Schwächlings, sein Kinn trat stark zurück, und sein Haar lag in krausen, fast flachsfarbenen Wellen auf seiner niedrigen Stirn. Seine Augen waren ziemlich groß, blaßblau und ins Leere starrend. Er sprach zusammenhangslos und blickte von mir weg irgendwohin.

„Was bedeutet das?" sagte er, „was sollen alle diese Dinge bedeuten?"

Ich starrte ihn an und gab keine Antwort.

Er streckte eine dünne, weiße Hand aus und fuhr in fast klagendem Tone fort:

„Warum werden solche Dinge zugelassen? Was für Sünden haben wir begangen? Die Morgenandacht war zu Ende, ich wandelte durch die Straßen, um meine Gedanken für den Nachmittag zu klären – da – Feuer, Erdbeben, Tod! Als ob es Sodom und Gomorrha wäre! Die ganze Arbeit zerstört, die ganze Arbeit ... Wer sind diese Marsleute?"

„Wer sind wir?" antwortete ich und räusperte mich.

Er umklammerte seine Knie und wandte sich wieder zu mir. Eine halbe Minute vielleicht brütete er schweigend vor sich hin.

„Ich wandelte durch die Straßen, um meine Gedanken zu klären", sagte er. „Und plötzlich Feuer, Erdbeben, Tod!"

Er verfiel wieder in Schweigen; sein Kinn sank fast auf seine Knie.

Bald darauf fing er wieder an und fuhr mit der Hand umher.

„Die ganze Arbeit – alle die Sonntagsschulen. Was haben wir denn getan – was hat Weybridge getan? Alles verschwunden – alles zerstört.

Die Kirche! Wir haben sie erst vor drei Jahren wiederaufgebaut. Verschwunden! – Vom Erdboben weggefegt! Warum?“

Abermals eine Pause; dann brach er wieder los wie ein Rasender.

„Der Rauch Seines Feuers gehet auf für ewig und immerdar!“ schrie er.

Seine Augen flammten, und sein magerer Finger wies gegen Weybridge.

Ich war jetzt soweit, um mir über ihn klarzuwerden. Das entsetzliche Trauerspiel, in das er verflochten war – er war offenbar ein Flüchtling aus Weybridge –, hatte ihn an den Rand des Wahnsinns getrieben.

„Sind wir weit von Sunbury?“ fragte ich in einem gleichgültigen Ton.

„Was sollen wir tun?“ fragte er. „Sind denn diese Geschöpfe überall? Ist ihnen denn die Erde übergeben worden?“

„Sind wir weit von Sunbury?“

„Diesen Morgen erst hielt ich den Frühgottesdienst ab.“

„Die Dinge haben sich seither verändert“, sagte ich ruhig. „Sie müssen Ihren Kopf oben behalten. Es gibt noch Hoffnung.“

„Hoffnung?“

„Ja; Hoffnung in Menge – trotz aller Zerstörung!“

Ich fing an, meine Ansicht über unsere Lage darzulegen. Er hörte anfangs zu, aber während ich weitersprach, verwandelte sich das Interesse in seinen Augen wieder in das leere Starren von früher, und seine Blicke schweiften von mir weg in die Ferne.

„Das muß der Anfang vom Ende sein“, sagte er, mich unterbrechend, „das Ende! Der große und schreckliche Tag des Herrn! Wenn die Menschen werden anrufen die Berge und die Felsen, daß sie mögen fallen auf sie und sie verbergen – verbergen vor Seinem Angesicht, vor dem Antlitz dessen, der da sitzet auf dem Throne!“

Ich begann die Sachlage zu verstehen. Ich gab meine anstrengenden Vernunftpredigten auf, richtete mich mühsam auf und legte meine Hand auf seine Schulter.

„Seien Sie ein Mann“, sagte ich. „Der Schrecken hat Sie um Ihren Verstand gebracht. Wozu ist denn die Religion gut, wenn sie beim ersten Unglück zusammenbricht? Bedenken Sie doch, was Erdbeben und Wasserfluten, Kriege und Vulkane schon früher der Menschheit angetan haben. Dachten Sie denn, daß Gott mit Weybridge eine Ausnahme machen wollte? ... Er ist kein Versicherungsagent, Herr.“

Eine Zeitlang saß er in Schweigen verloren da.

„Aber wie sollen wir entfliehen?“ fragte er plötzlich. „Sie sind unverwundbar, sie sind erbarmungslos.“

„Weder das eine noch vielleicht das andere“, antwortete ich. „Und je mächtiger sie sind, um so vernünftiger und behutsamer sollten wir sein. Nicht drei Stunden sind es her, daß einer von ihnen da drüben getötet wurde."

„Getötet!" sagte er und starrte mich an. „Wie können die Gesandten des Herrn getötet werden?"

„Ich sah es", fuhr ich in meiner Erzählung fort. „Der Zufall will es eben, daß wir ins Ärgste hineingeraten sind", sagte ich, „das ist alles."

„Was bedeutet denn jenes Flackern am Himmel?" fragte er unvermittelt.

Ich sagte ihm, daß es die Signale der Heliographen seien – das Zeichen menschlicher Hilfe und Bemühungen am Himmel.

„Wir sind gerade mitten darinnen", sagte ich, „so ruhig alles auch ist. Das Flackern am Himmel deutet auf nahenden Sturm. Dort drüben, glaube ich, sind die Marsleute, und gegen London zu, dort, wo die Hügel um Richmond und Kingston sich erheben und die Bäume Schutz gewähren, werden Schanzen aufgeworfen und Geschütze aufgepflanzt. Bald werden die Marsleute wieder hierherkommen ..."

Während ich noch sprach, sprang er auf und unterbrach mich mit einer Gebärde.

„Hören Sie", sagte er ...

Jenseits der niedrigen Hügel über dem Wasser erschollen der dumpfe Widerhall ferner Geschütze und in weiter Ferne ein unheimliches Schreien. Dann war alles still. Ein Maikäfer schwirrte über die Hecke an uns vorüber. Hoch im Westen hing, bleich und kaum sichtbar, die Sichel des Mondes über dem Rauch von Weybridge und Shepperton und der heißen, stillen Pracht der sinkenden Sonne.

„Am besten", sagte ich, „gehen wir nach Norden."

14. In London

MEIN jüngerer Bruder war in London, als die Marsleute Woking überfielen. Er war Student der Medizin, arbeitete gerade für eine bevorstehende Prüfung und hörte von ihrer Ankunft erst am Samstag früh. Die Morgenblätter am Samstag enthielten als Ergänzung ziemlich ausführliche Fachartikel über den Planeten Mars, das Leben auf dem Planeten und so weiter und nur eine kurze, in unbestimmten Wendungen gehaltene Mitteilung, die durch ihre Kürze um so auffälliger wirkte.

Die Marsleute, durch die Annäherung einer Menschenmenge erschreckt, haben eine Anzahl Menschen mit einem Schnellfeuergeschütz getötet, so etwa lautete der Bericht. Die Mitteilung schloß mit den Worten: „So furchtbar sie auch scheinen mögen, haben sich die Marsleute noch nicht aus der Grube, in die sie gefallen sind, gerührt und scheinen auch ganz unfähig dazu zu sein. Dies ist wahrscheinlich eine Folge der relativ ungleich stärkeren Anziehungskraft der Erde." Über diesen letzten Punkt verbreitete sich der Artikelschreiber überaus beruhigend.

In dem biologischen Kurs der Vorbereitungsschule, die mein Bruder zu jener Zeit besuchte, waren natürlich alle Studenten von dem lebhaftesten Anteil an diesen Vorgängen erfüllt. Aber auf den Straßen waren keine Zeichen einer ungewöhnlichen Erregung wahrzunehmen. Die Nachmittagsblätter brachten einige Neuigkeiten unter riesigen Schlagzeilen. Aber außer der Bewegung der Truppen auf der Weide und dem Brand des Fichtengehölzes zwischen Woking und Weybridge um 8 Uhr wußten sie nichts zu berichten. Später teilte die *St. James Gazette* die bloße Tatsache von der Unterbrechung der telegrafischen Verbindung in einer besonderen Ausgabe mit. Man nahm an, daß dies dem Sturz einiger brennender Fichtenstämme auf die Drähte zuzuschreiben sei. Über das Gefecht in jener Nacht, der Nacht meiner Fahrt nach Leatherhead und zurück, wurde nichts weiter bekannt.

Mein Bruder war nicht im mindesten um uns besorgt, als er aus der Beschreibung der Blätter erfuhr, daß der Zylinder gute zwei Meilen von unserem Haus entfernt war. Er nahm sich vor, in der Nacht zu mir zu fahren, um, wie er sagte, sich die Geschöpfe anzusehen, bevor sie getötet würden. Er sandte mir ein Telegramm, das mich nie erreichte. Das war um vier Uhr. Den Abend verbrachte er in einem Konzertsaal.

Auch in London herrschte Samstag nachts ein starkes Unwetter, und mein Bruder fuhr in einer Droschke zur Waterloo Station. Auf dem Bahnsteig, von dem der Mitternachtszug die Station gewöhnlich verläßt, erfuhr er nach einigem Warten, daß ein Unfall die Züge verhindere, diese Nacht Woking zu erreichen. Über das Nähere dieses Unfalls konnte er nichts Verläßliches erfahren; selbst die Bahnbeamten wußten damals noch nichts Bestimmtes. Auf dem Bahnhof herrschte nur eine geringe Aufregung, und die Bahnbeamten, weit entfernt, etwas anderes anzunehmen als eine geringe Störung zwischen Byfleet und Woking Junction, expedierten die Theaterzüge, welche gewöhnlich über Woking fuhren, auf einen Umweg über Virginia Water oder Guildford. Ebenso eifrig waren sie damit beschäftigt, die Linien der Sonntags-Vergnügungszüge nach Southampton und Portsmouth zu ändern. Der Berichterstatter einer Zeitung, der meinen Bruder irrtümlich für den Betriebsleiter hielt, mit dem er eine entfernte Ähnlichkeit besitzt, stellte sich ihm in den Weg und versuchte einiges aus ihm herauszubekommen. Außer einigen Bahnbeamten brachten nur wenige Leute den Unfall mit den Marsmännern in Zusammenhang.

In einem anderen Bericht dieser Ereignisse habe ich gelesen, daß am Sonntag morgen „ganz London durch die Nachrichten aus Woking elektrisiert war". In Wahrheit aber gab es nichts, das diesen übertriebenen Ausdruck rechtfertigen konnte. Zahlreiche Leute in London haben bis zur Panik am Montag morgen nichts von den Marsleuten gehört. Nur die davon gehört hatten, nahmen sich die Zeit, um sich aus den hastig entworfenen Meldungen der Sonntagsblätter ein Bild zu machen. Aber die Mehrheit der Leute in London liest keine Sonntagsblätter.

Außerdem wurzelt das gewohnte Gefühl persönlicher Sicherheit so tief in der Seele des Londoners, und aufregende Zeitungsnachrichten sind eine so alltägliche Sache in London, daß die Leute ohne besondere Furcht Dinge wie diese lesen konnten: „Vorige Nacht kamen die Marsleute um sieben Uhr aus ihrem Zylinder heraus. Sie wagten sich in Harnischen aus Metallplatten hervor, zerstörten das Bahnhofsgebäude von Woking samt den umliegenden Häusern vollständig und vernichteten ein ganzes Bataillon des Cardigan-Regimentes. Einzelheiten sind nicht bekannt. Maximgeschütze erwiesen sich als völlig nutzlos gegen ihren Harnisch; Feldgeschütze wurden von ihnen zertrümmert. Fliehende Husaren sprengten nach Chertsey. Die Marsleute scheinen langsam nach Chertsey oder Windsor vorzurücken. In West Surrey herrscht große Angst, und Schanzen werden aufgeworfen, um einem Einrücken in London vorzubeugen." In dieser Weise drückte sich die *Sunday Sun* aus; und ein geschickter und mit bemerkenswerter Schnelligkeit geschriebener Fachaufsatz im *Referee* verglich die Sache mit einer plötzlich auf ein Dorf losgelassenen Menagerie.

Niemand war in London über die Beschaffenheit der gepanzerten Marsleute genau unterrichtet, und noch immer herrschte die fixe Idee, daß diese Ungeheuer nur schwerfällig ‚krabbelten', ‚mühselig krochen'. Solche Ausdrücke fanden sich fast in jedem der ersten Berichte. Keine jener Meldungen konnte von einem Augenzeugen herrühren. Die Sonntagsblätter druckten Sonderausgaben, als weitere Nachrichten bekannt wurden, und manche druckten sie auch ohne das. Aber es gab tatsächlich keine Neuigkeiten bis zum späten Nachmittag, als die Behörden den Presseagenturen bekanntgaben, was sie wußten. Es wurde die Mitteilung gemacht, daß die Bewohner von Walton und Weybridge, und überhaupt aus diesem ganzen Bezirk, auf den Straßen London zuströmten. Das war alles.

Am Morgen ging mein Bruder in die Kirche des Foundling Hospital, immer noch ohne zu wissen, was sich am Abend vorher zugetragen hatte. Er hörte dort Anspielungen auf den Einfall der Marsbewohner und ein besonderes Gebet um Frieden. Nach dem Gottesdienst kaufte er eine Nummer des *Referee*. Die darin enthaltenen Nachrichten machten ihn doch besorgt, und er begab sich erneut zur Waterloo Station, um dort ausfindig zu machen, ob die Verbindung schon hergestellt sei. Die Stellwagen, die Droschken, die Radfahrer und die zahllosen Leute, die in ihren besten Kleidern umherspazierten, schienen von den seltsamen Nachrichten, welche die Zeitungsjungen ausriefen, kaum berührt zu werden. Die Leute interessierten sich zwar, aber wenn sie besorgt waren, so nur wegen ihrer dort wohnenden Angehörigen. Auf dem Bahnhof hörte er zum erstenmal, daß die Linien nach Windsor und Chertsey schon unterbrochen waren. Die Träger erzählten ihm, daß am Morgen einige wichtige Telegramme von den Stationen Byfleet und Chertsey eingetroffen seien. Plötzlich aber wäre nichts mehr gekommen. Mein Bruder konnte keine genaueren Einzelheiten aus den Männern herausbekommen. „Der Kampf vor Weybridge geht weiter", darauf liefen alle ihre Mitteilungen hinaus.

Der Bahndienst war jetzt in große Unordnung geraten. Eine erhebliche Menge Menschen, die aus den Ortschaften des südwestlichen Bahnnetzes Freunde erwartet hatten, stand unschlüssig herum. Ein grauköpfiger alter Herr kam an meinen Bruder heran und ließ sich in heftigen Worten über die South-Western Company aus. „Die sollte mal tüchtig hergenommen werden", sagte er.

Ein paar Züge kamen an aus Richmond, Putney und Kingston. Sie brachten Leute, die ausgezogen waren, um einen Tagesausflug zu Wasser zu machen, aber sie hatten die Schleusen geschlossen gefunden und glaubten etwas wie ein Gefühl von Angst, das in der Luft lag, zu merken. Ein Mann in blau-weiß gestreiftem Flanell wandte sich an meinen Bruder, um seine seltsamen Neuigkeiten an den Mann zu bringen:

„Scharen von Leuten fahren auf Karren und Wagen und allen erdenklichen Fuhrwerken nach Kingston und schleppen dabei Koffer mit ihren Habseligkeiten mit", sagte er, „sie kommen aus Molesey und Weybridge und Walton und behaupten, in Chertsey ein heftiges Geschützfeuer gehört zu haben; berittene Soldaten sollen ihnen geraten haben, schleunigst die Flucht zu ergreifen, da die Marsleute kämen. Auch wir hörten Geschützfeuer an der Hampton Court Station, aber wir hielten es für

Donner. Was zum Kuckuck soll denn das alles bedeuten? Die Marsleute können doch nicht aus ihrer Grube heraus? Oder doch?"

Mein Bruder konnte ihm keine Auskunft geben.

Später bemerkte er, daß ein unbestimmtes Gefühl der Furcht sich auch der Benutzer der Untergrundbahn bemächtigt hatte und daß die Sonntagsausflügler aus den südwestlichen Sommerfrischen – Barnes, Wimbledon, Richmond Park, Kew und so weiter – ungewöhnlich früh zurückzukehren begannen. Aber nicht einer von ihnen wußte außer leeren Gerüchten etwas Nennenswertes zu erzählen. Jeder, der im Bahnhof zu tun hatte, schien schlechter Laune zu sein.

Um fünf Uhr etwa geriet der anschwellende Menschenhaufen am Bahnhof in ungeheure Aufregung, weil die fast beständig geschlossene Verbindungslinie zwischen den südöstlichen und südwestlichen Haltestellen geöffnet wurde. Die Aufregung wuchs beim Anblick einfahrender Güterwagen, die mit riesigen Geschützen beladen, und Wagenabteilen, die von Soldaten dicht besetzt waren. Es waren die Geschütze, die von Woolwich und Chatham heraufgebracht worden waren, um Kingston zu decken. Sofort begann ein Austausch von Scherzworten: „Ihr werdet gefressen werden!" – „Wir sind die Tierbändiger!" und dergleichen. Kurz darauf kam ein Zug Wachleute, welche die Bahnsteige frei machten. Auch mein Bruder begab sich wieder auf die Straße.

Die Kirchenglocken läuteten zum Abendsegen, und eine Abteilung von Mädchen der Heilsarmee kam singend die Waterloo Street herab. Bei der Brücke beobachteten ein paar Müßiggänger einen sonderbaren braunen Schaum, der in großen Flocken den Strom herabtrieb. Die Sonne versank eben, und der Clock Tower und die Houses of Parliament erhoben sich gegen einen Abendhimmel, den man sich kaum friedlicher vorstellen konnte, einen goldenen Himmel, unterbrochen von langen Querstreifen purpurroter Wolken. Es ging die Rede von einem schwimmenden Leichnam. Einer der Männer, ein Reservist, wie er sagte, erzählte meinem Bruder, er habe im Westen den Heliographen aufblitzen gesehen.

In der Wellington Street begegnete mein Bruder einem Paar stämmiger Bengel, die eben mit noch feuchten Zeitungsblättern und auffallenden Plakaten aus der Fleet Street stürmten. „Furchtbare Katastrophe!" brüllten sie einer den andern überschreiend. „Kämpfe in Weybridge! Ausführliche Beschreibung! Flucht der Marsleute! London in Gefahr!" Mein Bruder mußte ihnen drei Pence für eine Nummer des Blattes geben.

Jetzt und erst jetzt machte er sich einen Begriff von der vollen Gewalt und der Furchtbarkeit jener Ungeheuer. Er erfuhr, daß sie nicht bloß eine Handvoll kleiner, plumper Geschöpfe waren, sondern Wesen, die riesige mechanische Körper lenkten, die sich blitzschnell bewegen und mit solcher Kraft ihre Opfer treffen konnten, daß selbst die mächtigsten Geschütze ihnen nicht standzuhalten vermochten.

Sie wurden geschildert als „ungeheure, spinnenartige Maschinen, fast hundert Fuß hoch, fähig, sich mit der Schnelligkeit von Eilzügen vorwärts zu bewegen, und imstande, Strahlen von unermeßlicher Hitze abzufeuern". Verborgene Batterien, hauptsächlich aus Feldgeschützen bestehend, seien in der Umgebung der Horsell-Weide aufgepflanzt worden, besonders zwischen dem Wokinger Bezirk und London. Man habe fünf Maschinen gesehen, wie sie sich der Themse näherten, und eine sei durch eine Laune des Zufalls zerstört worden. In allen anderen Fällen seien die Geschosse fehlgegangen und die Batterien von den Hitzestrahlen sofort vernichtet worden. Schwere Verluste von Soldaten wurden gemeldet, aber der Ton des Berichtes war hoffnungsvoll.

Die Marsleute seien zurückgeschlagen worden; sie seien nicht unverwundbar. Sie hätten sich wieder in ihr Zylinderdreieck im Kreise von Woking zurückgezogen. Leute mit Heliographen näherten sich ihnen unausgesetzt von allen Seiten. Mit größter Schnelligkeit würden von Windsor, Portsmouth, Aldershot, Woolwich, selbst aus dem Norden Geschütze an Ort und Stelle geschafft; unter anderm lange gezogene Geschütze von fünfundneunzig Tonnen aus Woolwich. Alles in allem würden hundertundsechzehn aufgestellt oder hastig vorbereitet werden, hauptsächlich zum Schutze Londons. Niemals vorher habe in England ein so ungeheures oder schleuniges Aufgebot von kriegerischer Macht stattgefunden.

Jeder in Zukunft niederfallende Zylinder würde, so hoffte man, durch starke Sprenggeschosse sofort zerstört werden, die schleunigst hergestellt und verteilt werden sollten. Ohne Zweifel, fuhr der Bericht fort, könne die Lage nicht sonderbarer und ernster sein, aber die Öffentlichkeit sei hiermit ermahnt, Paniken zu vermeiden und zu unterdrücken. Ohne Zweifel seien die Marsleute äußerst seltsame und erschreckende Geschöpfe, aber im schlimmsten Falle gäbe es nicht mehr als zwanzig gegen unsere Millionen.

Die Behörden hätten guten Grund, aus dem Umfang der Zylinder zu schließen, daß im äußersten Fall nicht mehr als fünf in jedem Zylinder stecken könnten – zusammen also fünfzehn. Und einer wenigstens sei schon abgetan – vielleicht schon mehr. Die Öffentlichkeit sei schon genügend vor der drohenden Gefahr gewarnt worden; und die umfangreichsten Vorsichtsmaßregeln seien getroffen worden, um die Bevölkerung der bedrohten südwestlichen Vororte zu schützen. Und mit wiederholten Beteuerungen in bezug auf die Sicherheit Londons und in festem Vertrauen darauf, daß die Behörden ihrer schweren Aufgabe gewachsen seien, schloß diese Quasi-Proklamation.

Das alles war in riesigen Buchstaben gedruckt, so frisch, daß das Papier noch feucht war, und es war nicht Zeit gewesen, ein Wort der Erklärung hinzuzufügen. Es sei merkwürdig gewesen, erzählte mein Bruder, wie rücksichtslos der übrige Inhalt des Blattes verstümmelt und beseitigt wurde, um für diese Mitteilungen Raum zu schaffen.

Die ganze Wellington Street entlang konnte man die Leute sehen, wie sie diese blaßroten Blätter auseinanderfalteten und lasen; und der Strand war plötzlich erfüllt von den lärmenden Stimmen eines Heeres von Zeitungsverkäufern, die jenen Pionieren auf dem Fuße folgten. Die Leute kletterten von den Bussen herab, um sich Blätter zu sichern. Diese Nachrichten erregten die Menge natürlich aufs äußerste, so groß ihr früherer Gleichmut auch war. Die Tür eines Landkartenladens am Strand wurde aufgeschlossen, erzählte mein Bruder, und hinter dem Fenster wurde ein Mann in seinem Sonntagsstaat mit zitronengelben Handschuhen sichtbar, wie er Karten von Surrey hastig an das Glas befestigte.

Als er, die Zeitung in seiner Hand, den Strand entlang zum Trafalgar Square kam, sah mein Bruder einige Flüchtlinge aus West Surrey. Ein Mann kam mit seinem Weibe, zwei Knaben und einigen Einrichtungsstücken in einem Karren, wie ihn Gemüsehändler benutzen. Er kam aus der Richtung der Westminster Bridge und dicht hinter ihm ein Heuwagen mit fünf oder sechs anständig aussehenden Leuten und einigen Koffern und Bündeln. Die Gesichter dieser Leute waren eingefallen, und ihre ganze Erscheinung stand in auffallendem Gegensatz zu dem sonntäglich geschmückten Äußern der Leute in den Omnibussen. Modisch gekleidete Menschen blickten neugierig aus ihren Mietwagen auf die Flüchtlinge. Diese machten auf dem Platz halt, unschlüssig, welchen Weg sie einschlagen sollten. Schließlich wandten sie sich ostwärts und zogen den Strand entlang. Einige Zeit nachher kam ein Mann in Werktagskleidern auf einem jener altfränkischen Dreiräder mit einem kleinen Vorderrad. Er hatte ein kreideweißes Gesicht und war über und über mit Schmutz bedeckt.

Mein Bruder wandte sich abwärts nach der Victoria Station und begegnete einer ganzen Anzahl solcher Leute. Er hatte das unbestimmte Gefühl, dabei auch auf mich zu stoßen. Er bemerkte eine ungewöhnlich große Menge von Schutzleuten, die den Verkehr regelten. Einige von den Flüchtlingen besprachen die Ereignisse mit den Leuten in den Omnibussen. Einer behauptete, die Marsleute gesehen zu haben. „Kessel auf Stelzen, sage ich Ihnen, die laufen wie Menschen." Die meisten erschienen durch ihre seltsamen Erfahrungen belebt und aufgeregt.

Jenseits der Victoria Station machten die Wirtshäuser mit diesen Ankömmlingen ein gutes Geschäft. An allen Straßenecken sammelten sich Leute an, lasen Zeitungen, sprachen erregt miteinander oder starrten diese ungewohnten Sonntagsgäste an. Diese schienen sich mit der allmählich anbrechenden Nacht nur noch zu vermehren, und schließlich wirkten die Straßen nach dem Bericht meines Bruders wie die Epsom High Street an einem Derbytag. Mein Bruder sprach mehrere dieser Flüchtlinge an, erhielt aber von den meisten nur unzulängliche Antworten.

Keiner von ihnen konnte ihm irgendwelche Nachrichten von Woking mitteilen, außer einem Mann, der ihm versicherte, daß Woking in der vorigen Nacht gänzlich zerstört worden sei.

„Ich komme aus Byflett", erzählte er; „ein Mann auf einem Fahrrad kam am frühen Morgen durch unseren Ort; er lief von Tür zu Tür und ermahnte uns zur Flucht. Dann kamen Soldaten. Wir gingen hinaus, um zu sehen, was los sei, und sahen dichte Rauchwolken gegen Süden – nichts als Rauch; keine lebende Seele kam des Weges. Dann hörten wir die Geschütze in Chertsey, und die Leute kamen aus Weybridge. So schloß ich denn mein Haus ab und ging fort."

Zu jener Zeit herrschte ein starkes Gefühl der Erbitterung auf den Straßen. Man tadelte die Behörden wegen ihrer Unfähigkeit, der fremden Eindringlinge ohne alle diese Umstände Herr zu werden. Um acht Uhr etwa erscholl im ganzen Süden Londons heftiges Geschützfeuer. Bei dem großen Lärm auf den Hauptstraßen konnte es mein Bruder nicht hören, aber als er sich durch die stillen Nebengassen zum Fluß durchschlug, hörte er es ganz deutlich.

Es war zehn Uhr geworden, als er von Westminster zu seiner Wohnung am Regent's Park zurückkehrte. Er war jetzt schon sehr besorgt um mich und durch die sichtliche Tragweite dieser Ereignisse ganz verstört. Es drängte ihn plötzlich, sich in Gedanken mit kriegerischen Einzelheiten zu beschäftigen, genauso wie auch ich mich am Samstag damit beschäftigt hatte. Er dachte an alle jene in erwartungsvoller Ruhe harrenden Geschütze, an jenen plötzlich in einen Nomadenbezirk verwandelten Landstrich. Er bemühte sich, hundert Fuß hohe ‚Kessel auf Stelzen' sich vorzustellen.

Einige Karren, besetzt von Flüchtlingen, fuhren die Oxford Street entlang, manche auch in der Marylebone Road. Aber so langsam verbreiteten sich die Nachrichten, daß die Regent Street und die Portland Road von jenen Leuten, die auch sonst Sonntag nachts dort lustwandelten, voll waren. Wohl standen auch Gruppen lebhaft disputierender Menschen umher. Aber am Rande des Regent's Park ergingen sich so viele stille Pärchen im Licht der spärlichen Gaslampen, wie man dort immer zu sehen pflegte. Die Nacht war still und warm, fast ein wenig drückend; gelegentlich scholl der Lärm der Geschütze herüber, und nach Mitternacht bemerkte man ein Wetterleuchten im Süden.

Mein Bruder las immer wieder das Zeitungsblatt und fürchtete schon, daß mir das Schlimmste zugestoßen sei. Er war rastlos, und nach dem Abendbrot ging er wieder aus und trieb sich ziellos umher. Dann kehrte er zurück und versuchte, seine nagenden Gedanken durch seine Prüfungsschriften zu verscheuchen. Bald nach Mitternacht ging er zu Bett, wurde aber in den ersten Morgenstunden des Montags durch Türklopfer, Füßegetrappel auf den Straßen, Getrommel und Glockenläuten aus einem düsteren Traum geschreckt. Ein roter Widerschein spielte auf der Decke. Einen Augenblick blieb er betäubt liegen und fragte sich, ob der Tag schon angebrochen oder die Welt verrückt geworden sei. Dann sprang er aus dem Bett und eilte ans Fenster.

Sein Zimmer war eine Dachkammer; und als er den Kopf zum Fenster hinaussteckte, vernahm er von der Straße heftigen Lärm. Überall wurden fragende Rufe laut: „Sie kommen!" brüllte ein Schutzmann, indem er auf das Tor loshämmerte. „Die Marsleute kommen!" Dann eilte er weiter zum nächsten Tor.

Der Lärm von Trommeln und Trompeten scholl von der Kaserne in der Albany Street herüber; und in jeder Kirche in Hörweite war man damit beschäftigt, den Schlaf durch regelloses Sturmläuten zu töten. Man vernahm das Geräusch sich öffnender Tore, und in den gegenüberliegenden Häusern flammte ein Fenster nach dem andern in gelbem Licht auf.

Eine geschlossene Kutsche kam die Straße heraufgesprengt. Dicht auf dem Fuße folgten zwei Mietwagen, der Vortrab einer langen Reihe rasender Wagen, die zum größten Teil nach der Chalk Farm Station eilten, wo die North-Western-Sonderzüge die Reisenden aufnahmen und wo man die Steigung zur Euston Station vermeiden konnte.

Lange Zeit starrte mein Bruder in dumpfer Betäubung aus dem Fenster; er sah dem Schutzmann nach, wie er auf ein Haustor nach dem andern hämmerte und sich seiner unverständlichen Botschaft entledigte. Da öffnete sich die Zimmertür meines Bruders, und der Mann, der jenseits der Treppe wohnte, kam herein. Er war noch in Hemd, Beinkleidern und Pantoffeln, die Hosenträger hingen lose herab, und sein Haar war noch wirr vom Schlaf.

„Was zum Teufel ist denn los?" fragte er. „Ein Feuer? Der Teufel hole diesen Radau!"

Beide steckten ihren Kopf weit aus dem Fenster, eifrig bemüht zu verstehen, was eigentlich der Schutzmann rief. Aus den Seitengassen kamen Leute heraus, die sich zu eifrig schwatzenden Gruppen zusammenfanden.

„Was zum Teufel soll denn das alles bedeuten?" fragte der Nachbar meines Bruders.

Mein Bruder antwortete nur so obenhin und begann sich anzuziehen. Mit jedem Kleidungsstück eilte er ans Fenster, um nur ja nichts von der wachsenden Erregung auf den Straßen zu versäumen. Auf einmal tauchten Leute auf, die ganz frühe Zeitungsblätter verkauften und mit ihrem Gebrüll die Straße erfüllten.

„London in Erstickungsgefahr! Die Schanzen von Kingston und Richmond erstürmt! Furchtbare Massaker im Themsetal!"

Und rings um ihn herum – in den Zimmern unten, in den Häusern nebenan und gegenüber und hinten in den Park Terraces und in den hundert Gassen jenes Teiles von Marylebone und im Westbourne-Park-Bezirk und in St. Pancras und westlich und nördlich in Kilburn und St. John's Wood und Hampstead und östlich in Shoreditch und Highbury und Haggerston und Haxton und mehr noch, durch das ganze Riesengewirr Londons hin von Ealing bis East Ham – rieben sich die Leute die Augen und öffneten ihre Fenster, um hinauszustarren und zwecklose Fragen zu stellen, und kleideten sich hastig an, als der erste Windstoß, der dem kommenden Sturm der Angst voranging, durch die Straßen fuhr. Es war der Anfang einer großen Panik. London, das Sonntag nachts schlaff und stumpf schlafen gegangen war, erwachte nun in den ersten Stunden des Montagmorgens mit einer starken Empfindung der Gefahr.

Außerstande, von seinem Fenster aus zu erfahren, was eigentlich vorgefallen sei, ging mein Bruder hinab und trat auf die Straße hinaus, gerade als die Morgendämmerung die Wolken zwischen den Firsten der Häuser rosig färbte. Die fliehende Menge zu Fuß und im Wagen wurde jeden Augenblick zahlreicher.

„Schwarzer Rauch!" hörte er die Leute rufen, immer wieder „Schwarzer Rauch!". Die Ansteckung durch eine so einmütig gefühlte Furcht war unvermeidlich. Als mein Bruder an der Torschwelle zögerte, sah er einen anderen Zeitungsverkäufer herankommen und kaufte ihm ein Blatt ab. Der Mann eilte mit seiner Ware wieder weiter und verkaufte die Blätter zu einem Shilling das Stück – ein groteskes Gemisch von Habgier und Angst.

Und in dieser Zeitung las mein Bruder jene verhängnisvolle Meldung des Oberkommandanten:

„Die Marsleute sind imstande, vermittels einer Art von Raketen ungeheure Wolken eines schwarzen und giftigen Dampfes zu versenden. Sie haben unsere Batterien erstickt, Richmond, Kingston und Wimbledon zerstört und rücken nun langsam gegen London vor, indem sie unterwegs alles vernichten. Es ist unmöglich, sie aufzuhalten. Es gibt keine andere Rettung vor dem schwarzen Rauch als unverzügliche Flucht."

Das war alles, aber es war genug. Die ganze Bevölkerung der Sechsmillionenstadt schreckte auf, lief und stürzte in tollem Wirrwarr durcheinander; in kurzem würde sie sich wohl in Massen nordwärts ergießen.

„Schwarzer Rauch!" hallte es von allen Seiten. „Feuer!"

Die Glocken der benachbarten Kirche läuteten schrill, ein achtlos gelenkter Karren zerschellte unter Schreien und Fluchen an einem Wassertrog auf der Straße. Matte Lichter tanzten auf und ab in den Häusern, und auf manchen der vorübereilenden Droschken schienen noch die unausgelöschten Laternen. Und zu Häupten hellte sich die Dämmerung auf, klar und ruhig und mild.

Mein Bruder hörte in den Stuben und hinter ihm treppauf und treppab eilige Schritte. Seine Vermieterin, nur in einen Schlafrock und in einen Schal gehüllt, kam ans Tor; ihr Mann folgte fluchend.

Als mein Bruder anfing, sich die Bedeutung aller dieser Dinge klarzumachen, ging er hastig auf sein Zimmer zurück, steckte alles vorrätige Geld – alles in allem etwa zehn Pfund – in seine Tasche und trat wieder hinaus auf die Straße.

15. Was in Surrey geschah

WÄHREND der Kurat dasaß und an der Hecke auf der flachen Wiese bei Halliford verwirrte Reden führte, während mein Bruder den Flüchtlingen zusah, wie sie über die Westminster Bridge strömten, hatten sich die Marsleute zum Angriff entschlossen. Soweit man aus den widersprechenden Berichten, die darüber abgefaßt wurden, klug werden kann, blieb die Mehrheit eifrig mit Vorbereitungen beschäftigt bis neun Uhr abends in der Horsell-Grube. Sie arbeiteten mit großer Hast und produzierten riesige Mengen grünen Rauches.

Gewiß aber ist, daß drei Marsleute etwa um acht Uhr aus der Grube herauskamen und, langsam und behutsam vorrückend, sich ihren Weg durch Byfleet und Pyrford nach Ripley und Weybridge bahnten. So kamen sie, die sinkende Sonne im Rücken, in den Bereich der Batterien. Diese Marsleute rückten nicht geschlossen vor, sondern in einer Linie, jeder etwa anderthalb Meilen vom andern entfernt. Sie setzten sich durch ein sirenenartiges Geheul miteinander in Verbindung, das auf- und niedersteigend alle Noten der Tonleiter umfaßte.

Dieses Geheul und das Feuern der Geschütze in Ripley und St. George's Hill waren es, was wir in Upper Halliford gehört hatten. Die Kanoniere in Ripley, unerfahrene Artillerie-Freiwillige, denen man diese Aufgabe nie hätte zuweisen sollen, flohen dann zu Pferd und zu Fuß kopflos durch das verödete Dorf. Der Marsmann stieg ganz gemächlich über ihre Geschütze hinweg, ohne von seinem Hitzestrahl Gebrauch zu machen, fuhr sachte zwischen ihnen hindurch, überholte sie und kam so ganz unvermutet zu den Geschützen in Painshill Park, die er vernichtete.

Die Leute von St. George's Hill aber standen unter besserer Führung oder waren kaltblütiger. Da sie hinter einem Fichtengehölz verborgen waren, schienen sie von dem Marsmann, der ihnen am nächsten war, gar nicht bemerkt worden zu sein. Sie richteten ihre Geschütze mit soviel Überlegung, als ob sie sich bei einer Truppenschau befänden, und gaben auf etwa tausend Yards Schußweite Feuer.

Die Geschosse blitzten alle um den Marsmann herum; man sah ihn einige Schritte vorwärts machen, taumeln und stürzen. Ein allgemeines gellendes Geschrei, und die Geschütze wurden in wilder Hast von neuem geladen. Der niedergeworfene Marsmann stimmte ein langgedehntes Klagegeheul an, und im Nu tauchte ein zweiter blinkender Riese, der ihm antwortete, bei den Bäumen im Süden auf. Es hatte den Anschein, als sei ein Bein des Dreifußes von einem der Geschosse zerschmettert worden. Die volle Ladung der zweiten Salve fiel weit vor dem Marsmann zur Erde, und im selben Augenblicke richteten seine beiden Gefährten ihre Hitzestrahlen auf die Batterie. Die Munition flog auf, die Fichtenbäume um die Geschütze herum standen in Flammen, und nur einer oder zwei von der Mannschaft, die bereits über den Kamm des Hügels liefen, entkamen.

Dann schien es, als ob die drei eine eingehende Beratung abhielten; die Späher, die sie beobachteten, berichteten, daß sie, ohne sich zu rühren, die nächste halbe Stunde dort geblieben seien. Der niedergestürzte Marsmann kroch vorsichtig aus seinem Gehäuse heraus. Eine kleine braune Gestalt, die wunderlich genug bei dieser Entfernung wie ein Rostfleck aussah. Er war augenscheinlich damit beschäftigt, seine Stütze wieder auszubessern. Um neun Uhr war er damit fertig, denn seine Kappe tauchte wieder über den Bäumen auf.

Einige Minuten nach neun Uhr kamen zu diesen drei Wachtposten vier andere Marsleute, von denen jeder ein dickes schwarzes Rohr trug. Ein ähnliches Rohr wurde jedem der drei andern eingehändigt, und alle sieben rückten nun vor, um sich in gleichen Abständen in einer gekrümmten Linie zwischen St. George's Hill, Weybridge und dem Dorfe Send südwestlich von Ripley zu verteilen.

Ein Dutzend Raketen fuhren von den Hügeln vor ihnen auf, sobald sie sich in Bewegung setzten, und warnten die wartenden Batterien um Ditton und Esher. Zur selben Zeit setzten vier ihrer Kriegsmaschinen, mit ähnlichen Rohren bewaffnet, über den Fluß; zwei von ihnen kamen, sich schwarz vom westlichen Himmel abhebend, dem Kuraten und mir zu Gesicht, als wir erschöpft und von Schmerzen gequält die Straße entlangeilten, die von Halliford nordwärts führt. Es sah aus, als ob sie auf einer Wolke fuhren, denn ein milchartiger Nebel bedeckte die Felder und reichte bis zu einem Drittel ihrer Höhe.

Bei diesem Anblick verfiel der Kurat in ein leises Schluchzen und begann zu laufen; ich aber wußte, daß es nicht guttat, einem Marsmann zu entlaufen, wandte mich seitwärts und kroch durch tauige Nesseln und Dornengestrüpp in den breiten Graben, der neben der Straße lief. Der Kurat blickte sich um, sah, was ich vorhatte, und wandte sich nun, mir zu folgen.

Die zwei Marsmänner hatten haltgemacht; der eine, der näher bei uns stand, blickte nach Sunbury, der andere, wie eine graue Nebelmasse vor dem Abendstern, stand abseits in der Richtung nach Staines.

Das zeitweilige Geheul der Marsleute hatte aufgehört; in jenem riesigen Halbkreis mit ihren Zylindern als Mittelpunkt bezogen sie in vollkommenem Schweigen ihre Stellungen. Es war ein Halbmond, dessen Hornspitzen zwölf Meilen voneinander entfernt waren. Wohl niemals seit der Erfindung des Schießpulvers hat eine Schlacht in solcher Stille begonnen. Wir sowohl wie ein möglicher Beobachter bei Ripley hätten genau denselben Eindruck gewonnen – die Marsleute schienen im unbestrittenen Besitz der hereinbrechenden Nacht, beleuchtet nur von einem milden Mondlicht, den Sternen, dem Abglanz des scheidenden Tages und dem rötlichen Schein auf St. George's Hill und im Gehölz von Painshill.

Aber gegen diesen Halbmond gerichtet, in Staines, Hounslow, Ditton, Esher, Ockham, hinter Hügeln und Gehölz südlich des Flusses, entlang den ebenen, nordwärts gelagerten Wiesen – wo immer nur eine Gruppe von Bäumen oder Dorfhäusern genügend Deckung bot, standen Geschütze in stummer Erwartung. Signalraketen fuhren auf, ergossen ihre Funkenregen in die Nacht und verschwanden. Die Spannung bei den schweigenden Batterien erreichte ihren Höhepunkt. Die Marsleute brauchten nur bis in die Feuerlinie vorzurücken, und sofort würden jene regungslosen Menschenmassen, jene Geschütze, die dunkel durch die frühe Nacht schimmerten, in die Wut eines wilden Kampfes ausbrechen.

Kein Zweifel, der eine Gedanke, der in Tausenden jener wachenden Köpfe alle anderen Gedanken beherrschte, der auch in meinem Kopf jeden anderen zurückdrängte, war die ungelöste Frage, wie weit jene uns wohl zu beurteilen verstanden. Erfaßten sie, daß unsere Millionen ein geschlossenes, durch Arbeit geeintes Ganzes waren? Oder legten sie unsere Feuerzeichen, unser Bombenschleudern, unser hartnäckiges Bedrängen ihres Lagers etwa so aus, wie wir die wütende Einmütigkeit im Angriff eines gestörten Bienenschwarmes auslegen? Träumten sie davon, uns ausrotten zu können? (Damals wußte noch niemand, welcher Art Nahrung sie bedurften.) Hundert solcher Fragen kreuzten sich in meinem Geist, als ich die riesigen Formen jener Wachtposten beobachtete. Aber zugleich dachte ich an all jene unbekannten und verborgenen Streitkräfte, die sich in der Richtung nach London zu befinden mochten. Hatte man Grubenfallen angelegt? Hatte man die Pulvermühlen in Hounslow gewissermaßen als Schlingen fertiggemacht? Würden die Londoner Herz und Mut genug besitzen, um aus ihrem mächtigen Häusermeer ein größeres Moskau zu machen?

Da klang nach einer, wie uns schien, unermeßlich langen Zeit, als wir durch das Buschwerk krochen und vorsichtig hinausspähten, ein Schall wie der ferne Donner eines Geschützes zu uns herüber. Da hob der Marsmann, der neben uns stand, sein Rohr hoch in die Luft und feuerte es ab wie ein Geschütz mit einem heftigen Knall, der die Erde erschüttern ließ. Der Marsmann, der bei Staines stand, antwortete ihm. Kein Aufblitzen war zu sehen, kein Rauch, nichts als jenes schußartige Getöse.

Durch diesen Notschüssen vergleichbaren Lärm wurde ich derart erregt, daß ich meine persönliche Sicherheit und den Zustand meiner verbrühten Hände vergaß und mich mühsam in dem Gestrüpp aufrichtete, um nach Sunbury blicken zu können. Während ich mich noch durchkämpfte, folgte ein zweiter Knall in meiner Nähe, und ein großes Geschoß sauste über mir gegen Hounslow hin. Ich erwartete wenigstens Rauch oder Feuer oder eine andere ähnliche Folge zu sehen. Aber alles, was ich sah, war der tiefblaue Himmel, auf dem ein einziger Stern schimmerte, und der weiße Nebel, der sich unten weit und tief ausbreitete. Auch kein Geschützdonner war zu hören gewesen, kein die Herausforderung beantwortendes Getöse. Die Ruhe war wiederhergestellt; aus einer Minute wurden drei.

„Was ist geschehen?" fragte der Kurat, der sich neben mir erhoben hatte.

„Gott weiß!" erwiderte ich.

Eine Fledermaus huschte an uns vorbei und verschwand. Ein Geräusch wie von fernem Geschrei erhob sich und verstummte. Ich blickte wieder nach dem Marsmann und sah, wie er sich nun pfeilschnell in östlicher Richtung das Flußufer entlangbewegte.

Jeden Augenblick erwartete ich, das Feuer einer verborgenen Batterie auf ihn losbrechen zu sehen. Doch die Ruhe des Abends blieb ungestört. Die Gestalt des Marsmannes wurde immer kleiner in der Entfernung, und bald hatten ihn der Nebel und die hereinbrechende Nacht verschlungen. Von einer gemeinsamen Eingebung bestimmt, kletterten wir höher hinauf. Vor Sunbury erhob sich ein dunkler Gegenstand, so etwa, als hätte sich ein kegelförmiger Hügel plötzlich dort eingeschoben, der das weitere Land unseren Blicken verbarg. Jenseits des Flusses oberhalb Waltons sahen wir in der Ferne eine zweite solche Erhebung. Noch während wir sie anstarrten, schienen diese hügelartigen Körper sich zu senken und auszubreiten.

Von einem plötzlichen Gedanken bewegt, blickte ich nach Norden und sah, daß dort ein dritter dieser wolkigen schwarzen Kegel aufgetaucht war.

Alles war mit einem Male ganz still geworden. Fern im Südosten hörten wir die eulenartigen Schreie der Marsleute, durch die sie sich miteinander verständigten und diese unheimliche Stille nur noch mehr zum Bewußtsein brachten. Dann wieder erbebte die Luft unter dem Donner ihrer Geschütze; aber keine irdische Artillerie gab Antwort.

Zu jener Zeit konnten wir alle diese Vorgänge nicht begreifen; später aber sollte ich die Bedeutung dieser unheimlichen Hügel, die sich in der Dämmerung bildeten, noch verstehen. Jeder einzelne der Marsleute, die sich in jener halbmondartigen Linie aufgestellt hatten, hatte auf ein unbekanntes Zeichen hin vermittels jenes geschützartigen Rohres, das er trug, einen ungeheuren Behälter überall dorthin abgefeuert, wo ein Hügel, eine Anhöhe, eine Häusergruppe oder irgendeine Schutzwehr, hinter der er eine Batterie vermuten konnte, ihm ein Ziel geboten hatten. Manche feuerten nur eine jener Büchsen ab, manche, wie in dem Fall, den wir gesehen hatten, auch zwei; der Marsmann vor Ripley soll nicht weniger als fünf Schüsse nacheinander abgegeben haben. Diese Büchsen barsten, wenn sie zur Erde fielen, explodierten aber nicht. Unverzüglich aber strömte aus ihnen eine ungeheure Menge schweren, tintenschwarzen Dampfes, der hochstieg und sich zu einer riesigen, ebenholzschwarzen, geballten Wolke verdichtete; zu einem gasförmigen Hügel, der sich hob und senkte und sich langsam über die ihn umgebende Bodenfläche hin ausbreitete. Und die Berührung dieses Dampfes, das Einatmen des geringsten seiner beißenden Teilchen, bedeutete für alles, das atmete, den Tod.

Er war schwer, dieser Dampf, schwerer als der dichteste Rauch. So kam es, daß nach dem ersten heftigen Ausströmen und Aufschießen, das dem Bersten der Büchse folgte, er wieder zu sinken begann und sich, mehr in der Art eines flüssigen als eines gasförmigen Körpers, über das Erdreich ergoß. Er verließ die Hügel und strömte in die Täler und Gräben und Wasserrinnen, ähnlich wie es bei der Kohlensäure, die aus vulkanischen Klüften hervorströmt, der Fall sein soll. Und wo er das Wasser berührte, trat ein seltsamer chemischer Vorgang ein: die Oberfläche bedeckte sich sofort mit einem pulverartigen Schaum, der langsam sank und weiteren Raum schuf. Dieser Schaum war gänzlich unauflöslich, und es war eine sonderbare Erscheinung, verglichen mit der augenblicklichen Wirkung des Gases, daß man das Wasser, wenn jener Schaum durch Siebe entfernt wurde, ohne Schaden trinken konnte. Der Dampf verteilte sich nicht wie echtes Gas. Er hing klumpenweise zusammen, ergoß sich klebrig über abschüssiges Erdreich, ließ sich zögernd vom Winde treiben, vermengte sich nur allmählich mit dem Nebel und der Feuchtigkeit der Luft und fiel in der Gestalt von Staub zur Erde. Wir können nur schließen, daß bei diesem Dampf ein uns unbekanntes Element wirksam sein muß, das im Blau der Spektralanalyse eine Gruppe von vier Linien hervorruft. In allem übrigen tappen wir in bezug auf die Art seiner Zusammensetzung völlig im dunkeln.

Jetzt, da der heftige Schwall nach der Detonation vorüber war, haftete der schwarze Rauch so fest auf dem Boden, daß es noch vor seinem Abfließen, in einer Höhe von fünfzig Fuß in der Luft, auf Dächern und oberen Stockwerken hoher Häuser und auf großen Bäumen, eine Möglichkeit gab, sich seiner giftigen Wirkung völlig zu entziehen; das bewährte sich noch in jener Nacht in Street Cobham und Ditton.

Ein Mann, der an jenem Ort dem Tode entrann, überlieferte einen merkwürdigen Bericht von diesen Vorgängen: wie er das seltsame, schlangenartige Verteilen des Rauches beobachtet hätte, wie er vom Kirchturm aus heruntergeblickt und die Häuser des Dorfes wie Geister aus dem pechschwarzen Nichts sich erheben gesehen habe. Einen Tag und einen halben blieb er oben, erschöpft, halb verhungert und von der Sonne versengt; die Erde hob sich unter dem blauen Himmel und vor dem Bilde der fernen Hügel wie eine schwarzsamtene, weite Fläche ab; allmählich tauchten dann die roten Dächer, die grünen Bäume und später schwarzumschleierte Büsche und Zäune, Tennen, Hütten und Mauern hier und dort wieder zum Sonnenlicht empor.

Aber das geschah nur in Street Cobham, wo der schwarze Dampf liegenblieb, bis er von selbst in die Erde sank. In der Regel reinigten die Marsleute, wenn der Rauch ihren Absichten entsprochen hatte, die Luft, indem sie in den Qualm hineinwateten und einen Dampfstrahl auf ihn richteten.

In dieser Weise verfuhren sie mit den Qualmmassen in unserer Nähe, wie wir das von den Fenstern eines verlassenen Hauses in Upper Halliford, wohin wir zurückgekehrt waren, beobachten konnten. Von dort konnten wir auch die Scheinwerfer auf den Hügeln von Richmond und Kingston hin und her leuchten sehen. Um elf Uhr klirrten unsere Fenster, und wir hörten den Donner der riesigen Belagerungsgeschütze, die dort aufgepflanzt worden waren. In bestimmten Zwischenräumen dauerte das Feuer ungefähr eine Viertelstunde lang. Das konnten nur blinde Schüsse auf die unsichtbaren Marsleute in Hampton und Ditton sein. Dann verschwanden die bleichen Strahlen des elektrischen Lichtes, um einem glühendroten Schein zu weichen.

Damals ging der vierte Zylinder – ein glänzender grüner Meteor – in Bushey Park nieder, wie ich später erfuhr. Ehe noch die Geschütze auf der Hügelkette von Richmond und Kingston ihr Feuer eröffneten, fand fern im Südwesten noch eine unregelmäßige Kanonade statt, die, wie ich vermute, den ins Blaue hinein abgefeuerten Schüssen der dort aufgepflanzten Geschütze zuzuschreiben ist; sie wurden noch abgegeben, bevor der schwarze Dampf die Mannschaft überwältigte.

So nach einem wohlerwogenen Plan vorgehend, wie Menschen etwa ein Wespennest ausräuchern, versandten die Marsleute diesen seltsamen erstickenden Qualm über das Land in der Richtung nach London zu. Die Enden der halbmondartigen Linie erweiterten sich langsam, bis sie endlich das Land von Hanwell bis Coombe und Malden umklammerten. Die ganze Nacht hindurch rückten die Marsleute mit ihren vernichtenden Rohren vor. Nicht ein einziges Mal, nachdem der Marsmann bei St. George's Hill zu Fall gebracht worden war, gaben sie der Artillerie auch nur den Schatten einer Gelegenheit zu wirksamem Angriff. Wo immer eine Möglichkeit vorhanden war, daß, ihnen unsichtbar, Geschütze aufgestellt sein konnten, wurde eine frische Büchse jenes schwarzen Qualmes abgefeuert; und wo die Geschütze ungedeckt dastanden, wurde der Hitzestrahl eingesetzt.

Um Mitternacht warfen die glühenden Bäume an den Abhängen des

Richmond-Parkes und der Feuerschein auf dem Hügel von Kingston ihr Licht auf ein Netzwerk schwarzen Rauches, der das ganze Themsetal überzog und verschwinden ließ und sich, so weit das Auge reichte, erstreckte. Und hindurch wateten langsam zwei Marsleute, die ihre zischenden Dampfstrahlen hierhin und dorthin versandten.

Die Marsleute setzten in dieser Nacht den Hitzestrahl nur sehr selten ein, sei es, daß sie nur einen beschränkten Vorrat an den Stoffen besaßen, mit denen sie ihn herstellten, sei es, daß es in ihrer Absicht lag, das Land nicht zu verwüsten, sondern nur den Widerstand, den sie gefunden hatten, zu brechen oder einzuschüchtern. Darin erreichten sie ohne Zweifel ihr Ziel. Sonntag nachts brach der organisierte Widerstand gegen ihre Bewegungen zusammen. Von da an konnte keine wie immer geartete Vereinigung von Menschen ihnen standhalten, so hoffnungslos war das Unternehmen gescheitert. Selbst die Mannschaft der Torpedoboote und der Torpedozerstörer, die ihre Schnellfeuergeschütze die Themse heraufgebracht hatte, weigerte sich zu bleiben, meuterte und kehrte wieder um. Das einzige Angriffsunternehmen, an das sich die Leute nach jener Nacht noch heranwagten, war die Anlage von Minen und Fallgruben; aber selbst diese Arbeiten erfolgten unter einem teils unsinnigen, teils krampfhaft überhasteten Aufwand von Kräften.

Man muß sich nur das Schicksal jener Batterien vor Esher vorstellen, die in fast übermenschlich gespannter Erwartung im Zwielicht der Ereignisse harrten. Überlebende gab es nicht. Man kann sich von allem nur ein Bild machen: alles in bester Ordnung voll Erwartung, die Offiziere eifrig und wachsam, die Mannschaft bereit, der Schießvorrat aufgehäuft zur Hand, die Abprotzer bei ihren Pferden und Wagen, die Menge bürgerlicher Zuschauer so nahe, als es ihnen gestattet wurde, die milde Ruhe des Abends; die Ambulanzen und die Feldzelte mit den Verbrannten und Verwundeten von Weybridge; dann plötzlich der dumpfe Widerhall der Schüsse, welche die Marsleute abfeuerten, und die unförmigen Geschosse, die über Bäume und Häuser sausten und auf den benachbarten Feldern zerschellten.

Man mag sich ferner ausmalen, wie die allgemeine Aufmerksamkeit plötzlich erregt wurde, als diese schwarze Masse in blitzschnellen Windungen und Aufblähungen nach vorwärts schoß, sich himmelwärts türmte und das Zwielicht in völlige Finsternis verwandelte; wie ein seltsamer und schrecklicher Gegner in der Gestalt eines Dampfes sich auf seine Opfer stürzte, wie Menschen und Pferde immer mehr in der Dunkelheit verschwanden, wie alles durcheinander flüchtete, wilde Rufe ausstieß und kopfüber niederstürzte; man mag sich die Schreie des Entsetzens ausmalen, vorstellen, wie die Geschütze im Stich gelassen wurden, wie die Menschen sich röchelnd am Boden wanden, wie der dichte Rauchkegel sich nach allen Seiten hin ausbreitete. Und dann Nacht und Vernichtung – nichts als die schweigende Masse undurchdringlichen Qualmes, der seine Toten umhüllte.

Vor dem Morgengrauen ergoß sich der schwarze Rauch durch die Straßen Richmonds, und der in Auflösung begriffene Organismus der Regierung raffte sich vor seinem Ende noch zu einer letzten Pflicht auf: die Bevölkerung Londons zur augenblicklichen Flucht aufzurufen.

16. Der Exodus aus London

SO BEGREIFT man wohl die brüllende Woge der Angst, die durch die größte Stadt der Welt jagte, gerade als der Montag dämmerte – der Strom der Flucht, der mit reißender Schnelligkeit zu einem wilden Gewässer anschwoll, in schäumender Wut um die Bahnhöfe brandete, sich bei den Schiffswerften der Themse zu einem entsetzlichen Wirbel aufbäumte und auf jedem möglichen Strombett, das nach Norden oder Osten führte, durchzubrechen suchte. Gegen zehn Uhr verlor die Organisation der Polizei, gegen Mittag selbst die Organisation der Eisenbahnbeamten jeden Zusammenhang, ohne innere Ordnung und Autorität verschmolzen sie erst zögernd, dann um so rascher mit der großen gleichartigen Masse des sozialen Körpers.

Alle Eisenbahnlinien nördlich von der Themse und die Leute von der South-Eastern in der Cannon Street waren schon Sonntag mitternacht von der drohenden Gefahr verständigt worden; und schon um zwei Uhr waren die Züge überfüllt; die Leute kämpften wie Wilde um Stehplätze in den Wagen. Gegen drei Uhr wurden selbst in der Bishopsgate Street Leute niedergetreten und erdrückt; etwa zweihundert oder mehr Yards von der Liverpool Street Station entfernt wurden schon Revolverschüsse abgegeben und Leute erstochen; und die Schutzleute, die hingeschickt wurden, um die Ordnung aufrechtzuerhalten, zerschlugen erschöpft und wütend den Leuten die Köpfe, die sie beschützen sollten.

Als der Tag vorschritt und die Zugführer und die Heizer sich weigerten, nach London zurückzukehren, da trieb der drückende Zwang der Flucht die Leute in immer dichteren Massen von den Bahnhöfen weg auf die Straßen, die nach Norden führten. Um die Mittagsstunde war ein Marsmann in Barnes gesehen worden, und eine Wolke mächtig sinkenden schwarzen Qualmes trieb die Themse entlang über die Ebene von Lambeth und schnitt in ihrem trägen Herannahen jede Möglichkeit der Flucht über die Brücken ab. Eine zweite Wolkenschicht trieb über Ealing hinweg und umzingelte eine kleine Insel von Überlebenden auf Castle Hill, die wohl ihr Leben fristen, aber auf keinen Ausweg hoffen konnten.

Nach fruchtlosem Kampf, bei Chalk Farm in einen Zug der North-Western zu gelangen – die Maschinen der Züge, welche am Güterbahnhof Reisende aufgenommen hatten, pflügten förmlich durch einen schreienden Menschenhaufen hindurch, und ein Dutzend handfester Männer kämpfte, um die Menge daran zu hindern, den Zugführer gegen seinen Heizkessel zu schleudern –, schlug sich mein Bruder zur Chalk Farm Road durch, wand sich durch einen Schwarm dahineilender Fahrzeuge vorwärts und hatte das Glück, bei der Erstürmung eines Fahrradladens als erster anzukommen.

Das Vorderrad der Maschine, die er an sich riß, wurde durchgeschnitten, als er sie durch das Fenster zerrte; gleichwohl saß er auf und fuhr mit keiner ernsteren Verletzung als einem Schnitt im Handgelenk ab. Der steile Anstieg des Haverstock Hill war einiger gestürzter Pferde wegen nicht passierbar, und mein Bruder lenkte in die Belsize Road ein.

So entkam er schließlich der wütenden Panik; dem Saum der Edgware Road folgend, erreichte er, hungrig und erschöpft, doch der Menge weit voran, um sieben Uhr Edgware. Die ganze Straße entlang standen die Leute neugierig und staunend. Mein Bruder wurde von Radfahrern, einigen Reitern und zwei Automobilen überholt. Eine Meile vor Edgware brachen die Räder, und die Maschine wurde unbrauchbar. Er ließ sie auf der Straße liegen und schleppte sich ins Dorf. In der Hauptstraße des Ortes waren die Läden halb geöffnet, und auf den Bürgersteigen, in den Fenstern sammelten sich Leute, die verwundert auf jenen außergewöhnlichen Zug von Flüchtlingen starrten, der jetzt heranzunahen begann. Meinem Bruder gelang es, in einem Wirtshaus etwas zu essen zu bekommen.

Er blieb einige Zeit in Edgware, ratlos, was er beginnen solle. Die Flüchtlinge nahmen an Zahl immer mehr zu. Viele von ihnen schienen wie mein Bruder geneigt zu sein, im Orte zu bleiben. Von den Eindringlingen des Mars wußte niemand Neues zu berichten. Die Straße war jetzt schon voll von Leuten, aber noch lange nicht überfüllt. Die meisten Flüchtlinge waren mit Fahrrädern ausgerüstet, bald aber tauchten auch Automobile, Hansoms und Kutschen auf, die rasch vorübereilten und in den dichten Staubwolken verschwanden, die auf der Straße nach St. Albans aufwirbelten.

Es war vielleicht nur ein ganz unklares Vorhaben, den Weg nach

Chelmsford zu wählen, wo einige seiner Freunde wohnten, was meinen Bruder schließlich bewog, einen stillen Feldweg, der ostwärts führte, einzuschlagen. Nach kurzer Zeit gelangte er zu einem Zaunsteig, kletterte hinüber und folgte einem Fußweg in nordöstlicher Richtung. Er kam an einigen Bauernhäusern und mehreren kleinen Ortschaften vorbei, deren Namen er nicht kannte. Er sah nur wenige Flüchtlinge, erst auf einem Grasweg in der Nähe von High Barnet stieß er auf die zwei Frauen, die seine Reisegefährtinnen werden sollten. Er kam gerade zur rechten Zeit, um sie zu retten.

Er hörte ihre Schreie, und um die Ecke eilend, sah er zwei Männer, die sie aus dem kleinen Ponywagen, den sie lenkten, mit Gewalt herauszuzerren suchten, während ein dritter sich damit abmühte, den Kopf des erschreckten Ponys zu halten. Die eine der Damen, eine kleine, in Weiß gekleidete Frau, kreischte nur immerzu; die andere, eine dunkle, schlanke Erscheinung, schlug nach dem Mann, der ihren Arm gepackt hatte, mit der Peitsche, die sie in ihrer freien Hand hielt.

Mein Bruder erfaßte die Sachlage auf der Stelle, er rief laut und eilte auf den Kampfplatz. Einer der Männer ließ sofort von den Damen ab und wandte sich ihm zu. Mein Bruder, der aus dem Gesicht seines Gegners sofort erkannte, daß ein Kampf unvermeidlich sei, stürzte sich als der erfahrene Boxer, der er war, sofort auf ihn und schlug ihn gegen das Wagenrad nieder.

Es war nicht die Zeit, um die Ritterlichkeit von Boxern zu üben, und mein Bruder machte ihn durch einen Fußtritt kampfunfähig. Dann packte er den Mann, der die schlanke Dame am Arm gefaßt hatte, beim Rockkragen. Er hörte das Klappern von Hufen, die Peitsche schlug ihm ins Gesicht, ein dritter Gegner versetzte ihm einen wuchtigen Schlag zwischen die Augen, und der Mann, den er festhielt, riß sich los und rannte den Feldweg hinab in der Richtung, aus der er gekommen war.

Halb betäubt sah mein Bruder sich jetzt dem Manne gegenüber, der den Kopf des Pferdes gehalten hatte. Er bemerkte dann, wie der Wagen mit den stets zurückblickenden Frauen, heftig nach beiden Seiten schwankend, den Feldweg entlang davonfuhr. Der Mann vor ihm, ein plumper Lümmel, machte Miene, sich auf ihn zu stürzen, aber mein Bruder schleuderte ihn mit einem Faustschlag ins Gesicht zurück. Als er sich so endlich frei sah, warf er sich herum und lief, so schnell er konnte, den Feldweg entlang dem Wagen nach; der Plumpe war ihm dicht auf den Fersen, und der Flüchtige, der sich jetzt umgewandt hatte, folgte in einiger Entfernung.

Plötzlich taumelte mein Bruder und fiel zu Boden; sein nächster Verfolger stürzte auf ihn los, und als er sich wieder aufgerichtet hatte, sah er sich neuerdings zwei Angreifern gegenüber. Wenig fehlte, und es wäre um ihn geschehen gewesen, hätte nicht die schlanke Dame mutig den Wagen angehalten. Sie stieg aus und kam ihm zu Hilfe. Sie hatte von Anfang an einen Revolver mit sich geführt, aber er war unter den Sitzen verborgen, als sie und ihre Gefährtin angegriffen wurden. Sie feuerte ihn nun auf eine Entfernung von sechs Yards ab und hätte um ein Haar meinen Bruder getroffen. Der weniger mutige Räuber machte sich davon, und sein Spießgeselle folgte ihm, seine Feigheit verwünschend. Sie machten beide noch in Sichtweite halt und blieben auf dem Feldweg, wo der dritte Mann besinnungslos lag, stehen.

„Nehmen Sie ihn!" rief die schlanke Dame und reichte meinem Bruder den Revolver.

„Gehen Sie zum Wagen zurück", bat mein Bruder, indem er sich das Blut aus seiner gespaltenen Lippe wischte.

Sie wandte sich wortlos ab – beide keuchten heftig –, und dann gingen sie zum Wagen, in dem die Dame in Weiß mit krampfhafter Anstrengung das erschreckte Pony zu halten bemüht war.

Die Räuber hatten offenbar genug. Als mein Bruder sich wieder nach ihnen umblickte, zogen sie sich zurück.

„Ich setze mich hierher", sagte mein Bruder, „wenn ich darf"; und er stieg ein und ließ sich auf den leeren Vordersitz nieder. Die Dame blickte über ihre Schulter.

„Geben Sie mir die Zügel", sagte sie und strich mit der Peitsche über die Flanke des Ponys. Im nächsten Augenblick verbarg eine Krümmung des Weges die drei Männer den Blicken meines Bruders.

So kam es, daß mein Bruder keuchend, mit zerschnittenem Mund, verletztem Kiefer und blutbefleckten Fingerknöcheln ganz unvermutet auf einer unbekannten Straße mit zwei unbekannten Frauen dahinfuhr.

Er erfuhr, daß sie die Gattin und die jüngere Schwester eines in Stanmore lebenden Chirurgen waren, der in den frühen Morgenstunden von einem gefährlichen Fall in Pinner zurückgekehrt war und auf einer Eisenbahnstation, an der ihn sein Weg vorübergeführt, von dem Heranrücken der Marsleute gehört hatte. Er war nach Hause geeilt, hatte die Frauen geweckt – das Dienstmädchen hatte sie schon vor zwei Tagen verlassen –, hatte etwas Mundvorrat zusammengerafft, zum Glück für meinen Bruder einen Revolver unter die Sitze gelegt und ihnen aufgetragen, nach Edgware zu fahren, wo es ihnen gelingen würde, in einen Zug zu kommen. Er blieb zurück, um die Nachbarn zu verständigen. Er hatte ihnen versprochen, sie etwa um halb fünf Uhr morgens einzuholen, und jetzt war es beinahe neun Uhr, und sie hatten seither nichts von ihm gesehen. Sie konnten wegen des fast beängstigend anwachsenden Gedränges nicht in Edgware bleiben, und so waren sie auf diesen Seitenweg gekommen.

Das war die Geschichte, die sie in abgebrochenen Sätzen meinem Bruder erzählten. Dann machten sie in der Nähe von New Barnet wieder halt. Mein Bruder aber versprach ihnen, wenigstens so lange bei ihnen zu bleiben, bis sie einen endgültigen Beschluß über ihre nächsten Schritte gefaßt hätten oder bis der vermißte Arzt sie getroffen hätte. Er versicherte ihnen, ein erfahrener Revolverschütze zu sein – er war alles eher als vertraut mit dieser Waffe –, um ihnen Vertrauen einzuflößen.

Neben der Straße schlugen sie eine Art Lager auf, und das Pony tat sich bei der Hecke gütlich. Mein Bruder erzählte ihnen die Einzelheiten seiner Flucht aus London und überdies alles, was er von den Marsleuten und ihrem Treiben wußte. Die Sonne stieg höher am Himmel, und nach einiger Zeit stockte das Gespräch und wich einem unbehaglichen Zustand banger Erwartung. Einige Fußgänger kamen des Weges, und aus ihnen brachte mein Bruder heraus, soviel er konnte. Jede gestammelte Antwort, die er erhielt, vertiefte seinen Eindruck von der schweren Heimsuchung, die über die Menschheit gekommen war, vertiefte auch seine Überzeugung von der zwingenden Notwendigkeit, die Flucht fortzusetzen. In dringenden Worten machte er das den Damen begreiflich.

„Wir haben Geld bei uns", sagte das Mädchen, und dann zögerte sie fortzufahren.

Ihre Augen begegneten denen meines Bruders, und ihr Vertrauen kehrte wieder.

„Auch ich habe Geld mit", sagte mein Bruder.

Sie erklärte nun, außer einer Fünfpfundnote ungefähr dreißig Pfund in Gold bei sich zu führen, und schlug vor, damit zu einem Zug bei St. Albans oder New Barnet zu gehen. Mein Bruder, der die Wut der Londoner, als sie die Züge stürmten, mit angesehen hatte, hielt dieses Vorhaben für hoffnungslos und setzte nun seinen Plan auseinander: Essex zu durchqueren und so nach Harwich zu gelangen, um von dort das Land überhaupt zu verlassen.

Mrs. Elphinstone – so hieß die Dame in Weiß – wollte auf keine Ratschläge hören und rief unaufhörlich nach ihrem ‚George'; ihre Schwägerin aber war erstaunlich ruhig und vernünftig und schließlich bereit, dem Vorschlag meines Bruders zu folgen.

So schlugen sie also die Richtung nach Barnet ein in der Absicht, die Great North Road zu kreuzen; mein Bruder lenkte das Pony, um es soviel als möglich zu schonen.

Als die Sonne höher stieg, wurde es unbeschreiblich heiß, und unter den Füßen brannte ein dichter weißlicher Sand, so daß sie nur sehr langsam vorwärts kamen. Die Hecken waren grau vor Staub. Und als sie in die Nähe von Barnet kamen, vernahmen sie ein immer lauter anschwellendes Gemurmel.

Sie begegneten immer mehr Leuten. Die meisten starrten vor sich hin, murmelten unbestimmte Fragen und sahen erschöpft, abgemagert und schmutzig aus. Ein Mann im Frack ging zu Fuß an ihnen vorüber, seine Augen auf den Boden geheftet. Sie hörten seine Stimme, und als sie nach ihm blickten, sahen sie, wie er mit der einen Hand sein Haar raufte und mit der anderen nach unsichtbaren Dingen schlug. Als sein Wutanfall vorüber war, ging er weiter, ohne sich nur einmal umzublicken.

Als die Gesellschaft meines Bruders sich dem Kreuzweg im Süden von Barnet näherte, sahen sie eine Frau über ein Feld zur Linken auf die Straße zu kommen. Ein Kind trug sie auf dem Arm, und zwei andere führte sie; dann ging ein Mann in einem schmutzigen schwarzen Anzug vorbei, einen dicken Rock in der einen Hand, eine kleine Reisetasche in der anderen. Als sie um die Ecke des Feldweges fuhren, dort, wo bei seiner Einmündung in die Landstraße einige Landhäuser stehen, kam ein kleines Gefährt, von einem schweißbedeckten schwarzen Pony gezogen, angefahren; ein blasser Bursche mit einem Sporthut lenkte es. Drei Mädchen, die wie Fabrikmädchen des Londoner Eastend aussahen, und zwei kleine Kinder saßen zusammengekauert in dem kleinen Wagen.

„Hier kommen wir doch nach Edgware?“ fragte der mit wilden Augen dreinblickende totenblasse Lenker des Gefährtes in unverkennbarer Londoner Mundart. Und als mein Bruder ihm bedeutete, die Richtung zu seiner Linken einzuschlagen, hieb er auf das Pony ein, ohne sich lange mit der Förmlichkeit des Dankens aufzuhalten.

Jetzt bemerkte mein Bruder, wie aus den Häusern vor ihnen ein dünner grauer Rauch oder Nebel aufstieg, der die weiße Vorderseite einer Terrasse jenseits der Straße, die zwischen den Landhäusern zum Vorschein kam, verschleierte. Mrs. Elphinstone schrie beim Anblick einiger züngelnder, rauchiger Feuerflammen, die aus den Häusern vor ihnen gegen den blauen Himmel aufschossen, plötzlich auf. Der wilde Lärm löste sich jetzt in ein wirres Gemenge vieler Stimmen, das Knirschen vieler Räder, das Ächzen von Wagen und das Geklapper von Hufen auf. Keine fünfzig Yards vom Kreuzweg entfernt, machte der Feldweg eine scharfe Biegung.

„Gott im Himmel!“ rief Mrs. Elphinstone. „Wohin führen Sie uns denn?“

Mein Bruder hielt an.

Denn die Hauptstraße war ein kochender Strom von Leuten, ein reißender Wildbach menschlicher Wesen, die nach Norden stürmten, einer hinter dem andern drängend. Ein langer Wolkenzug von Staub, weiß und leuchtend im Sonnenglanz, ließ alles innerhalb von zwanzig Fuß über dem Boden grau und undeutlich erscheinen. Er bildete sich immer von neuem durch die dahineilenden Füße einer dichten Menge von Pferden und Männern und Frauen zu Fuß und durch die Räder von Gefährten aller erdenklichen Art.

„Platz da!" hörte mein Bruder Stimmen schreien. „Macht Platz!"

Zum Kreuzungspunkt des Feldweges und der Straße zu gelangen hieß soviel wie in den Rauch eines Feuers hineinfahren; die Menge brüllte wie ein Feuer, und der Staub war heiß und prickelnd. Und in der Tat stand etwas weiter oben an der Straße ein Landhaus in Flammen und wälzte dichte Mengen schwarzen Rauches über die Straße, um die Verwirrung zu erhöhen.

Zwei Männer kamen dem Wagen nach. Dann ein schmutziges Weib, das ein schweres Bündel trug und heftig schluchzte. Ein verlaufener Jagdhund, heruntergekommen und bedeckt mit Schrammen, lief schnüffelnd um sie herum und floh, als mein Bruder ihm drohte.

Soviel man von der Straße, die nach London führte, zwischen den Häusern zur Rechten sehen konnte, war sie ein einziger, großer Strom schmutziger, fliehender Leute, die zwischen die Landhäuser zu beiden Seiten des Weges eingeklemmt waren; die schwarzen Köpfe, die dicht aneinandergedrängten Gestalten traten deutlicher hervor, als sie auf die Straßenecke zustürzten und vorübereilten; dann verloren sie sich wieder in der fliehenden Menge, die endlich von einer Staubwolke in der Ferne verschlungen wurde.

„Vorwärts! Vorwärts!" riefen die Stimmen. „Platz da, macht Platz!"

Mein Bruder stand bei dem Kopf des Ponys. Unwiderstehlich angezogen, ging er Schritt für Schritt vorwärts den Feldweg hinab.

Edgware war ein Schauplatz der Verwirrung, Chalk Farm ein aufrührerischer Tumult gewesen, hier aber war eine ganze Bevölkerung in Bewegung. Die Karren und die Wagen drängten sich dicht einer hinter dem andern und ließen nur wenig Platz für jene rascheren und ungeduldigeren Fahrzeuge, die jeden Augenblick vorwärts schossen, sooft sich eine Gelegenheit dazu bot, dabei schleuderten sie die Leute rücksichtslos gegen die Zäune und die Gitter der Landhäuser.

„Nur drauflos!" war der allgemeine Schrei. „Nur drauflos! Sie kommen!"

Auf einem Karren stand ein blinder Mann in der Uniform der Heilsarmee. Er schlenkerte mit seinen gekrümmten Fingern herum und brüllte unaufhörlich: „O Ewigkeit! O Ewigkeit!" Seine Stimme war heiser und überaus laut, so daß mein Bruder ihn noch lange hören konnte, als er im südwestlichen Staub schon den Blicken entschwunden war. Einige Karren waren vollgepfropft von Leuten, die blödsinnig auf ihre Pferde einhieben und mit andern Kutschern zankten; einige Leute wieder saßen regungslos da, mit trostlosen Augen ins Leere starrend; andere nagten vor Durst an ihren Fingern oder lagen auf dem Boden ihres Fuhrwerks lang ausgestreckt. Die Zäume der Pferde waren mit Schaum bedeckt, ihre Augen blutunterlaufen.

Man sah Mietwagen, Kutschen, Geschäftswagen, Fuhrwerke ohne Zahl, eine Postkutsche, einen Straßenreinigungswagen mit der Aufschrift ‚Gemeindebezirk St. Pancras', einen riesigen Bauholzwagen, mit roh aussehenden Gesellen beladen. Der Geschäftskarren einer Brauerei rasselte vorüber; seine beiden Räder waren mit frischem Blut bespritzt.

„Aus dem Weg!" riefen die Stimmen. „Aus dem Weg!"

„Ewig–keit! Ewig–keit!" hallte es von der Straße wider.

Traurige, abgemagerte, gutgekleidete Frauen schleppten sich weiter mit Kindern, die weinten und immer stolperten; ihre zarten Kleider starrten vor Staub, und ihre müden Gesichter waren von Tränen entstellt. Viele von ihnen waren von teils hilfreichen, teils mürrischen und rohen Männern begleitet. Seite an Seite mit ihnen drängte sich mit roher Gewalt ein Haufen Londoner Gesindels vorwärts, in schwarze Lumpen gekleidet, mit lauter Stimme unflätige Reden im Munde führend. Dann sah man stämmige Arbeiter, die kraftvoll vorwärts drängten, elend aussehende, ungekämmte Burschen, offenbar Ladenschwengel oder Taglöhner, nach ihrer Kleidung zu schließen, die gelegentliche Raufereien veranstalteten; zuweilen sah man noch einen verwundeten Soldaten, ferner Leute, die wie die Gepäckträger der Bahnhöfe gekleidet waren, und ein trostlos aussehendes Geschöpf in einem Nachthemd, über das ein Rock geworfen war.

Aber so verschieden auch ihre Zusammensetzung war, gewisse Züge hatte diese Menge gemein. Angst und Schmerz brüteten auf den Gesichtern, und Angst saß ihnen im Nacken. Ein Lärm auf der Straße, ein Streit um einen Wagenplatz genügten, und jeder beschleunigte seine Schritte; selbst ein Mann, der so elend und gebrochen war, daß seine Knie unter ihm wankten, wurde für einen Augenblick wieder hochgerissen. Hitze und Durst hatten bei dieser Menge schon ihr Werk getan. Die Haut war trocken, die Lippen schwarz und aufgesprungen. Sie waren durstig und erschöpft und ihre Füße wund. Und aus den vielen Schreien hörte man

Gezänk und Vorwürfe und stöhnende Ermattung heraus. Die meisten Stimmen waren schon heiser und schwach. Und zwischendurch der immer gleiche Refrain:

„Platz! Platz! Die Marsleute kommen!"

Nur wenige rasteten oder trennten sich von der Flut. Der Feldweg mündete ziemlich abschüssig in einer engen Öffnung in die Hauptstraße und machte den trügerischen Eindruck, als käme er aus der Richtung von London. Dennoch drängte ein geringer Bruchteil der Leute in die Mündung hinein; Schwächlinge arbeiteten sich mit den Ellbogen aus dem Strom heraus; doch ruhten sie zum größten Teil nur einen Augenblick aus, um wieder in ihn einzutauchen. Ein wenig abseits vom Feldweg lag von zwei Freunden betreut ein Mann, eines seiner Beine war bloß mit ein paar blutigen Lumpen umwickelt. Der Glückliche hatte wenigstens Freunde.

Ein altes Männchen mit einem kriegerisch aussehenden Schnurrbart, mit einem fadenscheinigen schwarzen Gehrock bekleidet, hinkte aus dem Haufen, zog seine Stiefel aus – seine Socken waren mit Blut befleckt –, schüttelte einen Kieselstein heraus und humpelte weiter. Ein kleines Mädchen von acht oder neun Jahren, ganz allein, warf sich neben die Hecke dicht neben meinen Bruder und weinte bitterlich.

„Ich kann nicht weiter! Ich kann nicht weiter!"

Mein Bruder erwachte aus der Erstarrung; er hob sie auf, sprach ein paar freundliche Worte zu ihr und trug sie zu Miß Elphinstone. Sobald mein Bruder sie berührte, wurde sie ganz still, wie erschreckt.

„Ellen!" schrie eine Frau im Haufen mit weinender Stimme. „Ellen!" Und das Kind machte sich von meinem Bruder los und schoß, nach der Mutter rufend, davon.

„Sie kommen", sagte ein Mann zu Pferd, der den Feldweg entlangritt.

„Aus dem Weg da!" brüllte ein Kutscher und richtete sich hoch auf, und mein Bruder sah einen geschlossenen Wagen in den Feldweg hereinfahren.

Die Leute drängten, einer den andern pressend, zurück, um dem Pferd auszuweichen. Mein Bruder schob das Pony und den Wagen an die Hecke zurück, und der Mann fuhr vorbei, um an der Wegbiegung zu halten. Es war eine Kutsche mit einer Deichsel für zwei Pferde, aber nur eines war in den Strängen.

Mein Bruder sah undeutlich durch den Staub hindurch, wie zwei Männer einen Gegenstand auf einer weißen Tragbahre heraushoben und ihn behutsam auf das Gras zwischen die Ligusterhecken legten.

Einer der Männer eilte auf meinen Bruder zu.

„Wo bekommt man hier etwas Wasser?“ fragte er. „Er geht rasch seinem Ende entgegen und leidet heftigen Durst. Es ist Lord Garrick.“

„Lord Garrick!“ rief mein Bruder, „der Präsident des Obersten Gerichtes?“

„Das Wasser!“ rief der andere.

„Vielleicht finden Sie in einem dieser Häuser eine Wasserleitung“, sagte mein Bruder. „Wir haben kein Wasser. Und ich darf meine Begleiterinnen nicht verlassen.“

Der Mann drängte sich durch die Menge zu dem Tor des Eckhauses.

„Vorwärts!“ riefen die Leute, ihn zur Seite schiebend. „Sie kommen! Vorwärts!“

Mein Bruder war entsetzt und verwirrt. Sobald sie sich zurückgezogen hatten, kam es ihm wieder zum Bewußtsein, wie dringend und unvermeidlich es war, den Menschenstrom zu durchqueren. Ohne Verzug wandte er sich entschlossen an Miß Elphinstone.

„Wir müssen diesen Weg einschlagen“, sagte er und lenkte das Pony wieder herum.

Zum zweiten Mal an diesem Tag legte das Mädchen eine Probe seiner Unerschrockenheit ab. Um eine Furt durch diesen Menschenstrom zu erzwingen, stürzte sich mein Bruder in das Getriebe hinein und hielt ein Droschkenpferd zurück, während sie das Pony an dessen Kopf vorbeilenkte. In diesem Augenblick hemmte ein Fuhrwerk sein Rad und riß einen langen Span von dem Ponywagen ab. Gleich darauf wurden sie von dem Strom erfaßt und vorwärts getrieben. Mein Bruder, auf dessen Gesicht und Händen die Peitsche des Kutschers rote Striemen hinterlassen hatte, kletterte in den Wagen zurück und nahm seiner Begleiterin die Zügel ab.

„Richten Sie den Revolver auf den Mann hinter uns, wenn er zu heftig drängt“, sagte er, ihr die Waffe reichend. „Nein! – Richten Sie ihn auf sein Pferd.“

Dann begann er nach einer Gelegenheit zu suchen, über die Straße hinweg nach rechts zu fahren. Aber einmal im Strom, schien er seine Willenskraft zu verlieren und ein Glied dieses staubigen Menschenrudels zu werden. Sie wurden von dem wilden Strom durch Chipping Barnet geschwemmt; sie befanden sich schon wieder eine Meile jenseits des Mittelpunktes der Stadt, bevor sie sich auf die andere Seite des Weges durchgekämpft hatten. Der Lärm, die Verwirrung waren unbeschreiblich. Aber in der Stadt und hinter ihr zweigte sich die Straße zu wiederholten Malen und spaltete so wenigstens den Andrang der Masse.

Sie wandten sich nun östlich durch Hadley, und dort, wie auch später, stießen sie beidseits der Straße auf eine beträchtliche Menge von Leuten, die aus dem Fluß tranken; manche mußten kämpfen, um zum Wasser zu gelangen. Etwas weiter auf einer Anhöhe in der Nähe von East Barnet bemerkten sie zwei Eisenbahnzüge, die langsam einer hinter dem andern ohne Signal, ohne Aufsicht dahinfuhren. Die Züge wimmelten von Leuten, selbst zwischen den Kohlen hinter der Maschine kauerten Menschen, die auf der Great Northern Railway nordwärts zu entkommen suchten. Mein Bruder vermutete, daß diese Züge sich erst außerhalb Londons mit Flüchtlingen gefüllt haben müßten, denn zu jener Zeit hatte der wütende Ansturm der Leute die Benutzung der Londoner Bahnhöfe unmöglich gemacht.

In der Nähe von Hadley machte die Gesellschaft meines Bruders für den Rest des Nachmittags halt; die Schrecken des Tages hatten alle drei fast völlig erschöpft. Schon regte sich der erste Hunger; die Nacht begann kalt, und keiner von ihnen wagte zu schlafen. Am Abend eilten viele Leute die Straße an ihrem Rastplatz entlang, vor ungekannten Gefahren fliehend, die in Wahrheit noch vor ihnen lagen. Denn sie liefen in die Richtung, aus der mein Bruder gekommen war.

17. Die „Thunder Child"

HÄTTEN die Marsleute nur blindlings zerstören wollen, so hätten sie am Montag die gesamte Bevölkerung Londons vernichten können, wie sie sich langsam über die nächsten Grafschaften hin ausbreitete. Nicht nur durch Barnet, sondern auch durch Edgware und Waltham Abbey und die ostwärts laufenden Straßen entlang nach Southend und Shoeburyness und südlich von der Themse nach Deal und Broadstairs ergoß sich derselbe tobende Haufen. Wenn einer an jenem Junimorgen in einem Ballon in dem strahlenden Blau über London geschwebt hätte, dann hätte er jede Straße, die aus dem unendlichen Straßenknäuel nach Norden oder Osten führte, von dahinströmenden Flüchtlingen schwarz übersät erblickt, jeder Punkt eine menschliche Agonie von Schrecken und körperlichem Elend. Noch nie in der Geschichte der Welt hatte sich eine solche Masse menschlicher Wesen in Bewegung gesetzt, noch nie so gemeinsam dieselben Leiden ertragen. Die sagenhaften Scharen von Goten und Hunnen, die riesigsten Heere, die Asien je erblickt hatte, was wären sie anderes gewesen als Wellen dieses Stromes. Und das war kein diszipliniierter Marsch; es war eine wilde Jagd, riesenhaft und schreckensvoll, ohne Ordnung, ohne Ziel, sechs Millionen Menschen, die unbewaffnet und ohne Lebensmittel blindlings weitertrieben. Es war der Anfang vom Ende der Zivilisation, das Massaker des Menschengeschlechtes.

Gerade unter sich hätte der Luftschiffer ein weithin gesponnenes Netzwerk von Straßen gesehen, Häuser, Kirchen, Plätze, Gassen, Gärten, die, schon verödet, sich verteilten wie über eine ungeheure Landkarte, die im Süden verwischt und zerstört war. Es sah aus, als ob eine Riesenfeder über Ealing, Richmond und Wimbledon Tinte über die Karte gespritzt hätte. Stetig und unaufhaltsam wuchs jeder dieser Flecken; er breitete sich aus, sandte Rinnsale hierhin und dorthin, staute sich gegen Erhebungen des Bodens, ergoß sich dann wieder über abschüssiges Erdreich in neuentdeckte Täler, genauso wie ein Strom von Tinte sich über Löschpapier verteilt.

Und drüben, bei den blauen Hügeln, die sich südlich vom Fluß erheben, eilten die glitzernden Marsleute hin und her und legten ruhig und überlegen einmal über diesen, dann über jenen Landstrich ihre Giftwolken, die sie, sobald sie ihren Zweck erfüllt hatten, wieder mit ihren Dampfstrahlen erstickten. So ergriffen sie Besitz von dem besiegten Land. Ihr Ziel schien nicht so sehr die Ausrottung als völlige Unterjochung und Erstickung jedes Widerstandes. Sie sprengten jede Pulveransammlung in die Luft, schnitten jede Telegrafenlinie ab und zerstörten, wo sie konnten, jede Eisenbahn. Sie schnitten die Sehnen der Menschheit durch. Sie schienen keine besondere Eile zu haben, ihr Arbeitsfeld auszudehnen, und gelangten an diesem Tag nicht über das Zentrum von London hinaus. Es ist möglich, daß eine beträchtliche Anzahl Leute in London am Montag morgen in ihren Häusern blieb. Daß viele am schwarzen Rauch zu Hause erstickten, ist gewiß.

Um die Mittagsstunde bot die Werft von London ein erstaunliches Schauspiel. Dampfboote und Schiffe aller Art, deren Eigentümer von den Flüchtlingen mit ungeheuren Geldsummen bestochen wurden, lagen in Bereitschaft; viele Menschen, welche an diese Fahrzeuge heranschwammen, sollen mit Bootshaken zurückgestoßen und ertränkt worden sein. Um ein Uhr nachmittags etwa wurde der verblassende Rest einer Wolke schwarzen Qualmes zwischen den Bogen der Blackfriars Bridge gesehen. Und nun wurde die Werft der Schauplatz einer wahnsinnigen Verwirrung, heißer Kämpfe und Zusammenstöße; eine Zeitlang waren zahllose Boote und Barken im nördlichen Bogen der Tower Bridge eingeklemmt; Seeleute und Löscharbeiter mußten wie Wilde gegen die Menge ankämpfen, die in hellen Haufen vom Ufer her andrängte. Die Leute kletterten tatsächlich die Brückenpfeiler hinab ...

Als eine Stunde später ein Marsmann jenseits des Clock Tower auftauchte und den Fluß hinabwatete, trieben nur Schiffstrümmer an Limehouse vorüber.

Über den Einfall des fünften Zylinders werde ich später berichten. Der sechste ging bei Wimbledon nieder. Mein Bruder hielt neben den im Wagen schlafenden Frauen auf einer Wiese Wache und sah seinen grünen Blitz weit drüben jenseits der Hügel. Am Dienstag strebte die kleine Gesellschaft, noch immer entschlossen, über das Meer zu fahren, durch das von Menschen wimmelnde Land nach Colchester vorwärts. Die Nachricht, daß die Marsleute nun im Besitz von ganz London seien, wurde bestätigt. Sie waren in Highgate gesehen worden; und wie man erzählte, sogar schon bei Neasdon. Aber sie kamen bis zum nächsten Morgen meinem Bruder nicht zu Gesicht.

Am Dienstag nun überfiel die versprengten Massen die Angst vor dem Hunger. Und sobald sie hungrig wurden, hörten sie auf, das Recht des Eigentums zu beachten. Mit den Waffen in der Hand rückten die Bauern aus, ihre Viehställe, ihre Scheunen, ihre reifenden Feldfrüchte zu verteidigen. Eine Anzahl von Leuten gingen wie mein Bruder nun in östlicher Richtung, und ein paar ganz Verzweifelte gingen sogar nach London zurück, um sich Nahrung zu holen. Das waren hauptsächlich Leute aus den nördlichen Vororten, deren Kenntnisse über den schwarzen Rauch nur vom Hörensagen stammten.

Mein Bruder erfuhr, daß etwa die Hälfte der Mitglieder der Regierung sich in Birmingham versammelt hatte und daß ungeheure Mengen starker Sprengstoffe vorbereitet wurden, um für automatische Minen in den Midland-Grafschaften verwendet zu werden.

Zur gleichen Zeit hörte mein Bruder, daß die Midland Railway Company die im ersten Schrecken aufgegebene Strecke wieder dem Verkehr übergeben hatte und von St. Albans Züge nach Norden abgehen ließ, um in den beängstigend überfüllten Nachbargrafschaften Londons etwas Luft zu schaffen. Ferner wurde in Chipping Ongar bekanntgegeben, daß in den Nordstädten große Mehlvorräte zur Verfügung stünden und daß binnen vierundzwanzig Stunden unter die hungernde Bevölkerung der Nachbarschaft Brot verteilt werden würde. Diese Nachricht aber hielt meinen Bruder nicht von der Ausführung seines Fluchtplanes ab, und die drei Leute flohen den ganzen Tag lang unaufhaltsam in östlicher Richtung vorwärts und erlebten von jener Brotverteilung nicht mehr als eben ihre Verheißung. Tatsache ist, daß auch niemand sonst mehr davon erlebte. In dieser Nacht ging die siebte ‚Sternschnuppe' nieder und fiel auf den Primrose Hill. Sie ging nieder, während Miß Elphinstone Wache hielt;

denn sie unterzog sich abwechselnd mit meinem Bruder dieser Pflicht. Auch sie sah den Stern.

Am Mittwoch erreichten die drei Flüchtlinge, welche die Nacht auf einem Felde unreifen Weizens verbracht hatten, Chelmsford; hier beschlagnahmte eine Gruppe von Bewohnern, die sich ‚Öffentlicher Unterstützungs-Ausschuß' nannte, das Pony als Nahrungsmittel und wollte nichts als Entgelt dafür geben als das Versprechen, die Besitzer am nächsten Tag an seiner Verzehrung teilnehmen zu lassen. Hier waren Gerüchte im Umlauf, daß die Marsleute in Epping seien; auch erfuhr man, daß die Pulvermühlen von Waltham Abbey während des fruchtlosen Versuches, einen der Eindringlinge in die Luft zu sprengen, zerstört worden seien.

Die Leute spähten hier von den Kirchtürmen nach den Marsmännern aus. Mein Bruder zog es vor – wie sich später herausstellte, zu seinem Glück –, sofort nach der Küste aufzubrechen, statt auf Nahrung zu warten, obwohl sie alle drei sehr hungrig waren. Um die Mittagsstunde kamen sie durch Tillingham, das, seltsam genug, ganz still und verödet schien, bis auf einige diebische Plünderer, die nach Nahrungsmitteln suchten. In der Nähe von Tillingham erblickten sie plötzlich das Meer und zugleich die erstaunlichste Ansammlung von Fahrzeugen aller Art, die man sich nur vorstellen konnte.

Denn nachdem die Schiffer nicht mehr die Themse hinauffahren konnten, begaben sie sich an die Küste von Essex, nach Harwich, Walton, Clacton und später nach Foulness und Shoebury, um Leute aufzunehmen. Die Schiffe waren in einer ungeheuren, sichelförmigen Linie aufgestellt, die sich gegen das Vorgebirge, die Naze, im Nebel verlor. Dicht am Ufer hatte eine Unmenge Fischerbarken Anker geworfen, englische, schottische, französische, holländische und schwedische; dann sah man kleine Dampfboote von der Themse, Yachten und elektrische Boote; darüber hinaus sah man Schiffe größerer Art, eine große Menge schmutziger Kohlenschiffe, gepflegte Handelsschiffe, Viehtransporter, Passagierdampfer, Petroleumtanker, Ozeanbummler, selbst einen alten weißen Transportsegler, zierliche weiße und graue Linienschiffe von Southampton und Hamburg; und die ganze blaue Küste am Blackwater entlang konnte mein Bruder dichte Schwärme von Booten wahrnehmen, von denen aus mit den Leuten auf dem Ufer gefeilscht wurde. Diese Bootmassen erstreckten sich auch das Blackwater hinauf beinahe bis Maldon.

Ungefähr zwei Meilen draußen lag ein Panzerschiff so tief im Wasser, daß es den Augen meines Bruders fast wie ein halbversenktes Schiff schien. Das war das Rammboot *Thunder Child*. Es war das einzige Kriegsschiff in Sicht; aber in weiter Ferne lag auf dem glatten Spiegel der See – an jenem Tage herrschte Totenstille – eine Schlange schwarzen Rauches, welche die nächsten Panzerschiffe der Kanalflotte anzeigte, die in einer weit gezogenen Linie auf und ab kreuzten; sie fuhren während des Einfalles der Marsleute mit vollem Dampf und klar zum Gefecht längs der Themsemündung, kampfbereit und doch machtlos.

Beim Anblick des Meeres wurde Mrs. Elphinstone trotz guten Zuredens von heillosem Schrecken überwältigt. Sie war noch nie aus England hinausgekommen und erklärte, lieber sterben zu wollen, als sich ohne Freunde einem fremden Land anzuvertrauen, und so fort. Die Ärmste schien sich die Franzosen und die Marsleute sehr ähnlich vorzustellen. Sie war während der zwei Reisetage immer hysterischer, erschreckter und niedergeschlagener geworden. Ihre fixe Idee war, nach Stanmore zurückzukehren. In Stanmore sei immer alles gut und sicher verlaufen. In Stanmore würden sie George wiederfinden ...

Nur mit den größten Schwierigkeiten gelang es ihnen, sie zum Ufer hinabzubringen, wo es meinem Bruder glückte, die Aufmerksamkeit einiger Leute auf einem Raddampfer, der aus der Themse fuhr, auf sich zu lenken. Der Dampfer schickte ein Boot, und bald wurde man handelseins; sechsunddreißig Pfund für alle drei. Das Schiff ging, wie die Leute ihnen mitteilten, nach Ostende.

Es war etwa zwei Uhr geworden, als mein Bruder das Fahrgeld bezahlt hatte und sich mit seinen Schützlingen sicher an Bord des Dampfers befand. Im Schiff gab es Eßwaren genug, wenn auch zu ganz abenteuerlichen Preisen. Und so gelang es den drei Personen, auf den Vordersitzen eine Mahlzeit einzunehmen.

Es waren bereits etwa vierzig Personen an Bord, von denen einige ihren letzten Groschen weggegeben hatten, um sich die Überfahrt zu sichern. Aber der Kapitän blieb beim Blackwater bis fünf Uhr nachmittags und nahm unausgesetzt Passagiere auf, bis das Deck beängstigend voll war. Er hätte wohl noch länger gezögert, hätte man nicht um jene Stunde vom Süden her Geschützfeuer vernommen. Gleichsam zur Antwort feuerte das seewärts liegende Panzerschiff ein kleines Geschütz ab und hißte seine Flagge. Ein Rauchstrahl schoß aus seinem Schornstein.

Einige Reisende waren der Meinung, daß der Geschützlärm aus der Gegend von Shoeburyness komme, bis man bemerkte, daß er immer stärker wurde. Gleichzeitig tauchten südöstlich in weiter Ferne die Masten und das Takelwerk dreier Panzerschiffe, eines nach dem andern, aus dem Meer auf, unter Wolken schwarzen Qualmes. Aber die Aufmerksamkeit meines Bruders kehrte rasch wieder zu dem fernen Geschützfeuer im Süden zurück. Er glaubte eine Rauchsäule aus den fernen grauen Nebelschleiern aufsteigen zu sehen.

Der kleine Dampfer nahm aus der großen Halbmondlinie von Schiffen heraus schon klappernd seinen Weg ostwärts. Die flache Küste von Essex schien schon blau und neblig, als plötzlich, winzig und undeutlich in der großen Entfernung, ein Marsmann auftauchte, der die lehmige Küste entlang aus der Richtung von Foulness herankam. Bei diesem Anblick fluchte der Kapitän auf der Schiffsbrücke, so laut er konnte, vor Angst und Zorn über seine eigene Saumseligkeit, und die Räder schienen von seinem Schrecken angesteckt zu werden. An Bord des Schiffes stand jetzt jeder am Geländer oder auf den Stühlen und starrte nach jener fernen Erscheinung, die, jetzt schon höher als die Bäume und die Kirchtürme landeinwärts, immer näher kam und den menschlichen Gang gleichsam lässig parodierte.

Es war der erste Marsmann, den mein Bruder sah, und so stand er mehr erstaunt als erschreckt da und beobachtete den Titan, wie er entschlossen ins Wasser watete, den Fahrzeugen näher rückte, immer weiter, und wie die Küste zurückwich. Jetzt tauchte jenseits des Dünenkamms in weiter Ferne ein zweiter Marsmann auf, der über die verkümmerten Bäume hinwegfuhr; und noch weiter zurück zeigte sich ein dritter, der tief durch eine glitzernde Sumpffläche watete, die halb zwischen Himmel und Erde zu hängen schien. Sie alle stapften auf das Meer zu, als ob sie die Flucht jener Menge von Fahrzeugen verhindern wollten, die in dichten Haufen zwischen Foulness und dem Vorgebirge Naze ankerten. Trotz der keuchenden Anstrengung des kleinen Raddampfers, trotz der Wolken von Schaum, die seine Räder zurückließen, entfernte sich das Schiff nur erschreckend langsam aus dem Bereich jener unheilvollen Ankömmlinge.

Im Nordwesten sah mein Bruder, wie der riesige Halbkreis von Schiffen sich schon unter dem nahenden Entsetzen zu winden begann. Jedes Schiff versuchte am andern vorbeizukommen, um sich hinter der Breitseite der größeren Schiffe zu verbergen, die Dampfer pfiffen unaufhörlich und stießen ungeheure Qualmmengen aus, Segel wurden gehißt, und Landungsboote schossen hin und her.

Mein Bruder wurde von diesem Bild und von der heranschleichenden Gefahr so in Anspruch genommen, daß er für alles, was auf hoher See vorging, keine Augen hatte. So schleuderte ihn eine rasche Bewegung des Dampfers (er hatte plötzlich gewendet, um nicht in den Grund gefahren zu werden) kopfüber von dem Sessel, auf dem er stand. Rings um ihn herum hörte er Geschrei, das Trappeln von Füßen und freudige Rufe, die schwach erwidert zu werden schienen. Der Dampfer schoß vorwärts, und mein Bruder kollerte über den Boden.

Er sprang auf seine Füße und sah nach dem Steuerbord. Nicht hundert Yards von ihrem stoßenden, schwankenden Boot entfernt, sah er eine riesige eiserne Masse, die wie eine ungeheure Pflugschar das Wasser teilte und nach beiden Seiten gewaltige Schaumwogen schleuderte, die auf den Dampfer stürzten, bis seine Räder hilflos in der Luft hingen, um gleich darauf das Deck fast bis auf die Wasserfläche zu drücken.

Eine Flut von Gischt blendete meinen Bruder einen Augenblick lang. Als er seine Augen wieder öffnete, sah er, daß das Ungetüm schon vorbei war und dem Lande zuraste. Mächtige Eisenwerke tauchten aus dem Riesenkörper auf; ein Doppelschornstein erhob sich und spie einen zweifachen Schwall feurigen Rauches in die Luft. Es war das Torpedo-Rammschiff *Thunder Child,* das in rasender Schnelligkeit den bedrohten Schiffen zu Hilfe kam.

Indem er seine Füße in das Netzwerk des Geländers einhakte und sich so einen sicheren Halt schaffte, blickte mein Bruder über den dahinschießenden Leviathan hinweg wieder nach den Marsleuten. Er sah nun alle drei dicht beieinander; sie standen so weit draußen im Meer, daß ihre dreifüßigen Stützen fast ganz unter Wasser waren. So halb versenkt und in so großer Entfernung, sahen sie weit weniger furchtbar aus als die riesenhafte Eisenmasse, in deren Kielwasser der Dampfer hilflos hin und her schwankte.

Es schien, als betrachteten die Marsleute diesen neuen Gegner in hellem Staunen. Es mag sein, daß nach ihren Begriffen dieser Riese ein ihrer Gattung ähnliches Wesen war. Die *Thunder Child* feuerte keinen Schuß ab, sie rückte nur in voller Wucht gegen sie vor. Vermutlich dankte sie nur dem Umstand, daß sie nicht feuerte, die Möglichkeit, jenen so nahe zu kommen. Sie wußten nicht, was sie mit ihr machen sollten. Nur eine Bombe, und sie hätten sie mit dem Hitzestrahl sofort in den Grund gebohrt.

Das Schiff dampfte mit einer derartigen Schnelligkeit vorwärts, daß es in einer Minute den halben Weg zwischen dem Dampfboot und den Marsleuten zurückzulegen schien – eine sich immer mehr verringernde Masse, die sich schwarz von der zurücktretenden horizontalen Küstenlinie von Essex abhob.

Plötzlich senkte der vorderste Marsmann sein Rohr und feuerte eine Büchse schwarzen Gases auf das Panzerschiff ab. Sie traf es auf der Backbordseite und prallte in einem tintenartigen Strahl ab, der sich seewärts weiterwälzte als ein entfesselter Strom schwarzen Rauches, dem das Panzerschiff glücklich entrann. Den Zuschauern auf dem tief im Wasser fahrenden Dampfer, welche überdies die Sonne im Gesicht hatten, schien es, als sei das Schiff schon mitten unter den Marsleuten.

Sie sahen, wie die ungeschlachten Gestalten sich trennten, sich immer höher aus dem Wasser hoben und sich ans Ufer zurückzogen. Einer von ihnen erhob jetzt den Hitzestrahlgenerator. Er hielt ihn schräg abwärts gerichtet, und sofort fuhr eine Dampfwolke auf, als der Strahl das Wasser berührte. Er mußte durch das Eisen des Schiffskörpers gefahren sein, ähnlich wie weißglühendes Eisen durch Papier dringt.

Eine Flamme zuckte durch den aufsteigenden Dampf, und der Marsmann wankte und taumelte nach vorn. Im nächsten Augenblick war er niedergeschlagen, und eine große Menge Wasser und Dampf schoß hoch in die Luft auf.

Die Geschütze der *Thunder Child* donnerten durch den Qualm, eines nach dem andern; ein Geschoß klatschte dicht neben dem Dampfer ins Wasser, prallte in der Richtung der andern fliehenden Schiffe nordwärts und zersplitterte eine Fischerbarke in Zündhölzchen.

Niemand aber schenkte dem besondere Beachtung. Beim Anblick des zusammenbrechenden Marsmannes stieß der Kapitän auf der Brücke unartikulierte, gellende Laute aus, und die zu einem Haufen beim Steuerrad zusammengedrängten Reisenden schrien wild durcheinander. Und noch einmal schrien sie auf. Denn drüben, jenseits des weißen Tumults, tauchte ein langer schwarzer Rumpf auf; Flammen strömten aus seinen Mittelteilen, und die Ventilatoren und Schornsteine spien Feuer.

Die *Thunder Child* lebte noch; das Steuer schien noch unversehrt, und ihre Maschinen arbeiteten. Sie schoß geradeaus auf einen zweiten Marsmann los und war noch hundert Yards von ihm entfernt, als der Hitzestrahl seine Wirkung tat. Mit einem heftigen Getöse und unter blendenden Blitzen flogen ihr Deck und ihre Rauchfänge in die Luft. Der Marsmann wankte bei der Heftigkeit des Zündschlages, und im nächsten Augenblick schoß das flammende Wrack mit der ganzen Wucht seines stürmischen Laufes vorwärts, warf den Marsmann nieder und zermalmte ihn wie ein Stückchen Papier. Mein Bruder schrie unwillkürlich auf. Kochende Dampfwolken hüllten alles wieder ein. „Zwei!" jubelte der Kapitän.

Jedermann jauchzte und schrie; der ganze Dampfer hallte von einem Ende bis zum andern von den wilden Freudenrufen wider, die zuerst vom nächsten und dann von allen den unzähligen Booten und Schiffen aufgenommen wurden, die das offene Meer zu gewinnen suchten.

Der Dampf hing viele Minuten hindurch über dem Wasser und hüllte den dritten Marsmann und die Küste vollständig ein. Und während dieser ganzen Zeit arbeitete sich das Dampfboot stetig auf die hohe See hinaus, fort von dem Schauplatz jener Schlacht. Und als sich endlich der Dampf verzogen hatte, da traten die treibenden Wolken des schwarzen Rauches dazwischen, und von der *Thunder Child* konnte nichts mehr gesehen werden; auch der dritte Marsmann war verschwunden. Aber die Panzerschiffe, die seewärts lagen, waren jetzt ganz nahe und standen der Küste zugekehrt hinter dem Dampfboot.

Das kleine Fahrzeug fuhr fort, sich seinen Weg seewärts zu erkämpfen; die Panzerschiffe traten langsam gegen die Küste zurück, die noch immer von der gefleckten Rauchwand, halb Dampf, halb schwarzem Gas, in den abenteuerlichsten Gestalten auf und nieder wallend, eingehüllt war. Die Flotte der Flüchtlinge zerstreute sich nach Nordosten; einige Fischerbarken segelten zwischen den Panzerschiffen und dem Dampfboot. Nach einiger Zeit, bevor sie den sinkenden Wolkenzug erreichten, wandten sich die Kriegsschiffe nach Norden, und mit einer unvermuteten Schwenkung verschwanden sie in südlicher Richtung in dem sich immer mehr verdichtenden Abendnebel. Die Küste verblaßte und verschwand endlich völlig in den langen Wolkenzügen, die sich um die sinkende Sonne lagerten.

Plötzlich scholl aus dem goldenen Nebelschleier des Sonnenuntergangs das Getöse von Geschützen; und schwarze Schatten tauchten auf und nieder. Alles stürzte wieder an das Geländer des Dampfers und spähte nach dem blendenden Feuerherd des Westens; aber es konnte nichts deutlich unterschieden werden. Ein Schwall dichten Rauches stieg schräg auf und verbarg das Antlitz der Sonne. Das Dampfboot keuchte seinen Weg weiter; und bange Erwartung lastete auf allen.

Die Sonne versank in graue Wolken; der Himmel zuckte auf und verfinsterte sich wieder, und oben zitterte der Abendstern. Es war schon dunkles Zwielicht, als der Kapitän aufschrie und nach aufwärts deutete. Mein Bruder strengte seine Augen an. Aus dem Grau fuhr etwas hoch auf in die Luft, zuckte in reißender Schnelligkeit schief hinüber zu dem glänzenden Licht über den Wolken des westlichen Himmels, ein flacher, breiter und sehr großer Körper; er raste in einer ungeheuren krummen Linie weiter, wurde kleiner, sank dann langsam und verschwand endlich in dem grauen Geheimnis der Nacht. Und während er so dahinflog, ergoß sich die Finsternis über das Land.

ZWEITES BUCH

Die Erde unter den Marsmenschen

1. Unterwegs

WÄHREND der Ereignisse der letzten Abschnitte hielten ich und der Kurat uns auf der Lauer in dem leeren Haus in Halliford versteckt, in das wir uns geflüchtet hatten, um dem schwarzen Rauch zu entrinnen. Hier will ich den Faden der Erzählung wiederaufnehmen. Wir blieben während der ganzen Nacht des Sonntags und den ganzen nächsten Tag – dem Tage der Londoner Panik – in dem Haus, zwar dem einzigen Eiland voll Tageslicht, aber durch den schwarzen Rauch von der übrigen Welt abgeschnitten. Wir konnten während dieser zwei trostlosen Tage nichts tun als in schmerzlicher Untätigkeit warten.

Mein Gemüt war von Sorgen um meine Frau erfüllt. Ich malte mir aus, wie sie voll Angst und in Gefahr in Leatherhead weilte und mich bereits als einen Toten beklagte. Ich schritt in den Zimmern auf und nieder und weinte laut bei dem Gedanken, durch welche Abgründe ich von ihr getrennt war und was ihr alles während meiner Abwesenheit zustoßen konnte. Mein Vetter, das wußte ich, würde jeder drohenden Gefahr mutig entgegentreten, aber er gehörte nicht zu jenen Männern, die Gefahren rasch begreifen und rechtzeitig handeln. Was jetzt nottat, war nicht Tapferkeit, sondern Umsicht. Mein einziger Trost war die Vermutung, daß die Marsleute gegen London vorrückten, also fort von Leatherhead. Solche vagen Angstgefühle machen reizbar und leidend. Bei den unausgesetzten Klagerufen des Kuraten wurde ich ärgerlich und gereizt, und der Anblick seiner selbstsüchtigen Verzweiflung ermüdete mich. Nach einigen wirkungslosen Vorstellungen hielt ich mich abseits von ihm und zog mich in ein Zimmer zurück, das Globen, Schulbücher und Hefte enthielt, also offenbar ein Schulzimmer war. Als er schließlich mir auch dahin folgte, floh ich in ein Kofferzimmer auf den Boden des Hauses, in dem ich mich einschloß, um mit meinem Kummer allein zu sein.

Wir waren durch den schwarzen Rauch den ganzen Tag und den Morgen des nächsten hoffnungslos eingesperrt. Am Sonntag abend gab es Anzeichen, daß im Nachbarhaus noch Leute waren – ein Gesicht am Fenster, hin und her flackernde Lichter, und später das Zuschlagen einer

Tür. Aber ich weiß nicht, wer diese Leute waren, noch was aus ihnen wurde. Am nächsten Tag erblickten wir keine Spur mehr von ihnen. Der schwarze Rauch trieb langsam dem Fluß zu, den ganzen Montagmorgen hindurch; er kroch näher und näher an uns heran und wälzte sich endlich über die Landstraße vor unserm Haus.

Ein Marsmann kam gegen Mittag über die Felder und vernichtete den Rauch durch einen heißen Dampfstrahl, der gegen die Mauer zischte, alle Fenster, die er traf, zerschmetterte und die Hand des Kuraten verbrühte, als er sich aus dem Vorderzimmer flüchtete. Als wir uns endlich durch die durchnäßten Zimmer schlichen, sah das Land im Norden aus, als wäre ein schwarzer Schneesturm darüberhin gebraust. Und als wir zum Fluß hin blickten, waren wir nicht wenig erstaunt, daß dort eine unerklärliche Röte in den schwarz verbrannten Wiesen auftauchte.

Eine Zeitlang erfaßten wir nicht, ob diese Veränderung unsere Lage günstiger gestalten würde, wir sahen nur, daß wir von unserer Furcht vor dem schwarzen Rauch erlöst waren. Aber später begriff ich, daß uns nun nichts mehr aufhielt. Sobald mir klar wurde, daß der Weg zur Flucht offenstand, kehrte auch meine Handlungsfähigkeit zurück. Aber der Kurat war wie erstarrt und keinen Vernunftgründen zugänglich. „Wir sind hier ja sicher", rief er unaufhörlich, „ganz sicher." Ich beschloß, ihn zu lassen, wo er war. Hätte ich es nur getan! Durch die Lehren des Artilleristen klüger geworden, suchte ich jetzt nach Speise und Trank. Ich hatte Öl und Leinen für meine Brandwunden gefunden, auch nahm ich einen Hut und ein Flanellhemd mit, das ich in einem der Schlafzimmer gefunden hatte. Als es dem Kuraten dämmerte, daß ich entschlossen war, allein fortzugehen, und daß ich mich mit dem Gedanken, allein zu sein, völlig ausgesöhnt hatte, raffte er sich plötzlich auf, mich zu begleiten. Und da während des ganzen Nachmittags alles ruhig blieb, brachen wir etwa um fünf Uhr auf, um die rauchgeschwärzte Straße nach Sunbury einzuschlagen.

In Sunbury und immer wieder längs der Straße lagen tote Körper in verzerrten Stellungen – Pferde sowohl wie Menschen; ferner umgestürzte Karren und Kisten, alles mit einer dicken Schicht schwarzen Staubes bedeckt. Ich erinnerte mich an alles, was ich über die Zerstörung Pompejis gelesen hatte. Ohne weiteren Unfall gelangten wir nach Hampton Court, ganz erfüllt von den seltsamen und ungewohnten Bildern, die wir unterwegs erblickten. In Hampton Court wurden unsere Augen geradezu erlöst, als wir einen grünen Rasenfleck entdeckten, der dem erstickenden Qualm entgangen war. Wir gingen durch den Bushey Park, sahen das Wild unter den Kastanienbäumen und einige Männer und Frauen, die von weit her nach Hampton eilten. Das waren die ersten Leute, die wir sahen. So kamen wir nach Twickenham.

Als wir über die Straße blickten, sahen wir, daß das Gehölz jenseits von Ham und Petersham noch brannte. Twickham war sowohl vom Hitzestrahl wie auch vom schwarzen Rauch verschont geblieben, und so fanden wir hier schon mehr Leute, von denen aber niemand uns Neues mitteilen konnte. Zum größten Teil waren sie in derselben Lage wie wir: Sie benutzten die augenblickliche Ruhe vor den Marsleuten, um weiter zu fliehen. Ich gewann den Eindruck, daß viele Häuser noch von eingeschüchterten Menschen bewohnt waren, die zu erschreckt waren, um nur die Kraft zur Flucht aufzubringen. Aber auch auf dieser Straße hatte offensichtlich eine Massenflucht stattgefunden. Um halb neun kamen wir bei der Richmond Bridge an. Wir eilten selbstverständlich so rasch wie möglich über die ungedeckte Brücke, dennoch bemerkte ich einige rote Gegenstände, die ein paar Fuß entfernt von mir den Fluß hinabtrieben. Ich wußte nicht, was diese Gegenstände bedeuteten – ich hatte keine Zeit, sie genau zu untersuchen –, aber ich legte ihnen eine viel grauenhaftere Bedeutung zu, als sie verdienten. Hier auf der Surreyseite sah ich wieder schwarzen Staub, der einmal Rauch gewesen war, und Leichen – einen großen Haufen beim Eingang zum Bahnhof –, aber nirgends war ein Marsmann zu sehen, bis wir uns ziemlich nahe bei Barnes befanden.

Wir sahen in der verdüsterten Ferne eine Gruppe von drei Leuten, die eine Seitenstraße hinab dem Fluß zuliefen; sonst aber schien alles verödet. Im oberen Hügelviertel brannte die Stadt Richmond lichterloh; außerhalb Richmonds war keine Spur von schwarzem Rauch zu entdecken.

Plötzlich, als wir uns schon Kew näherten, kamen uns Leute entgegengelaufen, und nicht hundert Yards von uns entfernt sahen wir einen Marsmann über die Hausdächer aufragen. Angesichts dieser Gefahr standen wir wie versteinert da, und hätte der Marsmann herabgeblickt, wären wir rettungslos verloren gewesen. Wir waren so entsetzt, daß wir nicht wagten weiterzugehen, sondern uns seitwärts wandten und in dem Verschlag eines Gartens versteckten. Leise vor sich hin weinend verkroch sich der Kurat und weigerte sich, noch einen Schritt zu tun. Aber ich hatte mich so darauf versteift, Leatherhead zu erreichen, daß ich mir keine Rast erlaubte; und im Zwielicht wagte ich mich wieder hinaus. Ich schlug mich durch ein Gebüsch und dann entlang dem Grundstück eines großen Hauses und kam so auf die Straße, die nach Kew führte. Den Kuraten ließ ich im Verschlag, aber er hastete mir eilends nach.

Dieser zweite Aufbruch war das Aberwitzigste, was ich je unternahm.

Denn es war offenbar, daß die Marsleute hier um uns herumschwärmten. Kaum hatte der Kurat mich eingeholt, als wir entweder dieselbe Kriegsmaschine, die wir früher gesehen hatten, oder eine andere in ziemlich großer Entfernung über die Wiesen auf Kew Lodge zu laufen sahen. Vier oder fünf kleine schwarze Gestalten flohen über die grünlichgraue Fläche, und im Nu war mir klar, daß der Marsmann sie verfolgte. Mit drei Schritten war er mitten unter ihnen, und sie stoben nach allen Richtungen auseinander. Er gebrauchte nicht den Hitzestrahl, um sie zu vernichten, sondern las sie, einen nach dem andern, auf. Ich glaubte zu erkennen, wie er sie in den großen metallischen Behälter schleuderte, der hinter ihm vorragte, so wie ein Tragkorb über der Schulter eines Arbeiters hängt.

Zum ersten Male kam mir jetzt der Gedanke, daß die Marsleute noch andere Zwecke verfolgten als die Vernichtung der besiegten Menschheit. Wir standen einen Augenblick lang wie versteinert, dann kehrten wir um und flüchteten uns durch ein Tor in einen von Mauern umgebenen Garten. Glücklicherweise fanden wir einen Graben, in den wir mehr hineinstürzten als hinabstiegen, und hier hielten wir uns versteckt. Bis nicht die Sterne am Himmel standen, wagten wir kaum flüsternd miteinander zu sprechen.

Ich glaube, daß es nahezu elf Uhr nachts wurde, ehe wir genug Mut faßten, um abermals aufzubrechen. Diesmal aber wagten wir uns nicht mehr auf die Straße hinaus, sondern schlichen an Hecken entlang oder durch Baumpflanzungen hindurch; dabei spähten wir scharf nach den Marsleuten aus, die in der Dunkelheit rings um uns herum zu schwärmen schienen. Der Kurat wachte zur Rechten und ich zur Linken. Einmal stolperten wir über eine versengte und rauchgeschwärzte Rasenfläche, die aus ausgekühlter Asche bestand, und taumelten über eine Anzahl menschlicher Leichname, deren Köpfe und Leiber grauenhaft verbrannt, deren Beine und Stiefel aber in den meisten Fällen unversehrt geblieben waren; dann stießen wir auf tote Pferde, die etwa fünfzig Fuß hinter einer Gruppe von vier zertrümmerten Geschützen und zerschellten Lafetten lagen.

Das Dorf Sheen war offenbar von der Zerstörung verschont geblieben, aber der Ort war still und verlassen. Hier trafen wir auf keine Toten, doch war die Nacht zu dunkel, um uns einen Einblick in die Seitengassen des Dorfes zu erlauben. In Sheen klagte mein Gefährte plötzlich über Schwäche und Durst; und so beschlossen wir, in eines der Häuser einzudringen.

Das erste Gebäude, das wir, nach einigen Schwierigkeiten mit dem Fenster, betraten, war ein kleines, halb freistehendes Landhaus; aber im ganzen Haus war nichts Eßbares übriggeblieben als etwas schimmliger

Käse. Doch fanden wir Wasser, um unsern Durst zu löschen. Ich nahm noch ein Beil mit mir, das bei unserem nächsten Hauseinbruch von Nutzen sein konnte.

Nach einer Wegkreuzung gelangten wir an einen Platz, von dem die Straße nach Mortlake abbiegt. Hier nun stand ein weißes Haus in einem eingefriedeten Garten. In der Speisekammer dieses Hauses fanden wir Eßvorräte – zwei Brotlaibe in einer Schüssel, ein rohes Steak und einen halben Schinken. Ich gebe dieses Verzeichnis deshalb so genau an, weil es sich fügte, daß wir in den nächsten zwei Wochen von diesem Vorrat unser Leben zu fristen verurteilt waren. Einige Flaschen Bier standen in einem Fach, in dem wir auch zwei Säcke grüner Bohnen und etwas welken Salat fanden.

Diese Speisekammer führte in eine Art Waschküche, in der sich gespaltenes Holz fand; und in einem Verschlag entdeckten wir fast ein Dutzend Flaschen Burgunder, einige Zinnbüchsen mit Suppenwürzen und Lachs und zwei Zwiebackdosen.

Wir saßen in der anstoßenden Küche ganz im Finstern – denn wir wagten nicht, Licht zu machen –, aßen Brot und Schinken und tranken Bier aus einer Flasche. Diesmal war es der noch immer verschreckte und ratlose Kurat, der, wunderlich genug, zum augenblicklichen Aufbruch drängte. Ich redete ihm eben dringend zu, durch eine Mahlzeit seine Kräfte zu sammeln, als sich der Vorfall ereignete, der uns zu Gefangenen machte.

„Es kann noch nicht Mitternacht sein", sagte ich; und während ich noch sprach, zuckte ein blendender Schein auf, der von einem lebhaften grünen Licht begleitet war. Jeder Gegenstand in der Küche trat blitzschnell und ganz deutlich grün und schwarz heraus, um sofort wieder zu verschwinden. Und dann erfolgte eine derartige Erschütterung, wie ich sie weder vorher noch nachher je erlebt habe. Fast gleichzeitig hörte ich hinter mir einen Aufschlag, ein Klirren von Glas, ein Krachen und Prasseln rings um uns einstürzenden Mauerwerks; gleich darauf fiel der Mörtel der Decke auf uns herab und zerschellte auf unseren Köpfen in eine Unzahl kleiner Bruchstücke.

Ich stürzte der Länge nach auf den Boden, fiel mit dem Kopf gegen die Ofentür und verlor mein Bewußtsein. Wie mir der Kurat erzählte, war ich lange Zeit besinnungslos, und als ich wieder zu mir kam, beugte sich mein Gefährte mit einem Gesicht, das, wie ich später fand, infolge einer Stirnwunde blutverschmiert war, über mich und besprengte mich mit Wasser.

Einige Zeit lang konnte ich nicht begreifen, was geschehen war. Aber allmählich dämmerte es mir. Eine Beule an meiner Schläfe machte sich bemerkbar.

„Fühlen Sie sich besser?“ fragte der Kurat flüsternd.

Endlich konnte ich ihm antworten. Ich setzte mich auf.

„Rühren Sie sich nicht“, sagte er. „Der Boden ist mit Splittern von Geschirr bedeckt, das aus diesem Schrank fiel. Sie können sich auch unmöglich bewegen, ohne Lärm zu machen. Und ich glaube, sie sind draußen.“

Wir saßen beide ganz still da, so daß wir kaum einander atmen hörten. Alles schien totenstill, nur einmal fiel etwas, vielleicht Mörtel oder gebrochenes Ziegelwerk, neben uns mit ziemlich starkem Geräusch zu Boden. Draußen, aber ganz in unserer Nähe, hörten wir ein stellenweise aussetzendes, metallisches Geklirr.

„Hören Sie?“ flüsterte der Kurat, als es gleich wieder vernehmlich war.

„Ja“, sagte ich. „Aber was ist es?“

„Ein Marsmann!“ sagte der Kurat.

Ich lauschte wieder.

„Es sah nicht wie der Hitzestrahl aus“, sagte ich; und eine Zeitlang gab ich mich der Vermutung hin, eine der großen Kriegsmaschinen wäre gegen das Haus angerannt, so ähnlich, wie ich eine gegen den Kirchturm von Shepperton anrennen gesehen hatte.

Unsere Lage war so wunderlich, so unbegreiflich, daß wir uns drei oder vier Stunden lang, bis es dämmerte, kaum rührten. Zögernd flutete das Licht herein, nicht durch das Fenster, sondern durch eine dreieckige Öffnung zwischen einem Balken und einem Haufen zerbröckelter Ziegel in der Mauer hinter uns. Zum ersten Mal sahen wir in der Dämmerung das Innere der Küche.

Das Fenster war durch eine Masse Gartenerde eingedrückt worden, die über den Tisch, auf dem wir saßen, herabrieselte und sich auf unsere Beine legte. Draußen war der Boden hoch gegen das Haus aufgeworfen. Am oberen Ende des Fensterrahmens konnten wir eine abgerissene Dachrinne bemerken. Der Boden war mit zerbrochenem Gerümpel aller Art dicht bedeckt. Ein Teil der an die Hausmauer grenzenden Küchenwand war eingestürzt; und nun, da das Tageslicht voll hereinsah, wurde es uns klar, daß der größere Teil des Hauses zertrümmert war. Einen lebhaften Gegensatz zu dieser Verwüstung bot der zierliche Anrichttisch, der nach der Mode blaßgrün gestrichen war und Kupfergeschirr und Zinnkrüge enthielt. Die Tapete war eine Imitation blauer und weißer Ziegel, und ein paar farbige Bögen hingen lose von den Wänden herab.

Als die Dämmerung fortschritt, sahen wir durch den Spalt in der Mauer die Gestalt eines Marsmannes, der, wie ich vermute, bei dem noch glühenden Zylinder Wache stand. Wir krochen so behutsam als möglich aus dem Zwielicht der Küche in die Dunkelheit der Waschküche zurück.

Ganz unvermittelt fiel mir nun die richtige Auslegung der nächtlichen Vorfälle ein.

„Der fünfte Zylinder", flüsterte ich, „das fünfte Geschoß vom Mars hat dieses Haus gestreift und uns unter seinen Trümmern begraben!"

Einige Zeit blieb der Kurat still, dann flüsterte er: „Gott, erbarme Dich!"

Dann hörte ich, wie er still vor sich hin wimmerte.

Von diesen Lauten abgesehen, lagen wir ganz still in der Waschküche. Ich wagte kaum zu atmen und saß da, mit meinen Augen unverwandt auf das schwache Licht der Küchentür starrend. Ich konnte gerade noch das Gesicht des Kuraten unterscheiden, eine undeutliche, ovale Fläche; außerdem noch seinen Kragen und seine Manschetten. Draußen begann jetzt ein Hämmern wie auf Metall, dann ein heftiges Geheul und dann nach einer kurzen Stille ein Zischen wie das Zischen einer Dampfmaschine. Diese zum größten Teil rätselhaften Geräusche setzten sich mit geringen Unterbrechungen fort und schienen womöglich im Lauf der Zeit an Zahl zuzunehmen. Jetzt hörte man ein gemessenes Aufschlagen, und die Erschütterung, die folgte, ließ alles um uns herum erbeben. Das Geschirr in der Speisekammer klirrte und tanzte. Das dauerte lange so fort. Einmal erlosch das Tageslicht völlig, und der geisterhafte Kücheneingang tauchte in vollständige Dunkelheit unter. Viele Stunden lang müssen wir dort schweigend und fröstelnd gekauert haben, bis unsere ermattete Aufmerksamkeit erlahmte...

Endlich erwachte ich, von nagendem Hunger gequält. Ich muß wohl annehmen, daß inzwischen der größere Teil eines Tages vergangen war. Mein Hunger war mit einem Male so heftig, daß er mich zum Handeln trieb. Ich sagte dem Kuraten, daß ich nach Nahrung suchen wolle, und tastete mich leise nach der Speisekammer durch. Er gab keine Antwort, aber sobald ich zu essen begann, veranlaßte ihn das leise Geräusch, das ich machte, aufzustehen und mir nachzukriechen.

2. Was wir von dem zerstörten Haus aus erblickten

NACH dem Essen krochen wir erneut in die Waschküche zurück; dort muß ich wieder eingeschlummert sein, denn als ich erwachte, fand ich mich allein. Das Aufschlagen und die Erschütterung dauerten mit ermüdender Hartnäckigkeit an. Mehrere Male rief ich flüsternd nach dem Kuraten; endlich tastete ich mich nach der Küchentüre hin. Noch war es Tag, und ich bemerkte meinen Gefährten, wie er am andern Ende der Küche vor dem dreieckigen Loch, das auf die Marsleute hinabsah, ausgestreckt lag. Seine Schultern waren in die Höhe gezogen, so daß ich seinen Kopf nicht sehen konnte.

Ich vernahm ein Gewirr von Geräuschen, die fast an den Lärm erinnerten, der aus einem Lokomotivschuppen tönt. Der Boden schwankte unter den heftigen Schlägen. Durch die Maueröffnung konnte ich den von der Sonne vergoldeten Wipfel eines Baumes und das warme Blau eines friedlichen Abendhimmels sehen. Eine Minute etwa blieb ich stehen und beobachtete den Kuraten, dann schritt ich gebückt weiter und bemühte mich, mit äußerster Behutsamkeit durch die Scherben zu gehen, die den Boden bedeckten.

Ich berührte das Bein des Kuraten, und er schreckte so heftig zurück, daß sich draußen ein Haufen Mörtel löste und mit lautem Getöse zu Boden fiel.

Aus Furcht, er könnte schreien, packte ich seinen Arm, und lange Zeit kauerten wir bewegungslos nebeneinander. Dann wandte ich mich, um zu sehen, wieviel noch von unserer Festung stehengeblieben war. An der Bruchstelle des Mörtels hatte sich ein senkrechter Spalt in der zerstörten Mauer gebildet, und indem ich mich vorsichtig über einen Balken beugte, konnte ich von dieser Lücke aus erblicken, was vorige Nacht noch eine stille Vorstadtstraße gewesen war. Die Veränderung war in der Tat erstaunlich.

Der fünfte Zylinder muß mitten in das Haus hineingefahren sein, das wir zuerst betreten hatten. Das Gebäude war verschwunden, vollkommen zerschmettert, durch die Wucht des Stoßes zermalmt und zerstoben. Der Zylinder lag nun weit unter den ursprünglichen Grundmauern, tief in einem Krater, der noch unendlich größer war als die Grube, in die ich bei Woking hineingeblickt hatte. Die Erde rings um den Zylinder war bei der ungeheuren Wucht des Aufpralls aufgespritzt wie Lehm unter dem Schlag eines mächtigen Hammers, und die aufgetürmten Haufen hatten die Nachbarhäuser verschüttet. Unser Haus war nach rückwärts eingesunken, sein vorderer Teil, selbst im Erdgeschoß, war vollständig zerstört; durch einen Zufall blieben Küche und Waschküche unversehrt, lagen aber unter dem Boden und unter den Trümmern begraben, auf allen Seiten, außer der dem Zylinder zugewandten, von Erdmassen bedeckt. Wir hingen dicht am Rand der großen, kreisrunden Grube, die zu erweitern die Marsleute eifrig beschäftigt waren. Das heftig stoßende Geräusch war offenbar hart neben uns, und dann und wann zog ein glänzender, grüner Dampf wie ein Schleier über unser Guckloch hin aufwärts.

Im Mittelpunkt der Grube war der schon geöffnete Zylinder, und am anderen Ende, mitten in einem zerrissenen und mit Kies bedeckten Gebüsch stand eine der großen Kriegsmaschinen. Sie war von ihrem Lenker verlassen und hob sich starr und hoch vom Abendhimmel ab. Anfangs bemerkte ich die Grube und den Zylinder kaum (ich hielt es nur für gut, sie zuerst zu beschreiben). Mein Blick wurde besonders durch die ungewöhnlich glitzernden, mit der Entleerung beschäftigten Mechanismen und durch die seltsamen Geschöpfe gefesselt, die langsam und schwerfällig über die Lehmhaufen krochen.

Die mechanischen Werkzeuge waren es, die meine Aufmerksamkeit zunächst in Beschlag nahmen. Das Werkzeug, das ich jetzt sah, war eines jener komplizierten Erzeugnisse, die man seither Greifmaschinen genannt hat und deren Studium zu einem ungeheuren Ansporn für die irdische Erfindungskraft geworden ist.

Als es mir zuerst zu Gesicht kam, machte es den Eindruck einer metallenen Spinne mit fünf gegliederten und leicht beweglichen Beinen, mit einer außergewöhnlichen Anzahl zusammengefügter Hebel und Riegel und mit greifenden Fühlern an seinem Körper. Die meisten Arme der Maschine waren eingezogen, aber mit drei langen Fühlern fischte sie eine Anzahl Stäbe, Platten und Riegel heraus, die offenbar die Innenwände des Zylinders verstärkt hatten. Sobald die Maschine diese Gegenstände herausgehoben hatte, legte sie alle auf eine mit dem Erdboden gleichlaufende Fläche hinter ihr.

Ihre Bewegungen waren so schnell, so gut ineinandergreifend, so vollkommen, daß ich sie trotz ihres metallischen Gefunkels gar nicht für eine Maschine hielt. Die Kriegsmaschinen waren zusammengesetzt und bis zu einem außergewöhnlichen Grade belebt worden, aber mit dieser Maschine können sie nicht verglichen werden. Leute, die ihr Gefüge nie gesehen haben oder die keinen andern Vorstellungsbehelf besitzen als die mangelhaften Skizzen von Malern oder die unvollkommene Beschreibung von Augenzeugen, wie ich es bin, können sich nur schwer ein Bild jenes Organismus machen.

Ich entsinne mich besonders einer der ersten Schriften, die eine zusammenhängende Darstellung des Krieges enthielten. Der Zeichner hatte einen flüchtigen Umriß von einer der Kriegsmaschinen gemacht, und damit hörten seine Kenntnisse auf. Er stellte sie als schiefe, steife Dreifüße dar, ohne Biegsamkeit und Gewandtheit, was irreführend eintönig wirkte. Die Schrift, welche diese Skizze enthielt, hatte einen bedeutenden Ruf, und ich erwähne sie hier nur, um den Leser vor den Eindrücken zu warnen, die sie hervorgebracht haben mag. Dieses Bild glich den Marsleuten, die ich in Aktion sah, um kein Haar mehr als etwa eine Puppe einem menschlichen Wesen. Für meine Begriffe hätte die Schrift ohne das Bild an Wert gewonnen.

Anfangs machte mir, wie gesagt, die Greifmaschine nicht den Eindruck einer Maschine, sondern den eines krebsartigen Geschöpfes mit einer funkelnden Deckhaut; der überwachende Marsmann, dessen zarte Fühlfäden ihre Bewegungen leitete, schien einfach der Ersatz der Gehirnteile eines Krebses zu sein.

Aber dann bemerkte ich die Ähnlichkeit seiner graubraunen, öligen, lederartigen Oberhaut mit jener der unten umherkriechenden Körper, und jetzt erst ging mir ein Licht über die wahre Natur dieses geschickten Arbeiters auf. Nach dieser Feststellung widmete ich meine Aufmerksamkeit jenen anderen Geschöpfen, den eigentlichen Marsleuten. Ich hatte ja schon einmal einen flüchtigen Eindruck von ihnen gewonnen, und das ursprüngliche Gefühl des Ekels konnte meine Beobachtung nicht mehr trüben. Überdies war ich ja verborgen und regungslos und nicht unter dem Zwang zu handeln.

Die Marsleute waren, wie ich jetzt sehen konnte, Geschöpfe, deren Bau allen irdischen Begriffen Hohn sprach. Sie hatten ungeheure runde Körper – oder besser gesagt, Köpfe – von etwa vier Fuß Durchmesser. Jeder dieser Körper hatte mitten auf seiner Vorderseite ein Gesicht. Dieses Gesicht hatte keine Nasenlöcher – den Marsleuten scheint in der Tat jeder Geruchssinn gefehlt zu haben –, aber es hatte ein Paar sehr großer, dunkelgefärbter Augen und gerade darunter eine Art fleischigen Schnabels. Auf der Rückseite dieses Kopfes oder Körpers – ich weiß kaum, wie ich es nennen soll – befand sich eine einzige straffe, trommelfellartige Fläche, die später anatomisch als Ohr identifiziert wurde, obwohl sie in unserer dichteren Luft fast nutzlos gewesen sein muß. Um die Mundöffnung herum hingen sechzehn zarte, fast peitschenartige Fühler herab, auf jeder Seite zwei Büschel zu vier. Diese Büschel wurden seither von dem ausgezeichneten Anatomen Professor Howes sehr zutreffend ‚Hände' genannt. Schon als ich diese Marsleute zum ersten Male sah, machte es mir den Anschein, als bemühten sie sich, mit Hilfe dieser Hände sich aufzurichten. Aber infolge des vergrößerten Gewichts in der Erdatmosphäre war es ihnen natürlich unmöglich. Es ist Grund genug für die Annahme vorhanden, daß sie sich auf dem Mars mit ziemlich großer Leichtigkeit auf ihnen fortbewegen konnten.

Ihr Inneres – es sei mir gestattet, dies hier schon zu bemerken – war, wie der anatomische Befund später lehrte, fast ebenso einfach. Den größten Teil nahm das Gehirn ein, das ungeheure Nervenstränge zu den Augen, den Ohren und den Tastwerkzeugen aussendete. Außerdem waren vollständige Lungen, in die sich die Mundhöhle öffnete, das Herz und seine Gefäße vorhanden. Die Störung ihrer Atmung, die durch die dichtere Luft und die größere Anziehungskraft der Erde hervorgerufen wurde, konnte nur zu deutlich an den heftigen Bewegungen der äußeren Haut wahrgenommen werden.

Und damit ist die Aufzählung der Organe der Marsleute erschöpft. So seltsam es auch einem menschlichen Wesen scheinen mag, das verwikkelte Gefüge der Verdauungswerkzeuge, das den Hauptbestandteil unseres Körpers bildet, war bei den Marsleuten überhaupt nicht vorhanden. Sie waren Köpfe, nichts als Köpfe. Sie hatten keine Eingeweide. Sie aßen nicht, brauchten also auch nicht zu verdauen. Statt dessen nahmen sie das frische, lebende Blut anderer Geschöpfe und führten es in ihre eigenen Adern ein.

Ich habe selbst gesehen, wie das vor sich ging, und werde es an der geeigneten Stelle mitteilen. Es mag jämmerlich scheinen, aber ich kann es nicht über mich bringen, das ausführlich zu beschreiben, was länger zu beobachten ich nicht aushalten konnte. Dies möge genügen: das einem noch lebenden animalischen Wesen, meistens einem Menschen, entzogene Blut wurde mittels eines kleinen Röhrchens in den Aufnahmekanal eingeführt.

Die bloße Vorstellung dieses Vorgangs erscheint uns ohne Zweifel grauenhaft und abstoßend, aber wir sollten uns, denke ich, zugleich erinnern, wie widerwärtig unsere fleischfressenden Gewohnheiten einem vernunftbegabten Kaninchen erscheinen würden.

Die physiologischen Vorteile dieses Brauches, Blut einzuführen, sind unleugbar, wenn man an die ungeheure Vergeudung menschlicher Zeit und menschlicher Kräfte denkt, die durch den Nahrungs- und den Verdauungsprozeß verursacht wird. Unser Körper besteht zur Hälfte aus Drüsen und Röhren und Werkzeugen, die damit beschäftigt sind, andersgeartete Nahrung in Blut zu verwandeln. Unsere Verdauung und ihre Rückwirkung auf unser Nervensystem saugen unsere Kräfte auf und beeinflussen unsere Stimmung. Die Leute sind glücklich oder elend, je nachdem sie eine heile oder kranke Leber oder gesunde gastrische Drüsen besitzen. Die Marsleute aber waren über alle diese organischen Stimmungswechsel und Empfindungen erhaben.

Ihre unbestreitbare Vorliebe für Menschen mochte aus einer gewissen Ähnlichkeit mit jenen Opfern rühren, die sie als Wegzehrung vom Mars mitgebracht hatten. Soweit man nach den eingeschrumpften Überbleibseln, die in menschliche Hände fielen, schließen kann, waren diese Geschöpfe Zweifüßer mit brüchigen, verkiesten Knochengerüsten (ähnlich denen verkiester Schwämme), von schwacher Muskelbildung; sie waren im Durchschnitt sechs Fuß hoch, besaßen runde, aufrechte Köpfe und große Augen in schieferartigen Höhlen. Zwei oder drei von ihnen scheinen in jedem Zylinder mitgebracht worden zu sein; alle wurden getötet, bevor sie die Erde erreichten. Für sie war es wohl ebenso gut, denn nur der bloße Versuch, auf unserem Stern aufrecht zu stehen, hätte ihnen jeden Knochen im Leibe gebrochen.

Weil ich schon daran bin, diese Beschreibung zu machen, will ich noch an dieser Stelle einige weitere Einzelheiten hinzufügen, die, wenn sie uns damals auch noch unbekannt waren, doch den Leser, der mit dem Leben der Marsleute nicht vertraut ist, in den Stand setzen werden, sich von diesen gefährlichen Eindringlingen eine deutlichere Vorstellung zu machen.

In drei andern Punkten wich ihre Lebensweise seltsam von der unsern ab. Ihre Organismen schliefen ebensowenig, wie das Herz des Menschen schläft. Da sie keinen großen Muskelapparat zu regenerieren brauchen, war ihnen dieses zeitweilige Erlöschen unbekannt. Sie wurden anscheinend selten oder gar nicht müde. Auf der Erde können sie sich nie ohne Anstrengung bewegt haben, und doch waren sie bis zum letzten Augenblick in Tätigkeit. Während vierundzwanzig Stunden taten sie vierundzwanzigstündige Arbeit, wie es auf Erden vielleicht bei den Ameisen der Fall ist.

Ferner, so wunderbar es in einer geschlechtlichen Welt erscheinen mag, waren die Marsleute durchaus geschlechtslos und daher von allen den heftigen Erregungen frei, die aus diesem Unterschiede zwischen den Menschen entspringen. Es kann heute nicht mehr bestritten werden, daß während des Krieges ein Marskind auf der Erde geboren wurde; man fand es mit seinem Erzeuger verwachsen, teilweise abknospend, genauso wie kleine Lilienzwiebeln abknospen oder die Jungen eines Süßwasserpolypen.

Bei dem Menschen, wie bei allen höher organisierten irdischen Lebewesen, ist diese Art von Fortpflanzung verschwunden; aber selbst auf dieser Erde war sie gewiß die ursprüngliche Art. In der niederen Tierwelt, selbst bei jenen ersten Verwandten der Wirbeltiere, den Tunikaten, kommen beide Vorgänge nebeneinander vor. Schließlich aber siegte doch die geschlechtliche Vermehrung über die konkurrierende Form. Auf dem Mars ist offenbar gerade das Gegenteil der Fall gewesen.

Es verdient hier hervorgehoben zu werden, daß ein findiger Kopf von angeblich wissenschaftlichem Ruf lange vor dem Einfall der Marsleute den Menschen ein künftiges System vorhergesagt hat, das jenem nicht unähnlich war, das tatsächlich auf dem Mars herrschte. Seine Prophezeiung erschien, wenn ich mich recht erinnere, im November oder im Dezember 1893 in einer längst eingegangenen Zeitschrift, dem *Pall Mall Budget,* und auch eine Karikatur in dem prämarsianischen Witzblatt *Punch* kommt mir jetzt in Erinnerung. Der Schreiber wies in einem albern witzelnden Ton darauf hin, daß die Vervollkommnung der angewandten Mechanik schließlich die Glieder und die Vervollkommnung der Chemie die Verdauung überflüssig machen würden; daß solche Organe wie Haare, Nasen, Zähne, Ohren, Kinn nicht länger wesentliche Teile des menschlichen Körpers sein würden und daß in den kommenden Geschlechtern der Zug der natürlichen Zuchtwahl in der Richtung ihrer stetigen Verkümmerung liegen würde. Das Gehirn allein würde die Hauptnotwendigkeit bleiben. Nur noch *ein* Glied des menschlichen Körpers würde die übrigen überleben – und das sei die Hand, der „Lehrer und Lenker des Gehirns". Während der übrige Leib verkümmern und verschwinden würde, würden die Hände immer größer.

In diesen Worten, wenngleich im Scherz niedergeschrieben, findet sich manches Wahre; und hier bei den Marsleuten ist ohne Widerrede solch eine Unterdrückung der animalischen Seite des Organismus durch den Geist zu beobachten.

Es scheint mir ganz glaubwürdig, daß die Marsleute von Wesen abstammen mögen, die uns nicht unähnlich waren, und zwar durch die allmähliche Weiterentwicklung ihrer Gehirnteile und Hände (die letzteren nahmen endlich die Gestalt jener zwei Büschel zarter Fühlfäden an) auf Kosten des übrigen Körpers. Ohne den Leib mußte das Gehirn selbstverständlich ein bei weitem selbstsüchtigerer Geist werden als mit dieser Grundlage menschlichen Gefühls.

Der dritte springende Punkt, in dem die Daseinsbedingungen jener Geschöpfe von den unseren abwichen, ist in einer Tatsache zu suchen, die manchem vielleicht eine sehr nebensächliche Besonderheit scheinen wird. Mikroorganismen, die soviel Krankheit und Schmerz auf Erden hervorrufen, haben sich auf dem Mars entweder nie gezeigt oder sind durch die hygienische Wissenschaft der Marsbewohner schon vorzeiten ausgerottet worden. Unsere Fieberarten und ansteckenden Krankheiten, Auszehrung, Krebs, Tumor und ähnliche Leiden, drängen sich niemals, ihr Dasein hemmend, in ihr Leben. Und da ich schon von den Unterschieden zwischen dem Leben auf dem Mars und dem irdischen spreche, möchte ich hier auch auf die seltsamen Vermutungen in der Frage des ‚roten Gewächses' eingehen.

Offenbar ist das Pflanzenreich auf dem Mars nicht vorwiegend grün, sondern stark blutrot gefärbt. Auf alle Fälle brachten die Samen, welche die Marsleute absichtlich oder zufällig mitführten, ohne Ausnahme rotfarbige Pflanzen hervor. Indessen konnte nur jene Pflanze, die im Volksmund als ‚rotes Kraut' bekannt wurde, neben den irdischen Arten Fuß fassen. Die rote Schlingpflanze besaß nur ein vorübergehendes Wachstum, und nur wenige Leute haben sie gesehen. Eine Zeitlang jedoch wuchs das ‚rote Gewächs' mit erstaunlicher Kraft und Üppigkeit. Es breitete sich über die Ränder der Grube am dritten oder vierten Tag unserer Gefangenschaft aus, und seine kaktusartigen Zweige legten sich wie Fransen um den Mauerrahmen unseres dreieckigen Fensters. Später fand ich es überall und ganz besonders dort, wo sich fließendes Wasser befand.

Die Marsleute besaßen, wie gesagt, so etwas wie ein Ohr: eine einzige runde, trommelartige Fläche am Rücken ihres Kopf-Leibes, außerdem auch ein unserem vergleichbares Sehvermögen, nur daß, nach Philipps, die Farben Blau und Violett ihnen als Schwarz erschienen. Man nimmt allgemein an, daß sie durch gewisse Laute und Bewegungen ihrer Fühler miteinander kommunizierten; dies wird zum Beispiel in jener richtigen, aber oberflächlichen Schrift behauptet (die offenbar von jemandem geschrieben ist, der kein Augenzeuge der Handlungen der Marsleute war); ich habe auf diese Schrift als die bisher verläßlichste Quelle für jene Ereignisse hingewiesen.

Nun aber hat wohl kein überlebender Mensch so viel von den in Tätigkeit begriffenen Marsleuten gesehen wie ich. Ich bin weit entfernt, mich dieses Zufalls zu rühmen, aber es ist eine Tatsache. Und ich darf wohl behaupten, daß ich sie von Zeit zu Zeit scharf beobachtet habe und daß ich vier, fünf und einmal sechs von ihnen gesehen habe, wie sie mit äußerster Schwerfälligkeit die allerfeinsten und mühsamsten Arbeiten gemeinsam verrichteten, ohne jeden Laut, ohne jede Gebärde. Ihr eigentümliches Geheul ging ausnahmslos nur ihren Mahlzeiten voran. Es war durchaus eintönig und bedeutete, wie ich glaube, auf keinen Fall ein Signal, sondern einfach den Austritt von Luft, der den Vorgang der Bluteinführung einleitete. Ich kann einen gewissen Anspruch auf eine wenigstens oberflächliche Kenntnis von Psychologie erheben, und was diese Frage betrifft, so bin ich überzeugt – so fest, wie man nur von einer Sache überzeugt sein kann –, daß die Marsleute ohne jede physische Vermittlung ihre Gedanken austauschen. Davon bin ich trotz einer starken Voreingenommenheit überzeugt. Vor dem Einfall der Marsleute habe ich nämlich, woran sich mancher Leser vielleicht erinnern wird, mit einiger Heftigkeit gegen die telepathische Theorie geschrieben.

Die Marsleute trugen keinerlei Kleidung. Ihre Begriffe von Sitte und Anstand waren notwendig von den unsern verschieden. Auch waren sie offenbar gegen den Witterungswechsel viel weniger empfindlich, als wir es sind, und dieser scheint ihre Gesundheit überhaupt nicht ernstlich gefährdet zu haben. Aber wenn sie auch keine Kleider trugen, so waren es doch jene andern künstlichen Zutaten ihrer körperlichen Fähigkeiten, in denen ihre große Überlegenheit über die Menschen bestand. Wir Menschen mit unsern Fahrrädern und Schlittschuhen, unsern Flugmaschinen, Flinten und Stöcken und so weiter stehen gerade an der Schwelle jener Entwicklung, welche die Marsleute bereits hinter sich haben. Sie sind tatsächlich eine bloße Gehirnmenge geworden, besitzen Körper, die ihren Bedürfnissen angepaßt sind, genauso wie Menschen ihre Stoffanzüge tragen oder nach dem Fahrrad greifen, wenn sie in Eile sind, oder nach dem Regenschirm, wenn es regnet.

In bezug auf die Hilfsmittel der Marsleute ist für die Menschen vielleicht nichts wunderbarer als die merkwürdige Tatsache, daß ihnen jener Mechanismus, der der irdischen Technik so sehr das Gepräge verleiht, vollständig fehlt: das Rad. Unter all den Dingen, die sie auf die Erde mitbrachten, ist nicht die leiseste Spur zu entdecken, die den Gebrauch von Rädern andeutet. Man hätte es wenigstens als Fortbewegungsmittel erwarten können.

In diesem Zusammenhang muß übrigens auffallen, daß selbst auf unserer Erde die Natur niemals auf das Rad abzielte oder irgendwelche Voraussetzungen zu einer Entstehung schuf. Und die Marsleute kannten entweder das Rad nicht (was ich für unwahrscheinlich halte), oder sie benutzten es nicht. Jedenfalls ist in ihren Werkzeugen die fixe oder relativ fixe Achse mit den um sie herum kreisenden Bewegungen auffallend selten. Fast alle Glieder ihrer Maschinen stellen ein verwickeltes Gefüge von schleifenden Teilen dar, die sich auf kleinen, aber prächtig geschwungenen Reibestützen bewegen.

Da ich schon bei diesen Einzelheiten bin, will ich noch hervorheben, daß die langen Hebelarme ihrer Maschinen in den meisten Fällen mittels einer Art Schein-Muskulatur von Scheiben in elastischen Scheiden in Bewegung gesetzt werden; diese Scheiben werden polarisiert und dicht und mächtig zusammengezogen, wenn ein elektrischer Strom durch sie geleitet wird. Auf diese Weise entstand die merkwürdige Ähnlichkeit mit animalischen Bewegungen, die auf den menschlichen Beobachter so auffallend und verwirrend wirkte. Solche Quasimuskeln fanden sich besonders häufig bei der krebsähnlichen Greifmaschine, die ich beobachtete, wie sie den Zylinder auspackte. Diese Maschine glich unendlich mehr einem lebenden Wesen als die wirklichen Marsleute, die drüben im Licht der untergehenden Sonne lagen, heftig keuchten, ihre kraftlosen Fühler regten und sich nach ihrer endlosen Reise nur mühsam bewegen konnten.

Während ich noch ihre schwachen Bewegungen im Sonnenlicht beobachtete und mir jede seltsame Einzelheit ihrer Erscheinung genau einprägte, erinnerte mich der Kurat an seine Anwesenheit, indem er mich heftig am Arm zerrte. Ich drehte mich um und erblickte sein mürrisches Gesicht und seine schweigend beredten Lippen. Er wollte jetzt wieder an die Spalte, die immer nur einem Platz bot; und so mußte ich einige Zeit dem Kuraten weichen.

Als die Reihe wieder an mich kam, hatte die geschäftige Greifmaschine bereits einige Gegenstände aus dem Zylinder zu einem Apparat zusammengefügt, der eine unverkennbare Ähnlichkeit mit ihrer eigenen Form besaß. Und weiter unten zur Linken tauchte jetzt ein kleines spatenartiges Werkzeug auf, das Strahlen grünen Dampfes ausstieß und sich seinen Weg rund um die Grube bahnte, indem es planvoll und bedächtig Erde aushöhlte und aufschichtete.

Dieses Werkzeug war es, das jenes regelmäßige, stoßende Geräusch und die fast rhythmischen Erschütterungen hervorgerufen hatte, die unseren in Trümmern liegenden Zufluchtsort erbeben machten. Während es arbeitete, tutete und pfiff es unaufhörlich. Soviel ich sehen konnte, arbeitete das Ding ohne jede Unterstützung eines Marsmannes.

3. Die Tage der Gefangenschaft

Die Ankunft einer zweiten Kriegsmaschine trieb uns von unserem Guckloch in die Waschküche zurück, denn wir fürchteten, daß der Marsmann von seiner Höhe herab uns hinter unserer Schanze zu Gesicht bekommen könnte. Mit der Zeit aber verloren wir wieder das Gefühl der Gefahr, erblickt zu werden; denn einem Auge im blendenden Sonnenlicht mußte unser Versteck als tiefschwarze Nacht erscheinen. So schrecklich die Gefahren waren, die rings um uns lauerten, die Versuchung, durch die Mauerspalte zu blicken, war unwiderstehlich. Und es nimmt mich heute wunder, wenn ich mich erinnere, wie wir trotz der drohenden Aussicht, entweder zu verhungern oder noch grauenvoller umzukommen, heftig miteinander um das schreckliche Vorrecht, hinausblicken zu dürfen, streiten konnten. Wir konnten um die Wette durch die Küche laufen, in einem ganz abenteuerlichen Laufschritt, der zwischen Eifer und der Furcht, Lärm zu machen, die Mitte hielt, wir konnten uns schlagen, mit Fäusten und Füßen stoßen – und das alles nur durch einige Zollbreit vor Entdeckung gesichert.

Tatsache ist, daß wir beide ganz unvereinbare Veranlagungen und Gewohnheiten im Denken und Handeln hatten und daß die Gefahr und unsere Einschließung diese Unvereinbarkeit nur verschärften. Schon in Halliford war mir des Kuraten alberne Art, in tatenlose Klagen auszubrechen, die blödsinnige Verbohrtheit seines Charakters verhaßt geworden. Seine endlosen, im Murmelton gesprochenen Selbstgespräche machten jede Mühe, die ich mir gab, einen Fluchtplan zu entwerfen, zunichte und trieben mich, durch die Gefangenschaft doppelt gereizt, wie ich war, manchmal an den Rand des Wahnsinns. Wie ein hysterisches Weib war er unfähig, sich den geringsten Zwang anzutun. Er konnte stundenlang vor sich hin weinen, und ich glaube wahrhaftig, daß dieses vom Schicksal verzogene Kind seine elenden Tränen für irgendwie wirksam hielt. Und ich saß in der Finsternis, durch seine Zudringlichkeiten außerstande, meine Gedanken von ihm abzulenken. Er aß mehr als ich. Und es war ganz vergeblich, ihm begreiflich zu machen, daß die einzige Überlebenschance darin lag, so lange in diesem Hause zu bleiben, bis die Marsleute mit ihrer Grube fertig geworden waren; es war vergeblich, ihn zu warnen, daß während dieser langen Geduldsprobe wohl eine Zeit kommen könne, in der wir dringend der Nahrung bedürfen würden. Er aß und trank, wann es ihm gerade behagte, in sehr ausgiebigen Mahlzeiten, wenn auch in langen Zwischenräumen. Er schlief wenig.

Als die Tage kamen und gingen, verschärften seine ganz unglaubliche Sorglosigkeit und seine Rücksichtslosigkeit unsere Notlage derart, daß ich, sosehr ich es auch verabscheute, erst zu Drohungen, endlich zu Schlägen meine Zuflucht nehmen mußte. Das brachte ihn eine Zeitlang zur Vernunft. Aber er gehörte zu jenen von Tücke und Verschlagenheit erfüllten Schwächlingen, die ohne jeden Stolz, feige, fischblütig und gehässig, nicht Gott, nicht den Menschen, nicht einmal sich selbst Rechenschaft geben können.

Es ist mir unangenehm, mir alle diese Dinge wieder ins Gedächtnis zurückzurufen und sie niederzuschreiben, aber ich muß es der Lückenlosigkeit meines Berichtes halber tun. Jene, welche von den düstern und furchtbaren Seiten des Lebens verschont geblieben sind, werden schnell genug bei der Hand sein, meine Gewalttätigkeit und meine Wutausbrüche am Ende unseres Trauerspieles zu verdammen; denn sie wissen besser als jedermann, was tadelnswert ist, aber nicht, was ein gefolterter Mensch zu tun fähig ist. Jene aber, die „gewandert sind im dunklen Tal" und bis zum Elementaren hinabgestiegen, werden mehr Verständnis haben.

Und während wir drinnen unsern düstern, schattenhaften Kampf ausfochten, unter Schlägen, flüsternd und mit geballten Fäusten um Speise und Trank kämpften, waren draußen im unbarmherzigen Sonnenbrand jenes schreckensvollen Juni die Marsleute bei ihrer seltsam fremden Arbeit in der Grube. Man erlaube mir, zu diesen neuen Erlebnissen zurückzukehren. Nach langer Zeit wagte ich mich wieder an das Guckloch und sah, daß die Besatzung von nicht weniger als drei Kriegsmaschinen zu den Eindringlingen gestoßen war. Sie hatten wieder eine Anzahl neuer Werkzeuge mitgebracht, die wohlgeordnet um den Zylinder herumstanden. Die zweite Greifmaschine war jetzt fertig und eifrig damit beschäftigt, eine jener neuartigen Erfindungen zu bedienen, welche die große Maschine mitgebracht hatte. Das neue Werkzeug glich in seinen Umrissen einer Milchkanne, über der ein schwingender, birnenförmiger Behälter angebracht war, von dem ein Strom weißen Pulvers sich in ein kreisrundes Becken ergoß.

Die schwingende Bewegung des Behälters wurde von einem Taster der Greifmaschine hervorgerufen. Mit zwei anderen spatenartigen Händen grub die Greifmaschine große Mengen Lehm aus und warf sie in das birnenförmige Behältnis hinauf, während sie mit einem andern Arm von Zeit zu Zeit eine Tür öffnete, die im Rumpf der Maschine angebracht war, und rostige und geschwärzte Schlacken daraus entfernte. Ein anderes stählernes Tastwerkzeug leitete das Pulver aus dem Becken durch einen gerippten Kanal in einen andern Behälter, der durch eine Wolke bläulichen Staubes sich meinen Blicken entzog. Aus diesem unsichtbaren Behälter stieg ein dünner Faden von grünem Rauch kerzengerade in die stille Luft. Während ich so hinblickte, streckte die Greifmaschine unter einem leisen musikalischen Geklirr nach der Art eines Teleskops einen Taster aus, der noch einen Augenblick vorher wie ein stumpfer Ausläufer der Maschine erschienen war. Sein Ende war nun hinter dem Lehmhaufen verschwunden. In der nächsten Sekunde hatte er eine Stange weißen Aluminiums herausgehoben, die fleckenlos leuchtete und glänzte, und legte sie auf einen sichtlich wachsenden Haufen von Stangen, der sich neben der Grube befand. Zwischen Sonnenuntergang und Sternenlicht muß diese kunstvolle Maschine mehr als hundert solcher Stangen aus dem rohen Lehm verfertigt haben, und die Wolke bläulichen Staubes wuchs allmählich an, bis sie den Rand der Grube erreichte.

Der Gegensatz zwischen den raschen und wunderbar ineinandergreifenden Werkzeugen und der klotzigen und keuchenden Unbeholfenheit ihrer Meister war so verblüffend, daß ich mir tagelang immer wieder sagen mußte, daß es die letzteren seien, die in Wahrheit die lebenden Wesen von den beiden vorstellten.

Der Kurat saß vor der Mauerspalte, als die ersten Menschen zur Grube gebracht wurden. Ich saß zusammengekauert unter ihm und lauschte angespannt. Plötzlich fuhr er erschreckt zurück, und ich, voll Angst, daß wir entdeckt seien, verfiel in eine Art Krampf. Er glitt nun das Geröll herab und verkroch sich neben mir in der Dunkelheit, stieß einige verworrene Laute aus, machte einige wilde Gebärden, und einen Augenblick lang teilte ich seinen Schrecken. Seine Gebärden deuteten seinen Verzicht auf die Mauerspalte an, und nach einer Weile machte meine Neugierde mir Mut; ich erhob mich, stieg über ihn hinweg und kletterte hinauf. Anfangs konnte ich keinen Grund für sein Entsetzen entdecken.

Die Dämmerung war nun angebrochen, oben schienen kleine, blasse Sterne, aber die Grube war erhellt von dem flackernden grünen Feuer, das von der Aluminiumbereitung herrührte. Das Gemenge flackernder Strahlen und auf und nieder gleitender schwarzer Schatten war seltsam verwirrend für das Auge. Darüber hin und zwischen hinein flogen unbeirrt die Fledermäuse. Die sich rekelnden Marsleute waren nicht mehr zu sehen, die Wolke blaugrünen Pulvers war schon hoch genug gestiegen, um sie unsern Blicken zu entziehen. Eine Kriegsmaschine stand mit zusammengeklappten, eingezogenen und verkürzten Beinen jenseits der Grube. Und mitten im Getöse des arbeitenden Maschinenwerks glaubte ich plötzlich, einen leisen Laut von menschlichen Stimmen zu hören, ein Verdacht, den ich freilich sofort wieder aufgab.

Ich bückte mich, um die Kriegsmaschine schärfer ins Auge zu fassen, und überzeugte mich jetzt zum ersten Male, daß die Haube wirklich einen Marsmann enthielt. Als die grünen Flammen auffuhren, konnte ich den öligen Glanz seiner Oberhaut und das Leuchten seiner Augen wahrnehmen. Plötzlich hörte ich einen gellenden Schrei und sah einen ausgestreckten Fühler über die Schulter der Maschine in den kleinen Käfig langen, der auf ihrem Rücken lastete. Und dann wurde etwas – etwas heftig sich Sträubendes – hoch in die Luft emporgehoben, ein vom Sternenlicht sich dunkel und unklar abhebendes, rätselhaftes Ding. Und als dieser schwarze Gegenstand wieder herunterkam, sah ich bei dem grünen Schein, daß es ein Mensch war. Einen Augenblick lang war er ganz deutlich sichtbar. Es war ein stämmiger, blühend aussehender, gutgekleideter Mann in mittleren Jahren; drei Tage vorher mochte er noch als

Mann von beträchtlichem Ansehen durchs Leben gewandert sein. Ich konnte seine starren Augen sehen und bemerken, wie die Lichtstrahlen in seinen Hemdknöpfen und seiner Uhrkette spielten. Er verschwand hinter dem Hügel, und einen Augenblick lang herrschte völliges Schweigen. Dann hörte man durchdringende Schreie und das langgezogene Freudengeheul der Marsleute...

Ich glitt das Geröll hinab, richtete mich mühsam auf, legte beide Hände an die Ohren und stürzte in die Waschkammer. Der Kurat, der, mit den Armen seinen Kopf umklammernd, schweigend zusammengekauert dagesessen hatte, sah auf, als ich an ihm vorbeikam, schrie auf, als ich ihn verließ, und rannte mir nach.

In dieser Nacht, als wir in der Waschküche kauerten und unsere Empfindungen zwischen Entsetzen und furchtbarer Neugier geteilt waren, stieg in mir der heftige Wunsch zu handeln auf. Aber ich mühte mich vergeblich, einen Rettungsplan zu entwerfen. Erst am zweiten Tag war ich fähig, unsere Lage mit großer Klarheit zu erfassen. Der Kurat, das sah ich, war nicht einmal zu einer Besprechung zu gebrauchen; ungekannte Schrecken hatten ihn in ein wildes, triebhaftes Geschöpf verwandelt und ihn seines Verstandes, seiner Denkfähigkeit beraubt. Er war in Wahrheit schon zum Tier herabgesunken. Ich aber faßte, wie man sagt, mich selbst mit beiden Händen an. Nun, da ich der rauhen Wirklichkeit ins Auge sehen konnte, gewann ich die Gewißheit, daß wir trotz unserer schrecklichen Lage doch noch kein Recht zu völliger Verzweiflung hätten. Unsere nächstliegende Hoffnung und Erwartung war, daß die Marsleute nur vorübergehend ihr Lager aufgeschlagen hätten. Sollten sie aber bleiben, so würden sie es doch nicht für notwendig halten, es ständig zu bewachen; und so könnte sich uns doch eine Möglichkeit zur Flucht bieten. Ich erwog auch sehr ernstlich den Plan, uns von der Grube weg einen unterirdischen Gang zu graben, aber die Möglichkeit, beim Auftauchen einer wachestehenden Kriegsmaschine unter die Augen zu kommen, schien mir anfangs doch zu erschreckend. Überdies hätte ich die ganze Grabearbeit allein zu verrichten gehabt, denn der Kurat hätte mich sicherlich im Stich gelassen.

Wenn mich mein Gedächtnis nicht trügt, war es am dritten Tag, als ich die Tötung jenes armen Teufels mit ansehen mußte. Es war das einzige Mal, daß ich die Marsleute Nahrung aufnehmen sah. Nach diesem Erlebnis vermied ich das Loch in der Mauer während des größten Teiles des Tages. Ich begab mich in die Waschküche, hängte die Tür aus und brachte einige Stunden damit zu, so geräuschlos als möglich mit meinem Beil zu graben; aber als ich ein etwa zwei Fuß tiefes Loch gegraben hatte, fiel die lockere Erde wieder polternd zusammen, und ich wagte nicht, die Arbeit fortzusetzen. Ich verlor allen Mut und legte mich für eine lange Zeit auf den Boden und hatte nicht einmal die Kraft, mich zu bewegen. Und von nun an gab ich den Gedanken, durch einen Tunnel zu entkommen, auf.

Für den Eindruck, den die Marsleute auf mich gemacht hatten, ist es sehr bezeichnend, daß ich anfangs wenig oder vielmehr gar nicht daran dachte, daß unsere Feinde etwa durch einen menschlichen Angriff überwältigt werden könnten. Aber in der vierten oder fünften Nacht hörte ich so etwas wie starkes Geschützfeuer.

Es war sehr spät nachts, und der Mond schien hell. Die Marsleute hatten die Aushöhlmaschine entfernt; und abgesehen von einer Kriegsmaschine, die an dem entfernteren Rand der Grube stand, und einer Greifmaschine, die in einer Ecke der Grube unmittelbar unter meinem Guckloch geschäftig arbeitete, war der Platz verlassen.

Von der Greifmaschine ging ein blasser Schimmer aus, und das Licht des Mondes schien auf die Stangen und auf einige Stellen des Erdreichs. Sonst war die Grube in Dunkelheit gehüllt und ganz still. Nur das Geräusch der Maschine war zu hören. Es war eine wundervoll heitere Nacht; nur mit einem Planeten teilte der Mond seine Herrschaft über den Himmel. Ich hörte einen Hund heulen, und dieser vertraute Laut bestimmte mich hinauszulauschen. Da hörte ich ganz deutlich ein Dröhnen wie vom Donner schwerer Geschütze. Ich zählte sechs Schüsse und nach langer Unterbrechung wieder sechs. Und das war alles.

4. Der Tod des Kuraten

ES WAR am sechsten Tag unserer Gefangenschaft. Zum letzten Mal warf ich einen Blick durch das Guckloch, und als ich mich umwandte, fand ich mich allein. Statt sich dicht an mich zu halten und zu versuchen, mich von der Spalte wegzudrängen, war der Kurat in die Waschküche zurückgegangen. Ein Verdacht schoß durch meinen Kopf. Ich ging schnell und leise hinterher. In der Dunkelheit hörte ich den Kuraten trinken. Ich griff aufs Geratewohl ins Dunkle und bekam eine Burgunderflasche zu fassen.

Gleich darauf rangen wir miteinander. Das dauerte wenige Minuten, dann fiel die Flasche zu Boden und brach entzwei. Nun ließ ich ihn los und erhob mich. Wir standen keuchend und drohend einander gegenüber. Schließlich pflanzte ich mich zwischen ihn und die Eßwaren auf und teilte ihm meinen festen Entschluß mit, von nun an Zucht zu halten. Ich teilte unsere Nahrungsmittel in der Speisekammer in Rationen ein, die für zehn Tage ausreichen sollten. An diesem Tage erlaubte ich ihm nicht mehr zu essen. Am Nachmittag machte er einen schwachen Versuch, zu den Eßwaren zu gelangen. Ich war eingenickt, aber im Nu war ich wach. Den ganzen Tag und die ganze Nacht saßen wir uns Aug in Auge gegenüber, ich erschöpft, aber entschlossen, er weinend und über seinen großen Hunger klagend. Ich weiß, es war nur eine Nacht und ein Tag, aber mir schien es – und scheint mir noch heute – eine unermeßlich lange Zeit.

Und so endete die Unverträglichkeit unserer Neigungen und Anlagen im offenen Streit. Zwei ewige Tage lang rangen wir flüsternd und erbittert. Es gab Zeiten, in denen ich ihn mit Schlägen und Fußtritten wie toll bearbeitete, und Zeiten, da ich ihm schmeichelte und ihn zu überreden trachtete. Und einmal versuchte ich ihn mit der letzten Flasche Burgunder zu bestechen, denn es war eine Regenwasserpumpe vorhanden, mit der ich mir Wasser verschaffen konnte. Aber da half weder Gewalt noch Güte: Er war in der Tat schon von Sinnen. Weder wollte er seine Angriffe auf die Speisevorräte aufgeben, noch hörte er auf, laute Selbstgespräche zu führen. Die allernotwendigsten Vorsichtsmaßregeln, die unsere Gefangenschaft erträglich machten, wollte er nicht beachten. Allmählich begann ich mir den vollständigen Zusammenbruch seiner Geisteskräfte klarzumachen, zu begreifen, daß mein einziger Gefährte in dieser dumpfen und widerlichen Finsternis ein Wahnsinniger war.

Aus einigen unklaren Erinnerungen schließe ich allerdings, daß auch meine Gedanken zuzeiten sich verwirrten. Ich hatte seltsame und furchtbare Träume, sooft ich einschlief. Es klingt sonderbar, aber ich möchte glauben, daß die Schwachheit und der Wahnsinn des Kuraten mich warnten, stählten und vernünftig erhielten.

Am achten Tag begann er laut zu sprechen, statt zu flüstern, und was ich auch tat, nichts konnte ihn bewegen, seine Stimme zu mäßigen.

„Es ist gerecht, o Gott!" rief er immer wieder. „Es ist gerecht. Über mich und die Meinen komme Dein Grimm. Wir haben gesündigt, wir sind zu leicht befunden worden. Da war Armut, da war Kummer; die Armen wurden in den Staub getreten, nichts aber störte meinen Frieden. Ich predigte einen hübschen Unsinn – mein Gott, was für einen Unsinn! –, als ich hätte aufstehen sollen, und sollte ich dafür auch des Todes sterben, und rufen sollen: Tut Buße, Buße! Ihr Bedrücker der Armen und Elenden. – Die Weinpresse des Herrn!"

Dann kehrten seine Gedanken unvermutet wieder zum Essen zurück, das ich ihm vorenthielt. Er bat, flehte, weinte, und endlich drohte er. Er begann seine Stimme zu erheben – ich bat ihn, es nicht zu tun; da sah er, daß er mich da fassen konnte –, er drohte, daß er nun schreien und die Marsleute herbeirufen werde. Eine Zeitlang schüchterte mich das ein; aber jedes Zugeständnis hätte die Möglichkeit unseres Entrinnens unausdenkbar verringern müssen. Ich widerstand, obwohl keineswegs sicher, ob er seine Drohung nicht ausführen werde. An diesem Tage wenigstens tat er es nicht. Er sprach mit allmählich erhöhter Stimme während des größten Teils des achten und des neunten Tages. Drohungen und Bitten mischten sich mit einer wahren Sturzflut halbverrückter, aber immer heftigerer Reue, daß sein Gottesdienst nur eitel Wortgepränge gewesen sei. Ich konnte nicht umhin, ihn zu bemitleiden. Dann schlief er ein wenig, und dann begann er wieder mit erneuter Kraft, und zwar so laut, daß ich gezwungen war, ihn zurückzuhalten.

„Schweigen Sie!" flehte ich. Er erhob sich auf seine Knie, denn er hatte bisher im Dunkeln neben dem Waschkessel gesessen.

„Ich habe schon zu lange geschwiegen", sagte er in einem Ton, den man in der Grube hören mußte. „Und jetzt muß ich Zeugnis ablegen. Wehe dieser ungetreuen Stadt! Wehe, wehe! Wehe, wehe! den Bewohnern der Erde, durch die andern Stimmen der Posaune–"

„Hören Sie auf!" sagte ich aufspringend, voll Angst, die Marsleute könnten uns hören. „Um Gottes willen–"

„Nein!" schrie der Kurat, so laut er konnte. Er stand auf und breitete seine Arme aus. „Sprechen will ich! Das Wort des Herrn ist in mir!"

Mit drei Sätzen hatte er die Tür zur Küche erreicht.

„Ich muß mein Zeugnis ablegen. Ich gehe. Zu lange schon habe ich gezögert."

Ich streckte meine Hand aus und tastete nach dem Hackmesser, das an der Wand hing. Wie ein Pfeil schoß ich dem Kuraten nach. Ich war ganz toll vor Angst. Ehe er in der Mitte der Küche war, hatte ich ihn eingeholt. Mit einem letzten Funken von Menschlichkeit drehte ich die Schneide um und schlug mit dem Rücken des Messers nach ihm. Er stürzte kopfüber hin und lag ausgestreckt am Boden. Ich stolperte über ihn und blieb atemlos stehen. Er lag ganz still da.

Plötzlich hörte ich draußen ein Geräusch, das Rieseln und Stürzen gleitenden Mörtels, und die dreieckige Öffnung in der Mauer verdunkelte sich. Ich blickte auf und sah, wie die untere Fläche einer Greifmaschine sich langsam am Loch vorbeischob. Eines ihrer ausgreifenden Glieder rollte sich im Schutt zusammen; nun erschien ein zweites Glied, das sich seinen Weg über die herabgestürzten Balken hin tastete. Ich starrte wie versteinert hin. Da sah ich durch eine Art Glasplatte das Gesicht, wenn ich so sagen darf, und die großen dunklen Augen eines Marsmannes hereinspähen, und dann ringelte sich die lange, metallene Schlange eines Fühlers wie prüfend durch das Loch herein.

Von diesem Anblick riß ich mich mit einiger Überwindung los, stolperte über den Kuraten und blieb an der Tür zur Waschküche stehen. Der Fühler war jetzt schon etwa zwei Yards oder mehr im Zimmer und fuhr züngelnd und schlängelnd in blitzschnellen Bewegungen hierhin und dorthin. Eine Zeitlang beobachtete ich wie gebannt sein allmähliches, eigenartiges Näherkommen. Endlich zwang ich mich mit einem leisen, heiseren Schrei, in die Waschküche zu laufen. Ich zitterte heftig; ich konnte mich kaum aufrecht halten. Ich öffnete die Tür des Kohlenkellers und stand da in der Finsternis, starrte nach der schwach beleuchteten Tür, die in die Küche führte, und lauschte. Hatte der Marsmann mich gesehen? Und was würde er jetzt tun?

Etwas bewegte sich dort sehr leise hin und her; jeden Augenblick tappte es gegen die Mauer oder setzte seine Bewegungen mit einem schwachen, metallischen Klirren, ähnlich dem Geräusch eines Schlüsselbundes, fort. Dann wurde ein schwerer Körper – nur zu gut wußte ich, welcher – über den Fußboden geschleift und zur Öffnung hinausgehoben. Unwiderstehlich angezogen, kroch ich zur Tür und spähte in die Küche. In dem von der Sonne hell beschienenen Dreieck sah ich den Marsmann, wie er in der Greifmaschine, einem wahrhaften Briareus*, saß und den Kopf des Kuraten untersuchte. Ich zweifelte keinen Augenblick, daß er aus der Wunde, die mein Schlag jenem beigebracht hatte, auf meine Anwesenheit schließen würde.

Ich kroch zum Kohlenkeller zurück, schloß die Tür und begann, so gut ich konnte, und so leise, wie es mir bei der Dunkelheit möglich war, mich unter dem Brennholz und den Kohlen zu verstecken. Jeden Augenblick horchte ich, starr vor Angst, ob der Marsmann seinen Fühler wieder durch die Öffnung gesteckt hätte.

Und das leise metallische Klirren ertönte von neuem. Ich konnte verfolgen, wie es sich allmählich durch die Küche tastete. Bald hörte ich es näher – in der Waschküche, wie ich vermutete. Ich hoffte, daß es nicht lang genug sei, bis zu mir zu dringen. Ich sprach ein Stoßgebet nach dem andern. Da tastete das Ding unter leisem Kratzen über die Kellertür; und nun kam eine Ewigkeit von unerträglicher, banger Erwartung. Dann hörte

---

* Briareus, der hundertarmige Titan der griechischen Göttersage

ich es am Schloß herumfühlen. Es hatte die Tür gefunden! Der Marsmann verstand sich auf Türen!

Eine Minute vielleicht hantierte es am Verschluß, und dann ging die Tür auf.

In der Dunkelheit konnte ich das Ding gerade noch sehen – mehr als allem andern glich es einem Elefantenrüssel –, es züngelte nach mir und tastete prüfend an der Mauer, an den Kohlen, am Holz und an der Decke umher. Es sah aus wie ein schwarzer Wurm, der seinen blinden Kopf hin und her bewegt.

Und einmal berührte es die Ferse meines Stiefels. Ich war nahe daran zu schreien; ich biß mir in die Hand. Eine Zeitlang blieb es ruhig. Ich hätte glauben können, daß es sich schon entfernt habe. Plötzlich aber, mit einem unvermuteten Vorstoß, griff es nach etwas – ich dachte zuerst nach mir! – und schien wieder aus dem Keller hinauszugleiten. Eine Minute lang war ich meiner Sache nicht sicher. Offenbar hatte es ein Stück Kohle erfaßt, um es zu prüfen.

Ich benutzte die Gelegenheit, um meine Lage ein wenig zu verändern, denn ich hatte einen Krampf in den Füßen. Dann lauschte ich wieder und flüsterte heiße Gebete. Dann hörte ich das langsame, bedächtige Geräusch wieder. Mählich und leise kam es dicht an mich heran und tappte die Mauer und die Einrichtungsstücke entlang.

Während ich noch zweifelte, sprang es rasch zur Kellertür und schloß sie. Ich hörte, wie es in die Speisekammer schlich. Die Zwiebackdosen klirrten, und eine Flasche brach in Stücke. Dann kam ein heftiger Schlag gegen die Kellertür. Dann war es still – und die Stille wurde mir eine nicht enden wollende Zeit höchster Anspannung.

War es fort? Endlich war ich davon überzeugt.

Es kam nicht mehr in die Waschküche; aber den ganzen zehnten Tag lag ich in der stickigen Dunkelheit unter Kohlen und Brennholz vergraben und wagte nicht, mir einen Trunk zu holen, nach dem ich lechzte. Schon war der elfte Tag angebrochen, als ich mich erst aus meinem Schlupfwinkel hervorwagte.

5. *Die Stille*

MEINE erste Handlung, bevor ich in die Speisekammer ging, war, die Tür zwischen Küche und Waschküche zu schließen. Doch die Speisekammer war leer; jeder Bissen Essen war verschwunden. Offenbar hatte der Marsmann am vorhergehenden Tag alles fortgenommen. Bei dieser Entdekkung erfaßte mich zum ersten Male die Verzweiflung. Weder am elften noch am zwölften Tag genoß ich Speise und Trank.

Erst trockneten mir Mund und Kehle völlig aus, und meine Kräfte nahmen merklich ab. Ich saß hilflos in der Dunkelheit in einem Zustand mutlosen Elends. Meine Gedanken beschäftigten sich unausgesetzt mit dem Essen. Ich glaubte taub geworden zu sein, denn die geschäftigen Geräusche, die ich von der Grube her zu hören gewohnt war, hatten vollständig aufgehört. Ich fühlte mich nicht stark genug, um geräuschlos zum Guckloch zu kriechen; ich hätte es sonst gewiß getan.

Am zwölften Tag schmerzte mich mein Hals derart, daß ich, selbst auf die Gefahr hin, die Aufmerksamkeit der Marsleute auf mich zu lenken, mich auf die knarrende Regenwasserpumpe stürzte, die neben der Senkgrube stand, und mir ein Glas voll geschwärzten und schmutzigen Regenwassers verschaffte. Ich fühlte mich nun überaus erfrischt und durch die Tatsache ermutigt, daß kein suchender Fühler dem Geräusch folgte, das ich beim Pumpen machte.

Während dieser Tage mußte ich viel an den Kuraten und an die Art seines Todes denken; aber meine Gedanken waren unklar und hatten nur wenig Zusammenhang.

Am dreizehnten Tag trank ich wieder etwas Wasser und machte mir abenteuerliche Gedanken über Essen und alle möglichen und unmöglichen Fluchtpläne. Sooft ich einschlief, quälten mich furchtbare Wahnvorstellungen, einmal vom Tode des Kuraten, dann wieder von üppigen Gelagen. Aber wachend und schlafend empfand ich einen heftigen Schmerz, der mich zwang, immer wieder zu trinken. Das Licht, das jetzt in den Waschraum drang, war nicht mehr grau, sondern rot. Meiner verwirrten Einbildungskraft schien es die Farbe des Blutes.

Am vierzehnten Tag ging ich in die Küche und sah zu meiner Überraschung, daß die Zweige des roten Gewächses gerade über die Maueröffnung gewachsen waren und so das Dämmerlicht des Raumes in eine karmesinrote Finsternis verwandelt hatten.

Frühmorgens am fünfzehnten Tag hörte ich eine seltsame, aber vertraute Aufeinanderfolge von Lauten in der Küche, und aufhorchend erkannte ich das Schnüffeln und Scharren eines Hundes. Als ich in die Küche ging, sah ich die Nase eines Hundes, wie sie an einer Mauerlücke durch die rötlichen Zweige hereinschnüffelte. Das überraschte mich außerordentlich. Als der Hund mich witterte, bellte er kurz auf.

Wenn ich ihn bewegen könnte, leise hereinzukommen, so konnte ich ihn vielleicht töten und verzehren. Auf alle Fälle aber war es geraten, ihn umzubringen, damit seine Bewegungen nicht die Aufmerksamkeit der Marsleute auf mich ziehen könnten.

Ich schlich mich zu ihm und rief ihn schmeichelnd, aber er zog auf der Stelle seinen Kopf zurück und verschwand.

Ich lauschte – ich war also nicht taub –, aber da war kein Zweifel möglich, die Grube war still. Ich vernahm Laute wie das Flattern von Vogelschwingen und ein heiseres Krächzen, und das war alles.

Lange Zeit lag ich dicht am Guckloch, aber ich wagte nicht, die roten Pflanzen zur Seite zu drängen, die es verdunkelten. Ein- oder zweimal hörte ich ein leises Getrippel von den Pfoten des Hundes, der tief unter mir auf dem Sand hin und her lief, dann wieder Geräusche, die von Vögeln herrührten, aber das war alles. Endlich, ermutigt durch die anhaltende Stille, blickte ich hinaus.

Außer in der Ecke, wo eine Menge von Krähen umherhüpften und sich um die Gerippe der Toten zankten, von welchen die Marsleute sich ernährt hatten, war kein lebendes Wesen in der Grube zu sehen.

Ich starrte hinein und traute meinen Augen kaum. Sämtliche Maschinen waren verschwunden. Abgesehen von dem großen Hügel gräulichblauen Pulvers in einer Ecke, einer Anzahl Aluminiumstangen in einer andern, den schwarzen Vögeln und den Skeletten, gab es nichts als die leere, kreisrunde Sandgrube.

Ich ließ mich langsam durch das rote Gestrüpp hinabgleiten und stand jetzt auf dem Schutthaufen. Außer hinter mich nach Norden konnte ich in jede Richtung blicken. Und weit und breit war weder ein Marsmann noch das Anzeichen eines Marsmannes zu erblicken. Zu meinen Füßen fiel die Grube jäh ab; als ich etwas weiterging, fand ich auf dem Geröll einen ganz leidlichen Weg, auf dem ich zum Gipfel des Trümmerhaufens gelangen konnte. Die Gelegenheit zu fliehen war gekommen. Ich begann zu zittern.

Ich zögerte einige Zeit, und in einer wilden Aufwallung von verzweifelter Entschlossenheit, mit heftig klopfendem Herzen, kletterte ich auf die Spitze des Schutthaufens, unter dem ich so lange begraben gewesen war.

Wieder blickte ich rings um mich. Auch im Norden war kein Marsmann zu sehen.

Als ich zuletzt diesen Teil von Sheen im vollen Tageslicht gesehen hatte, war er eine Straße zerstreut liegender und behaglicher weißer und roter Häuser gewesen, umpflanzt von üppigen, schattigen Bäumen. Jetzt stand ich auf einem Haufen aus zerschelltem Ziegelwerk, Lehm und Kieseln, über dem eine Unmenge roten kaktusartigen Gewächses wucherte. Es wuchs in Kniehöhe, und nicht eine einzige irdische Pflanze machte ihm den Boden streitig. Die Bäume in meiner Nähe waren erstorben und braun, und etwas weiter überzog ein Netzwerk roter Fäden die noch lebenden Stämme.

Die benachbarten Häuser waren alle zerstört, keines aber war niedergebrannt. Die Mauern standen zum Teil noch bis zum zweiten Stockwerk, aber die Fenster waren alle zerschmettert und die Tore zertrümmert. Das rote Gewächs wucherte üppig in den dachlosen Stuben. Unter mir waren die große Grube und die Krähen, die um die Abfälle zankten. Andere Vögel hüpften zwischen den Trümmern umher. Weiter weg sah ich eine ausgemergelte Katze, die eine Mauer entlangschlich, von Menschen aber war nirgends eine Spur zu entdecken.

Der Tag schien im Gegensatz zu meinem eben verlassenen Kerker blendend hell, der Himmel strahlte in ungetrübtem Blau. Ein sanftes Lüftchen hielt das rote Gewächs, das jedes Stückchen freien Bodens bedeckte, in Bewegung. Und welches Entzücken, wieder frische Luft zu atmen!

6. Das Werk von fünfzehn Tagen

EINE Zeitlang stand ich wankend auf dem Hügel, ohne an meine Sicherheit zu denken. Als ich noch in jener widerwärtigen Höhle lag, hatte ich alle Sinne nur darauf gerichtet, mich überhaupt zu retten. Ich ahnte weder, was in der Welt vorgegangen war, noch war ich auf den erschreckenden Anblick dieser fremden Umgebung gefaßt. Ich war darauf vorbereitet, Sheen in Trümmern zu sehen – aber was ich jetzt sah, war die unheimliche und düstere Landschaft eines andern Planeten.

In diesem Augenblick wurde ich von einer Empfindung bewegt, die sonst außerhalb des menschlichen Bewußtseins liegt, die aber die armen Tiere, die wir beherrschen, nur zu gut kennen. Mir war zumute wie einem Kaninchen, das zu seinem Erdloch zurückkommt und sich plötzlich einem Dutzend geschäftiger Arbeiter gegenübersieht, die den Grund zu einem Haus graben. Ich merkte die ersten Anzeichen eines Gefühls, das mir bald sehr deutlich werden und mich viele Tage lang bedrücken sollte: das Gefühl der Entthronung, die Überzeugung, daß ich nicht länger ein Herr, sondern ein Tier unter Tieren unter der Ferse der Marsleute sei. Uns würde es nun gehen wie jenen: Wir mußten jetzt lauern und spähen, laufen und uns verstecken; die Macht war dem Menschen genommen.

Aber diese Vorstellung verlor sich, sobald ich sie mir klargemacht hatte, und mein alles beherrschendes Gefühl wurde nach der langen, trostlosen Fastenzeit der Hunger. In der Richtung, die von der Grube wegführte, erblickte ich jenseits einer rotbewachsenen Mauer ein Fleckchen Gartengrund, das nicht verschüttet war. Das war ein Fingerzeig, und ich arbeitete mich vorwärts, knietief, manchmal bis zum Hals ins rote Gewächs verstrickt. Die Dichte dieses Gestrüpps gab mir das tröstliche Gefühl, mich im Notfall verbergen zu können. Die Mauer war etwa sechs Fuß hoch, und als ich versuchte, sie zu erklettern, sah ich, daß ich mich nicht auf ihren Rand hinaufschwingen konnte. So ging ich nun an der Mauer entlang und gelangte zu einer Ecke, wo ein Steinhaufen es mir ermöglichte, hinaufzuklimmen und in den Garten hinabzugleiten. Ich fand einige junge Zwiebeln, ein paar Siegwurzknollen und eine Anzahl unreifer Rüben, die ich alle zusammenraffte. Dann stieg ich über eine geborstene Mauer hinweg und verfolgte unter scharlach- und karmesinroten Bäumen meinen Weg weiter nach Kew. Es war mir, als ginge ich auf einer Straße von riesigen Blutstropfen. Von zwei Gedanken war ich erfüllt: mir mehr Essen zu verschaffen und so bald und so weit meine Kräfte es mir erlaubten, aus diesem fluchbeladenen, unirdischen Bereich der Grube hinauszukommen.

Etwas weiter fand ich auf einem Grasplatz eine Anzahl Pilze, die ich gleichfalls verschlang; aber diese karge Nahrung verstärkte nur meinen Hunger. Dann stieß ich auf eine braune Fläche fließenden, seichten Wassers, dort, wo sonst Wiesen waren. Erst war ich über diese Überschwemmung in einem heißen, trockenen Sommer überrascht, aber dann entdeckte ich, daß sie von der geradezu tropischen Üppigkeit des roten Gewächses herrührte. Sobald diese außerordentliche Wucherpflanze Wasser berührte, wuchs sie ins Riesenhafte. Ihre Samen wurden einfach in das Wasser des Wey und der Themse geschüttet, und ihre zusehends wachsenden, titanischen Zweige ließen beide Flüsse sofort über die Ufer treten.

In Putney war die Brücke, wie ich später sah, in diesem Unkraut ganz versteckt, und auch in Richmond ergossen sich die Themsewasser in einem breiten und seichten Strom über die Wiesen von Hampton und Twickenham. Wie das Wasser sich ausbreitete, folgte das Kraut ihm nach, bis die zerstörten Landhäuser des Themsetals in diesem roten Moor, dessen Rand ich durchsuchte, verschwunden waren. Dadurch wurde vieles von dem Zerstörungswerk der Marsleute verhüllt.

Schließlich aber ging dieses rote Gewächs fast ebenso rasch ein, wie es sich ausgebreitet hatte. Eine krebsartige Krankheit, die, wie man annimmt, in der Wirkung gewisser Bakterien begründet ist, erfaßte und zerstörte es. Durch das Gesetz der natürlichen Auslese haben alle irdischen Pflanzen eine gewisse Widerstandskraft gegen Bakterienkrankheiten gewonnen – wenigstens erliegen sie ihnen nie ohne heftigen Kampf. Aber das rote Gewächs verfaulte wie eine schon erstorbene Pflanze. Die Zweige verblaßten, schrumpften zusammen und wurden spröde. Bei der leisesten Berührung brachen sie ab, und das Wasser, das früher ihr Wachstum so angefeuert hatte, trug ihre letzten Spuren ins Meer hinaus...

Als ich zum Wasser kam, war es selbstverständlich das erste, meinen Durst zu löschen. Ich trank in vollen Zügen, und, einer plötzlichen Eingebung folgend, zerbiß ich einige Zweige des roten Gewächses. Aber sie waren wässerig und hatten einen garstigen, metallischen Geschmack. Ich sah, daß das Wasser seicht genug war, um sicher durchwatet werden zu können, obwohl das rote Gewächs meine Füße oft hinderte, fest aufzutreten. Aber die Flut wurde gegen den Fluß zu sichtlich tiefer, und ich mußte wieder in der Richtung nach Mortlake umkehren. Es gelang mir dadurch, daß gelegentliche Trümmer von Landhäusern und Hecken und Lampen mir den Weg wiesen, halbwegs auf der Straße zu bleiben. So kam ich bald aus dem Überschwemmungsgebiet heraus, verfolgte meinen Weg zu dem Hügel, der nach Roehampton führt, und gelangte schließlich auf die Gemeindewiese von Putney.

Hier fiel nicht mehr das Fremdartige und Seltsame, sondern die Zerstörung des Bekannten, Vertrauten auf; kleine Plätze sahen aus, als hätte ein Wirbelwind sie verwüstet. Hundert Schritte weiter traf ich auf völlig unversehrte Häuser mit herabgelassenen Vorhängen und verschlossenen Türen, als hätten die Eigentümer sie nur für einen Tag verlassen oder als schliefen die Bewohner noch. Das rote Gewächs war hier nicht mehr so üppig; die großen Bäume auf den Grasplätzen waren frei von der roten Schlingpflanze. Ich suchte unter den Bäumen nach Nahrung, ohne etwas zu finden, dann brach ich in ein paar stille Häuser ein, aber sie waren schon vor mir durchstöbert und ausgeplündert worden. Den übrigen Teil des Tages blieb ich in einem Gebüsch, da ich vor Schwäche nicht weitergehen konnte.

Während dieser ganzen Zeit sah ich kein menschliches Wesen noch auch Anzeichen von Marsleuten. Ich begegnete zwei hungrig aussehenden Hunden, aber beide liefen in weitem Bogen davon, als ich ihnen näher kam. In der Nähe von Roehampton sah ich zwei menschliche Gerippe – nicht Leichen, sondern reingenagte Gerippe –, und im Gehölz neben mir stieß ich auf gebrochene und verstreut liegende Knochen einiger Katzen und Kaninchen und den Schädel eines Schafes. Aber als ich sie näher ansah, wollte sich nichts Genießbares daran finden.

Nach Sonnenuntergang schleppte ich mich auf der Straße nach Putney weiter, wo, wie ich glaube, aus irgendwelchen Gründen der Hitzestrahl gebraucht worden sein mußte. In einem Garten in Roehampton fand ich genug unreife Kartoffeln, um meinen Hunger zu stillen. Von diesem Garten aus konnte man auf Putney und den Fluß hinabsehen. In der Dämmerung bot dieser Ort ein Bild trostlosester Verwüstung: geschwärzte Bäume, geschwärzte, traurige Ruinen und hügelabwärts die weiten Flächen des über die Ufer getretenen Wassers, von dem Marskraut rot gefärbt. Und über allem – die große Stille. Ein unbeschreibliches Entsetzen kam über mich, als ich dachte, wie schnell diese trostlose Veränderung hereingebrochen war. Eine Zeitlang glaubte ich, daß die Menschheit einfach ausgerottet und ich ganz allein übriggeblieben sei, der letzte lebende Mensch. Dicht am Gipfel des Putney Hill stieß ich wieder auf ein Gerippe, dessen Arme abgetrennt und einige Yards vom Körper entfernt lagen.

Als ich weiterging, wurde ich immer mehr überzeugt, daß die Ausrottung der Menschheit, von einigen Verirrten wie mir abgesehen, in diesem Teil der Welt bereits eine vollendete Tatsache war. Ich vermutete, daß die Marsleute fortgegangen seien, das Land hinter sich verwüstet hätten und jetzt irgendwo anders nach Nahrung suchten. Vielleicht waren sie eben daran, Berlin oder Paris zu zerstören, vielleicht auch hatten sie sich nach Norden gewendet.

7. Der Mann auf dem Putney Hill

ICH verbrachte diese Nacht in einem Gasthof auf dem Putney Hill. Seit meiner Flucht nach Leatherhead war es das erstemal, daß ich in einem gemachten Bett lag. Ich will mich nicht mit der Beschreibung aufhalten, wieviel unnötige Mühe ich hatte, um ins Haus einzudringen – später fand ich, daß das Tor nicht verschlossen war –, noch damit, wie ich jeden Raum nach Lebensmitteln durchstöberte, bis ich endlich in höchster Verzweiflung in einem Raum, den ich für ein Dienstbotenzimmer hielt, eine rattenzernagte Brotkruste und zwei Büchsen mit Ananas fand. Das Haus war offenbar schon durchsucht und ausgeplündert worden. Im Schankraum entdeckte ich später noch etwas Zwieback und Butterbrötchen, die übersehen worden waren. Diese konnte ich nicht mehr genießen, jene aber stillten nicht nur meinen Hunger, sondern füllten auch meine Taschen. Ich machte kein Licht, da ich fürchtete, ein Marsmann könne in der Nacht diesen Teil Londons nach Nahrung durchsuchen. Ehe ich zu Bett ging, lief ich unruhig von einem Fenster zum andern, um nach einem Anzeichen jener Ungeheuer auszuspähen. Ich schlief wenig. Als ich im Bett lag, verfiel ich in tiefes Nachdenken – was seit meinen Auseinandersetzungen mit dem Kuraten nicht mehr der Fall gewesen war.

Während der ganzen Zwischenzeit bestand meine geistige Verfassung in einem hastigen Wechsel von unbestimmten Gefühlszuständen oder in einer Art stumpfer Aufnahmefähigkeit. In dieser Nacht gewann mein Hirn, durch die Nahrung vermutlich gekräftigt, wieder seine frühere Klarheit, und ich konnte wieder denken.

Drei Dinge wollten gleichzeitig bedacht sein: die Tötung des Kuraten, der Aufenthaltsort und die Tätigkeit der Marsleute und das Schicksal meiner Frau. Das erste rief in mir kein Gefühl von Entsetzen oder Reue wach; ich nahm es einfach als eine Tatsache hin, als eine unsäglich peinliche Erinnerung, aber völlig ohne die Merkmale der Reue. Ich beurteilte mich damals, wie ich mich jetzt beurteile, Schritt für Schritt zu jener schnellen Tat getrieben, dem unvermeidlichen Resultat einer Reihe von Zufällen. Ich fand mich nicht verdammenswert; dennoch lastete die Erinnerung daran auf mir, stetig, unverrückbar. In der Stille der Nacht, mit jenem Gefühl der Nähe zu Gott, das einen manchmal in der Stille und in der Dunkelheit überkommt, bestand ich mein Verhör, mein einziges Verhör wegen jenes Augenblickes der Wut und der Angst. Ich rief mir jedes Wort unserer Unterredung ins Gedächtnis zurück. Von jenem Augenblick an, als ich ihn zusammengekauert neben mir fand, als er, meines Durstes nicht achtend, nach dem Feuer und dem Rauch wies, der aus den Trümmern von Weybridge aufstieg, waren wir zur Zusammenarbeit unfähig gewesen – der grimmige Zufall aber hatte sich nicht darum gekümmert. Hätte ich in die Zukunft blicken können, hätte ich ihn in Halliford gelassen! Aber ich konnte nicht vorhersehen, was kam. Verbrechen aber ist, vorhersehen und doch tun. Und ich schreibe das nieder, wie ich diese ganze Geschichte niedergeschrieben habe, so wie sie war. Ich hatte keine Zeugen – ich hätte alle diese Dinge verheimlichen können. Aber ich schreibe sie nieder, und der Leser mag sich nach seinem Gutdünken sein Urteil bilden.

Als ich mich dann aufraffte, um das Bild jenes hingestreckten Körpers beiseite zu schieben, sah ich mich wieder vor den Fragen nach den Marsleuten und dem Schicksal meiner Frau. Für beides hatte ich keine Anhaltspunkte; ich konnte mir hundert verschiedene Vorstellungen machen, sowohl über die Marsleute als, unselig genug, auch über meine Frau. Und plötzlich wurde mir diese Nacht zu einer Nacht des Schrekkens. Ich fand mich aufrecht in meinem Bett und starrte in die Finsternis hinein. Ich hörte mich beten, daß der Hitzestrahl sie unvermutet und schmerzlos aus diesem Leben nehme. Seit jener Nacht meiner Rückkehr aus Leatherhead hatte ich nicht mehr gebetet. Ich hatte Stoßgebete gestammelt, Fetischgebete, hatte gebetet, wie Heiden Beschwörungszauberformeln murmeln, als ich in äußerster Gefahr schwebte. Jetzt aber betete ich wirklich, inbrünstig und bei voller Besinnung, flehte von Angesicht zu Angesicht in der Dunkelheit Gottes. Seltsame Nacht! Am seltsamsten darin, daß, sobald der Tag herangraute, ich, der mit Gott gesprochen hatte, aus dem Hause schlich wie eine Ratte, die ihr Versteck verläßt – ein Geschöpf, kaum größer als sie, ein niedriges Tier, ein Ding, das die flüchtige Laune unserer Meister jagen und töten konnte. Vielleicht beteten auch jene vertrauensvoll zu Gott. Wahrlich, wenn wir nichts anderes gelernt haben, dieser Krieg hat uns Erbarmen gelehrt, Erbarmen mit jenen vernunftlosen Geschöpfen, die unter unserer Herrschaft leiden.

Der Morgen war hell und schön; der östliche Himmel glühte rosenrot und war mit kleinen goldenen Wolken übersät. Auf der Straße, die vom Putney Hill nach Wimbledon führt, sah ich zahlreiche jammervolle Spuren jenes Sturmes von Angst, der in der Sonntagnacht nach Beginn des Krieges in Richtung London gebraust war. Ich sah einen kleinen zweirädrigen Karren, auf dem der Name ‚Thomas Lobb, Gemüsehändler, New Malden' stand, mit einem zertrümmerten Rad und einem im Stich gelassenen Blechkoffer. Dann sah ich einen Strohhut, der in den schon hartgewordenen Straßenschmutz hineingestampft worden war, und auf der Spitze des West Hill blutbeschmierte Glasscherben neben dem umgestürzten Wassertrog. Ich ging nur langsam weiter, und meine Pläne waren völlig unklar.

Ich hatte die etwas unbestimmte Absicht, nach Leatherhead zu gehen, obwohl ich wußte, daß ich gerade dort am wenigsten hoffen konnte, meine Frau wiederzufinden. Wenn nicht der Tod sie dort unversehens ereilt hatte, waren meine Verwandten gewiß schon längst mit ihr geflohen. Aber ich redete mir ein, daß ich dort wenigstens sehen oder erfahren könnte, wohin die Bevölkerung von Surrey geflohen sei. Ich wußte, daß ich meine Frau wiederfinden wollte, daß ich eine schmerzliche Sehnsucht nach ihr und nach Menschen empfand, aber ich hatte keine klare Vorstellung, wie ich es anfangen sollte, sie zu finden. Auch meiner trostlosen Vereinsamung war ich mir jetzt deutlich bewußt. Unter dem Schutz eines Dickichts von Bäumen und Buschwerk kam ich allmählich an den Rand der Gemeindewiese von Wimbledon, die sich nun weit vor mir erstreckte.

Diese dunkle Fläche war stellenweise von gelben Ginstersträuchern erhellt; das rote Gewächs war nirgends zu sehen; als ich zögernd am Rande dieser freien Stelle hinschlich, ging die Sonne auf, und nun flutete alles von Licht und Leben. Ich stieß auf ein geschäftiges Volk kleiner Frösche, die auf einem sumpfigen Platz unter den Bäumen umhersprangen. Ich stand still, um sie zu betrachten, und nahm mir ein Beispiel an ihrem kräftigen Entschluß zu leben. Gleich darauf, als ich mit dem sonderbaren Gefühl, beobachtet zu werden, mich plötzlich umdrehte, sah ich etwas in einem Gestrüpp zusammengekauert liegen. Ich stand still und betrachtete es. Dann machte ich einen Schritt vorwärts, und es erhob sich ein mit einer Axt bewaffneter Mann. Langsam näherte ich mich ihm. Er stand schweigend und regungslos da und sah mich an.

Als ich näher trat, bemerkte ich, daß seine Kleider ebenso staubbedeckt und von Schmutz starrend waren wie die meinen; er sah tatsächlich aus, als wäre er durch eine Gosse geschleift worden. Näher kommend konnte ich den grünen Schlamm von Pfützen unterscheiden, der sich mit dem Hellbraun von getrocknetem Lehm und glänzenden Kohlenflecken vermengte. Sein schwarzes Haar fiel über seine Augen, und sein Gesicht war dunkel und schmutzig und eingesunken, so daß ich ihn anfangs nicht wiedererkennen konnte. Ich bemerkte eine rote Narbe, die quer über den unteren Teil seines Gesichtes lief.

„Halt!" rief er, als ich ihm auf zehn Yards nahe kam; ich blieb stehen. Seine Stimme war heiser. „Woher kommen Sie?" fragte er.

Ich überlegte, während ich ihn mir näher ansah.

„Ich komme von Mortlake", sagte ich. „Ich lag neben der Grube, die die Marsleute um ihren Zylinder machten, begraben. Ich habe mich herausgearbeitet und bin entkommen."

„Hierherum ist keine Nahrung zu finden", sagte er. „Das ist mein Land. Alles, von diesem Hügel bis hinab zum Fluß und zurück nach Clapham und aufwärts bis zum Rand der Weide. Nur für einen gibt's hier Nahrung. Welchen Weg werden Sie einschlagen?"

Ich antwortete zögernd.

„Ich weiß es nicht", sagte ich. „Ich lag in den Trümmern eines Hauses dreizehn oder vierzehn Tage lang vergraben. Ich weiß nicht, was inzwischen geschehen ist."

Er sah mich zweifelnd an, dann stutzte er und blickte mich mit verändertem Ausdruck an.

„Ich habe nicht die Absicht, in dieser Gegend zu bleiben", sagte ich.

„Ich denke, ich werde nach Leatherhead gehen, um meine Frau zu suchen."

Er wies hastig mit dem Finger nach mir.

„Sie sind es?" rief er. „Der Mann von Woking! Und Sie wurden nicht getötet in Weybridge?"

Im selben Augenblick erkannte ich ihn.

„Sie sind der Artillerist, der in meinen Garten kam!"

„Das nenne ich Glück!" rief er. „Wir sind ja Glückspilze! Nein, daß Sie es sind!" Er streckte seine Hand aus, die ich ergriff. „Ich bin damals einen Wassergraben hinaufgekrochen", fuhr er fort. „Aber sie haben nicht alle umgebracht. Und als sie wieder weg waren, kroch ich heraus, nach Walton, über die Felder. Aber – es sind noch keine sechzehn Tage her – und Ihr Haar ist grau!"

Er sah plötzlich über seine Schulter. „Nur eine Dohle", sagte er. „Man erfährt in Zeiten wie diesen, daß auch Vögel Schatten haben. Aber hier ist es ein wenig offen. Kriechen wir in jenes Gebüsch, und erzählen wir uns unsere Erlebnisse."

„Haben Sie etwas von den Marsleuten gesehen?" fragte ich. „Seit ich herauskroch –"

„Die sind jetzt über London hingegangen", erwiderte er. „Ich denke, sie haben dort ein größeres Lager aufgeschlagen. Am Abend ist dort drüben, gegen Hampstead, der ganze Himmel hell von ihren Lichtern. Es ist wie eine große Stadt, und im Schein kann man noch ganz deutlich ihre Bewegungen sehen. Aber nicht bei Tag. Aber in der Nähe – habe ich sie nicht gesehen ..." Er zählte an seinen Fingern. „Fünf Tage. Da sah ich zwei von ihnen durch Hammersmith hinübergehen und etwas Schweres schleppen. Und vorgestern nacht" – er hielt inne, um in wichtigem Tone fortzufahren –, „es waren freilich nur Lichter, aber es war etwas oben in der Luft. Ich glaube, sie haben eine Flugmaschine gebaut und lernen jetzt fliegen."

Ich machte halt, mit Händen und Knien auf dem Boden, denn wir hatten das Gebüsch erreicht.

„Fliegen!"

„Ja", sagte er, „fliegen."

Ich kroch in einen kleinen Laubverschlag und setzte mich nieder.

„Dann ist es mit der Menschheit aus und vorbei", sagte ich. „Wenn sie das können, dann werden sie ganz einfach um die ganze Welt gehen –"

Er nickte.

„Das werden sie auch. Aber ... unterdessen können wir hier ein wenig Atem schöpfen ..." Er sah mich an. „Sind Sie denn nicht zufrieden, daß es mit der Menschheit vorbei ist? Ich bin's. Wir sind unterlegen; wir sind geschlagen."

Ich stutzte. So seltsam es scheinen mag, ich war noch nicht zu diesem Schluß gekommen, einem Schluß, der mir vollkommen einleuchtete, sobald jener ihn aussprach. Ich hatte noch immer leise zu hoffen gewagt; genauer, ich hatte eine lebenslängliche Überzeugung behalten. Er wiederholte seine Worte. „Wir sind geschlagen." Das war seine unverrückbare Überzeugung.

„Es ist alles vorbei", sagte er. „Sie haben einen verloren – nicht mehr als einen. Und sie haben festen Fuß gefaßt und die größte Macht der Welt zum Krüppel geschlagen. Sie sind über uns hinweggegangen. Der Tod jenes einen bei Weybridge war ein Zufall. Und dazu sind diese da nur der Vortrab. Ununterbrochen kommen immer mehr. Diese grünen Sterne – ich habe jetzt wohl fünf oder sechs Tage lang keinen gesehen, aber ich zweifle nicht daran, daß sie jede Nacht irgendwo niederfallen. Da ist nichts zu machen. Wir sind unterlegen! Wir sind geschlagen!"

Ich gab ihm keine Antwort. Ich saß da und starrte vor mich hin, indem ich vergebens versuchte, ihn zu widerlegen.

„Das ist ja kein Krieg", sagte der Artillerist. „Ist nie ein Krieg gewesen, ebensowenig, wie es zwischen Menschen und Ameisen einen Krieg gibt."

Plötzlich erinnerte ich mich an die Nacht auf der Sternwarte.

„Nach dem zehnten Schuß feuerten sie keinen mehr ab – wenigstens nicht, bis der erste Zylinder kam."

„Woher wissen Sie das?" fragte der Artillerist. Ich erklärte es ihm. Er dachte nach.

„Mag sein, daß mit dem Geschütz etwas nicht ganz in Ordnung ist", sagte er. „Aber wenn es sich auch so verhält, so haben sie das schon längst wieder zurechtgekriegt. Und selbst wenn es länger dauern sollte, an der Sache wird nichts geändert. Menschen und Ameisen, sage ich Ihnen. Da haben Sie die Ameisen, die bauen ihre Städte, leben ihr kleines Leben, führen Krieg, machen Revolutionen, bis der Mensch sie aus dem Weg räumen will; und dann gehen sie eben aus dem Weg. So geht es uns jetzt – uns Ameisen. Nur ..."

„Ja?" fragte ich.

„Wir sind eßbare Ameisen."

Wir sahen uns in die Augen.

„Und was werden sie mit uns anfangen?" fragte ich.

„Darüber habe ich ja immer nachgedacht", erwiderte er – „darüber habe ich immer nachgedacht. Nach Weybridge ging ich nach Süden – und dachte nach. Ich sah, was los war. Die meisten Menschen waren eifrig bemüht, sich aufzuregen und zu quietschen. Ich aber bin kein Freund vom Quietschen. Ich habe schon ein- oder zweimal dem Tod gegenübergestanden; ich bin kein Ziersoldat, und im besten und schlimmsten Fall, Tod ist eben Tod. Und der Mann, der beharrlich nachdenkt, kommt überall durch. Ich sah, wie jedermann nach Süden drängte. Da sagte ich mir: Hier wird man über kurz oder lang nichts mehr zu essen bekommen. Und so machte ich stracks kehrt. Ich ging den Marsleuten nach, wie die Spatzen den Menschen nachgehen. Rings um uns herum" – er fuhr mit seiner Hand den Horizont entlang – „hungern sie in Haufen, reißen sie aus und treten aufeinander herum."

Er sah mein Gesicht und hielt betreten inne.

„Ohne Zweifel sind Massen von Leuten, die Geld hatten, nach Frankreich gegangen", sagte er. Er schien zu zögern, ob er sich entschuldigen solle, begegnete meinen Augen und fuhr fort: „Hierherum gibt es genug zu essen. Gepökelte Waren in den Läden; Wein, Schnaps, Mineralwasser; aber die Wasserbehälter und Röhren sind leer. Aber ich wollte Ihnen sagen, worüber ich nachdachte. Es sind intelligente Geschöpfe, sagte ich mir, und es scheint, daß sie uns zu ihrer Nahrung brauchen. Zuerst werden sie uns zerschmettern – Schiffe, Maschinen, Waffen, Städte, jede Ordnung, jede Vereinigung. Alles das wird verschwinden. Hätten wir die Größe von Ameisen, dann könnten wir davonkommen. Aber wir haben sie nicht. Wir sind viel zu groß und zu plump. Das ist die erste Gewißheit. Was?"

Ich bejahte.

„So ist es; ich habe nachgedacht. Also gut; was kommt dann? Zuerst werden wir gefangen, weil man uns nötig hat. Ein Marsmann braucht nur ein paar Meilen zu gehen, um einen fliehenden Haufen zu kriegen. Und ich habe einen gesehen, eines Tages draußen bei Wandsworth, der Häuser in Stücke schlug und dann in den Trümmern umherstöberte. Aber dabei wird es nicht bleiben. Sobald sie mit unsern Geschützen und Schiffen aufgeräumt, unsere Eisenbahnen zerschmettert haben und mit allem, was sie dort drüben tun, fertig geworden sind, dann werden sie anfangen, uns systematisch zu fangen, die Besten von uns auszusuchen und uns in Käfigen und ähnlichen Dingen aufzubewahren. Damit, verlassen Sie sich drauf, werden sie in kurzer Zeit beginnen. Mein Gott, sie haben ja noch gar nicht mit uns angefangen. Sehen Sie denn das nicht ein?"

„Noch nicht angefangen!" rief ich.

„Noch nicht angefangen", sagte er. „Alles, was bisher geschehen ist, ist geschehen, weil wir nicht vernünftig genug waren stillzuhalten und sie mit Kanonen und ähnlichen Narrheiten geärgert haben. Weil wir unsern

Kopf verloren haben und rudelweise dorthin stürzten, wo wir nicht um ein Haar sicherer waren, als wo wir zuerst waren. Sie wollen uns ja nicht behelligen. Sie bringen einfach ihre Angelegenheiten in Ordnung – stellen alles her, was sie nicht mitbringen konnten, und bereiten nur alles für die Übersiedlung ihres Volkes vor. Es ist sehr leicht möglich, daß die Zylinder nur deshalb für einige Zeit ausgeblieben sind, aus Furcht, die zu treffen, die schon hier sind. Und statt blindlings umherzurasen und Dynamit zu sammeln, als könnte man sie in die Luft blasen, täten wir viel besser daran, uns aufzuraffen und uns nach dem neuen Stand der Dinge einzurichten. So lege ich mir's zurecht. Es ist freilich nicht der Zustand, den der Mensch sich für seine Gattung wünscht, aber es ist der Zustand, auf den die Tatsachen hinweisen. Und es ist der Grundsatz, nach dem ich zu handeln gedenke. Städte, Völker, Gesinnung, Fortschritt – damit ist es vorbei. *Das* Spiel ist ausgespielt. Wir sind geschlagen."

„Aber wenn es so ist, wozu sollen wir dann noch leben?"

Der Artillerist sah mich einen Augenblick an.

„Du lieber Himmel, Konzerte wird es freilich für eine Million Jahre oder so keine mehr geben; und Bilderausstellungen und kleine nette Mahlzeiten in Restaurants auch nicht. Wenn Sie es aufs Vergnügen abgesehen haben, dann, glaube ich, ist das Spiel aus. Wenn Sie feine Manieren haben oder sich entsetzen, wenn einer seine Birnen mit dem Messer ißt oder nicht so spricht, wie's in der Grammatik steht, dann geht's freilich nicht. Solche Dinge werden Sie in Zukunft nicht mehr brauchen."

„Sie meinen …"

„Ich meine, daß Männer wie ich fortleben sollen – der Zucht wegen. Ich sage Ihnen, ich bin fest entschlossen weiterzuleben. Und wenn mich nicht alles trügt, werden auch Sie zeigen müssen, was Sie wert sind, und zwar in kurzer Zeit. Wir lassen uns nicht ausrotten. Und ich habe nicht die Absicht, mich fangen zu lassen, noch gezähmt und gemästet und gezüchtet zu werden wie ein fetter Ochse. Pfui! Denken Sie bloß an diese braunen Kriecher!"

„Sie wollen doch nicht sagen –"

„Ja, das will ich. Ich will weiterleben. Zu ihren Füßen. Ich habe mir schon einen Plan gemacht; habe alles ausgedacht. Wir Menschen sind geschlagen. Wir wissen noch nicht genug. Wir haben noch tüchtig zu lernen, ehe die Reihe an uns kommt. Und wir haben zu leben und unabhängig zu sein, solange wir noch lernen. Verstehen Sie? Das ist jetzt an der Reihe."

Ich starrte ihn an, verblüfft und tief bewegt von der Entschlossenheit dieses Mannes.

„Großer Gott!" rief ich. „Sie sind in der Tat ein Mann." Und ganz unvermittelt ergriff ich seine Hand.

„Nun?" sagte er mit leuchtenden Augen. „Habe ich nicht nachgedacht?"

„Fahren Sie fort", sagte ich.

„Gut also. Wer sich nicht fangen lassen will, muß sich bereit machen. Ich mache mich bereit. Passen Sie auf: nicht alle unter uns sind für die wilden Tiere gemacht; und darauf kommt es an. Ich hatte meine Zweifel. Sie sind dünn und schlank. Wissen Sie, ich wußte ja nicht, daß Sie es waren, noch daß Sie so lange begraben lagen. Aber alle diese Leute – diese Gattung Menschen, die in diesen Häusern lebten, und alle jene albernen kleinen Ladenschwengel, die dort bergab lebten – mit denen wird nichts anzufangen sein. Die haben den rechten Geist nicht in sich – keine stolzen Träume und keine stolzen Gelüste; und ein Mensch, der nicht das eine oder das andere hat – Herrgott! Was ist er anderes als ein Jammerlappen? Sie kennen nichts anderes als sich zu ihrer Arbeit trollen. Ich habe Hunderte von ihnen gesehen; ihr bißchen Frühstück in der Hand, schwitzen sie und keuchen sie, um ihren Vorortzug zu erwischen, aus Furcht, entlassen zu werden, wenn sie zu spät kommen; dann arbeiten sie in ihrem Beruf, der sie nicht interessiert; dann trollen sie sich wieder eilends heim, aus Furcht, nicht zur rechten Zeit beim Abendtisch zu sein; nach Tisch bleiben sie fein zu Hause, aus Angst vor den Hintergassen; dann schlafen sie mit den Weibern, die sie geheiratet haben, nicht weil sie sie gern hatten, sondern weil diese Weiber ein Stück Geld hatten, das ihrem jämmerlichen Durch-das-Leben-Keuchen einen kleinen Rückhalt bot. Sie haben ihr Leben versichert und ein bißchen zurückgelegt aus Furcht vor möglichen Unfällen. Und an Sonntagen – Furcht vor dem Jenseits. Als ob die Hölle für Kaninchen gebaut worden wäre. Nun, für diese Leute sind die Marsleute eine wahre Gottesgabe. Saubere, geräumige Käfige, Mastfutter, sorgfältige Züchtung, keine Plage. Nachdem sie eine Woche oder so mit leerem Magen durch Felder und Heiden gejagt sind, werden sie kommen und sich mit Vergnügen fangen lassen. Nach kurzer Zeit werden sie ganz fröhlich sein. Sie werden sich verwundert fragen, was denn die Leute früher taten, als es noch keine Marsleute gab, die für sie sorgten. Und die Kneipenhelden und die Pflastertreter und die Sänger – die kann ich mir ordentlich vorstellen. Die kann ich mir vorstellen", sagte er mit einer Art düsterer Genugtuung. „Alle Art von Gefühlsduselei und Glauben wird dann massenhaft frei werden. Es gibt hundert Dinge, die ich mit diesen meinen Augen gesehen habe und die ich erst in diesen letzten paar Tagen zu verstehen begonnen habe. Da wird es Massen geben, die, fett und dumm, die Dinge nehmen werden, wie sie sind. Und wieder andere Massen, die irgendwie gequält sein werden, daß nichts mit rechten Dingen zugeht und daß sie etwas dagegen tun sollten. Nun aber, sobald die Dinge so stehen, daß eine Menge von Leuten das Gefühl hat, etwas tun zu müssen, dann werfen sich die Schwachen und jene, die vor lauter verwickeltem Denken schwach werden, einer Religion des Nichtstuns in die Arme, die sehr fromm und erhaben ist und sich jeder Verfolgung als dem Willen des Herrn unterwirft. Sehr wahrscheinlich haben Sie ganz dasselbe beobachtet. Das ist die Energie der feigen Angst, die jetzt zum Vorschein kommen wird. Diese Käfige werden von Psalmen und Lobgesängen und Frömmigkeit erfüllt sein. Und die Leute von weniger einfacher Gesinnung werden sich einem – wie sagt man? – Sinnlichkeitskult hingeben."

Er machte eine Pause.

„Es ist leicht möglich, daß die Marsleute einige Lieblinge unter ihnen haben werden, sie in ihren Schlichen und Kniffen unterweisen und – wer weiß? – vielleicht sentimental werden wegen des Lieblingsknaben, der aufwuchs und getötet werden mußte. Und es mag sein, daß sie einige auch abrichten werden, auf uns andere Jagd zu machen."

„Nein", rief ich, „das ist unmöglich! Kein menschliches Wesen ..."

„Was nützt es denn, heute noch solche Lügen aufrechtzuerhalten?" sagte der Artillerist. „Es gibt Menschen, die das mit Vergnügen tun werden. Ein Unsinn zu behaupten, solche Menschen gebe es nicht!"

Und ich erlag seiner Überzeugung.

„Wenn die mir in die Nähe kommen werden", sagte er – „Herrgott! wenn die mir in die Nähe kommen werden!", und er verfiel in eine Art grimmigen Brütens.

Ich saß da und dachte über alle diese Dinge nach. Und es fiel mir nichts ein, womit ich den Gedankengang dieses Mannes hätte widerlegen können. In den Tagen vor dem Einbruch der Marsleute hätte wohl niemand meine geistige Überlegenheit in Frage gestellt – ich, ein erfahrener und anerkannter Schriftsteller philosophischer Werke, und er, ein gemeiner Soldat –, und dennoch hatte er unsere Lage schon beschrieben, während ich sie mir noch kaum vorstellte.

„Und was wollen Sie tun?" fragte ich nach einiger Zeit. „Was für Pläne haben Sie?"

Er zögerte.

„Nun, ich denke mir das etwa so", sagte er. „Was haben wir zu tun? Wir müssen uns eine Art Leben ersinnen, in dem die Menschen leben und sich vermehren können und genügend Sicherheit haben, ihre Kinder aufzuziehen. Warten Sie ein wenig, ich werde Ihnen, was nach meiner Meinung geschehen muß, klarer machen. Die Zahmen werden gedeihen wie alle zahmen Tiere; nach einigen Geschlechtern werden sie dick, schön, vollblütig, dumm sein – mit einem Worte: Schund! Es besteht nur die Gefahr, daß wir, die Wilden, mit der Zeit verwildern – und entarten zu einer Art großen, wilden Ratten ... Sie sehen schon, wie unser Leben sein wird: unterirdisch. Ich habe dabei an die Abwasserkanäle gedacht. Natürlich, wer diese Kanäle nicht kennt, stellt sie sich nur als etwas Scheußliches vor; aber unter diesem London gibt es Meilen und Meilen – Hunderte von Meilen – solcher Kanäle; und wenn es ein paar Tage regnet und London entvölkert ist, so sind sie rein und angenehm. Die Hauptkanäle sind groß und luftig genug für alle. Dann haben wir Keller, Gewölbe, Vorratsräume, von denen Notausgänge in die Kanäle hergestellt werden können. Und dann die Eisenbahntunnels und Untergrundbahnen. Was? Sie fangen an zu begreifen? Und wir bilden eine Gruppe, Männer mit starkem Körper und klarem Kopf. Wir werden nicht jeden Abfall, der uns zutreibt, auflesen. Schwächlinge müssen wieder hinaus."

„So wie Sie mich wegstoßen wollten?"

„Oh, ich unterhandelte doch mit Ihnen? Oder nicht?"

„Nun, wir wollen darüber nicht streiten. Aber fahren Sie fort, bitte."

„Wer bleibt, muß gehorchen. Weiber mit starkem Körper und klarem Kopf brauchen wir nicht weniger – als Mütter und Lehrerinnen. Keine schmachtenden Püppchen, keine albernen Augenverdreherinnen. Schwache und Dämliche können wir nicht brauchen. Das Leben wird ernst sein, und die Nutzlosen und Lästigen und Böswilligen müssen sterben. Sie haben einfach zu sterben. Sie müssen einsehen, daß sie zu sterben haben. Es ist eine Art von Hochverrat, dann noch zu leben und die Rasse zu verschlechtern. Und sie können auch nie glücklich sein. Überdies, Sterben ist nicht so schrecklich – es ist nur die Angst, die es so arg macht. – Und an allen jenen Orten werden wir uns versammeln. Unser Sammelplatz wird London sein. Und vielleicht werden wir sogar imstande sein, Wachen aufzustellen und im Freien umherzulaufen, wenn die Marsleute fern sind. Vielleicht Kricket spielen. Auf die Weise werden wir die Rasse erhalten. Was? Aber mit dem Erhalten der Rasse ist noch nichts getan. Wie ich sage, das heißt nur Ratten züchten. Unsere Kenntnisse zu erhalten und zu vermehren, darauf kommt es an. Da müssen Männer wie Sie her. Da gibt's Bücher, da gibt's Modelle. Wir müssen große, sichere Räume tief drunten errichten und so viele Bücher suchen, wie wir können; nicht Romane und erdichtetes Gewäsch, sondern Gedanken, wissenschaftliche Bücher. Da wird es Zeit für Männer wie Sie.

Wir müssen ins Britische Museum gehen und alle die Bücher dort durchforschen. Besonders aber müssen wir unsere Kenntnisse auf der Höhe erhalten und mehr dazulernen. Wir müssen diese Marsleute beobachten. Einige von uns werden spionieren müssen. Wenn einmal alles eingerichtet sein wird, werde ich es vielleicht tun. Und die Hauptsache ist, daß wir die Marsleute ungeschoren lassen müssen. Wir dürfen nicht einmal stehlen. Wenn sie in unsere Nähe kommen, müssen wir uns davonmachen. Wir müssen ihnen zeigen, daß wir nichts Böses im Schilde führen. Ja, ich weiß. Aber sie sind ja sehr kluge Geschöpfe, und sie werden uns nicht zu Tode jagen, wenn sie alles haben, was sie brauchen, und glauben, daß wir nur harmloses Gewürm sind."

Der Artillerist hielt inne und legte seine gebräunte Hand auf meinen Arm.

„Schließlich ist es vielleicht gar nicht so viel, was wir noch zu lernen haben. Stellen Sie sich nur einmal vor, vier oder fünf ihrer Kriegsmaschinen gingen mit einmal los – Hitzestrahlen rechts und links, aber kein Marsmann in ihnen. Kein Marsmann in ihnen, sondern Menschen – Menschen, die gelernt haben, wie man's macht. Vielleicht erlebe ich das noch. Stellen Sie sich das doch bloß vor, eins von diesen tollen Dingern zu haben, mit dem Hitzestrahl weit und frei! Stellen Sie sich das doch vor: damit umgehen zu können! Was läge denn daran, nach einem solchen Lauf, nach einem solchen Hochgenuß in Staub zermalmt zu werden? Ich denke, die Marsleute werden ihre schönen Augen aufreißen! Sehen Sie sie nicht, Mann? Sehen Sie nicht, wie sie hin und her laufen, wie sie um ihre andern mechanischen Geschichten blasen und pfeifen und tuten werden? Aus dem Häuschen werden sie auf alle Fälle sein. Und huitt, bum, rum, huitt! Gerade dann, wenn sie umherschießen, huitt, kommt der Hitzestrahl, und sehen Sie! Der Mensch hat wieder, was ihm gehört."

Lange Zeit beherrschten die kühne Einbildungskraft des Artilleristen und der sichere Ton und der Mut, mit dem er seine Pläne vorbrachte, vollständig meine Gedanken. Ich setzte sowohl in seine Prophezeiung der menschlichen Bestimmung wie in die Ausführbarkeit seiner erstaunlichen Pläne unbedingten Glauben. Und der Leser, der mich für leichtgläubig und einfältig hält, muß sich nur den Gegensatz zwischen seiner und meiner Lage vor Augen halten. Er liest alles nach und nach und hat Muße, über alles reiflich nachzudenken, und ich kauerte in furchtbarer Lage in einem Gebüsch und hörte zu, nicht selten durch Angstvorstellungen verwirrt.

Wir sprachen in dieser Art während der frühen Morgenstunden und krochen dann aus dem Gebüsch heraus; und nachdem wir uns vorsichtig nach Anzeichen der Marsleute umgesehen hatten, stürzten wir Hals über Kopf zu dem Haus auf dem Putney Hill, in dem er sich seine Höhle bereitet hatte. Es war der Kohlenkeller; und als ich das Werk sah, auf das er eine volle Woche verwendet hatte – eine kaum zehn Yards tiefe Höhlung, durch die er den Hauptkanal des Putney Hill erreichen wollte –, da dämmerte mir zum erstenmal, welche Kluft zwischen seinen Träumen und seinen Kräften gähnte. Ein solches Loch hätte ich an einem einzigen Tage gegraben. Aber mein Vertrauen zu ihm war stark genug, um ihm den ganzen Morgen bis kurz nach Mittag bei seinem Graben zu helfen. Wir hatten einen Gartenschubkarren und schütteten die Erde gegen den Küchenherd. Dann stärkten wir uns mit einer Mock-turtle-Büchse und mit etwas Wein aus der nahe gelegenen Speisekammer. In dieser unausgesetzten Arbeit fand ich eine seltsame Erholung von meinen qualvollen Erlebnissen. Während wir arbeiteten, beschäftigten sich meine Gedanken mit den Plänen des Mannes, und bald genug stiegen Einwände und Zweifel in mir auf; aber ich setzte doch die Arbeit den ganzen Vormittag fort, so froh war ich, wieder ein Ziel zu haben. Nachdem ich wieder eine Stunde gegraben hatte, fing ich an, über die Entfernung nachzudenken, die zurückzulegen war, bis der Kanal erreicht werden konnte – und über die Möglichkeit, ihn überhaupt zu verfehlen. Meine unmittelbarste Sorge war die Frage, wozu wir eigentlich diesen langen Gang gruben, wenn es möglich war, durch die Abzugslöcher sofort in den Kanal zu kommen und sich dann zum Hause zurück den Weg zu bahnen. Auch kam es mir vor, als sei das Haus sehr unglücklich gewählt, da es einen Durchstich von so unnötiger Länge erforderte. Gerade als ich begann, diese Umstände in Erwägung zu ziehen, hörte der Artillerist mit dem Graben auf und blickte mich an.

„Wir arbeiten gut", sagte er und legte seinen Spaten hin. „Ruhen wir jetzt ein bißchen aus", sagte er. „Ich glaube, es ist Zeit, daß wir vom Dach aus Umschau halten."

Ich war fürs Weiterarbeiten, und nach einigem Zögern griff er wieder nach seinem Spaten; und da erfaßte mich ganz plötzlich ein Gedanke. Ich hielt inne, und er folgte sofort meinem Beispiel.

„Warum waren Sie eigentlich auf der Weide draußen statt hier?" fragte ich.

„Wegen der frischen Luft", sagte er. „Ich kehrte gerade zurück. Es ist sicherer bei Nacht."

„Aber die Arbeit?"

„Oh, man kann nicht immer arbeiten", sagte er. Und wie in einer plötzlichen Erleuchtung erkannte ich den Mann, wie er war. Er zögerte, den Spaten in der Hand. „Wir sollten jetzt Umschau halten", sagte er. „Sie könnten in die Nähe kommen, das Klirren unserer Spaten hören und uns unversehens überfallen."

Ich hatte keine Lust mehr, ihm zu widersprechen. Wir stiegen beide aufs Dach hinauf und stellten uns auf eine Leiter, von der wir durch die Dachluken spähten. Von den Marsleuten war nichts zu sehen, und so wagten wir uns auf die Dachziegel hinaus und glitten unter dem Schutze des Dachvorsprungs hinab.

Von dieser Stellung aus verbarg ein Gebüsch den größeren Teil Putneys, aber wir konnten den Fluß unten sehen, eine gurgelnde Fläche roten Gewächses; die niedrigen Teile Lambeths waren überschwemmt und blutrot. Die rote Schlingpflanze bedeckte die Bäume, die um das alte Schloß standen, und ihre Zweige dehnten sich morsch und absterbend, von vergilbten Blättern bedeckt, aus den Wucherbüschen hervor. Es war seltsam, wie das Gedeihen der Marspflanzen so völlig vom fließenden Wasser abhängig war. Um uns herum konnte keine Wurzel fassen; Goldregen, roter Hagedorn, Schneeball und eine Gruppe von Lebensbäumen wuchsen aus Lorbeer und Hortensien in leuchtenden Farben und frischem Grün zum Sonnenlicht auf. Hinter Kensington erhob sich ein dichter Qualm, der zusammen mit einem blauen Rauchschleier die nördlichen Hügel einhüllte.

Der Artillerist begann, mir von dem Menschenschlag zu erzählen, der in London zurückgeblieben war.

„In der vorigen Woche", sagte er, „bemächtigten sich eines Nachts ein paar Narren des elektrischen Lichts, und die ganze Regent Street und der Circus waren taghell beleuchtet und von einer Menge geschminkter und zerlumpter Trunkenbolde, Männer und Weiber, dicht besetzt. Die tanzten und johlten bis zur Morgendämmerung. Ein Mann, der dabei war, hat es mir erzählt. Und als der Tag anbrach, sahen sie eine Kriegsmaschine, die hart neben ihnen auf dem Langham-Platz stand und auf sie herabsah. Der Himmel weiß, wie lange sie schon dort gestanden hatte. Der Marsmann, der sie lenkte, fuhr jetzt die Straße hinab auf sie zu und las fast hundert von ihnen auf. Sie waren zu sinnlos betrunken oder zu entsetzt, um die Flucht zu ergreifen."

Wunderlicher Lichtstrahl auf eine Zeit, die keine Geschichte je völlig beschreiben können wird!

Dann kam der Artillerist, meine Fragen beantwortend, wieder auf seine großartigen Pläne. Er redete sich in eine wahre Begeisterung hinein. Er sprach mit solcher Beredsamkeit von der Möglichkeit, sich einer Kriegsmaschine zu bemächtigen, daß ein gut Teil meines Glaubens an ihn wieder zurückkehrte. Aber da ich jetzt anfing, etwas von dem Wesen des Mannes zu begreifen, erriet ich auch, warum er soviel Wert darauf legte, nichts überstürzt zu tun. Auch bemerkte ich, daß jetzt nicht mehr davon die Rede war, daß er persönlich sich der großen Kriegsmaschine bemächtigen werde.

Nach einiger Zeit gingen wir wieder in den Keller hinab. Keiner von uns schien Lust zu haben, die Grabearbeit wiederaufzunehmen. Und als er vorschlug, eine Mahlzeit zu nehmen, hatte ich nichts dagegen. Er wurde plötzlich sehr freigebig, und als wir gegessen hatten, ging er hinaus und kehrte mit einigen vorzüglichen Zigarren wieder. Wir steckten sie an, und dabei glühte auch wieder seine hoffnungsvolle Stimmung. Er war geneigt, meine Ankunft als eine großartige Gelegenheit zu einem Fest anzusehen.

„Im Keller gibt's auch etwas Champagner", sagte er.

„Es ist vielleicht besser, wenn wir bei unserem Burgunder weitergraben", sagte ich.

„Nein", meinte er, „heute bin ich der Wirt. Champagner! Großer Gott, die Aufgabe, die vor uns liegt, ist schwer genug. Ruhen wir aus, und sammeln wir Kräfte, solange es Zeit ist. Sehen Sie doch diese schwieligen Hände!"

Und da er an seiner Vorstellung, daß es ein Feiertag sei, festhielt, bestand er darauf, daß wir nach dem Essen Karten spielten. Er lehrte mich ‚Euchre', das amerikanische Whist, und da wir London schon zwischen uns verteilt hatten – ich nahm die nördliche, er die südliche Seite –, spielten wir um Kirchspiele. So albern und närrisch das auch dem nüchternen Leser scheinen mag, so ist es doch durchaus wahr, und was noch bemerkenswerter ist, ich fand dieses Kartenspiel und noch einige andere, die wir spielten, äußerst anziehend.

Wie seltsam ist doch der Mensch! Wir, deren Gattung am Rande der Vernichtung oder doch vor einer erschreckenden Entartung stand, mit keiner anderen Aussicht vor uns als der Möglichkeit eines grauenhaften Todes, wir konnten nun dasitzen und den Glückslaunen dieser bunten Karten folgen und mit lebhaftem Entzücken unsere Stiche zählen. Dann lehrte mich der Artillerist ‚Poker', und ich besiegte ihn in drei zähen Schachpartien. Als die Dunkelheit anbrach, waren wir in einem derartigen Eifer, daß wir uns entschlossen, es auf eine Entdeckung ankommen zu lassen und eine Lampe anzuzünden.

Nach einer endlosen Reihe von Spielen nahmen wir unser Abendbrot ein, und der Artillerist trank den Champagner aus. Wir fuhren fort, Zigarren zu rauchen. Nun war er aber nicht mehr der tatkräftige Erneuerer unserer Gattung, den ich am Morgen in ihm gefunden hatte. Er war zwar noch immer ein Optimist, aber es war kein umstürzender, es war ein bedächtiger Optimismus. Ich erinnere mich, wie er schließlich mit mir anstieß und in einer Rede mit geringer Abwechslung und zahlreichen Pausen auf meine Gesundheit trank. Ich nahm mir eine Zigarre und stieg hinauf, um nach den Lichtern zu sehen, von denen er gesprochen hatte und die so grünlich längs den Hügeln von Highgate leuchten sollten.

Zuerst starrte ich ziemlich geistesabwesend über das Tal von London. Die nördlichen Hügel waren in tiefes Dunkel gehüllt, die Feuer in der Nähe von Kensington schienen rötlich herüber, und hie und da zuckte eine orangefarbene Feuerzunge auf, um in der tiefblauen Nacht gleich wieder zu verschwinden. Das ganze übrige London war schwarz. Näher dem Hause bemerkte ich jetzt ein seltsames Licht, einen blassen, blauvioletten, schillernden Schein, der in der Nachtluft hin und her zitterte. Lange Zeit konnte ich ihn mir nicht erklären, bis mir einfiel, daß es das rote Gewächs sein mußte, von dem dieser schwache Strahlenglanz ausging. Mit dieser Wahrnehmung erwachte auch wieder mein Gefühl des Staunens, meine Empfindung für das Verhältnis der Dinge. Ich blickte hinauf zum Mars, der rot und klar hoch im Westen glühte, und dann sah ich nachdenklich in die Dunkelheit von Hampstead und Highgate.

Ich blieb sehr lange auf dem Dach und staunte über die wunderlichen Wechselfälle des Tages. Ich erinnerte mich meiner geistigen Verfassung, von dem mitternächtigen Gebet an bis zu dem albernen Kartenspielen. Etwas in mir sträubte sich heftig. Ich erinnere mich, wie ich in einer Art verschwenderischer Symbolik meine Zigarre wegschleuderte. Meine Narrheit kam mir grell zum Bewußtsein. Ich erschien mir als Verräter an meinem Weibe und an meiner Gattung. Ich war erfüllt von Reue. Ich beschloß, diesen sonderbaren unbeherrschten Träumer großer Dinge seiner Flasche und seinen Gelagen zu überlassen und nach London weiterzugehen. Dort würde ich wohl am ehesten erfahren können, was die Marsleute und meine Mitmenschen jetzt taten. Ich befand mich noch auf dem Dach, als der späte Mond aufging.

8. Das tote London

NACHDEM ich mich von dem Artilleristen verabschiedet hatte, ging ich den Hügel hinab und durch die High Street über die Brücke nach Fulham. Das rote Gewächs war hier besonders üppig und versperrte fast den Weg zur Brücke; aber seine Zweige waren bereits von der immer weiter um sich greifenden Krankheit, die es so bald und so rasch vernichten sollte, gebleicht.

An der Ecke des Weges, der zur Putney Bridge Station führt, sah ich einen Mann liegen. Der schwarze Staub gab ihm das Aussehen eines Schornsteinfegers; er lebte, war aber sinn- und hilflos betrunken. Ich brachte nichts aus ihm heraus als Flüche und wütende Stöße gegen meinen Kopf. Ich glaube, daß ich bei ihm geblieben wäre, hätte der rohe Ausdruck seines Gesichtes mich nicht abgeschreckt.

Auf der Straße, die von der Brücke weiterlief, lag überall der schwarze Staub, der in Fulham noch dichter wurde. Die Straßen waren grauenvoll still. In einem Bäckerladen fand ich etwas zu essen; das Brot war sauer, hart und schimmelig, aber noch genießbar. Etwas weiter gegen Walham Green zu waren die Straßen frei von Pulver; ich kam an einer lichterloh brennenden Häuserreihe hinter einem terrassenartigen Vorsprung vorüber. Der Lärm des Feuers schien mir geradezu eine Erleichterung. In der Richtung nach Brompton fand ich die Straßen wieder ganz still.

Hier nun stieß ich abermals auf das schwarze Pulver und auf Menschenleichen. Ich sah auf der Fulham Road alles in allem etwa ein Dutzend. Der Tod hatte diese Leute schon vor vielen Tagen ereilt, so daß ich schleunigst an ihnen vorüberging. Das schwarze Pulver bedeckte sie über und über und milderte ihre Züge. Einer oder zwei waren schon von Hunden entstellt worden.

Wo sich kein schwarzes Pulver fand, hatte die Stadt ein merkwürdig sonntägliches Aussehen: die geschlossenen Läden, die festversperrten Häuser, die herabgelassenen Vorhänge, die Verödung, die Stille. In manchen Häusern hatten schon die Plünderer herumgesucht, wenn auch fast nur nach Eßbarem und Wein. In einem Haus fand ich das Schaufenster eines Goldschmieds erbrochen, aber der Dieb war offenbar gestört worden, denn eine Anzahl goldener Ketten und Uhren lagen verstreut auf dem Straßenpflaster. Ich hielt mich nicht auf, die Dinge zu berühren. Etwas weiter fand ich ein zerlumptes Weib zusammengekauert auf einer Türstufe sitzen, an der Hand, die über ihr Knie herabhing, eine klaffende Wunde und Blut auf dem rostbraunen Kleid; eine zerbrochene Champagnerflasche bildete eine Lache auf dem Straßenpflaster. Das Weib schien zu schlafen, war aber tot.

Je weiter ich in London eindrang, desto tiefer wurde die Stille. Aber es war nicht so sehr die Stille des Todes – es war die Stille des Bangens, der Erwartung. Jeden Augenblick konnte die Zerstörung, welche schon die Nordwestgrenze der Hauptstadt in Brand gesteckt und Ealing und Kilburn zerstört hatte, auch diese Häuser treffen und sie in einen rauchenden Trümmerhaufen verwandeln. Es war eine zum Tode verurteilte, im Stich gelassene Stadt.

In South Kensington waren weder Leichname noch schwarzes Pulver zu sehen. Es war in der Nähe von South Kensington, als ich das Geheul zum ersten Male hörte. Es schlich sich fast unmerklich in meine Sinne. Es war ein schluchzender Wechsel zweier Töne: „Ulla, ulla, ulla, ulla", klang es unaufhörlich.

Als ich durch Straßen kam, die nach Norden führten, schwoll es stark an, und Häuser und Mauern schienen es abzuschwächen und endlich zum Schweigen zu bringen. In der Exhibition Road schwoll es zur vollen Kraft an. Ich blieb verwundert stehen, starrte nach den Kensington Gardens und begriff nicht, was dieses ferne Klagegeheul zu bedeuten hatte. Es war, als hätte die gewaltige Häuserwüste eine Stimme für ihre Furcht und ihre Einsamkeit gefunden.

„Ulla, ulla, ulla, ulla", klagte dieser übermenschliche Ton – große Schallwogen brandeten die breiten, sonnenhellen Straßen zwischen den hohen Gebäuden auf beiden Seiten hinab. Staunend wandte ich mich nach Norden gegen die eisernen Tore des Hyde Park. Ich überlegte schon, ob ich in das Naturhistorische Museum eindringen und auf die Spitze seines Turmes klettern sollte, um über den Park hinüberzusehen. Aber ich entschloß mich, auf der Straße zu bleiben, wo ich mich im Notfall besser verstecken konnte, und so ging ich auf der Exhibition Road weiter.

Die großen Mietshäuser auf beiden Seiten der Straße waren leer und still, und meine Schritte hallten zwischen den Mauern. Am Ende der Straße, in der Nähe des Parkeingangs bot sich ein seltsamer Anblick – ein umgestürzter Omnibus und das sauber abgenagte Gerippe eines Pferdes. Das machte mich eine Zeitlang stutzig, dann aber ging ich über die Brücke des Serpentine. Die Stimme wurde lauter und lauter, obwohl ich jenseits der Häuserdächer auf der Nordseite des Parkes nichts sehen konnte als einen Rauchschleier im Nordwesten.

„Ulla, ulla, ulla, ulla", heulte die Stimme, die, wir mir schien, vom Bezirk um den Regent's Park herkam. Der trostlose Schrei lastete mir auf der Seele. Die mutige Stimmung, die mich bisher aufrechterhalten hatte, schwand wieder. Das Klagegeheul wirkte ansteckend. Ich fühlte mich unendlich elend, ermattet und hungrig und durstig.

Es war schon Mittag vorüber. Warum wanderte ich denn allein umher in dieser Stadt des Todes? Warum blieb ich denn allein zurück, jetzt, da ganz London, in schwarzes Leichentuch gehüllt, auf der Bahre lag? Ich fand meine Vereinsamung unerträglich. Ich dachte an alte Freunde, die ich jahrelang vergessen hatte. Ich dachte an die Gifte in den Apotheken, an den Trank, den die Weinhändler aufgespeichert hatten; ich dachte an die zwei weinseligen Geschöpfe der Verzweiflung, die, soviel ich wußte, den Besitz der Stadt mit mir teilten.

Ich gelangte durch Marble Arch in die Oxford Street; hier fand ich wieder schwarzes Pulver und Leichen; ein abscheulicher und verdächtiger Geruch stieg aus den Kellerfenstern einiger Häuser auf. Die Hitze und mein langer Marsch machten mich sehr durstig. Nach unendlicher Mühe gelang es mir, in eine Schenke einzubrechen und etwas zu essen und zu trinken. Nach der spärlichen Mahlzeit wurde ich müde, ging in eine Stube hinter dem Schenktisch und schlief auf einem schwarzen Roßhaarsofa, das ich dort fand, ein.

Ich erwachte, um jenes schauerliche Geheul noch immer in den Ohren klingen zu hören. „Ulla, ulla, ulla, ulla." Es dämmerte schon, und nachdem ich einige Zwiebackstücke und etwas Käse im Schankzimmer zusammengerafft hatte – das Fleisch war wohl unberührt, aber es bestand fast nur aus Maden –, wanderte ich über die ruhigen Wohnplätze der Baker Street – der Portman Square ist der einzige, den ich mit Namen nennen könnte – und gelangte endlich an den Regent's Park. Und als ich aus der Baker Street heraustrat, sah ich in weiter Ferne jenseits der Bäume im klaren Lichte des Sonnenuntergangs die Haube eines Marsriesen, von dem das Geheul ausging.

Ich empfand keinerlei Furcht. Ich schritt auf ihn zu, als wäre das eine ganz natürliche Sache. Eine Zeitlang beobachtete ich ihn, aber er rührte sich nicht. Er stand nur da und heulte aus einem Grunde, den ich nicht entdecken konnte.

Ich versuchte mir einen Plan zu machen. Dieses unausgesetzte Geheul, dieses „Ulla, ulla, ulla, ulla", verwirrte meinen Geist. Vielleicht war ich auch zu müde, um Furcht zu haben. Jedenfalls war die Begierde, der Ursache dieses eintönigen Geheuls auf den Grund zu kommen, stärker als meine Furcht. Ich begab mich in die Park Road mit der Absicht, den Park zu umgehen, ging dann unter dem Schutz der Terrassen immer weiter und bekam nun diesen beständig heulenden Marsmann aus der Richtung von St. John's Wood zu Gesicht. Etwa zweihundert Yards von der Baker Street entfernt hörte ich ein vielstimmiges, wütendes Gekläff und sah erst einen Hund mit einem Stück fauligen, roten Fleisches in den Zähnen blitzschnell auf mich zulaufen und dann eine Menge halbverhungerter Köter, die ihn verfolgten. Er machte einen weiten Bogen, um mir auszuweichen, als fürchtete er, in mir einen neuen Konkurrenten zu finden. Als das Gekläff die breite Straße hinunter erstarb, scholl der klagende Laut des „Ulla, ulla, ulla, ulla" mit verdoppelter Kraft.

Auf dem halben Weg zum Bahnhof von St. John's Wood stieß ich auf eine zertrümmerte Greifmaschine. Erst glaubte ich, daß ein Haus über die Straße gestürzt sei, aber als ich unter seinen Trümmern umherkletterte, sah ich, fast zurückprallend, diesen niedergestreckten mechanischen Simson, dessen Tastwerkzeuge verbogen und zerschmettert und verdreht unter den Trümmern, die es verursacht hatte, umherlagen. Der vordere Teil war zerschellt. Es schien, als sei die Maschine geradenwegs blindlings gegen das Haus gerannt und durch die eigene Wucht geborsten. Ich konnte mir nur vorstellen, daß dieser Greifmaschine die Leitung eines Marsmannes gefehlt haben mußte. Ich konnte nicht genügend unter ihren Trümmern umherklettern, um sie genau zu prüfen, aber die Dämmerung war mittlerweile so weit vorgeschritten, daß das Blut, mit dem ihr Sitz beschmiert war, und die benagten Knorpel des Marsmannes, welche die Hunde übriggelassen hatten, meinen Blicken verborgen blieben.

Von Staunen über alle diese Dinge, die ich gesehen hatte, erfüllt, drang ich bis Primrose Hill vor. Weit entfernt sah ich durch eine Öffnung in den Bäumen einen zweiten Marsmann, der schweigend und regungslos wie der erste im Park vor dem Zoologischen Garten stand. In der Nähe der Trümmer, die um die zerschmetterte Greifmaschine lagen, stieß ich wieder auf das rote Gewächs und fand den Regent's Canal in eine schwammige Masse dunkelroter Wucherpflanzen verwandelt.

Plötzlich, gerade als ich über die Brücke schritt, hörte der Ton des „Ulla, ulla, ulla" auf. Es war, als sei er entzweigeschnitten. Die Stille brach herein wie ein Donnerschlag.

Die dämmrigen Häuser um mich herum standen unklar und hoch und verschwommen da; die Bäume des Parks hüllten sich in Finsternis. Von allen Seiten kroch das rote Gewächs an mich heran, als wollte es mich in seine Fänge verstricken. Die Nacht, die Mutter der Angst und des Geheimnisses, brach über mich herein. Solange jene Stimme noch ertönte, waren die Einsamkeit, die Verlassenheit noch erträglich gewesen; solange sie da war, schien London noch zu leben, und das Bewußtsein des Lebens um mich hatte mich aufrechterhalten. Und jetzt plötzlich ein Umschlag, das Aufhören von etwas – ich wußte nicht, was – und dann eine Stille, die man geradezu fühlen konnte. Nichts als diese unheimliche Stille.

London schien mir ein geisterhaftes Wesen. Die Fenster in den weißen Häusern sahen aus wie die Augenhöhlen von Totenschädeln. Um mich herum fühlte ich eine Bewegung wie von tausend geräuschlosen Feinden.

Das Entsetzen faßte mich, ein Grauen vor meiner Vermessenheit. Vor mir wurde die Straße pechschwarz, als sei sie von Teer erfüllt, und eine verkrümmte Gestalt versperrte mir den Weg. Ich brachte es nicht über mich weiterzugehen. Ich kehrte wieder zur St. John's Wood Road zurück und rannte wie besessen vor dieser unerträglichen Stille nach Kilburn. Ich versteckte mich vor der Nacht und der Stille, spät erst nach Mitternacht, in einer Kutscherherberge in der Harrow Road. Aber noch ehe der Morgen graute, kehrte mein Mut zurück, und während die Sterne noch am Himmel standen, wandte ich mich wieder dem Regent's Park zu. In dem Straßengewirr verlor ich den rechten Weg; bald aber sah ich weit unten, am Ende einer langen Straßenzeile, im Halblicht der frühen Dämmerung die runden Linien des Primrose Hill. Auf seiner Spitze stand, sich hoch gegen die erblassenden Sterne auftürmend, ein dritter Marsmann, aufrecht und regungslos wie die andern.

Ein wahnwitziger Entschluß hatte sich meiner bemächtigt. Ich wollte allem ein Ende machen und sterben. Und ich wollte mir selbst die Mühe sparen, mich selbst zu töten. Gleichmütig ging ich auf den Titanen zu; als ich aber näher kam und es immer heller wurde, da sah ich, daß ein Schwarm schwarzer Vögel flatternd seine Haube umkreiste. Bei diesem Anblick stand mein Herz fast still, und ich begann die Straße hinabzulaufen.

Ich arbeitete mich durch das rote Gewächs durch, das die St. Edmund's Terrace dicht umsponnen hatte. Bis zur Brust im Wasser, watete ich durch einen Gießbach, der von den Wasserwerken zur Albert Road hin rauschte. Noch vor Sonnenaufgang erreichte ich den Grasplatz. Auf dem Kamm des Hügels waren große Erdhaufen aufgeworfen, die aus ihm eine mächtige Schanze machten: Es war das letzte und größte Kriegslager, das die Marsleute aufgeschlagen hatten. Hinter diesen Erdhaufen stieg ein dünner Rauch zum Himmel auf. In weiter Ferne sah ich einen gierigen Hund laufen und verschwinden. Der Gedanke, der mir durch den Kopf zuckte, wurde Wirklichkeit, wurde glaubhaft. Ich empfand keine Angst, nur ein wildes, zitterndes Jubelgefühl, als ich den Hügel aufwärts auf das regungslose Ungetüm zu stürmte. Aus seiner Haube hingen dünne braune Lappen herab, an denen die hungrigen Vögel pickten und zerrten.

Im nächsten Augenblick hatte ich die Erdschanze erklettert und stand auf dem Kamm des Hügels, das Innere des Lagers tief unter mir. Es war ein mächtiger Raum, da und dort standen riesige Maschinen, ungeheure Lager von Werkzeugen und seltsame Schutzvorrichtungen. Und überall zerstreut, einige in den umgestürzten Kriegsmaschinen, einige in den jetzt ruhigen Greifmaschinen und ein Dutzend steif und still, in einer Reihe hingestreckt, lagen die Marsleute – *tot!* – erwürgt von fäulnis- und krankheitserregenden Bakterien, gegen die ihre körperliche Beschaffenheit widerstandslos war; erwürgt, wie das rote Gewächs erwürgt worden war; erwürgt, nachdem alle Anschläge der Menschen fehlgeschlagen waren, von den niedrigsten Wesen, die Gott in seiner Weisheit ins Leben gerufen hat.

Und so war gekommen, was ich und viele andere Leute hätten vorhersehen können, hätten nicht Schrecken und Unglück unsern Verstand verblendet. Diese Krankheitskeime haben seit Anbeginn der Dinge ihren Zoll von der Menschheit gefordert – schon von unsern vormenschlichen Ahnen, seitdem Leben auf unserm Stern bestand. Aber durch die natürliche Auslese unserer Gattung haben wir die Widerstandskraft gegen sie entwickelt; wir unterliegen keinem dieser Keime ohne Kampf, und gegen viele – zum Beispiel jene, welche in toten Körpern Fäulnis hervorrufen – sind unsere Körper überhaupt gefeit. Aber auf dem Mars gibt es keine Bakterien, und von dem Augenblick an, als jene Eindringlinge auf der Erde anlangten, als sie aßen und tranken, machten unsere mikroskopischen Verbündeten sich ans Werk, sie zu vernichten. Schon damals, als ich sie beobachtete, waren sie unwiderruflich dem Tode verfallen, starben und siechten sie hin, während sie noch hin und her gingen. Es war unvermeidlich. Durch das Opfer Millionen Toter hat der Mensch sich sein Erstgeburtsrecht auf der Erde erkauft, und trotz aller fremden Eindringlinge ist sie sein; sie ist sein, und wären die Marsleute auch zehnmal so mächtig, als sie sind. Denn die Menschen leben weder, noch sterben sie vergeblich.

Hier und dort lagen sie verstreut, fast fünfzig Marsleute zusammen in der großen Schlucht, die sie sich gegraben hatten, überwältigt von einem Tod, der ihnen so unfaßbar gekommen sein muß, wie es ein Tod nur sein kann. Auch mir schien dieser Tod damals noch unfaßbar. Alles, was ich wußte, war, daß diese Wesen, die lebend ein solcher Schrecken für die Menschheit waren, nun tot waren. Einen Augenblick lang glaubte ich, daß das Gericht des Sennacherib sich wiederholt hätte, daß Gott bereut und seinen Todesengel ausgesandt hätte, der sie in der Nacht erschlug.

Ich stand da und starrte in die Grube, und mein Herz empfand eine beseligende Erleichterung, gerade als die aufgehende Sonne mit ihren Strahlen die Welt um mich in Glanz tauchte. In der Grube herrschte noch Finsternis; die riesigen Maschinen, so groß und wunderbar in ihrer Kraft und Vollendung, so unirdisch in ihren gewundenen Formen, ragten unheimlich und verschwommen und abenteuerlich aus dem Schatten in das Licht auf. Ein Rudel Hunde hörte ich tief unter mir sich um die

Leichen balgen. Jenseits der Grube, an ihrem fernsten Rande, lag flach und riesenhaft und seltsam die große Flugmaschine, mit der die Marsleute in unseren dichteren Luftschichten Versuche angestellt hatten, bevor Verfall und Tod ihnen Einhalt geboten.

Der Tod war nicht einen Tag zu früh gekommen. Ein Krächzen über mir ließ mich nach oben blicken auf die ungeheure Kriegsmaschine, die nun niemals wieder kämpfen würde, auf die zerfetzten roten Fleischlappen, die auf die umgestürzten Bänke auf der Spitze des Primrose Hill niederfielen.

Ich wandte mich um und sah den abschüssigen Hügel hinab, wo, von einem Schwarm Vögel eingehüllt, jene anderen beiden Marsleute standen, die ich in der vorigen Nacht gesehen hatte, gerade als der Tod sie ereilte. Der eine war verendet, als er eben nach seinen Gefährten geschrien hatte; vielleicht war er zuletzt gestorben und hatte seine Stimme unaufhörlich erschallen lassen, bis die Kraft seines Lebens erschöpft war. Die Maschinen schimmerten nun, harmlose dreifüßige Türme leuchtenden Metalls, im Glanz der aufsteigenden Sonne.

Und rings um die Grube herum und wie durch ein Wunder vor ewiger Zerstörung gerettet, breitete sich die große Mutter der Städte aus. Wer London nur in die düsteren Schleier des Rauches gehüllt gesehen hat, wird sich die nackte Klarheit und Schönheit der schweigenden Wildnis seiner Häuser kaum vorstellen können.

Ostwärts, jenseits der rauchgeschwärzten Trümmer der Albert Terrace und des zersplitterten Kirchturms, strahlte die blendende Sonne auf dem wolkenlosen Himmel; und hie und da fing eine glitzernde Fläche in dem großen Gewirr von Dächern das Licht auf und glühte in schimmerndem Weiß. Das Licht berührte selbst die runden Weinspeicher bei der Chalk Farm Station und die weitgedehnten Höfe des Bahngebäudes, die sonst durch die zahllosen Stränge schwarzer Schienen kenntlich waren, heute aber, durch die vierzehntägige Pause schon verrostet, fast in geheimnisvoller Schönheit rot erglänzten.

Nordwärts lagen Kilburn und Hampstead, blau und mächtig in ihrem Gedränge von Häusern; westwärts lag die große Stadt im Nebel; aber südwärts der Marsleute traten die grünen Wellen des Regent's Park, das Langham Hotel, die Kuppel der Albert Hall, das Reichsinstitut und die riesigen Mietshäuser der Brompton Road klar und winzig im Lichte des Sonnenaufgangs heraus, und die zackigen Türme von Westminster ragten nebelhaft im Hintergrund auf. In weiter Ferne sah ich die blauen Surreyhügel, und die Türme des Crystal Palace schimmerten wie zwei Silberstäbe. Die Kuppel der St. Paul's Cathedral hob sich düster vom Glanz der aufgehenden Sonne ab und war, wie ich jetzt erst sah, durch einen großen, klaffenden Spalt an der Westseite beschädigt.

Und als ich auf diese stille und verlassene Fläche von Häusern, Fabriken und Kirchen blickte – als ich an die unendlichen Hoffnungen und Mühen, die zahllosen Scharen von Menschenleben dachte, die der Bau dieses Riesenwerkes gekostet hatte, und an die pfeilschnelle und rohe Zerstörung, die wie ein Gewitter über all dem gehangen hatte –, als ich nun die Gewißheit hatte, daß die schweren Wolkenschatten wieder gewichen waren und daß die Menschen wieder in diesen Straßen leben konnten und diese meine teure, riesige, tote Stadt wieder zum Leben und zur Macht zurückkehren würde –, da wogte ein Strom von Empfindungen durch meine Seele, der mich fast zum Weinen brachte.

Die Qual war vorüber. Heute noch sollte die Heilung beginnen. Die über das ganze Land zerstobenen Überlebenden – die führerlos, rechtlos, ohne Nahrung wie Schafe ohne ihren Hirten umherirrten – die Tausende, die zu Schiff entflohen waren –, alle sollten nun zurückkehren. Der Puls des Lebens sollte, immer stärker und stärker anschwellend, nun wieder in den leeren Gassen schlagen und sich über die verlassenen Plätze ergießen. Was die Verwüstung auch betroffen hatte, die Hand des Verwüsters war verdorrt. Die Hand des Verwüsters war verdorrt! Alle diese elenden Trümmer, diese schwarzen Gerippe von Häusern, die so unheimlich auf das sonnenbeglänzte Gras des Hügels starrten, sie würden bald widerhallen von den Hämmern der Wiedererbauer und fröhlich erklingen unter dem Klatschen der Kellen. Bei diesem Gedanken breitete ich meine Hände zum Himmel aus. In einem Jahr, dachte ich – in einem Jahr...

Und dann kam mit überwältigender Kraft der Gedanke an mich selbst, an mein Weib und an das alte Leben voll Hoffnung und zarter Hilfe, das für immer geschwunden war.

9. *Die Verwüstung*

Und nun kommt das Seltsamste in meiner Geschichte. Und doch ist es eigentlich gar nicht so seltsam. Klar und kühl und lebhaft erinnere ich mich an alles, was ich an jenem Tage tat, bis zu der Zeit, da ich auf der Spitze des Primrose Hill stand.

Von den nächsten drei Tagen weiß ich nichts. Seither erfuhr ich, daß nicht ich der erste Entdecker des Zusammenbruchs der Marsleute war, sondern daß einige gleich mir in der Irre wandernde Überlebende in der vorigen Nacht ihn entdeckt hatten. Ein Mann – der erste – war nach St-Martins-le-Grand gegangen; und während ich in der Kutscherherberge Zuflucht gefunden hatte, war es ihm geglückt, nach Paris zu telegrafieren. Und von dort breitete sich die freudige Botschaft über den ganzen Erdkreis aus; Tausende von Städten, die von grauenvollen Vorstellungen erschüttert waren, gaben sich nun der wildesten Begeisterung hin; man wußte es schon in Dublin, Edinburgh, Manchester und Birmingham, zu jener Zeit, da ich noch zweifelnd am Rand der Grube stand. Schon rüsteten die Menschen, die angeblich ihre Arbeit unterbrachen, nur um sich die Hände zu schütteln und zu jubeln, Eisenbahnzüge aus, um nach London zu kommen. Die Kirchenglocken, die vierzehn Tage lang verstummt waren, fingen die Nachricht auf, und ganz England war ein Glockengeläute. Heruntergekommene Männer mit eingefallenen Zügen sausten auf Rädern alle Wege entlang, um die unverhoffte Erlösungsbotschaft den hageren, wild starrenden Geschöpfen der Verzweiflung zuzurufen. Und die Lebensmittel! Über den Kanal, über die Irische See, über den Atlantischen Ozean brachte man Getreide, Brot und Fleisch, um unserer Not zu helfen. In jenen Tagen schien es, als steuerten die Schiffe der ganzen Welt London zu. Aber von alledem wußte ich nichts. Ich irrte umher – ein seines Verstandes beraubter Mann. In dem Hause gütiger Menschen, die mich aufgegriffen hatten, als ich weinend und rasend in den Gassen von St. Johns Wood umherstreifte, kam ich wieder zu mir. Sie erzählten mir, daß ich unaufhörlich einen sinnlosen Gassenhauer sang, so ähnlich wie „Der letzte, der am Leben blieb, hurra! Der letzte, der am Leben blieb!“ Sosehr sie auch von ihren eigenen Angelegenheiten bekümmert waren, belasteten diese Menschen, deren Namen ich nicht nennen darf, so gerne ich ihnen auch meine Dankbarkeit zeigen möchte, sich dennoch auch mit mir, gaben mir Obdach und beschützten mich vor mir selbst. Offenbar hatten sie während der Tage meines Irreseins manches von meinen Erlebnissen erfahren.

Als meine Vernunft wieder zurückgekehrt war, brachten sie mir sehr zart das wenige bei, das sie vom Schicksal Leatherheads in Erfahrung gebracht hatten. Zwei Tage nach meiner Einkerkerung war das Dorf mit jeder lebenden Seele darin von einem Marsmann zerstört worden. Er hatte es dem Erdboden gleichgemacht, ohne jeden Grund, wie es schien, ganz so, wie etwa ein Knabe aus bloßer Lust, seine Macht fühlen zu lassen, einen Ameisenhaufen zerstampft.

Ich war ein einsamer Mann, und sie waren sehr gütig gegen mich. Ich war einsam und traurig, und doch duldeten sie mich bei sich. Nach meiner Erholung blieb ich noch vier Tage bei ihnen. Während dieser ganzen Zeit fühlte ich eine unbestimmte, wachsende Sehnsucht, noch einmal, ein letztes Mal, einen Blick zu tun auf das wenige, was von dem kleinen Leben übriggeblieben war, das so glücklich und hell in meiner Vergangenheit geleuchtet hatte. Es war nur ein hoffnungsloses Sehnen, noch einmal in meinem Jammer zu schwelgen. Meine Wirtsleute rieten mir ab. Sie taten alles, was sie konnten, um mich von diesem krankhaften Verlangen abzubringen. Aber endlich konnte ich dieser Eingebung nicht länger widerstehen; ich gab ihnen das feste Versprechen, zu ihnen zurückzukehren, und verabschiedete mich, wie ich bekennen muß, mit Tränen von diesen Menschen, die in vier Tagen mir zu Freunden geworden waren, dann ging ich wieder in die Straßen hinaus, die jüngst noch so düster und seltsam und öde gewesen waren.

Schon aber waren sie wieder erfüllt von zurückkehrenden Menschen; hie und da waren schon wieder Geschäfte offen, und ein Springbrunnen spendete wieder frisches Wasser.

Ich erinnere mich noch des fast höhnend schönen Tages, an dem ich meine traurige Pilgerfahrt nach dem kleinen Hause in Woking antrat, wie geschäftig die Straßen waren, wie frisch sich das Leben wieder rings um mich regte. Es war eine solche Unzahl von Menschen, die sich in tausend Beschäftigungen in den Straßen ergingen, daß es fast unglaublich schien, daß ein nennenswerter Bruchteil der Bevölkerung getötet worden sein konnte. Aber dann bemerkte ich, wie gelb die Haut der Leute war, wie zerrauft ihr Haar, wie fieberhaft glänzend ihre Augen; jeder zweite hatte noch schmutzige Fetzen an. Die Gesichter schienen nur zwei Mienen zu kennen – entweder überschäumenden Jubel und feste Tatkraft oder grimmige Entschlossenheit. Von diesem Ausdruck der Gesichter abgesehen, schien London eine Stadt von Landstreichern zu sein. Die Bezirksämter verteilten wahllos das Brot, das die französische Regierung gesandt hatte. Den wenigen Pferden, die man sah, traten die Rippen unheimlich heraus. Abgemagerte Schutzleute mit weißen Abzeichen standen an jeder Straßenecke. Von dem Schaden, den die Marsleute gestiftet hatten, sah ich nur wenig, bis ich zur Wellington Street kam; dort erblickte ich wieder das rote Gewächs, das sich an die Strebebogen der Waterloo Bridge anklammerte.

An der Ecke der Brücke fiel mir auch ein Bild in die Augen, das in jener an krausen Gegensätzen überreichen Zeit zu den Alltäglichkeiten gehörte. Gegen ein Dickicht des roten Gewächses flatterte ein Blatt Papier, das ein Stab, der es durchlöcherte, festhielt. Es war der Anzeigenbogen der ersten Zeitung, die ihren Betrieb wiederaufgenommen hatte:

der *Daily Mail.* Für einen geschwärzten Shilling, den ich in meiner Tasche fand, kaufte ich mir ein Blatt. Der größte Teil des Papiers war leer; aber der einsame Verfasser, der es veröffentlichte, hatte sich damit vergnügt, das stereotype Schema eines ‚Kleinen Anzeigers' auf die Rückseite zu drucken. Der eigentliche Inhalt erschöpfte sich in Empfindungen; der Nachrichtendienst hatte noch nicht seinen Weg zurückgefunden. Ich erfuhr nichts Neues, außer daß schon binnen einer Woche die Prüfung der Werkzeuge der Marsleute zu erstaunlichen Ergebnissen geführt hatte. Unter anderem versicherte die Zeitung, was ich damals noch nicht glaubte, daß das Fluggeheimnis entdeckt worden sei. Im Bahnhof Waterloo fand ich schon die Gratiszüge bereit, welche die Leute in ihre Heimatorte befördern sollten. Der erste Ansturm war schon vorüber. Es waren nur wenige Leute im Zug, und ich war nicht in der Stimmung, Gespräche anzuknüpfen. Ich erhielt ein Wagenabteil für mich allein und saß mit verschränkten Armen da und blickte trüb auf die vom Sonnenlicht erhellten Bilder der Verwüstung, die an den Fenstern vorbeijagten. Gerade außerhalb des Bahnhofs polterte der Zug über provisorisch gelegte Schienen, und auf jeder Seite des Bahndammes lagen die Häuser in rauchgeschwärzten Trümmern. Bis Clapham Junction war das Antlitz Londons von schwarzem Rauch verdunkelt, trotz zweier Tage heftigen Gewitterregens; und in Clapham Junction war die Bahn wieder zerstört. Ich sah Hunderte von arbeitslosen Schreibern und Ladenburschen, die Seite an Seite mit den gewöhnlichen Arbeitern sich mit der Ausbesserung der beschädigten Stellen beschäftigten; wir polterten lange Zeit über hastig angelegte Dämme.

Die ganze Bahnlinie entlang bot das Land einen trostlosen, fremdartigen Anblick. Besonders Wimbledon hatte schwer gelitten. Dank dem Widerstand seiner Fichtenwälder schien von allen Ortschaften an der Bahn Walton am wenigsten von der Verwüstung getroffen worden zu sein. Der Wandle, der Mole, jeder kleine Bach war nichts als eine aufgetürmte Menge roten Gewächses, dessen Farbe die Mitte hielt zwischen frischgeschlachtetem Fleisch und Rotkraut. Die Nadelwälder von Surrey aber waren zu trocken für die Gehänge des roten Schlinggewächses. Hinter Wimbledon sah man mitten in einem Blumengarten die großen Erdhaufen, die der sechste Zylinder aufgeworfen hatte. Eine Anzahl von Leuten stand um die Grube herum, und einige Pioniere waren in voller Tätigkeit. Dicht daneben hatte man die britische Fahne aufgepflanzt, die lustig im Morgenwind flatterte. Die Baumschulen waren rot vom roten Gewächs, eine weitgedehnte Fläche schreienden Rots, von purpurnen Schatten unterbrochen; diese Farbenmischungen taten den Augen geradezu weh. Meine Blicke wandten sich mit unendlicher Erleichterung von dem versengten Grau und dem düsteren Rot des Vordergrundes dem sanften Blaugrün der östlichen Hügel zu.

Der Fahrdamm der nach London gerichteten Seite des Wokinger Bahnhofs war noch nicht völlig hergestellt; so mußte ich in Byfleet aussteigen. Ich schlug den Weg nach Maybury ein, an der Stelle vorbei, an der ich und der Artillerist mit den Husaren gesprochen hatten, und weiter den Weg, an dem ich mitten im Gewitter dem Marsmann begegnet war. Von Neugierde bewegt, ging ich zur Seite und fand in einem Gewirr roten Geästes einen verbogenen und zerbrochenen Wagen und die weißen zernagten Knochen des Pferdes, die verstreut umherlagen. Eine Zeitlang blieb ich stehen, in den Anblick dieser Spuren versunken.

Dann kehrte ich, oft halstief im roten Gewächs watend, durch den Fichtenwald zurück und sah, daß dem Wirt vom Gefleckten Hund schon ein Begräbnis zuteil geworden war. Und so kam ich am ‚College-Wappen' vorbei zu meinem Haus. Ein Mann, der an der offenen Tür seines Häuschens stand, grüßte mich mit Namen, als ich vorüberging.

Ich sah auf mein Haus, von einem jähen Hoffnungsstrahl durchzuckt, der sofort wieder schwand. Das Tor war aufgesprengt worden; es war nur angelehnt und ging langsam auf, als ich näher kam.

Das Tor fiel wieder zu. Die Vorhänge des Arbeitszimmers flatterten durch das offene Fenster, wo ich und der Artillerist den Anbruch des Tages erwartet hatten. Niemand hatte seither das Fenster geschlossen. Das zertretene Gebüsch war noch genauso, wie ich es vor fast vier Wochen verlassen hatte. Ich stolperte in den Flur, und die Leere des Hauses bedrückte mich. Der Treppenläufer war überall verschoben und verfärbt, wo ich in jener Nacht des Schreckens, bis auf die Haut durchnäßt, vor dem Gewitter flüchtend, gekauert hatte. Ich verfolgte die lehmigen Fußtritte die ganze Stiege hinauf.

Ich folgte ihnen bis zu meinem Arbeitszimmer und fand auf meinem Schreibtisch unter dem selenitenen Briefbeschwerer noch einen Bogen der Arbeit, die ich am Nachmittag, da sich der erste Zylinder geöffnet hatte, liegengelassen hatte.

Eine Zeitlang stand ich da und las in dieser im Stich gelassenen Arbeit. Sie bestand in einer Abhandlung über die wahrscheinliche Übereinstimmung der Entwicklung sittlicher Vorstellungen mit der Entwicklung der Zivilisation; der letzte Satz war der Anfang einer Prophezeiung: „In zweihundert Jahren etwa", hatte ich geschrieben, „dürften wir erwarten——" Der Satz brach plötzlich ab. Ich erinnerte mich meiner Unfähigkeit, an jenem Morgen, seit dem kaum ein Monat verstrichen war, meine Gedanken zusammenzuhalten; erinnerte mich, wie ich plötzlich abgebrochen hatte, um mir meinen *Daily Chronicle* von dem Zeitungsjungen zu holen. Ich erinnerte mich, wie ich zur Gartentür hinabging, als der Junge herankam, und wie ich seinen sonderbaren Bericht von den ‚Männern vom Mars' anhörte.

Ich ging wieder hinab und trat ins Speisezimmer. Dort lagen der Hammelbraten und das Brot, beides nun längst verdorben, und eine umgeworfene Bierflasche, gerade so, wie ich und der Artillerist das alles verlassen hatten. Mein Heim war verödet. Ich begriff nun, wie unsinnig die leise Hoffnung war, die ich so lange gehegt hatte. Und jetzt geschah etwas Seltsames. „Es ist umsonst", hörte ich eine Stimme sagen. „Das Haus ist verlassen. In den letzten zehn Tagen ist niemand hiergewesen. Du sollst nicht länger hierbleiben und dich quälen. Niemand ist entkommen als du."

Ich fuhr zurück. Hatte ich meine Gedanken laut gesprochen? Ich kehrte mich um und sah, daß die Glastüre offenstand. Ich trat einen Schritt vor und blickte hinaus.

Und da standen, erstaunt und erschreckt, so wie ich erstaunt und erschreckt dastand, mein Vetter und meine Frau – meine Frau, bleich und tränenlos. Sie stieß einen schwachen Schrei aus.

„Ich kam", sagte sie. „Ich wußte es – ich wußte–"

Sie griff mit der Hand nach ihrem Hals und schwankte. Ich trat einen Schritt vor und fing sie in meinen Armen auf.

Schlusswort

Nun, da ich meinen Bericht abschließe, kann ich es nur bedauern, daß ich so wenig fähig bin, zur Erörterung der vielen strittigen, bis heute ungelösten Fragen beizutragen. In einer Beziehung werde ich ohne Zweifel Widerspruch hervorrufen. Mein eigentliches Wissensgebiet ist spekulative Philosophie. Meine Kenntnisse in vergleichender Physiologie beschränken sich nur auf ein paar Bücher; aber ich glaube, daß die Vermutungen Carvers in bezug auf die Ursache des jähen Todes der Marsleute so wahrscheinlich sind, daß sie beinahe den Wert erwiesener Schlußfolgerungen besitzen. Ich habe von ihnen bereits im Lauf meines Berichtes gesprochen.

Das eine wenigstens steht fest, daß in keinem einzigen Körper der

Marsleute, die nach dem Krieg untersucht wurden, andere Bakterien gefunden wurden als diejenigen, deren irdische Herkunft zweifellos war. Die Tatsache, daß sie nicht einen ihrer Toten beerdigten, und die rücksichtslosen Schlächtereien, die sie veranstalteten, deuten gleichfalls darauf hin, daß der Vorgang der Fäulnis ihnen vollständig unbekannt war. Aber so wahrscheinlich sie sind, erwiesene Tatsachen sind diese Annahmen noch nicht.

Ebensowenig ist die Zusammensetzung des schwarzen Rauches bekannt, dessen sich die Marsleute mit so furchtbarer Wirkung bedienten, und der Hitzestrahlgenerator bleibt ein Rätsel. Die entsetzlichen Unglücksfälle in den Laboratorien von Ealing und South Kensington haben die Chemiker vor genaueren Untersuchungen des Hitzestrahls abgeschreckt. Die Spektralanalyse des schwarzen Pulvers deutet unverkennbar auf ein unbekanntes Element mit einer leuchtenden Gruppe dreier Linien in Grün hin; und es ist möglich, daß es sich mit Argon verbindet, um ein Gemenge zu bilden, das auf irgendeinen Bestandteil des Blutes eine unbedingt tödliche Wirkung ausübt.

Aber diese unerwiesenen Mutmaßungen werden für den großen Leserkreis, an den dieser Bericht sich wendet, kaum von Interesse sein. Von den braunen Schlammengen, die nach der Zerstörung Sheppertons die Themse hinabtrieben, wurde damals nichts untersucht; und heute werden sie nicht mehr gefunden.

Die Ergebnisse einer anatomischen Prüfung der Marsleute, soweit die herumstreichenden Hunde eine solche Prüfung möglich machten, habe ich bereits mitgeteilt. Aber jedermann ist mit dem wunderbaren und fast unversehrten Exemplar vertraut, welches das Naturhistorische Museum in Spiritus aufbewahrt hat, und mit den zahllosen Zeichnungen, die nach ihm angefertigt worden sind. Darüber hinaus aber gehört das Interesse an der Physiologie und dem Körperbau der Marsleute auf ein rein wissenschaftliches Gebiet.

Eine Frage von ernsterem und allgemeinerem Interesse aber ist die Möglichkeit eines zweiten Angriffs der Marsleute. Ich glaube nicht, daß dieser Seite der Frage nur halbwegs genügende Beachtung geschenkt wird. Gegenwärtig befindet sich der Planet Mars in der Konjunktion; aber mit jeder Rückkehr in die Opposition sehe ich für meinen Teil eine Wiederholung des Abenteuers voraus. Auf alle Fälle sollten wir vorbereitet sein. Es scheint mir doch sehr leicht möglich, die Lage des Geschützes, aus dem die Geschosse abgefeuert wurden, genau zu bestimmen und eine ständige Bewachung dieses Teils des Planeten einzurichten und so die Möglichkeit eines zweiten Angriffs ins Auge zu fassen.

In diesem Fall könnte der Zylinder durch Dynamit oder mittels Artillerie zerstört werden, ehe er genügend abgekühlt wäre, um den Marsleuten das Verlassen des Zylinders zu ermöglichen; oder sie könnten mit Geschützen sofort niedergemacht werden, sobald die Schraube zu Boden fiele. In meinen Augen haben die Marsleute dadurch, daß ihre erste Unternehmung fehlschlug, einen ungeheuren Vorteil eingebüßt. Vielleicht sehen sie es in demselben Lichte.

Lessing hat einige ausgezeichnete Gründe für die Annahme vorgebracht, daß es den Marsleuten tatsächlich gelungen sei, auf dem Planeten Venus eine Landung zu bewerkstelligen. Es ist sieben Monate her, daß Venus und Mars in einer Linie mit der Sonne sich befanden. Das will sagen: vom Standpunkt eines Beobachters auf der Venus befand sich der Mars in Opposition. In der Folge tauchte ein sonderbar leuchtendes und wellenförmiges Zeichen auf der unbeschienenen Hälfte des mittleren Planeten auf, und fast gleichzeitig wurde ein schwaches, dunkles Zeichen einer ähnlich wellenförmigen Art auf einem Lichtbild der Marsscheibe wahrgenommen. Man muß die Zeichnungen dieser Erscheinungen sehen, um die bemerkenswerte Ähnlichkeit völlig zu würdigen.

Auf alle Fälle aber, ob wir nun einen zweiten Einfall erwarten können oder nicht, mußten unsere Begriffe von der Zukunft der Menschheit durch diese Ereignisse eine gewaltige Änderung erfahren. Wir sehen heute ein, daß wir unsern Stern durchaus nicht als einen gewissermaßen eingezäunten und sicheren Wohnort für die Menschheit betrachten können; wir können das unerhörte Heil oder Unheil, das unvermutet aus dem Weltraum auf uns hereinbrechen kann, nie vorhersehen. Es mag sein, daß nach den gewaltigeren Plänen des Weltalls dieser Einfall vom Mars nicht ohne einen schließlichen Segen für die Menschheit stattgefunden hat. Er hat uns jener heiteren Vertrauensseligkeit in die Zukunft, welche die fruchtbarste Quelle des Verfalles ist, beraubt; die Bereicherungen, die er der menschlichen Wissenschaft gebracht hat, sind unermeßlich; und er hat viel dazu beigetragen, das Gefühl des Gemeinwohles der Menschheit zu befördern. Es mag sein, daß die Marsbewohner über die Unendlichkeit des Weltraumes hinüber das Schicksal ihrer ersten Sendlinge beobachtet, daß sie daraus eine Lehre gezogen und auf der Venus eine sicherere Ansiedlung gefunden haben.

Doch wie es auch immer sei, das eine steht fest, daß auf viele Jahre hinaus der Eifer, mit dem die Marsscheibe beobachtet wird, nicht nachlassen wird. Und jene feurigen Geschosse des Himmels, die Sternschnuppen, werden in ihrem Niedergang für alle Erdenkinder stets und unausbleiblich ernste Mahnzeichen bedeuten.

Die Erweiterung des menschlichen Gesichtskreises, welche der Marseinfall zur Folge gehabt hat, kann kaum überschätzt werden. Ehe die Zylinder niederfielen, herrschte allgemein die Überzeugung, daß es in den ungeheuren Tiefen des Weltraumes außerhalb der winzigen Oberfläche unseres kleinen Sterns kein Leben gebe. Heute aber sehen wir weiter. Wenn die Marsleute auf die Venus gelangen können, so ist jeder Grund für die Annahme, daß das den Menschen unmöglich sei, hinfällig. Und wenn die langsame Abkühlung der Sonne unsere Erde unbewohnbar gemacht haben wird, wie es schließlich nicht ausbleiben wird, dann mag es kommen, daß der Faden des Lebens, der hier seinen Ausgang nahm, sich ausdehnen und unsern Schwesterplaneten in sein Netz ziehen wird. Würden wir siegen?

Schattenhaft und wunderbar ist das Traumgesicht, das ich im Geiste heraufbeschworen habe: wie das Leben sich allmählich über unser kleines Samenbeet des Sonnensystems hinausdehnen wird, hinaus in die unbelebte Unermeßlichkeit des gestirnten Raumes. Aber das ist ein ferner Traum. Und wer kann wissen, ob die Vernichtung der Marsleute nicht nur einen kurzen Aufschub unseres endlichen Untergangs bedeutet? Vielleicht gehört ihnen und nicht uns die Zukunft.

Ich muß gestehen, daß die Aufregung und die Not der Zeit in meiner Seele ein bleibendes Gefühl des Zweifels und der Unsicherheit zurückgelassen haben. Ich sitze in meinem Arbeitszimmer und schreibe beim Schein der Lampe. Und plötzlich sehe ich das wiederauflebende Tal unten wieder von züngelnden Flammen erfüllt und fühle das Haus hinter mir und um mich leer und verödet. Ich gehe hinaus in die Byfleet Road, Fahrzeuge eilen an mir vorüber, ein Fleischerjunge in seinem Karren, ein Wagen voll Besucher, ein Arbeiter auf seinem Fahrrad, Kinder, die zur Schule gehen; und plötzlich wird alles verschwommen und unwirklich, und wieder keuche ich mit dem Artilleristen durch die heiße, brütende Stille.

Und nachts sehe ich das schwarze Pulver, wie es die schweigenden Straßen verdunkelt, und sehe die verzerrten Leichen im Staub liegen; sie steigen vor mir auf, zerlumpt und von Hunden zerfleischt. Sie lallen und drohen mir, werden blasser, abscheulicher, endlich wahnwitzige Spottgeburten menschlicher Gebilde – und ich erwache in kalten Schweiß gebadet und elend in der Dunkelheit der Nacht.

Ich gehe nach London und sehe die geschäftigen Volksmengen in der Fleet Street und am Strand, und nun lastet es mir auf der Seele, daß sie alle nur Gespenster der Vergangenheit sind, die in den Straßen spuken, die ich schweigend und jammervoll gesehen habe. Daß sie hin und her gehen, Scheingebilde einer toten Stadt, in einem künstlich belebten Körper, ein Hohn auf das Leben. Und seltsam ist es, auf dem Primrose Hill zu stehen, wie ich es erst gestern tat, diese riesige Menge von Häusern trüb und blau durch den Schleier von Rauch und Nebel zu erblicken, der endlich in weite Fernen verschwindet; alle die Leute zu sehen, die zwischen den Blumenbeeten des Hügels auf und nieder wandeln; die Menschen zu sehen, die gekommen sind, sich die Marsmaschine anzuschauen, die noch immer hier steht; den Lärm der spielenden Kinder zu hören – und dann sich die Zeit wieder ins Gedächtnis zu rufen, da ich das alles hell und scharfgeschnitten, grausam und still in der Dämmerung jenes letzten, großen Tages gesehen habe.

Und seltsamer als alles ist es mir, wieder die Hand meiner Frau zu halten und zu denken, daß ich sie, wie sie mich, schon zu den Toten gerechnet habe.

Der Krieg der Welten

Ein Buch und seine Wirkung
Von H. G. Wells zu Orson Welles

Nichts deutete darauf hin, welche Welle panischen Entsetzens die Vereinigten Staaten am Abend des 30. Oktober 1938 überrollen sollte. Der Tag hatte für den Durchschnittsamerikaner so friedlich wie jeder andere Sonntag dieses Jahres begonnen. Ausflügler strömten scharenweise in die Wälder, um sich an der prachtvollen herbstlichen Laubfärbung der Bäume zu erfreuen. Millionen Menschen gingen zur Kirche. Sportbegeisterte füllten die Stadien und verfolgten die Kämpfe ihrer Lieblingsmannschaften. Man konnte die letzten sonnigen Tage nutzen, um den Gartenzaun zu streichen, bevor der Winter kam. Viele blieben zu Hause und lasen ihre Zeitung.

Ausgelöst wurde die abendliche Massenhysterie durch das Hörspiel „Der Krieg der Welten", das der berühmte Schauspieler und Regisseur Orson Welles nach der Vorlage des Romans von Herbert George Wells inszeniert hatte.

Die Sendung war wie ein normales Radioprogramm aufgezogen, das von „Direktreportagen" und „Sondermeldungen" unterbrochen wurde.

Es begann völlig harmlos. Zunächst hatte Orson Welles eine allgemeine Einführung zum Thema „Besuch von außerirdischen Intelligenzen" gegeben. Anschließend las ein Ansager weitere Nachrichten und den Wetterbericht vor.

Die Szene wechselte, Tanzmusik klang auf, die durch eine „Sondermeldung" unterbrochen wurde: ein Astronom in Chikago habe mehrere Explosionen glühender Gase auf dem Mars beobachtet. Dem folgte ein

So stellte sich ein Buchillustrator im Jahre 1906 die Marsungeheuer …

„Interview" mit einem Astronomen der Universität Princeton, der für diese Gaseruptionen keine Erklärung zu geben vermochte.

Gleich darauf kam eine „dringende Sondermeldung": „Wie man uns soeben mitteilt, stürzte auf eine Farm bei Grovers Mill im Staate New Jersey, fünfunddreißig Kilometer von New York entfernt, ein riesiger,

... und die Kriegsmaschinen aus Wells' Roman vor.

flammender Körper herab." Nach kurzer Zeit begann die „Direktreportage". Auf der Farm sei bereits eine Menge Neugieriger um einen gewaltigen Metallzylinder zusammengeströmt, sagte ein „Reporter". Er erging sich in Vermutungen über Art und Zweck des Raumschiffs vom Mars, „interviewte" mehrere Personen und erreichte in drei Minuten Sendezeit, daß die Spannung hoch genug geschraubt war.

Als der Reporter dann nach einem Aufschrei: „Das ist ja das Grauenhafteste, was ich je erlebt habe!" anfing zu beschreiben, wie die Marsungeheuer aussahen, als sie aus ihren Raumschiffen herauskrochen, und wie die anrückende Polizei von Hitzestrahlen vernichtet wurde, brach die Hysterie los. Vor allem Zuhörer, die sich erst später eingeschaltet hatten, konnten das Dokumentar-„Spiel" nicht mehr von einem normalen Radioprogramm unterscheiden. Damit hatte Orson Welles eine Wirkung erzielt, die er gar nicht beabsichtigt hatte.

Die Leute flüchteten in alle Richtungen, aus den Städten aufs Land und umgekehrt; unzählige Autos verstopften mitten in der Nacht die Straßen; Priester wurden zur Beichte gerufen; es gab Fehlgeburten, gebrochene Knochen im Gedränge und Herzattacken. In Pittsburgh nahm sich eine Frau das Leben, weil sie befürchtete, von Marsmenschen vergewaltigt zu werden. Im Süden betete das Volk auf den Marktplätzen. In den halbverlassenen Städten begannen Plünderungen. In New Jersey wurde die Nationalgarde mobil gemacht.

Natürlich lief die Sendung indessen weiter. Es wurde „berichtet", wie sich die Marsmenschen mit ihren Hitzestrahlwerfern und Giftgaswolken den Weg nach New York freikämpften. „Feind in Sicht!" meldete ein Radiosprecher vom Dach des Rundfunkhochhauses in der amerikanischen Metropole. „Fünf Riesenroboter waten durch den Hudson. Unten sehe ich die Leute auf den Straßen Richtung East River rennen. Tausende stürzen sich ins Wasser. Qualm über der sechsten Avenue, über der fünften Avenue, noch hundert Meter, noch zwanzig, noch ..." Man durfte annehmen, der Sprecher sei erstickt.

Es wurde geschätzt, daß sechs Millionen Menschen dieses Hörspiel verfolgt haben, und zwei Millionen sollen es für bare Münze genommen haben – Radiohören war sehr populär zu einer Zeit, in der es auch in Amerika noch kein Fernsehen gab.

Seinen durchschlagenden Erfolg erzielte Orson Welles mit denselben Mitteln, mit denen H. G. Wells schon in seinem Roman die Leserschaft schockiert hatte: Er siedelte die Invasion vom Mars im vertrauten Erlebnisbereich seiner Zuhörerschaft an. Was in Wells' Roman in einer idyllischen Landschaft in der Umgebung Londons im Viktorianischen Zeitalter spielt, hat Orson Welles als „Tagesaktualität" in die Nähe New Yorks verpflanzt.

Herbert George Wells, der von 1866 bis 1946 in England lebte, prophezeite schon in den achtziger Jahren des vorigen Jahrhunderts technische Erfindungen, mit denen zu leben uns heute vollkommen selbstverständlich ist. Wells sah bereits im Zeitalter der Pferdedroschken voraus, daß es einmal „laufende Bilder", Rolltreppen, Geschirrspülmaschinen, die Serienfabrikation ganzer Häuser oder den Luftverkehr zwischen Kontinenten geben werde.

Heute erscheint uns ein Leben ohne eine Vielzahl von Fernsehprogrammen, ohne Großraumdüsenflugzeuge nicht mehr denkbar. Dabei sendete

„Ein großer, graubrauner, gedrungener Körper … erhob sich langsam und schwerfällig aus dem Zylinder."

In den Comic strips unserer Tage wirken die Marsungeheuer …

... und die Kriegsmaschinen zwar sehr modern, aber auch um so bedrohlicher.

das Deutsche Fernsehen noch in den fünfziger Jahren nicht einmal an jedem Abend. Und nur allzu schnell vergessen wir, daß der erste Großraumjet, der Jumbo, nicht vor 1970 in Dienst gestellt wurde.

Man muß sich immer wieder vor Augen halten, wie schnell sich die Menschheit von einem Tag auf den anderen an technische Hilfsmittel gewöhnt, die sich der einzelne gestern noch gar nicht vorstellen konnte. Um so mehr müssen wir heute die visionäre Kraft von H. G. Wells bewundern, die sich nicht auf technische Erfindungen allein beschränkte. Bereits um 1900 sah er voraus, wodurch das Bild unserer Zivilisation in der Zukunft geprägt sein würde: Er war einer der eifrigsten Verfechter der Idee eines „Weltstaates" und wirkte maßgeblich an der Formulierung der Menschenrechte mit.

Bei all seiner Vorstellungskraft war Wells jedoch kein Phantast, sondern ein Realist und umfassend gebildeter Wissenschaftler. Er stammte zwar aus einfachen Verhältnissen, aber im Laufe seines Lebens wurde er zu einem der angesehensten Gelehrten Englands. Geschichte, Politik, Naturwissenschaft, Technik, jedem dieser Wissensgebiete stand er nahe und verfügte über enzyklopädische Detailkenntnisse. Wells hat ein unglaublich reichhaltiges schriftstellerisches Werk hinterlassen, zu dem nicht nur Science-fiction-Romane zählen, sondern auch humoristische Gegenwartsromane, Geschichtswerke und eine wahre Flut von sozialen und politischen Schriften.

Wells' Ruhm beruht aber vor allem auf seinen Science-fiction-Romanen, und bis auf den heutigen Tag kann sich kein Autor dieses Genres seinem Einfluß entziehen. Dies begann schon mit seinem ersten schriftstellerischen Erfolg, dem Roman „Die Zeitmaschine". In seinen Büchern hat Wells Standardthemen der Science-fiction wie Unsichtbarkeit, Zeitreise, Invasion durch Außerirdische, kosmische Katastrophen oder die Umgestaltung von Lebewesen erstmals so packend dargestellt, daß sie immer wieder die Leser, aber auch andere Schriftsteller und Künstler in ihren Bann zogen.

„Der Krieg der Welten" liefert für die breite, lang anhaltende Wirkung der Wellsschen Romane anschauliche Beispiele. Die Invasion der Ungeheuer vom Mars mitten im friedlichen viktorianischen England hat zunächst einmal die Buchillustratoren herausgefordert, diese fremden Wesen und ihre furchterregenden Kriegsmaschinen darzustellen (Abbildungen auf den Seiten 342, 343, 345). Von dort kann man den Weg der Marsungeheuer bis in die Comic strips unserer Tage verfolgen

(Abb. S. 346, 347). Mit Erschrecken stellt man fest, daß in solch einem Comic strip die von Wells' beschriebenen Kriegsmaschinen zwar sehr modern, aber auch um so bedrohlicher wirken. In jüngster Zeit sind die Wellsschen Marsmenschen sogar auf Schallplattencovern (Abb. unten) und Brettspieldeckeln (Abb. S. 351) gelandet.

Natürlich wurde „Der Krieg der Welten" auch verfilmt, und zwar im Jahre 1953 von George Pal (Abb. S. 350). Dabei verfuhr man mit Wells' Buch genauso frei, wie es schon Orson Welles in seinem Hörspiel getan hatte: Die Handlung wurde kurzerhand in die Nähe einer kalifornischen

Eine Schallplattenfirma wählte die Fluchtszene mit den Schiffen für eines ihrer Cover.

Kleinstadt verlegt, aus den dreibeinigen Kampfmaschinen wurden fliegende Untertassen, und die Marsungeheuer erhielten eine Krötengestalt.

Aber Orson Welles' Hörspielbearbeitung war zweifellos die berühmteste und „wirkungsvollste" Adaption des Romans „Der Krieg der Welten". Ein ehemaliger Mitarbeiter des berühmten Schauspielers und Regisseurs erinnert sich: „Während halb Amerika die Knie schlotterten und die Polizei das Studio umstellte, brachte Orson Welles unbeirrbar sein Hörspiel zu Ende und eilte anschließend mit seinen Schauspielern in ein Theater, wo dringende Proben zu Ende geführt werden mußten. Erst am folgenden Morgen erfuhr er zu seiner großen Verwunderung vom Ausmaß der Katastrophe – beziehungsweise seines Triumphs."

Im Film wurden – wie im Hörspiel – Handlungsort und Handlungszeit in das zeitgenössische Amerika verlegt.

Auf Brettspielen, von denen hier ein Deckel zu sehen ist, drang „Der Krieg der Welten" bis in die Kinderzimmer vor.